大岳清游

武当山游记辑录

宋晶 编

中国社会科学出版社

图书在版编目（CIP）数据

大岳清游：武当山游记辑录/宋晶编.—北京：中国社会科学出版社，2019.6
 ISBN 978-7-5203-4332-9

Ⅰ.①大… Ⅱ.①宋… Ⅲ.①游记—作品集—中国
Ⅳ.①I26

中国版本图书馆CIP数据核字（2019）第080292号

出 版 人	赵剑英
责任编辑	郭晓鸿
特约编辑	邱孝萍
责任校对	刘　娟
责任印制	戴　宽

出　　版	中国社会科学出版社
社　　址	北京鼓楼西大街甲158号
邮　　编	100720
网　　址	http：//www.csspw.cn
发 行 部	010-84083685
门 市 部	010-84029450
经　　销	新华书店及其他书店
印　　刷	北京明恒达印务有限公司
装　　订	廊坊市广阳区广增装订厂
版　　次	2019年6月第1版
印　　次	2019年6月第1次印刷
开　　本	710×1000　1/16
印　　张	31.75
插　　页	2
字　　数	501千字
定　　价	128.00元

凡购买中国社会科学出版社图书，如有质量问题请与本社营销中心联系调换
电话：010-84083683
版权所有　侵权必究

谨以此书献给武当山道教

目　　录

序言 ·· 1

元　代

1　登武当大顶记 ······································· 朱思本　2

明　代

2　武当游记 ··· 陆　铨　6
3　大岳记 ··· 方　升　9
4　游太和山记 ··· 顾　璘　18
5　游太岳后记 ··· 顾　璘　20
6　游武当山记 ··· 胡　松　21
7　游太岳太和山记 ······································· 胡仲谟　26
8　游太岳太和山记 ······································· 高　尉　28
9　虎耳岩不二和尚碑记 ··································· 袁宏道　31

10	游太岳记	徐学谟	33
11	太和山记	汪道昆	41
12	太和山记	汪道昆	44
13	游太和山记	陈文烛	47
14	游太和山记	王世贞	49
15	太和山游记	王士性	55
16	游太和山记	王祖嫡	58
17	太和山游记	冯时可	62
18	游武当山记	何 白	67
19	游沧浪亭记	何 白	74
20	游太和山记	王在晋	76
21	游太和记	王嗣美	81
22	重登太和游五龙宫记	王在晋	85
23	游太和山	姚履素	90
24	续游太和山记	王嗣美	98
25	太和山记	雷思霈	101
26	游武当山记	张元忭	104
27	元岳记	袁中道	109
28	书太和山记后	袁中道	113
29	游太和山日记	袁中道	115
30	崟话	杨 鹤	119

31	游太和山日记	徐霞客	122
32	游玄岳记	谭元春	125
33	嵾游记	尹 伸	130

清 代

34	太和山记	王永祀	134
35	楚游纪略	王 沄	136
36	登太和山记	蔡毓荣	139
37	沧浪亭记	张道南	141
38	太岳行记	张开东	142
39	均阳纪游诗	周 凯	145
40	武当纪游二十四图	周 凯	157
41	武当山记	王锡祺	171
42	八宫纪胜	马如麟	174
43	太和山记	钟岳灵	176
44	登祭太和山记	熊 宾	179
45	由陕西至武当游访略记	高鹤年	181

中华民国时期

| 46 | 武当山游记 | 迊汦老人 | 186 |
| 47 | 游武当山记 | 迊汦老人 | 190 |

48	汉中朝武当嵩山（节录）	高鹤年	193
49	武当山之游	贾士毅	195
50	朝"武当"	臧克家	198
51	游武当山	李品仙	202
52	武当纪游	王冠吾	206
53	武当山游记	李达可	212
54	武当琐话	秦学圣	227
55	武当山巡礼	峒　星	231
56	武当记游	纪乘之	236

中华人民共和国时期

57	武当山	万　峰	244
58	武当山记	碧　野	252
59	武当春暖	碧　野	261
60	武当琐谈	梁明学	266
61	武当山峻秀绝尘寰	蒲光宇	270
62	武当山顶"黄金殿"搜奇	曹文锡	277
63	中国道教名山——武当之旅	叶明珠	294
64	七星树观龙头杖	欧阳学忠	297
65	武当金顶纪游	李　峻	299
66	游玉虚岩	李　峻	306

67	千年古刹——武当山寺记	李　峻	308
68	武当踏雪行	谭大江	311
69	汉江名胜武当山	常怀堂　叶国卿	314
70	金顶游记	欧阳学忠	318
71	神秘幽奇的武当山	郭嗣汾	323
72	忆均县	沈若云	326
73	老君洞访古	欧阳学忠	332
74	游太子岩	杨泽善	334
75	磨针井记游	周辉银	336
76	武当山的挑夫	朱言明	338
77	武当山日出记	王维州	340
78	踏着吕洞宾的脚步上武当山	吴学铭	342
79	武当观雪	欧阳学忠	346
80	我陪吴老游武当	欧阳学忠	348
81	一柱擎天话武当	沐　溢	352
82	武当山西神道散记	高　飞	357
83	我终于完成登上武当山的心愿，两个原因让我几难决定成行	赵冀夏	362
84	五龙纪游	罗耀松	368
85	寻幽南神道	锷　凤	373
86	相约武当山	赵　丰	377

87	武当寻梦	流 泉	385
88	九渡涧游记	宋 晶	389
89	三上武当山	李诗德	394
90	武当山记	石华鹏	398
91	武当山北神道游记	佚 名	405
92	寻梦金顶	王晓明	410
93	年逾古稀登武当	刘荣庆	413
94	武当长生岩记	朱 江	425
95	武当神秘石碑与"白族第一文人"	朱 江	432
96	武当游记	寒 拾	437
97	武当山龙潭沟纪游	高 飞	442
98	武当山五龙宫游记	景元华	445

附录：武当山游记检索表 ·············· 461

后 记 ·············· 472

序　言

　　武当之美,古来共赏。文人雅士秉造化灵秀之气,笔墨心韵,以诗、词、歌、赋、记等多种文体,呈现登山临水时耳闻目见的山水声色状貌之美,其中尤以游记类作品为典型。游记多直接记述旅途见闻并抒发感怀之情,通常以笔调轻快活泼、描写生动有趣见长,别开生面,技法超群。

　　笔者结合五年来辑录的98篇武当山游记美文,运用文学、历史学、哲学、宗教学、美学、建筑学、民俗学等理论观点和思维方法,按时代顺序探讨其创作特点,将自撰的《武当山游记的创作特点》一文置于卷首以代序言。

一　元代武当山游记：凤毛麟角

　　在涉及武当山的文学作品中,不少诗作与山水相得,或雍容醇正,或温润闲雅,至唐宋已达百首有余。相关山水游记的出现则较晚。隋朝虞世南的《北堂书钞》、北宋李昉的《太平御览》、北宋乐史的《太平寰宇记》、南宋王象之的《舆地纪胜》,均引用过魏晋六朝殷斌的《武当山记》,惜旧文散佚。从仅存的文字判断,它应是最早的以"武当山"命名的地理志而非游记。南宋王象之编纂的地理总志《舆地纪胜》卷八十五"风俗形胜"载:"元符三年晁端夫《紫云亭记》：'鱼稻之乡风物美秀,泉甘上肥……民好楚歌。面迎远翠武当之叠嶂也，左瞰长波汉川之巨流也。秀色参天，崁叶南来；澄练绕郭，逶迤东去……晁端夫《紫云亭记》：'东南百里有盐池，均州西有长山，当襄邓之重冲。'"祝穆的《方舆胜览》卷三十三载："《武当记》：周回四五百里，中有一峰，名曰参岭，清明之日然后见峰，山有三十六岩。'晁端夫《紫云亭记》：'南迎武当之叠嶂，左瞰汉川之巨浸。'"元成宗大德七年（1303），官修地理总志《大元大一统志》残本二载："紫云亭旧在州治，占一郡之胜，亭记云元符三年晁端悫作。"上述三部志书所涉《武当记》《紫云亭记》亦未获全篇，且均为地名、建筑名的记述，并不符合游记"游"的特征，且作者署名笔误严重，出身宋代名门大户晁氏家族的应是晁端夫，熙宁六年（1073）进士。直至元代朱思本《登武当大顶记》的出现，游记才真正获得独立的文体生命而进入武当文苑，可谓一株晚秀之花。

朱思本（1273—?），元代临川（今江西抚州）人，道士，地理学家，其《登武当大顶记》是迄今人们所知第一篇关于武当山的游记。元朝统治者对武当道教极力推崇扶持，奉玄天上帝为皇家保护神，兴修武当道场，以告天祝寿。当时的武当道士四处化缘，在天柱峰大顶建起了敬奉玄天上帝的铜殿。朱思本在花蛇土蝮遍地的条件下，于仁宗延祐四年（1317）四月徒步到达金顶。他"侧足石蹬间，援竹而上"，从开始的"惧而颤"，到攀援中"勇而奋"，及至大顶"恬而嬉"，准确生动地表现了徒步登山的过程。记述层次清晰，结构完整。作为道士的朱思本不仅描绘了武当山的自然景观，还详细记叙了大顶铜殿内外建筑及神像的布设，保存了元代武当道教的珍贵史料。其游记言简意赅，情寓景中，特色鲜明，堪称武当山游记开山之作。

二　明代武当山游记：异彩纷呈

永乐年间（1403—1424），明成祖朱棣"北建故宫，南修武当"，敕建了气势恢宏的武当山"九宫八观"，八百里武当"五里一庵十里宫，丹墙翠瓦望玲珑"。明成祖极力崇奉玄天上帝，扶植武当道教，尊封武当山为"大岳"，位在五岳之上，树立了武当山作为皇室家庙的显赫地位。上至皇亲国戚、朝廷重臣，下至文人墨客、普通百姓，都慕名来武当山朝觐，"十方香火，赍诚朝礼"，武当道场成为全国最具影响的朝山进香活动中心。然而，永乐年间虽香火如此炽盛，却罕有游记作品传世。直至明中叶，经嘉靖皇帝颁旨重修，武当山神道畅通，宫观焕然，男女士庶骈肩接踵，武当山游记才泉涌井喷而出。近百年间（1535—1633），游记作品多达32篇。不仅篇目数量超过了后来的清代与民国之和，且名篇佳作叠见层出，既拓展了武当文学的内容，又突出了浓厚的主体性色彩，使武当山游记这一文学体裁逐渐成熟稳固。其主要特点有以下四个。

（一）方家如云，佳品迭出

明代武当山游记除布衣文人何白、大旅行家徐霞客之笔外，其余大多出自进士、官员之手，如顾璘、胡松、袁宏道、徐学谟、汪道昆、王世贞、王士性、冯时可、袁中道、谭元春等，皆为学养深厚的诗文家、戏曲家或历史学家、地理学家，嘉惠学林者众。其中，汪道昆、王世贞、徐学谟都曾出任湖广巡抚，抚治郧阳。"金陵三俊""四大家"之一的顾璘，"南都四君子"之一的胡松，公安派的袁宏道、袁中道兄弟，竟陵派的谭元春，文坛"后七子"中的王世贞，晚明"中兴五子"之一的冯时可等，都堪称当时的文坛领袖。更有因偏爱武当山而写下多篇游记者，如顾璘有《游太和山记》《游太岳后记》二篇；汪道昆有《太和山记》同名之作二篇、何白有《游武当山记》《游沧浪亭记》二篇；王在晋有《游太和山记》《重登太和游五龙宫记》二篇；袁中道有《元岳记》《书太和山记后》《游太和山日记》三篇；王世贞有《自均州由玉虚宿紫霄宫记》等四篇合为一篇《游太和山记》。他们兴致盎然地游览武当胜景，所写游记即景抒情，形神兼备，篇篇经典，读之甚觉旷性怡情。

（二）工腻细密，文笔灵动

相比之前游记简短的模山范水，明代武当山游记作者大都善于将游踪、景观、感受三位一体地呈现于游记作品之中，形成了视角独特并饱含强烈情感的文化文本。

例如，陆铨（生卒年不详）的《武当游记》描写道士："予乃命道士试登之，即挽绳履木，伸缩以上，绳虚飘动，傍观胆落。比道士至洞口，面下而呼曰：'道士已至洞口矣。'声微形短，恍惚若仙。"寥寥几笔，便勾勒出一位挥斥八极、气定神闲的"至人"形象。

徐学谟（1521—1593）在《游太岳记》文末，借鉴唐代柳宗元的"旷如、奥如"说，宏观地分析了武当山自然景观的开阔与幽深，提出了"自南岩迤南及东为旷，北为奥"这一审美判断，可谓语言精准。为了不让武当之游因"不及五龙，而反病其邃"，而做五龙之游。走到五龙行宫时，他描绘景色："宫负茅埠峰。迤宫后斗折而上，众峰攒矗，腾突撑拒，声吓逼侧，莫省向诣。转瞩凹处，役者绲舆而上，纵纵作蛇形。崩石临隧，乍异乍合，乍起乍蹶，惝恍万状。"其写作手法是：先从正面着笔，直接写群峰攒聚、高耸云端、犬牙交错的形态，以突出山势的险峻奇特；再从侧面通过轿夫绲舆而上的艰难，衬托山势的险峻；然后又从正面描绘奇石形态，凸显奇峰异石的"惝恍万状"之态。寥寥数语，从不同侧面描绘了初行武当西神道的奇景，起伏灵动，十分巧妙。又如，描写金顶观日："霏微飓拂，沆瀣沾衣。东望紫云如盖，泱郁绮结。顷之，吻昕渐爽，朱光迸彻，景风澄廓，踆乌翔空，荡射万山，金碧晃映。炉烛三峰，近联几阁，而皇崖、三公、五老、玉笋、天马、鸡笼诸峰，若动若岌，属崒而来，奔走不暇。埃堨屏翳，宛虹芒砀，游目八极，眇忽万象。"语句典雅，用词古朴，笔触细腻，生动形象地再现了金顶日出的壮丽景观。

袁中道（1570—1626）的《元岳记》，描绘武当之水时，绝不吝惜笔墨："予拉游侣，请先观水，为山灵解嘲，乃行涧中。两山夹立处，两点、披麻、斧劈诸皴，无不备具，洒墨错绣，花草烂斑。怪石万种，林立水上，与水相遭，呈奇献巧。大约以石尼水而不得往，则汇而成潭；以水间石而不得朋，则峙而为屿。石偶诎而水嬴，则纡徐而容与；水偶诎而石嬴，则颓叠而吼怒。水之行地也迅，则石之静者反动而转之，为龙，为虎，为象，为兕；石之去地也远，则水之沉者反升而跃之，为花，为蕊，为珠，为雪。以水洗石，水能予石以色，而能为云，为霞，为砂，为翠；以石捍水，石能予水以声，而能为琴,为瑟,为歌,为呗。石之趾避水,而其岩上覆,则水常含雪霰之气,而不胜泠然;石之颅避水,而其颠内却,则水常亲曦月之光,而不胜烂然。如此者凡二十余里,抵玉虚岩。"写九渡涧水与石的千姿百态,极尽铺排夸张,字里行间荡漾着轻松愉悦之情,文笔细腻灵动,艺术感染力极强。他的《书太和山记后》将游程线路图清晰地用文字表达出来,对游侣、川资、游具给予了记录。《游太和山日记》则将天气、路线、食宿以旅行日记的形式,细致地加以记录。在袁中道的《珂雪斋集》里,这三篇游记笔法各异,灵妙万端。

大旅行家徐霞客(1586—1641)于天启三年(1623)春慕名游历了武当山,他用五天时间从东神道游紫霄宫,再登上天柱峰顶。当时,天宇澄朗,当他从大顶俯瞰诸峰,所见皆奇峭苍翠,"近者鹄峙,远者罗列",不禁感叹此处"天真奥区"。下山则从三天门小径过,穿行于蜡烛涧无级无索、乱峰林立的峡谷之中。接着又步行西神道,将南岩宫至五龙宫一线清幽奇秀的自然风光和皇室家庙的园林胜景尽收眼底。徐霞客全面地游历了武当山,实现了"穷九州内外,探奇测幽"的梦想,展示了一个旅行家的坚韧和从容。他认为,华山的险而秃、嵩山的平而瘠皆非胜景,而盛赞武当山,写道:"太和则四山环抱,百里内密树森罗,蔽日参天。至近山数十里内,则异杉老柏合三人抱者,连络山坞。"然后,怀揣数枚太和榔梅果,日夜兼程返乡为母亲祝寿。《游太和山日记》以旅行日记的形式生动地展示了武当山的风物地貌,提纲挈领,笔力传神,情满山水,清秀奇丽,极富生命活力。该文是《徐霞客游记》中唯一有关湖北省境内自然景致的游记作品。

(三)独具个性,率真自然

"公安派"在明代文坛上占有重要地位。袁宏道(1568—1610)作为领袖人物,提出了"独抒性灵,不拘格套,非从自己胸臆流出,不肯下笔"的"性灵说"。他仰慕武当山虎耳岩不二和尚,常忧其耄耋之年,恐不及待,认为"不至虎耳岩犹未跻岳"。他陪侍老父同游,终得"拜师于崖间",完成了这场精神超拔的问道之旅,也为武当山留下了《虎耳岩不二和尚碑记》。其弟袁中道曾立出世之言"吾已誓作山泽游人,以毕此生",也主张独抒性灵。他的《元岳记》有一段评山游识,十分独到。"吾胸中已有粉本。大约太和山,一美丈夫也。从遇真至平台为趾,竹荫泉界,其径路最妍;从平台至紫霄为腹,遏云入汉,其杉桧最古;从紫霄至天门为臆,砂翠斑烂,以观山骨,为最亲;从天门至天柱为颅,云奔雾驶,以穷山势,为最远。此其躯干也。左降而得南崖,被烟驳霞,以巧幻胜;又降而得五龙,分天隔日,以幽邃胜;又降而得玉虚宫,近村远林,以宽旷胜,皆隶于山之左臂。又降而得三琼台,依山傍涧,以淹涧胜;又降而过蜡烛涧,转石奔雷,以滂湃胜;又降而得玉虚岩,凌虚嵌空,以苍古胜,皆隶于山之右臂。合之,山之全体具焉。其余皆一发一甲,杂佩奢带类也。"在中郎眼中,武当山不是一座固化、僵硬的雕像,而是一个有血有肉、凝聚着强大生命力、饱含着深厚情感的"美丈夫"。在他的伟岸身躯中,既蕴含着力量与气度,又显露着风仪与优雅。为山水传神,亦是抒写自己的襟怀。袁中道为人豪迈爽直,颇有大丈夫气概,喜结交豪俊,其游记作品体现了武当山浑然天成的自然之美,彰显出武当山山水的独特魅力。

晚明文学"中兴五子"之一的冯时可(生卒年不详),文学造诣颇高。虽为首辅张居正门生,却不肯附和权势,在任湖广布政司参政期间,曾游历武当山并写下了《太和山游记》。他提出:"岱有海,华有河,嵩有温洛,衡有洞庭,此固其征。汉自天来,流为沧浪,汤汤洸洸久矣,其襟带兹山矣。"可谓观点鲜明,见解独到。他认为,不能因武当山绵亘八百里"非万乘所能驰骤",就把"大岳"理解成众多峰峦的自然聚合与广阔绵延;也不能因国家穷尽财力修建崇栏杰阁,就把"大岳"理解成土木宫殿的巨观壮美与藻饰华丽;更不能因武当山香火兴旺,就把"大岳"理解成神宫仙馆的缂染营造和布满题镌。"大岳"应指"山赢水诎,厥观未備",乃"天成圣作,神谋鬼工"。真正理解"大岳",须得竭尽慧眼卓智,摒弃浅识陋见,树立起"大风水"的堪舆观,将高山巨岳与户泽气通综合起来认识。武当山是"使览者若驾蓬瀛而瞰闾阎,人间倜傥博敞之观,北其擅场矣"的灵山仙境,如果不具备大格局、大视野,如何能真正理解"大岳"的分量?

明末竟陵派代表人物谭元春(1586—1637)也强调性灵之说,认为文章应该抒写个人性情。例如,他的《游玄岳记》描写武当山仁威观,采用了数十片"背正红"的落叶来点缀景观,"点桥前小池,若朱鱼乘空",仅此一句让静态的落叶立刻灵动起来,极富幽情仙意。过了仁威观,景致更加奇异,"桃李与映山红盛开如春;接叶浓阴,行人渴而憩如夏;虫切切作促织吟,红叶委地如秋;老槐古木,铁干虬蜷,叶不能即发如冬"。这是一种新颖别致的形象思维,澄心凝思,现象的"有"与季节的"无"相互融通,从现象中来,但又超脱于现象之外,给读者"深山密径,真莫定其四时"的感叹。谭元春对明初空疏的文风十分厌倦,认为不应在形式上盲目拟古,而应深入学习古人的精神。当他纵情山水时,让自己的性情自由飞扬,"登山则情满于山",如庄子所言"澡雪而精神"。在思维上把握动静、有无的统一,情景结合,神与物游,"寂然凝虑,思接千载;情焉动容,视通万里"。因此,才能独创这篇个性化的武当山游记。

（四）内容丰富,结构完整

明代武当山游记所涉内容十分广泛,诸如图程路引、山川景物、丽宇胜台、进香习俗、道教信仰等。但是,作者在创作游记时则各具特点。例如,徐霞客的《游太和山日记》,通篇以榔梅贯穿,描写榔梅的分量约占全文1/6强。虽然榔梅是一种已经消失的奇异珍果,但在徐霞客时代,突石危岩间、乱茜丛翠中却随处可见怒放的榔梅花,灿若云霞,映耀远近。因榔梅而涉及众多学科领域而展开全文的记述,如流水地貌学——"过白云、仙龟诸岩,共二十余里,循级直下涧底,则青羊桥也。涧即竹笆桥下流,两崖蓊葱蔽日,清流延回,桥跨其上,不知流之所去。仰视碧落,宛若瓮口";植物地理学——（植物）"祠与南岩对峙,前有榔树特大,无寸肤,赤干耸立,纤芽未发。旁多榔梅树,亦高耸,花色深浅如桃杏,蒂垂丝作海棠状",（植物与环境）"自岩还至殿左,历级坞中,数抱松杉,连阴挺秀。层台孤悬,高峰四眺,是名飞升台";人文地理学——（人文景观）"越桥为迎恩宫,西向。前有碑大书'第一山'三字,乃米襄阳笔,书法飞动,当亦第一",（地名）"舆者谓迂曲不便,不若由南岩下竹笆桥,可览滴水岩、仙侣岩诸胜";宗教学——（道教信仰）"金殿峙其上,中奉玄帝及四将,炉案俱具,悉以金为之","梅与榔本山中两种,相传玄帝插梅寄榔,成此异种云",（道教人物）

"岩倚重峦，临绝壑，面对桃源洞诸山，嘉木尤深密，紫翠之色互映如图画，为希夷即唐末隐士陈抟，号希夷先生习静处"；建筑学——"静乐宫当州之中，踞城之半，规制宏整"；文学——"地既幽绝，景复殊异"等。总之，如此结构完整、质朴自然的游记美文，是融科学与艺术于一体的典范，非艰苦卓绝的意志、科学求实的态度、博古通今的学识不能达至。

与徐霞客齐名的王士性（1547—1598），以《五岳游草》《广志绎》《广游志》三书，显示出游历之广、记闻之详。他为武当山创作的《太和山游记》也涉及多个层面，如描写社会风俗——"山既以擅宇内之胜，而帝又以其神显，四方士女，持瓣香戴圣号，不远千里号拜而至者，盖肩踵相属也"；描写道教人物——"（遇真宫）左庑铸三丰真人像，丰颐瓠领，锐目方面，髭磔出如戟，殊不类所谓闲云野鹤，山泽之癯。黄冠出斗蓬、扇杖各一，皆范铜为之，真人所自御者，则已移入上方矣"等。作为人文地理学家，他对武当山的堪舆特质和建筑规制有着宏观的把握，他写的"故论太和之胜，于其高不于其大；论南岩之胜，于其怪不于其丽；论紫霄之胜，于其整不于其奇"，乃真知灼见。

"布衣诗人"何白（1562—1642）应郧县县令冯元成之邀，于万历二十四年（1596）游历了武当山。他前半生四处游幕，后半生隐居故土，晚年手定刊印的《汲古堂集》辑录的《游武当山记》《游沧浪亭记》正是这一次游览途中所见、所闻、所感的记录。文中沧浪亭及《孺子歌》濯缨处，蕴含着儒家和道家互补的思想，"君子处世，遇治则仕，遇乱则隐"，即"达则兼济天下，穷则独善其身"，其前半句是积极入世，后半句则是逍遥豁达；至虎耳岩寻访不二和尚，大师空有双遣，托寓甚隐之法门，象征着佛教文化；而静乐宫、紫云亭及武当山祝釐之所，则象征着道教文化。以一文之笔力，恰切地反映出武当文化的丰富内涵及多样性特征，说明武当道教的历史发展过程是不断对其他文化有益成分的融合、吸纳、兼收并蓄的过程。作为一介布衣，何白把他非凡的才识、高超的思致、斐然的文采贡献给了武当山，也成就了他的生命价值。

徐学谟与明代其他游者不同，他是逆常道而行之。游记里提及他的三游武当，前两次都是借公务之便，匆匆一过，犹如蜻蜓点水，并未细观。而第三次游览的时间充裕，又有好友陪伴，很是尽兴。徐学谟用整整五天时间完成了由西神道到东神道的全部游程：从玄岳门始，经遇真宫、玉虚宫，抵五龙宫，寻青羊涧，探仙龟岩、仙侣岩、滴水岩、欻火岩，登南岩宫，再出三天门、朝圣门，梯紫金城、九连磴，登及大顶金殿。返回时，东下太上岩，过紫霄宫，经炼丹岩、七星岩、三清岩，游榔梅园，度天津桥，过九渡涧，达复真观，再返玉虚宫。对沿途雄伟奇异的自然风光、相关道教人物典故以及宫、观、庵、庙等各类道教建筑的规制布局，有了深入细致的观察和具体全面的了解，为艺术创作奠定了坚实的基础，由此才成就了内容丰富、结构完整、词语精美的游记作品。

不少明代游记作者已意识到武当之游"非寻常登眺而已也"，"游"之中蕴含着精神性的追寻探索和文化性的观察思考。游目骋怀，心物契合，方能臻于妙境，这种认识对后世武当山游记的创作风格影响深远。

三　清代武当山游记：日渐式微

明末清初，武当山地区战乱频仍，游览武当一度受限。虽然清廷仍将朝拜玄天上帝列入国家正式祀典，但也加以严格的监督管控，使武当山昔日作为皇室家庙的崇高地位日渐丧失，道教活动逐渐式微甚至停滞。武当山游记的创作也进入了衰落期，除周凯、高鹤年的游记成于晚清外，其他作品多集中在康雍乾时期（1662—1795）。其主要特点有以下两点。

（一）文短意长，构思巧妙

在已发现的12篇清代文人创作的武当山游记中，王永祀的《太和山记》、蔡毓荣的《登太和山记》、张道南的《沧浪亭记》、张开东的《太岳行记》、王锡祺的《武当山记》、马如麟的《八宫纪胜》、钟岳灵的《太和山记》、熊宾的《登祭太和山记》、高鹤年的《汉中朝武当嵩山》（节录），共计9篇游记，篇幅都很短，每篇不超过二千字。

清代游记作者大多经由水路至襄阳或郧县弃舟登岸，赴均州城展开武当之游。汉江的这一段江水十分湍急，王永祀（1615—?）的《太和山记》开篇就写江水，他用船的"裂帛声"、篙师的"贾勇"，表现江中怪石嶒嵘竞立，波涛浩渺澎湃，"水涨怒啮人趾"的险恶，并用"马不可度""梵音佛号沸然""循一磴，不数武辄憩，憩已复登，屐齿告劳，腰膂不摄"等来表现山峰的陡峭险峻。他不仅描写山水地理风貌，还着意表现人文建筑景观，写了"望紫霄宫，金碧辉煌""（金殿）冶金之工，构造之丽，所费于少府金钱者无算""（玉虚宫）宫制丽甚，直逼未央、建章"，夸张、借喻的手法运用自如。文末作者慨叹三十九年后的重游，"痛劫灰之已过"，如蓼莪、鹡鸰哀痛离群百感交集。游记用字不多，谋篇布局却颇具章法，读之一波三折，回味无穷。

清代，江苏有二十多个州县建有真武庙，出于对真武修行本山——武当山的崇拜，不少江苏信众跟随香会，沿长江、汉水千里迢迢朝武当。无锡北塘香灯盛况空前，时人孙继皋诗云"朝玄朝侣集艨艟，灯火春明乱水蓉"，反映了江苏人朝武当的情形。王沄（生卒年不详）的《楚游记略》、王锡祺（1855—1913）的《武当山记》，是这一时期游记的典型。

王沄的《楚游记略》客观地记载了清代武当山的真实现状。他略记道教建筑的富丽堂皇，即使勉力挽缅而至的金殿，也只平铺直叙"徙神四，龟蛇一皆金范，殿铜冶以金涂之，下甃文石"，却对于荒落的废墟加以详记，如"道士列居岩下，有若蜂房蚕室，山中无虑数千计，乱后尽倾，此为仅见矣"，"南岩旧有径走五龙，今已废"，"时见遇真宫倾颓，遂议修焉"，"经迎恩宫，已废，入均州城，观静乐宫，宫被寇焚"等。通过铺垫，自然地抒发出对武当玄帝信仰的认同感，如对道人王昆阳赞誉"风姿修伟，自言八十余，善导引之术，弟子甚众"；听见乡音，得知同邑有三人出家武当山，油然而生亲切感；金殿面圣时"瞻仰久之，形神俱肃"的虔敬；对张三丰真人的雅慕之情等，溢于言表。另一位江苏籍作者王锡祺，平素好舆地之学，专注于地理学研究，其《武当山记》不饰辞藻，而是注重叙述语言的科学简练，将游历线路、方位、景观及建筑名称作了详尽记叙。作者只写"山之宫殿之广，土木之丽，神灵之显异"，而事实上清代中叶武当山已是烽火狼烟，罄断人烟的蹂蹦场，焚修道众，百存其一焉，但作者有意忽略凋敝衰败的景象，足见其炽爱之情。

蔡毓荣（1633—1699）作为清代大员，康熙十二年（1673）受命到武当山巡视而作《登太和山记》。游记篇幅不长，却是层次鲜明，可圈可点处有以下四点。

第一，移景换情。巡视东神道一线，从襄阳悟真庵"心殊易之"，至山下遇真宫"忘其登顿"，到山腰复真观的"舍骑而舆"、紫霄宫的"舆者告疲"，到朝天宫的"自笑其贾勇之易也"，再到下山至玉虚宫的"马瘏仆痛，乃辍行"，移景换情，手法高超。

第二，深中肯綮。这次游程遍历东神道所有大宫，可写景观不少，但只对天柱峰着墨："上帝殿在峰巅，卫以紫城，瑶台金阙，俨若禁御。初自下望之，天柱与群峰若肩随；然至是乃踞群峰上，远者环堵，近者列几，或趋或揖，如立如伏，一山外朝，翼如负扆，盖天地之大观止矣。"

第三，突出使命。如"夙兴再登，肃衣冠入殿，礼上帝""是役也，上祝圣天子万年，下祈家大人眉寿"。

第四，表达感喟。文末作者感慨："毓荣少而慕道，壮岁无闻。他日者，毕向平之余愿，追谢罗之逸踪，舍兹参山，其谁适归乎？"

这篇游记短小精悍，声情并茂，大气磅礴，是清代武当山游记的典范之作。

（二）文体创新，文风雅正

清代武当山游记"特辟一境，卓然名家"者，以周凯（1779—1837）的成就最为显著。武当山峰峦峻秀，景色幽奇。在湖北襄阳府知府任上登临其间，周凯随意尽兴，以自然与人文景观入诗，记录游踪，形成了诗游记，开创了武当山游记的新格式。调任厦门后，他又寄情翰墨丹青，使"七十二峰朝大顶，二十四涧水长流"等系列美景呈现于画作。笔随峰变，曲尽其妙，洋洋洒洒，创作出《均阳纪游诗》《武当纪游二十四图》近1.2万字的诗游记，融诗词、书法、绘画为一体，丰富了清代武当山游记宝库。

例如，《玉虚宫》一诗："萝草掩荒圩，琳宫问玉虚。螭魖埋碧瓦，狐兔穴丹除。烽火消沉台，冰霜剥蚀余。"周凯舍弃了惯常的写法，没有写它广辟雄峙若郡城都市的规模，也没有写它与离宫别苑相埒的规制，而是真实地反映了"玄天玉虚宫"在嘉庆、道光年间（1796—1850）命运多舛，昔日壮丽华美的宫殿逐渐荒废，只剩斑驳的颓墙和数块残碑、几片断瓦，屋檐上装饰的琉璃瑞兽多失落不见，蔓草丛生，野狐狡兔出没其间，使人颇感衰败凄凉。别开生面的地方在于他采用的三位一体的新格式，给山水艺苑注入了一股清新雅致的气息，以诗情点染游览经历，追求文体上的创新。这时，"规画恢宏羡玉虚，琳宫无数总难如"的情景已成往日云烟，明代后期的文人很少关注玉虚宫，到了清代游记的数量更是明显减少，即如仅见的二篇诗文所述，不是"昔传仙迹聚琼楼（望仙楼），浩劫经年此胜游"，就是"仙原景物尽空霏，缥缈琳宫隐翠微"，令人只能在无限遐想中伤心长叹。周凯在游览武当山时很关注道人，如《复至周府茶庵叶道人以诗见和叠韵答之》，以诗见和周府庵叶问梅道长，因之"莫笑吟成蔬笋气，瓣香早把墨笼纱"的诗句，周凯和诗"冰雪聪明属道家，诗成清味胜于茶"，将谈经无哗、少语寡言却冰清玉洁，充满生活气息的道人形象栩栩如生地体现出来。又如，《自在庵赠道士郭焕章》一诗："苍苍暮色入平芜，策马归来欲问途。岩观才逢张邋遢（谓太子坡张道士），草庵又见郭长须（人呼为'郭胡子、房长须'）。七真以外传仙派（道士为刘大隐嫡传，不在七真派内，嘱余绩编行派二十字），三昧之中味道腴。谈到平生得力处，入山早学避兵符（曾筑堡御邪匪，屡遇贼，不为害）。"在诗句之间加注了一些旁白，借用了宋代五龙宫道士房长须之名，通过作者的描绘，太子坡的张邋遢张道士和人称"郭胡子房长须"的郭焕章在武当山的岩观草庵中修道，于兵荒马乱时筑堡并修习道教"雷法"来抵御盗匪的道教人物形象个性鲜明，颇为传神有趣。

高鹤年（1872—1962）在清末民国武当山游记创作中首屈一指。他是一位佛教居士、佛学家，也是为朝山访道而四出行脚的旅行家。上海佛学书局印制其《名山游访记》正文前附四张照片，可见壮年时期的高鹤年身着长袍，一杖一笠，行卧坐立无不自在，"惭愧"斗笠立于左右。他自题"只凭腰脚健，悟境在前头""安心能打坐，无处不西方"，弘佛法，吐珠玉。从19岁开始的35年间，高鹤年遍游名山，参访悟道，精修戒律。饥餐草果，渴饮山泉,居无定所,行程之艰苦令人难以想象。他曾两至武当,目睹手摩,心之所历,落笔成书。《由陕西至武当游访略记》(1904年作)、《汉中朝武当嵩山》(1918年作)即两度游访途中见闻的记录。作为徒步旅行家,其足迹所至比明代的徐霞客、王士性更为幽深遥远。高鹤年的游记可贵之处在于以下三点。

第一,记述翔实,内容生动。以日期为经,以线路、里程为纬,十天的旅程移步换景,靡不在录,记叙条理清晰,表述清新雅正。例如,描写入均州,仅以"凋零"二字概括静乐宫的情状;考证了汉水"自东川汉中府嶓冢二山,导漾东流";记载了东石壁剐字"孺子歌处"。例如描述出均州,写了大炮山打儿窝及米芾的"第一山"题刻。辞藻简练,不尚铺排夸饰,似受当时"桐城派"的影响。写武当山又曰"五当山",取"山为五龙捧圣之势,威武能当"之意,更有乌鸦庙俗呼"神鸦关""金殿八景"以及"黑虎巡山"的传说和他亲眼所见"往金殿度夜。更深,见有黑虎,眼如金铃,经殿前一匝而去",这些记载既使今人也觉得新奇有趣。

第二,禅机妙意,朝礼悟道。高鹤年学识渊博,对道教、佛教经典都谙熟于心,他以佛家眼光形容武当峰峦"俨似千叶宝莲",大顶金殿的北极元天上帝(清代易"玄"为"元",以避清圣祖玄烨讳)似坐莲蕊。他还遍访武当高道,如拜访天柱峰碧天洞胡羽士的情景:"远望立于洞前,鹤发童颜,颇有高致。见面,谈及当年游齐云山相聚,今复遇于此,亦天缘也。"对道教典籍的探求,对高道的仰慕,反映了他的涵养极深。在"道家首刹"紫霄宫会晤黄真人黄贞白羽士。当听到另一位田羽士讲"毋以妄心害真心,勿以习气伤元气;忿怒时要耐得过,嗜欲生要忍得过;必须用忍耐之法,受用大矣",颇有感触,能心与境融,理随事彻,故有自序中言:"知三界无安,犹如火宅,人命危脆,不能偷安,始有忏悔访道、朝礼名山之志。"特别是在雷神洞内与江苏崇明人陈干卿研习《金刚经》,感觉玄义颇深,谈道不觉天晓,红日上升。"旋悟翠竹苍松、溪声山色,头头是道,脚脚有路",是符合高鹤年理想人生的。登山路上,有香客说:"知足之人,虽卧地上,心中安乐;不知足者,虽处天堂,亦不称意。不知足者,虽富而贫;知足之人,虽贫而富。"这样的清谈道语在境界上远超一般的尘声俗轨,比"纵有济胜之具,却入仙山而空回"高雅得多。高鹤年的两篇游记均内容饱满,充满哲思和人文关怀。下山途中巧遇碧天洞萧羽士,谈的是节饮食、寡嗜欲、戒烦恼,羽士所示各法使高鹤年受益匪浅。当走到五龙谷再次与胡羽士相见时,恍觉"身上无尘垢,心中更无忧",结尾化用诗僧寒山的诗句,深邃高妙,读之深感其游不虚行。

第三,诗文并茂,关注信仰。在高鹤年的《由陕西至武当游访略记》中,记载了乐醒居士的元君殿诗、紫霄碑诗、紫阳观小道人朗诵的诗,还有自己创作的诗:"万丈丹梯倚帝宫,纷纷求福往来通。我来访道妙峰下,到此令人百虑空。回首千岩红日丽,举头一柱白云笼。修真苦行当年事,欲问频催玉兔东。"显示了作者才华横溢、洒脱自如的气韵。《汉中朝武当嵩山》写武当的字数并不多,但对香会记述较细。他采录了雷神洞、南岩宫听闻香客唱修道歌"三月里,是花朝,名利二字是徒劳;西方境,本非遥,须将凡情一齐抛""修道人,心要空,劳劳碌碌苦无穷;成聚坏,万象空,世态无常若梦中"等,十分雅合玄机。他一路所见朝岳香客谈的都是淡泊名利,清静逍遥,不起妄心。不过,他对武当山也提出了"山灵之气,助道甚佳,就是香火太盛,有扰乱习静之象"的批评。

四 中华民国时期武当山游记:低迷不振

民国时期战乱频仍,武当山为军阀官僚霸占,匪患丛生。山上宫观颓圮,碎瓦纵横,致使香火冷枯,道众无处安身,游人更是寥寥,这种萧条的状况一直持续到抗战全面爆发。因此,民国时期武当山游记的创作态势依然低迷不振,仅发现11篇。其主要特点有以下两点。

(一)白话文体,简游重记

民国时期的武当山游记全部采用语体文,如高鹤年分别于清代和民国时期各创作游记一篇,即由文言文改为流行的语体文,语言通俗,浅显易懂。

此时期作品行文描述多给人匆匆游过之感，既不细品武当景观，又不讲究雕琢文辞，绨辞绘句。如迈沤老人（生卒年不详）的《武当山游记》，反映出新文化运动的时代烙印。如"行数程，即至磨针井。井旁竖铁杵一，出土尚三尺许，周约八寸，相传为修道者磨炼之物，取磨铁成铖之义""石庵前临悬崖，用石斫一龙头，宽五六寸，长约六尺，头设香炉一"等。

1915年陈独秀在《新青年》刊载文章，提倡民主与科学，对这一时期的游记风格似产生了很大影响。故品鉴游记有乏善可陈之感，而对于时间、气象、里程、方位、地名、建筑的记述却较为翔实。纪乘之（生卒年不详）《武当记游》载"我在金顶的围墙外面徘徊了一番，遇到了一位军事测量局的某君，和他说了一番金顶的古迹。他正在那里测绘武当山的地胜，他特地指给我们参观他所做的地图，知道了山势的高度。原来照地图上所示，紫霄宫的标高是1128.7米，五龙顶是1126.9米，金顶1724.7米"，就是典型实例，显示了这一时期科学思维对游记创作的影响。

时任汉口《晨报》和《民国日报》记者、编辑的李达可（1902—1980），其《武当山游记》有两种版本，本书仅录其一。他对武当山的历史沿革、登山路况、进香习俗、宫观建制等内容分标题叙述，描写细致。例如，描写南岩烧大香的香客："突闻喘声如虎，循来路而上，杂以登登脚步之声。旋见一壮汉，赤膊，黑裤，颊插铁钉自左穿入，透右颊出，长六七寸，粗如儿指，钉末缀以红布，长三四寸，迎风飘拂，左右两膀各插长三四寸之铁钉，亦缀有红布，飞奔而前，喘声甚厉，满眼充血，口角流涎，有如发狂。继进一人，亦赤膊，草鞋，斜背黄布包袱，右臂插铁钉如前人，而颊上及左臂则无"，不见其人，先闻其声。当两位烧大香的香客"旋见""继进"时，一种充满着精神力量的剑者自残进香的场面，赫然惊心。作者观察十分仔细，让上剑者这一人物的描写既区别于降神者乩童，也不同于武当山玄帝代言人，每个字眼的尺度把握都精准。这样的苦行进香在民国以前居多，据李达可的记述可知民国期间战乱等因素并没有使香会进香完全停滞，更正了今人的一些认知。文末他还细心地提供了"游武当须知"。署名峒星的游记也关注了武当山朝山进香民俗："武当山的香火原很鼎盛，尤其在每年废历年初，从各各省来谒拜者，不下十数万人。这次行程中看到一些背红绿包袱的朝山者，他们似乎另有一种虔诚的毅力和信念，虽然有的是伶仃小脚，却仍能不断地埋首前进。"

（二）关注社会，崇尚勇武

民国时期，游记作品近一半的作者曾从军，如迓沤老人、臧克家、李品仙、王冠吾。迓沤老人1916年作《武当山游记》时为护国军军人，为剿匪随军驻扎在距武当山不远的郧县，他记述了东神道沿线的一些特色风物，如厉禁龙头香、群鸦攫食、黄龙洞眼药、龙头杖等。他认为"愚民犹有时以身尝试者，迷信之毒，中人已深"，希望社会改良，廓清顽疾。对于道教信仰则贬抑压制，对道士信仰王灵官提出质疑和批判："众口铄金，牢不可破，使群移此坚忍之心，以爱国家谋公益，又何虑列强之相逼?! 文化之进步，不务出此，而徒为媚奥媚灶之行。奴隶牛马，所以万劫不复也。"对武当道教主神玄天上帝的认识仅局限于俗传，认为"以愚黔首，奸雄作用。匪夷所思，习俗相沿，惊传神异，亦可见中国社会之锢蔽矣"。这固然是由于民主、科学思想的盛行，民众得到了现代新思潮的洗礼，逐渐开化进步；但如若因此便认定武当道教是"愚民"的社会痼疾，则是对其作品思想高度的贬低，不免有失偏颇。迓沤老人还非常关注道教与民间社会的关系，他记载了道士反映的一些情况，如"洎清中叶，各房因香资争执，涉讼频年，遂俱中落""八宫羽士，每岁香赍所入，不下数十万，徒饱私囊，以供一己之挥霍，而不务修培。迄今石栏存者百之七八，石级亦多崩坍，游客经此，每增鸟道蚕业之感。古迹日就湮没，有司亦不能辞其责"。五龙宫是武当山最早兴建道教祠庙的地方。元代以前，五龙宫是全山香火最旺、朝山进香民俗最兴盛之地。到了民国时期，各路军阀为争夺地盘和人马、金钱连年混战，遍地烽火狼烟，行于西神道就极不安全了。除高鹤年外，其他作者均未涉足五龙宫。

臧克家（1905—2004）在即将撤离第五战区之前朝谒了武当。其《朝"武当"》字里行间充满着人道主义关怀。作者运用对比的写作方法，将均县城内静乐宫墙垣残破、饿殍遍地的荒寒与城外传说中翠花巷的热闹对比，写出了今非昔比、时移世易；将聪明伶俐的小道士变得一脸漠然与枯瘦的老道由淡漠到赠送"仙果"的热情对比，写出了人世间的等级分化和年老体衰的寂寞凄凉；将金顶唯我独尊的地位与"执事一手拿着钥匙，一手拿着化募本子"对比，写出了"非金钱却敲不开门"，客观真实地记述了1935年武当山的状况。

李品仙（1890—1987）是这一时期武当山游记作者中军衔最高者，为国民革命军陆军二级上将，1939年任第十一集团军总司令。中日随枣会战后，作为第五战区高级长官率部驻扎在唐河、襄阳一带，乘军务之隙游历了武当山，并作《游武当山》一文，收入《李品仙回忆录》中。他饱览了武当风光，通过同行军人们"或高歌以舒怀，或谈笑以为乐，偶或长啸则谷应山鸣，静听则群禽婉转，尘虑顿消，浑然皆有忘机之乐"，抒发出对祖国大好河山的热爱之情，同时也如实地记述各处宫殿、庙宇的状况，没有刻意地渲染破败荒寒。文中最为突出之处，是对紫霄宫一位老道长的描述，文笔很生动："最后一位最老的道长蹒跚扶杖前来，视之头童齿豁，面上皱纹形同网结。此老道身披军衣，腰掛布袋，脚穿芒履，神气潇洒，耳聪目明，晤对间亦彬彬有礼，与言世事当答非所问，与谈天道则津津有味，了无倦容。"作者对老道长与古松争岁月却仍"神气潇洒"一派仙风道骨的气宇肃然起敬，还记述了老道人的神秘莫测："……盼咐随员暗中偷拍。后来冲洗底片时，共余各人都有影像，唯此老道的位置空无所见，实令人奇异而莫可究其由。"作者对老道的来历与修真的情形很感兴趣，并口占七律一首以记此事。文末载有"后来于民国三十三年我在安徽主政时，听说此老道已于三十二年物化"，表明他对武当山道人的关心。

王冠吾（1894—1990）的《武当游记》也反映了抗日战争时期武当山的状况。他所在的部队当时在老河口驻扎，游览之时还有驻武当山草店第八分校的职员教官和第五战区的军人一路同行。虽然王冠吾认为游武当相当于马上观花，但还是写出了游踪之生趣。其一，对军人刻石制文，表达忠忱祖国而"不遗羞名山，玷辱林壑"的碑偈加以记述；其二，描写了紫霄宫"合"字派的诸位道长，有云游的监院水合一，有88岁修习静功的合坤老道长，也有因辟谷修行而"通身皮包骨，似一花子"的卢合殿道长，但表演武术时却是"乃拾一杖前后上下而舞，抬身一跃，高及七八尺"，体现了气定神闲，一招一式的轻松；其三，引用了当时内政部的调查数据："中国在家居士、出家道士，数在八百万人以上"，提出"完全消费，国何需此"的看法，表示了对道教的不理解；其四，由于同游陆军第七军国术教官房程云精通太极，牵出了作者最初倾慕武当源于高道张三丰，顺便讲述了张三丰与萧姓至友"急难鸣笛"的故事。游记前后呼应，将崇勇尚武的思想融入文中。

除军人的游记作品外，还有贾士毅的《武当山之游》、李达可的《武当山游记》等人的游记作品。贾士毅（1887—1965）时任国民政府财政部常务次长、江苏省国民政府代理主席，曾游历过东西方，阅识颇丰。当他因巡察湖北之便来访武当，见到当地境况后不由感叹："惜地处偏僻，交通不便，登山探胜之士，徒生景仰之心，而以途艰不获涉足一游，致赏者鲜，名迹不彰，是为可憾！"他认为世人所以仰慕武当之名，除因道教名扬天下之外，明成祖敕封武当山大兴土木修建的宫观，也体现了统治者的个人喜好对民众信仰的影响。文末因志吟诗四首，凸显雅趣。诗中问道："试问修炼者，几人过安期？"安期生是秦汉时的燕齐方士，重视个人修炼，传说他得到了太丹之道、三元之法，最后羽化登仙，驾鹤仙游。作者认为，道士肉眼凡胎而欲修炼成仙纯属愚痴之举，对道教修炼予以绝对否定。在这个意义上，游记的确是历史的一面镜子。总体而言，民国时期武当山游记有上乘之作，值得品读。

五　中华人民共和国时期武当山游记：方兴未艾

自中华人民共和国成立至今，武当山游记不仅作品数量大幅增加，而且作者视野更开阔，写作技巧更娴熟。经过精心筛选，共辑录了42篇游记，从篇目数量上来看，远远超过了以往的历史时代，可谓皇皇巨制。这些游记汇聚着不同人的见闻与智慧，开创了武当山游记的新篇章。其主要特点有以下三点。

（一）寄迹海隅，文化求同

1967—1980年期间，不少旅台湖北籍人士在《湖北文献》上陆续发表过武当山游记，具有重要史料和文化欣赏价值。该杂志由台湾战地政务班湖北同学联谊会创刊于 1966 年，刊发了一批颇具代表性的游记：梁明学的《武当琐谈》、蒲光宇的《武当山峻秀绝尘寰》、曹文锡的《武当山顶"黄金殿"搜奇》、叶明珠的《中国道教名山——武当之旅》、郭嗣汾的《神秘幽奇的武当山》、沈若云的《忆均县》、朱言明的《武当山的挑夫》、吴学铭的《踏着吕洞宾的脚步上武当山》、赵奠夏的《我终于完成登上武当山的心愿，两个原因让我几难决定成行》。旅台湖北籍作者创作的武当山游记融记叙、写景、抒情为一体，以轻盈灵动的形式和山水情思的内蕴，为当代武当山游记百花园增添了异样的风采与魅力。

旅台作家中除赵奠夏是湖北沔阳人，郭嗣汾是四川云阳（今属重庆）人，吴学铭是台湾人外，其他作者的祖籍都在郧阳地区及武当山一带。其中，梁明学、蒲光宇、叶明珠、郭嗣汾等还是抗战老兵，朱言明是抗战老兵之后，曹文锡虽非行伍出身，但抗战期间曾到武当山有公干。由于历史原因造成两岸分隔的局面，改变了他们的命运。恰逢《湖北文献》发起征文活动，勾起了游子拳拳思乡之情，把心中对武当山的怀念和对中华文化的认同，化为一篇篇感人肺腑的游记，抒发了寻找精神家园的情感认同，尤其是把武当山视为玄天上帝祖庭的信仰认同。

例如，梁明学（生卒年不详）的《武当琐谈》，回忆了1939年跟随李宗仁部在武当山草店第五战区干部训练班（后改为国民党政府军陆军军校第八分校）受训期间，游览武当山的见闻。作者概括了武当形胜的四大特质——"险峻、清幽、神秘、绝胜"，用真武与五龙观、金殿，尹喜与洗尘台、好汉坡，戴将军与磨针井等杂史掌故"新解"武当山。文中谈到率部抗日之时，"每遇危难，私心偶一祷念武当，莫不逢凶化吉，匪独自身获安，连战机随亦转运"，表达出对武当山岳和战神玄天上帝的信仰。作者情不自禁地说："我爱武当……想我既生于斯山，长于斯山，冀来日仍将老于斯山，何况武当别来已二十多年。俗说：'美不美，故乡水。亲不亲，故乡人。'""凡一草一木，一泉一丘，更有无限深情，蕴藏心版"，故乡情结贯穿游记行文之始终。

又如，蒲光宇（生卒年不详）因是武当山本地人，其游记《武当山峻秀绝尘寰》的人文内涵相对也更加丰富、新颖。如解释武当山在秦汉时代已闻名遐迩，当时的峨眉山高道云游至武当大顶，结庐而居；认为武当山亦称官山,"就是国有的山,不属州管,亦不属县辖";均县城内有永乐宫与静乐宫,武当山有"三大宫、三小宫、两中宫"之说,永乐宫是三大宫之最,静乐宫是三小宫之末;沐昕的书法为"太和体";金殿"以西藏铜为之,乡人称之为'锋磨铜'";由金花树吕祖庙到玄岳门,须攀登三百六十个石级;遇真宫十八级石级台阶、望柱栏杆,"均用汉白玉铺成",偏殿供奉着张三丰铜像,"戴着铜制草笠,身穿素袍,脚蹬麻鞋,手持钓竿";磨针井故事主人公是明惠帝与观音等。这些杂史旧闻让人耳目一新,代表着那个时代旅台民众对武当山川景迹的认知。

叶明珠(生卒年不详)不忘祖地,千里迢迢回到故乡探亲访友,登临阔别几十年的武当山。他说:"真是一样心情,两种感受。"流露出一份浓重的乡愁。陪同父亲返乡的朱言明第一次登临武当,"亘古无双胜境,天下第一仙山",令他叹为观止,流连忘返。武当道教的博大精深和空灵神奇深深地折服了他,对山间挑夫的描摹,流露出情同手足的同胞情义。明代以来的台湾是玄天上帝信仰的重镇,保存着敬奉玄天上帝香火的传统。在两岸分隔的年代,民众常朝大陆武当山方向望祭朝拜。1987 年 10 月,台湾地区领导人蒋经国对大陆政策做出了一定的调整,取消了敌对状态,允许老兵返乡探亲,才使得作者的谒祖寻根之旅得以成行。这一篇篇游记正是他们献给武当山玄天上帝的祀礼。

(二)种类丰富,多元视角

中华人民共和国时期创作的武当山游记,根据主要内容和表达中心,归纳为以下四种类型。

第一种,记叙型游记,如欧阳学忠的《七星树观龙头杖》《我陪吴老游武当》、李俊的《武当金顶纪游》《千年古刹——武当山寺记》朱江的《武当长生岩记》等。

第二种,抒情型游记,如碧野的《武当山记》、梁明学的《武当琐谈》、蒲光宇的《武当山峻秀绝尘寰》、高飞的《武当山西神道散记》、赵奠夏的《我终于完成登上武当山的心愿,两个原因让我几难决定成行》、锷风的《寻幽南神道》等。

第三种，写景型游记，如李俊的《游玉虚岩》，谭大江的《武当踏雪行》，欧阳学忠的《金顶纪游》《武当观雪》，罗耀松的《五龙纪游》等。

第四种，说理型游记，如沈若云的《忆均县》，欧阳学忠的《老君洞访古》，赵丰的《相约武当山》，流泉的《武当寻梦》，李诗德的《三上武当山》，石化鹏的《武当山记》，刘荣庆的《年逾古稀登武当》，景元华的《武当山五龙宫游记》等。

游记因叙述角度不同，有其各自的侧重点。山峰、岩阿、水流、雨、雪、雾、云、日等自然景观，可以描摹；古神道、古建筑、神灵塑像、历史人物典故、民俗文化、奇闻逸事等人文景观，可以入题。总之，创作者们八仙过海，各显神通。

（三）技法多变，意境不凡

游记是记述和描写旅游见闻、表达作者思想感情的记叙文，但在写作技巧上仁者见仁，智者见智。这一时期的游记创作者围绕武当山这个"点"，使用了不同的写作手法，因而每一篇游记都呈现了不同的风貌。写作手法主要有以下八种。

第一种，对话法。例如，碧野（1916—2008）两次到武当山，写下了游记《武当山记》《武当春暖》，主要采用了对话的形式，展开联想，由物及人，生动地刻画出了一批人物形象，如玉虚宫的场长和女园艺师、磨针井的红军爷爷和贺龙的红三军、紫霄宫的老农、小金顶的木材加工工人等，落脚点在于讴歌武当山的人民，在景物描写上他没有过多描写武当山当时宫殿残破苍凉的情景。"碧野的游记是一曲美的颂歌，在他笔下，景美、人美、情美，结构上多变中见波澜，时空交错，笔致奔放，格调明朗"，此言不虚。高飞（1963年生）的《武当山西神道散记》亦用此法，还采用了排比、类比、联想、白描等写作手法，让武当山林场场长形象高大起来。虽曰"散记"，但形散而意不散，内蕴十足。曹文锡（1891—?）的《武当山顶"黄金殿"搜奇》等游记也运用了这种写法。

第二种，"点块式"结构法。例如，赵丰（1956年生）的《相约武当山》，描写了老君岩、南岩、龙头香、妙华岩、飞升崖、黄龙洞、天柱峰、金殿，似乎碎片化，但始终没离开武当山的大文化内涵，以"点块式"结构连缀起来，用丰富的想象力写出了诗意，极易引发读者的情感共鸣，令人激赏。

第三种，突出重点法。景元华（1971年生）的《武当山五龙宫游记》，描述游历五龙宫的所见所闻，抓住景物的特征，在"面"的描写和"点"的突出上处理到位，细节盎然。该文在已知的中华人民共和国时期武当山游记中用字最多。作者先写游五龙宫的缘由，采取了对比两次五龙之游：第一次的冒雪游，"仿佛一步踏入了历史的梦幻……归来久久不能平静，起心动念，皆是真武"；第二次的冒雨游，"怀了千里志诚，专为拜谒五龙宫真武真容"。这次游程，他选取了仁威观、隐仙岩、五龙宫的历史典故、建筑布局、神像设置、棚梅台等人文景观，通过铺排渲染，细腻地刻画了五龙宫李爷。最后，将"雷火炼殿"的神奇景观作为全文最深刻的"点"置于文末。这一殊胜因缘令作者情感升华，当他拜谒真武圣像辞行之际："在那一刻，我感觉真武已经完全不是一尊铜像，而是一位无比庄严、无比神圣且又无比慈悲的圣贤长者，他的眼睛金光颤颤，带有无限深意地盯着我，若有所言，又如无语。"因缘已满，于是结束游程沉淀心灵，收尾干脆利落，同时把他的震撼传递了出来。景元华的游记可谓一波三折，取舍有度，不雕琢，不粉饰，文笔如行云流水，舒放自然，恰如宋代诗人张耒之言，"不待思虑而工，不待雕琢而丽"。谭大江（1947—2015）的《武当踏雪行》等游记也运用了这种写法。

第四种，分类摹写法。例如，朱江（1978年生）的《武当长生岩记》，先总写，提出设问"长生岩究竟在哪里"作为总领全文的纲，再按研究问题的方式设小标题，分写：碑刻记载皇帝赐名长生岩；绝壁悬崖开凿险峻石窟；阴长生修炼丹药的炼丹室；袁宏道、袁中道记录长生岩，从四个角度突出总标题，展开寻找"长生岩"过程的描述，散发出武当山徒步户外探索"游"的魅力。他的《武当神秘石碑与"白族第一文人"》也运用了这一写法。

第五种，定点观察法。例如，王维洲（生卒年不详）的《武当山日出记》，描绘站在武当大顶观察日出的过程。作者先借助晨月、云海、山鸣谷应的背景，再从色调与气氛上点染、蔓延，不断强化大自然的奇观，表现了清和宁静的武当山饱含的魅力。欧阳学忠（1942年生）的《七星树观龙头杖》《老君洞访古》等游记也运用了这种写法。

第六种，移步换景法。例如，罗耀松（1961年生）的《五龙纪游》，描述了从蒿口到五龙宫，再到南岩宫西神道的完整线路上的景观。写蒿口至五龙宫一路的景观，仅选取了二个"点"进行描述。一是仁威观："青瓦房数间，依稀有三二彩衣女子庭前。"文字洗练，色彩雅致；二是隐仙岩，先以明代山志和名家诗文言其不同凡响，再用"时见苍蔼弥漫，峰峦起伏；时闻风声如瀑……时有通体透红的野樱桃从树叶丛落下，点缀其间"，描摹得既真实又细腻。对于五龙宫，则从引经据典和广闻识见上写出历史沿革与建筑遗迹。过五龙宫越岩渡涧，抵南岩宫，这是一条古代武当山进香祈愿的神道，人迹罕至，但自然山水式园林与园林建筑景观非常美。作者的表现手法是移步换景，娓娓道来。如下行凌虚岩，作者记述了建筑、神像及修习高道；上行诵经台，俯瞰空谷幽深，表达了追羡先贤之情；过牛槽涧，景致为"老藤参差，乱石叠错"，青羊涧则"生庄周临渊羡鱼之乐"等，生动而有意趣，写出了自奥抵旷、旷奥交替、以奥为主的探赏佳境。李俊（1931年生）的《武当金顶纪游》等游记也采取了这种写法。

第七种，情景交融法。例如，欧阳学忠（1942年生）的《金顶纪游》，描述了从武当南岩攀登到金顶的景观。先写南岩——七星树轻松自如的下山过程，将南岩的佳景绮丽、石雕龙头的凌空高悬、飞升岩的梳妆台石梯石栏、幽深的峡谷、奔流的溪水，绘成了一幅中国山水画的意境；再写七星树——黄龙洞——朝天宫——三座天门——金顶艰难攀爬的上山过程："那数千级石阶，连结一起，出没隐现于天柱峰腰的莽林之中，有时令人望而生畏，有时使人感到无休无止无尽头，有时觉得前面路断，有时觉得前程豁然开朗。我们真应感谢当年道路的设计者们，他们融感情的曲折起伏与道路的曲折起伏于一体，让人脚在攀登，心也在攀登！"紧扣游踪，疏密有致。登上一天门，脱帽临风，身爽神怡；登上二天门，迎面而立，揽云在手；登上三天门，仰首高望，疑云消散。但接着的行程"犹如登天一般"，峻峭陡直、九曲回肠的"九连蹬"，终于让作者从心里发出了感叹。可见，作者把思想感情融进了景物描写的字里行间，使游记有了强烈的感染力。欧阳学忠的《我陪吴老游武当》、梁明学（生卒年不详）的《武当琐谈》、石华鹏（1975年生）的《武当山记》等游记也运用了这种写法。

第八种，寄寓理意法。例如，李诗德（1958年生）的《三上武当山》，以我观物，是作者的悟道过程。首先，作者提出"当武当山还只是修行悟道、寻师访友者的圣地时，并非谁都上得去的；有了汽车、索道之类的现代交通工具之后，一切似乎都变得简单起来。连同它那深厚的历史文化内涵、奇妙的武当功夫、精湛的道教要旨，都可以于车上一览而过"，点明"道"的无限包容性。其次，描写三上武当的情况，象征着作者由"一个无知的无神论者"，到生出许愿之心，再到有还愿之举的思想转化。最后，作者感悟到人生的漫长岁月只有在获得某种机缘后才可能悟出真谛。正如游记结尾所言："我的心十分虔诚地凝聚在三炷香上，当我面向神像跪下去的一瞬，似乎将我自己也推上了神的供桌，一下子仿佛明白了一些属于'道'的东西。"这一时期的绝大多数武当山游记都以哲学式的思考或者寄寓理意而见长，不仅能以独到的眼光、敏锐的感受从自然中悟出社会人生的哲理，更能以哲学的思辨、旷达的胸襟将"道"提升到人类生命存在的高度，从宇宙的视角上理解生命的短暂与永恒，在自然生生不息的变迁中淡化人生的荣辱得失之感。流泉（1963年生）的《武当寻梦》、王晓明（1954年生）的《寻梦金顶》等游记也运用了这种写法。

纵观武当山游记的创作，元代属于拓荒开创时期，明代是创作的第一个高峰，又经过清代和中华民国时期的一度沉寂，在中华人民共和国时期进入创作的第二个高峰。这些游记多为登临武当山时所作或游后追记，除平直地描景状物和记述旅途见闻之外，也有以诗的形式吟咏铺叙。由于游记的创作者们选择的游览线路和观赏视角各自不同，特别是审美趣味的差异，使得武当山游记个性鲜明，异彩纷呈。这些游记细腻生动地描写了不同时代武当山的神秘幽绝、岩峣峻极，记载了武当山古建筑的历史状况，也涉及了道众的精神信仰和修炼生活等种种情状，仿佛一幅徐徐展开的自然山水画卷，让人领略到武当山雄伟壮阔的人文历史风貌，感悟武当道教的神秘玄妙与博大精深。

宋　晶

谨识于2017年秋

元 代

1 登武当大顶记

朱思本[*]

延祐丁巳四月壬寅，蚤作，自武当山真庆宫登大顶。初穿林莽，寻微径，可五里所，碎石硗确，坏木纵横，径渐堙芜，乍升乍降。万木交错，叶或大如箕，或小如蒙茸，或直上数百尺，或朴樕扶疏，皆昔所未见，质诸野人，亦莫能尽名也。复多花蛇土蝮，闻人声辄趋避。唯山蛭尤病人，藏败叶沙土中，着履则蠖蠖而上。初如毛发，既饫人血，彭亨径寸，长倍之。故行者每数步必自视其足，见亟抶去。否则，流毒为疮痏，非旬月可瘳，盖山蛭多集巨蛇鳞甲中，螫人非水蛭比也。

又七里所，援青壁藤蔓而匍匐登，返顾嵌岩幽深，草木葱倩，唯闻水声淙淙，莫能窥其底也。咳唾笑语，山谷响应。怪禽飞翔，大如鸡鹜，小如雀鸽，光彩绚烂，鸣声清越，非所尝闻。强以其声之似人言名之，则有"不空、不空"，尤为异焉。灵草敷荣，多黄精、芎䓖、草乌、大黄之属。

又七里所，至下天门，峭壁如削，辫竹系其巅，缒而下，约可六丈。余则侧足石磴间，援竹而上。始则惧而颤，中也勇而奋，既至也则恬而嬉。天门砥平可寻丈，两石对上，上合而中通，谓之门亦宜。至此，山蛭蛇虺皆无所见。山志云是为"太安皇崖""显定极风"二天帝所治。

复上五里所，为三天门，其势视下天门差平夷，而从广倍之。乔松怪石，

---

[*] 朱思本（1273—?），字本初，号贞一。临川（今江西抚州）人。元代道士、诗人、精通藏文的翻译家、地理学家，绘制《舆地图》。著有《贞一稿》。

天风冷然，长萝卷舒，芬芳袭人，过此以往，无复甚峻，亦缭绕百转。

又数里，乃至绝顶，砻石为方坛，东西三十有尺，南北半之。中冶铜为殿，凡栋梁窗户靡不备，方广七尺五寸，高亦如之。内奉铜像九，中为元武，左右为神父母，又左右为二天帝，侍卫四。前设铜缸一，铜炉二。缸可盛油一斛，燃灯长明。炉一置殿内，一置坛前。四望豁然，汉水环均若衣带，其余数百里间山川城郭仿佛可辨。俯视群山，尽鳞比在山足，千态万状，如赴如揖，如听命侍役焉者。天宇晃朗，风景凌厉，武当率以五鼓东望日出，尤为奇观，则又知非徒泰山、衡岳之为然。惜怯露宿，未暇验其说也。

盘桓久之，乃逡巡而返。至真庆，午阴微转，大率为里仅三十，而真庆下至分道口平地，又二十有五里云。

明　代

2 武当游记

陆 铨[*]

嘉靖乙未五月,既望,炎暑骄旱,予以莅任谒抚台郧阳。既事,乃十九日,登舟沿汉江而归。是日也,舟坐如甑,绨葛沾肤。计明日至均州,可以取道一登武当山。询诸仆从,咸有难色。予亦怯暑,兼程利归,然此心梦寐登陟也。夜四鼓,大雨如注。黎明,云敛日出,清风如秋,山光交碧,四面映目。二十日巳初刻至均州,即治装山行。午刻出城,沙堤湿润,轻尘不飞,柳风拂翠,水声喧濑,舆从疾趋,单衣不汗。予顾而乐之,命数登山者,夹走舆傍,遐指远眺。

行四十余里,平冈野路,地势渐高,山树阴浓,村篱修饰。舆人曰:"此地俱属宫观矣。"又十余里,至迎恩宫。宫傍复一观,赭墙金榜,规度甚伟。时日色渐晡,不暇徐顾。又十余里,山径曲迂,然夷坦空阔,步舒舆平。忽闻清籁振山,幽香载途,心甚异之。舆人曰:"此遇真宫道士迓舆也。"而黄冠前导,髫童翼趋,笙箫鼓吹,且奏且行,遂入遇真宫。宫易之。盖碑志云易之。盖碑志云。翌日,云驭如鳞,日光穿罅,山清曙爽,仆夫饱嬉。行三十余里,至太子坡。上有观,垣墙外围,圈门重转,肩舆周折,如入朝市。凭空下眺,群山偃伏,仰观天柱诸峰,尚隐隐插霄汉间。又十里,至龙泉观,泉水清冽,平地涌出如沸。观前有桥,白石楚楚,虹卧龙横。予见树杪垂滴,

---

[*] 陆铨:生卒年不详,嘉靖十四年(1535)前后在世。字选之,鄞县(今浙江宁波)人。嘉靖二年(1523)进士,除刑部主事,官至广西按察使,进广东布政使。

途间浮雨，询诸路人，曰："清晨有骤雨。"移时，予在遇真宫，戴星而出，高下四十里间，晴雨迥异如此，亦奇矣。又行三四里，山岩侵舆，辗转不便，乃更易短舆，仍以四人肩之。遥见峭峰壁立，危岩旁附，松杉竹簇，其丛如麻。舆人曰："此即紫霄宫也。"予曰："嘻！有是哉！吾闻紫霄宫宇高宏，黄冠数百，咫尺山曲，基地几何？"已而，傍椒渡涧，凌级缩阶，迎行皆是，既见复隐。山曲渐舒，冈回抱负，宫之前则潴水为池，广五亩。宫之后则倚岩为屏，高可千仞。阶登九层，殿廊重复，乃倚舆少憩，午饭于方丈。饭毕，舆人曰："紫霄以上，山势陡峻，非推挽不可行。"乃命四人挽以长继，复命四人以手推之。过雷岩，窥风洞，奇壑异峦，应接不暇。经棚梅岩，就其树物色之，棚皮苍藓似梅，叶圆而大似杏，闻其实亦酸涩。俗传元帝修真以梅枯枝插棚而道成，其说甚荒。今棚梅熟，进贡尚方。

离紫霄六七里，至南岩宫。宫在山背，迂道而入，道士出迓。予志在绝岭，麾舆尚往。南岩与天柱峰，远视仅一山，比至南岩，断崖两分，洞壑深墨，中有平冈半里，阔仅三四丈。两岸峭立，迢递径度。舆行其上，神寒发竖。冈尽转经棚梅祠，祠与南岩相对。停舆转盼，见南岩风景甚丽。行五六里，道士趺坐道左。舆人曰："此道士岩间构居，人不能上。"予停舆，仰视之，但见壁岩千仞。中有一洞，洞中架木牵竹，隐隐有户牖，若蜂房燕巢然。以铁绳双垂于地，贯以横木，相间以度。予乃命道士试登之，即挽绳履木，伸缩以上，绳虚飘动，傍观胆落。比道士至洞口，面下而呼曰："道士已至洞口矣。"声微形短，恍惚若仙。夫挥斥八极，神气不变，乃为至人，道士亦用志不分者乎？

又行二三里，至朝天宫。宫逼近绝顶，地促径耸，行者伛偻，举膝齐胸。舆人曰："过此一里，舆不可肩矣。"已而石梯直竖，危磴高悬，两旁夹以石栏，柱牵以铁，登者挽索送躯，相望喘汗。予素捷于登高，仰视云间，苍茫无际，不觉畏怯。舆人用青布四尺，兜予下体，四人分两道，力挽而上。予乃倚身于布，借力于索，且行且止。转十数回，将一里许，乃至一天门。门前有小房数间，蔽以屏墙，拥以松竹，风景甚雅，乃憩坐啜茗，复抠衣而上。又半里许至二天门。过一里许至三天门，即朝圣门也。入门，道士吹敲金竹，雁行前导。时云气往来，忽阴晴，景物苍茫，半见半隐。予足疲力困，拖步入太和宫。中堂三间，翼以两厢，檐滴垂珠，阶砌凝润，盖山高云重故耳。予偃卧移时，奋力复上。凡周折数回，孤峰特出，四山如壁，天风劲烈，轻寒彻骨。予乃停立，取夹衣数重服之。已而仰视，遥见女墙森耸，神门高敞，予以此即绝顶矣。从人曰："未也，此紫金城也。"入城螺旋而上，行如转轮。将百步许，见东天门，又数十步见北天门，又数十步见西天门。城如蓑衣，以次斜高，倚岩附峰，下临无际。已而仰见炉烟杂云，龛灯耀林，予以此即绝顶矣。从人曰："未也，此元时旧铜金殿，原在绝顶，因我朝创建金殿，遂移置于此。"入殿绕后复上，凡三四折，乃至天柱峰绝顶。南北长七丈许，东西阔五丈许，中立元帝殿。殿凡三间，每间阔五尺，高可一丈七八尺，楹栋拱棁，制度精巧，皆铸铜为质，镀以黄金。殿前有台，阔二丈许，皆徐州花石，悉甃砌。殿旁两厢房，司香火香钱者宿于其中。天柱峰前，东西壁立二山，名蜡烛峰。中壁立一山似香炉，名香炉峰。时阴云未散，如雾如烟，万山千壑，隐隐下伏，注目凝视，若身在洞庭、彭蠡中。但见波浪万顷，一偃一起，苍苍茫茫，不复似山形矣。已而云气益重，须发沾濡，衣服滋润。予意下方大雨，不可久留，疾趋而下，令两人前行，予以手拊其肩，石滑风寒，不复顾盼。回至一天门，晴日曝林，背视飞鸟。予乃询道士，登绝顶时天色曾暂阴否？道士曰："晴喧如故，但绝顶略有白云笼罩耳。"是日晚归，憩于南岩宫。

次日绕宫后，俯舍身台，登飞升台，徘徊久之。午后，迂道游玉虚宫，宫在半山，丽宇胜台，颉颃紫霄。闻有五龙宫更奇，须曲走四十里乃至。予归期不可少暇，遂戒旃回均州，宿静乐宫中。

兹游也，非公事不得至其地，非宿雨不得却其暑，非新霁不期快所视。平生奇绝，在此一游矣。

3　大岳记

方　升*

　　刻《志略》之阅，四月将讫事。升还所，以作之意授之工，曰："升少时，则闻武当奇胜甲天下，裹粮走观之。亡一乘之便，卒莫能往。"嘉靖癸巳，督屯唐、邓间，庶几望见诸道子之宫，而又不敢越他境以勤邑人，乃止。甲午提调命下，升奉以趋曰："兹命也，将得以指挥其宫事，行有辞矣。"

　　明年三月既至，观于净乐，曰："美哉！岩岩乎，上逼太紫，而下压城闉也哉！抑大者三十六焉，今见其一，未睹其余也。"观于玉虚，曰："又有大焉。其文皇之余烈乎？吾闻之费而不伤，劳而不怨。"观于五龙。曰："美哉！神仙窟宅也。其东则青羊，太上之所经也。其南则桃源，希夷之所处也。"观于南岩，曰："美哉！天作之者欤，地生之者欤？人力不至于此。"观于紫霄，曰："美哉！传有之天下七十二福地，此其一也。"观于太和，曰："美哉！亭亭乎，吾不知其几千万丈也。其去地益远，而去天益迩也乎！日月出没在下矣，嵩高泰华不足言矣。"

　　既归，取《志》读之，曰："该矣悉矣，无所不载矣。"读之卒篇，曰："夸而俚，博而寡要，其犹有未尽乎。乃忘其愚，辑为此编。汰十之五，增十之三，为之概括一百四十六处，杜述者十有九首，类为五卷。既脱稿，唯灾木是惧。"质之少监李公，曰："虽然，不可无刻也。"遂刻之。

嘉靖丙申（1536）长至日婺源方升识

---

*　方升：生卒年不详。洪武四年（1371）进士，编撰《大岳志略》。

太和宫四图述

　　宫在天柱峰之上。旧有小铜殿一。永乐十四年（1416）始撤小殿，改治大殿，涂以黄金，制极工致。其梁楹钩合处，浑成若不假绳削者。殿之外为台，台外为槛，槛外为城。台下置石梯悬崖间，高出木末，飞鸟皆俯其背。人行其上，若乘空，按掌跼趾，目不敢旁游，举武则股石相抟，乃护以石槛，联以铁锁，使可凭可引，尽数十阶，则横折其磴，使稍就平可坐。城辟四天门，以象天阙，俨然上界五城十二楼也。殿上观日之出，如火之发于足。观灏气之往来于太虚，如呼吸之气之出于口。

　　殿旁诸峰，不可尽名。其对峙而起逼几案者，呼蜡烛峰。其下跪者、揖者、拜且舞者、罗而立者、执戟而卫者、搢笏而侍者，冉冉而下，如群仙之拥绛节者，源源而来；如诸侯之捧玉帛者，皆作朝谒状。盖天造地设，以副我文皇神道设教之盛心耳。

　　宫之制，随地之力，不能相属。其大顶为殿，顶南北缩五之四，东西揆者，复十之一，益以飞栈为更衣二小室，地既穷。右折而下，于颏规山之曲，为朝圣殿，为元君殿，为圣父母殿，为讲经堂，为真官堂，为龙池、龙庙，为钟鼓之楼、厨库之室，地又穷。又左折而逾小崦，出右胁之下，获山曲四倍之复规，为方丈，为廊庑，为寮室，地又穷。陟自故道右折而度朝圣门，绕出天柱峰后，下三天门，门下昔传有尹喜岩，绝壁不可寻。三门皆连磴千尺，从高山直落，或侧道钩出于石芒间，下临不测之壑，阶累数十百级，强直如弦。投以小石子，从栏间一跃，便翛然下，不及趾，不止行者。攀危栏，缘长垣，仰胁息者数四，然后得望一二。其旁负土而争出者为巘，累石而欲坠者为崖，山曲无复可规者，地又益穷。遂刓嶰岩、夷断腭以益之，为道房，为斋堂，为灵官祠，为祖师殿，为会星桥。为楹大小五百二十。

南岩宫七图述

宫即天一真庆故址。自大顶东走二十里，有丘焉可屋，有泉焉可瀹，莫如南岩。其旁多重崦曲阜，呀呷之壑，嵌空之洞。方未入时，坐棚梅祠，望北壁下悬崖置屋，如栈道剑阁，殊奇绝可爱。由祠右行南崖百余步，度北崖，崖深峭不可测，中通一道如横堵。行者侧足而上，既度，升自南天门，循山左支行数十步，折行右支百步。复折而左，入小天门，并崖斗折而行，过大岩下，山将穷，而崖见壁。崖之半为大殿，毕诸槛。山复起突为小阜，复即其上为圆光殿，殿下则黑虎岩也。岩大如侧钟口，虎仅可伏。

从大殿后左折而东，皆循崖绿，石栏屈曲而行，俯视栏外数千尺，目穷处正黑不得底。投之以石，无敲落声。阴风生于谷中，若生骑数百，衔枚而驰，迅突不可当。寒蝉暝禽，鸣声悲切，令人毛发洒淅，战掉不能休。既东二十步，折而陟崖上，方转西行。过元君殿，入南熏亭，亭穷崖，杉为之，大可罗胡床七八。其上松风响，细而长，异他处。有禽自呼"我师"，常栖止崖上。亭外有石枰，从衡十八道，类今俗所弹者。相传为洞宾故物，未敢信。

复从元君殿折而下，自是直东，过砖室一，石室一。砖室曰"独阳岩"，石室曰"紫霄岩"，对棚梅祠，前所望北壁下者也。岩前刻龙头，横出栏外四五尺，其奉神谨者，则缘龙头置一瓣于其上以为敬。旁礼斗台，崛起灌莽中，莫知所从登。崖上片石刻灵官像，高五六寸，乱置小窍中，其数不能遍阅，曰五百云。又东过风月双清亭，值岩穷处，二面皆倚石壁，壁下坐可各数人，可卧可眺，可以觞咏，然乱吹不时发，亦不能久留也。亭外石枰一，如南熏所见者。

复从故道抵大殿后，西望舍身崖，空悬若垂天之翼，状甚可怖。其上为飞升台，玄帝改服于此。台下为试心石，又下为谢天地岩。殿并山为楮室一，为神厨一，为碑亭二，泉二：曰甘泉，曰甘露泉。泉言形，露言色也。池二：曰太一，曰天一。太一水生气，天一水生数也。殿之前偏右为方丈，其堂曰蓬莱之署。从方丈左折行堂后，其上分为二道：左出双杉下，为五师殿；右乱穿道院中为圜室，为浴堂，为沧水库池，池上有小间道，从之可通钵堂。由钵堂陟翠微折行山之后，则寻邓真君所谓欶火岩者。又转而前平行山上，北折而观于崇福岩，西下而复于南天门。南岩之游，于是呼始穷矣。

紫霄宫五图述

宫在展旗峰下，故宫之侧。故宫今名"香火殿"，负东小阜，始使者入山，将新是图，则观其貌于堂。树于台者，赫如蔚如也。于是乃议不毁，别治于西大麓，殿楹三，故宫石属十之，其他建置百之。曰池一，宫前左；月池一，宫后左；七星池一，宫前右；真一泉一，宫后右；上善泉一，东方丈堂北。大如盆中石钩塞者半，水从旁窍出，日可数千斗，宫中皆属厌焉。旧为池，名弗称，今更曰泉。

从殿后右转，陟山之椒根，石壁为龛者，太子岩也。岩前横书"太子岩"三字，其左曰"蓬莱第一峰"，亦横书。岩下小圜亭，松风四入，如敌百道。岩上余沥飘窗前，其散如沫。下而出道院，左复北上者，炼丹岩也。下而出道院，右复西上者，七星岩也。又上为三清岩，绝顶不可到，其下为棚梅园。正德年间（1506—1521），令守臣岁取棚梅以贡，太监吕宪乃移植数本于园。自棚梅园东下，又转而南上，为福地殿。殿两阶下丹井二。北为万松亭，东为赐剑台，相距不数武。左右山断，而复圆起如小儿擎拳状者，大小宝珠峰也。诸岩之水，合而东流于右胁者，金水渠也。渠广八九尺，北折过宫前，抵小宝珠不得出。凿其项以行，为后渠。既出，复东趋大宝珠，溢于其趾，为禹迹池。池大仅一亩，湛湛阶户间，尤为高山胜概。旧传禹导山至此，因名。桥一、亭一，并缘池设。池上仰见三公、五老、灶门、福地诸峰，矗矗霄汉之表，或竖如笏，或倚如剑，或列如樯，或错如棋，锐者毫攒，斜者圭葵，止者鹄跱，奋者鹘突，千态万状，左右眙而目不敢暇焉。

自始释平地，下上五六十里，至是凡得三大观：栖危巅，凭太虚，如承露仙掌，擎出数十百丈，日月出没，皆在其下，不如太和；立神以扶栋宇，凿翠以开户牖，逞伎巧于悬崖乱石间，因险为奇，逐在成趣，不如南岩；右虎左龙，前雀后武，虽当廉贞、贪狼二宿之下，而环抱天成，楹石所栖，各有次第，则非太和、南岩之所得而有也。故论太和之胜者，于其高不于其大；论南岩之胜者，于其怪不于其丽；论紫霄之胜者，于其整不于其奇。太和在上，南岩、紫霄并列于下，足成三台矣。

五龙宫八图述

宫在灵应峰山曲。南岩之游既穷，从其中以望五龙诸殿宇，如在扉屦之下。去岩而北，过滴水岩、仙侣岩，下青羊涧二十六七里。山行多虎，逆旅无二户，行者始持兵。涧陷大麓下，如行檐底。已而南岩、五龙，皆失所在。逾涧而西，复寻山行，阴磴苔甚滑，崎岖二三里，山忽平，树忽壮，景物忽佳。于是南岩所望青羊所失者，始欣然获一投足焉。顾瞻南岩，又复如在眉睫之上矣。宫东向，逆折其门北向，就涧道也。宫门内为道，九曲十八折，蔽以崇垣，行者前后不相见。

玄帝、启圣二殿，阶合九重。前五重为级八十一，后四重为级七十二，望之如在天上，真所谓上帝居也。殿前天地池二，陷石龙土中而垂其首于池，水从龙口出注焉。龙井五，左三井、右二井。井痕不及栏者才二尺，寒冽可食。碑亭二，台二丈有奇，亭倍台之半。右廊之阴，日月池二。日池碧色微绿，月池深缁色，字金鱼各可数十头。殿之左，为玉像殿，紫玉像一，披发跣盘右膝而坐；沉香像一，披发跣端坐；旧白玉像入供于内，今像则当时所易者也；苍玉像一，冕而垂绅云履；菜玉像一，首饰不可辨，额微起至后如抹帕，氅袍圆履；碧玉像一，顶左右结双鬟，素袍锐履，诸像皆貌玄帝，而大小各不同，似非一时所为者。其余从神二，龟蛇二，香炉连盖一，皆菜玉制。龟蛇大者如蟹，小者仅如钱。香炉盖刻狮子，为双纽系，小球隆起，旁窄不掩，炉瘗殿前丹墀内，掘得之，无款识，不知为何时物也。殿之右，出山坎大林下，六石碑在焉，皆元物也。一为崇封真武诰碑；一为揭傒斯所撰宫碑；一为揭傒斯所撰瑞应碑；二为戒臣下碑，碑尾书"至元三年"，其下又系以"龙儿年、牛儿月"，盖当时制如此。一仆于地，苔藓所蚀，漫灭不可读。宫门左，从曲道北折陟左山，为榔梅台，台上榔梅一株，方盛发。台后有小石碑，载赏李素希衣物敕二道，其阴则尚书胡濙述上前面领论素希语也。

下而折，左出大门外，尽门下皆为真官堂，为云堂。自云堂并山西行，下小谷，涧水出焉，所谓磨针涧也。涧上有老姥祠，涧出为蒿口，东流入于缁水。宫门右从碑亭下，南折，陟右山为启圣台。

折而南下，行土途数百步，侧出一小山，平耸如台，陈希夷诵经处也。直下为凌虚岩，复从故道折而西上，规山微曲处，为自然庵。庵前石作小池，而桥其上。金鱼十数头，闻人咳唾，从桥下群起唪之。庵藏李素希故物数事，青袍一，斜领博袖，制不甚古。衲袭里各一，皆用五彩布裁为方寸，间缀以成袭衣，领直下，不交襟，不裳袖，径三尺二寸，边皆缘。里衣促制小袖，襟左右交腰，以下迭褶而舒，其末不缘。吕公绦一，五色丝揽结而三合焉。绥长寸半，皆文皇时所赐也。其顶为灵应岩，其外又有长生岩。近岩数丈，皆绝壁百仞，下临大壑，横一木于树上，以通往来。岁久，木腐不可度。

玉虚宫六图述

宫在展旗峰北遇真故址，为真仙张三丰之庵。真仙尝语人曰："此地他日必大兴。"既而去之，四方声迹寂然。文皇遍访物色，不可得。遂大其宫，以为祝厘之所。

殿之属三：曰大殿，玄帝所栖也；大殿之阴，曰启圣殿，尊其所自出也；左曰元君殿，明授受也；又左曰小观殿，初出之制，未大也。三殿合诸楹得大殿者半之。元君、小观则入隘坞，中夷山址，以奠石焉。亭之属三：西坞西山下，曰仙衣亭，真仙昔尝授衣者也；亭后砖室一，曰张仙洞，神所游也，室外铜碑一，阉之遗也；左圣水池，池上室大如斗，仅可置几案，沐都尉读书处也。宫之前，曰左右碑亭。厨之后，曰神泉井亭。楼之属一：西坞北山下，曰"望仙"，盖真杖履所及，招之以其故也。楼外雪洞一，洞有雨台，洞光台容相辉映，虽亭午如出月状。堂之属五：石渠北，曰斋堂；石涧西，曰浴堂；宫门左，曰钵堂；宫门右，曰云堂；西坞北，曰圜堂。钵堂后，亦曰圜堂，故西坞则呼"小圜"以别之。斋堂前老桂三，其最大者以指絜之，得二十二围，虽柯干方盛，然叶迟如子母钱，花枝间时缀数点，不能多，独异香，不咸他植。一木十围，空中立枯，犹屈强如平昔。一木十三围，偃寒墙下，若付是非，欣戚于人者，盖皆百余年物也。院之属二：涧之东，曰东道院，智者居之；山之西，曰西道院，仁者居之。桥之属六：曰遇真、曰仙源、曰游仙、曰东莱、曰仙都、曰登仙，而石渠之所建不与焉。门之属三：曰东天、曰西天、曰北天，而殿中之所辟不与焉。石渠一，宫门之内，广八尺，深四尺，夹以石栏而桥焉。中为中桥，左为西桥，右为东桥。渠首起西山之麓，水泉不甚大，仰盈于骤溜潺潦，以成其停蓄之势，延袤数十百武，斗折蛇行，入于东涧。石涧一，宫之东九度之所经也，自高山倾泻而下，澎湃数十里，出右胁之间，与石渠合。西北为梅东，会于淄，东北入于汉。石鼓四，南山之阳，鼓大径二尺二寸，高杀其一，以象四时。或曰取其镇也。真灵祠二，祀于门下，媚灶之义也。天地坛一，前左南向，礼以义起者也。太山庙一，前右北向，时所奔走者也。八仙台一，仙桃观一，华阳亭一，莲花池一，宫外可游眺者也。曰方丈，曰寮室，曰书房，曰宾所，曰仓，曰厨，曰库，宫室之事不一，皆非苟完者也。

遇真宫三图述

宫在仙关外。始入山，自草店行二三里，忽两山扼于涧口，目不复可辨。循山趾下穷之，始得其坎然，状从其上却望，若逆流于山，因忆桃源小口，意其中必有佳境者。且前数武，开朗夷旷，可耕之地数百塍，皆官壤也，故遂为诸道子所业。阡陌相通，殆不异桃源。今代既非秦，诸道子类非避世者，冠盖相属于道，无复昔日渔人之迷矣。按，宫之先，曰会仙馆，真仙张三丰所筑也。真仙去今百四十年，追寻遗迹于山水间，无复存者。

行束廊下，得观所谓铜像，西向坐，戴笠，内加小冠；左右侍童二，杖一，扇一。笠径一尺八寸，中外旋揽，如椒眼状，寸约二眼，平布其里，襄汉间呼为斗篷。杖刻龙头，左侍者执焉；扇镂蕉叶，右侍者执焉。皆糜铜以成形，而袭之以金。盖三物，真仙平时所御者也。宫中道士云，故物藏之内府。入东方丈，得观所谓遗像，身长五六尺，面方紫，平颊丰颐，项腴如瓠，自额以上，隐隐中起。眉目修而锐，其末微钩，而下垂发才二寸半，纳于冠半，被两耳后。须黑而疏在颔下者，握之不盈把。在口上者，横出磔如戟。紫木冠，蓝袍，袍制甚促，直领窄袖不缘，独裾飘飘然，有乘风上征之意。系吕公绦，芒履见踵，缚两袴胫，尽露于外。右足侧半武，睨之若短，荷笠曳杖，行于松下。考之图志，真仙居庵时，尝独栖大树下，猛兽不近，鸷鸟不攫。想象其人，当如野鹤冥鸿，癯然物表。今观其状，貌殊不类，岂所谓仙者，固亦土木其形骸耶！

迎恩宫一图述

宫在石板滩。旧有关王庙，盖郧襄官道也。滩合山前诸小涧之水，骤为一川。雨甚则溃潦四出，行者半陟，而水大至则漂溺随之。有司以涨落不常，舟楫不时，其于是初作石桥。成化二年（1466），州大水，桥啮且绝者百数，而兹桥独完，或者谓玄武实相之。乃治宫于桥南岸，以报神功，以祈神庥。宫成而诸美毕集焉。清泠者日与耳遇，飞泳者日与目遇。天风弗作，烟霾消歇，则天柱、紫霄诸峰划见面目，遂为胜地。始来游者，惟亟亟山行也，过者仅立宫门外，伸首一望竟去，用是弗大显。

宫落成于成化十七年（1481），中为殿十六楹，以祀玄帝。殿之左为堂十二楹，亦以祀启圣，亦以祀真官。殿之右为庙十楹，以祀关羽。外右为方丈，为书房，为寮室，为仓库之舍，为庖湢之所。百五十楹，以居道众。太监韦贵疏其事，以额请于朝，赐曰"迎恩观"。

静乐宫二图述

宫在均州城北。诸宫高或于山、于岩下，或于谷，独净乐于市。盖即其所封治宫焉。考之《图经》，均古麇地也。传称，玄帝降生于净乐之国，净乐治麇。按《春秋》文："十一年楚子伐麇（注：小国，近楚）。左氏败麇，师于防，复伐麇。至于锡穴。"应劭曰："锡穴，今均州、郧县，则入春秋，麇固在也，与传所载不合，今不可考矣。麇，君音，旧志作麋、麋音。麋麇，字相近，传写之误也。"

宫半于城，中居民，弘敞不及玉虚，而壮丽过之。崇其堂，峨其阶，豁其绮疏，文其璇题，阶墀门庑皆石平布。布幡幄之末，缀玉以垂，宫右为玄帝启圣殿者也。宫左紫云亭。亭之制八棱，其上去梁桷，重檐叠拱，而璇结于顶，如揽囊口，圆起城中，状类垂盖，江行者皆见之。亭下石阶、石栏二级，可以环而走。修竹长松，遍植栏外，类村坞。亭外舍居者，为道人李大瓢，不知何许人。年八十余，人问其姓字，不答。与之钱，不受。饮之酒，醉则起去，亦不告也。杖上悬方寸木，书"不语"二字。可否诸事任首，长以瓢自随，因号大瓢。宫右香钱库，凡锱铢输于山者，悉辇以入。累朝所赐诸器物，金钟玉磬之属，皆藏焉。又折而右为三方丈：为斋堂，为浴堂，为宾客之所，为道子之室，为案牍之房，为蔬药之圃。宫前亭二，以庋御碑。祠一，以祀真官。进贡厂一，岁时取土物以贡，则董其役于此，内臣主之。宫外左为提督之署，前左为提调之署，前右为五龙行宫。出大东门望江东岸，为巨石立于山麓，昂耸如马首，平如几，高数十尺。其上有亭，曰"沧浪之亭"。其状酷似严濑钓台，然钓台远于濑，非百丈不可及，又不如此之可以垂纶于亭也。下而左行江岸百余武，复上观音阁，阁后有小石洞。洞广步有半，人坐，虽盛夏无暑气，与人语，不甚了了。相与弈其中，敲子声隐壁案间，久不得出。下阁，复拿舟顺流，行六七里抵龙山。山横绝水口，屹然有一夫当关之势，地理家所谓华表捍门者也。山上禹王庙一，玉皇阁一，卧云亭一。山下三义庙一，皆附于宫，可游者也。

4 游太和山记

顾 璘[*]

曩昔，闻客谈太和山，高且奇，宫观伟丽，皆天下所无有。窃疑未信。嘉靖戊戌冬，余以台务巡方至襄，乃谋观其胜。

十月二日，出襄阳，信宿于谷城山界道中。冈阜迤逦相属，人曰："此即山麓也，盖相去二百里已然矣。"四日入山，将至遇真宫，则童冠羽衣人数十，提香、鸣乐、持幡筛来导，悠然度灌木、溪桥之间，恍陟仙界。自是，凡过一宫观皆然。是日宿玉虚。

五日晓，寻涧道泾寻玉虚岩。凡三里始至。径险，石益奇，灵草异木青葱，不类人境，平时人所不至也。宿紫霄。

六日，乃登天柱峰，谒真武君金殿。历路门者四，皆金榜，石磴曲折不可计，旁有石栏铁锁，人攀援以升；或惫，则引布推脱，凡数十憩始跻其巅。平室设真君殿，殿可三咫许，冶铜为质，外饰以金。栋柱、门屏、题甍并具，其像与四天兵皆铜，精工逾土木，非竭天下之力不可，诚尽美矣哉！其上，四望莽苍，凡山皆下，莫见，惟北顾华山隐隐再拜，瞻礼赞叹，徘徊良久始下。入南岩，石壁无古人题识，惟今少傅夏公大书"福寿康宁"四字，殊雄伟。其雷神洞、舍身岩，皆险峭可骇。初七日，问山北僻道，访五龙宫。景

---

[*] 顾璘（1476—1545），字华玉，号东桥居士。长洲（今江苏苏州）人，寓居上元（今江苏南京）。弘治九年（1496）进士，累官至南京刑部尚书。明代文学家，有"金陵三俊"美誉，时称"四大家"。

甚幽邃，涧泉清泠可听，时从高崖，低缘涧道，不啻千仞，如飞鸟翩然下青壁，爰且悚惕。荒茅密竹，闻往时多虎，今人盛，亦不见也。苍杉参天，有大十围许者，时成林，亦他山所无。闲访岩居道士，问吹呴吐纳之方，颇指钟、吕、孙、陈诸仙人居处相示。使古无仙则已，有则不居于斯，安往哉？

八日，仍抵玉虚，得故人，司法陈羽伯自南阳至，乃共再宿而别。入均州，游静乐宫，至紫云亭，云是真君诞所，或有之云。

山游凡五日，历宫九，皆绝，工丽坚壮，而南岩、五龙多石为幽。观凡十一，多居岩阿。仁威观前有白石，特奇，余题曰"玉鳞"。棚梅旧木已无，今乃后植者。庙凡三，因事而作，无幽概。岩名者五，玉虚、太子、隐仙尤润色奇观。涧不可数，九渡、磨针特名，重真君也。凡宫殿，皆拟天庭帝座之崇严。虽行寮寄寓，皆费中人百家之产，莫状其胜。志云："聚南五省之财，用人二十二万。"不知作之若干岁，信有之乎？按真君其书所传，本清修得道士也，其后乃有大威力，所显于宋、元及圣朝。如此，唯我文皇大圣，首物垂训，作事为天下法，非真君有大功于国，大惠于民，报典奉祀，乌能臻是哉？邈未可考，若容谈，则固叹其未尽矣。

5　游太岳后记

顾　璘

夫险易者，地之理也；幽明者，物之情也。广大尊崇皆易也，而人道宜之，故曰明；奇峭险邃皆幽也，而鬼道宜之，故曰幽。地形殊类，物用相成，莫知其然而不能不然，此则天之道也。天且不违，况于人乎？况于鬼神乎？今夫君王侯伯之居，必大都广土，日月所照，人物萃之。否则舟车难通，政教难达，人道斯妨矣。神灵仙真之栖必深岩幽林，云雾所积，怪妖凭之，否则精气莫潜，变幻莫作，鬼道斯诎矣。由此言之，两间之内，凡山川之幽险，为仙佛依，不为吾人有，断断明矣。夫五岳，天下之名山也，其神坛壝，恒居坦明之地，其幽乃有异类托之，故曰五岳，视三公不其然哉？今吾游太岳，观灵峰峭壁，空岩阴谷，信天下之绝奇矣。然止于仙鬼所附，清虚所修，无礼乐政治之用，以达诸人事，卒归阴道已矣。将希诸聚落井邑，且不可得，敢望大都广土，类邪易则大，险则小固，天道之不可易也。客有闻而作者，曰："岂唯山哉？为明洞，达大人之度也，斯贤圣同域矣；毕塞险，暗小人之趣也，斯鬼蜮同流矣。请以子相山之道，相人可乎？"对曰："吾乌能达于是，其理或然。"因书为后记。

6 游武当山记

胡 松[*]

凡山水之胜大都有四,有以其实,有以其人,有号侈而实,否有实羡而名乏,斯亦所遭云尔,以余所闻武当则胜然,不躬覩而身觌,岂知其胜至斯也?故不可无记,以幸斯游。盖岁在己亥闰七月既望,余与同官吴子山有事鄢郢,一日,宴坐语及约事,竟与偕逮。

八月一日,发鄢城,宿潼口。驿二之日,发潼口,经岘山,憩习家池上小坐。已乃拜羊侯祠,周览咨嗟,叹斯人不可复作。晚次襄阳,延见吏民,程督故事。三之日,发襄阳,次谷城县。四之日,次均州界山驿。五之日,从界山驿西行四十里,至遇真宫。宫前开明夷旷,不甚峻。始宫名会仙馆,仙人张三丰居焉。故今东廊下有铜像,东方丈有遗像各一,与世所传像稍异。问之道士,云此其甚真。观东二里,曰修真观。又东,曰鸦鹘岭,上有太山庙。是日,宿宫中。

明日发宫,出仙关,其上有黑虎潭。潭上有二石,峻嶒中广如屋,可坐其下,洞深莫测,常有云气。西北行四十里,至紫霄宫。宫负展旗峰下,峰迤逦辣矗,千仞壁削,宛犹皂纛形。其左右有泉池四,并清澈可汲,栏甃砻琢甚工。前左曰日池,右曰月池。前右曰大善泉,后右曰上善泉。从殿后右转,陟山椒,有岩曰太子岩。岩名以帝故,盖帝为净乐国王子也。上有三大

---

[*] 胡松(1503—1566),字汝茂,别号柏泉。安徽滁州人。官至兵部尚书、吏部尚书,为"南都四君子"之一。

字,甚深可辨。其左曰"蓬莱第一峰",亦横刻岩上。有泉一泓,风吹余沥四散。其溅如沫如珠,可挹出。道士院左折北上,曰炼丹岩。右折西上,曰七星岩。又上为三清岩,绝险不可到。杉桧桐梓,荫翳甚郁。仰逼三公山,俯瞰禹迹池。拥大小宝珠二峰,峰负焱岩。宫前古松数百株,皆参天倚云,枝叶扶疏,上耸可数。譬如大驾郊行,巨人力士高执云幢、星盖以从。距此北十五里,有观曰复真观,一名太子坡。殿下有池,曰圣母滴泪池。相传帝为太子时,弃家居此,其母追泣,故云,不可考。直北十里,曰龙泉观,在九溪渡天津桥上。自此南折深入,有岩曰玉虚岩。其路回阻窈窕,沿流以入,望之若穷。行而愈出其上,峰薄穹,耸峭可画。其旁万山攒簇掩映,松萝蒙密,不肖人境。北数百步,曰威烈观。观祠唐太守姚简,贞观中尝为武当节度。感遇神人,弃官隐此,后时时著灵显,乃敕封威烈王。

西北四五里至南岩宫,其旁多重崦曲阜、呀岬之壑、嵌空之洞。树木繁蔚,石芒峭峻,有或磔如戟,或蟠如龙,或怒如虬,或踞如虎,或拱立如佛菩萨。加枯株僵树,斜倚刮坠,举首游睇,似欲瞰人。从此,自南天门循山左行,过小天门,绿崖峻折。经大崖陟殿中,基在峻高处,擘崖之半为之。又即其最上一乘,为圆光殿。从殿后左折而东,皆牙屈曲行,俯视栏外,数千尺目穷处,正黑不得底。天风噫气,披拂震激,令人毛发洒淅股并。折而西行,过元君殿,坐南薰亭。亭据崖杪,万景毕瞩。其他珍禽幽鸟,递响交吟,实中宫商可听。亭外有石枰一具,纵横十八道,相传为洞宾故物,然规制似近时人所为。殆好事者传其说,以神之耳。从元君殿东折,上独阳、紫霄二岩。独阳有砖室一,紫霄有石室一。二室并以纯砖石为之,无他物,其中各置神像。紫霄岩前有石龙头,横尺余,纵出栏外五六尺许,下临深壑数百仞,甚峻。游人在栏内凭视,已骇怵不宴。有道士往来其上蓺香,若蹈夷践砥,岂非庄周所云"伯昏无人,世固有其人"乎?西北五里,有岩曰滴水岩,中广如厦,其纵丈有奇,横不啻倍,可避风雨。下凿石为池,承泉注于外。又里许曰仙侣岩,云帝道成,群仙簇集宾迓。下为五花泉,相传神仙陶幼安得道于此。直西有飞升台,台下有谢天地岩,至险。昔宋有人居此,往来如飞。有问讯者,但云"谢天地",竟无他语。后仙去,人以是名之。

次日,出南天门。援南崖可百余步,经北崖。崖两旁深峭直下,中横一道如堵，行者皆逡巡踧踖。厌足折西北行，过樠梅祠，经朝天宫。自是弥益高峻，令人汗喘，愿罢止。诸前在紫霄、南岩道中望见与天逼者，渐与肩或覆出其上，俯视之。又前过摘星桥，上一天门。约可三里，至二天门。又里许，至三天门。三天门磴数千尺，从高下直落，强直如弦。行者攀石栏援绠，仰胁息者数四，然后得望一二。其旁负土而争出者，为巘；累石而欲堕者，为崿。种种异态，顾盼不暇。缭而曲，往而复，折而萦，如穷而终。计五六里，乃可至绝顶。道官率道士执幡奏乐，导而前，仙音皦如，声应林壑。飘然凌云御气，神游太虚，不知此身尚在人间世也。

顶之出山曰天柱峰，峰一名参岭。高出平地万丈，居七十二峰出，帝昔于此冲举。绝顶东西九丈，南北才二丈，四维皆石脊，如金银色。有怪松数株，盘桓纠屈，如龙蛇状，其高才仞许，甚奇。顶中平置金殿，乃文皇制以奉神。其中及外并纯铜为之，外涂黄金，制极工巧，宛若浑成。其梁楹钩合处，无半罅，若不假榱合者。殿外为台，台外为栏，栏外为城。台下置石梯悬崖间，高出木末，俯飞鸟之背而行其上，曳踵踣趾，目不暇旁游，举武股石相搏。辟四天门，以象天阙，居然上界。东西北三门皆绝壁不可行，只以备制。相传，殿上五鼓东望见日出，当不诬。右下为太和宫，旁措制道院。盖宫之制随地形，故不能相属。自故道右折，度朝圣门。绕天柱峰后，为尹喜岩，绝壁不可蹑。殿前四维诸峰，不可尽名。其对峙而起逼几案者，名蜡烛峰。顶北为显定峰，一名副顶峰。翠巘薄天，人迹稀及。北为狮子峰，为皇后峰，之下岩曰皇后岩。又北有峰七，其一曰贪狼峰，其二曰巨门峰，其三曰禄存峰，其四曰文曲峰，其五曰廉贞峰，其六曰武曲峰，其七曰破军峰，又总曰"北十岩"。再北为中笏峰，宛如朝士执圭鞠躬以趋。东北为万丈峰，正西曰大莲峰、小莲峰，相望并秀，亭亭然如芙蓉初发，隐映清波。其中则有大笔、小笔二峰，对峙莲峰之间，状如卓笔。又西曰大明峰，曰千丈峰，群山之下超然独出。再西曰白云峰，峰下有岩曰白云岩，旁一石大如星，曰星牖。南为仙人峰、隐士峰，峰下为隐士岩。一老言，时有神仙出没，或解衣披发，或奇形异状，或至盘谷，或濯涧滨，恍惚之间，即失所在。盖灵异奥壤，神仙之所栖宅，理或不妄。东南有峰五，一曰中鼻峰，二曰聚云峰，三曰手扒峰，四曰竹筱峰，五曰槎牙峰。当均、房往来之间，石棱峭确，行者不能以步。其南为灶门峰，岚烟瘴雾，昕旦如炊。又南为玉笋峰，诸峰迸地而出，宛然新篁未箨也。以其类人，又呼曰石人山。此外，又有曰柱笏峰，曰大夷峰。柱笏如揩笏，大夷坦如掌。其中猛兽不可通，其绝下曰万虎洞。洞滨石穴，噫气震响林樾。其外诸峰，或天丁拱立，或如百官侍卫，或倚如剑，或列如樯，或突如鹘，或卓如矛。炫目怵心，悦情畅意，虽更数十仆不能数。是日，下宿于南岩。

明日，从南岩以望五龙，诸殿如在绚屦下。去岩而北，过滴水仙侣岩二祠，下青羊涧。三十余里，山行多虎，行者皆扰金执戟自卫。涧蹈大麓下，如行檐底。道旁怪石侵径，弱萝缀衣，朱实离离，碧树苕苕。天风下吹灌丛，声隐如霆，万木交互成幄。诸山诸宫回望，具失所在。殆昔人所谓别为一天者，非耶？心存五岳而此先得其胜矣。逾涧西，复缘山行，阴磴苔藓甚滑。可二三里，逾兹山。山忽夷，天气忽朗，诸景毕出。顾瞻南岩，又复的的如对。宫负灵应峰，东向，逆折而入，其门北向。门内为道，九曲十八折，折旋萦转，蔽以崇垣，行者前后不相睹。盖诸宫所无，其余亦不甚异。殿前龙井五，左三右二，水极寒澈，其栏槛皆极精良。右廊之阴，有日月池二，二池相距才数尺，日池色绿，月池色缁，绝不类名字。金鱼可数百头，出游甚适。正殿之左为玉像殿，像皆肖帝形，高数寸，凡苍玉、菜玉、碧玉各一，亦精致，乃元人遗物。下而折左，出大门外，乃山西行。下小谷，涧水出焉，所谓磨针涧也。涧上有老姥祠。折而右行，过碑亭南数百步，平茔如台，陈希夷诵经处也，今号诵经台。又直下为凌虚岩，唐孙思邈、宋陈希夷尝居焉。复从故道折而西，上百余步，为自然庵。庵前右作小池，而桥其上，金鱼十数头，闻人咳唾声，从桥下群起向客。庵藏成祖赐道士李希素玺书及故给衲各数事。给衲皆杂五色，绮彩成之，云出宫人手制。其顶为灵虚岩，险不可上。宫南二十里曰紫盖峰，道士言夜见仙灯往来，不可据。北有岩曰卧龙峰、桃源峰，皆幽胜。东二百步曰云母岩，曰杨仙岩。昔有杨先生者居此，年百余岁，人即之，辄趋避曰"腥气触我"，后仙去，故岩曰杨仙。是时，天色向黑，从此望南岩诸院，灯火明灭隐现，与星光相杂，不可辨。

次日，发五龙趋玉虚宫。宫负展旗峰，盖遇真故址。始三丰语人曰："是地他日当骤兴。"未几，感文皇，盛所营缮。故诸殿廊、楼观、亭池、台馆、厩庾、庖府，皆极宏壮佳丽，甚盛，过诸宫。西南五里曰回龙观，其山峦蜿蜒若回顾然。西十五里曰关王庙。宫南二十五里有观，曰八仙观，相传八仙尝过之。

次发玉虚，还遇真。东南行三十里，至迎恩宫。宫在石板滩，当郧襄孔道。时天日朗霁，烟霭消歇。回视天柱、三公诸峰，历历可数，盖使人徙倚瞻恋而不能去。又十里至均州，静乐宫在焉。传称玄帝生于净乐之国，故宫之。宫半于城中，其规模宏畅，虽谢玉虚而佳丽过之。至幡幄之垂，悉缀以玉，皆内降及藩国物也。宫左有紫云亭。出大东门望江东岸，巨石矻矻山麓，昂耸如马首。平如几，高数十尺，上有亭曰沧浪亭。可濯可谏，可壶可弈，景绝似严濑钓台。然钓台距濑远，非百丈不可及，又弗若兹可即垂纶亭中。下率江岸，左行百余步，上有观音阁。阁后有小石洞，洞广步有半，甚森爽。出阁，复挐舟顺流行六七里，抵龙山。山横亘江口，上有禹王庙一，玉皇阁一，卧龙亭一，下有三义庙一，皆附宫可观游者。

呜呼！十洲三岛书，徒诵其空文；金阙瑶居世，但勤于痴想。岂知胜壤福地，近在区内，不在海外乎？彼大道甚约，不烦下带而世，且驰骛荒远，或索之金石草木，甚或流于回僻，迫于澌死。如之楚而北其面，自谓马良而善策者，滋可哂矣，故因重有感焉。

7 游太岳太和山记

胡仲谟*

均、房、襄、邓间，有山名太和。环据八百里，错列七十二峰、三十六岩、二十四涧。嵩高之储副，五岳之流辈也。自元帝上升，后人谓非元武不足以当之，因名武当。历代嗣香火，创宫观，证道希仙之士，往往以是为故乡。圣朝永乐中，以元帝有阴翊国祚之功，特命文武大臣，统摄夫匠二十万，构造十有二年，一撤其旧而新之。宫观三十三区，曰玉虚、曰紫霄、曰南岩、曰五龙，其最大者也。赐名太岳太和山，天下景仰而趋赴焉久矣。予抱心期，迟于机会之未遇。嘉靖乙巳，副臬事于河南，是岁仲冬之朔，以公干过均州，适提督是山宫观少参张公，顶山往举祀事。谓予曰："公若游太和，仆当为先驱。"释此将后悔，乃偕行。

自州至山麓，路经四舍，古木夹道，店庐成聚若市廛。丙夜至紫霄，乃山之中半。顶山斋戒不饮，予独酌，谓羽师曰："大顶如削柱悬空，顾力弗能登，奈何？"对曰："凡登兹峰，但俯视前地咫尺，若上下左右视，即心悸目眩，中道而止矣。"次日夙兴，如其言而登，石阶栏槛，人不得比肩。迢递凌云而南，历三天并朝圣门，由石阶东下复北上，乃至大顶。憩息小亭，更衣拜元帝如常仪。铜殿重檐，饰以黄金，惟元帝金像，从神、龟蛇皆铜质，亦以金饰之。殿内外砌以文石，峰顶东西长八丈，南北阔三丈，周遭青石为城。

---

* 胡仲谟：生卒年不详，字启忠。蕲水（今湖北浠水）人。正德十六年（1521）进士，官至莱州知府、浙江左参政。

大顶为诸峰之尊，刚风浩气之所由。猿鹤莫能跻攀，雷雨恒出乎其下。徘徊四望，骨耸毛寒。近而峰涧之联带，楼阁之纷华；远而九州之封疆，万里之烟霭，咸在目前，非寻常登眺而已也。遂过南岩、五龙，石壁松杉，森然合抱，无偏枯摧落者。是夕，仍宿紫霄，支骸乏劣甚矣。

次日过玉虚，厥地宽平，规制壮丽。虽丹台紫府，金阙玉京，殆不是过。又次日还均，与顶山别。因忆兹山之游，计其清众，无虑数万。每宫观合为一爨。当会食必声钟伐鼓，叙坐于斋堂，端默齐一，然后举筯。食毕，揖让而退，率以为常。岁时朝谒者，或剚金置币，或酌水献花，待之如一，不以贫富为低昂。妇女至者，居之于净域，导之以修持，罔或一人污戒律者，此皆山中之礼乐也。夫人涉迹于斯，苟能感发兴起，而日趋于善，则内游外观，皆两得之。

故曰：兹山之游，非寻常登眺而已也。顶山，名绪，江右峡江人，乙未韩应龙榜进士。官翰林，雅尚冲寂。不欲究心于文词，姑就名山为隐吏耳。

8 游太岳太和山记

高 崶[*]

太岳太和山之胜，余既稔闻，乃数往还，由襄樊之路，不获一登。嘉靖丙辰秋，履楚藩任，因有事于均，偕宪副鸿洲、龚君柏坡、余君少参、井居成君，谒静乐宫，乃中秋日也。相传玄帝之先净乐国王治麇，今均即麇地，宫因以名。宫右折有紫云亭，亦传玄帝生时有云弥故也。按纪，称玄帝生于神农氏末年；按春秋传，文公九年，楚子伐麇，始有麇名，世之相去甚远，而谓净乐治麇，则其国在当时孰为统哉？

明日，予自净乐过石板滩，经迎恩宫，又十五里至遇真宫。宫左右山绕如城。桥名会仙。入山初道有"治世玄岳"坊，巍巍乎与山齐，乃嘉靖年新建。是夕，次宫中，明发入仙关，别一境界，由元和、回龙二观而上，崖云岭树，谷音野色，应接不暇。逾太子坡，即复贞观，阶下有圣母滴泪池，龙泉观对天津桥，九渡涧流于下，诸涧之水，会此入梅溪洞，出为淄河。紫霄宫倚展旗峰下，千仞如削，宛然皂纛形。三公、五老峰在前，日池、月池在于左。由宫后右转陟山之椒根，石壁兔云"太子岩"，为蓬莱第一宫。又转而南，乃福地殿，天下七十二福地，此其一也。殿前拥宝珠峰，后倚剡火岩，万松亭下启禹迹池，池上有亭，谓神禹导山曾寓此。威列观在宫北二百武，唐太守姚简有功于均，民祀之。自此山更峻极，路更盘

---

[*] 高崶：生卒年不详。云南大理卫人。明嘉靖十四年（1535）进士，历官行人、御史、知府判官等。

折，跻攀直上，至南岩宫景益繁，观益奇，泉曰百花；井曰甘露；桥曰天一；池曰太一，其尤绝赏者，从殿左折而东，陟崖而西为南熏亭，外有石枰，相传为纯阳故物。复折而下，过紫霄岩，岩前一石捉出栏外，状如龙首，其傍崛起灌莽中者，为礼斗台。又东为风月双清亭，西望舍身崖，若垂天之翼，其上为飞升台，下为试心石，极天下最险绝者。步梯云桥，过榔梅祠，玄帝尝折梅寄榔，誓曰："道成当结实。"后果然。异哉！自是，松杉夹道，藤萝拥桥，谷转峰回，壑鸣泉注，跻云蹑雾，至朝天宫不可舆，乘杖履而上，历数十级为一天门，度摘星桥，下临深谷，遥瞻前峰，人行如在天上。又数十百级为二天门，四顾皆削，俨若虎豹之关，虬龙之隘。仰望三天门，飞鸟不过，乃奋登数十百级，始造其门，盖三门之升，皆石栏委折如倚玉，铁绳盘错如长虹，亦奇矣哉！由朝圣门就致斋所憩焉。是夕，月明如昼，星观可摘，金风袅袅，玉露翛翛，树杪秋声，室虚夜气，神恍若在蓬莱、方丈。坐以待旦，由南天门直登极顶。昔玄帝自此冲升，巍巍金像。礼觐之余，瑞日在东，祥光绕殿。殿左右益以飞栈，栈外为台，台外为槛，槛外为紫金城阙，四门，以象天阙。南有九卿、玉笋，西有大明、白云，北有显定、皇崖，东有灶门、万丈，诸峰近拥天柱，而厥峰石脊有金银色，松盘如龙虬形，俨然上界五楼十二城也。仰观俯察，惟此太岳者，其来也，干兖之发其应也，翼轸之拱。跨均房，环襄荆，拥列者七十二峰、三十六岩、二十四涧，衮延者八百余里。此天下名山，非玄武不足以当之，故曰武当，信哉！

从故道而下，复由南岩、紫霄分路，北行三十里，至五龙宫。宫门内为道九曲十八折，殿九重百六十三级，殿前二池，水从石龙口。出宫西自然庵，陈希夷居此，感五炁龙君，授以睡法，随登龙顶峰，下有龙湫，西北有巨杉，鹤常巢栖。隐仙岩乃尹轨枰弹之所，夜籁澄寂，常闻步虚玉磬声。

又四十里至玉虚宫。宫殿廊槛，视诸宫更壮丽。内有仙衣亭、望仙楼、八仙台、仙桃观，皆奇胜。原张三丰所寓，余留宫中。属提点宋衍、庆革修焚，以申祝釐之诚。

又明日清晓，度东山桥，仍出仙关。诚哉！清都紫府，琳区玄围，甲于天下。维山之灵，其人必异，特钟玄帝，以七宿之神武昭布于霄壤间；仙隐如尹喜、尹轨、戴孟、叶济、谢允常、陈希夷、曾（鲁）洞云、张三丰辈，皆奇迹显著，人以山兴，山亦人胜矣。予性耽山水，旌棨所止，寓目融心，近自苍梧，在告归滇，逍遥林壑。未几陟橄再临，复之楚游，获登太和，兹又将归矣。而点苍像灵鹫，伊迩鸡足，亦可栖隐。即此卧游，可以尽穷海内未经之景，如坡翁所云者。

9　　虎耳岩不二和尚碑记

袁宏道[*]

余童年，熟不二师名，以为古尊宿也。既而阅元美、伯玉二先生集，往往道之，始知为近代禅伯。然二先生亦以夏腊高岩事之，度其时皆壮盛。二先生既悠游以老去，奄忽若干岁，白杨可栋，而师白勃如旧时，逆其生，当在宣、成间也。诸徒属试以腊叩，不答。尝检其箧，得旧糸屩衣，忽云："此武皇帝七年，王城中施食所得衣也。"扣之，复不答。

或云：师名圆信，京兆之房山人。剃发白云山，礼大僧德敬为师。往来上方、红螺之间。二十余年，行脚所至，为武林、淮安、六安、终南，每住辄数载。以嘉靖庚申至太岳，驻锡虎耳岩，穴而哮者争避匿去。师倚石为屋，稍稍剪夷，其积圝瓢数十余，踞石沿涧，出入幽花美箭之中者，累累如笠。岩上莲池二，阔可二丈，旱岁不竭。蓬室三，方广当身。所得一缕一粲，尽以供十方游衲，行之数年，遂成丛林。

倾震旦士女，号呼悲啼而至者，不至虎耳岩犹未跻岳也。至岩不面顶礼者，自以为悭缘，必痛哭去。否则谨伺岩扉外，经数日得一见，则喜过望，归而对妻子言，犹有矜张之色，以故虎耳岩之名遍天下。好奇者至附益之以古神僧事，家谭户艳，虽龆男稚女靡不道。计贤士大夫之辙以日至，尚方之

---

[*] 袁宏道（1568—1610），字中郎，又字无学，号石公，又号六休。湖广公安（今属湖北）人。万历二十年（1592）进士，累官吴县知县、礼部主事、国子博士等职。文学家，与其兄袁宗道、弟袁中道并有才名，且成就最高，开创文学流派"公安派"。

赐、掖庭之供以月至。自嘉、隆以来,耆宿之著闻未有若师者也。然师务为密行,不以解显,应机之言,多依孝敬,抚摩煦煦,犹乳母之于骄子。金钱涌而至,拒不纳;有赠糈者,付常住作供。四十余年,影不出山,跌坐一龛中,如朽株。虽利根之士,好为奇谈诡学者,睹其颜,莫不肃然增敬。

余慕师久,常以其耄,恐不及待。今年侍大人山行,获一拜师于崖间。师貌甚腴,额隆隆起,至顶光滑可鉴,短鬟数茎如雪。见人阖其目,闻根甚利,语清健,望而知为有道。会慈圣出内藏金,为师治塔。塔甫成而余至。师之孙真慧等,以记属余。世系、年甲既不能详,不敢妄载。庚申以后详之,抑其大者。至若游人之所传,好事之所述,俟他时入山,实而志之,今未暇也。

10 游太岳记

徐学谟[*]

始余两游太岳,其一为嘉靖辛酉孟轵祠膏之夕。明年壬戌,会上京师还。渡大河,历宛邓,取道穰东山中。浮汉江,抵均州,将有事于郧乡。以是岁三月既望,复游焉。当是时,余方领荆州牧事,辄迫于役,仅涉览诸宫大都而去。乃诸宫独五龙依岨嶮绝,非旅游之力可至,徒北望指异久之。竟无缘一至,以为衔。

余既罢郡归,至是荏苒八年,为今上三二年戊辰。余幸再起,分臬兹土。而同年少参王君,适嗣保禧,饬岳典。王君雅负奇好,而又为西道主,因数要余同游,余因庞拥未闻。是年冬,王君以祈嗣故,先行谒礼,亦未至五龙而还。

今年己巳夏四月,余复有郧乡之役,维时清和既届,梦滞渐解。乃以是月一十九日壬辰,移书王君会游。甲午发汉江,是夜宿谷城。己未出谷城迤西行,睥睨四山,阴晴作雨状。比午历石华,行千佛岩下,雾晦稍豁,亟缅舆度界山。忽夕阳逗岭,大岳诸峰总总齦齦,如揖余而前者,余跃鞯大喜。及铺舍界山候馆,而王君以书至,约明日丙申自均州东发,候余于沐浴堂。

迟明,余发自界山,抵青微馆,迂辙而南,赴所谓沐浴堂者。王君果先

---

[*] 徐学谟(1521—1593),原名学时,字思重,改字叔明,一字子言,号太室山人。南直隶苏州府吴郡(今上海嘉定)人。嘉靖二十九年(1550)进士,累官湖广按察司副使、礼部尚书、右副都御史,抚治郧阳。诗文家,著有《徐氏海隅集》《归有园稿》等,组织襄王府文学、滇人周绍稷纂修万历《郧阳府志》三十一卷。

至，相见握手欢甚。时未卓午，即屏御入山，寻治世玄岳坊而西。坊琢文石为之，跨峙雄概，创自嘉靖间。山故名武当，非玄武不能当之。又名仙室，又名大岳。国朝永乐敕为大岳太和山。至世宗朝始赐今额，以冠五岳云。初入山如行郊数，林莽蓊菱，远山四隤而迎人。中列周道，咸甃以巨石。境始斥稍陟，愈益修旷。约二里，有杉桧万株，盘桓夹庆。折而北行三百步，度会仙桥，下有石池，方广数丈，诸泉澄澈，林影覆之，瀑琉璃色。桥之阴为遇真宫，宫负鸦鹘诸岭，左峙望仙台，右黑虎洞，环翼而墙立，故名黄土城，即仙人张三丰结庐处。今宫之东廊有三丰遗像。初名会仙馆。永乐初宫成，改赐今额。往年余宿东方丈，道士为余历历指语如此。至是，与王君饭于西方丈。移时出宫，复循杉桧林而南，折而西行，道士列青衣吹而前引。不二百步，入仙关。关薄厄隘，岖骎中启，为山之外阃。行者屝而登寰，寻乘陟，石势差互，隐鳞郁垒，批岩排埼，渐昂渐艰。然所至除馆悬崖，介缀若锦绨，遽以便休舍。

　　径元和观，折而东，偃次三桥，行六里。再折而北下，峰回路衍。俯瞰平畴，云曼陁委，徐徊羡沃，有万宇突起，连栋骈延，烟火庵积，俨成都邑之观者，为玉虚宫。宫故址亦三丰所栖，尝语人曰："此地会当大显。"已而，文皇靖难。后果首创是宫，以承禧祝。宫制视他宫特巍厂。其中为正殿，奉玄帝。座皆缮以虬，柱镂以龙，梁列以云，楶饰以藻。棁翼以飞，栌辟以绮，寮甓以文，砖覆以罘，纲护以绣，楹周以覆廊。殿之外为展台，台之外为石栏，栏之外为丹城，城之下为彤墀，墀之外为二天门。门之外左右列亭二，亦峙以崇台，高可三丈，储御制穹碑。悉类今绛阙帝居。正殿之阴，其殿曰启圣，左曰元君，又左曰小观。迤西坞而楹者，曰仙衣亭，亭后为张三丰洞室，室外铜碑一，其左为圣水池。西坞北山下为望仙楼，楼之外为雪洞一。石渠之北曰斋堂，其西曰浴堂。宫门之左曰钵堂，右曰云堂。西坞之北曰圜堂，后钵堂而除者亦曰圜堂。其东西各有道院一，为楹者以千计。出一山门外，为真官祠者二。宫之外东、西、北向为天门者三，为台者一，曰八仙；为观者一，曰仙桃。他宫之制略仿玉虚，而支簃、子亭、曲房、奥窔之数，则各视其址之崇卑舒隘，以为盈缩焉。

　　憩玉虚顷之，以与王君俱故游，不复周瞭。问讯道士以五龙远近，咸曰相距可三十里。时日未晡，王君即促余弛装，赍用环舆易所乘舆行。环舆者，以键衡舆坐中，可转而下上，以便降陟，同中制为济胜具。舆自西天门出，度莲花池，石梁跨焉。屋其上为华阳亭。环宫而梁者以十数计，而华阳尤秀野。自华阳桥折而西上，岭峤旁夌，境坞寥闻。沼崌而望，钩盘弥郁，环林丛薄，目尽方止。乃知二百年樵苏所不及，故生植畅遂如此。又折而北行四五里，为五龙行宫。宫负茅埠峰，迤宫后斗折而上，众峰攒蹙，腾突撑拒，謦咋逼侧，莫省向诣。转瞩凹处，役者绲舆而上，纵纵作蛇行。崩石临隧，乍异乍合，乍起乍蹶，惝恍万状。忽有介丘，直前行，谲而登，有仁威观在焉。观前石梁宛转，曰普福桥。桥之下洼然深黑，漩濑退储，谐谐喷震可听。其上四山黤然，类觖瓮，剞其中而隆其外，一隙射天，光怪晃烁。丹碧之华叶，隐隐森动。以其地幽而峦结，迫厄衰敛。回眸顿趾，若乘塞障不得下。旁肩忽启，转逗而西，度隐仙桥。桥又折而北行，两崖岬立，回溪股引，嘉卉美丽，不土而植。翠蔓蒙络，白日如晦，鸠鹜狎人，翔鸣应答。如是者约十里，其径如混天始凿，迥遝窅渺，非常游者所至。又折而西上，至老姥祠。祠在磨针涧上，濒涧立驼石，磨痕如新，道家相传即神女以铁杵示玄帝处。

又行三百步始降舆，板衽梯石而南上，遂入五龙宫。门内为道九曲，丹垣缭之，旁夹青松，殿制如他宫，而趾独耸峻。前后阶九层，前三为层五，差其级八十有一；四三级如前三数，而贬其十有一焉。以故栋宇尤巃嵸峭拔，几摩霄汉。前列紫盖、金锁诸峰，旦暮出云气以护储胥。时薄螟，余与王君饭于环除，坐语移漏。寻宿对楗，奥如丹穴，山鬼屏匿，夜籁寂然。拥绨偃仰，岚寒凄内，疑非人世。丁酉，具衣冠登殿，款礼玄帝座。道士引诣陛下，观天地二池。池上有石罅，凿二龙口，以穿泉乳，昼夜渗漓入池，作跳珠声。左右疏龙井五，浡膏汩汩，即歊烝时常盈。自右庑逗而西，有日月二池。下上镶属，日池如黛，月池漾赭玉色。天降时雨，其水变现不常。或云此即龙湫，昔有甲士，掬池水涤剑，龙拥脊出，天地震晦，其说近谲。然以其水色怪异可信。宫之后上为五龙峰，巉削千仞，其巅亦有灵池一。客尝为余言，池储黑鲤数头，或沉或见，疑为神物变幻。上建石庙一区，其殿曰真源。以茅苢未剃，砠磝棘肘，不得陟。复迤左谒玉像殿，观玄帝及从像，皆镂碧玉为之，开山时出自瘗中，不知为何代物。林之坎列胜国时碑六，一仆焉，字漫灭不可读。出宫西北，行约二里，登凌虚岩，为唐孙思邈、宋陈希夷修炼处。今岩次有希夷诵经台。自凌虚岩折而西上，为自然庵。庵前甃石为方池，桥而入，恭睹文皇帝赐道士李素希敕、衲。庵前后穹崖罗柽、杉、文杏千章，婆挲蔽天，荫其下以东瞰昕景，旋荡杳霭间，殊幽丽可念。

已复南行，过宫门，复从九曲道纡而出，伛历梯石数十折，舆者支肩下，蹑躄数里，若坠千寻之埏。引领五龙，已在天上。山岬藏大箐中，灌莽蒙茸，谽谺缺圮，不可步武。沿溪虹踞行，若有伏流在偃石下，以草木茂翳，无所睹；静听之，隐隐作潺鹭声。又折而东南行五六里，旁眤两崖，崩石离列。水自北来，砯激而南，潏溘散走，其声渐沸。又折而东行，数百步，有桥横涧上，是曰青羊桥。桥之下，水声益峻，荡石卧涧中，如断如腭、如蚪如鼍、如牛马首者，不可胜计。淖沙瀑㖟，奔撞击汰，汇为奇观，訇磕骇目。余与王君箕裾列籍，偃而歌，揭而漱，云浮鸟飞，四顾岑阒，宛然濠濮间也。盖水自五龙顶股分磨针、万虎、牛漕、桃源、黑虎、阳鹤、金锁、飞云、瀑布诸涧，悉会于青羊一涧，以入汉。源邃而委迁，故青羊桥之水特胜。度青羊桥，沿涧折而南行，涧边皆连峰拂云，岭嶝合沓，蒙以环卉，蔓缀亏蔽，径尽始通。既通寻厄，故涧道乍细复巨，暂起忽伏，杳不知其所穷。余与王君以其地颠圠，特降舆行，遇会心处，即盘石坐，坐移时复行。涧边诸林壑，骈立耸秀，其尤美者曰仙龟岩，岩侧立千尺，形如丰蔀，石绿玢色。或曰上有神龟，时吐烟雾。旁瀑泉滛之下，以手承之，辄盈掬。自仙龟岩再折而东上，渐露梯石，纡延百数十折，跋而登，复穷山之巅而止。顷之，又循级而下，径稍辟，始见院宇，知已逼南岩。出仙侣岩，观百花泉，为陶幼安得道处。又东行一里为滴水岩。石肺覆赭色，泉水自岩上滴小石池中，潾潾不绝。迩眤之，不见石罅。又行一里为欻火岩，石色如焚，烈勃吐焰；中潴灵池，其水能已疾。自欻火岩对瞰南岩宫殿，几不盈武，然踢足迂历，盘岌跋岠，犹迤逦五六里，然后得所至所谓天一桥者。

自天一桥入北天门，山势如千丈莲花初发盂盎中，花叶纷亹，璀璨葳苏。诸所鼎构皆婵连擎耸，峻坂被之，翼以飞栈。斗折而上，循山左支行数十步，而右又百步，复折而左登小天门。有大岩石若将坠而复止者，仰睨之，上有巨人迹，指趾悉具，莫省其所自来。自大岩折而东，又折而北下，入方丈饭而出。还径大岩，折而南礼大殿，历大殿左诸楹，山复起突为小阜，为圆光殿。黑虎岩蹲伏而负之，岩深洞莫测。自大殿后左折而东二十步，陟崖上，复折而西行，过元君殿。殿之左隅为南薰亭，亭外有石其坪。棋道纵横，俨刻画状。自元君殿折而南上，又折而东过独阳岩。岩之东有石室，因山而坎其中，高广可丈五尺，深如之，镂玄帝石像。其外为紫霄岩，护以石栏楯。栏楯外故有石，突而锐出，长可五尺，类神龙矫首，好事者穴其顶，以承薰爇。临绝壑瞰之，苍茫闪忽，疑无地，朝礼者往往慓足而趿，投香于顶，匍伏而南向，谓之龙头香。其前似崛垒而特起者，为礼斗台。台之阴横崖石，大如垂天之翼，刻灵官像五百，饰以黄金，储石罅中，又迤东皆悬崖，不可径。复折而西尽，再折而露洞天。石扇逗其外，梯磴降陟，凡数十折，门附萝茑而行，可通舍身崖，自舍身崖级而上约二百步，有庐其巅者，即玄帝升真处，是为飞升台。自台上仰瞻天柱一峰，巍然当头，俨紫垣帝座。拥翠旒，建云梢，御风驾执珽而照临方寓。旁峰冯丽之，即泰阶六符之使。乃南岩以下诸峰，列三十六帝之外臣，冠冕珮玉，林林翼翼，各待次以朝宗于上。其下小山屈伏林莽，为屿，为堪，为穴，为陵丘，为垒空，蹄股支撑，若争欲款献。而偃蹇回翔无以自效者，又类远臣。余与王君憩台上，久之，有疏雨浡浡东来，乃复循故蹬还于紫霄岩。迤殿后出，折而西行，崖道捷而斗逼，广盈趾。两山缺啮处，以木梁之，循崖行，舆者仅以双趾袭陟而度。三百步始出宫门。

雨止，折而南，忽临入山孔道，目愉心舒，可舆行。春时游徒溷拥，颇淄清境。至是，径途若涤，山形增媚。再折而西，度千尺石梁，其下淙淙然鬲津而流者，为武当涧。涧受皇崖诸峰之北水，入紫霄涧。纡回数里，循涧而陟，缘以皋陆多径行，头陀钟梵之音与涧水相应答。陛壁绣错，转跂上游，皆巢居之客，屏绝烟火，日从木杪缒应器以乞施。其最上陁鸢之崖，有楼护一区，行人指为往年虎皮张修道。虎皮张者，不知何许人，后得道于此，化去。迤北为榔梅祠，自榔梅祠南上二里，至朝天宫小憩。转折而西，其径愈勾棘，役者始翼舆登曳掣退，遂且行且路。又折而西行二里，径杉木林，结荫可坐。或云自杉木林迤南有入顶一捷路，以翳砠蛇虺穴之，非常游所径。复西行，愈抖擞，凌迫其上，山势锐如卓笔。道左右书"升天梯"三字，至是即大贵人不可舆。余与王君乃降舆，勾袂躄蹩，走数十步，始跂而上天门。天门者，开山时施设以像三界，斧岩而梯，次第登，梯广公三尺，铁絙之，士女曳而鱼贯行。陟降诘曲，凡数十百折，悉循崖势以为纵衡，级如之。即壮夫之力，历数十级辄憩胁而止，久之气平。复行且止。如是者凡数十回，始穷天门。一至三天门则空中蹬道，如自上摇缀，跛履震撼，尤觉业艰苦。故朝礼者匪茧足鞍瘃不得历顶。比至大顶，则狂呼大叫，悲愁啸啼，以验白至心。余尝笑其愚，至是与王君亦几作韩退之华山之恸。

出三山门，东折而上，入朝圣门。又折而北上，嵯峨钩错，乘崄距厄，各有楼栈庑庌，以居道士。夷峻而起，镇其阳而堑其阴，状类悬弧。又西折而上，为小龙池，屋焉，以祀龙神。又迤东为神厨，为真官堂，为圣武、元君二殿，如他宫之制加缩焉。又折而左上，为朝圣殿，前翼丽谯，以栖钟鼓。其东上，荣藏列圣即位祭告碑。又折而北上，梯紫金城，匝城而盘跋，复数十曲，益促，数累息，竟翘奋而升入南天门，如世所缋五城十二楼者，是为天柱峰绝顶。其上石骍而赆寒，草木童如，飞鸟不至。间生朱草灵药，有苍桧数株，高不盈丈，其柯半枯，类老龙蜕甲，环而夭娇。中崇陛壇，以巩金殿。殿液铜为之，鋈其外。榱、橑、楶、桷、栋、栾悉具，视其桴芬，绝不见炉锤迹，疑为鬼工。殿东薄飞栈二，可顿而更衣。殿前薰茀，散为白烟。时薄暝，夕阳半吐，下方已昏黑，遂与王君礼玄帝像，而退返于真官堂，饭焉。约以申旦戊戌，来观扶桑出日。各旋寝去。

夜参半，松涛飒响，疑雨至。启疏寮视之，缺月在户，星河森煜，复就寐。久之，空中天鸡喔喔鸣，余亟促王君起。王君即起，偕余捉襟候厌而登顶。霏微飓拂，沆瀣沾衣。东望紫云如盖，泱郁绮结。顷之，咮昕渐爽，朱光迸彻，景风澄廓，踆乌翔空，荡射万山，金碧晃映。炉烛三峰，近联几阁，而皇崖、三公、五老、玉笋、天马、鸡笼诸峰，若动若炱，属崒而来，奔走不暇。埃堨屏翳，宛虹芒砀，游目八极，眇忽万象。不知此身已在九阆之上，接招摇而周游也。王君曰："噫嘻，是乌足以穷此山之变幻哉？若夫冥云瀹发，灵雨乍至，苍焉溿焉，驱为混合。群峰坐失，仅呈毫末。及延颈闻阊，悬曜如故，驰景飞烛，光涵大浸。丰隆倏裂，划然朗霁。向之所有，混为一碧。兹余曩游之所觏者。矧冥昭迭变，万形殊诡，乘化往来，曷其有极。而子姑漫羡于驰隙哉!"余嗒笑曰:"子欲揭揭而观其窍耶?将冥冥而缔其妙耶?"王君亦嗒然大笑。

是日,遂降顶,复迂迤梯,武锐而退,驭骤飞越,万无怛瞢。历二天门,憩摘星桥嗌处,延昵上下二界,行人皆作跬踱佁儗状。躩而起,委丽连卷,扬袘而下。出一天门,若逢武陵旧路,仍升舆行。戌削婴姗,低回杳眇,南岩苍翠,舒揽可拾,叱徒曲踊,一跃而至,不复驻。遂盯衡而东下,经太上岩。折而北行十五里,入紫霄宫。宫负展旗峰,峰形类军中皂纛,岿蠹数十丈,箕伯翕张之,霍然摇动。前列五峰如拱,其右转三峰屹然中立者,即大顶所摩抚五老、三公诸峰,至是始雄特,不可傲蔑。宫之左右亦有日月二池、七星池,丽焉。自大殿后右转,其山之椒壁立兖其中者,曰太子岩;左为蓬莱第一峰。自岩下出小圜亭,折而左,复北,为炼丹岩,又折而右,复西上,为七星、三清二岩。岩之上非人迹所至。其下为棚梅园。自棚梅园东下,又转而南上,为福地殿。殿墀凿丹井二。迤北为万松亭,其东赐剑台,相距不数武。左右山缺而复圆起者,为大小宝珠峰。诸岩水合而东流于胁者,为金水渠。方广八九尺,北折而流径宫前,赴小宝峰,不得出,疏其顶以行,为后渠。复东趋合于大宝珠峰,汇于碑下为禹迹池,桥焉亭焉。余往年月夜经宿。枕藉隙堂,闻云镦声彻晓,已疑为钧天清都,不谓入山之路,至是仅仅始半。

余既与王君饭,闻迤南虎儿岩有不二和尚者,能说真乘语,以路曲迟,不得去。乃出宫循禹迹桥而东,经威烈观,折而东北行,度天津桥,可望玉虚、黑虎诸岩。岩之下为九渡涧,涧会紫霄、黑龙、白云诸涧三水,流水梅溪,达于汉。转腾漱洌,略如青羊,而寂漻不逮。涧路迂歆,亦级蹬而降陟。梯下上凡十有八,又折而东行六里,为复真观。观迫太子坡前,为曲道,扃其垣而堞其宫。面山皆翠耸。舆始至,适故所善诗人赵郡宋生者,荷担自东来。延之入。生曰:"吾行老矣。世间佳山水乃有如是。"余笑曰:"唉!而方入大官厨,窃一脔即属厌耶?"因与观殿前圣母滴泪池而别。度复真桥,又东行十五里,山渐舒,水渐缓,至回龙观,峦势回复,若山至此而转盼也。折舆而西,仰睇上方,翘寨依依,甚类阳关出客。菱而降行,又五里,乃得于玉虚宫。

昔柳子厚谓游之适有二：旷如，奥如。兹山自南岩迤南及东为旷，北为奥。常游者辄自紫霄取道礼顶而还，彼其所谓崇峰杰构，回日星而瞰风雨者，已酣登饫历，其心无复之矣。故往往不及五龙，而反病其邃，兹游自奥抵旷，轩窈纤巨，已次第举之。而穷幽疏峭，摅物之秘，兼人之弃。若于奥焉有独诣者。王君亦谓为然，将就玉虚休焉，以明日出山。顷之，有客持酒肴迟沐浴堂，要余两人驰斋者，复促舆东行，就客食。余遂止宿沐浴堂。而王君自丙夜复燎行六十里，还均州。王君名应显，闽之漳浦人。江左徐学谟为之记。

11 太和山记

汪道昆*

我国家尊大岳为帝畤，帝元君。昔帝降于麇，今治故宫曰"净乐"，其东当始降之室，治紫云亭。去州五十里，入西南表峡口曰"元岳"。环中山四合，溪流出入无端，负坎抱离，可当吉土。文皇帝迹异人所在，为之筑遇真宫。异人遗杖笠，悉留中，命尚方铸金像之归守者。

入仙关，为元和观。西入驰道，其南为玉虚宫，山水修广倍遇真，旧为武当县。南山如负扆，信非元武不足以当之。宫制视汉未央，即祈年勿论已。其西池亭洞闼，亦民人所栖。西上望仙楼，恍然若将有遇也。驰道西为仙桃观，通八仙台。又西为华阳亭，跨石桥，临芙蓉沼。西出则田庐鸡犬，亦为一区。

去玉虚宫西南进，次回龙观、太元观，入红门，通房陵道。道旁有太上岩，岩上镂石象太清，其左二龙蜿蜒岩石下。又南，则八仙观，中堪舆。右入七里沟，修木千章如夹厦。缘冈为开山故道，遗巨石在焉。宾太上为罗公岩，高出绝壁，往年屋之，居罗太史，凡七楹。举目望西面，诸峰尽在眦。

反红门，入官道，进次太子坡，陂陀中分，扼其吭为复真观，周垣跨道，逶迤高下。因之出垣下行，乘天津桥，济九渡涧，涧道幽绝，其阳则渊默亭。沿涧东入玉虚崖，石嶂夹流，若千里嶂，若步障，杂树绘之。深入，蹬浸高，

---

* 汪道昆（1525—1593），字伯玉，号南溟、太函，晚号函翁。徽州歙县（今属安徽）人。嘉靖二十六年（1547）进士，累官兵部侍郎、湖广巡抚。抗倭名将、戏曲家。

若自明河。趋阁道，磴穷则栈，栈穷则岩。岩上视有龙虎文，其右雷文，故中奉帝居，右奉雷部。西南望则天柱当峡中。

循故道还，由渊默西南上，除道曲折，望行者如登阆风。紫霄宫附展旗峰，石嶂崇广，皆数十百丈，三公、五老前侍，亦一奥区。宫制高倍玉虚，修当其半。奉祠者无虑数千指，其庐率高下居。宫前为禹迹池，筑小亭出池上。池右福地，其阳为赐剑台，其阴则万松亭，出木末太子岩。

出宫后，亦有亭。由禹迹右旋，古道甚治。乃今多径者废，勿行古道。西上，当南岩之南。舍南岩西，历黑虎岩，泉石相望于道。昔有巢居者，遗构犹存。进次杉木林，分二道：其右下行，涉涧，遵宿莽，容单车峡中，转入西南，出峡为清风垭，盖故韩粮道也。左上行，蹑万丈峰下，登朝天宫。其东由鸟道出三公岩，则上岩也。路险绝，不容足。学仙者刘媪居之。其下亦为三公岩，相距三舍。岩南乡，爽垲可居，然必取道玉虚岩。

多历险阻，始得至朝天。西上，拾级八百五十有五，当天门三。天门皆窦，石峡中有巨灵斧迹。初入门，降数等，稍平衍。依三公岩为文昌祠。过祠，则摘星桥，桥下涧水如神瀵。缘絙出天梯上，梯如竿揭云端，距跃五百，达重门，足力竭矣，倚试剑石箕坐。更百步，达三天门。

由此折旋而升，坦行数百步，历阶南下，又折而东上，为太和宫。宫面南，香炉、蜡烛二峰当席，宫前则先朝神室，徙置于兹。由南天门入紫金城，丹梯九转，出天柱峰绝顶。范金为黄屋，承以瑶台，帝位中央，群神列侍，精美夺目，俨若化人之居，即今之国工，疑不及此。

正位东向高出七十二峰，如群弟子侍先师，莫不斋立。近则金童、玉女峰二，当膝承之。左三公，右九卿，带七星，揖五老，仙人、隐士顺风而翔，白云出没众壑间，如观六海。诸峰或如碣石，或如蓬莱；钜如断鳌，幻如结蜃，细如沤鸟，修如北溟之鲲，杂出如珊瑚枝，浮如萍实，累累乎如鞭驱石，泛乎如汉使者之乘槎。远而望之，方城一粗，汉水一瓴，掩楚蜀，略周秦，即嵩、华、衡、霍、匡庐、峨眉，悉辟易无何有之乡矣。

乘磴西下，为清微宫，僻居深谷中，其制不广，然以幽胜，妙华岩著焉。南岩当太和之阳，宫北面据五龙之奥，宫右石延覆于道，其上有巨人迹，若倒悬。宫后即南岩，修十数丈，高数丈，岩下峭壁数十丈，东西修数百丈，如高埠。岩中列祠事三，亭二，即神山多倬诡，此为坛场。其下有礼斗台，径绝罕至。西出如乘埠，右上蹑飞升台，其旁露台，台当志心石，台端有蛇径通一室，当其杪以居。宫东北欻火岩，亭附岩畔，距展旗峰近。下视紫霄、展旗，北为尹喜岩，今居比丘，修不二法。

由南岩宫下，为滴水岩、仙侣岩，度竹笆桥，入青羊涧，青羊岩当涧之曲，虚无庐。渡青羊桥，跻五龙，千步而峻，门垣九曲，始达应门。宫制九重，前列阶八十有一，后七十有二，至高矣。左高殿奉玉像五，相传掘土得之。其制不异庸工，好事者神之耳。宫前有五井天地池、日月池。宫后当五龙峰，其上有五龙池，则其窟宅也。凌虚岩去宫五百步，一黄冠居之，每饭必有余，以待众狙，众狙皆喜，否则破釜甑去，莫之谁何。岩前则希夷诵经台，今尚盛。台出临涧，当其上为亭。去宫五十步，为自然庵。故有炼丹池，今始复。

出五龙，渡磨针涧，过隐仙岩，岩虚明，视北道诸岩为胜。次系马峰，为仁威观，缭垣方广数十丈，石渠衡之，就中为石梁，当门以度。出茅阜峰，下为五龙行宫，地始平，修广楚楚。过此则玉虚道也。

譬之宫室，遇真为垣屋，玉虚为廷，净乐为沛宫，紫霄为广内，太和则帝座也。南岩、五龙、清微之属，皆为离宫，朝天为掖门，元和为象魏，回龙、复真、仁威行宫皆行在耳。语规制，则首玉虚，次净乐；语形胜，则首南岩，次紫霄，次五龙。至若群山万壑、泉石岩阿，各擅一奇，更仆不可悉数，大都天閟灵秀，以待明时，帝力神功，于斯为备，且也稽古定制，不藉有司，递遣中贵人、藩大夫掌其禁令，故草木茂，鸟兽驯，其斯为地道之章，游观者之至乐也。

人言山赢水诎，犹若有憾焉。夫右滟滪，左沧浪，江汉交流，振以鄂渚二别，则元武之像，外户在焉。日观孤高，下临汤浴，古者海岳为匹，亦通山泽之义，与彼规规而窥一隅，是以趾臣目者也。

12 太和山记

汪道昆

余三仕楚,太和并载方祀中。戊午冬,余以二千石至,从所部修祀典,三宿太和。天鸡鸣,辄登绝岭观日出,下视无际,熠若烛龙之跃九渊。顷之,天门开,始辨色,山积雪如群玉,观益奇。乘舆过妙华岩,就辟谷者与语。独归斋室,从者莫之所知之。比下南岩,循步檐望天柱,皑皑乎五城万雉,夫非白玉京耶?俯阚五龙,冰雪塞路,不果往,过紫霄履雪,出禹迹亭上,若从蒙庄子游,遍历福地。亭台奄忽,昏暮月几望,对展旗峰如云母屏,归卧神楼。屏明烛,户牖生白,视悬寓若冰壶。蚤起,登太子岩,过岩栖者,相揖出亭下。下紫霄,行者肩摩,入山如市。一径东,涉涧径玉虚岩,涧道阴阴,人迹几绝,避暄不见独,不亦仙仙乎哉!暮抵望仙楼,月满魄明,视紫霄较甚,旦日归矣,譬之染指,曾未属厌。

辛酉,将入闽,乃再至。橐中载父乙爵,襄王孙遣歌者从。余先入玉虚宫,雨大,至岩中,望雨如机丝百丈引涧中,涧水盈。从者后至,皆没马腹。止岩下宿,从黄冠饭黄粱。

明日,次天门,余下车,纳屦以往。车人曰:"无畏,请从肩舆登。"于是,驾壮夫二人,百步递更代,若抟羊角而上。薄太和,将事及期,雨不绝,从祠官造帝所,即拥盖犹沾衣。至则天划然开,云如席卷,明霞奉白日出,当黄庭。礼成,雨复集,人人以为神应,虽余亦不知其繇。旦日,周游载酒,复登绝顶,当轩奠父乙爵。稽首飏言:"道昆幸得服事名山,亦越三祀。今且辞去,请饮饯以行。"乃长跽举酹者三,遍礼群神,醨各一。其右有奉剑者,予挺剑出之，祝曰："寇数入闽，愿借太阿以张国讨。"振衣而下，天将当关。余举爵进曰："公以赤心奉至尊，不佞庶几可质。"引满立饮，釂如初。下摘星桥，歃流水。歌者进爵，为天风之歌。顷之，天籁皆鸣，若相唱和。余以为钧天之乐，戒勿歌。由南岩趋五龙，所至皆信宿。道中乐青羊涧别业，乐诵经台。行次玉虚，月望矣。登楼命酒，以次觞列仙。至洞宾，觞者二，公好饮，则真吾师。质明发沧浪，从此出境。

后十年至，余将出郧关，望夏门，柳侍中请行期。先期往，乃燂汤治浴室逆余。宿沐浴堂。明日，由间道入罗公岩。道中饶木石，苑即不治。假令刊木疏石，宜多奇。始至，望天柱诸峰，犹宿云际。无何，浮云立尽，如出青芙蓉。既而明灭，纵横如羽衣，如缟带，已复尽，冉冉如踆鸟。余宿罗公房，六月衣夹。明日尽东略，乃出复真，过玉虚岩，不果宿。寻登福地，有杂树，树挂剑松下，拔剑斫之。午夜，雨师清路尘，旦日杲杲。侍中命工除间道，余乘小车登太和。日方中，其下五色云见，祠官以告，侍中亦自南岩望见之。既礼元君，退就南荣，嗒焉隐几。居有顷，起而周视，旧游诸峰，变幻多神奇。即三至，未可偻指。曳杖出香炉峰侧，命黄冠据其上作步虚声，闻以洞箫奏云门曲，兴尽乃反。质明就道，惮乘，危杖至摘星桥，指桥东遗址，是当闾阖，扈三公，宜祠事文昌，以应天象。次万丈峰下，刻石为铭。

过南岩，侍中语云物状，余闻诸有道者俱在山中，开士周泰亨居玉虚西坞，舒复初、石教会居柳林，佛子圆性居尹喜岩，独颜希子出就鄢郢。周，故宦者，事靖江王，性通明，善悟人，与柴山人相师友，并称法眼。云舒善长生之术，深入无生，具大辩才。其先为柴山人弟子。石故秦，将西域法，王子崇事之。圆性祝发京师，具法相，目摄诸徒属，卷舌不谈，谈则缅缅不休，适其意所欲出。余先以使往，毕为之期。余留南岩，石子先至。余执旧闻与语，石洒然："公岂宰官身耶？不揭不厉，而登彼岸。"其未也，坐待明月，琴师就岩中奏。旦日，问尹喜岩，过佛子岩，东北向，门外多美箭，为藩岩，中列两楹，虚其中奉佛。佛子肃客入坐，客当中溜，既而谢从游。引客入卧内，摩客腹，私语"佛邪""佛邪"，由往劫以来，乃复相见，抱膝就客，娓娓多所开陈。已而谓客喜游，请先客，乃授客杖，先从竹径出涧滨。盘石据涧，交流堤其下，树木草傍，一巨石出，临岸断木，作曲栏当之，咫尺若在濠梁，其幽致可入绘事。

岩上草木益茂，柴荆为周庐者三，中有莲池，池水四时不涸。池上一室蓬户，室中置绳床，户外并列招提，悬彩幡，作灭度法。池外一池差小，自为一垣。垣中花木成畦，多芳草。其后由荜门入，中为草亭，方广当身，设坐具亭前，分列八石，宜坐门徒。客笑曰："公所居，足称精舍，公安事此！其游戏三昧者邪？"佛子曰："嘻！此故豺狼居耳。吾日事树艺，遂成园林，客勉矣。"出就谷口，客回车。旦日期周子五龙宫。周后至，中道遇暑雨，毕易衣屦，始相见西斋。周告劳，余不欲烦口舌，乃出日月池上，过诵经台。群雉递鸣山梁，不避人语。侍中请台端行酒，列炬乃归。

旦日，次行宫。石子将舒子至，舒即次以机投余，石数目余，机不入。石笑曰："公将以闻见取，乃今不涉闻见，恶乎取之？故不入也。"语未卒，相与过玉虚，列坐月明中，将叩实义。会侍中倦而思寐，罢勿谈。明日，登望仙楼，语其概，乃予犹多扞格，然亦有味乎其言。是夜，月始盈，遂还行部。计期则十年周矣。

余适有天幸，十年三游，始与贵游者俱，局趣不自得。再至则余为政，然亦不失为侠少游，乃今吊诡得朋，视昔游为犹贤矣。要以游方之外，时而汗漫，时而逍遥，其斯为采真之游，余未能也。

13 游太和山记

陈文烛*

昔汉司马迁谓：自古帝王盖封神之后，世功不至矣，德不洽矣，日不暇给矣。且三代皆起河洛，故嵩高为中岳，而四岳如其方。明兴起南服，文皇帝赐太和为太岳，肃皇帝又起郡上，赐曰"玄岳"。建显号，施尊名，大明之德，蜂涌原泉，未有过于兹山者。余感焉，作游太和记。

隆庆四年庚午六月，余由大理寺正奉命出守淮安。归省家按察公，道经襄阳，望太和在步武间，忆大父承德公嘉靖年登之。承德公身长玉立，声如洪钟，闻数十里，游者目摄公曰："伟丈夫哉！"不縠儿时，大父津津道焉。岁丙申三月，按察公再登祈绝顶，得奇梦。四月八日甫归，而不縠生，小字武当，人以为异云。不縠稍长，有意乎万里之游，尝叹曰："名山在天壤间，可少吾杖履哉！而太和记始矣。"

是月六日，由襄阳至谷城，明日至界山。是夕大雨，晨起复晴。望诸峰岗峦如沐，千鸟竞翼，百猿接臂。过遇真宫，诸黄冠走谒。其凤凰峰、鸦鹘岭回绕奇特，溪水随之，松杉夹道以万计。谓之遇真者，非以真武遇真人得道处耶？行少许，过"治世玄岳"坊。走太子坡，谒老君殿。时方午，就玉虚宫宿焉。登望仙楼、灵雪洞、圣水池。谓之玉虚者，非以真武为玉虚师相耶。东庑有张三丰道人像，文皇帝所赐真人诰，就月下诵立。月明如昼，湛露湿衣。

越九日，由玉虚憩龙泉观，度桥门岩。时有道人，多坐树间，闻谈经声，

---

* 陈文烛：1525—1594年，字玉叔，小名武当，号五岳山人。沔阳（今湖北仙桃）人。嘉靖四十四年（1565）进士，累官至福建按察使、参政，诗文家。

又风送钟声不绝。暮抵紫霄宫宿焉。前为福地岩，后为炼丹岩，有七星、三清诸处，谓之紫霄者，非以凌霄汉腾紫气耶。明日，游禹迹池，徘徊临清万松亭，其水月双清。又明日，酌上善泉，甘异诸水。有垂白一道人李者，问按察公起居，出向来赠诗，墨犹新也。诗云："已入无生境，仍逢不老仙。彤栖翠微上，神想大初前。丹鼎君初就，红尘我尚牵。何时婚嫁毕，来此问真签。"和疚而别，重余徘徊。

十二日，由紫霄经乌鸦岭、黑虎庙、棚梅祠，其地益高峻，令人心骨俱寒。又入清微观，皆悬铁索、攀石栏以跻者。少顷，入大门，谒玄帝。次太和宫，宿焉。十三日，乃按察公寿，再拜视焉。是日大晴，立天柱绝顶，星辰如斗，欲坠不坠，望白云在下，忽有雷声中起。其诸峰若玉笋，若中笏，若天马，若伏魔，或见或隐，最著者止香炉耳。余遂就枕。明日，天稍阴，辰刻始霁，见襄河如一线云。读文皇御制碑，求唐宋片碣无有，况秦汉乎！乃宫观，盛若连阁罘罳，辇道相属之。由太和至南岩宫，宿焉。石上有浦溪蓼公道南、沔阳童公承叙来游题字，其诗剥落不存。有舍身岩、飞升台，望之深万丈，不能久视。有龙头焚香处，余若履平地。

十五日，过虎耳岩，中有高僧不二，又呼为佛子岩。余未及至，而此僧炊饭相待矣。引余坐石榻，耳语甚欢，叩所从来，多不答。其言大都彼教中度一切苦厄，照见五蕴皆空云耳。岩顶有莲花池，水旱不干。余欲题诗岩间，不二止之曰："公何色相哉？"大笑别去。日暮，过滴水岩，傍有大树皆千年物，其水中龙蟒欲作云雨状，其树声若虎啸，令人恐恐速行。就五龙宫宿焉。道士出真武玉像五，盖五色玉云。其山为青羊峰，为系马峰，其水为日池、月池，为白龙潭，为万虎涧，一一径目。自然庵中有文皇赐李素希衲衣，余披卧一夕，忘暑矣。

十六日，饭迎恩宫，投静乐宫宿焉。谓之净乐者，非以真武尝为是国太子耶？自余山行十日，经风雨阴晴，乃千涧之声在耳，万仞之形在目，乌睹人世哉？

陈子曰："太和蟠踞八百里，其七十二峰、三十六岩、二十四涧，余莫能状也。读文皇帝御碑，谓其'跨洞天之清虚，凌福地之深窅'。大哉！王言可状兹山乎！至云'大而无迹谓之圣，妙不可测之谓神'，即太和融结，亦元气之流行宇宙间耳，何可名焉？语曰：'荆山为地雄，果雄哉！'余爽然自失矣。"

14 游太和山记

王世贞[*]

自均州由玉虚宿紫霄宫记

规均州城而半之,则皆真武宫也。宫曰"净乐",谓真武尝为净乐国太子也,延袤不下帝者居矣。真武者,玄武神也。自永乐朝尊宠之,而道家神其说,以为修道于武当之山,而宫其巅。山之胜既以甲天下,而神亦遂赫奕,为世所慕趣。春三月望,余晨过净乐,憩紫云亭。少时,出南门二里许,乃行田间,两山翼之,平绿被垄。时积燠颇困人,少女风袭肌,为之一快,不知其媒雨也。已一舍,饭迎恩宫,杀净乐之半。又数里,稍稍入山,然渐为驰道。山口垂阊,椟楔跨之,榜曰"治世玄岳",嘉靖朝所建也。山初不以岳名,按郦道元《水经注》云:"武当山,一曰太和,一曰嵾上,又曰仙室。"《荆州图副记》曰:晋咸和中,历阳谢允弃罗令,隐遁兹山,曰"谢罗山",而永乐朝为特赐名曰"大岳",至世宗乃复尊称曰"玄岳",以冠五岳云。谓武当者,非真武不得当也。自是,为修真,为元和,为遇真。凡三观桥间之驰道益辟,左右杉松万株,大者合抱。

---

[*] 王世贞(1526—1590),字元美,号凤洲,又号弇州山人。江苏太仓人。嘉靖二十六年(1547)进士,累官南京刑部尚书。万历二年(1574)以都察院右副都御史抚治郧阳,提督军务。文学家、史学家,文坛"后七子"领袖。

自遇真五里，而为玉虚宫。曰"玉虚"者，谓真武为玉虚师相也。大可包净乐之二，其东庑有三丰道人像。三丰姓张，当洪武时游人间，筑净室于兹地，曰"是不久当显"，俄弃去。而永乐朝数使都给事中胡濙奉书招之，凡十余年弗得，则为之像，又赠以真人诰。今所奉书及诰犹在。已饭玉虚，出取右道，逶迤而上，稍有涧壑之属，微雨时时将风来，衣辄益辄单，乃稍有峭壁。折而龙泉观，其阳为大壑缩口，相距三丈许为桥。桥下水流潺缓不绝，怪石愤起若斗，四壁无所不造。天杉松衣之，吾向所记洞庭资庆包山之胜，蔑如也。度桥，径已绝，前旌类破壁而出。自是皆行巉岩间，而雨益甚，舁者强自力前，所指问道人掌故，气勃窣不暇答。山之胜亦若驰而舍我，独峰顶苍，白云冒之，倏忽数十百变，乔夭得雨，秀茜扑眉睫，以此自娱，适忘其湿之侵也。

度日影已下舂，始抵紫霄宫。宫前为池，曰"禹迹"，有亭踞其右，池合宫之溜汇焉，潺湲缯弦，所受汇已众，又暴得雨，上奋若有蛰借以起者。浮鸭数头，绿净可玩。既入门，雨益急，衣湿透，袒服顾左右，分谢候吏，齿击不能句。乃入道士室，构火燎衣，探案头得黄庭一卷，读之。命酒三爵。时雨声不可耐，且为次日道路虞，而倦甚，目不胜睫也，乃就枕。

由紫霄登太和绝顶记

雨潺湲不已，若梦中度三峡也。比五鼓醒，而绝不闻雨声。质明起，礼前殿，其后壁铁色横上，千仞若屏，曰"展旗峰"。出憩禹迹池，泉声益怒，飞流缥碧可爱。仰视雨脚下垂，而堑若阁者，甚畏之。然已决策，则励舆人前。池之右为福地，古七十二之一也。宫其上，弗及访，俄而渐开霁，所入皆狭径，两壁直上无尽，而三公、五老诸峰以次现，乃更见濯雨故，茜润葱蔚，因咏唐人"群峭碧摩天"语，叹其措意之妙。久之，崖忽辟，其阳丹碧出没杳霭中，稍迫而视宫之额，则南崖也。舍弗止，乃度宫西岭，下视大壑若盂者，席以古松长杉之属。自是度榔梅祠，地益高，壑益雄深，仰而睇，俯而瞰，无非以奇售者。所历宫观，羽众亦笙管导之，出没云气中，时亦为风所续断，或前薄崖，而为回风调，穿入洼幽则若瓮呼者。度半舍许，得一涧，舆人来请曰："从此峡中穿，则故道也，当步上三天门。此而下趣涧则改径，可以舆，亡苦。"乃听其所之，以得雨稍走沮洳，怪石错道，古木偃蹇，其右仰而诸峰之高，以为亡隃矣；左仰而峰势益峻，遂失其右所在。久之，蛇行争鸟道，凡数千级，而跻太和之西岭。又折而下，泥滑益甚，舁人足前趾恒蹈空，又数失，而顾其身乃空悬数千仞，悔不若步之小安也。已上太和，憩傍室。顾视诸道人舍，其趾半附崖，则重累而度之，多者至七层，若蜂蚸之为房。罡风蓬蓬，势欲堕不堕，甚危之，而竟无恙也。改服礼真武，遂登绝顶，曰"天柱峰"。由太和而望天柱，高仅百丈耳，而若数里者。左挽悬而右肩息，不能得悬之十一，辄喘定乃复上，遂礼金殿。殿以铜为之，而涂以黄金，中为真武像者一，为列将像者四，凡坐供御皆金饰也。已出而顾所谓七十二峰者，其香炉最高，然犹之乎榻前物耳。《荆州图副记》云："峰首状博山香炉，亭亭远出。"又郭仲产《南雍州记》云："有三蹬道，上蹬道名香炉峰，然则后人易香炉为天柱，而以其从峰称香炉也。"余峰夥，不能胪述，而其大都皆罗列四起，若趋谒者，又若侍卫。时乍晴，蒙气犹重，不能得汉江，而三方之山，若大海挟银涛，层涌叠至，使人目眩不暇接。古语云："参山，轻霄盖其上，白云当其前。"有味乎言哉！诸山皆培塿，独东南一山最高，意不肯为天柱下者，而又外向，问其名曰"外朝峰"，乃在房陵官道也。凡山所有峰涧崖泉之属，不可指数，而其名即道流辈剽它志被之。又举以传真武，为真武称者，不可指数，而皆无据。时分守李君元庄从，为饭神库之后院，谢去。客有言范丫髻者，居二十余年矣，冬夏一衲，食一饭，亡盐酪，所栖止一石窦。试迹之，则已至矣。貌瘠而神腴，双眸炯然，即一衲鹑悬，历寒暑亡秒也。与之语，不能为虚，而能为不虚者，亦杂用儒家言。顾谓得道可以遗身，然何渠能外身以求道耶？为作白汤饭，供尽两坯而别。

自太和下宿南岩记

余将以鸡鸣起，作泰山日出观，而二傔欲寐，呼之不应。旋有磬咳者，则已辨色矣。然亦以足不谋，凭栏徙倚久之，乃就篮舁而下百余武，不可辇，舍之。绕出天柱峰后为三天门，降之，易屦于陟，而用陡绝，故数跻踔，腰膂不相摄，累息股战，赖道士时时奉酒脯，纾其困。顾视中笏、七星、三公、千丈、万丈诸峰，差池颉颃，色若可餐，数步一回首，不忍失之。下二天门，为摘星桥，有文昌祠，读汪司马伯玉所为文，甚丽。中谓国家创述右文，盛高孝庙，而以刘王两文成当之，夫伯玉殆自命哉！乃不佞所不敢知也。稍数百折，得昨所取道。晴日献丽，原谷诡瑰异状，触目若新，亦忘其所睹记矣。亡何，抵南岩宫。新蔡张助甫，约以望后以一日登太和，而所遗候人不得报，乃憩以俟之。

饭后，有举僧不二所休岩告者，即伯玉记佛子岩也，欣然许之，复以篮辇往，从宫门傍左折，逶迤上行百步，有岩曰"欻火"。石文如焰起，树作龙爪，其中洼深，而旁有灵池，水甚甘，传以为雷师邓君修真地也，道流辈饰像蒙之。后若为寝室者，其美遂为袭矣。乃复行岭间，回穴纡蹬，足相齿者十余里，而始抵岩。岩踞岭之腹，而嵌空若室者三，中最宽，凿大士像；虚左席，客以地而庋，其右以塌。不二发鬖鬖白覆额，而状甚腴，出肃曰："公贵人，乃羸服耶？"坐余塌，屏人耳语，谓"公自此中来，将毋不从此中去乎！奈何自失之。"予为悚然。第其所称握拳闭龈，流羡入丹田法，与一切空所有，皆予素闻者。已乃引予左邪而上，至顶有池，延袤不二丈，而水旱不溢涸，莲叶田田其中；前后为一池，仅半之，亦有杂花木之属；蓬室方广当身，一木榻匡坐，嗒然久之。其岭左右皆大壑，壑尽皆为绝壁，四周靡所不际，天其色以三春奏异。已乃却引穿美箭下，临前涧盘石，若峡，水潺潺流其下，小为堤扞之，汇为一池。茂草沿路傍巨石，题作梵字，刻丹填之。仍为予释其义，予笑不答。寻又为予言所以结构之详，皆手任之。予曰："是空有耶？"曰："吾空有而时有，有而空空，毋害空也。"已又饭予于室，蔬豉皆香美，寻饭予从者数十人皆遍，毋畴赢，乃谬谓予曰："适裹邸涓人来授餐耳。"临别，握手不能释，且曰："毋忘兜率会也。"予顾谢："师自爱，度我不能得师境，而师或堕我趣，奈何？"

还南岩时，返照犹未敛，乃入谒真武殿。从殿后历元君殿、南薰亭、独阳、紫霄诸岩室，徘徊顾望诸峰，急雄而趣太和，若游龙；天柱金观，色煜煜射目。所谓礼斗、飞天台、舍身崖，其奇险诡卓，无论道家鼓掌，玄帝事若觌也。予语之："若晓僧不二耶？早欲空一切有不得，而子乃有一切空乎！"因大笑，命酒数行而罢。

自南岩历五龙出玉虚宫记

由南岩右折而下，半里许为北天门。出北天门，稍折而上，曰滴水岩，若肺覆时时一滴下，小池承之，即不以雨旱缓速。有涧，傍亦饶奇石。泉虢下流，桥度之颇胜，而名不雅，曰"竹笆"，然亦未有易也。自是，壑益深旷，树亦老高者径百尺，大可数抱，而根皆露，交纵道上，数百千万条。其粗者若虬蟒，次为蛇，为擘，为甒，且树得风籁籁鸣，则根皆应而鳞起，若啮人趾者。岩巅怪石俯下欲坠，亡所附丽。其涧石又突起，若象，若狮，若龙，若雕鹗之属，意似欲攫人。令晦之，夕冥之，昼过之，不憭栗缩足耶？有仙龟岩，衡纵数百尺，作绿珩色。沿涧而下至青羊桥，石亦奇诡百状，水益壮，嘈嘈若笙镛之乍奏而自律也。下流方崖，陡上无际，水乃从其趾穿度矣。呼酒尽三爵，酌水，复尽一爵。

自是，舍涧旁道，颇行谷间，迷阳弟篁不可以捷。可数里，乃复攀援而上。其岗岭故已皆土，忽复石，石遂多奇，而怪松杉柏之属。忽尽蔚伟整丽，余谓是且得五龙宫乎？而道转上，转不可尽，舆人喘而嘘，数息数奋，乃抵焉。入门为九曲道，丹垣夹之，若羊肠蟠屈，其垣之外，则皆神祠道士庐也。美木覆之，阴森综错，笼以微日，犹之步水藻中。其台殿因山，独峻出宫表，紫盖、金锁诸峰，仿佛栏槛间物矣。庭左右有池二，以螭口出泉。傍复有井五，所谓五龙者也。庑之西复有池二，若连环，名曰"日月池"。日池黛，月池赭，云其色亦以时变，不可知也。饭已，道士奉真武玉像来观。已又出文皇帝所敕道士李素希二衲，被之正与余体适，因笑谓："此衲出尚方，而复不偕鸾鹤逝者，亦胡异中丞紫耶？"所闻凌虚岩、自然庵尤胜，而意不欲往，乃出。

自是稍坦迤，而嘉树美箭益夥，鸟声雍和，会所使上事人还，发尚玺弟书，稍问燕中事。不觉至仁威观。观前石梁，曰普福桥，桥之胜，下靓深伏泉窦焉。上顾四山，若瓴口而微缺，从缺之所而得日，草木皆媚。自是，复蛇行下数里，至五龙行宫，踞其前门小憩。山已忽左右辟，多为平畴，青碧布坡，除道益广，而所留羽仪亦至。乃改服，度华阳亭，蹑石梁，挹莲花池，骤喜其脱险艰，而忘诸山之尽去我也已。寻抵玉虚宫，而分守君复来候，觞余望仙楼，酒数行则骤晦，冒雨之迎恩宫宿焉。

  王子曰："夫余之山宿者四，而历不能得十之三也，然亦足以雄生平游矣。夫物显晦则有时哉！彼夫禅主络绎者七十二，柴望之礼称岳、称镇者各五，而兹山固泯泯也。一旦遇真主以疑似推重之迹，而膺特拜，遂超五岳而帝之宫殿。大者拟建章，小者凌祈年、望仙。道流非耕蚕而衣食者以万计，奔走四海之士女，争先而恐失，号泣鼓舞，望之若慕，即之若素，彼何所取由来哉？谬矣。夫太史公言也，曰：'恶见所谓昆仑哉！'夫近有一武当而不能举，彼将以为无之也。无之，恶在其无昆仑也。"陈梦槐曰："汪伯玉、王元美两先生，文章尔雅，在山水间反逊蔡羽、李孝先一筹，然以之志太和玄岳，则又称合作。"

15　太和山游记

王士性[*]

太和山，一名武当，地隶均。均，春秋时麇国也。道书称玄君降于神农之世，为净乐国太子，乃亦治麇，缘是上升。我明文皇感而尊为帝，时赐太岳名，至肃皇复尊称"玄岳"，欲以冠五岳云。云武当者则《水经》已先之矣。《志》称：山拥七十二峰、三十六岩、二十四涧，周环八百余里。谓此天下名山，非玄武不足以当之，然乎哉？山既以擅宇内之胜，而帝又以其神显，四方士女，持瓣香戴圣号，不远千里号拜而至者，盖肩踵相属也。

余以戊子十月望抵襄阳，取道谷城，次日宿界山，又次日经草店，乃入山。遇"治世玄岳"棹楔，忽长冈绾毂，路穷从左入，已乃更旷朗。右绾亦如之，松杉满门，廊庑翼张，是为遇真宫。左庑铸三丰真人像，丰颐弧领，锐目方面，髭磔出如戟，殊不类所谓闲云野鹤、山泽之癯。黄冠出斗篷、扇杖各一，皆范铜为之，真人所自御者，则已移入上方矣。饭毕，乃从右绾出，始入仙关，自此咸为驰道。至山顶，繇元和、回龙二观，顾瞻圣母滴泪池。久之，盖行三十里而抵太子坡，坡扼陂陁之嗌，为复真观，缭以周垣，键以重关。入已，从吏请下卧榻焉。已乃苍然暮色，自天柱峰至，四山野烧，忽起风，从壑底吹磷上，如乱萤遇短墙。余卧视，不能寐。

---

[*] 王士性（1547—1598），字恒叔，号太初，宗沐侄，浙江临海人。万历五年（1577）进士，历官山东参政、右金都御使、南京鸿胪寺正卿等。人文地理学家，著有《广志绎》《五岳游草》《广游志》等，后人辑成《王士性地理书三种》。

次早，西行十里而至龙泉观，观对天津桥，流九渡涧其下。涧道幽绝，始入行栈磴中，出翠微，穿怪石，忘其返也。已复沿涧上除道，曲折逾时，乃望见紫霄宫，宫背殿旗峰若负扆。石障铁色，横上方千仞，前对龟门峰，云气常如炊烟，左右翼山拱而出，衔两员阜为大小宝珠。金水渠实小宝珠汇焉，泓停缥碧，名禹迹池。亭其上，池右山为福地，道书"七十二"之一也。入宫，登百级之阶，池三：日、月、七星。泉二：真一、大善。宫后转山椒石穷处名太子岩，好事者为书"蓬莱第一峰"。岩上又为三清石，峭不可上，其下则榔梅园，岁贡宝也。园右万松亭，松杉翳天，从此跨山而去，路甚径。然宫外古道甚治，余仍由官道，掠三公、五老诸峰，过榔梅祠，回望北壁，嵌岩绣柱，恍若蓬、壶，问之南岩也。然余欲登顶急，舍之去。每过颠崖崭石，必有道流结穹其上，垂双绳于下，甚至圯门枯树中，经年不出，然非必皆清流也，止眩奇以求施耳。有顷至杉木林，分二歧，从左则下舆，杖履攀索而上天门。余乃右行山之阴，下涧，披灌莽，挟左右奇峰而上，积雪皑皑，满丛薄不化。十里许而至朝圣门，乃得当太和山。山子立七十二峰之中，即天柱峰也。峰头南北长七丈，东西半之。玄武正位，四神在列，储以金屋，承以瑶台，拥以石栏，倚以丹梯，系以铁絙，护以紫金城，辟四门以象天阙。羊肠鸟道，飞磴千尺，香炉、蜡烛三峰，恍惚当度前。俄有白云一片西来，起足下，笼金屋之上而止，茫然四顾，身影缥缈，颢气淋漓而俱，夫非天上五城十二楼耶？山既斗绝，无寻丈夷旷之阿，诸道流倚崖之半，架木而栖橼枨借地，顶与崖齐，重楼层阁，叠累以居，如蜂房之结缀而累累也。罡风剌剌起，吹屋离崖，骈肩动摇，欲堕不堕，又如坐楼船，荡漾于惊涛怒浪中，而彼了不为意也，盖习之矣。

已循城下，礼元君、圣父母诸殿，绕出天柱峰后，盼尹喜岩，挽悬于三天门而下。三门从山顶直落如矢，几五里余，栏楯纠缠，十步一息，至摘星桥而始就舆。复由榔梅祠抵南岩，岩擘崖之半为宫，从殿后左折，大石延袤百丈如飞甍，其下前绝大壑，荟蔚蒙茸，正黑无底，天阴籁发，噫气洒淅，满山谷间。中为紫霄岩，岩前一龙首石出栏外，瞰之胆落，礼神者往往焚瓣香于鼻，从颈上望天柱，拜以为虔。东为五百灵官阁，为双清亭；西为南薰亭，为石枰，一台崛起为礼斗，道绝不得至也。西望舍身崖，上为飞升台，下为试心石。日已下暮，欲去佛子岩寻不二和尚，不果。

昔朱升志岳，谓得三大观：栖危巅、凭太虚，如承露仙掌，擎出数千百丈，日月出没其下，不如太和；立神以扶栋宇，凿翠以开户牖，逞伎巧于悬崖乱石间，因险为奇，随在成趣，不如南岩；右虎左龙，前雀后武，虽当廉贞、贪狼二兽之下，而环抱天成，槛石所栖，各有次第，不如紫霄。故论太和之胜，于其高不于其大；论南岩之胜，于其怪不于其丽；论紫霄之胜，于其整不于其奇。信夫！

次日，下南岩而趋五龙宫。宫在灵应峰曲，去岩就涧，愈益下，北过滴水、仙侣二崖；回首昨游尽失。时木落天空日冷，路上多虎迹，行者咸束炬钬金。下青羊涧，久之，山忽平朗，南岩、天柱复隐隐在西南霄汉间。逾涧复西，盖三十里而至五龙宫。宫东向而北其门，以逆涧水。门外绕九曲，崇墉盘绕如乘率然。玄帝、启圣二殿，阶合九重，前后百五十三级，足称帝居矣。殿前天地池二，龙井五，右廊阴日月二池如连环，然日池黛，月池缃，可异也。左为玉像殿，紫玉、苍玉、菜玉、碧玉各一，沉香一，咸肖帝像高数寸，云得之地中。去宫半里自然庵，道士李素希旧隐也，倦不欲往，取其所藏衣勅视之。渡磨针涧，谒圣姥祠，又过仙隐岩，则趋玉虚宫。

玉虚乃负展旗北，为遇真故址，三丰真人尝遇此，云是后当大显。宫内为殿者三，亭称之，为楼望仙者一，斋堂、浴堂、钵堂、云堂、圜堂为堂者五，东西为道院者二，遇真、仙源、游仙、东莱、仙都、登仙为桥者六。崇檐大榭，高垣驰道，巨丽不下王宫。紫霄、五龙，又未有能先之者矣。出玉虚仍归遇真宿焉。

次日，行三十里至迎恩宫，宫在石板滩，当郧襄孔道，又十里而至均州静乐宫。宫规城而半之，然规模犹谢玉虚也。山之灵奇，更仆未悉。所憾者，山饶水瘠，诸宫泉池仅涓流焉已，若山顶则已窖雪而饮之。至宫庭之广，土木之丽，神之显于前代亡论，其在今日可谓用物之宏也矣。志云："聚南五省之财，用人二十一万，作之十四年而成"，大哉！我文皇之烈乎！非神道设教，余山安望其俦匹耶？

16　游太和山记

王祖嫡*

　　海内山川载之图经者，人未尝不游，游未尝不纪，虽荒绝僻远之濒，诗人文士才一吟眺，遂显于世。其异域幽境，足所不至，与荒榛败棘、凄凄无闻者，不知凡几十。洲记疑曼倩，寓言即有之，非乘云御风不可到。惟太和介襄郧之野，起兑出震，应轸乘娄，蟠踞八百余里，高列七十二峰、三十六岩之奇峭，二十四涧之幽邃。宫观殿宇，皆仿天府帝座之制，雄伟华丽，不可名状。其为崖，为洞，为庙，为祠，不能悉数。《志》云："聚南五省之财，用人二十一万。"不知作之若干岁，香火之盛遍乎寰宇。故其奇胜，皆有目者所共见，有足者所共游。匪若荒绝僻远之濒，必待吟眺，始显于世，又非神怪虚诞、恍忽梦想之外可以夸诩，而人莫之辨者也。予尝游楚之圆通寺，与僧谈天下胜迹五岳，而外如池之九华、歙之黄山、括之仙都、温之雁宕、夔之巫峡，其余奇秀，品第无遗。僧曰："子游太和乎？诸山可尽览已。"予虽疑其言之侈，然心动而神往者屡矣。

　　今岁十月，有南阳之行。过卧龙冈，吊武侯，登清高阁，极目修途。行人如蚁，祈拜之声震动原野，皆谒武当。询程不五百里，遂慨然跃马西去，是为十三日。宿邓州白马寺。

---

*　王祖嫡（1531—1591），字胤昌，号师竹。河南信阳卫人，先世山东德州人，军户家庭。隆庆五年（1571）进士。选为庶吉士，授翰林院检讨，迁国子监司业、司经局洗马兼翰林院修撰，纂修玉牒，又升为右春坊右庶子兼翰林院侍读。万历四年（1576），为重修《大明会典》纂修官。

十五日，过小江，宿渔人家。五鼓，行高岭，路极崎岖，俗名瘦驴岭。二十里，始尽，月尚未落。午未时。过方山石磴，下小坊，书"方山圣境"四字。循石栏至山颠，有真武行宫，南望若黑云插天际者，天柱峰也。骇愕吐舌，久不能定。晚渡汉江。江岸群山翠屏罗列，东岸有巨石立于山麓，昂耸如马首，百余尺，上有亭曰"沧浪亭"。俯瞰大江，可以垂纶，泊舟其下，神爽飞动。过江即均州，水环雉堞，缥缈入画。夜宿静乐宫。宫半城中，壮丽宏敞，甲于天下宫。左为紫云亭，圆起城中，状类垂盖，江行者皆见之。亭下石栏可环而走，修竹长松，遍植栏外。

次日，午至草店。舍骑坐肩舆，南行三里，为遇真宫。二里余入仙关，迥然别一境界矣。舆人云："玉虚岩人所不至。"循九渡涧，凡五里始至。径益险，石益奇，灵草异木，不类人世。萦回曲折，复由太子坡、黑虎庙、威烈观至紫霄宫，度灌木溪桥之间，俯临幽谷，万仞莫测，而舆人左右前后捷若猿鸟，随其上下，神色沮丧，其实极稳。经过杉树苍郁参天，有大十围者，极目无尽，皆隶紫霄，俗所谓"南岩景致，紫霄杉"，信哉！夜宿宫中。

次早，登雷神洞、太子岩，下憩紫霄福地，叩方士养生术，言约意尽。坐禹迹池，大仅一亩，旧传禹导山至此。亭一，桥一，并缘池设。仰见三公、五老、龟门、福地诸峰矗矗霄汉之表，千态万状，应接不暇。

次早，过南岩宫，宫即天一真庆故趾。其旁多重崦曲阜、呀呷之壑、嵌空之洞。方未入时，坐棚梅祠，望北壁下，悬崖置屋如栈道。剑阁由祠右行百余步，度北壁，深峭不可测。中通一道如横堵，行者侧足其上。既度，自南天门复折而入小天门，并崖斗折而行，过大岩。下山将穷，而崖见劈，崖之半为大殿。又其上为圆光殿，殿下为黑虎崖。从大殿后左折而东，循崖缘石，俯视栏外，数千尺目穷处正黑不得底，投以石，无敲落声；阴风生于谷中，令人毛发洒淅，战悼不自禁。又过元君殿，入南熏亭，外有石枰，相传为吕翁故物。又折而下，至舍身岩，岩前刻龙头，横出栏外四五尺，远望且使人夺魄。往往有缘龙头置一瓣其上者，愚矣哉！其余亭祠不能遍阅，又东过风月双清亭、飞升台、试心石，咸极幽绝。夜宿方丈中。夜深月出，阁诸峰之上，如流萤穿林木之杪，时隐时见。步虚之声，杂以笙笛，惝惘如梦，且信且疑，惟时时顾仆人一笑耳。

次早，沐浴升舆，十五里至斜桥。经黄龙岩、万丈峰，题刻大字，如"洞天绝胜""日近云低""蓬莱深处"，字皆遒劲，不知何人书。自一天门至朝圣门，历路门者四，每经一门，石磴曲折，不计几里。旁皆石栏铁锁，攀援以椒，步步如云，飞鸟皆俯其背。凡数十憩。乃跻其巅，平台设真君殿。殿大如人，小屋一间许，冶铜为质，沃以黄金，光耀天日。真君及四天兵像，皆穷极精巧。殿前诸峰不可尽名，其对峙而起、逼几案者曰"蜡烛峰"，若鼎而献者曰"香炉峰"，其下跪者、揖者、拜且舞者、罗而拱者、执戟而卫者、擂笏而侍者，冉冉而下作朝谒状。四望苍苍，人云天晴北见华山，亦隐隐莫辨也。因憩太和宫，赞叹瞻礼，良久乃下憩往来之人何止万数，盛哉！盛哉！是夜，复宿紫霄云房，清泠彻骨，如生八翼，自天而下，目不得合，股不得定。又如堕万丈幽谷，忽跃而起，视吾身若腐鼠然，无复尘想。约已夜分，恐明日遂去。因与旗峰道人坐竹院中，汲泉烹茗，听童子吹笙。孤月极明，诸峰益奇，怪如猛兽异鬼来相吞噬，凛可畏怖。旗峰因极诧紫霄之胜，而宿南岩，憩太和，其主者亦相尚不肯下。昔人尝评曰："栖危巅、凭太虚，如承露仙掌擎出，数十百丈，日月出没皆在其下，不如太和。立神以扶栋宇，凿翠以开户牖，逞技巧于悬崖乱石间，因险为奇，逐在成趣，不如南岩。右虎、左龙、前雀、后武，虽当廉贞、贪狼二宿之下，而环抱天成。楹石所栖，各有次第，则非太和、南岩所得而有也。故论太和之胜者，于其高不于其大；论南岩之胜者，于其怪不于其丽；论紫霄之胜者，于其整不于其奇。太和在上，南岩、紫霄在下，足成三台，可为三宫断案矣。"话久就寝，月已在诸峰之西。

次日，欲游五龙而力惫不支，从者复多方沮之，竟不果往。闻五龙尤幽胜，殊自懊恨。乃由回龙观旁，径至玉虚宫。宫在平野，雄伟侈丽，为诸宫冠。玉虚殿前老桂树三，其最大者以指絜之得二十二围，护以石槛，不知种自何时。老道士云为国初植然，不可考也。由西坞北山下，登望仙楼，张三丰所栖故地。楼外雪洞一，洞有两台，洞光台容相辉映，虽亭午如月出状。宫门内石渠涓涓，夹以石栏，跨以三桥渠，起西山之麓，延袤数十百步，斗折蛇行，入于东涧。经自九渡，自高山倾泻澎湃，数十里出右胁间，与石渠合。此去紫霄已五十里矣。

复出仙关，遇方伯立山、袁公宪伯、望川孙公，屏去驺从，肩舆山行，咸命再往。因以困乏辞，不获。供笔砚，侍杖履，窝高贤吟咏。又里余，遇郡守玻颐公郎君，时回西川便道游此，亦一揖别去。是夜，宿草店。

次日，渡江山居五日，十得一二耳。而五龙之胜，竟怅怅不能已。诸山之灵不我拒矣，五龙独拒我耶？抑草草之游，不足以尽之。将有待而尽，探其秘耶？晦日抵家。客有未游者，询及辄不能答，即答亦不能了了。而询者益多，乃作记以代口舌，非有泉石之癖者，不敢示也。

17 太和山游记

冯时可*

　　余以甲午夏入楚，奉玺书提督大岳，兼领祠官。顾列署郧乡，去帝君香案，尚百八十里，数欲往谒，以冗未得闲。

　　是岁八月，残燠既，清凉初暄，乃请于中丞董公。公曰："我将往南阳，请联舟下均阳而别，可也。"拟以二十五日壬申。是日，早复大雨，中丞传令辍驾勿行。从吏报予，予曰："中丞期可不顾云？中君不可慢也。"棹而先往。

　　日加巳，天复霁，中丞亦遂放舟。申刻，余先至均阳，徙倚沧浪亭。亭踞绝壁下，临江水壁上镌有"孺子歌处"四字，亦佳境也。坐久之，望江中有如野凫隐隐动者，从吏曰："此中丞画鹢，有顷至矣。"余同阃帅安如山、陈宗諌入谒，坐语移时。既暮，余与安君毕入，宿公署，而中丞舟尚次江上。癸酉质明，中丞解维往光化，余出送之，遂谒静乐宫，斥车冯马，如从裀褥上度也。

　　四十里过迎恩宫，又十里过州店，始入山。从沐浴堂而西，雨滂，皆有杉松蓊菱成趣，五里入岭口，棹楔跨之，榜曰"治世玄岳"。傍有小庙，折而比，度会仙桥。桥之阴为遇真宫，宫负鸦鹄诸岭，仙人张三丰结庐处，青松成林，廊庑翼张，自是王者离宫景象。

---

* 冯时可，约嘉靖二十年（1541）前后生，卒于天启初年。字元成，号文所。吴郡（今上海松江）人。其父是明末"四铁御史"之一的冯恩。隆庆五年（1571）进士，官任广东按察司佥事、云南布政司参议、湖广布政司参政，贵州布政司参政。虽为首辅张居正门生，却不肯附和权势。文学造诣颇高，被誉为晚明文学"中兴五子"。著有《雨航杂录》。

出宫入仙关，自此咸为驰道，皆行陂陀中。行可五里，忽见平畴沃野，万栋骈延，鸡犬烟火森然。成聚者为玉虚宫，宫甚巨丽，诸台殿离离森列，云蔚霞驳，若阴若阳，为九宫之首。游者从东天门而入，徐度石梁，如在九陵之上也。自门至殿凡二三里，殿左有铜鼓，右有石鱼，叩之铿然成韵，道士云"开山时得之"，未知然否。下殿，适均州守林继乔来，与登望仙楼。楼四面皆峻，壁翠色围绕，中座列老君像，傍列六仙。予往年鲁，梦中登此楼，恍惚神游景也。下楼至雪洞少憩，其后为三丰洞室，傍有圣水池，倘徉久之，薄暝矣。还宿环除，岚寒籁寂，凄神清骨，疑非人世。

甲戌，晓出西天门，过华阳桥。桥跨莲花池，亭其上，四野秀色可揽撷也。过桥除道，楚楚田庐、桑柘，宛然村落，不类深山景，十五里至五龙行宫。宫负茅埠峰，出宫门由左折而上冈，两傍峰峦攒蹙，杂树荫翳，雨声飒飒，与落叶相应和可听。

又十里下陂，林木渐巨，山峰四辏，中为仁威观，观前有普福桥。从右折而上冈，山益深，树益老，翠蔓蒙络，霾天晦日。如此又约十余里，人声、鸟声并寂，其径如太古、如遐荒景象。已从间道入，观隐仙岩，甚虚明，深可二丈，屋其下，以祀祖师及四仙。折而右，过磨针涧，登老姥祠，道士指磨痕石，疑好事者所为。从祠上望山势，缕脉相结，蒸岚倾洞，弥见其幽，游目久之。云雾倏开，天柱峰如青芙蓉出于霞表，祖师金殿亦依稀可见。

又三四里至五龙宫。宫门为道，九曲丹垣缭之。入门见殿阁高下，磊砢相扶，与山争雄。窃叹非般倕何以构此！入左方丈，饭焉。饭毕，上殿礼祖师座。出，从大殿左谒玉像殿，像有五，皆镂碧玉为之。殿前有方、圆二池，名天、地池。池左右疏龙井五，水皆清冽，自右虎出，有日、月二池，其一碧色，其一黛色，内各畜金鱼万头，浮水瀺灂，同林守立玩久之。从山右股折而北，松杉蔽天可里许，至自然庵前有方池，其景最幽。已复南行，登降可二里，至凌虚岩，为孙思邈、陈希夷修炼处，岩如隐仙岩而浃整。栏其外，下皆绝壑。从岩左折而南，有希夷诵经台，其台南向天柱诸峰，下窥无际，旁有桃源涧，瀑声淙淙，喧于树杪，昼夜不绝。台内有八角亭，亭后有晒经石，四面穹岩，桎杉、文杏，罗列成障。

出台，迤逦东行，举首南岩。朱垣碧殿，如空悬虚，缀于翠微之表。又里许,至启圣殿,亦据一冈,正拱天柱峰,若朝谒者。已从左折,观棚梅树,枝叶扶疏,不类寻常梅也。树后有小亭,徙倚久之。白日没山际矣,遂还方丈。

乙亥,晓出宫门,行山冈上,诸峰回合,高树美箭,错综蔽覆,微阳笼其半,阴晴异状,行者如在图画中也。已历梯石数十折,舆者支肩蹩躄而下,若坠千寻之壑。盖余初入五龙,见宫藏岩底,疑为平地,及出门俯睇溪壑,知宫在山腰。至此,回首五龙,已在天上。

又行数里,峰势四逼,草木蔽亏,引眰望前,队无所见,惟闻箫鼓声,隐隐岩际,始知道路所自往耳。下坡过一桥,曰"青羊桥",四壁造天,树色衣之,与水争碧。桥下水声喧豗,如雷出乱石中,石皆白色多奇状。度桥,沿涧折而南行,诸峰骈立,争奇竞秀。其侧立千尺形如丰菔者,曰"仙龟岩"。

又二里,过仙侣岩。旁有百花泉,又东行为滴水岩,岩若肺,覆水自顶滴下,有池承之,晴雨不翳。过滴水岩,即瞰见南岩宫殿。然山径曲折,陟降萦纡,数相背、数相朝也。迤逦数里,然后至天一桥。自天一桥入北天门,山势若莲花拔起。又数十武至小天门,有岩垂下,疑欲堕者,上有巨人迹,可异。从小天门入大殿礼帝,由殿后左折。大石延袤百丈如欲跃者,其上朱桂、苍松黝倏,婀娜岩中,曰"紫霄岩"。阁其下,阁前一龙首石出栏外五六尺,下临万仞之壑,旁瞰者股栗,而道人顾坦步其上,无所畏,其为伯昏瞀人哉!岩东有五百灵官阁,旁有逍然亭。西为元君殿,旁有南熏亭,皆屋于岩下,规制精巧如王公家山园也。出亭,又从殿后右行,陟降数十折,有舍身岩。自舍身岩级而上,可二三百步,有亭其颠者,即祖师升真处,是为飞升台。亭亭独竦,下有试心石。从台上瞻天柱峰,真如帝座。旁峰附丽之,若相若佐,其南岩以下诸峰,比儿孙仆妾也。

出南天门,过摄孤岭,岭长而平,俨若千尺石梁。盖南北两山,壁绝径断,惟此一线,为通路。过岭,为棚梅祠。祠西一岩高起,曰"黑虎岩",有庐其半壁者,是为虎皮张修道处。

过岩为朝天宫,两山回合,其右有羊桥峰,千仞直上。下为平桥,飞泉淙淙然,过朝天门为万丈峰,下有斜桥。自此拾级几千数,始当天门。历天门者三，始入朝圣门，又数折遂入紫金城。历梯而上，是为天柱峰绝顶，平台石栏中为金屋，开牖东向，屋如暖阁，制甚精工，绝无炉锤迹。时已晡，既礼帝像。凭栏远顾，四隅万山，层拥叠至，若卫若动若岌，又若飞涛，若走浪，若驾鳌，若抟鹫，若聚米，若列阵。远望汉江，若畎若沟（旧志至此遗失一篇），盂而别遂。从故道下山，徙倚文昌祠，见梯上行人作蚁渡状。北至南岩，日将中矣。入坐南薰亭小憩，时雾气甚重，群峰坐失。少间，风驱雾薄，对山祠观时露氤氲中，若见若没，变幻无定，如海上蛟宫蜃楼，亦为奇观。

出南薰亭，从间道走虎耳岩，即佛子岩也。僧号不二者，屋其下，出迎客，饭焉。语亹亹近玄，中含讥诮，数问贵人姓名，又数指两宫所赐幡，盖夸客已。引客周视所结构，附山倚涧，缀以杂卉，大有幽趣。阅毕，从高岭回穴，崎岖可数里，而至紫霄宫。宫背展旗峰，千仞如削，有皂纛之形。宫当之若负扆然，前对龟门峰，左右两峰如翼，为大小宝珠。宫前有禹迹池，其色缥碧，风吹雨激愁涌。自浪池可二亩许，前后皆有小亭，其旁杉木高不见杪，大可数抱。池右有山，为福地，道书"七十二"之一也。入宫，登百级阶而升殿，殿北诸宫犹丽，修梁彩制，下寨上奇，令人目眩。礼帝后，下殿观日、月二池，复出。从宫后数十折而上，山椒有小亭。由小亭折而上，有太子岩，眺望久之。度宫门折而上西冈，登试剑台。从台东北折而登万松亭，千章大木，如宾厦然，北望展旗峰，如云母屏。时已昏黑，燎行至方丈宿焉。

丁丑，早行出宫门，从左行山冈上，见群峭摩天，松篁如翳。时值雨后，益觉茜润，令人两腋习习风举。折而东，经威烈观。又行数里，有黑虎庙，历十八盘而下，树色四合。其下为九渡涧北，青羊稍阔，而幽绝无异。已过天津桥，经龙泉观，又十八盘而上，过复真观。观迫太子坡，前为曲道，面面皆翠微也。出观，度复真桥，过太玄观，山始舒，路始平。遂从间道走玉虚，日晡抵均州宿焉。次日，为之记。

冯子曰："大岳之穹，如视五岳为众父。父也，乃禅主络绎者七十二，而柴望独缺于兹山，岂显晦有时耶？荆蛮之为域也，在三代以前固暗昧之区也。地阻而迂，山溪而峭，非万乘所能驰骤，宜其泯泯哉！自国家荒度襄剔而构，结以崇栏杰阁，始成巨观，顾山之遐奥窅眇，以芟刈而失其半；山之苍古奇诡，以藻饰而夺其半，至于香火之所丛，依奸宄之所窟穴、轩盖之所题镌而妙境净界，尽为缁染，无复太始混元之色矣。木瘿石晕取妍于人，正物之病夫！彼土木宫庭之美丽，亦兹山之瘿晕也。虽然，孰为嵌岑而丹腰之？孰为叉而金碧之？天成圣作神，谋鬼工，使览者若驾蓬瀛而瞰阊阖，人间倜傥、博敞之观，北其擅场矣。即甘泉、上林何让？或曰山赢水诎，厥观未。噫噫！高山巨岳，岂其阶薮？而户泽气通，脉接所配偶者，遐哉！岱有海，华有河，嵩有温洛，衡有洞庭，此固其征。汉自天来，流为沧浪，汤汤洸洸久矣，其襟带兹山矣。吾请从夫天柱峰头，一望而质之，奚其诎？"

18 游武当山记

何 白[*]

万历丙申五月,余客冯元成大参郧城署中,凡二浃旬。日唯婆娑一室,时时梦中作大赤清微想。

六月一日,大参行部襄阳,余从公乞一力为太和前驱。客有笑余曰:"大暑郁勃,铄石流金,突厦凉台,无阴可憩。子欲撰杖绝壑层崖之巅,褦襶攀援,疲于重趼,然徒见嗤于山灵耳,何论济胜?甚矣,游计之左也。"余曰:"不然。余将昧爽而往,禺中而止,阴茂树,濯寒泉,折华翳日,披襟溯风,偃仰长林,辄复移晷。当其六龙亭午,火云扬旌,余方箕踞青霞苍霭间,下视人世炎埃堀堁,则客所谓突厦凉台皆火宅也。"客无以应。遂于是日决策行,出止唐德观,迟舆夫久之。午后出东门,环郭而南,蜿蜒培嵝,皆荒冈断山,童然如秃,连亘百余里。汉水映带,逐势宛转,乱石蹲踞,若龟鼍隐见水面。笋舆沿江上下六十里,至远河。时日已迫濛汜矣,遂止宿馆舍。

初二日五更,发远河。晓色阴雾,凉思萧爽。行二十余里,微雨泠泠,久之益甚。舆夫行泥淖中二十里,乃趣田家小憩。傍午,雨止。出田舍,行五里,为黄洋冈。天益开霁,时久亢旱,四郊得雨,若益葱蒨。登冈遥瞩,高山屏展,群峰合沓,苍黝深蔚,如千叶青莲花,掩映天半。白云斐亹,若水绡素练,横亘其下。山颠彩霞,若朱幡,若羽葆,种种奇诡,不可名状。余

---

[*] 何白(1562—1642),字无咎,自称丹邱生,晚年又号鹤溪老渔。浙江乐清人。明末文学家,有"布衣诗人""山中宰相"誉称。晚年手定刊印《汲古堂集》。

觉有异，因指诘舆夫，知为武当绝顶也，跃然神往。又行三十里，至均州。过静乐宫，宏敞环异，金碧绚赫，藻缋雕镂，若鬼若神，可谓殚极人间巨丽之观矣。其宽广几割州城之半。殿左为紫云亭，构撰益精，是为祝釐之所。道家以谓，当神农时，均为古净乐国，真武当为净乐太子，宫由是以名"武当"，盖言非真武无足当之也。又名参上，又名太和，文皇帝赐名"大岳"，世宗复敕为"玄岳"，以冠五岳云。

初三日，出均州望岳门，石道如砥，夹道高柳，阴若环堵。四十里，至迎恩宫。又十余里，四山渐入幽邃，山黛亦稍稍加抹。又里许，两山垂尽，若辟而敞，表以石枋，署曰治世玄岳。又里许，驰道益整。道旁为沐浴堂，为修真观。

又数百武，山势恢拓，左右襟带，杉桧万章，行列井井。仰视遇真宫，朱瓦翚飞，亭亭林杪。宫后倚凤凰山、鸦鸽岭。右峰屼嵂而萃者，为望仙台。前峰蟠曲而俯者，为九龙山。庑下有张三丰像并铜碑小影。三丰当高皇帝时，尝结庐于此。后文皇帝屡遣使以书招之，不得，因赐号真人并铜笠铜杖。今御札制诰、羽士珥匦，完好如新。予因挟羽流寻宫后小径，登望仙台。列坐松根，流览诸峰，目谋心会，形神殊适。适羽流携酒至侈，曰宫观朝谒之盛余。稍为指点，品陟幽胜，皆愦愦无有领略者，殊败人意，乃立釂三卮，下宿方丈。

初四日，出遇真宫里许，有门翼然，榜曰仙关。两山陡立，石道径其中，林樾交荫，洒然非复人间世。又二里，为元和观。再折而东二里许，地忽清旷，平畴芜芜，宛然社落。耕者、耨者、饷馌者、饮牛者、举桔槔者，时络绎田塍间，若从图绘中所见桃花源境。又行二里，遥见峰峦外抱，地形中廓，栋宇鳞次，云蔚霞兴，俨若千家之聚者，为玉虚宫。玉虚之制，为宫，为殿，为廊庑，为亭台，为丹城，为彤壖，规画视遇真、净乐，无所损益，其大可兼净乐之二，遇真之三。殿两序悬以铜鼓石鱼，击之訇然中节。羽流以谓出自土中，不知为何代物。殿之左为望仙楼，八窗空洞，环以栏楯。循栏回绕四望，山岚缭碧，面面可揽结也。楼下为雪洞，洞前有圣水池。折西而入，为三丰洞。流憩久之，舆夫趣行甚力。登舆，从殿后小径窜丛莽中。十余里，始达孔道。石磴上下，内倚断崖，外临深堑。古木轮囷大者百围，悬缀陡壁，根逦逦连络乱石中。寿藤夭矫缘木而上，纠结林杪。飘风怒号，恍若龙蛇鳞甲奋张至此。耳目骇愕，颇诧诡异。又二十里，至太子坡。坡蹑级而上，回旋九曲，夹以朱垣。垣尽，为复真观，亦幽绝。时已下春，余欲托宿观中。黄冠不欲止客，意色甚窘，余遂挥舆夫出。

行数百武，至十八盘。涧道降陟巉岩间，树亦茂密，不夜而晦，咫尺莫辨。盘磴垂尽，目境忽朗，旷若发蒙。仰睇返照，犹荧荧山椒未敛也。负山为龙泉观，观隔九渡涧，上跨以石桥，纵可十丈，衡半之。桥下清流缥碧，时幽咽乱石间，淙淙如中琴筑。倚桥四顾，草木蒙翳，峭峰周遭，如入囷中，仰见天影。少选，新月初吐，湿翠袭衣，又如坐清油幕中。生平幽讨之趣，于此信可忘记。舒啸低徊，不欲就枕。顾安得吾党二三胜流，举白相赏，以答清贶。因吟康乐"惜无同怀客，共登青云梯"之句，为之怅惘。

初五日，出观行三四里。道旁棹楔曰玉虚岩。别穿一径，甚微，似若久无行迹者，舆夫难之，第谬言无它奇，溪谷寥穷，不足辱眉睫也。揆余兴不可已，且复怖以多虎。余乃舍舆徒步，贾勇而前，两奴踉跄尾余后，舆夫顷亦至。径缘清溪，两旁峭壁摩霄，径石屡断屡续，信猿狖窟宅也。溪流渐渐，文石凿凿，绿蒲琛草，蒙茸涧底。秀色可餐。仰瞰青天如一线，初旭荡射两崖栖，树阴浓翠淡绿，变幻万态。余且行且憩，恐其易竟也。两舆夫相和大呼，声应牝辇，若出数部清商，泠泠久之，乃止。行可五里，高崖栖孤悬，势若欲仆，旁崖栖铲石半之，外辅断木为栈，曲折以度。数百步，得地少坦，左折梯而上，中有小殿。殿外架壑为台。朱栏四绕，瞥若尚羊天半，便觉两腋习习风举，白云刻刻从崖栖颠出，久之目眩。崖栖若振动，恍与飞云颉颃低昂，争驰天际。崖栖石斑驳，篆组如霞绮，缦理起伏作波涛状。下视人行深涧中，蠕蠕如蚁，真奇观也。顷寻旧路出溪口，登十八盘，行深林中。十余里，至紫霄宫。沿径亦饶奇石。紫霄势若建瓴，后殿特耸，渐至步廊辇道，亭台以次而降，益觉雄峙。两旁羽客丹房，远近高下，星分棋布，殿负石障曰展旗峰。左右屹若华表，曰大小宝珠。前有日月池、七星树，外有陂，潴水渊澈，其源自金水渠下注，广可二亩，而赢曰禹迹池。复从殿后拾级而上，数十折至崖栖半，曰太子岩。下有洞甚狭，相传真武修真处。中有平石如座，承膝处光若修漆可鉴。崖栖折而升，有小山隆起者，为道书"福地七十二峰"之一也。稍降为赐剑台，台前五老、蜡烛诸峰，亭亭若在杂壁间物。载折而降，为万松亭。亭外松杉偃蹇如盖。回望展旗若建牙。日色欲晡，下至方丈宿焉。

初六日早，从山右胁蹑级而上，径颇陡绝。又行里许，至乌鸦庙。已渡洒谷岭。岭界两山，旁皆绝峡，中衍如堤。岭尽，折而西行，峰愈奇峭，林愈窅窱。五里许，为棚梅祠。祠下棚梅二本，柯叶扶疏，故自濯濯。又二里，渐迫羊桥。万丈嵩呼，千丈诸峰，卓立云杪，时闻钟磬若出半空。止舆仰观，乃知方士结茅悬崖栖之下，状若赘疣，为之咋舌，即道人虎皮张修真旧址。窃怪彼何所自往，借非乘蹻御气之士，鲜有不栗。又行二里，众峰益迫，磴亦随险。水激激喷薄树根乱石中，是为武当涧。又数百武，至朝天宫。舆夫气不暇平，余亦觤脆股栗，乃舍舆，单绞徒步而上。仰视铁絙危梯，回旋百折，白峰岭下垂，犹之空中曳帛。屡喘屡憩，梯循峰势险夷，几数十百盘。历天门者三，始至太和宫。羽士架屋崖巅，如累棋，或至五六层，下俯千仞。上盈下缩，状若壁灯，风蓬蓬起涧壑中，榰栌轹轹有声。顾羽士寝处其上，晏如也。余两足如胼，负风欲僵，乃从太和方丈午饷沐浴，久之，神色始定。出登天柱峰，以布系腰间，命两夫曳而上，顾两颊时相击颐颈间。又数折，入紫金城。城依峭壁，累危架险，缮构精固，非驱石神鞭不能办，可谓力侔鬼工矣。入城，拾级数折，为元君殿，为灵官庙，为神厨，折而东为古铜殿。制亦浑成简朴，为元大德年造。再历梯数级，始达天柱绝顶，四周环以石栏，中为金殿。开牖东向，榱桷栱棁，柱础窗棂，制作工精。中像玄帝，拥护诸将，森列左右，以至几案炉瓶，悉皆涂以金液。焜煌燀赫，逼眦不定。作礼毕，凭栏下望，香炉、蜡烛、三公、五老、玉笋、天马、鸡笼诸峰，若贡若献，若拱若立，目力稍远则万山丛伏，或如仪仗卤簿，或如翠葆珠幢，或如鸾鹤围绕，或如百兽率舞，或如万方辑瑞，逐影肖形，不可殚纪。纵目远穷。则南自汝邓，西自荆楚，连嶂奔腾，累累总总，如丘冢之封殖北邙，波涛之瀺灂巨壑也。汉江绕其下，仅如衣带。余爽然自失，翩乎仙仙，欸乎神游八极之表，徙倚移刻，畏日骄蹇，且欲褰裳下山。羽士止余于南厢小阁，且曰："雨立至矣。"少选，云雾四合，下视台外弥漫一气，则向所见陵阜丘垤，皆茫忽不可辨。唯三公、五老、香炉诸峰顶，时露云气中，乍隐乍见，时若凫鹭点点，出没海上。无何，风驱云片，冉冉低度，如白马，如翔鹭，如裂素，如拥絮。风止云尽，则山色岚霭依然也。余西望香炉，峰之半有径若绾带。因问羽士："彼何所往？"羽士谓余言："野人范丫髻结庐处。其人颇可与语，寻当拉之俱来。"余曰："真逸可坐致耶？"又指蜡烛峰向余曰："此下故多云衲，间有异人。"余遂循蹬下紫金城，披榛寻香炉小径，时时援松枝，乃得上。西折几二里，始至柴关。剥啄良久，童子应门，揖予而入。野人出迓客，其坐土室，落落穆穆，颇觉舒畅。叩其语，殊鄙俚，如嚼蜡。予窃疑之，意谓道人玩世，显示其丽，耳中未可涯涘也。复有顷，大詈其曹耦御风道人者，语属持其阴事，不觉为之捧腹。委顿而返，下香炉峰，复寻故道。数百武，小憩松阴下。有径北折，适有居士休凉者，因问居士此当何之。答曰："由此而北，可抵琼台观、蜡烛涧。"顷复北指，谓余曰："何处寻范丫髻，此中大有人掉臂而去。"余为悚然，乃循其后，不觉至琼台观。沿径有金童、玉女、旗竿诸峰，皆拔地杂立，无所扶持。余再揖居士，问曰："居士向者为谁？"居士第言殿后历有憨憨道人者，吾不知其他。予复问居士为谁，听然向余曰："我琼台观庸作耳，何以姓氏为？"余乃踵殿后小径。道人方跣祖绿阴中，不为客主礼，但云何乃从烈日中来，颐指片石曰："此可小憩。"予览其风貌，高逸修然，有度世之表，移时不交一言。予乃乞师作一转语。道人第举拂予曰："子欲潜修密炼，先治两心，毋拈枝叶，所谓至言不烦，目击道存矣。"时夕阳在山，予亦口甚不及。过蜡烛涧，乃辞道人出。道人因谓予曰："览子之貌，非庸庸者，幸善自为计，神仙去人何必有间？负才寡识，此叔夜之所以见诮苏门孙生也。子其勉之。"予为之惘惘，若有所亡者。久之，复循来径，寻方丈宿焉。

初七日，从三天门下至朝天宫，乘舆趣南岩宫。则昨所历若羊桥、万丈诸峰，会真桥、武当涧，则又仿佛如梦境矣。复从榔梅祠、洒谷岭，憩雷公石。过南岩、南天门折而下，为碑亭，为大殿。从殿后掖门入，见石广横生，砧砧欲堕状，如曲洏，上有巨人迹，隐隐可见。又数十步为元君殿，为启圣殿，为南薰亭。殿后悬崖栖斜覆千仞中，多小穴，如燕垒，穴中填以五百石灵官，宛若影壁。崖栖端苍松翠柏，皆蟠曲倒垂，如流苏，如宝盖。下为石坛，坛外护以石栏，下临绝壑。天柱插汉，前峙如青螺髻，顷有微云冒之。予戏语羽士："此所谓无见顶相，左右七十二峰环列森绕，坛外如空，青曲屏丘壑，清华当无逾此矣。"稍折而上，为礼斗台。径复下折，可二里，一峰卓立。峰半为舍身崖栖，揽其杪，有亭，冠之为飞升台，相传玄帝升真处。午后，谋往虎耳崖栖，访老僧不二。出宫后间道，行五里许，忽闻竹外鸡犬声，又若遗身白云也。林转为虎崖栖，茅庵三楹，予入庵礼佛毕。有顷，不二至，邀予共坐竹榻，辄剌剌人间眷属、思爱别离，种种可悲可喜、忽笑忽泣，极其形容，言虽浅近，托寓甚隐。予独憬然，深领其旨。间杂谑浪，无非宗趣。命沙弥作伊蒲供饭。已乃引予绕庵后，斜而上至峰顶。观蓬室方池，丛卉美箭，涧泻潺湲，石刊梵字，颇极秀野枯寂之趣。已复捉予臂曰："和尚顷与若语，于意云何？"予答曰："师言自著而微，自浅而深，显密互融，空有双遣，此所谓深入不二法门也。"师曰："有是哉！"莞尔而别，出庵取道五龙宫。行十里至仙侣岩，岩畔清流汕汕，曰百花泉。又二里，为仙龟岩，又折而东为滴水岩。岩若覆钟，水自岩顶时下一滴，有池承之，晴雨不减。又二里，过竹笆桥，林树蔽芾，境益颎洞。二里，至白云岩。仰瞰五龙，若在咫尺。又五里，至青羊涧，涧志称为文始真君旧迹。夹涧绝壁，石脚插入水中，树影与潭影斫碧作翡翠色。涧底乱石，凹者、曲者、洼者、突者，如断圭，如残璧，如药磨，如齑臼，可泳，可沿，可踞，可倚，可晞发，可濯足，可施酒榼，可置茶灶，种种具备。过青羊桥，曲折陟岭，凡十余憩，方至岭巅。予胁息万绿中，斜日入林，翠阴浓淡，落霞曳彩，时补树隙。交相映发，表里虚明，如坐滇南料丝屏也。又数百武，至五龙宫。宫后山势腾跃，如龙翔虹舞。前面金锁、紫盖二峰，阶前五井为五龙井。泉皆甘洌，上有天地二池，又有日月池。月池色黛，日池色赭。朱鱼数千百头，游唼藻荇可狎。旁有小殿，肺附宫左，内供玉像五，高可七八寸，皆镂碧为之。羽流以谓出自瘗中石匣，不知然否。出宫可二里，为凌虚岩。又二里，为自然庵。旧以孙思邈、陈希夷隐居五龙，当于此授希夷睡法。再折而下，为希夷诵经台。下临桃花涧，台前后青枫文杏，罗绕交阴，如行步障。台后有石，广可二丈，平如捣砧，曰晒经石。载折而东里许，至华阳岩。中有穿碑，刻胜国李浩然小像，画法类吴道子，上有自赞。及摹壁间记，知此地为李所搜剔也。有顷，片月从林杪出，庭阶阶除，无所不受。予独徘徊露台，俯视廊庑、山门、碧瓦，莹皎如雪，又如积水流萤，青黄自照。殿上钟磬殷殷出翠微，郁而不吐者久之。已而，两庑道房琳璈笙管，四起相和，如聆《咸池》《云门》，隐隐天路也。内顾灵腑清朗，毛发森爽，超然有餐霞绝粒想。乃知自逸于山林者，以轩冕为桎梏，荣名为土苴，信非漫语。

初八日，出宫山行三十里，复至玉虚宫。道中所历老姆祠、磨针涧、仁威观及五龙行宫，无非佳境，不能一一胪述也。午晡至玉虚，晚行十余里，宿遇真宫。

初九日，复从故道至均州静乐宫，遂为之记。

何白曰："今神仙家所纪载，弱水十洲，不盛言其琳庭玉阙、璚室琬楼；巨丽之观，则必称神兽珍禽、灵草奇树、族产纷葩之众。在昔万乘之尊，若秦皇汉武，力不能一至焉，徒托之想像，仿佛褰裳濡足而已。若夫玄岳，宫殿观宇，金碧焜煌，大者侔闾阖、紫微，少者压灵光、景福。斑鳞赤豹，玄熊白鹿，朱草黄独，榴梅仙茗，往往而在。无论簪绂骚墨、圆颅方趾之士，即田妇、牧竖、舆皂之人，皆得亲睹其盛，彼何所取十洲哉？古者禅主七十二君，柴望之礼加于五岳，是以盘礴高明，神君所宅，宗长山川，统摄群品，故王者受命告成也。若夫玄岳，绵亘八百余里，高可二三由旬，渗漉之功，侔于造化直拟。揽挈岷峨，伯仲昆仑，即五岳尊明，亦何多让焉？说者或谓兹山，在昔泯泯，一旦遇文皇，遂膺特拜，不啻超五岳而上之，为兹山幸。或谓窅昧既残，灵真尽泄，轮蹄喧阗，膻秽蓬勃，殊非神明所宜止戾。是以羽驾回翔而不下，炎轮横空以径度，无论帝真，即张三丰、谢天地之流，一何寂寥也，为兹山不幸。或幸或不幸，我又恶乎知？我请质之玄冥之帝。"

19　　　游沧浪亭记

何　白

　　沧浪亭在均阳之东,后负玉峰,前临汉水,古《孺子歌》濯缨处。何子谒太和还,再宿净乐,既辞帝所,复之人间。昔之灵秘清华之境,乃舍我若遗,而人间之尘鞅,交辀接轴,复缪辂于前矣,恍若简子之痦,意怏怏不自得,冀一濯沧浪,以少纾其怀。居无何,州大夫林君诣余。余告以杖屦所历,而复请为沧浪主人。大夫曰:"嘻!不佞幸为香案吏,实宰太和,日局于奉职期会,岁不一至焉。即沧浪近在庑下,复纠于案牍簿领,月不一至焉。子踦履而辱吾境,不十日而奄有太和,乃复沾沾沧浪之水,何子之不属餍耶!虽然,子挟吾,有以寄其牢愁之思,吾因子游而得以暂摅鞅掌之困。吾两人者交相藉也,不亦可乎?"

　　予诘旦出城北门,操舟以济。江干即古槐渡,为汝之邓、陕之商所径道也。是以鹭渡者以百计。予既济,斗折而上数百武,为沧浪亭。亭踞半壁,下瞰大江,波光滉瀁,白鸟晴沙,亦超然一旷观也。后再折为玄览亭。从亭右折而南,跋级而上为玉峰庵。庵据玉冕之半,古柏翁然,柏下石径,错以文石。予披襟其下,耳根清籁,谡谡若拊钟镛。顷之,大夫至。大夫屏从者于山半,葛巾方袍,神气遒逸,不为风尘磬折状。已陈酒脯,饮庵后太和精舍。精舍四周,藩以若榴苍桂,前甃石为台,杂艺牡丹、芍药,颇极萧远之致。庵左右多隙地,筼筜万挺,沉沉却暑,碧石清江,隐见林外。少史扫石命酒,予与大夫盘礴引满,就阴避暑,尊亦屡迁,俯仰吟啸,觞爵交错,颓然自放。左右之人争窃观,不知谁为太守也。

日暝下山，予与大夫方舟而渡，水裔行旅，担者负者，接袵联趾，趋渡喧嚣。余谓大夫曰："余不谷，幸徼大夫之灵，得为竟日之游，衍衍然乐也。今截江而渡者，指不下数十百，而为兹山一寓目者若而人哉？乃知清华之享，天所靳也，敢不拜大夫之赐！"已之中流，烟际渔舠，鸣榔相答，复谓大夫曰："今之渔父非昔之孺子耶，何久之不托于音也？"予乃扣舷，倚和沧浪之歌，歌曰："汉之广兮，岂挠而浊？谁为为之，匪扬匪瀸。汉之广兮，岂汰而清？谁为为之，匪激匪澄。毋尘而缨也，毋泥而足也，大白若辱兮，又何之濯为！"词举音息，登岸舍舟，一笑而别。

20　　游太和山记

王在晋[*]

　　始余有慕乎宇内名山,而欲探篸上诸峰胜也,期与武当君一遇焉。

　　丙午,滥竽荆楚,秋七月,供事棘闱中。时大中丞使者黄公建节郧阳,例当以属吏之礼见。试事竣,余乃从省会轻车往谒郧台提督。太和分守郧襄者,为含虚王君,君撰所为太和游记并诗章以授余。余跃然喜:王君授我以游券也。还至均州,守方君亦为予趣行,先期治游具,且告予当从僻道到太和顶,归从三天门下,为径捷。予心识之,而舆人苦僻路坎坷,弗应也。方君又谓,谒太和,例当先谒静乐宫行香。余乃晨兴盥沐,至宫门,步行,道士焚香前导。宫制闳丽轩敞,朱甍碧榱,凌霄映日,俨然祈年望仙不啻也。瞻拜毕,即揽辔出均阳城。南门外甬道周行,悉砥以石,平坦亘延,直接太和,而民居亦鲜整络绎,无复楚地之蓬垒不饰者。

　　行四十里而为迎恩宫,宫外石桥,蜿蜒跨涧,水声潺潺,如叩丝线滴溜。羽士笙箫列队,引车以过。四望周遭,黄山团团,童而不木,如城垣包裹。而大岳天柱诸峰挺然森秀,岈崟回丛,紫云万片,一涌窾地,旷野招摇,妍丽更绝。踊距向前,将落村市,则林条幼靡,莽气暗昒,忽杳然不知其所向。

　　由草店折而西,径益修旷纡斥。两旁杉榆松桧,摩云翳日,翁荟郁葱。

---

[*] 王在晋(?—1643),字明初,号岵云。江苏太仓人。万历二十年(1592)进士,累官提学副使、江西布政使、南京兵部尚书、刑部尚书等。明代学者。著有《岵云集》《三朝辽事实录》《越镌》等。

道中无点尘，萧洒逸神，南部洲有此极乐境，其于阎浮世界，恐不可数数得之。是时，秋高木脱，霜筱吹簌，败叶吟风，四野寥索，而此境中犹重阴广翠，交眉映睫，不知秋之逋寒之届也。

五里，过治世元岳坊。盖肃皇帝颜之，以冠五岳，棹楔于皇灿烂。已折而北，为会仙桥，于路勒石标题、嵩祝圣寿者以万万记。桥之阴则宫殿嵯峨，广厦千落，是为遇真宫，仙人张三丰结庐黄土修真处也。宫负鸦鹄诸岭，左望仙台，右黑虎洞。成祖革命，数使都给事中溠访张仙人，而仙人不可致，今御书宛然在焉。入山诸宫，以遇真为托始。予入宫，饭于丈室，乃登环舆而行。石街迤逦，浓阴黝倏，辇可适，马可驰，仰首瞰空，不知亭午。已过一岭，层峦嶒磴，山势回复，凭高而盼，岭崛矮拥，如六军排列，未得暇隙可攻。峭石崚嶙，增崭重崒，初无平田旷野，为寥天域外之观，布势列图，亦大奇已。由是辟山为路，一面悬岩嵝块，一面逼侧万仞之渊。小木扶苏，大木虬结，杂以莎萝滕葛，临渊不知其深，第闻响流潺湲，鸰鹜狎人，或自上下下，或自下上上。云来空谷，沾衣拂袖。睇目视之，阳乌西坠，而高峰已衔其半矣。趾高下行，过斜垣曲道，舆人指为太子坡，是为元帝修真处。殿前有圣母滴泪池，以日暮，不及观。趋跄而行，舁者请将乘舆转键，以昂其前。予问何为，曰："过十八盘皆石磴，转折而下，不知几百级，高之不可胜，卑之不可俯，手指把握不敢释，而从者亦踆踆如有循。"于是，沉濋暗濡，岗烟渐合，山色如濛，林梢滴露，悄然寒袭，呼童而益之衣。回翔鸟道，千峰万崖，目睹之而怡愉，与幽崖邃谷，心悸之而错愕者，俱为眼光拾去矣。顷之，野燎出林莽间，乃紫霄宫。道士前为向导，予乃就紫霄而宿焉。

诘旦，期登太和，嘱从者早兴。夜半，山鸡喔喔，月照绮窗，云璈石磬，从半空中点滴。道士炊黄粱已熟，余乃披衣而起，以为天光将曙，不知其犹未彻丙也。饭毕，乃隐几卧。久之，乘月出步庭除，残星依稀，若明若灭，翘首望天，见黑云压屋，讶其欲雨，道士谓此展旗峰也。峰铁色，崖岩累嵬，不翅百丈，如中军旗纛，隙然落半空中。紫霄背负旗峰，崔嵬岸耸，高出诸宫。予乘月色踏峰头，披云吸露，苍焉莽焉。依微辨色，行至南崖。曙霁忽开，紫霞红霰，旭轮涌出珊瑚堆，如绘如缕，金光闪倏，烛龙荧照，暖昀渐收，而飞鸟嘈嘈，声出林丛间。徙倚南崖宫门，凭高望之，恍然身在阊阖。

目瞬八极，羲和之鞭可执也。过南岩宫，不入，随日脚渐走。两山陡绝，惟中有一线通路。逾岭为棚梅祠，循祠以往，则三天门路径也。行过许里，而方君所命使急足先至，候于歧路。自此以前，间道登顶，舆人苦之，然无敢违守君命，则蹑跷崎岖，一步一跲，扳肩援手，相与呼应，声振空谷。道口有古松九株，劲于参天，青荫婆娑。其盘万石空峤，轮囷臃肿者，不可胜数。背崖而驰，环峰密匝，如在瓮甓中，钻隙窥穴，他无所见。转折数百武，乃从山根绕上，度岭，俗谓之欢喜坡。夫予方惴惴汗浃，以虞跅踬，而恶在其可喜也？过欢喜坡，而太和金殿乃灿然在目。又折二三里，过飞巇，曰六十塔，蛇行委曲，悉从石堑挽越，竭蹷攀跻，而太和道士已班班伏谒道左矣。余乃宿神厨，少憩而加饭焉。

初，余先于十九日命吏太和宫设醮，至则菊秋之念日也。饭已，整衣朝谒圣殿，复折而左，为太和宫。宫如帝寝，环以金城，重云拥护，以象天阙。宫之左，盘旋而上，傍列历朝御制碑。石梯经几转，重累而度之，足摇摇不胜战栗，而始陟天柱之巅。四维石脊如金银色。飞鸟不集，间生异草，细叶蔓延，秋冬弗凋。怪松数株，盘桓如结，高不满丈。绝顶甃以花石，金殿兀突，供案皆铜质，液金为之，殿制精巧浑成，疑为鬼工。因思明初物力甚饶，乃能为之。圣像庄严，肃颤瞻叩，万虑屏息。告虔礼毕，复循故道而下，观元时铜殿，至神厨，稍息焉。是日，寒云四布，阴霾障天，悲飕忽起，山木叫号，小雨濛濛，群峰若失。余谓，来朝观日色东升，其不可凤约。是夜，伏忱就寝，户外雨声且歇，而山风咆哮未已。

晨起，冒寒登顶，欲观日出，而时已过卯，扶桑吐丸，跃然三竿上矣。因伏谒再拜，步入金殿，展拭圣容，光明润泽，而道士并金匮之藏，出所为上赐丹书玉像。游者往来万亿，此不可得而窥其元扃也。出殿门泛闳野望，群峰万壑偃伏蹲息，如尊帝高居。上罗三阙，下列九门，冠盖云合，四海八荒，献珍贡琛，俯伏辇下，不敢仰视。童山四绕，如惊涛汨浪，奔赴雷门，排空震荡。其青紫分行，黛绿成队，则又似翡翠画屏，芙蓉绸褥，倩秀艳冶，美丽闲都，光彩眩目。香炉、显定诸峰，予向以为岜矗插天，高不可及者，今始藐乎其小矣。是日，天风虽峭，然步趍炎業，汗背沾衣，不甚怯冷。比下山，而风且渐息。予乃步朝圣门，从者请登舆，而石级逼窄，曲诘峻削如泻，铁绠石槛，动多窒阨，环舆不可行，舍车而徒出三天门。四方朝礼者蚁度鱼贯，扳援而上，到处狂呼，荷荷声闻，健夫喘息。即轩冕贵人与村媪俗子肩相摩也。如是者数里，而始达一天门，予恃其壮勃，不用扶曳，趯步直下，初不甚苦疲，至三日而两腿犹木僵，始知足力倦矣。出朝天门，循入山故道，回视皇崖、三公、五老、玉笋、天马诸峰，簪盍透露，得以自雄。过崖陟陂，辄见林杪，石角悬筐篮，以乞布金，仰瞰，有人巢居穴岭，虎皮张修道处，亭亭孤悬。无何，复经棚梅祠，即昨所分歧处。过此为乌鸦庙、雷神洞。朱垣绀宫，指不胜屈，余亦不能笔其详。路从几折而经南岩宫，则王君已走，使邀入客堂，庀供馔矣。余乃登殿礼谒，从大殿左折，过元君殿，为南薰亭。亭外有石枰、纵横十八道，复从元君殿折下，过独阳崖石室，崖前刻龙头横槛外，下临不测深壑。朝礼者辄步虚踏石龙进香，以白到诚。道士遥指舍身台，孤危若坠，而太和金顶正当岩前，缥缈金光，灿炳欲射。岩旁有石壁，穹窿高起，如堆云积雪，层层停压，用片石刻五百灵官像，仅可半尺，乱置石窍间。又东为风月双清亭，上有石枰，高倚岩窟如筑成，踞亭嚼茗，横襟浏览，百岫森叠，翠微骈映，此崟上一大观也。坐久，日已过中，王君使者游五龙宫，舆人谓五龙道险，距此三十里，至五龙须来日，返遇真。余以出暑两月，芬滞日积，亟欲下山，遂不果往。然出南岩，而五龙宫殿高出灌莽，且神遇之矣。乃循故道过紫霄宫，宫前所为日月池、禹迹池，乘篮一寓目焉。路出回龙观，从者曰："玉虚为八宫之首，当一游。"于是悉屏驺从，归遇真，而以单车往玉虚。周回龙观五里许，千峦收敛，眼前魂磊尽去，惟荒山旋绕，脉络未断，皆嵚嵝耳。透出原田辽旷，景色渐舒。忽有层宫广宇千间，兀落平畴，如郡城都市然。询之，知其为玉虚宫也。玉虚广辟雄峙，甲于诸宫，与王者离宫别苑相埒。西坞西山下曰仙衣亭，亭后有张仙洞，壁有铜碑。西坞北山下曰望仙楼，楼有纯阳祖师像，下楼入后庑，观石鱼，敲之铿然有声。殿有铜鼓，曰："此开山时物也。"览毕，出东天门，流水湾湾，苍松古桧，翛然数里，神闲意广，由此以达遇真宫，皆非人间境地。遇真宫道士出张仙人之铜杖、铜笠示余，皆上所赐，仙人不受，蹩然而去，不知其所适云。至遇真，日已晡，余促装治行，而会有巴东张令来，坐语少选。王君复遗书问余：此游也，当有谢朓警人句，余出诗十章应之。是晚，遂之清徽公馆宿焉。有雷电自西北来,微雨随之,季秋之念有一日也。

王子曰:"余之有慨乎此山,而竟不遐为五龙游也。山之奥窔幽邃,即未能一一以穷缕觑,然亦得山之大都矣。说者曰:'禅主七十二,柴望称岳称镇,而独遗于此山,岂山灵有时晦耶?'夫以祖龙之雄,周行海上,金泥玉检,遍灵山洞府之藏,而海上三神仙山,卒可望而不可到,彼可至者,非其至者也。盖造物灵源圣迹不显然外露,必钩深致远,乃能阐极秘藏。此山不遇主,辟土衍胜,土木被文绣,当为豺虎之区,探求所不到。故不登太和绝顶,不知天柱之高也。不得金城玉阙,翠宇琼宫,凭虚度空,天柱不可得而登也。真仙张三丰谓此地当大兴,后果大其宫址,以为祝釐之所,棚梅重实,金杵跃地,以应其符。讵秦汉以来所谓窥其奇扃,标其绝胜,而以乾封石碣之文重哉!卑之乎!晋魏之无足观也,而以谢罗名,谢罗不足为山重,而适以山传。则是山也,非真武何足以当之,故名之曰武当。"王子载笔而为之记。

21　　　游太和记

王嗣美[*]

太和名胜甲宇宙，不佞梦游久矣。苦无羽翰，得遂杖履。万历乙巳，承乏下荆南道，太和寔在境内，且奉敕提督，有群望，责往。时每岁三、九月，守臣躬诣，修祀事，不则遣官往代，余履任之。明年季春，坐案牍，旁午奔走，未遑。每过均州，翘首天柱诸峰，神常飞越。守土之谓何？丙午九月，祀典又当举，谋诸治台，以为不可废，遂卜于初六日启行。减驱从，约行李，斋沐三日而后发，肃祀事也。

是日，抵均州。次日，谒文庙，随礼静乐宫。经迎恩宫、沐浴堂，再转而上。两山相夹，中树石棹楔，榜曰"治世玄岳"，嘉靖时所建。再过遇真宫，遇真者，张三丰修真之处也。道人藏有永乐颁赐诰敕，并铜像暨斗笠、挂杖在焉。是日昏黑，憩玉虚宫。署诰朝上殿礼神，因遍观左右廊庑、神厨、样殿及望仙楼诸处，皆宏敞壮丽，可比未央。

晨时，取右道登，所历有回龙观，观前有溪涧，贯以石梁。折而南，为关王庙、老君殿、元和观，再转为太子坡。自此，山径蜿蜒，皆羊肠鸟道，俗所谓"上下十八盘"是也。再过为龙泉观、九渡涧、威烈观，沿途山涧菁溁，草木茂密，而幽禽野猿，声相唱和，令人尘襟顿洗。羽流以笙管前导，如奏钧天于云雾中。又有黑虎庙、乌鸦庙，俗称"黑虎开山""乌鸦引路"者，即此。过紫霄宫，宫后枕万仞崇山，即展旗峰也。峰形类军中皂纛，故

---

[*] 王嗣美（生卒年不详），关中大荔（今陕西渭南）人，万历八年（1580）进士，官历给事中、湖广参议、四川副使、山西按察司副使、山东右参政等。

名。前有禹迹池，众水汇焉。左有福地，山腰有太子坡岩，乃真武为太子时潜修之所。余以道险，俱未之访。过是不五六里，即为南岩宫。南岩山势巉岩，悬崖若坠，而太和七十二峰，环列于前，若屏障然。且七十二峰者，又巀嶪翠耸，不类群山，如浮图缥缈，缨络森布，秀色可飡。真所谓"天外三峰削不成"者。余不觉惊心骇目，大快平生，太和、太观尽在是乎。

余时以日暮，径趋太和，姑留此以为回路。稍折而西，为榔梅祠，乃真武插梅之地。路傍有杉树七株，皆亭亭直立，上冲云霄，俗称为七星树。过此为朝天宫，自是以上，皆壁立陡绝，千寻万级。虽两面有石栏铁链，然陟者不攀挽则不可上。余念舆夫力疲，徒步以登，才数步，即气促。少憩，俟喘息定，又登。若是者几数十次，始达一天门，而两股战慄不可支矣。然已决策，无可奈何。过遇仙桥、文昌祠，令左右以布牵挽而上。及至二天门，则日已落崦嵫。左右云：此处有间道，可以直达别业，不必上三天门也。余耳之跃，然间道亦险绝难行，视天门则稍平云。抵别业，已张灯。少顷，道人请谒元君殿发牒。元君殿者，即所谓太和宫也。宫殿基湫隘，不盈数武，绝与他宫不类，盖限于地云。余稽首再拜，对越凛凛，直所谓"如在其上，如在其左右"者。

次日，未鸡鸣，余即盥洗，登顶礼金殿。殿范铜为之，饰以金然。榱桷檐牙，无一不備。规制精巧，殆非近时工人所能直。且金碧辉映，光彩夺目，而真武神像庄严若生，不觉艳羡。以为真武之神，固古今卓绝，万世瞻仰。而我国家制度宏傳，又前代所未有者，即世所称"五城十二楼"何以加焉？旁有栈房，稍憩，天已质明，左右云：请看扶桑日出。余举首东望，见一轮如火，半吐半隐，闪烁于沧海之中。四面霞光，焜耀万丈，而日下有红影如盆然，且日之东又隐隐若青山状。昔有登蓬莱日观峰者，为余道日盆之景，疑而未信，今始目击之矣。余一举而得两奇观，且省数千里跋涉之程，毕此生向平之愿，讵不诚愉快哉！少间，住持上殿，宣表、诵经、祝釐，余随班长跪，默为赞祷。醮事毕，余徘徊不忍去，因周围散步，纵目极观，四面群山，引首俯伏，若丘垤培塿，又若侍卫拱立，趋跄后先，莫敢仰视。昔人题华山者曰："诸峰罗列似儿孙"，诚不诬哉？提点陈真碧出殿旁庋中累朝颁赐袍袱、旙盖及真武黑白玉像、金银香炉、钟鼎之类，皆珍奇陆离，平生未睹。

是日回过南岩宫，观南薰亭并吕纯阳棋亭。壁间名人题咏多佳句，不能记述。凭栏南眺香炉、蜡烛诸峰，四面环列，或起或伏，若游龙矫矫，醉心悦眸，较前更逼。载观龙首，突出半山，下视令人心怵，而游人犹有于此爇香者。折而西，观玄帝舍身崖。崖壁立万仞，下临溪涧，幽窅莫测，不审巨灵斧削，何以如是之奇。继而下岩入洞，出北天门，仰睇道流方丈，悬挂半壁，参差错落，欲堕不堕，如绘图然。

行二十里，过滴水岩，岩有溪穴，悬石如肺，中有螭首吐水，以小石池承之，亦天造也。再二十里，见孟浩然画像，像在悬岩中，刊碑其内，其自题云："假合身躯用墨图，晶晶一点纸难模。上天之载无声臭，此个清光何处无？"亦清逸有致。未几，过青羊涧，涧在溪壑，横有石桥，清泉潺潺，流出山底。四面皆峭壁，林木交加，渺不见日，即盛夏亦无暑。过是山益峻，路益险奇。

再上钻天三里，陡绝亦如三天门，傍晚始抵五龙宫。宫溪在万山，前有曲道，幽奇孤杳，不异桃源。殿前有五井、日月二池，皆石甃为之。井水相通，击一井，则四井皆动。池养金鱼，投以饼饵，则为之出。左右有自然庵，道人出玄帝玉像，二堂像不满尺，青、白二色，传言初建宫时掘地得之者。

次日，过老姥祠，昔日老姥磨针之处。又过仁威观，观在山谷，四面峭壁，环之若瓶口然。缺处始得日，迤逦数里，山忽开朗，路亦坦彝，树草亦稀疏，视玉虚眉睫间耳。未几，过五龙行宫，心虽稍抒，而翘首太和诸峰，神魂依依，若阳关故人，有不能舍者。薄午抵玉虚。余因跋涉过劳，遂成委顿，休息过夜，以昧爽行。即日抵均。次日回郧，是役也，天日晴和，风雨无阻，不三日而三十六岩、二十四涧、五台、五井、三泉、二潭之胜，一览无遗。人咸以为玄帝冥漠之助，而余亦自叹其有缘云。嗟嗟！假令余蜷伏里居不补官，即补官不楚，即楚不下荆南，即荆南而或风雨晦冥也，又安得举生平之梦游而不可得者，一旦毕收之哉！

余于八宫俱有时诗，以纪其盛。诗虽不工，亦一时之实录，似不可废也。其他幽岩细刹，更仆难数，不具述。姑述其钜，且显者如此云。

王子曰：余游华山，见三峰之奇，以为只宇内无两。今载观太和七十二峰，峰峦峭拔，林壑秀美，视太华奚啻倍蓰，而《禹贡》《山海经》及古今载籍无述焉。至宋元以后，始稍稍著此，其故何也？岂山川之显晦，亦有数欤？抑天故秘其灵耶？不然，自黄虞以降，真武之神曷尝一日不在宇宙间？至文皇靖内难，始默助武功，创基业，迨天下大定，思所以报之。故不爱内帑，遣重臣合江以南财赋，首尾数年始毕厥役。而八埏九有士若女祈福泽者，络绎于道。其神赫奕，遂与天地日月为烈。假令此山非真武栖灵显圣，则必不得如是之显且大。真武非遇文皇，为之表扬，则亦暗沕无闻，与他山等耳，又安能于赫隆，著万世，崇祀无穷也。余故并揭之，以为天非人不成，人非天弗助，而显晦之迹，应有时也。

22 重登太和游五龙宫记

王在晋

曩余纵游玄岳，流览诸峰，托墨卿纪其事，而独不暇为五龙游。考诸传志曰："五龙胜也。"质诸游者曰："五龙胜也。"遹一登南岩之嶾崒，而目遇之龙君，将无笑王生为空虚广莫之观耶？余意坚欲往游而会。

戊申正月，校士事竣，岁始且暇，均阳守方君趣余戒装，约先次玉虚及五龙，而后登天柱，余首肯之。而问之舆人，谓五龙路险，自上下下易，自下上上难。先天柱而及五龙，便借其力以为驱，不获不是其说。乃至遇真解行骖，乘键舆，循周行故道，凡所至皆笔乘中所载，不复赘词。

惟是时，霜老风零，草枯石出，悲飕叫筱，万象寥索，登高极眺，蒙茸稍稀，翁翳无色，而峰头冻雪凝结。白云间出，云出而疑为雪，雪积而疑为云，氤氤氲氲，漱玉吹烟，零碧吐气。七十二峰半为化工点缀，迎曦近旭则积苍掩映，傍阴连莽则淡墨淋漓，瑶笔零落，青翠间错而金墉紫盖，粲桷参差，亭亭矗立，望若绚霞纰织，乍见乍灭，半明半黯。木落天空，穷奥极旷，则于盛夏浓阴揭揭而殊睇盼焉。

盘险经行嶟，岩崛嶵，迂纡而过太子坡。日色崦嵫西下，明燎燃棘，见野烧起荒阜，低回曲诘。趋紫霄就展旗峰而宿，则漏下更深，衣润沾沾如雨矣。

凤兴走南岩，过棚梅祠，而寻隙径以远出天柱之西，俗所称欢喜坡路也。次第走阴墺险巇，逼侧山腰，石角磨砺屹嵴，四顾岑闃如重关闭塞。万马咆嘶，不得驳骁跳跃。于时泉咽不流，硐空百尺，水挂木石，短于银簪，长于玉筋，高下垂垂欲坠。雪滨石滑，寒气凌兢，坎坷踯躅，上如九天，下如重渊，缩缩股栗，未有能济。从人俱杖藜躡雪，互相绾胁。行过一壑，霪雾近晦，油云靉靉，峭寒逼人，顷之而白花六出，弥漫遍空下矣。雪盛，舆人以帷盖荜车，前目无所睹，惟以十指把握舆键，随其低昂，久之闷懊，令去帷以□雪，雪到而即降，若余所衣狐貉裘，白毛之在内在外者，不知孰为滦厚也。

逾坡登岭，天柱及香炉诸峰隐隐现出之。以玉屑飞扬，可望气而不可望色，亦以心意凛凛，颠越是惧，不复敢昂首扬詹。历险尽而太和道士冒雪来迎矣，憩香厨少饭，而雪益纷堕，虑不可登金顶。道士进曰："当祝之今雪。"少间，余曰："天乎可罔耶？毋吾当冲雪升高，一寓目耳。"扶曳登岌，彙石磴如油，伛偻喘息，扪铁绳，缏布索，而跻顶巅，肃穆展叩，祝史告处，礼毕。凭虚回瞬，烟雾濛濛，白云生足下，身居兜率，超然逸出风尘上，若姬穆之周行八极，未必尔尔。第云数高峰、望初日，则人人遇之。而轻霄上覆，碧空万顷，扶舆浑合，苍素莫辨，则从太极图中扪玄穷以窥混沌，尤胜于异日之横襟极览矣。循石梯逡巡而下，返于斋庑。彤云愈密，如日将晡。先是余与巡道登，吾崔君约期新正初五日至均阳同谒郧台计，是日必宿南岩，而翌日方可达州城，遂促从者下山。

顾下山有二道，一从旧路，一从三天门。三天门石阶陡窄不可舆，而雪滑又不可步，强舆人仍由僻路而令从者俱。从三天门直下，僻路虽间关险厄，而自上下以索，维其后颇幸不颠。其自三天门下者，数武一踣踬，无不满涂泥淖，见屐齿之折者。余从榔梅祠故道入南岩宫，从者曰："倦乎？"予曰："否否。"曰："乐乎？"予曰："否否。"盖崔嵬九折以离于险，仰而扳绿、俯而踽躇，居者悚，行者鞁瘥，不知其为乐也。然迤邅嚕蹬，触目离奇。幽壑灵岩，兴云布雨，玄黄初剖，大块如琢，情与境合，趣以天成，不知其为倦也。

至南岩，晴光潋滟，阴霾开霁。时才及申，予乃踞石床而坐。及南薰亭，读古磨迹，观石室，瞰龙头，遥望舍身台，迟回久之。金顶及千丈诸峰檀乐簇拥，环拱而前，若喜睹前度游人之再至，而峰峰展色者邕斯哉！游不知斜日之尽收，而初月纤纤在木末也。

余深有游五龙之兴，而问诸左右，靡不谓雪积途穷，未可直达者。一老吏进曰："两度登太和而有未到处，逢人问及，何以应之？"余跃然喜曰："知言哉！"诘朝，视天光耳。而是夜大风括树，枕边皆风雨声，半寤半寐，梦未尝不向五龙游也，而以风狂怯冷反侧踌躇，惺惺达旦。披衣而起，则曙色大开爽矣。

余乃决意向五龙，从者亦踊跃请行。遂从南岩出北天门，由天一桥及欻火岩，岩石焦烂，灵池潞水为能已疾。再折而北为滴水岩，石悬如肺，泉自上，滴者有声潺潺。

又行里许，为仙侣岩、百花泉，陶幼安得道处。逶迤数十折，盘跚跨翠，批岩排磴，崖悬欲覆。竭削如擎，莲花朵朵涌出，令人爽心夺目，其昂耸秀石，为绿玠色者为仙龟岩，神龟时吐烟嘘雾，滴湑可盛注。过岩转旋山凹，窥见日色，岚寒邃合，潜颖如被阳春，举趾登高，又俯躬睏下，钐镍峘，岋石齿崿，砂骨声舒。时复蹀足出峤穿岫，竹箭成林，薜萝钭𬘓，牵衣扎裾，步移出宝。忽闻岩下敲鱼声，有道人坐盘石讽经。其巢木缒筐而下者，筐以箬菜为之，藤丝百丈，不借绳麻为缅，随取随足。傍碉溯流，石穷岭嶒。中窟空洞，当有神功潜伏，问之则曰："青羊涧也。洞汇磨针、牛槽、桃源、万虎、阳鹤、金锁、飞云瀑布。诸涧之水，春夏间沸腾澎湃，兹则细流淙淙，不复作潬沙抟石声。涧上有石桥，平坦可踞而东壁两山耸峙，剑门中劈，恍襄中开牖，阴邃不可窥测。桥之下乳石砰磕如马、牛、狮、象，雌雄昂伏，肖貌匪一。过桥有峻岭摩天，白日蒸云，岢崩万寻，非复人间墙壁矣。"

从南岩至青羊涧路径，旋匝驰陿陁委，虽崎岖栈龁间复平衍，广甃少石，而夹道古桧老柏、杉柽冬青合拱围抱。千章拂云郁郁，婆挲上翳天日。即严冬凛冽，树色葱茜，绝无败筑，摧枝还杂，而路径潇丽，行过二三里，不见一人。清芬载道，幽香扑鼻，其视紫霄、南岩大道半为丐，见游客溷乱，则又天路中之尘境也。

行过青羊桥，度钻天岭，累级盘空，瞻顾苍茫，回翔闪忽，万籁清悠。耳目易界，泠然者，泉琴也；谡然者，松风也；啾然者，鸟声也；澹然者，云气也；瞪然者，空谷之足音也；铿然者，岭上之云璈也；穿然而直出者，五龙之灵应宫也。

宫东南逆折其门，入门为道九曲十八折。殿阶合九重，前五重为级八十一，后四重为级七十二。前列金锁峰，右绕磨针涧，宫制龍嵸，摩霄踞岭，松石峻垍。殿前天地池二，西背阳水结冻，近阳水泮以龙出水。左龙井二，右龙井二，水与阶平，而阶从岭筑，满不至泛溢。汲一井，则五井水动。若殿宇为浮梁，水阔天池浸其下，而此特开七窍者。自右庑逗而西，有日月池二，水色黛赭，变换不常志。传此处下临洞府，群仙龙神居焉。有甲士以剑气触之，龙惊突，天地震晦，言虽近诞或亦有据。右山坎有古碑六，为元时故物。揭傒斯所撰者，予不及观泚，而道士出上赐道士李素希敕及衲衣观之。按记，五气龙君教希夷先生以睡法，希夷故善睡。余惟此处天高地旷，剥啄既稀，嚣纷进绝，漱流枕石，坦腹偃息，自可融融泄泄掩扉酣鼾至红日三竿，何必五龙导引哉？

山之右有自然庵、凌虚岩、桃源涧，余以行迫不及，偏匝出宫，可二三百武许，过老姥祠。涧边磨针石，石痕如新。转折而东，平冈路斥，而幽篁嘉卉，扶苏丛荟，晴光透林，和风煦煦。回忆昨朝雪色变幻天光，而舆人疑其有积冻者，绝无点雪沾埃。岂茂野广藂，地暖气结，吹寒所不到耶？

东行十余里为仁威观。观前为普福桥，局面宽广，山陨峰缺，境如遐荒，人静鸟阒。南望茅埠峰，巉岩攒蹙，樵径野僻，五龙行宫在焉。

折而东，又十余里，而平田四豁，桑柘村落，宛然田邻农舍。转顾玄岳诸峰，皆从此别去。玉虚址隐隐薄林丛，而华阳桥咫尺矣。抵桥，而候吏走马急奔报，崔君已至均阳相候。

余乃趣从者遄返，而从玉虚宫门径过，薄暮至均州，未尝有雪色也。即问之崔君，而界山五十里内亦未尝有雪色也。深山大泽，为雾、为云，倏忽黝冥，而绝巘罡风翻空动荡，气聚成雨，雨散成雪，野马长嘘，炉锤立变。

北山之游，几欲令人终止。岂山灵自爱其奇，无乐点磨光景，入游人之铺叙而为一篇，收拾去耶？然无奈乎意之坚何也！心坚则杵可化为针，而何地不可至?！灵山秀水方壶员峤之奇，人必有能至之者。秦皇、汉武雄风大略，第可鞭山驾海，而魔心未降，真魄渐耗，犹铁杵之自成其为杵耳。十洲三岛，岂咸阳宫、望夷宫所得，而通莑道耶？老姥当秦汉间，必不以苦工奇术示之。即得五龙引睡法，而秦皇、汉武必不能除繁涤苛，宽桎梏，解羁继，得天下而卧治之，恶在其真能求神仙者哉！是游也，三日而遍七十诸峰，游意甚惬然，为风伯雨师磨炼覆苦，从者皆蹙额而予独翘然自快。从磨针涧边有会心处，请志之以语知者，初登太和为万历丙午秋九月，兹则戊申之正月三日也，是为记。

23　　　　游太和山

姚履素[*]

自均州抵玉虚宫记

昔向子平盖夸五岳游云，迨今文人隐、君子辄，脍炙太和山，苟得担簦蹑屩以从事，不啻窦子之获重赀，其希冀福泽者，固无足比数，自非耽心玄理，溺志幽栖，倘亦有搜奇险、慕名胜，而容与者焉。余结览既竟，则胪肝衡所收以托之毛颖。

冬仲晦前一日，出均阳道，道皆石垫，坦然康庄十数里。或里许，而时脉发间于阜，为观为宫，有曰"打儿窝"者，在山壁间，俗谓"击石可得嗣"。下曰"朝阳洞"，浃以丈许。镂五百灵官像，栋柱皆仍山石，稍施斤凿焉。四十里入冲虚庵，庵负望仙台，傍鸦鹘岭，而近陵峦环合，虽咫尺通衢，寂若玄旷，多教父隐于中，余浑然陈镜水其杰也。入"治世玄岳"坊，度会仙桥，经遇真宫，沿途杉桧，若敛青苍，避道左，拱立而伺余舆也。

入仙关，途渐趋峻。抵玉虚宫，日就晡。登望仙楼，山色阴郁，如有相逼之状。两腋飒飒，欲与俱凌空虚矣。宫中之藏石磬为最，镂若鱼形，麟鬣皆具，如掉尾而欲逝者，击之声铿铿然。出于土瘗者，不知何代物也。

---

[*] 姚履素（生卒年不详），字允初，上元（今南京市区西北部）人，万历二十九年（1601）进士，官任刑部主事、海南兵备、镇琼兵巡提学道，擅诗文。

由玉虚宫登琼台观记

　　晦日易山舆，登好汉坡，坡石赤坟，出入山谷间，木叶尽脱，层冈外皆可眦度，不知春夏之交，万绿凝荫，当作何状。二十里，入红门，揭曰"洞天滨处"。山路连绵，夹岸幽胜，非经行孔道数里，抵太上岩，壁间镌仙灵像，殆遍。岩右结圜亭，对落帽峰，踏躐山溪，陈柯不剪，意其潜虎豹蟠虺蝎猿鹿之属，踪灭迹绝矣。

　　折而南为八仙观，观左小阁，西向，虚窗滨树，灶门峰突峙于南，以烟瘴得名。冈岵屹嵝干霄舒丹，游屐所不到，回龙、复真之间，一佳境也。观右披棘行百武，得龙洞，藏石穴中，濔濔汩汩者，悉从石龙喷出。今筑墙数尺于下，令人企足而眣视，不知何故作此瘴碍也。阁中设蔬饭，毕，西行逾七里沟，为孔道，转而逆行里许。度平台，有峭石，自涧中直上，覆以古木根株，四面垂若挝，意甚奇之。一二折为太子坡，负岩而宇，面展旗峰，右延袤上数十石级，小构设太子像于岏嶙中，望天柱峰顶焉。

　　稍回至平台，由十八盘下，略闻潺湲声，则九渡涧也。上为龙泉观，虹而饮者，曰天津桥，过桥循九渡崖，经渊默亭，绕涧水而东，林木蒙密。约三里而届玉虚岩，飞栋翼厦，皆岩石所覆，纡回登陟，如处楼之下、台之上。二三十级，石益盘礴，覆益广，若削若铲，若悬若坠。堪穷设檐，舆穷设版。蹲踞而屏蔽于隔岸者，为堕、为乔；咆哮而屹峯于左方者，为峤、为岫；涟漪而潆洄于滨谷者，为涧、为壑。已乃循级而下，渡涧水，还顾岩壁，又如琼楼厘阁，梯连栈属，层累而上，若断若续者矣。

　　行五六里，上下有丘陇，多奇状：有两崖对峙，中泐一径，如巨灵擘者；有云根独耸，上着老虬，如仙人掌者；有望之山崩蹴阻顷，穿石而出，豁若云开者。而玲珑峭崿，远近异视，晨昏变态，恐解衣盘薄，赢未免为之阁笔。玉虚平台之间，一佳境也。遵太和涧而西二三里，入琼台观，舆人告力殚矣。环观后团瓢数龛，与二三烟客敷坐，暝色渐近，惟闻归鸟喧林木，亦不忆其为人间世也。

由琼台观登天柱峰记

　　嘉平之朔，绕观后缘坡坂行道中，始有冰雪，盖负阴所积也。半里许为琼台峰，巑岏入云际，几欲埒天柱而两之，然未免面而折服，此其玄址耳，署曰"仙迹流风"，曰"琼台受册"。门五老峰，自其后环珮而来，三公、香炉峰，尽为比肩。而灶门诸峰，亦由西北迤逦而相揖让。东望一峰，留雪不融，在峪峒之中，瞯然自见。北行数武，坡间杂置驿使十余株，以储榹梅之锡。

　　循坡上七八里，东望白云洞，嶮巇不能到。遥瞩壁间，羸而吐者为岩，诎而内者为洞。所在而是，烟客隐沦，率绿以蔽风雨，略取枫叶石片点缀户牖而已。或设栈道，或躄蹩而上，或缒曳而下，则不复出。米醢之属，任之者率以缒致，时见形影追随，若真若虚，恍惚于青屏翠巘之间，而说者以为黄符之侣，亦杂沓为出没，即之则空筌也。

　　西北上，崛崎险曲，兼以冰雪载道，扶掖而登山，舆弁废。行五六里，攀援石磴，不惮颓雕欱急，而陟太和宫；则又攀援石磴，不惮颓雕欱急，而陟天柱之巅。苍松数株，偃仰离披，凝碧云穿，日光烁烁落落，为羽为旌。古木寒枝，留冰雪百千万片，如壮士称戚扬干露刃，外向锋芒，不敢逼视。而晶莹霞带，于衣被戛击有声然。而摇风亦辄隤，行人苦之。既肃容礼玄帝座，黄冠示余藏玉数重，盖出于尚方者。龟蛇为最奇，蛇圆莹，龟棱隅，蛇绕龟腹背，色黟如漆，而龟洁如脂。因其玉质，极人工之巧矣！

　　仰而瞻天维，则冯翼氤氲，格泽靡宁；而八风蓬龙之中，疑有鼓吹，而欢呼；五云缥缈之际，疑有冠珮，而周旋；说者以为排间阖、低日星，未得其高也。俛而察地轴，则培塿垤陈，逦迤牙张；而奥入于黄泉，疑渊汩川没，而无垠；子峙于坤元，疑龙擎鳌驾，而欲倾；说者以为镇百灵、吞万鲸，未得其深也。

　　当其前而流睇，则有灶门风烟、紫霄瑞雾、展旗耀彩、香炉炷馨，五老三公，更入递进，若海之逆潮而横冲于东也。迴其左而俯视，则有显定驻霞、狮子悬星、万丈嵯峨、皇崖嵔厜，而七星雷石，连袂牵裾，若鹗之怒飞而纷起于北也。引其右而睨望，则有伏魔挥刃、九星拱宸、柱笏趋陛、玉笋联班，而仙人隐士，耸壑昂霄，若舶之贡琛而竞樯于南也。绕其后而狼顾，则有天马迳驰、鸡鸣翼飞、大莲小莲，媚容冶姿，而外朝见摈，不与会盟，若弱水之隔而弃置于西也。

凡山所有胜美争奇，鬭谲瞫就于人，而应接不能斗粟之一神。患于饱而弃余，然以四方辐辏，肩摩衽连，各有所取，而又若不能使人属厌者。返太和宫，设供具有顷，登千佛阁，阁之瞻眺庶几尽大顶所有，惟东面为顶所屏蔽，而以丹陴琉璃增胜。游人不至，旁午可以举一觞。

由天柱峰至南岩宫记

历三天门而下，千磴万级，傋诸险绝，而始得平。抚七星树，过杉木林，历虾蟆石、凤凰石、莲花石，壁间鑴"帝""时"二大字。下为巨壑隔岸，对飞升台焉。经黑虎岩，相传当日伏虎处，其在南岩宫之左，负圆光殿而蹲者，亦曰黑虎岩，岂虎原无定趾耶？自天柱峰而下，二十里抵南岩宫，盖于诸宫中独以眺览胜者。

由天一桥入北天门，山势棋布，若与神垣支，亭间置所由径，亦委蛇斗折，怪石一片，龙颔而伸者丈许。入宫经行其下，岩峭壁如堞，东西几百雉。仰承悬岩，俯瞰绝壑，而独阳岩据于右根，绵蒂引不及其垠。北望太和，见中峰端冕而凝居，诸峰环向而朝宗，尤为奇壮。壁间多词人题咏，石室处岩下，署曰"潇然物外"。

由岩西下，再登数十级，曰礼斗台，横石于台之阴，如欲堕者。西行百步，抵飞升台，与鑴"帝""时"二字之壁为东西向，然俯而临之矣。舍身岩在焉，凭虚翼空，蹑者足逡巡，不能出半趾，有曰"仙人岩"者。路险不能到，返南岩宫。土人以储荒苦豆根蒸余，大有山林味。入子夜，羽士王凌虚为援琴鼓三阕，山间灵物，疑有窃听者矣。

由南岩宫、紫霄宫至虎耳岩记

二之日,出宫西南行,环视欻火岩,如山东之望秦关。惟见其葱岭丛薄,空住云悬,若以为鸢肩猱臂所不能到也。五里入紫霄宫,三公、五老诸峰,列峙于前,而展旗峰抱其后而翼之。宫门之外数十武,方塘清疑,曰"禹迹池"。上游而构者,曰"禹迹亭"。逾小阜东下,转而南,曰"福地殿",殿前崭而立者,曰"宝珠峰",足当太和之一拳。"禹迹池"之水,则由宝珠旁溢而东注之者也。北数武,曰"万松亭",东曰"赐剑台",各于望中收东南之胜。

返方丈稍憩,绕宫后登太子岩,盖展旗峰之麓,崛碌而起者,多古杉。左为蓬莱第一峰,其七星岩、三清岩,道险不能到。折而西上,则在展旗峰之脊矣。下视错落诸山,仅如庞赘,盖岑岩之属,各欲跳跟以自见,而竟迥翔偃伏者也。径稍坦可舆,而凄淡之容,林谷俱寂。

五里许而至虎耳岩,往不二和尚居岩中,说上乘法,接引众生,以是因缘善知识,焚香顶礼而来。今和尚于四年前证菩提果,山中足音蔑如也,其徒为言涅槃事,甚悉。复引余至岩上,竹迳莲池,磐石断岸。每适意,辄编荆为庐,十余处皆禅定遗迹,藏蜕于龙山塔。和尚存日,不言岁年。据汪伯玉、王元美诸公,彼时皆称其发鬖鬖白覆额。而正德间,曾入大内施食,有武皇所赐千佛衣尚在,距示寂期,已近百年,前此固不可考,其徒谬称百二十岁,以促为延者也。

由虎耳岩至五龙宫记

循故道回展旗峰,北行五里,则越南岩宫后矣。黄冠告余至欻火岩不远,因强舆人折而西,才百武耳。由侧门入老君堂,绕阶屏中门立,则天柱峰诸胜,如列掌然,亦犹南岩之北望也。折而左,即欻火岩,陡壁忽开一洞,高深皆丈许，宽倍之。列炬入，始可见，下为沧水池。岩外瞰孔道，仅如绳引初之望，若不可阶者。矫捷而达，亦无所苦，以舆人爱力几而失之。

返老君堂，出就道，则误入荆棘中，茀不可行。岩且尽，欲堕，几如襄城之野，遇樵者始得达。下至滴水岩，岩若覆盂，高垲洞豁，异他处。就山间汲水，烹柏叶，饮一盂，心神俱涤。沿途多巨木，杉松桧柏，交荫叠翠。其皮叶俱脱者，名"橳"。杂立于岩磴间，若乃据石而根，四垂如挝者，触目导迎，不知其奇矣。

顷之，巨木略尽，径边皆筱竹。里许，度竹笆桥，清流涓涓而来，碧霭苍烟，迷漫欲滴。上东冈，回首南望，始见两岩，巅编筱竹也。木石滋益奇，直者凌云霄，纵横者覆荫道路，龙挐虎跛，夹道合抱，记所谓巨人力士，执云幢星盖以从，不诬矣。而织萝覆鹤，猗葼披风，与云莲苔锦竞秀，目涉徘徊，不能舍去。

过仙龟岩里许，有岩三两相属，道人庐其中，大为炊爨所淄。问之，曰此白云岩也，以石洁得名。或谓"白而涅之，当若何？"余语"以色受涅，本来不受，涅涅有时尽，不涅无时尽。"姑听道人庐。五龙峰盘旋入云，望之在咫尺间，计可一蹴到。而排山跌壁，尚隔十余里，度青羊桥，下临涧水，石岸坚冰，惟波心如带，受万虎、桃源诸涧之水，泌潏奔冲，方作游龙夭矫态，不暇凝结而触石有声，环顾岩谷间，若缭绁而四维之，靡不为响应者。疏林幽鸟，亦若爱而自适，仙侣、华阳之间，一佳境也。缘石级升，与天柱同峻，人谓之"钻天三里"焉。华阳岩绕涧水而壁，古木凝秀，中空阔无所有，令石纹山骨露其巧。或谓曾有建浩然亭于内者，余亟止之，曰"亡乃称其沁"。入涧下，洼而洞者曰"华阴"，若与颉颃，盖二三折入五龙宫矣。

由自然庵至长生岩记

自然庵去五龙宫半里而遥，负垄面冈，山势环抱，南北相距仅五丈许，东西亦不过十数丈。其两岩巨杉，皆二三人合抱，阴森蔽云，殆无虚处。庵内石池，畜金鲤数百头，升沉出没，如游于濠，从层冰之上窥之，不为晶宫虬泽乎!

西南半里为凌虚岩,于冈脊外横开数十丈,坦其巅,与冈相属,如坪然。岩畔似坏城而下者,巨杉争偃,其浈阴覆露于岩外,又如耸身欲下投者。折而西,傍山岩踽步,虽时有登降,然蹊路不甚峻,或行榛莽中三四折。约二里许,得石壁凿山为阶,凿不可入,以一木引之,始得洞,则长生岩也。方广皆丈二三尺,据半壁间,李道人庐其中。道人不出洞者十年,不谷食者亦三年所矣。遂知余至,设版焉。洞外稍下,有隙地数武。东望天柱峰诸胜,如图,下视若临巨壑耳。目所及无一障碍,据形胜最小,而收览逈尽者,此为得之游屐所不到也。

由五龙宫回玉虚宫记

诘旦复出宫之西,折而南里许,盖在凌虚岩下矣。数十苍髯叟,立百仞崖上,欹身下视,而顾人语。登希夷诵经台,望桃源洞,窈窕奇幻,不可端倪。涧水自紫盖峰发源,伏流荐莽中,渊潜莫测,而会心处如居阆风、餐丹霞,云螭凤箫,皆若可招致,岂思邈未往,希夷尚存耶?

回故道,北度磨针涧,过隐仙岩,西北至普福桥,约十余里,出入于会仙、系马诸峰之下。山僻韵幽,极目萧蔓,引以青羊涧之水,浘浘不停,视山谷与故吾,则若偕入于杳冥者。或云夜籁澄寂,常闻步虚声,云堂、仁威之间,一佳境也。

折而北,由连三坡入金沙坪,李道人新建凝虚观,尚未卒役,道人故中涓也。匿金沙坪若干年,空谷无足音,几不知有汉,因询今上起居,对以前星燕禖之庆,则手加额,告余治国莫若惜民,养身莫若惜气,外无一长语,大类有道者。设蔬饵,下至舆厮,俱遍。复引余入其庐,茅斋仅容膝,门外涧水一泓,陈农人畚锸,山色棑闼而入,泊如也。乃出连三坡,经五龙行宫,度蒿口桥,返玉虚宫矣。冲虚庵两道人赠我藜杖瘿罍,拂尘丹饵,寓招隐之意焉。游子曰:余观太和天柱峰,贯列缺之倒景,便欲鞭骏浮槎,惟患宇宙小耳!

及登玉虚岩,倬诡谲崄,得其奇;入长生岩,人境寥阒,得其寂;经太上岩,道中风柯霜条,经竹笆桥,道中轮菌虬蟠,得其苍;访金沙虎耳,山外有山,得其浃;渡青羊涧,壁合云流,清泉白石,得其秀;陟琼台,目涉弥远，望白云洞，意测弥微，得其旷；坐滴水岩，悠然杜德机，得其雅；凌虚、隐仙之间，沆寥诞漫，得其幻。合奇寂淡秀，苍雅旷幻，以会于太和，而益见太和之大。或言与终南山相属，盘亘起伏，中间石田钜万顷，惟无所用之，故人不争，今皆为广成羡门之迹。然山形所跨，才均、房两境，即《志》称历关、陇万里，但溯其发脉耳，彼广衍者将安所顿置哉？若乃艳述玄天之灵应，侈口古今之明禋，壮谈宫阙之巍峨，浮夸民氓之向往，则前有作者，不敢以漫游辙迹，点缀名区也。

24　　续游太和山记

王嗣美

　　万历丁未夏五月，景风至，余代匦，闰载祀值，直指武麟史公按部郧襄事竣，旧例境内名山持节使者，俱得柴望。而守、巡二道以守土故，亦当与陪史公，约于初八日行。时巡道缺，余代庖。乃先期减驺从。初七日戒涂。是日天气晴朗，路无泥淖，即日抵玉虚，所过遇真等宫，元和等观，前记已具，兹不赘。

　　公署偃仰，提点、住持诸人麇至，以次谒，进蒲香饭。余劳于簿书，兼时溽暑，体委顿，据梧假寐，而邮报直指薄处，且云傍晚欲憩紫霄。余不得已，栉沐复行。蹑危岭，逾长坂，张灯，过威烈观，羽流进茗。经乌鸦、黑虎二庙，及上下十八盘等处，时值阴晦，林菁茂密，不见星月，惟听涧底水声潺潺，如钟如鼓，而火光前道，恍在天上。其羽流笙乐，与随行鼓吹，互相响答，如奏云璈。余亦忘倦，促舆夫疾驱及抵紫霄，则漏已三下矣。俄焉，武麟公至，差官止余，不必面诘朝进。谒，又力止余勿往，余以旧例当贯行，乃先驰，逾南岩宫，未及入，折而西，跻长岭。两岩俱滨壑，一岭横亘。又过棚梅祠，舆人指旧路曰："欢喜坡，可直达太和，且不苦。"余从之。时积雨初霁，千涧俱汇。而石泉喷薄，如雪如练，真令人肺腑俱清。其峰峦耸翠，林壑蔚美，与夫鸟声上下云雾往来，视昔所睹，又不啻过之。及抵二欢喜坡，则五老、三公、千丈诸峰尽现于前，若喜余之来，而开颜解颐以相揖者。无几，过鸡公嘴，山石险峻，径路崎岖，如鸟道羊肠，俗名"凤凰三转身"。余畏其险，下车而步行数里，足缩朒作盘蹙状。稍平，始复登舆，再转而南，遥望太和在眉睫间。旁一石级，斜挂若虹，询之，曰："此三天门也。"余难其登，由右道往，路亦险绝然。有石阶，若梯齿然，舆夫攀挽而上。

日亭午，抵太和宫。四面环视，诸方丈高下抓棱，俱依崖为基，大都多楼居，岂访昔日仙人之制耶？然山光梵影，青紫相映，即"五城十二楼"，无以过。少间，武麟公至，盥洗毕，诣元君殿，行香发牒。余与州郡俱送青精，俗名"点茶"，亦旧例也。武麟收以犒，醮士须臾易服，登十数转，始陟其巅。级两傍俱贯以琅珰，左右挽扶，缘之以上，不则目慑心悸，股弁累息，将称天限矣。武麟公纵目四顾，环以周旋，抵掌羡曰："奇哉！若不至子之庭，将不虚此一生乎？"因遍访某山、某峰、某溪、某涧，礼生一一条答，曰蜡烛、曰灶门、曰香炉、曰五老、曰三公、曰千丈，详如指掌。少憩，易吉服，开殿拜谒。提点真碧率众上殿宣表，醮事完，武麟公又徘徊不忍去，曰："真境不常有，奈日云暮何！"余劝以信宿，而武麟公以简书是畏，遂不肯留。下顶，礼生引览元时旧殿，殿亦范铜为之。第视金顶，则规制广狭，不啻迳庭，始信国家制作宏丽，逾越前人。因叹玄帝遭逢之奇，以为神人相须，非偶然也。未几，阴云四布，万山皆紫。而濛濛细雨，俱从七十二峰中飞来。余与武麟避雨万佛阁，倚栏频眺，烟景可人，而仰视天柱诸峰，则日光晶晶，另是一番景象。州守万君进盒酒。酒数巡，谋归路。武麟曰："予闻诸乡人称三天门之奇，不容口；今既来，不可不一览。"余以力疲道险，有难色，武麟曰："予勉旃策杖一登，公由旧路往，如何？"余唯唯，遂订南岩之游。乘斗舆，由欢喜坡旋转，时时角枪，及抵南岩，候久之，不至。日将，始闻鼓吹声至，则踬仆若伛偻，丈人见余笑，曰："予不负天门，而天门负予！两足痛，即跬步不前矣。"左右扶掖，至棋亭，观棋枰及龙首、舍身岩诸胜，其游人题咏满壁，以答限，不及览。时阴雾四塞，白昼如夜，即蜡烛诸峰罗列在前，亦不之睹也，武麟公怃然者久之。旧例此地有司俱有盘餐相候，毕，稍移席，见雾气渐收，丹碧较然，而诸峰环列，如屏如障。武麟公始沾沾喜，以为大奇，且恨相见之晚。是夜，余暂辞前行。武麟公憩紫霄。

次日晡时抵玉虚。而余已张具于望仙之楼矣。武麟至，不及易服，径赴宴，樽俎罗列，酒肴叠进，且侑以梨园。武麟公悠然曰："我辈凡人，仰仗仙灵，亦有生天之想，当作步虚游仙等曲。即侑人亦不能仿佛此意，可乎？"因命《蓝关》等题。

是日，武麟公欢甚。席毕，因遍观长房、曲阁、执俎、眢井诸处，而余亦自幸其有缘得附骥云。及旋至均阳日尚未瞑。

次日，由水路下襄阳。是役也，山川犹旧，宫观如前，而瑶草异木、奇禽杙狙之类，亦视昔不异。第前之游也以晴，今之游也以阴。晴则皓皓朗朗，灿灿辉辉，万里无翳，而曦车初驭，其景尤为奇绝；阴则凄凄霏霏，寥寥冥冥，雨随风至，而云雾往来，衣袂为湿。昔苏子谓西湖有"四奇"，又云"淡妆亦相宜"，真有味乎其言哉！

王子曰：余每见向平，欲俟婚嫁毕，遍游五岳，未尝不嘉其志。而韩昌黎登华山，惧险泣，不敢下。至烦有司百计取之。余不佞徼使者，宠灵不三日，即再睹七十二峰之奇，固无俟婚嫁毕。其间道路迂且平，舆人得直达其巅，又何事泣？书以后事为嘱也，讵不称奇遇乎。夫世之蹴磴，扪萝竭蹙于数千里者，岂少其人然？不日祈冥福，则曰答"休嘉砰隐"，至问山林之奇，则不知也。即昌黎文起八代之衰，讵不称一时山斗，而文集中亦少"华山"一记，迄今以为恨。今观《太和志》，前后题识皆宇内名硕；而余不文，亦得以雕虫之技附名于后，兹其邂逅又奇矣。虽然，山林猿鹤，何地不有？惟闲者便是主人。余因于簿书，羁于牛马，不得于名山朝夕，致使白云满地，无人为扫。嗣是倪有移北山之文者，则又余之罪也夫！则又予之罪也夫！

25 太和山记

雷思霈*

夷陵八日而至谷城，去太和山尚三百里，即隐隐见绝顶，顶之青霭入看无也。

又一日，而走山谷中，水瀌瀌，皆太和麓也。望阙台，复仰见之，若数瓣青芙蓉，绝顶若葳蕤蕊，初日照之，其光熊熊，轻云覆焉。

又一日，至清微馆，从此入治道，相与舍骑而步。道旁之观，目不及盼，趾不及举。太子岩以上，予与玉检疲极矣。状如几者平台，孟儒、伯从鼓余勇，紫霄始得舆，日下舂矣，舍于南岩。夜半，寒雨飞泉落枕上，不知其为风声也。楼居出树杪，风斯在下耳。

蚤起，从房陵官道上太和宫，九转而至绝顶。其高颖出，其大不过数十尺。入金观，伏谒元君。予拜手曰："丕显大神降于楚，采金四出，楚最烦苦，请以黄金台，化栎阳之雨，作荆州贡，何如?"俄而，白云起封中，往来衣袂间，如大海水，四望皆白气，如万龟烟蒸之浮，浮漏大地，出琉璃色，奇矣。俄而，日光下射，冉冉上升，如轻縠幂。诸峰略可名状，如波，如列戟，如旗旍，如食前豆。下视清微诸宫殿，如海旁蜃气，乍远乍近，象生其中；上视白云，如百匹布着天，其疾如驶，其相织如天孙杼，益奇。

久之，乃辞去。而太和人饮我于层楼之上，予一凭栏，目精欲瞀，足心欲

---

* 雷思霈（1565—1611），字何思。夷陵（今湖北宜昌）人。万历二十九年（1601）进士，官至翰林院检讨。文学家，著有《百衲阁文集》《荆州方舆书》。

酸。下三天门，即三磴道也。太和人复饮我于天门之上。酒数行，称佛号者在山满山，在谷满谷。乃歌，歌声遏云，观者舌吐。

下文昌宫，读中丞碑未毕，取道虎耳岩，佛子发髡盲矣。与语，瞆甚。车驱之，而南岩人饮我于来薰之亭，亭临幽壑，而宾太上，相与谈山中三事。此山自尹喜、阴长生、戴将军、谢罗令外，不闻有玄武。玄武，北方水宿也。有此列宿，即有此山川，岂神农氏以前天上无玄武神耶？若净乐王是空劫事，此山当是灰余，又孰从而知之？宋人好天书以奉玄武，而文皇帝起北平，袭斗极，阴行姚少师之言，神道设教超五岳，而登封之世庙复起南甸，且在邦域之中矣，遂傅会尔尔。

此山云多在腰际，腰以上皆顶也，下故不见顶；腰以下皆涧也，上故不见涧。其触肤而合若在下，崇朝而雨若在上；旦而西行若在下，夕而东返若在上，亦时有之。又此山远望之，绝顶劣于诸峰；近望之，诸峰劣于绝顶。盖诸峰参差前拥，绝顶独后，目力所及，近者反高；足力所到，前者自下，无足怪。

再舍于南岩，过紫霄，而紫霄人饮我于禹迹池之上。欧阳、孟𫘧为予言紫霄，亘以绝壁，带以天池，德刑牝牡，合形家言。为天太子，为帝王宸。即太和孤高，南岩奇绝，清微曲僻，玉虚平衍，皆离宫之属也。

过玉虚，玉虚人饮我于望仙之楼，祠官以歌儿佐酒。予大叫，呼一仙，浮一大白，径醉矣。玉虚一宿，而过遇张真人。真人七十年前曾一过予家，闻之貌古而衣垢。故庐尚在，何日重来也？

是游也，张孟儒、罗玉检兄弟、杨伯从，及予而五。于山十不得一，于亭榭七不得一，于宫观五不得一，于畸人百不得一，而杖头钱且尽，怏怏各骑马去，去无日不雨，来亦无日不雨，独山中四日不雨。

记云：太和山区域周回五百里，中央有峰，名曰崟岭，类博山香炉，高二十里，望之秀绝，垂于云表。清朗之日，然后见山，乃知俗言广八百里，高八十里非也。他如石门、石室、铜杖、石床之类，今亦不知何处。昔以学道者，心有隆替，百兽逐之，今学道何人？昔之采药不返者，往往仙去，今灵药何在？昔之舟室，今为酒亭。昔之巢居，今为钱孔，倏忽浑沌，不无损于山林，然其为巨丽观也，方以内名山无两。语岩峻则穆天子之所不得游，而秦王、汉武之所不得褰裳而至者也；语火齐，则轩辕氏之所不能治，而夏后氏之所不能鼓鞴者也；语规制，则五畤三观之所为积苏，而祈年、集灵之所为十舍避者也；语林莽，则领于中涓而严于禁御，五松、三花莫为之秀，而大椿、豫章莫为之年者也。昔僧见洛阳宫殿，以为仿佛忉利天宫，第自然之与人力耳。予于此亦云。

26 游武当山记

张元忭

　　山以武当名者,谓必玄武乃足当之也。然在往代固不甚显,迨我明兴始崇以太岳、玄岳之号,巍然冠五岳矣。山之上下为宫者八,太和最高,玉虚最大,净乐、遇真次之,而迎恩最小;五龙、南岩、紫霄并奇,而五龙最幽。盖地亘八百里,峰环七十二,郁盩奇诡,既不可尽状。若乃重门岌业,历构辉煌;离宫别院,逶迤相属;驰道如砥,飞虹架壑;桧柏松杉,周遭森列;合抱参霄,莫诘年岁。此虽未央、甘泉、长杨、上林,亦不过是,岂域内诸名山可得而仿佛者哉!余以二月甲申朔,自衡山下来,既抵襄阳则使事毕矣。乃以戊申渡汉江,历樊谷、石华,游万佛洞。时旦暮阻雪,行三日乃达界山。界山者,介于郧襄之间,山巃嵸蜿蜒,为游旅之所必经。左数里有太始观。凡礼武当者,必自此始也。

　　辛亥,发界山。云忽开,日色杲杲,徙倚观中,望天柱诸峰,历历可指数。亭午,饭清微馆,造沐浴堂。已登山,循玄岳坊入遇真宫,观张玄玄遗像及杖笠诸物。由遇真而右排仙关,历元和观,凡为桥者五。入玉虚宫,宫亦玄玄结庐故址。当宫未鼎建时,玄玄盖预知之。故宫制视他宫特宏伟,凡为楹二千有奇。睇宿方丈。天未曙,众诵佛而升者如沸海潮。余亦起盥栉,入殿展谒。殿中所悬石磬、铜鼓,云出瘗中,磬为鱼形,鳞甲宛然,色如碧

＊ 张元忭(1538—1588),字子盖(子荩),别号阳和,山阴(今浙江绍兴)人。隆庆五年(1571 年)状元,授翰林院修撰,万历中为左谕德兼侍读。

玉，击之，声清以越，铜鼓则诸葛所制。殿之西坞为仙衣亭，玄玄昔当授衣者也。亭后垒砖为仙室，北为楼，以望仙。

由玉虚西行里许，为仙桃观，其旁为八仙台。寻出西天门，涧水渟湛，为莲花池，覆桥其上而亭之，为华阳亭。又数里至蒿口，茅屋骈连，十羊蔽野，自成村落。逾蒿口桥，为五龙行宫，达出宫后，蹑茅埠峰而上，渐陟陡峻。然亦时值夷坦，清溪怪石，参错左右，槐柳半枯，菌蠢槎牙，如老苏所称木假山者，弥望皆是，岭益峻处，遥瞩太和，积雪如画。金殿微露于白玉堆中，日光射之，闪闪奕动。行十余里，历连三坡，复折而下，渐下渐幽，树益密，石益奇。又里许为仁威观。观当四山之奥，炎喧渺隔，别是一天。由观而西，复陟坡陀，可五里，道左数十步有隐仙岩。岩敞如轩，可布数席，为关尹子修道处，一名尹喜岩。前有垂柏大二十围，云是仙植。

又数里，度磨铁涧，上为老姥祠，玄帝悟神女铁杵之喻于此。祠逼五龙，石磴九曲，纡折而上，为福地门。门之内夹以栅垣，亦九曲。过榻梅台，转入大殿。殿制如玉虚，而基独从前后，为阶九层，以象九重。殿前有天、地二池，方圆互异。左右有五龙井。右庙有日、月二池，如连环金鳞浮泳池，水尽赤。殿之左复为支殿，藏玄帝玉像，殿之右一小峰突起，为起圣台，与太和、南岩相对。北折而上里许，为自然庵，庵高而邃，仙人房长须、田蓑衣之流，踵居之，今有铜像及成祖所赐李道士敕衲并存。庵前有池，不甚广，而水色如潇湘，绿净可爱。由庵而上，为五龙绝顶，亦有灵池。时见神物作云雨，盖五炁龙君神寓之所。又循庵而下，南行二里许，为诵经台，陈希夷于此遇五炁龙君授以蛰法，遂归华山。又直下为凌虚岩，唐孙思邈及希夷皆尝居焉。是夜，飞霰击窗，旦乃大霁。

复由九曲道出五龙，循右胁及其址，佶屈下千百级，如坠九渊，旁临绝涧，水淙淙有声，而树木蒙翳，源委莫辨。谷径既穷，水自北来，清而驶，青羊桥跨其上，两崖如绣，乱石累累蹲踞，水激之，益幽咽成韵，睥睨青羊峰，意为仙宅。顾无路可登，逾桥而南。复陟坡岭，如行天台道中，泉石益种种可悦，如是数里。有白云、仙龟二岩。白云崭削而色白，有衲子巢其巅；仙龟兀而色绿，云其上有神龟，时吐烟雾，岩下腥触鼻上，人以为龟溺，暑月更甚。既出二岩，山豁然如关，南岩宫宇隐隐可见。然盘旋复里许，度一小涧，为竹笆桥，桥之胜不减青羊。时有牵狙而过者，用余言欣然放之，偿以值，固让乃受。狙既被放，立崖间，目而啼良久乃去。予因彼氓能慕义，而兽知恋德如此！又由桥陟而上，为仙侣岩，陶幼安所栖也。其左有百花泉，又里许为滴水岩，水滴沥如贯珠。

遂渡天一桥，入南岩之北天门，梯石而上，几千百级，乃至小天门，礼大殿。殿后悬崖逼削，仅可容步，下临千仞，诸峰矗矗如屏。循栏侧足而西，历元君殿为南薰亭，亭外有仙棋石。又里许，为玄帝飞升台。台下石室为谢天地岩。昔有人居此绝粒，上下峭壁如飞。人叩之，但曰"谢天地"，无他语，后仙去，人以名其岩。余谓，此语可以知足而平心，书诸绅。又自殿后折而东，岩石延覆数百步，如一带白云。其下垒砖叠石为洞，为宇，曰南岩，旧为独阳岩，曰紫霄岩，曰天一真庆祠，曰双清亭，而紫霄最胜。其前石为龙头，轿栏外五六尺，下视深黑不见底，朝礼者往往屏息而度，投香其顶，谓之"龙头香"，旧称绝险。然翼以铁纽甚壮，余鹄立其上，移时不见可怖。已乃出大殿而右，经云雾岩，岩石呀然欹坠，行者过之，必变色疾趋。遂饭于蓬莱之署。

时日未午，言生从曳登太和，乃循殿右垣而上数百步，即太和孔道。行者肩相摩，度赛姑岭，憩棚梅祠，数里为黑虎岩，大林巨石中黑虎所伏。又数里，为杉木林，清荫袭人，转出万丈峰，下峰腰有黄龙洞，旧传异人虎皮张居此施药，今尚有庐。由朝天宫而上，一径插天，举首魂悸。至所谓升天梯者，益陡险，孤绝如抟羊角、穿鸟道，凡数十折，始达一天门，则不可以舆。余以布缠腰，从者前引后拥，然犹支足胁息，历数十步辄止。已又奋而登，屡憩屡起，奇峰怪石交出其旁，目不暇顾。既度摘星桥，入二三天门，则力且竭矣，从者曰："未也。"

又复奋而登数百级，乃入朝圣门，始折而下百余级为神厨，余偃息斋中。有顷，气稍苏，徐入宫谒朝圣殿。其前为古铜殿，储元时所遗铜龛，殿压小莲峰，已逼霄汉，然仰睇大顶相去尚千尺。时既暝，期以甲寅朔旦，顶礼为虔，且观日出状，遂返宿焉。山高风劲，冰崖坠雪，疑怒雨轰雷，惊人不寐。

已而空中闻鸡，亟起振衣，复踱梯九转乃登天柱绝顶，礼玄帝殿，坐更衣小阁。久之，霞光绚烂，省察日东升，顿破昏黑。俄而，赤轮涌起，初稍黄，欻吸数丈，则煜烨如明镜，群景毕出。然，余忆曩时旧观所见更奇，而疾以去扶桑为近也。殿廷帝像皆范金为之，巧若天造。殿外为台，深数丈，左右壁立二小阁，飞栈嵌空。紫金城环之，辟四门，俨若天阙。昔李白登华山，谓呼吸之气想通帝坐，若兹太和则居然帝坐矣，岂待想哉！下列七十二峰，不可尽名，其最与名相肖者，如蜡烛、三公、五老、七星、九卿、玉笋，卓笔虽图画堆削所不能及。

已乃下，饭已，遂循旧道下三天门，步稍不囏，旋视万众如蚁贯，猱攀叫呼相属，既返赛姑岭，咫尺南岩，诸岩洞恍然在目。右望紫霄，亦举武可到。而余将就虎岩访不二老僧，遂由南岩之南天门折而西百余步，观道旁雷神洞。洞即欻火岩，石赤如焰中，有灵池，水涌出能疗疾。已复穿钵堂而南跨展旗峰之脊，披荆榛、跃礓砢，凡三里许乃达虎岩。岩旧为虎窟，不二来卓锡虎挟子避去，居三十年遂成精舍。上有二天池，种红白莲佳卉成畦。岩前荫修篁，紫曲洞所至，有庵可跂，有泉可漱，或谓其地即尹喜岩。不二对余欢如平生，谈说娓娓，且止余宿，遂宿于岩中，人境阒寂，拥蒲惺然。又闻蜡烛涧有范小仙者，先两日往华山矣。为之怅然。

乙卯，出岩，取小径入紫霄，复循展旗，穷其巅，历蓬莱第一峰，俯三清、七星诸岩而旋其上。凡二里许，乃入紫霄之北天门，礼大殿。殿负展旗，如拥纛于后，三公、五老诸峰皆拱揖于前甚整，其左为大、小宝珠峰。右一阜为福地殿，七十二福地，此其一也。殿之后，为万松亭，其东为赐剑台。帝道成，天帝赐之剑，挂于松间，今有挂剑松。出南天门，度禹迹桥，其旁为禹迹池。临清亭池清，而亭幽可憩。逾桥而南，复转入孔道数十步，为威烈观。观之北有阳和峰，昂然而秀，十里遇黑虎庙，前有玉虚、黑虎二岩。岩下为九渡涧，会紫霄、白云诸涧之水，入梅溪达于淄水，水声潺潺。达涧行数里，度天津桥，有龙泉观，桥上下山复陡折，凡十八盘至平台。稍夷，始见有跨驴者。

又数里，为太子坡。坡屼崒当道，复真观扼坡上行者，必经其中，殿之下有圣母滴泪池。池水不盈尺，似滴泪已枯者。又过太玄观，观磨针井。十里许，为回龙观，山势至此，若矫首而回颜。观西有径通玉虚，余山东行，下好汉坡，复经元和观，乃还遇真。饭已，复行历草店，入迎恩宫。宫临石板滩，滩受诸涧水为巨浸，时涨溢为患。成化间，绩宫之以祈神祐，规制稍隘，仅可当一观耳。

丙辰，出迎恩桥，历玄祐观，凡四十里，抵均州静乐宫。志称帝生净乐之国，净乐治糜，而均为糜地，故以名宫。宫延衺掩城之半，视玉虚虽少让而绮丽有加。其东为紫云亭，以帝初诞有紫云之祥，故名之。亭之宏壮，亦他宫所无。日既中，余治舟汉水，上高尔。夫行而地主有携酒于沧浪亭者，遂泛舟溯洄而上，数里陟其崖。崖屹立数十丈，为台者，三亭构其下，水清见石，宛如岩濑。春夏时，汉中诸水如万马奔腾而下，平沙为海，倚槛可挹，而流更为浊，濯缨濯足之歌，以此亭之，上为小庵，庵之上又为小亭，曰凭虚，宜远眺。又折而左百馀步，为玉峰庵，又左为观音阁，并处高旷。而沧浪树茂而宇洁，为净乐之支院，入宫之游既属压，复涉殊境。日暮发舟，益令人转盻低徊不能去。

是游也，余有甚幸者二，有甚奇者二。自余入楚三阅月，雨雪过半，乃令入武当，泛雪得霁，朔旦观浴日、下太和，晴曦炙人。凡游者，夏病暑冬苦寒，皆所不宜，乃今适春之中，木叶未稠，碧嶂如扫，而梅白桃红，山葩互吐何异武陵？夫晴与春并，是为二幸。方余自号时，固不知阳和峰在武当也，乃今偶合，余当以不二名斋，顷见不二，相视而笑，谓余前身殆武当僧，是为二奇。虽然，山河等为泡影，岁月逝为隙驹，蛙窥几何羊亡则一，兹又余之一大惧也。因并记之，以自省云。

27　　　元岳记

袁中道*

　　万历癸丑暮春，予自花源归，作太和游。
　　从草市发舟，至襄中，陆行三日，而抵山下。道上山色泉声，已泠泠非人世矣。息于楚藩兰若，以首夏初九日丁酉登山。
　　过谢家桥，经草店。此后驰道整洁，松杉夹路，庵观栉比，朱户隐见。至冲虚庵，流泉细细，溢于衢路。上有桧一枝，开黄花，如金粟，即山中仅此一株，不见多也。上仙关，两山多竹筱。至玉真宫，穿松杉中，有石桥三四处，皆如碧玉妆砌。其上为玄岳门，如一窦，方圆之泥可封也。过此则烟云金碧，辉映万状矣。夹道古杉千株，过元和观，溪水争流，其左即走玉虚宫中道也，以玉虚宫需之异日，急从中路行。有危坡，稍见野意。不三里，夹道浓阴，山或左右檐（注：担）。至回龙观，见天柱诸峰，若刻若镂。历老君、关公庙，及太子坡，皆修洁。过平台，下十八盘，石墀不受一尘，树影尤浓。闻流水声厉甚，即龙泉观前桥也。台路有三：一为周行，即走紫霄、南岩，登天柱者。入溪即走九渡涧，中至玉虚岩、琼台观道也。其上为红门，即太上、八仙、罗公院诸处，可抵琼台者。
　　予旧闻之中郎云："太和琼台一道，叠雪轰雷。"游人乃云："此山诎水，殊可叹。"予拉游侣，请先观水，为山灵解嘲，乃行涧中。两山夹立处，两

---

* 袁中道（1570—1626），字小修，一作少修。湖广公安（今属湖北）人。万历四十四年（1616）进士，授徽州府教授、国子监博士，官至南京吏部郎中。文学家，"公安派"领袖之一，与兄宗道、中道并有文名，时称"三袁"。著有《珂雪斋集》《游居柿录》。

点、披麻、斧劈诸皴，无不备具，洒墨错绣，花草烂斑。怪石万种，林立水上，与水相遭，呈奇献巧。大约以石尼水而不得往，则汇而成潭；以水间石而不得朋，则峙而为屿。石偶讪而水嬴，则纡徐而容与；水偶讪而石嬴，则颓叠而吼怒。水之行地也迅，则石之静者反动而转之，为龙，为虎，为象，为兕；石之去地也远，则水之沉者反升而跃之，为花，为蕊，为珠，为雪。以水洗石，水能予石以色，而能为云，为霞，为砂，为翠；以石捍水，石能予水以声，而能为琴，为瑟，为歌，为呗。石之跰避水，而其岩上覆，则水常含雪霰之气，而不胜泠然；石之颇避水，而其巅内却，则水常亲曦月之光，而不胜烂然。如此者凡二十余里，抵玉虚岩。岩若青玉，下覆楼阁，流水绕之。喘息稍定，复下穿涧，水稍狭，流愈壮。百武一息，即栋石而卧。一日间行住食息，皆对怪石，爪齿缨足，俱费乳雪。生平观水石之变，无畅于此者。

又三十余里，始与水稍疏。得中琼台，新毁于火。然望天柱、蜡烛诸峰，无论岩峦之奇，即百万碧树，绿光浮动射人。其绝壁岩栖者，隐隐树中如蜂房，间多披裘念一之夫，饵芝煮石，咽气飧和，永绝梯磴，独耦烟云，以待羽化者。至上琼台，日已暮，遂止焉。其后为琼台峰。若一髻前指，即所谓外朝峰者，陈希夷修道处。

晓辞琼台，过外朝峰，从天柱后户入，登山谒帝。望七十二峰，皆如屏息拱立，髻盘鬟绕，云驶雾腾，亦不暇问其孰为七星、三公、十丈、万丈等也。记《荆州图经》云："峰首状博山香炉，亭亭远出。"又《南雍州记》云："有三磴道，上磴道名香炉峰。"盖后人易香炉为天柱，而以其副峰为香炉云。游侣问玄帝所自出，予曰："黄帝之子昌意，娶蜀山之女生高阳氏，居弱水之乡，陶七河之津，是为玄帝也。役御百神，召致雷电，乘结元之车周旋八外，诸有洞台之山、阴宫之丘，皆移安息之石，封而填之。铸羽山之铜为宝鼎，以献于神峰，大约与黄帝铸鼎首山事同。陶贞白与杨许诸仙往来，亲得其说而记之，尚有可信。若夫净乐国王之说，俚甚，无足存者。自古山泽之癯，冲举者多，惟帝王绝少。而黄帝祖孙，皆鼎成乘云，归于帝乡，卿似别有家学脉络。彼秦皇、汉武不得其术，而以腐骨望神山，以淫胎饮浩露，宜乎疏天亲地，究归玄壤也。今黄帝之迹相望，而玄帝饮于盲说，悠悠无知者，予故备为拈出。"是日，徙倚山上，神醉烟岚。自念蹑屩久矣，大都自然胜者，穷于点缀；人工极者，损其天趣。故野逸之与浓丽，往往不能相兼。惟此山骨色相和，神彩互发，清不槁，丽不俗，人言五岳不堪伯仲，良有以也。

谒帝，复下天门，舍舆而步，与游侣约毋匆匆。见山骨棱棱，云破雾裂，则少住。见两山忽豁，千峰髻出，则少住。见古木萧萧，柯韵悠扬，石桥流水，悄然如话，则少住。惟画栋文楣，即掉臂而过之，以所不足者，非此物也。至南岩，岩石若驳云，外覆为修廊，以达宫门，殿宇壮丽甚。殿后依岩为诸院宇，亦若修廊，积铁冷金中，时出云溜藓斑，朱藤蔓络。廊外绿峰照耀，见雨瀑，如白龙蜿蜒而行。至圣父母殿，前望天柱，气宇如玉。息于棋亭。步至舍身岩，杉松满路，皆数十围。山行倦甚，至晓犹不能兴。天昏昏作雨，再至南岩宫后石岩下看山，遂行，过雷洞，至太子岩。石亦奇峭，有泉淙淙下滴，杉松皆数十围。下至紫霄宫，宫殿所不论。其后为展旗峰，前为禹迹池，泓然沉碧，有水亭可憩，上为福地殿，不及登。仍至九渡涧，抵平台，雨大作，觅旧路，暂归兰若。

明日霁，始作玉真、五龙之游。从元和观折而东行，路未修饰，有野致。山峦平衍，田畴龟坼，近玉虚宫，松杉茂密。有大溪汇众流，界道石桥壮丽，即九溪涧及诸涧下流也。溪绕宫右。两岸道院栉比，时有小桥，俨若村里小市。过宫门，壮等宸居。昔文皇以十余万众凿石开道，缮治宫殿，皆屯集于此地，凡十二年而后落成，故此地亦名"老营"矣。乘霁走五龙，不及人，沿途多平原旷野。至五龙行宫，有老松深柏，饭后着笠子登舆。一老道人睨予而笑，讯之，则曰："此后山阴，树影交加，无曦日也。"乃掷去笠子而行。至此，易夷为险，山路颇多怪石，浓阴遮蔽，好鸟和鸣。近仁威观，流水轰然，沿途溪水四至，真与九渡涧争雄，时有瀑布。过磨针涧，流水交会震厉，皆青羊涧、桃源涧水汇集处也。盖蜡烛涧之水下汇为溪，其地坦迤，无所遮越，游人不惟闻其声，多食其色。此地两山中蚀一缕路，深林菁茂，白昼似宵，骄阳疑月。青羊、桃花诸涧之水，四面奔流，如草中蛇，如绕中线，疾趋而过，不知其所之，故游人不见水色，但闻水声。风林雨浊，互答相和，荒荒泠泠，殆非人世。

抵五龙门，列紫柏二株，其径九曲。过棚梅台拜殿前，雕栏刻石，皆若碧玉。墀下五井，各一色，又有日月二池，一黛一赭。昔陈希夷习静琼台峰，见二老人数数来，讯之，则曰："我五龙峰下日月池中龙也。"即此池矣。饭于道人舍，见南岩腾绿惊红，大似小李将军一幅横披。已命一小黄冠为导，至自然庵张三丰修炼处，有上赐衲衣。又行五里，至山后，路穷多支以木，于石窦得洞，即长生岩也。有道人辟谷已十九年，貌甚腴，分予以熟制苍术数饼，甚甘。讯之，不言。日已暮，遂还宫中。

按，此地自唐贞观中，均州守姚简祷雨，有五龙见于此，建五龙祠。逮至元，始修饰，改为五龙宫。至本朝，始极其盛。人皆知陈希夷于此修道，不知殷长生、房长须、李玉溪、马明生、田蓑衣之辈，皆于此仙去者也。

是夜，月色皎甚，开窗了了，见南岩灯火，不成寐。

晓，寻旧路归，始入玉虚宫。周遭类一大县。其中，虹柱龙梁，云楹藻井，砌以文石，覆以碧瓦，绮寮云接，飞阁雾连。其外，金字银书之亭，真宫选客之宇，皆可为他山宫殿。其左右道宇玄院，绮错棋布，幽宫闶室，千门万户。流水周于阶砌，泉声喧于几席。姹花异草，古树苍藤，骈罗列植，分天蔽日。海上三山，忉利五院，依稀似之。若夫山里田间，泉周塍外。花里有耕耨之客，云中闻鸡吠之声。能使芙蓉城中失其芳妍，桃花源上让其幽邃矣。息于望仙宫，目不暇览，情不周玩，遂策杖而出。讯之，老道人云："此即昔时武当县也。"

出宫后，返玉真。入涉其概。步至松杉间，与游侣评山。予曰："吾胸中已有粉本。大约太和山，一美丈夫也。从遇真至平台为趾，竹荫泉界，其径路最妍；从平台至紫霄为腹，遏云入汉，其杉桧最古；从紫霄至天门为臆，砂翠斑烂，以观山骨，为最亲；从天门至天柱为颅，云奔雾驶，以穷山势，为最远。此其躯干也。左降而得南崖，皴烟驳霞，以巧幻胜；又降而得五龙，分天隔日，以幽邃胜；又降而得玉虚宫，近村远林，以宽旷胜，皆隶于山之左臂。又降而得三琼台，依山傍涧，以淹涧胜；又降而过蜡烛涧，转石奔雷，以滂湃胜；又降而得玉虚岩，凌虚嵌空，以苍古胜，皆隶于山之右臂。合之，山之全体具焉。其余皆一发一甲，杂佩奢带类也。"游侣曰："君真山之顾虎头矣！"是夜，复止于兰若。

明日，至均州买归舟云。游侣者，贵竹杨孝廉、襄中余茂才、汉阳王章甫也。

28　　　　书太和山记后

袁中道

太和之山，无所不有，分之为洞天福地者，当不知其几。今欲一览而穷其胜，此其神情，何关山水？夫欲尽其要妙，虽山中黄冠，有不及至者。要以涉其梗概，太淹或不能留，太速又有不惬。觉日来游屐尚有所遗，都由山径不熟，故聩聩耳。令予再至，则知游矣。

请以八日为期，朝从迎恩宫发，徐行于龙泉、九渡之间。日中而止紫霄。览紫霄毕，以其余力及七星、宝珠诸处，而胜可穷也。朝从紫霄发，徐行于摘星、天门之间，日中而止太和。谒帝，览太和毕，以其余力及清微、朝圣诸处，而胜可穷也。朝从天柱发，徐行于天门、摘星之间，日中而止南岩。览南岩毕，以其余力及欻火、不二诸处，而胜可穷也。朝从南岩发，徐行于仙侣、青羊之间。日中而止五龙。览五龙毕，以其余力及自然、长生诸处，而胜可穷也；朝从五龙发，徐行于磨针、仁威之间，日中而止玉虚宫。览玉虚宫毕，以其余力及仙衣、圜堂诸处，而胜可穷也。朝从玉虚宫发，折而右，徐行于九渡、渊默之间，日中而止玉虚岩。览玉虚岩毕，以其余力溯蜡烛诸涧处，而胜可穷也。朝从玉虚岩发，徐行于中下琼台之间，日中而止上琼台。览上琼台毕，以其余力及外朝峰诸处，而胜可穷也。朝从上琼台发，徐行于太上、八仙间，日中而止遇真。览遇真毕，以其余力及冲虚、元和诸处，而胜可穷也。竭此八日之力，即不必尽发其隐伏，而亦可以无遗憾矣。

是故游侣宜少，恐其扰也。仆从宜简，恐其嚣也。舆人宜健，且与之饱，恐其力尽，尼予行也。山资宜多，且宜先授，以近日山中贫甚，猝不能给客也。果饵宜储，恐偶枵也；山志宜携，恐有遗也。皆游具也。又彼所欲得于客者祈禳，至一宫，则姑曲徇其愿，而我得以其隙，作镇日游，是又游诀也。若夫久住于此，以穷其变态，则又在好事者。

29 游太和山日记

袁中道

　　往金粟园，黄守中、王天根，偕黄纯如名存仁至。纯如祖名大韶，號恪湖，为袁荣襄公妻侄。荣襄为兴府长史，大韶为引礼生，从龙升序班，出为富顺、修武、仁化县尹。黄有仆黄广，妻菊花，世庙曾召入曰："我在兴都，亏汝二人伏侍。"因赏之。

　　十九日，舟中忽见死心至。时传死心示寂久矣，见之大骇。死心亦云："数年间传兄已死，予于庵中立一牌位，夜入梦，大有验。"复相与大笑。

　　同夏道甫、黄竹实往菩提寺看死心。寺左有小书舍，极清致，茂林阴翳。竹实出中郎诗一卷，乃庚戌七夕诸作，皆绝笔也。乞予书数字卷首，予为书"中郎遗墨"四字。

　　二十一日，从草市发舟，游太和。过太白湖，夜宿龙口，风大作，黑云四起。岸上山有道人唱道曲，晚泊者皆来听，亦微有致。

　　舟泊龙口，风不止，湖中雪浪掀舞，不得渡。清坐舟中。行忙不及携书笈来，惟端居念清泰也。

　　鸡鸣后，风稍息，渡长湖，舟欹侧甚。时张瑶嘴小河，新为居民筑断。后取道三湖，湖中多茭苇，时时有数里荷叶。遇田妇持茭白归者，以米易之，煮来做午餐，其香异常。有小儿持小兔嬉戏，乃以扇易之放生。晚过张瑶嘴，此后垂杨狭路，麦浪盈畴，居民门外，时系小舟。

　　逆风复作。午出夜叉口，走襄河。予从此道顺流走武昌，凡十余次。甲辰下第，从襄阳至草市，竟以风逆，止于沙阳，陆行，此水皆生平所未经也。

风逆甚，移舟十余里，泊于野渡。邻舟数十鳞集。天色晴明。午间，有二小舟载眷属他徙，触巨舟而覆。予舟中仓忙救得一男子、一妇人，余二妇抱二稚，俱入洪流不见，深可哀愍。既已无可奈何，为之掩泣而去。晚抵多宝湾，水势甚疾。夜宿，闻风雨声，觇之，乃水涨声也。

早行二十余里至沙阳，市薪米。甲辰从此陆行走江陵，今十余年矣。此路麦豆颇丰饶。去年大水，两岸决口多未修，襄水忽涨，复从旧路漫延至春口镇。水从泛，景陵诸处，荡然一壑。夜宿马良山下。此日始见承天诸山。十余日内，满目皆洪涛，今日始见山色，稍觉爽豁。

从马良山下发舟，风雨不止。晚泊一小港中，两岸垂杨，山色颇佳。会前舟有行者，后登舟，去钟祥三十余里野泊。

有便路通江，遂不取郡道，舟中惟见绿树内黄屋隐隐，即陵寝也。晚泊金花滩。从二十一日发舟，今九日矣，日日逆风苦雨，且遭襄水大发，牵路皆绝。平生以烟波为乐，到此殊觉行路之难。以后荆郡游太和者，决宜陆行水归为便。

南风大作，舟以过滩坏舵，整舵后，遂成行。山色甚佳。午过丰乐河，夜宿龙王洲。此后滩水逾疾，牵缆者皆惫，乃以轻装从陆，遂宿旅舍。

从龙王洲陆行，与晦之跨蹇行麦浪中，甚快。时有杨柳浓阴。过宋玉墓，饭于宜城。夜宿潼口。望襄中诸山叠叠，偶有山轿，遂募之行。

过襄阳观音阁，登水边亭，汉水怒吼，对岸即去鹿门道也。亭后有石潭，石理亦奇古，大类虎丘剑池。不数里，即为习家池。忆与中郎同饮于此光景，不觉泫然。近郭为羊叔子、王叔和祠，昔年尘土中瞥然一过，皆未之见也。憩于城北关庙。偶当阳李生伏之客此，闻予来，同其友人余玉渊、贵竹杨华寓至寓，二君亦将有太和之行，遂相约同往。

晨渡汉水，夹道木香花扑鼻。至柿子铺，一村皆柿。山色自襄中起，一路蜿蜒重叠，汉水明于雪。晚宿柴店，远山渐近。

自柴店渡江，过谷城县，不复见江。穿万山中，溪流汩汩。晚过万佛殿，殿面清溪，峦石为屋三间，有老僧居焉。宿于皆家铺。

过千佛殿，穿万山中，十步一渡。过界山绝顶，仿佛见天柱峰，龙章凤质，令人肃然起敬。午抵草店，讯汉阳友人王石洋消息，尚在楚府茶庵，急遣相闻。石洋闻予至，亦遣使见迎，遂往茶庵相晤，一见悲喜交集。夜谈至子夜始寐。石洋携二嗣并何抑之茂才，读书此中，已半年矣。

欲登山，以倦甚暂止。会石洋以浴佛日有少斋事，约以初九日始登山。过周藩茶庵，危楼书阁，绮错棋布。

浴佛日，礼佛斋戒。步至迎恩官桥上，青石界道，栏杆整丽。下有洪流，即所云石板滩也。桥畔望天柱峰，如雕云琢雾。

四月初九日，晨起登山。出楚府庵，过谢家桥，经草店，松杉夹路，庵观栉比，朱户隐见。至冲虚庵，上仙关，过玉真宫、玄岳门、元和观、回龙观、老君、关公庙、太子坡，至平台，下十八盘听水，即龙泉观，溯九渡涧，奔雷转石，吼怒交击。凡三十里，抵玉虚岩，过中琼台，息于上琼台。后为琼台峰，若一髻前指，陈希夷修道处也。

初十日，从琼台登天柱峰，谒帝。下界献兜罗绵云，有若银海。谒帝后，下天门，路旁道院鳞次，皆不及入。至南岩，岩石若驳云。殿后依岩为诸院宇若修廊。行至圣父母殿前，望天柱若几案前。息于棋亭，步至舍身岩，杉松满路，皆数十围。宿于张羽士楼上。有游记，故略。

十一日，天霁，早复至南岩宫后石岩下看山。遂行过雷洞，至太子岩，石亦奇峭，有水淙淙下滴，杉松皆数十围。下至紫霄宫，宫后即展旗峰，前有池，泓然沉碧。有水亭可憩。仍至九渡涧，抵平台，下十八盘，雨大作。觅旧路，归草店寓。

十四日，天霁，作玉虚、五龙之游。从草店至元和观，折而东，过大石桥，即九渡涧及诸涧下流也。至玉虚宫，不及入。乘霁走五龙，四十余里，至行宫，过仁威观，流水轰然。过磨针涧，抵五龙宫，至自然庵、长生岩也。

十五日，寻旧路归。始入玉虚宫，息于望仙楼，宛同旅居，周遭类一大县。出宫数里，章甫诸公担酒榼来迎，饮数杯，归茶庵熟寐。

开霁，同章甫至均州，石路甚整。游于静乐宫，憩紫云亭。

渡沔，黄广文邀游沧浪亭，即"孺子歌处"也。颇有怪石，流水啮其下。至观音阁，望远近山色如画。别章甫，登舟，水如竹箭，流穿万山中。宿于光化，逆风大作。近襄中，与晦之自柿子铺肩舆至樊城。渡江，住北城关庙。

登昭明文选楼，晤孝廉王绣林，便饭于其宅，始知龙君御已过此。

王孙雍南,邀游会仙楼,楼即王孙父所建,以安纯阳祖师者也。六七十年前,有老人久仅存其杖。今严事之。

　　天暑甚,从者皆病,城中疫疾大作,度不可久留,乃束装去。绣林诸公饯于观音阁,饭于潼口,晚宿宜城。

　　……

　　重九日,体中未康,辍登高之会,蔡元履先生以书来,末云:"出山后,乃闻琼台一道之胜,恨未极目,然南岩至五龙三十里,幽雅绝尘,腊屐亦似未探也。"盖予南岩归,山下复走五龙,故悭此三十里之缘耳。明年当再往,以了此愿也。

　　始阅杂华,病后慵懒,随意取一册,濡染法味耳。石首王近臣来晤,闻求如王孝廉不禄消息,甚为感叹。求如名启遵,中丁酉乡试,得年仅四十,无儿。近臣云:"求如数年前,尝与人言:若五行之理审有者,我四十必不得过。今果然。"

　　王以明过园,谭及中郎事,相视而泣。

30　嵾话

杨　鹤[*]

癸亥秋七月，余将北上，蔡敬夫先生贻书，谓道出襄阳，宜为嵾山之游，游毕，约会沧浪亭下。余闻之心动，到襄阳，遣人再申前约。余乃戒行，以八月初八宿柴店，九日宿界山，十日宿遇真宫，十一日游紫霄，十二日游五龙，十三日登顶，十四日游琼台，晚宿玉虚。至十五夜，会敬夫于沧浪亭，话山中游事，抵掌达旦。明日复会，十七日解缆别，舟行，稍次第前语作嵾话。

余游嵾山者再矣。相传此山，发源秦陇，蜿蜒东来，不知几千里，突起均、房之间，孤耸天柱；崚嶒七十二峰，出入风雨，呵护百灵，盖神明之居也。其内隐隐紫翠千重，外以屏风九叠障之，天清日霁，眉目分明，远峰峨峨，秀可揽结。惟是层峦亏蔽，隐见不常，元气空濛，常如浑沌。游人入山，至有不得见其面者，譬之绝代佳人，倾城一顾，百媚横生。然自非流波将澜，欲一觅其嫣然笑齿，杳不可得。至于嵚崎九折，磴道盘纡，上出青天，下邻绝壑。深林怪石，时似虎蹲；老树苍藤，多如猿挂，殆非人间之境矣。

自山足达远峰，凡七十里。界山道上，微露髻尖，至遇真宫，天柱、香炉、蜡烛诸峰，正直九龙山缺处，如月圆当户，隐其半规。复从宫顶凤凰山遥望，如见三神山在海中，褰裳欲就之也。明日，历好汉坡，至回龙观，天

---

[*] 杨鹤（？—1635），字修龄。湖广武陵（今湖南常德）人。万历三十二年（1604）进士，累官兵部右侍郎，总督陕西三边军务。

半堆蓝靆翠，翠色横空。再望之于太子坡，如一片青芙蓉，涌出绿波，瓣萼可数。峰回路转，忽复灭没。及抵紫霄宫，天柱在其南矣。紫霄背负展旗峰，前有禹迹池、大宝珠、小宝珠、赐剑台、万松亭；后有太子岩、太子亭。四山拱揖，自为奥区。但道院殊恶，惜无碧窗、朱栱点缀山阿也。

  明日，过南岩小憩，以雨故，先游五龙。五龙山势茏葱，宫阙壮丽，然不如南岩，自是洞天福地，奄有众山之美。南岩望天柱咫尺，然太了了，又不如五龙回顾有情。起圣殿榻梅台，并对峰而望之，端丽秀削，绿峭摩天，真奇绝也。山中虽雨而不雾，云气触石，如以轻绡薄縠，蒙罩苍烟，觉菁葱之色，沾湿转好。两宫台殿相望，金碧陆离，若日射火珠，当不减蜃楼海市矣。昔年游青羊涧一带，爱其幽倩，此番殊无意绪，物候未是。秋冬之交，意风霜高洁，草木刻露为佳耳。仙龟岩不甚似，然磊砢如夏云欲坠，两傍瀑流泻之，直漱其根，如有活势。自仙侣岩至滴水岩，步步可望天柱，松杉茂密，石路阴森，可谓到来生隐心也。

  明日，天大放晴，返南岩，可已刻，望天柱黄金银宫阙，踊跃不自禁，亟起循洒谷岭，经榻梅祠，度斜桥，遂下蓝舆。诸峰离立，不能辨某为三公、五老。削壁万仞，水石争奇，展转玩之，欲去不忍。攀岩度索，忽得文昌祠、会仙桥，平台如掌，自欲息心，仰视山腰峡口，箭括通天，有一门矣。自一天门至二天门，道中奇峰突兀，远岫参差，游者戒心畏途，往往当面错过，不知在陆探微画中也。余语同行者，天门信险，若三步回头五步坐，不觉登顿为疲矣。因笑烧香士女，奋勇而上，唯恐不前，以为有神相予。然黑汗交流，喘息欲死，良可嗤也。盘数折，始陟三天门，息神厨，洗沐，登顶拈香谒帝毕，解衣四眺。此身在千叶宝莲之上，千峰万峰如海波，自潮一层堆叠一层，有回涛卷雪之势。峰起天马岩，真如天马行空，昂首万里，风鬃雨鬣，烟雾青冥中，有真人御风骑气，五丁六甲拥予仗剑从之也。西南诸峰当是蜀中，极目不知所际，北面忽见群山之上，有山矗出，削成四方，疑为华岳。问之道士，果华岳也，相去盖七百里矣。然的的分明，如在百里内者。东望襄江，白波如带；鹿门岘首，似可得之指顾。山中积雨弥月，是日始霁。自亭午看山，到暮，天朗风清，略无片云，遮障游目。暝色欲来，四山尽紫，夕阳既收，翠重红敛。忽见东方月白，光彩澄鲜，烟消镜净，令人骨蜕欲仙矣。因忆往者，登太华、九华，觉从山顶下瞰，殊不耐观。盖千岩万壑，难于一一向背有情，且多童山，无草木翁郁之致，独此山一气融结，绵亘八百里，皆如勾陈之护紫微，远近色同，点黛所以胜也。明日复雨，游蜡烛琼台观，多幽意，所谓山静似太古，庶几近之。玉虚宫之田庐楚楚，殆类鸡犬桑麻，桃源风物，与紫霄、南岩、五龙，又自别矣。

是役也，山行五日，一日晴，四日雨。雨后千山飞瀑，万流俱响，耳中如闻三峡流泉，可补山灵缺陷。又以新霁，一日尽收天柱之奇。先是，敬夫书来，谓参山之胜，非五日不能领其大略，何日可抵均阳，即预订息壤，当鼓棹赴之。此一晤，异日可谓佳话。至是如约，两人握手道故，相与品第参山之胜。已而，蒿目忧时，欷歔太息，复叩敬夫性命之学、世出世间之法，十年之别，语话遂长。敬夫之诗曰："客怜命驾十年约，天放登山一日晴。"盖实录也。入宝山不空手回，此游可谓不负矣。余不欲作记，独生平快事，不可不书。同游为妇弟陈元以，家客陈仲弢。元以奇人别有纪游诗赋。

31　　　游太和山日记

徐霞客*

十一日，登仙猿岭。十余里，有枯溪小桥，为郧县境，乃河南、湖广界。东五里，有池一泓，曰青泉，上源不见所自来，而下流淙淙，地又属淅川。盖二县界址相错，依山溪曲折，路经其间故也。五里，越一小岭，仍为郧县境。岭下有玉皇观、龙潭寺。一溪滔滔自西南走东北，盖自郧中来者。渡溪，南上九里冈，经其脊而下，为蟠桃岭，溯溪行坞中十里，为葛九沟。又十里，登土地岭，岭南则均州境。自此连逾山岭，桃李缤纷，山花夹道，幽艳异常。山坞之中，居庐相望，沿流稻畦，高下鳞次，不似山、陕间矣。但途中蹊径狭，行人稀，且闻虎暴，日方下舂，竟止坞中曹家店。

十二日，行五里，上火龙岭。下岭随流出峡，四十里，下行头冈。十五里，抵红粉渡，汉水汪然西来，涯下苍壁悬空，清流绕面。循汉东行，抵均州。静乐宫当州之中，踞城之半，规制宏整。停行李于南城外，定计明晨登山。

十三日，骑而南趋，石道平敞。三十里，越一石梁，有溪自西东注，即太和下流入汉者。越桥为迎恩宫，西向。前有碑大书"第一山"三字，乃米襄阳笔，书法飞动，当亦第一。又十里，过草店，襄阳来道亦至此合。路渐西向，过遇真宫，越两隘，下入坞中。从此西行数里，为趋玉虚道；南跻上岭，则走紫霄间道也。登岭。自草店至此，共十里，为回龙观。望岳顶青紫

---

* 徐霞客（1586—1641），名弘祖，字振之，号霞客。南直隶江阴（今江苏江阴）人。旅行家、地理学家、史学家、文学家。著有《徐霞客游记》。

插天，然相去尚五十里。满山乔木夹道，密布上下，如行绿幕中。

从此沿山行，下而复上，共二十里，过太子坡。又下入坞中，有石梁跨溪，是为九渡涧下流。上为平台十八盘，即走紫霄、登太和大道；左入溪，即溯九渡涧，向琼台观及八仙罗公院诸路也。峻登十里，则紫霄宫在焉。紫霄前临禹迹池，背倚展旗峰，层台杰殿，高敞特异。入殿瞻谒。由殿右上跻，直造展旗峰之西，峰畔有太子洞、七星岩，俱不暇问。共五里，过南岩之南天门。舍之西，度岭，谒榔仙祠。祠与南岩对峙，前有榔树特大，无寸肤，赤干耸立，纤芽未发。旁多榔梅树，亦高耸，花色深浅如桃杏，蒂垂丝作海棠状。梅与榔本山中两种，相传玄帝插梅寄榔，成此异种云。共五里，过虎头岩。

又三里，抵斜桥，突峰悬崖，屡屡而是，径多循峰隙上。五里，至三天门，过朝天宫，皆石级曲折上跻，两旁以铁柱悬索。由三天门而二天门、一天门，率取径峰坳间，悬级直上。路虽陡峻，而石级既整，栏索钩连，不似华山悬空飞度也。太和宫在三天门内。日将晡，竭力造金顶，所谓天柱峰也。山顶众峰，皆如覆钟峙鼎，离离攒立，天柱中悬，独出众峰之表，四旁崭绝。峰顶平处，纵横止及寻丈。金殿峙其上，中奉玄帝及四将，炉案俱具，悉以金为之。督以一千户、一提点，需索香金，不啻御夺。余入叩匆匆，而门已阖，遂下宿太和宫。

十四日，更衣上金顶。瞻叩毕，天宇澄朗，下瞰诸峰，近者鹄峙，远者罗列，诚天真奥区也！遂从三天门之右小径下峡中。此径无级无索，乱峰离立，路穿其间，迥觉幽胜。三里余，抵蜡烛峰右，泉涓涓溢出路旁，下为蜡烛涧。循涧右行三里余，峰随山转，下见平丘中开，为上琼台观。其旁榔梅数株，大皆合抱，花色浮空映山，绚烂岩际。地既幽绝，景复殊异。余求榔梅实，观中道士噤不敢答。即而曰："此系禁物。前有人携出三四枚，道流株连破家者数人。"余不信，求之益力，出数枚畀余，皆已黬烂，且叮无令人知。及趋中琼台，余复求之，观主仍辞谢弗有。因念由下琼台而出，可往玉虚岩，便失南岩紫霄，奈何得一失二，不若仍由旧径上，至路旁泉溢处，左越蜡烛峰，去南岩应较近。忽后有追呼者，则中琼台小黄冠，以师命促余返。观主握手曰："公渴求珍植，幸得两枚，少慰公怀，但一泄于人，罪立至矣。"出而视之，形侔金橘，漉以蜂液，金相玉质，非凡品也。珍谢别去。复上三里余，直造蜡烛峰坳中。峰参差廉利，人影中度，兀兀欲动。既度，循崖宛转，连越数重。峰头土石，往往随地异色。既而闻梵颂声，则仰见峰顶遥遥上悬，已出朝天宫右矣。仍上八里，造南岩之南天门，趋谒正殿。右转入殿后，崇崖嵌空，如悬廊复道，蜿蜒山半，下临无际，是名南岩，亦名紫霄岩，为三十六岩之最，天柱峰正当其面。自岩还至殿左，历级坞中，数抱松杉，连阴挺秀。层台孤悬，高峰四眺，是名飞升台。暮返宫，贿其小徒，复得榔梅六枚。明日再索之，不可得矣。

十五日，从南天门宫左趋雷公洞，洞在悬崖间。余欲返紫霄，由太子岩历不二庵，抵五龙。舆者谓迂曲不便，不若由南岩下竹笆桥，可览滴水岩、仙侣岩诸胜。乃从北天门下，一径阴森，滴水、仙侣二岩，俱在路左，飞崖上突，泉滴沥于中，中可容室，皆祠真武。至竹笆桥，始有流泉声，然不随涧行。乃依山越岭，一路多突石危岩，间错于乱蒨丛翠中，时时放榔梅花，映耀远近。

过白云、仙龟诸岩，共二十余里，循级直下涧底，则青羊桥也。涧即竹笆桥下流，两崖蓊葱蔽日，清流延回，桥跨其上，不知流之所去。仰视碧落，宛若瓮口。度桥，直上攒天岭。五里，抵五龙宫，规制与紫霄南岩相伯仲。殿后登山里许，转入坞中，得自然庵。已还至殿右，折下坞中，二里，得凌虚岩。岩倚重峦，临绝壑，面对桃源洞诸山，嘉木尤深密，紫翠之色互映如图画，为希夷即唐末隐士陈抟、号希夷先生习静处。前有传经台，孤瞰壑中，可与飞蒨作匹。还过殿左，登榔梅台，即下山至草店。

华山四面皆石壁，故峰麓无乔枝异干；直至峰顶，则松柏多合三人围者；松悉五鬣，实大如莲，间有未堕者，采食之，鲜香殊绝。太和则四山环抱，百里内密树森罗，蔽日参天。至近山数十里内，则异杉老柏合三人抱者，连络山坞，盖国禁也。嵩、少之间，平麓上至绝顶，樵伐无遗，独三将军树巍然杰出耳。山谷川原，候同气异。余出嵩、少，始见麦畦青；至陕州，杏始花，柳色依依向人；入潼关，则驿路既平，垂杨夹道，梨李参差矣，及转入泓峪，而层冰积雪，犹满涧谷，真春风所不度也。过坞底岔，复见杏花。出龙驹寨，桃雨柳烟，所在都有。忽忆日已清明，不胜景物悴情。遂自草店，越二十四日，浴佛后一日抵家。以太和榔梅为老母寿。

32 游玄岳记

谭元春[*]

　　自寒河七日抵界山,山始众。是时方清明,男妇鬓生柳枝;凄然有坟墓想。至迎恩观,舁人忽下肩,向井东叩首,复舁上肩去,肃肃悚人矣。过沐浴堂,夹道古柏,阴黑成市。与王子坐柏下,告之曰:"此物岂无神乎?矧今且万株。"入遇真宫,复出行于柏,穷其柏之际,仰视枝,俯视根,无一遗者。柏穷为仙关。关厄塞,他木老秃,与细竹点两山。又行陂陀中,指元和观东路行人纭纭者,何所也?同行僧曰:"十八盘也,返则径其处。"又行沃野,乃见玉虚桥,桥渡之,以入于宫耳。舍桥由树隙傍至道人室,由道人室蹑板桥,渡溷渠,旁至宫。其宫制壮丽可观也,但非野人所好。旁至会仙楼,峻壁四周,苍翠无间。启后窗,有樵人方负薪过。出宫,柏数十层乱于门。又旁至先所谓桥者,微闻水音,不能去。返道人室,语同行僧曰:"他山人迹不接,从本路出入,稍曲折焉,即幻矣。此山有级有锁有纮,以待天下人,如人门前路。天下人咸来此山,如省所亲,足足相蹑,目目相因,请舆师更其足目,以幻吾心。"同行僧曰:"此而去,有金沙坪。"

　　明日,从望仙楼后,由昨所谓樵径者,渐不逢人。橡叶正秀,垦平其阜,柳家涧初自林出。岭行屡折,橡辄随其所处。忽从万橡中下一壑,高低环青,有石可坐,涧亦送声来坐处。将至坪,左山深杳,道者结庐。才引胆望之,

---

[*] 谭元春(1586—1637),字友夏,号鹄湾,别号蓑翁。湖广竟陵(今湖北天门)人。天启七年(1627)考中举人,为全省第一名。文学家,文学流派"竟陵派"创始人之一。著有《谭友夏合集》。

有二山鸡从涧中冲起入观中。道人方煮橡面接众食，随磬下。由斋堂启窗，群山墉如。出与王子坐泉中，而同行僧从左山遥呼，已先得一处为闲亭者，为烟客居者，皆可淡人情虑。去坪，回望坪中殊秀绝，然壑渐深，树皆如其深数，高卑疏密，非聪明所能施设。过系马峰，忽一岩奇甚，连延数处，怪石与树与草与涧若一心一手，彼隙则此充之。与王子复返其起处详观焉。岩未穷，即为仁威观。有落叶数十片，背正红，点桥前小池，若朱鱼乘空。过观十余里，桃李与映山红盛开如春；接叶浓阴，行人渴而憩如夏；虫切切作促织吟，红叶委地如秋；老槐古木，铁干虬蜷，叶不能即发如冬。深山密径，真莫定其四时。有猿缀树间，方自嬉，童仆呼于后，猿挂自若。入隐仙岩，无居人，惟异柏一株，类垂杨，袅袅然新青欲堕矣。自老姥祠而上，望天柱、南岩诸峰，岚光照人，层浪自接者，为一重，而其下松柏翼岭，青枝衬目，稍近而低者，又为一重。两重山接魂弄色于暄霁之中，万壑树交盖比围于趾步之间，目不得移，气不得吐，遂休五龙方丈自恣焉。宫所负山峰，峭然豪立。所谓五井二池，碌碌不可照览，一入即出。又途中经奇逾涯，闻有凌虚崖、希夷诵经台、自然庵皆胜，皆略之。是夜，眠不稳，楼下有系猿，啼到晓。

早起，梯石穿岗上竹树，俯看深壑，茫若坠烟。身在壑底，五龙忽在天际。下级几不可止，细流时在耳边，与蒙茸争路。又行四五里，水自北来南，响始奔。自南折东，始为青羊涧。涧上置桥，高壁成城，相围如一瓮。树色彻上下，波声为石所迫，人不得细语。桃花方自千仞落，亦作水响，听涧，自此桥始快焉。沿涧而折，过仙龟岩，如龟负苔藓而坐，泉从山中喷出溅客，此而上石多怪，向外者，如捉人裾；向下者，如欲自坠；突起者，树如为之支扶；中断者，树如为之因缘。其为杉松柏尤奇：在山者，依山蹲石，根露狞狞必千寻，数抱而后已；其在深壑者，方森森以达于山千寻，数抱才及山根，而望其顶，又亭亭然与高树同为一。盖此殆不可晓，觉山壑升降中，数千万条，皆有厝置条理，参天拔地，因高就缺，若随人意想现者。始犹色然骇，中而默息，久之告劳焉，如江客之厌月矣。然每至将有结构处，尤警人思。自仙龟岩过百花泉，东至滴水岩，观其水所滴如刻漏。是时南岩宫殿，已迎瞻瞩，犹寻径左行，又见五龙，如舟中望岸上，送者久立未去。而五龙前所见众山，纷纷委于壑，松柏各随其山下伏，安然与荇藻不异。自顾身所经处，怪石奇植，非无故者。度天一桥，山蕊白吐，道人室层架其上，峻坂危栈，相为奔秀。及登小天门，有岩石垂垂冒人，但所谓巨人迹者，贸贸不同踵趾。王子亦曰："岩间纹多类此者。欲入殿，观诸岩之奇，而两日间木石多变，心目兼劳，若更以众奇岩惑之，纵观费目，分观费心，参差观心目俱费，费必将有所遗，盍寓道人室，明晨淡然一往矣。"日未午，道人不可久对，与同行僧谋，此半日一无坐理，当一了虎耳岩。同行僧曰："若上太子岩，取道之虎耳，则并可了紫霄。"乃往紫霄，其宫背展旗峰，卷云切铁，有起止之势，使人眩栗。已入宫，问禹迹池及福地所在，则已过。复出宫观池，绕池登福地，参顶以下诸峰赤日直射，有光有色。由宫上太子岩，磴道迢迢，疲乃造极。参顶别为一重，不可见，以下诸峰，岚息烟灭，暄多而凄少。由岩历山上行，临睨紫霄，指隔岭朱垣问同行僧，云为威烈观。行穿后山下，趋虎耳，此路无林木，见一松，追而憩之，虎耳僧适来松下会，因同进。近岩有竹数竿，水一泓，与王子坚坐，比入岩，嵌空成屋，故榻尚在。僧导至顶上，凡老僧、花木、亭榭殆尽，惟藕塘水犹雨泥相守。仆有善取藕者，跣而下，两足踏藕条所在，如梭往反，而手出之。山僧以为乐，送余从岭间还。不由向路，忽循展旗峰后，过其隙中。峰方削而突古，竟离为二处，非先所见皂蠹相连者矣。稍进，复会于五龙来路之杉松下，较始见觉新，盖虎耳心目闲于无林故也。

　　晨起往观岩，岩在殿后，大石百余丈，诡秘峭刻，有骨有肤，有色有态，有力有巧。高者上跃，壑以下至不可测，使鬼为之劳矣。内察岩之高下思理，外察顶起伏神情，不觉遂穷。亭际凭栏，坐楯远望，人客佛号沸然。是日，天风吹木，作瀑布声，常以之自愚，为岩中补遗。已而详所过几处，亭阁蜿蜒，天与人规制若相吞。西去为元君殿，数十折至舍身岩，大木队而从，由级以登，为飞升台。台孤高亭其上，天柱峰耸然在五步内，不望亦见矣。台旁有一树，下穿壑，上出亭，挟千章万株之气，而叶未能自发，作枯木状。台后石上老松，有一株散作数枝，衔石而披，大风摇之，宜可折，偏以助此台灵奇。台旁又有露台，露台下有巢穴者，能休粮，呼之久不应，慨然舍去。行晒谷岭，经黑虎岩下，精魂方为诸岩所夺。至此都不经意。过斜桥，问斜桥人，上顶有三径：一为磴道，人所由三天门是也；一为官道，由欢喜坡往；一为樵人道，由铜殿垭入。予樵人，当由垭入。同行僧别去，上三天门。独与王子次万丈峰，向背香炉诸峰，行枳棘中，数息数上下，道人家汲水者、负土筑者，稍稍遇于路。乃至垭，石岩高危，岭横如界。同行僧先至，迎我太和，一见而笑，由磴道者近耶？小憩道人室，室七层，有鸦数十头，方向板屋上飞。喘而登天柱绝顶，礼真武殿，上观其范金之工；四顾平台，万山无气，近而五老、炉烛，远则南来五龙。在山下时，了了能指其峰，今已迷失所在，惟知虚空入掌，河汉西流而已。出返铜殿，是元大德年物。坐观天柱峰，草木童稀，石骨寒痛，壑而上石稍开，因筑城衔开处。城而上石复结，稍敧之以护顶，至于顶乃平焉，高削安隐，天人俱绝。因想山初生时，与人初上此峰时，皆荒荒不可致思。私语王子曰："水犹不满人意，如此大名山，苟有千瀑万泉，流之使动，树杪石罅，受响不得宁，吾何思庐，霍哉？"同行僧曰："此下蜡烛诸涧，纯是水矣，且可了琼台。"但察僧意，以失三天门为恨，然予以避三天门益力。从琼台往，非避其险，避其杂也。他日谈山中事，独不知三天门何在，即奇矣。乃复自垭出，枳棘随人衣裾，又渐觉有山石傲岸，与他石离而立于前者无数，皆默领其要。王子恐予未见，辄从后呼语之。至上琼台，琼台峰落落有天地间意。去投宿中观，桃花工，我立处古松于门，处有数鸟拍拍飞而东。入登其楼，蜡烛两峰正当窗，不知其名，而围者同照眼。是时天欲暮，白云起壑中，然气甚暖，力不能上山，闲步静室，有道人，瞻视不凡，与之语，导以山下僻处，松石依依可坐，而即促予起，曰钟时虎过此。因明日行涧上，夜梦即焉。

逾一冈，为下琼台，两烛峰已向后数里。始入涧，山束为峡，水穿其腹。石伏者为底，竖者为塆；大者为激，最大者为分湍；石少者为衍，多者为礉；石不胜水者，狭为沟，宽为塘；水石并胜，则狭声急，宽声远；长石为桥，方石为水中台，圆石为座；值木之朽，而倒于水中央者，亦赖之为桥。水趋左，人傍右岭行；水忽趋右，人从石穿左。水分为二道，则人踏水声。相石之可过者托履焉，心在水声者，常失足；视在水声者，常失听；心视俱在水声者，常失山。恐其失也，常坐石两崖望。王子常越数石，坐水中大石。予望其自石过石者，若蹈空，亦常徒数处。而两崖山断复合、开复收、削复平者，树层层翠，水光中妙，高夹立画鸡，惊飞自山半，亦思返。自非断崖不得露涧，二十余里皆阴，阴而山香四发，不辨其自何来。惟左山一隙有行人，由山路出。同行僧曰："此自威烈观来，前紫霄山后所望丹垣者也。"至此一岭横于前，以为不复峡，而趋过之，又峡焉，涧声直汨汨，喧到玉虚岩下，九渡涧旁出与之合，岩两收其响以为幽，遂欲为诸岩冠。涧中观岩，岩上望涧，上岩水声若在空中，下岩水声若在木末。而其间结构，天为之屋，人为之栈。无此一段，是山犹不可竟也，遂自此竟之，以为武当山记。其下十盘与其出路，不足论。

33　嵾游记

尹　伸*

　　嵾之胜，称七十二峰。舟行百里，望之颖拔菁举，其大观也。登山者往往极其观于顶，必须用啖蔗法最后及之。余则欲先之，以尽诸峰之势。而顶之外，胸中久有"蜡烛涧"三字，期信宿焉。从此，而岩而谷，探幽讨异，庶几回翔瞻顾，求诸峰之离合变化而味之，吾游毕矣。

　　此行无友，友傔。无可，按之图藉，籍佣。于是以先顶之议，谋之佣，佣曰："顶而涧，遗南崖可矣。不然者，其道将复。"顶路嶕崒，其可复乎？余颔之。

　　从复真观十里许，斜趋岐之西北，古木栉比，高阴幕日。不数武，而水声潺潺，白石齿齿，笋舆盘回其间，跳沫及带，时肥蠁为祟。所历元和诸桥，堁然扬尘。至北，始觉山有灵气。下上数里，得一岩，曰"玉虚岩"，豁然中开，上舒下缩，道人阁其前以补之，而仍雷于舒。简率超旷，可以一眺，非取此间失此崖矣。循崖而下，失水声，渐苦登顿。约数里，诸峰合围，争铦角翠，势不相下。佣曰："此绝顶也。"陂陀其中，竹杉翳然，是为"蜡烛涧"。涧凡三观，皆名"琼台"。而中观为大。精舍棋置，华者画栋，朴者阴茅，奇者劚绝壁，而广猿鸟之上。黄发十数辈，嗒然趺坐一篚中。扣之，语默各半。然其浅深，俱非语默所可尽也。宿此者再，作琼台观诗。观而上约

---

　　* 尹伸（1578—1646），字子求。四川宜宾人。万历二十六年（1598）进士，累迁南京兵部郎中、陕西西安府知府，复为陕西提学使副使、苏松兵备参政，殉国忠臣。诗人、文学家。著有《自偏堂集》《东游草》。

十里，峰尽面而起。又五六里，出太和宫右腋，复阁三四，成悬架；一峰尖，四隅垂空中矣。拾级再上约二里，即天柱峰。是日也，山天空霁，无远弗瞩，而意不暇。远峰之所在，心目交焉，睨而得之，欲恕、欲标者，东峰也；流而得之，欲阵、欲复、欲庄、欲态者，南北峰也；瞰而得之。若有若无，劳于察渊者，峰在下也。此山善丛，惟西峰厎柱而不甚相比，余都合成一花相以环天柱，而天柱俱垤之。吾安知涧之屋上云端，其东峰仿佛耶，其或天柱渊中物耶？诸峰非松不生，而松形简怪突兀，与峰争势。盖至是，而吾目中之峰遂将百千万亿，不复言七十二矣。磴而下，皆东南行，稍北十数里，为棚梅祠。祠之南，距南岩宫二里而近；又南，距紫霄宫三里而远。恐其或遗也，迂而过紫霄，盖至而知其可遗也。然前盼天柱南峰，亦可得其一二欹侧之势，此行未甚虚矣。岩在宫之西南，斜对绝顶，稍稍得其君臣之概。忽忽神怆意动，未免移诸峰之癖注之，则壑面千百年松杉挺然而上，黝然而弥谷被岭者，不知其千万株也。此山杉凡三种：其一敦皮棫实，其一杉身柏叶，垂垂如编线，皆异种。恨不携《埤雅》《草木状》诸书讨之。宿南岩宫作南岩诗。崖而北，复经二岩，皆可庐。又北二十里，为五龙宫。四池五井，皆盈坎水，色虽不甚澄鲜，而文鱼数万头，投饵起之，池面尽赤，亦山中佳观也。宫前为赐剑台，后为展旗峰。仰盼诸峰，稍稍如紫霄。展旗之后又一峰，名为五龙顶。顶之上一池一井，皆涸。宿五龙宫，作天柱峰诗。从此又北三十里，为遇仙坪，精舍道风，似琼台而小。咸十余里，至玉虚宫，遂与诸峰别。

因暝而忆诸峰之变，大都琼台得其族，南崖得其排，均之具体而微；五龙、紫霄得其廉隅；复真道士得其隐约森萃。吾安知远之不足，而近之有余乎？

道院之内如市、如店，求一明窗净几不可得。黄冠强者驵会，弱者乞佣，绝不可近。春秋之际，市井充斥，登临客了无安顿处，游者择时而往，可耳。

是役也，始于五日，毕于十一日。凡六宿，得诗五首。时崇祯癸酉岁也。

清　代

34 太和山记

王永祀[*]

　　己酉孟秋，由汉上泛一叶游太和，计十有二日。舟次樊城，前所夙经者勿论，自此溯流，山不甚嶔崎，水浩瀚，曳为练，汇为轮，暗沙潾潾，舟行石齿间，触之时作裂帛声。又两山束水浦，屿中亘，望者疑为汉水将尽也。已循枉渚，鼓枻而济，始依山足达于中流。他如乱石、石门诸滩，嶒嵘澎湃，怪石竞立如象如马。舁夫从江心浩淼中悬绠直上，水涨怒啮人趾，不得前。篙师疾呼，贾勇与水争，凡十余折险，始渡。过均州数十里，弥天放白，入水插青天，为兹山开神区。入境固异，至均，舍舟从陆距郊田，在草间过大山，平楚生风。过会真庵，庵故周藩造也，是中有羽流习静者居焉。庵有桂八株，匝阴布地，时才吐蕚，恨行促，不能亲其馥郁，袭人也。过此为遇真宫，为元和观，万木扶疏，夹道而峙。从元和造岭，树尤奇，千寻百抱，郁盘摎虬，鹊渡成桥，见树而不见山。山下草木晻暧，望莫穷际。马行雾中，上下萧森，人天一气。忽雾稍敛，霁色挂于树杪，光不能胜，初若避然。少顷，螺簪吐日，曀阴渐消，万光炯灿，从稠绿中出，如临沧海而观日出也。

　　过此为回龙观，路渐嶻，下十八盘，纡磴幽径，回复多姿。中有九渡涧，水流温温然，绿依波影，寒碧一湾，山至此断而复续，中多环抱，蜿蜒见奇。甫行数里，山益加峻，大约前此山之胜在树，至此，壁立万仞，山多棱棱见骨，又以石取胜。望紫霄宫，金碧辉煌，在层峦叠嶂间。如展旗、禹迹

---

[*] 王永祀（1615—?）。顺治十八年为靖江知县。

· 134 ·

诸胜，行者罕习，惜未搜榛而求，觌面失之。若夫杉桧参天，株可十围，曲如盖，直如幢，立如人，不可指数，而七星尤称最。使分其一二，植于通部，当亦与虞山之桧、慈仁之松争雄。

过南岩，马不可度，策杖步行。见斜桥，一泓涓涓不知所自。及朝天宫，瀑布自山中来，散珠溅沫，始知其山水相得。过此，岌屼高悬旁顶，称绝巘矣。及身与齐，而此峰忽前顾，又一峰列焉。数登数失，亦如之。盖天柱峰在，过南岩时望若几席，至近而七星、香炉、中笏诸峰反能蔽之。

上天门，梵音佛号沸然，而至山鸣谷应。望前峰者，如猿背之相引，心悸不能止。循一磴，不数武辄憩，憩已复登，屐齿告劳，腰膂不摄，然以所适为安，不知疲也。登天柱绝顶，呼吸云汉，如出胸臆，远望汉水，有若高楼巨榭，俯视沟洞。然下睨诸峰，或光昱盈袖，或淡烟弥壑。阴霁散施，又如棋布。此时已觉此身在碧落也。至冶金之工，构造之丽，所费于少府金钱者无算，此何异于土木祷祠乎？而当时不称，历亿代，奔命恐后者何也？有所托于不朽耳。独怪此山密迩关陇，当秦皇、汉武寤寐三山瑶岛间，曾不得一遇。至元有闻，而大显于明，倘令早显，右军不致思于汶岭，梦得不独羡于九子也。

次日，绿章奏毕，别山而返。还顾群峰，依依媵人，犹以南岩、玉虚、遇真全胜未揽也，返乃造观焉。过南岩宫，观绝壑，有石洞，祀元君。旁循曲径，至舍身岩，异松夹石而出，山形岝崿不可状，遂亭焉。细岚绀日，绿塍清潭，皆成丽瞩，情不给赏。过玉虚，日已告夕，挟童子往观，宫制丽甚，直逼未央、建章。如会仙楼、水帘洞，薄暝一登，遑及探幽。过遇真，旁祀三丰真人，圆峤方壶，其信然也，当令钝根起悟矣。予所不足者，过会真以雨，游玉虚。苦晚舍遇真而宿元和。过南岩而无善主，舞龙爇蠋，以马瘏告罢，有胜情而无胜具，二者之奇幽，仅寄于友夏记中卧游而已。

嗟乎！忆辛未予方十六，同伯兄、季弟往谒，距今三十九年矣。嗟前度之再来，痛劫灰之已过，蓼莪鹡原，诸感交并。回忆所涉，十不记一，兹特笔之，使后此之年，偶一把玩，便如杖履，聊可补刘家数十回也。若谓为嵾崟写照，乌乎敢？

35　　楚游纪略

王　沄[*]

壬子仲春，林子安国至自都门，欣慨交集。孟春冬，山阴徐子野公至。徐子善乐府，力学好古，手录笔籍累百十卷，倾尽如故，喜得良友矣。岁在癸丑暮春之初，与徐子游武昌，登黄鹤楼而迁，未几，蔡公毓荣有湖南之役。余谓徐子曰，可以登南岳矣。俟以归时，已仲夏矣。乃溯汉水而上，过安陆，楚郢中先朝承天也。至襄阳泊舟岘山，下观羊叔子祠，骑行渡汉，过樊城，抵谷城，遂为武当之游。

《水经注》云："武当山一名太和山，亦曰案上山。山形特秀。又曰仙室。"《荆州图副记》曰："峰首状博山香炉亭，亭远出药石，延年者萃焉。"晋历阳谢允舍罗邑宰，隐避斯山，故亦曰谢罗山。传记云：一名太岳七十二福地之一，非真武不足以当之，因名武当。真武者北方元武之神也，而道家神之曰北极佑圣神君。先朝洪武间列在祀典。永乐靖难，尊号元天上帝，名武当为太岳太和山，发帑金数十万，遣隆平侯张信、驸马都尉沐昕等董率军夫二十余万人创建宫观三十有六，十二年乃成。在山中曰太和，曰南岩，曰紫霄，曰五龙，在山麓曰玉虚，曰遇真，在均州曰净乐，其他小宫观分领于七宫。成化间，以中官言，改迎恩观为宫，统称八宫云。嘉靖间复发帑金十万，遣侍郎陆杰、董立修葺，三年始竣。盖先后所糜县官金钱不赀，而岁供

---

[*] 王沄，生卒年不详。原名溥，字胜时，号僧士。松江华亭（今属上海）人。明贡生，雍正八年（1730）进士。著有《辋川诗钞》《瓠园集》。

香火，月给衣廪之属，以时取之民赋。特遣中官专司其事，有司不得与。四方之人闻风奔趋，捐输金帛日以益众，乃榷税以代民赋，而群珰蚕食其中，不可胜计矣。隆万以后，诸藩邸争于山下，各建茶庵，若周若晋若楚若襄若庆若潞若瑞，凡七。今潞、瑞皆废，余仅有存者，惟周庵规制最壮。道士新加修葺，独奉前王遗像焉。

止宿周庵，厥明登山，当驰道石坊曰治世元岳，嘉靖时所建也。次遇真宫，永乐为张三丰真人建，相传元季真人结茆于此，曰："此地当兴。"因即其地为宫，立像左庑。天顺间赠通微显化真人铜碑一道，道士出铜竿半规示客曰："亦先朝赐物也。"入仙关，次复真观小憩。道人上党王昆阳，白云戒师也，风姿修伟，自言八十余，善导引之术，弟子甚众。忽闻乡音，叩之则同邑俞姓，言尚有邑人赵氏兄弟同学，一在太和，一在琼台。云自入仙关驰道，广斥升降咸宜，层峦列岫，左右萦回，山无童阜，林无寒柯，云日所发，景出象外，私疑稍胜于泉。及至龙泉观喜得泉矣。逾桥沿涧，悬崖峭蒨，溪壑瑰异，纡折久之，巍然雄峙者紫霄宫也。宫南向临池，地势特尊。殿后绝壑为展旗峰，前列三公、五老诸峰，势若朝拱，袭以乔杉，森然冠佩矣。殿宇渐圮，时方议修，未就也。西折而北为朝天宫，宫在天柱峰下，制殊陛。至此，始舍舆而步矣。坐憩石上，问所谓同邑赵道人者，适在道左，乡语良久，问其兄在琼台者，曰琼台有三，今存其一，第一泉胜非孔道也。自朝天宫以上，环以紫城为天门者三，盘道蜿蜒，可容二人行，石磴峻整，左右栏各垂铁絙，攀援以登，数武之外气息不属，行者或以绳系腰，令人前引以助其力。徐子令从者如之，予勉力挽絙以行，屡上屡息，至三天门，足蹒跚不前矣。抵太和宫，公已先至，共言推挽之艰。予因述昔人游是山者，中道宿紫霄宫，今一日登峰宜其憊也。太和宫在峰侧，制尤陋，公斋宿，为亲祝釐，从徙者，因进曰："顷有祥光见于峰上。"予未之观也。

天未明，予于徐子先行，从杳□中扶携而上，数折始达天柱峰巅，道士辈羽衣云璈导公以至。天方辨色罡风浩然，溟濛一气。风止云开，旭日东升，光射殿中，焜耀夺目，真武金像威容赫赫若生，有扫荡八极凌厉九霄之概。瞻仰久之，形神俱肃，天日之表、人间未睹像设之工至于斯，乃知帝王怀柔之力亦有神焉以相之矣。从神四，龟蛇，一皆金范，殿铜冶以金涂之，下甃文石。峰巅正平，东西稍广，殿东向前对香炉峰，左右二峰矗立如烛，因名焉。殿旁二小室，左以憩客，右有司香税者，曰税不及千金以给，军兴费矣。四回铜栏则滇民所造也。元时巅有铜亭，创殿后徙峰侧，往视之，上有武昌民姓氏，历朝即位祭告碑在石壁下，自洪熙迄于天启，凡十二，惟崇祯无碑，问道士，不知也。周视石壁已无余地，可讶矣。下二天门，有道士具茗饮客，启口视之，皆儿齿，自言年七十余矣。

至朝天宫，升舆循故道行，道旁石壁时有引绳垂瓠而下者，仰视无径，舆夫曰道人在岩穴中丐施者也。

取道往南岩，岩特秀拔，而宫其上。北上前后临大壑，殿宇新葺。从殿后东折摩天峭壁，色杂绀碧，间以石木，壁有岩穴，道士以神像丛置期间，作屋障之，卫以石栏，凿石为龙首可丈许，直出栏外，置石炉其上，或往炷香焉，下视绝壑，无不股栗。西折一岭，树尤奇伟，岭尽有台二，曰礼斗，曰飞升，俗称舍身崖，往往有愚夫妇蹈死地者。公令立石禁止，并禁龙首香焉。道士列居岩下，有若蜂房蚕室，山中无虑数千计，乱后尽倾，此为仅见矣。南岩旧有径走五龙，今已废。公问五龙之胜，欲取他道以往。

时将盛夏，舆夫有中暍仆地者，予力止公行，乃宿玉虚宫。宫北向地势弘敞，规制最巨，崇阙三桥，拟于皇居，进加修葺，邸舍皆具。沐都尉书斋尚存。公素好道家，言是日招道人王昆阳辈来会，有道人自曝于日中，闻风亦至。公皆与款待，有以残衲至者，诡曰："此三丰真人物也。"公雅慕真人，时见遇真宫倾颓，遂议修焉。明旦，公之郧阳，予与徐子往均州道经迎恩宫，已废。入均州城，观静乐宫，宫被寇焚，道士新建，规制亚于玉虚，亦已半州治矣。憩于州邸。公归自郧阳，泛汉水，远荆南，徐子为文纪游，以示林子。

36 登太和山记

蔡毓荣*

五岳并峙,海内尚矣。太和山以崇祀真武上帝特称大岳,又尊之曰"治世元岳",虽昉于前朝永嘉之代,而其兆灵北极,符协徽名,实维我国家肇基王迹,皇上诞膺景命之祥也。毓荣持节入楚,礼得祀其封内名山大川,瘗瘗崟上,四载于兹矣。癸丑之春,皇上特遣近臣驰视,绘图以进,此诗所谓"怀柔百神,及河乔岳"者也。毓荣縻于官守,未获对扬休命,窃怦怦焉。未几,有郧襄之役,由襄入郧,兹山为也道云。

以五月戊子,至襄阳。辛卯,抵悟真庵。期以翌日登天柱峰。问途山中道人,似有难色,心殊易之。壬辰,决策登山。过遇真宫,礼三丰张真人像。既入仙关,驰道广斥,松杉蔽亏,悬崖峭壁,左右纡折,初忘其登顿也。午至复真观,舍骑而舆,由紫霄宫展旗峰以上,磴道渐峻,舆者告疲。至朝天宫,屏舆而步,仰望所称三天门者,犹在云表,始信道人之言,而自笑其贾勇之易也。从者或推之,或挽之,攀援铁絙,数武一息,乃历三天门;入朝圣门,自太和宫以上,磴道又数折而登绝顶,则天柱峰也。上帝殿在峰巅,卫以紫城,瑶台金阙,俨若禁御。初自下望之,天柱与群峰若肩随;然至是乃踞群峰上,远者环堵,近者列几,或趋或揖,如立如伏,一山外朝,翼如负扆,盖天地之大观止矣。日晡,自顶下,斋宿太和宫。从者曰:"顷见顶上发光明焉。"道人曰:"此神光也,岁不恒见,今见已三日云。"

---

* 蔡毓荣(?—1699),字仁庵。辽宁锦州人,汉军正白旗。累官至云贵总督。著有《通鉴本末纪要》。

诘日癸巳，夙兴再登，肃衣冠入殿，礼上帝。维时罡风四合，潆洑一气，琅璬步虚，颢飓天外。风止云开，旭日东升，正射殿中，光华焜耀，威容赫濯，俨有扫荡八极、凌厉九霄之象，瞻仰久之，形神肃穆，猗与盛哉！取间道下顶，循故道入紫霄宫，憩南岩宫，擅林壑之胜；暮宿玉虚宫，在展旗峰北，别为奥区，规制视紫霄、南岩尤宏丽，张真人所习游也。问五龙宫，道士咸云山径险远。琼台有三，已废其二，时方暑喝，马瘏仆痛，乃辍行。

甲午，遂趋郧阳，下汉水。丁酉，入均州，谒静乐宫而还。

是役也，上祝圣天子万年，下祈家大人眉寿。臣子之悰于斯遂矣。至于仙真显示之迹载于道经，历代宫观之盛列在祠官，以及山川诸奇，前游览皆有记撰，无俟骈枝。若乃山名仙室，古称福地，或栖真于洞府，或遐举于霄途，必有人焉，仿佛遇之，而非马足车尘之所逞及也。毓荣少而慕道，壮岁无闻。他日者，毕向平之余愿，追谢罗之逸踪，舍兹参山，其谁适归乎？倚舷揽笔，聊记岁时，敢告山灵，共闻斯语。

37　　　　沧浪亭记

张道南[*]

　　出均城四里许，有亭翼然，负山临水。余因公事坐小艇过其下，问之，榜（旁）人曰："此沧浪亭也。"年久日废，都人士相与构而新之。因命泊艇亭下，缘水涯层累而上，地不过丈余，深广如之。亭只数椽，试开轩一望风光，云霭、沙鸥、水凫，无不献媚争奇。石壁嵯峨，欹崎历落，如立者，如坐者，如卧者。其间苍松翠柏，奇花野草，映临水中，一痕带绿，四围争滉。忽而鱼舟欸乃，与禽鸟之声相唱和于山水间。

　　因忆刘澄之《山水记》："沧浪在沔口。"兹去沔水数百里，何以称焉？退阅志，谓武当县北四十里有洲曰沧浪洲，水曰沧浪水，即今均州地。余于是悠然有会也。考《禹贡》："漾东流为汉，折而又东为沧浪水，过三澨至大别。"今汉水出汉中，大别在汉阳。溯流寻源，斯水之为沧浪何疑乎？第隔均城四里许，而志云四十里，盖旧有武当县，秦属南阳郡，隋属顺阳郡，唐改为均州。其言四十里。就武当县言之也。至以为沔口，则就下流而概称之耳。蔡邕《汉津赋》："顾乘流以上下穷沧浪乎，三澨是已。"或曰地僻壤，孔圣至楚，辙迹未经，歌听孺子，胡为乎来哉！考《峄志》：县北有沧浪渊。邹与鲁接壤，所听之歌在彼不在此，故孟子亦从而引之。若《禹贡》则源源委委，水道不爽。吾见其地，吾闻其语，斯水也，斯亭也，不相与长千古哉？

---

[*] 张道南，生卒年不详。福建晋江举人，曾任郧西县县令，乾隆三十三年（1768）任湖北均州知州。

38　　　　太岳行记

张开东[*]

己丑春三月，张子载笔札、樽酒，作太岳之游。

初九发襄阳，多雨。渡石门，江束如带。十八日泊均州城。城大半属静乐宫，如皇居壮丽。雨中古柏，照丹垣如画。东为紫云亭、西茅庵，北圣父母殿。或曰：此即古净乐国云。

十九出城南，雨，草屦藤笠。行三十里，宿迎恩宫，有诗。明日霁，乘马望天柱诸峰，如菡萏初吐。沿路柏阴丛薄，涧水夹流。按辔闲吟，香英拂面，庵观比栉。其间有遇真宫焉，背负鹄岭，葱蒨扑天。道士引入大殿东，观张三丰金像，头戴笠翩然。座侧有铜碑，碑有像有赞，悉明代所遗。去草店，下马饮酒。逾岭，西有坊焉，揭曰"治世元岳"，嘉靖中所建也。入仙关，路渐高，与山近，曲径幽邃。已而泉田旷达，如大村落。亭长曰："此玉虚也。"其宫殿瑰玮，与帝城埒。而云树幽芬，池流莹澈，岂非仙真所栖耶？是夜，宿西房。天旦，观殿廊，多毁坏。东南有祀真武坛，其西为八仙、仙桃诸观，华阳亭、芙蓉沼。再宿，有诗。

廿二日度南岭，望天柱白云，往来无定，若水面芙蕖，轻风荡漾，与波出没。及回龙观，天乍雨，道旁有磨针井，井覆以亭，饮之清冽。登太子坡，有祠，祠内有圣母滴泪池。历上下十八盘，石磴千级，老杉婆娑，云雾影悬人头上。过黑虎洞，皆奇险。四十五里抵紫霄宫。宫前为禹迹池。右阜岘口

---

[*] 张开东（1712—1781），字宾阳，别名白莼，号青梅居士、海岳游人。蒲圻（今湖北赤壁）人，贡生，书画家、旅行家、文学家、诗人。

为赐剑台，其北为万松亭。天既暮，雨不止，雾沫飞入窗楹间，衣裾沾湿，茫茫身在万仞之上，但闻楼下雷轰电烁而已。道士亟取酒索诗，醉题其壁，乃寝。越二夕，达南崖。南崖者，太岳之奥室，真武升天之故墟也。

殿前有甘露井，井畔碧桃华发，道童汲饮之，乃作甘露之歌。由殿后而西，其崖穹窿，半覆如屋，多诗刻。中有石殿，曰天乙真庆宫，宫中奉真武，左右列五百灵官，元人之所构也。崖悬宝剑，金色灿然，上帝之所赐耶？东西两棋亭，尹喜之遗迹耶？圣父母殿外，舒石龙首，下临绝壑，好事者走险供香其上，名曰龙头香。其北锐峰壁立，曰飞升之台，烟雨迷漫，行者股栗，不敢登。壁多俗字，命以水濯之，而更易新咏焉。又题崖联二，乃去。二十五里，入太和宫。中经摄孤岭、棚梅祠，南迤黄龙洞，洞据高崖，卖药者率以绳缒其下。

及七星道院，右大杉七株，曰七星树。至此，山益峻。三公崖夹耸而上，群峰攒秀如踏万叠芙蓉，流赏不尽。从朝天宫入一天门，与二天门相望，中有摘星桥，亦曰会仙，路皆峻绝，攀铁絙升焉，所谓升天梯者也。人行天际，数武喘息，则三天门矣。门内曰天池，楼曰高楼，曰新楼，曰神厨，皆太和也。宫观连翩，直跻天柱。山棱周匝，以巨石攲斜相倚为城，是曰紫禁城。城之外曰拜殿，曰皇经堂，曰小金殿。殿外有二铜碑，曰古铜殿，元人之所铸也，先在天柱峰顶，永乐以其卑狭，易以金殿，遂移于此城之内。峰势如削，体峭而顶圆，状类博山炉。横七丈，纵九丈有奇，冠以金殿。殿重檐，高二丈余，四角铎铃自鸣，外绕铜栏、真武像及几案，皆范金为之。殿内外拜坛，皆紫花纹石安之。下有玉琢龟蛇焉，蛇盘龟腹背，而首相望。又有都天玉玺，纽亦作龟蛇形。左金钟，右玉磬，皆上方物也。其山石廿砾，如金银有光。古桧数株连苍然，樱桃蟠曲，芳草蔓生不绝。初，余之至天门也，晴晖条耀，有二道士衣冠以迎，饮于大池，宿于新楼。楼高十二重，道士朝夕击云璈之音，吹鸾凤之笙，彩仗缤纷，炉烟杳霭，风回云转，如在天上。是夜雨，次日廿六又雨，乃祷于山灵。既霁，晨起沐浴，乃作太岳祝词。道众拥导，赍香帛，稽首再拜。观殿宇日照，金碧煌煌，七十一峰皆俯伏罗列而拱向焉。余叹曰："巍巍大哉！此上帝之灵坛也，日月之所扬诩，风云之所郁蟠也。"无以加已，乃作《天柱之歌》《太岳之铭》，将勒于石壁。会石工病，退而下，云气复掩，乃作《太岳赋》。

廿八日午，复上天柱。日轮高搴，一览空净，吟声缥缈，有凌云步虚之态。晦日，诸道院挽留不得，赠以灵寿之杖、明目之丹。行二十余里，每一回视峰峦，辄怅怅不忍去。宿南崖，将之五龙，众有难色，弗听，乃履荒溪，缘三滴水崖，休于山农之舍。跋钻天岭，阴壑激湍，令人寒栗。从伏魔桥攀萝而上，惴惴欲坠。抵五龙宫，左为天池，水色屡变；右为地池，水清泚，多五色金鱼。其西为日月池，其南为五龙井，汲一井则四井俱摇动，盖龙湫也。自唐刺史姚简祷雨兹山，有五龙君化为五儒士出现，雨立至，奏于朝，封其神，元明至今赖之。道官朱玉廷饮以酒，赏阶下牡丹。已四月朔矣，赠以诗，榜其殿曰"龙宫仙府"，又作长联，题咏颇多。明日，朱遣仆荷行囊，小道扶杖，由隐仙崖、磨针涧，出仁威观谷口八仙树，二十里皆荒陂。迄系马峰，凉飔悠扬，汗始收。山路石砌平旷，憩灵官殿下五龙行宫。宿玉虚。

初三，宿周府庵，雨。初四晴，策马归州城。而以赋付紫云道士揭焉。计自三月十八入山，至此十有六日，八宫各有诗，并途次亲咏凡四十余首，祝词一，铭一，赋一，记一，共八千余字，复写一万七千有零。白莼曰："吾爱此山久矣，殆将老焉。"

39 均阳纪游诗

周 凯*

均阳纪游诗序

守襄三载,吟咏皆辍于簿书鞅掌中,偶尔拈笔不过纪事、纪地,聊写志趣,无暇推敲声韵。今复会巡豫楚交界之四峰山,层峦天表,怪石林立,悬崖仄径,舆马恐艰。而曲涧流水、阴岩结雪亦有可咏者,穷谓前诗人所未到处,余得两至焉。还搜武当诸胜,遍历岩洞,登绝顶而归,共得诗三十四首。

晓发襄阳

襄阳地势接南阳,小队兵从古寨场。
(占寨城,战国时楚筑以备秦,在均州)
一路旌旗会载雪,三年鬓发又添霜。
书声入耳期文化,山色迎眸说武当。
(今岁于郡属设义学七十余处,途中颇闻书声)
解道清时无伏莽,也须问俗遍穷乡。

宿谷城石花街

寒日马前落荒街,宿石花路当三县。

---

* 周凯(1779—1837)字仲礼,号芸皋,别署富春江上捞蝦翁。浙江杭州富阳人。嘉庆十六年(1811)进士,入翰林院庶吉士,累官湖北襄阳知府、台湾兵备道职、按察使司衔兼提督学政。作《武当纪游二十四图》。

要（路为保康、房县、均州交衢）

城傍一溪，斜（街有土城）山寺颓金碧村。

民荐酒茶老松如，解语枝上噪归鸦。

（时与韩梦云谈诗）

韩梦云（学海）见和叠韵为赠

自是昌黎子（梦云为桐上大令第三子），诗成舌粲花。

剧怜才磊落，翻笑字横斜。

远道风兼雪，清谈酒胜茶。

来朝山径滑，晴旭盼金雅。

均州道中口占二首

磴道纤危牵挽劳（土人例以长布挽官舆），

划分均谷一山高。

我来大界山头望，寸土何曾有不毛。

（绝顶穷崖尺寸之土，罔不开垦）

小界山连大界山，山山垦剩石粗顽。

偶然小憩偏成趣，修竹人家浅水湾。

宿周府茶庵

此庵（明河南周藩建）不解属吾家，门牓何因又署茶。

丹桂尚留前代树（庵有丹桂四，树甚古），

棚梅空忆上仙花。

（前州牧张阎櫺贴"蚕乡方外留丛桂，何不山中种棚梅"）

当阶杉桧参天立，向晚钟鱼入耳哗。

醉后题诗付老衲，使君有句莫笼纱。

沧浪亭

均州城北十五里,渡江乃涉沧浪水。
沧浪之水清且沚,沧浪之亭在中沚。
嵌空老屋两三间,幽筱寒花颇修美。
停桡欲作亭中游,亭中香火今何祀。
但云中有水仙王,模糊不辨真姓氏。
吁嗟乎!汉水东流东复东,古今清浊常如此。
濯缨濯足任人为,合祀高歌一孺子。

自大柏村度火龙观宿曹家店

主人旧相识,要我村中食(王处士明远,乡里称善人)。
策骑复前征,聊息舆夫力。
缘溪屈曲行,不离一水侧。渐入两山间,但觉四围塞。
小桥庋木朽,巨石当路特。从者各零散,取径愈逼仄。
砉然开平旷,茅檐习耕织。喜闻长官来,道左望颜色。
笑问火龙以,遥指村树北。呜咽寒流微,嵯峨瘦峰即。
涧中石愈奇,不计千万亿。大者如屋高,立者如笔直。
聚若群羊眠,崩若怒马勒。中有大方石,我心独记忆。
思欲镌题名,仓猝殊未得。一山如蒜形,蓬然而剚屴。
一石如帽形,昂然而岸帻。马瘏力不前,境险心孔恻。
宛如磨蚁旋,又恐镜鸟昃。古观当山峡,停骑复休息。
乃知势若龙,蜿蜒辨均淅(观当均、淅交界处)。
言寻下山路,投店已昏黑。

自曹家店至四峰山之土地岭会巡

前队已遄发,叩户催夙兴。
肩舆嫌未稳,骢马犹堪乘。
水转西北流,境与日昨仍。

山势益奇僻，妙画悉难征。
瘦或如饿鸥，雄或如苍鹰。
众穷蜂窠集，细裂榴房凝。
一石碍帽檐，倒挂如枯藤。
行者偶叫啸，空山作人应。
岩阴垂水箸，白龙须棱中。
（有响水洞喷水，势奔腾，旁有虾蟆，泉苔发披鬐鬛）
沿流多瑶草，葱翠不畏冰（自响水洞里许水草常青）。
一转就捷径，鸟道如悬绳。
怪石何粗劣，蹀躞艰攀登。
（其质类砖瓦之碎，千层居人以盖屋）
（可省茅索绚老树，学人语教作猿猱升）
出险履平易，遥望丹水城。
旌旄蔽山麓，县官已前迎。
（时南阳太守廖邵庵同年，因事转委淅川县庆令代巡，不见同）

过小茯苓村义塾为刘生（希稷克勤）赋

养蒙崇正学，家塾克先敦。
屋有诗书气，庭无鸟雀喧。
弟兄棠棣树，小大茯苓村。
迂道来相访，殷勤细与论。

重过习氏草堂赠习生（伦理）

习生能养性，氏族重襄阳。
汉晋春秋在，羲黄岁月长。
均东开别业，池北有祠堂。
（余小溆复习家池畔有祠，习氏子孙重修，未竟）
两载重相过，山茶品异香。

复至周府茶庵叶道人以诗见和叠韵答之

冰雪聪明属道家，诗成清味胜于茶。
问君何处锄云药，邀我重来煮雪花。
得句自怜人已醉，谈经却爱语无哗（道人寡言语）。
瞳瞳日影穿林出，寒翠空濛罩碧纱。

附叶道人诗

小庵说建自官家，懒道无能解煮茶。
雨后荷锄寻药草，雪中邀客问梅花。
青旗两度逢君过，丹桂千年绝世哗。
莫笑吟成蔬笋气，瓣香早把墨笼纱。

叶道人年近二十，问字于余，即拈诗中"问梅"二字字之，赠二十八字：

雪中邀客问梅花，仙句如君亦足夸。
摘取问梅为小字，好将诗学世其家。

磨针井望天柱峰

一峰高出众峰巅，七十二峰都插天。
隐约遥知前夜雪，苍茫半没午时烟。

何人铸就黄金殿，此地磨余白水泉。
我亦不负功力苦，定拼兰足扣元元。

太子坡

坡在玉清岩。展旗峰下有太子庙，居人称其像肖明成祖，未尝为太子，亦未尝至武当，此说似不经。然读明史，成祖尝敕建武当紫霄、五龙、南岩、遇真诸宫，又敕嗣教真人张守清，建武当紫云亭、紫金城。成祖于此盖不啻三致意焉。王凤洲《武当歌》云："黑帝不卧元真宫，再佐真人燕蓟中。乾坤道尽出壬午，日月重朗开屯蒙。人间大小七十战，一胜业已归神功。"后人谓，靖难兵起自壬午，凤洲此诗实指成祖而言，则庙貌所由来非尽无据也。登眺之余，爰赋长歌以慨之。

我思太子名，乃自春秋始。
今登太子坡，太子知谁是？
偶然询乡人，云似明成祖。
借问所似在何许，伏犀日角状如虎。
感之乃叹明高皇，独当北面知燕王。
称其才智颇类朕，授以重兵防边疆。
维时四海干戈戢，东门忽对群臣泣。
懿文已薨秦晋殂，论长亦可燕王立。
众口仁明颂太孙，太孙首建削诸藩。
智空晁错倾囊计，心苦高巍论事言。
吁嗟乎！误国齐黄徒一死，李九江直纨绔耳。
不容原庙进龙香，终见城门飞燕子。
三百年来王气终，钟山昔日吊遗宫。
偏颅月落悲疑墓，何处荒庵问白龙？
坡前古庙同寥落，犹说燕王当日容。

渡剑河

剑河径行仄，上下十八盘。
山势殊幽峭，山气尤清寒。
层冰滴岩漏，残雪栖林端（自剑河以上始有雪）。
与挂一壶酒，冷酌亦自欢。

紫霄宫

紫霄宫殿自重重，剩有枯藤系古松。

我欲腰缠一支笛,月明如海访三丰。

南岩宫

笋舆曲曲历层阶,暂借仙官饭小斋。
白屋三间金盖石(中有石殿),
丹书两字尚摩崖(南岩二字为明驸马沐昕书)。
身从黑虎桥头过,蜕想黄龙洞里埋(谢天地埋蜕黄龙洞下)。
何处再逢谢天地,试心石好净于揩(中有石室)。

绝顶谒真武像

北帝威灵镇太和,高封元岳势巍峨。
三楹铜殿光犹耀,七尺金身劫不磨。
宸翰高悬辉日月(康熙乾隆间,皆御赐匾额),
众山环拜伏蛟鼍。
合崇祀典同恒华,漫把名山说谢罗(谢允为罗令,
后隐此山,故武当一名"谢罗山")。

古铜殿

元时所铸。明成祖以规模未甚宏壮,迁于小莲峰上

武帝文皇起北方,两朝崇祀典煌煌。
只缘旧制规模小,移置前峰岁月长。
风劲定宜铜作瓦,山高未许石为梁。
小莲华顶瞻枢极,合是真人古道场。

问灵官二首

道光三年九月十五日,山中踬毙数人,遂有"灵官鞭能杀人"之谣。余察其地:石磴陡峭而滑,雨雪尤易颠蹶。因作《问灵官》诗,以醒愚俗。

耳目之官各有司，天君有主始灵奇。
世间幼作灵官相，也合为人设教施。

一鞭高举瞰红尘，赤发朱髻两目嗔。
威福自由天作主，岂容无罪杀平民。

饭鸦台（在皇经堂侧）

乌鸦，乌鸦，乌鸦来，客欲饭尔尔无猜。道人拍手，乌鸦徘徊。
乌鸦，乌鸦，来鸦台。飞鸣上下，联翼接翅，鸦不在天，饭不到地。
乌鸦，乌鸦，亦足异。台高百尺层楼巅，乱鸦争食鸦台前。
鸦饱鸣噪自飞去，道人向索饲鸦钱。

宿天柱峰下夜半闻笛声

放头一觉天柱峰，夜半忽闻叫苍龙。
笛声入耳高欲裂，梦鬼惊醒呼咄咄。
得非仙人跨鹤来，邀我月下相徘徊？
赤松在前黄石陪，麻姑晋酒钟离衔杯。
洪崖拍肩笑口开，示以长生不死之良药，令我千秋万岁离尘埃。
鸾飙凤举，鹓行鹭序，还我少年，携我素女，任我所之，毋囿我心。
不乐我心，还自生猜，非仙骨不得居蓬莱，我闻上界神仙亦官府。小人有母，未敢以身许。
仙人不怿，笛亦将歇，悠然而止，其声清越。
举头但见峰顶月，数星耿耿横斗阙，天风吹衣动毛发。

金仙、黄龙、雷神、五老诸洞皆悬长绳卖药，榜曰"天下驰名"。诗以嘲之。

老屋数椽嵌石洞，悬崖百尺挂金绳。
欲将丹龟烧残药，卖得名驰天下称。

棚梅祠

祠前古树三株,一为杉二似松,而本似桧,旁多蜡梅

老梅何年依路栽,棚梅祠畔几徘徊。
舆人偏解寻仙意,指蜡梅花当棚梅。

我师禽

太和山地小鸟,碧衣绀嘴,每暖辄呼"我师"不止。

山中有小鸟,日日呼"我师"。
师在此山中,问君师是谁?

饭老君殿

我从天柱峰头下,足底曾飞五色云。
谈道未逢关令尹,采芝谁遇戴将军。
(戴甑生为汉前将军,后隐武当得道)
青山一角留荒殿,丹龟千年祀老君。
分得炉中一粒粟,饱看天地自氤氲。

入山役民挽舆余酬以钱不受感而赋此

峻岭巉巉远接天,邪呼牵挽始能前。
樵夫恰有烟霞气,笑谢人间犒劳钱。

谢赠四药参

寻梅我见三株树,采药人贻四药参。共道仙山开辟后(山自乾隆十九年许民入山开垦,民居悉种杂粮伐树木殆尽),青芝黄独不堪寻。

还过周府庵，问梅道人复以诗见邀并索观游武当山诸作，因为草书八大幅再叠前韵为别

臭味居然似一家，竭来餐得上方茶。
仙山我箅曾游客，好问君如顷刻花。
醉墨淋漓横作草，村民观笑莫相哗。
一鞭又逐红尘去，只为头颅尚帽纱。

回龙殿

荒源古殿锁寒烟，百万空劳九府钱。
燕子不来春又去，仙人应笑住无缘。
一轮斜日挂林疏，正是萧萧落木初。
不忍回头向山别，笋舆时学倒骑驴。

（下山逢险峻处，乘舆倒抬）

回龙殿：在老君殿下，云南沐驸马以山势险峻，预建于此。成祖竭天下财赋以建武当，终未尝一临幸焉。

玉虚宫

蔓草掩荒墟，琳官问玉虚。螭夔埋碧瓦，狐兔穴丹除。
烽火销沈浚，冰霜剥蚀余。双碑犹屹立，认是胜朝书。

自在庵赠道士郭焕章

苍苍暮色入平芜，策马归来欲问途。
岩观才逢张邋遢（谓太子坡张道士），草庵又见郭长须（人呼郭胡子房为长须）。
七真以外传仙派（道士为明刘大隐嫡传，不在七真派内，嘱余续编行派二十字），三昧之中味道腴。

谈到平生得力处，入山早学避兵符（曾筑堡御邪匪，屡遇贼，不为害）。

宿自在庵

雪在遥山月在龛，酒香茶味梦中酣。

醒来一觉何清美，方信身眠自在庵。

附：《武当纪游二十四图》记
夏振武

《武当纪游二十四图》，周芸皋观察所作也。武当天柱峰最高，入山步者，骑者，舆者，循麓而登，有亭翼然，面天柱而立。雪后望天柱诸峰，日光照耀，削玉截冰，高耸天际者磨针井。巨松夹道，庭立四桂，苍翠空濛，后负层峦，前抱剑水者周府茶庵。庙于卷旗峰下，远山缥缈，松阴四布，檐瓦半露者太子坡。奇峰突起，被苔戴石，路随溪转，桥于其上，曲折迂回，阴森逼人，凄神寒骨者剑河。断岩崚嶒，拥雾盘空，古松高压层檐，有藤缘松而上，蜿蜒斑者紫霄宫。石室当山之中，叠谷堆岩，怪石磊砢，摩崖大书者南岩宫。峭壁千仞，道士煮茶售药其上，用绳升降者金仙洞。径竖若梯，松撑如盖，浓翠疏烟，洞中遗蜕犹存者黄龙洞。绰楔当道而立，古木指烟，恶崖没云，石级自天直下，壁立万仞者头天门。过洗心桥，磴级梯立，旁施石栏，缠以铁索，以扶游人，奇石怪峰，骇目怵心者二天门。峰回路转，环山而上，蟠曲崎岖，亭于山腰以速客者三天门。顶无草木，石黑苔青，冶铜为城，前拥小莲花峰，旁倚灵官殿，宸翰高悬，群山俯伏者天柱峰。立于殿背，纵目远眺，河如带，汉如线，群山如螺，如蚓，如蛇，纵横豫楚之交者天柱峰后。三山中低，左若植笏，右若覆钟，石骨崚磳，云龙其上者落帽峰。两峰相次，屋于岩际，鸟飞成群，攫食空中者饭鸦台。五峰攒翠，摩天苍然欲滴者五老洞。古木干霄，下有蜡梅。为祠以祀树神者棚梅祠。屋于洞口，筑亭崖下，药里茶具绳转上下不绝者雷神洞。架屋绝顶，下视群峰，若笔若笋，攒簇远近者老君殿。落木参差，风飘旗舞，环山筑路，画栋雕梁，竭民膏血以备临幸者回龙殿。逾桥而上，丰碑屹立，琳宫绀宇，丹碧纷错，衰草没庭，穴狐藏兔者玉虚宫。松竹萧森，寒翠四合，结庐中者自在庵。烟岚云树，索青带

· 155 ·

绿，钟楼高峙，石桥雄跨，断瓦残础犹存，圈山筑寨以避兵者老营宫。云水苍茫，城楼隐现，中沚有亭以祀水神，修竹寒花，映带其旁者沧浪渡。武当为峰七十二，起者，伏者，断者，连者，高者，下者，大者，小者，险者，夷者，土者，石者，晴者，雨者，云者，山之变态万殊，而笔随之变，浅深浓淡，无不曲尽其妙。余虽未至武当，展图一览，如亲置身七十二峰间。观察由词林出守卫要，当承平无事之时，政简刑清，簿书余暇，得娱山玩水，寄情翰墨，以写其胸中之趣。今河山易主，海宇鼎沸，豫楚间蹂躏尤甚，瓜分瓦裂，禹域神州，将皆沦于异族。而观察后人尚能保守是图，传之百年，此后未知复归何处？披图三复，不禁沧桑陵谷之感！为记其略，以塞周生之请，且以自览焉？

40 武当纪游二十四图

周 凯

武当纪游二十四图序（一）

余守襄阳时，每岁会巡于豫楚之交。经武当山麓，以山势峻削艰于登陟，未遑游焉。乙酉冬，会巡事毕，返乎均州。闻舆人窃语，谓余忤灵官，不敢入山。先是，九月朔，山有坠崖死者，道士妄谓其人不洁，死灵官鞭。讹传至襄阳，"死者数百人"，余使侦之。使者受道士愚报，如所闻。问："尸安在？"则曰："同行者负以去。"余曰："岂有是哉！"移书问州牧，州牧和之，乃遣巡检钱埠，授以锁封，谓之曰："灵官无辜杀人，罪宜抵，见之者即为证，皆系以来，毋为鬼神所惑。"埠至细访，实毙一人，亦无敢为证者，欲系灵官，州牧乞给而至。于是浮言顿息，故舆人有是语。

余乃却骑从，乘竹兜取道入山。自麓至巅，凡再宿南岩当山之中，头天门以上旁扶石栏，缠以铁索，便人扳援者三十余里。余腰系布，借人牵挽，以登至乎绝顶，瞻谒元武，旋察灵官殿。至南天门磴级梯立，踪迹皆陷，蹎蹶无活理。乃作《问灵官》诗题壁上，以问道士，道士噤不敢出声。宿于皇经堂，还游诸洞而返。后阅太和山志，佳胜孔多，惜不及遍游，然及游者，已非复人间世矣，琳宫绀宇，雕栏曲磴，不知费胜朝几万万，而怪石矗列，悬崖倒垂，神工鬼斧，莫喻其巧，岩隧清幽，花竹修美，宛若神仙洞府者已不可胜记。山顶无草木，石铁色，远望七峰并峙，至则退然下矣。夜观星斗，

· 157 ·

手若可摘。然天风凛冽，不耐久住，赋诗记之，每往来于魂梦间也。

今来厦岛，病后念及，恍焉心目，因作《武当纪游二十四图》，三越月而成，补诗若干首，翻感灵官惠我得成。吾游武夷为闽中山水最佳处，去厦岛极远，未知何时得遂游愿，行当作图，用副此册，俾为卧游之具云。

道光十二年（1832）壬辰夏四月富春周凯并书。①

武当纪游二十四图序（二）

武当，一名太和。山顶祀元武。元时铸铜殿以栖神明，永乐重铸，置道观七十二区，使太官主之，远近祈祷，至今不绝。前余守襄阳，岁会巡于豫楚之界，两经武当山麓，以山崄峻不果游。乙酉冬十一月，会巡事毕，返乎均州，闻民间私语，谓余忤灵官不敢入武当。先是，九月山有坠崖死者，道士妄谓死灵官鞭以神之，讹传至郡，谓死者百余人。余使侦之，侦者受道士愚报，如所闻问："尸安在？"则曰："同行者负以去。"余曰："岂有是哉？"移书问均州牧，和之，讹传益甚。余乃遣巡检钱埠，授以铁系，加印封焉，谓之曰"灵官杀不辜宜抵，罪见者即为证，皆系以来，毋为鬼神所惑"，又使宣言于路，埠至密访，实坠毙一人，同行者瘗之山下，道士亦莫敢为之证，欲系灵官，州牧乞给而止于是，浮言乃息。故均州人有是语。余惧民惑之未解也，道士得复肆其说，乃却骑从，乘竹兜子取道武当，自麓至巅，高百二十里。凡再宿，至南岩，适当山之半，俯视白云，渹渹生足下。至二天门，须步行石磴数千百级，仰视脱帽，旁扶石栏缠铁索便人攀援。土人系布余腰，左右五六人，手挽铁索，负布牵，率以登未十步，气喘急少息。从者皆援铁索，惟恐失坠。自是以上，径益盘曲险涩，扶栏攀索，莫敢回顾。至于绝顶，围小石城，曰"紫金城"。惟南门可入，曰"南天门"。灵官殿当其旁，谒元武者必先谒灵官。道士设茵褥，蓺香以俟。余不顾，入城瞻礼元武，眺瞩良久，返至灵官殿小憩。殿与像绝小，亦铜范。察其险，磴级梯立，踪迹皆陷，

---

① 编者注：图前有此序。

踬仆无活理。乃作《问灵官》诗题壁上，询道士以前事，道士噤不敢出声。夜宿皇经堂，仰观星斗殊大，高下参差亦殊甚，其下者皆乳形，尾有光，如系焉。檐端一星，手若可摘。

明日，游五老诸洞而返，后阅太和山志，佳胜颇多，惜不及遍游，然及游者已非复人间世矣。怪石矗起，悬崖倒垂，神工鬼斧，莫喻其巧，而岩隧清幽，华竹修茂，如世所云洞府不可胜记；琳宫绀宇，雕栏曲磴，不知费胜朝金钱几万万。道士皆方袍朱履，飘飘然若神仙中人。山顶无草木，石铁色。远望七峰并峙，至则退然下矣。赋诗三十三首纪其胜。斯游也，平生称最。今来厦岛病初愈，无以自娱，追忆曩游，绘为二十四图，补诗十二首，三越月而此册成，穷极幽峻。恍焉再睹，转叹灵官惠我，成我胜游，武夷为闽中山水最佳处，又未审何日得遂游愿也。奇情、奇景，得此奇文，于古游记特辟一境，卓然名家。①

道光四年富春周凯书

一　周府茶庵

初过周府茶庵

此庵不解属吾家，门榜何因又署茶。
丹桂尚留前代树，棚梅空忆上仙花。
当阶松桧参天立，旁晚钟鱼向客哗。
醉后题诗付老衲，使君有句漫笼纱。

得至周府庵叶道人问和以诗见和叠韵答之

冰雪聪明属道家，诗成清味胜于茶。
问君何处锄云药，邀我重来煮雪花。
得句自怜人已瘦，谈经却爱语无哗。
瞳瞳日影穿林出，寒翠空濛上碧纱。

---

① 编者注：此图序源自《内自讼斋文集》。

三过周府茶庵，问梅复以诗见游。
索观游山诸作图书八大横幅以贻之，再累前韵为别

臭味居然似一家，竭来餐得上方茶。
仙山我算曾游客，好句君如顷刻花。
醉墨淋漓横作草，村民观笑莫相哗。
一鞭又逐红尘去，只为头颅尚帽纱。

附叶道人问梅作

小庵说建自官家，懒道无能解煮茶。
雨后荷锄寻药草，雪中邀客问梅花。
青旗两度逢君过，丹桂千年绝世哗。
莫笑吟成蔬笋气，瓣香早把墨笼纱。
荒庵得见大方家，赐我新诗胜赐茶。
许入笼中收作药，愿从笔底借生花。
此行定卜奚囊富，有句应教座客哗。
草帽不妨重信宿，一轮明月在窗纱。

道人年才十九，骨格珊珊，似不食人间烟火。食者，而诗句清新，殆有天授未有字，因摘诗中"问梅"二字，以字之别。后时有书来问讯，因师戒出山，未尝一履城市，今不知其又何如矣。

周府茶庵：明汴藩建当山孔道，往来者皆寄宿焉。门临剑水，长松夹道，庭有丹桂四株，大可合抱，桂子累累然，有道人问梅，能诗。

二　饭鸦台

一解

乌雅，乌鸦，乌雅来，客欲饭尔尔，无猜道人拍手，乌雅徘徊。乌雅，乌鸦，来鸦台。

二解

飞鸣上下，联翼接翅，鸦不在天，饭不到地。乌鸦，乌鸦亦足异。

三解

台高百尺层楼巅，乱鸦争食鸦台前，

鸦饱鸣噪自飞去，道人向索饲鸦钱。

我师禽：《荆南志太和山志》载："小乌褐衣金距，红足碧爪。"清秋鸣孤峰深林中，彻夜呼"我师"不止。筠廊华记及事物绀珠，或碧衣绀珠，或云褐衣金喙，青首红足，盖其状不一云。

山中有小乌，日日呼"我师"，师在此山中，问君师是谁？

饭鸦台：在皇经堂侧。乌鸦千百，飞翔台前，施之食，能翻空攫取云，见有红朱者。吉暮则归栖南岩以下树上，避天风也。余时宿皇经堂，夜半闻笛声，月明雅噪亦不尽然，见星宿下垂，如乳上若有柄。

三 棚梅祠

老梅何年依路栽，棚梅祠畔几徘徊。

舆人偏解寻仙意，指蜡梅花当棚梅（祠旁多黄蜡梅）。峻岭巉巉达接天，邪呼牵挽始能前。

樵夫恰有烟霞气，不受人间犒劳钱（入山役民挽舆，余酬以钱不受，感而赋此）。

棚梅祠：古木三本，一似杉，二似罗汉松。而本似桧，上干云霄，旁多蜡梅。祠甚小，殆祀树神者。明嗣教真人张守清进棚梅三十枚，不知何物。

四 雷神洞

山中闻雷鸣，宛若婴儿啼。

入洞复出洞，雷神来指迷。

忽聚半空作斋语，赠我一丸青髓泥。

老屋数椽嵌石洞，悬崖百尺挂金绳。

现将丹龟烧残药，买得名驰天下称（诸洞皆悬绳卖药，榜曰"天下驰名"，诗以嘲之）。

雷神洞：亦卖药处，诸洞上下不能语，惟此略闻人声，盖两峰对立山鸣谷应故也。

五　老君殿

我从天柱峰头下，足底曾飞五色云。
谈道未逢关令尹，采芝谁遇戴将军。
青山一曲留荒殿，丹龟千年祀老君。
分得烟中一粒粟，饱看天地自氤氲。

谢赠四药参

寻梅我见三株树，采药人贻四药参。共道仙山开辟后，青芝黄独不堪寻。（自乾隆十九年许民入山开垦，民悉种杂粮，伐木殆尽）

老君殿：上山再宿，下山可不宿。行者每饭于此，山极陡峻，树多橡栗，道人赠余四叶参。

六　回龙殿

荒源古殿锁寒烟，百万空劳九府钱。
燕子不来春又去，仙人应笑住无缘。
一轮斜日挂林疏，正是萧萧落木初。
不忍回头向山别，笋舆时学倒骑驴。

（下山逢险峻处，乘舆倒抬）

回龙殿：在老君殿下，云南沐驸马以山势险峻，预建于此。成祖竭天下财赋以建武当，终未尝一临幸焉。

七　玉虚宫

蔓草掩荒圩，琳宫问玉虚。
螭虁埋碧瓦，狐兔穴丹除。
烽火消沈浚，冰霜剥蚀余。
双碑犹屹立，认是胜朝书。

玉虚宫：在山之东麓，宫殿巍峨，丰碑岿然，记胜朝开山功德，然亦荒落。

八　自在庵

宿自在庵作

雪在旁山月在龛，酒香茶味梦中酣。

醒来一觉何清美，方信身眠自在庵。

赠郭道士

苍苍暮色入平芜，策马郧来独问途。

岩观未逢张邋遢（谓太子坡张道士），草庵又见郭长须。

七真以外传仙派，三昧之中味道腴。谈到平生得力处，入山早学避兵符。

（道士为明刘大隐嫡传，不在七真庵派内，属余再编行派二十八字，以永其传）

自在庵：松竹萧森，门境幽绝。有郭道士淳章，豪侠好善。少年曾集众设寨御教匪，人比之房长髯，呼为郭胡子。为余言：入山避寇，携四两盐胜携三斗米。凡草木叶著盐，皆可煮食也。

九　老营宫

碧藓埋残础，丹房冷劫灰。

楼余钟鼓在，人傍水云来。

古寨佑林麓，荒畴开草莱。

卖符真下术，莫被世间猜。

（时有骚道人卖符愚民，余为拽禁之）

老营宫：殿为教匪所毁，仅存钟、鼓二楼。旁一小寨，道人居之。又一寨在道旁山顶，若井栏，然忘其宫名，土人称之以此。

十　沧浪亭

均州城北十五里，渡江乃涉沧浪水。

沧浪之水清且泚，沧浪之高在中心。
嵌空老屋三两间，幽筱寒花自清美。
停桡欲作亭中游，亭中香火今何祀。
但云中有水仙王，模糊不辨真名氏。
吁嗟乎！汉水东流东复东，古今清浊常如此。
濯缨濯足任人为，合祀高歌一孺子。

沧浪渡：在均州城北，凡北来者，必经此渡汉水。

十一　天柱峰顶

绝顶层谒真武像

玄帝威灵镇太和，高封元岳势巍峨。
三楹铜殿光犹曜，七尺金身劫不磨。
宸翰高悬晖日月，众山环拜伏蛟鼍。
合崇祀典同恒华，漫把名山说谢罗。

（康熙、乾隆皆御赐匾额。谢允为罗令，后隐此山，故武当一名谢罗山）

古铜殿（元时所铸）

武帝文皇起北方，两朝崇祀典煌煌。
只缘旧制规模小，移置前峰岁月长。
风劲定宜铜作瓦，山高未许石为梁。
小莲华顶瞻枢极，合是真人古道场。

附：问灵官二首

道光三年九月朔，山中踬毙数人，遂有"灵官鞭能杀人"之谣。余至绝顶，察其地，石磴陡峭而滑，雨雪尤易颠蹶，因作《问灵官》诗以醒愚俗。

耳目之官各有司，天君有主始灵奇。
世间幻作灵官相，也合为人设教施。
一鞭高举瞰红尘，赤发朱髯两目瞋。
威福自由天作主，岂容无罪杀平民。

天柱峰顶：围以紫金，城用石砌，殿用赤铜铸，恐为天风所吹也。前为小莲花峰，元时铜殿移置其上。城东、西、北三门皆闭。惟南门可入，旁有灵官殿亦铜铸。

十二　游天柱峰后

既拜真人像，还游天柱峰。
峰后得奇境，振衣吹天风。
仰瞩开眼界，俯瞰拓心胸。
分疆豫楚那复辨，青苍一气浮空濛。
黄河之水天上来，咫尺想与银潢通。
更指泉流汇汉沔，奔赴曲屈如游龙。
群山万壑聚，远村近郭迷云封。
胜朝厄运际阳九，西马踩躏井间空
（流寇张献忠犯豫楚，民闻昼夜惊曰"西马来矣"）。
天家骨肉惨福德，何论甲士悲沙虫。
枯骨已埋衰草白，战血几染斜阳红。
我朝休养数百载，山川草木含葱茏。
昨于峰腰见白雪，平畴麦脚占年丰。
我今于得兼揽志，作诗聊以记行踪。
北条南纪眺河汉，舆图历历指掌中。
放眼更思乃州外，苍花自苦目力穷。
回头一笑问羽士，何年跨鹤游伊嵩。

天柱峰后：殿背有一石，可登眺俯瞰豫楚诸山，如蚯蚓蜿蜒，虺蛇屈伸。黄河如带，汉水若线。惜不过三十里余，觉迷漫一片。

十三　落帽峰

羽衣空想乘黄雀，絮帽依然堆白云。
笑我乌纱吹侧侧，临风惜少孟参军。

（欲挈王香雪，同行不兴）

宿天柱峰下夜半闻笛声

放头一觉天柱峰，夜半忽闻叫苍龙。

笛声入耳高欲裂，梦鬼惊醒呼呦呦。

得非仙人跨鹤来，邀我月下相徘徊。

赤松在前黄石陪，麻姑晋酒钟离衔杯。

洪崖拍肩笑口开，示以长生不死之良药，令我千秋万岁离尘埃。鸾飙凤举，鹓行鹭序，还我少年，携我素女。任我所之，毋我围我心。

不乐我心，还自猜生，非仙骨不得久蓬莱，我闻上界神仙亦官府。

小人有母，未敢以身许，仙人不怿，笛亦将歇，悠然而止，其声清越。举头但见峰顶月，数星耿耿横斗阙，天风吹衣动毛发。

落帽峰：在天柱峰前，相传汉前将军戴甗生仙去，落帽于此。实则山形如帽耳，俗呼三山为香炉、蜡烛峰。

十四　磨针井望天柱峰

一峰高出众峰巅，七十二峰都插天。

隐约遥知前夜雪，苍茫半没尔时烟。

何人铸就黄金殿，此地磨余白水泉。

我亦不负功力苦，定拼兰足扣元元。

磨针井：入山第一景也，适与天柱诸峰相对。日光照耀望七峰，宛如冰玉削成，土人曰："昨夜山中已飞雪矣。"

十五　太子坡

我思太子名，乃自春秋始。

今登太子坡，太子知谁是。

偶然询乡人，云似明成祖。

借问所似在何许，伏犀日角状如虎。

感之乃叹明高皇，独当北面知燕王。

称其才智颇类朕，授以重兵防边疆。

维时四海干戈戢，东门忽对群臣泣。

懿文已薨秦晋殂，论长亦可燕王立。

众口仁明颂太孙，太孙首建削诸藩。

智空晁错倾囊计，心苦高巍论事言。

吁嗟乎！误国齐黄徒一死，李九江直纨绔儿。

不容原庙进龙香，终见城门飞燕子。

三百年来王气终，钟山昔日吊遗宫。

偏颅月落悲疑墓，何处荒庵问白龙。

坡前古庙同寥落，犹说燕王当日容。

太子坡：在卷旗峰下山中稍平坦处，庙范明成祖藩邸时像，故名。成祖未尝为太子，其说不经。入山再宿一宿也，自坡以上不堪舆骑，须弃小竹兜以行。有张道士，年八十余，与谈似有元理。

十六　渡剑河作

剑河径行仄，上下十八盘。

山势诛幽峭，山气尤清寒。

层冰流岩漏，残雪栖林端。

与挂一壶酒，冷酌亦日欢。

剑河：天柱峰之水一出郧阳；一出均州。河为山南之水所汇，归处沿溪行，上下十八盘，地极阴森。

十七　紫霄宫

紫霄宫殿自重重，刻有枯藤系古松。

我欲腰缠一枝笛，月明如海访三丰。

紫霄宫：张三丰栖隐处，宫已荒落，有古松一株。凌霄花缠之，斑斓可爱，云是三丰手植。回视来径，已半没白云中矣。

十八　南岩宫

笋舆曲曲历万阶，暂停仙厨饭小斋。

白屋三闻金盖石（中有石室），丹书两字当摩崖。

身从黑虎桥所至,蜕想黄龙洞里埋。

得处再逢谢天地,洗心石好净于楷。

南岩宫:适当山之中石多砢磳,殿宇宏丽,再宿处也。有舍身岩、洗心石、梳妆楼,明驸马沐昕丹书"南岩"二字勒石,是日,岩以南多晴,以北多雨,故画中及之。

十九　金仙洞

峭壁矗天立,云下多厉阴。

虚亭积寒聚,小坐源衣襟。

玉茗空际来,修绠悬千寻。

何必问药灵,药即去清我。

签仙不可援,年听松风吟。

金仙洞:洞在山腰,峭壁千仞,上有楼观,悬长绳卖丹药。上下适转轮,过客至亭中,道士则烹茶及火具罗置筐箩中,坠以下。药名书小竹签,系青帙签上,即知所买药。辗而上,顷刻复下澌行,置茶其筐箩中,能自取之。黄龙、五老、雷神诸洞皆然。

二十　黄龙洞

言访谢仙迹,足蹑黄龙洞。

径削壁若梯,洞深黝似瓮。

时有清风来,幽筱作鸣凤。

人生天地间,愦愦一大梦。

欲谢不胜谕,百岁太倥偬。

即君遗蜕存,亦复成灵哄。

饶经八万劫,言诠总凿空。

我欲叩黄龙,飞剑胁难中。

但问我师禽,洞门调清哔。

黄龙洞:谢天地遗蜕存焉。谢天地者,不知其姓氏,见人但说"谢天地"三字。

二十一　头天门

　　悬崖撒手问谁能，引乐初恍到上京。

　　山老青天寸尺五，云铺白祭已千层。

　　眼中路有龙湫挂，足座浑忘雁路遥。

　　七十二峰都在望，得来升境似吾曾。

　头天门：有绰楔题曰"太和仙境"，山脊望二天门石级，如悬崖瀑布自天直下三千尺。

二十二　二天门

　　层峦岌闷排，飞梁百泉注。权劣巅横怪峰，枒阻奇树。

　　本至洗心榴，始见梯云路。仰观欲脱帽，乍登未窘木。

　　石栏扶钱锁，钱聚六州铸。蓝舆渊明弃，蜡屐康乐怖。

　　历级未及三，两足得沈痼。讵能逐猱升，遑敢追鸟度。

　　幸许腰缠夸，聊当跨鹤去。前挽复后推，端赖群力护。

　　上竿鱼此艰，旋磨蚁同附。手牵修绠牢，踵怕滑苔杵。

　　少憩喘如寸，疾进趋前骛。悯彼役克劳，心焉我仆顾。

　　渐高境愈危，旁晚身恐仆。临崖叹路返，缩足势难佳。

　　且逐烟霞积，拼特性命付。弩刀向虽前，纵等鏊烟赴。

　　回视所束径，半后苍苍雾。涯去天柱峰，更东云封处。

　二天门：过洗心桥，石磴如梯，两栏皆缠铁索，便人援。至此虽小竹兜，亦不能累矣，以布系腰，借人牵挽而上。

二十三　三天门

　　石砂纡回绕碧空，踏来云路已三重。

　　千山日色途为鸟，万壑风声阁暮钟。

　　近接楼台逢鹤侣，喜秀斥堠静狼烽。

　　今宵好向仙坛宿，全倚苍藤七尺筇。

　三天门：坡陀盘纡，势极陡险。设有汛房，道士连客于此。

二十四　五老洞

峰峦簇簇欲摩天，半锁烟云半锁泉。

我欲弹棋问五老，不知一着竟谁先。

五老洞：五峰并峙或名焉，云见五老人围棋于此，道人附会之说耳。

41 武当山记

王锡祺[*]

武当山在均州南，属湖北襄阳府。《水经注》一曰"太和山"，又曰"仙室"。昔真武曾栖止修炼于此。明尊为帝时，赐名太岳，复称元岳。志称：山拥七十二峰，三十六岩，二十四涧，周环八百余里，谓此天下名山，非元武不足以当之，然乎哉，由草道入山，棹楔曰"治世元岳"，长冈缩縠，路穷左右，入更旷朗，松杉满门，廊庑翼张，为遇真宫。左庑铸三丰真人像，从右出，入仙关，自此咸为驰道。至山顶，由元和、回龙二观瞻圣母滴泪池，三十里至太子坡。坡扼陂陀之嗌，为复真观，缭以周垣，键以重关，西十里为龙泉观。观到天津桥、九渡涧流，其下沿涧道上则紫霄宫在焉。前对灶门，背倚展旗，层台杰殿，高敞特异，左右翼山拱而出，衔两圆阜为大小宝珠。金水渠窦，小宝珠汇焉，名禹迹池。亭其上，池右山为福地，道书"七十二"之一也。入宫登阶百级，有七星三池：真一、大善、二泉。宫后转山椒，石穷处为太子岩，岩上为三清石；其下则樆梅园，多樆梅树，花色深浅如桃杏，蒂垂丝作海棠状。梅与樆本山中两种，相传元帝插梅寄樆，成此异种云。园右万松亭，松杉翳天，从此跨山去路甚径，由宫外官道掠三公、五老诸峰，过樆梅祠，祠与南岩对峙。五里虎头岩，三里斜桥，突峰悬崖屡屡，而是径多

---

[*] 王锡祺（1855—1913），字寿萱，别号瘦髯。祖籍山西太原人，落籍淮安府清河县（今江苏淮安清河区），世居山阳。清代秀才，捐刑部候补郎中，盐商。自僻书室"小方壶斋"，爱好中外舆地之学，专注地理学研究。著有《方舆诸山考》，编《小方壶斋舆地丛钞》。

循峰隙。上五里至三天门，过朝天宫，皆石级，曲折上跻，两旁以铁柱悬索，由三天门而二天门而一天门，率取径峰岰间，悬级直上，路虽陡峻而石级既整，栏索钩连，不似华山悬空飞度也。

太和宫在三天门内，由此造金顶，所谓天柱峰也。山顶众峰皆如覆钟峙鼎，离离攒立。天柱中悬，独立众峰之表。金殿峙其上，元武正位，四神配列，承以瑶台，拥以石栏，倚以丹梯，系以铁缅，护以紫金，城辟四门，以象天阙。羊肠鸟道，飞蹬千尺，香炉蜡烛，三峰恍惚当席，前山斗绝，无寻丈夷旷，道流倚崖架木，重楼叠阁，层累以居。循城下，为元君殿、圣父圣母殿，绕天柱峰，后为尹喜岩。从三天门之右小径下峡中路，穿乱峰间三里余，为蜡烛峰，下为蜡烛涧。循涧右行三里余，峰随山转，下见平邱，中开为上琼台观。又下为中琼台，挽悬下三天门五里余，栏循纠缠，十步一息，为摘星桥，路稍夷。

由榔梅祠循崖，宛转抵南岩，南岩擘崖之半为宫，从殿后左折，犬石延衮百丈，如飞穴窅。其下前绝大壑，荟蕨蒙茸，正黑无底，天阴籁发，噫气洒淅，满山谷间。中为紫霄岩，岩前一龙首，石出栏外，祈神者往往焚瓣香于鼻，从颈上望天柱拜以为虔。佐为雷公洞，在悬崖间，东为五百灵官阁，为双清亭；西为南薰亭，为石秤，一台崛起为礼斗，道绝不得至也。西望舍身崖，上为飞升台，下为试心石，相近为佛子岩，有不二庵，由南岩下竹笆桥就涧，愈益下。北过滴水、仙侣二崖，白云、仙龟诸岩二十余里，下青羊涧。久之，山忽平朗，南岩、天柱复隐隐在西南霄汉间，逾涧复西三十里，为五龙宫，在灵应峰曲东向而北，其门以逆涧水。元帝、启圣二殿皆九重，前后百五十三级，殿前天地池二、龙井五，右廊阴日月二池，如连环。然日池黛，月池淄，可异也。殿后登山里许，转入坞中，为自然庵。还至殿后，右折下坞，中为凌虚岩，重峦绝壑，面对桃园洞，诸山为希夷习静处。前有传经台，孤瞰壑中，左为玉像殿，帝像紫，苍莱、碧玉、沉香各一，咸高数寸，云得之地中。渡磨针涧为圣姥祠。过仙隐岩为玉虚宫。玉虚复展旗北，为遇真故址，三丰真人尝过此云"是后当大显"。宫内为殿者三，亭称之为楼望仙者一，斋堂、浴堂、钵堂、云堂、圜堂，为堂者五。东西为道院者二，遇真、仙源、游仙、东莱、仙都、登仙为桥者六。重檐大榭,高垣驰道,巨丽不下王宫,紫霄、五龙又未有能先之者矣。由玉虚三十里为迎恩宫,又十里均州静乐宫。山之宫殿之广,土木之丽,神灵之显异,笔难罄述。明王太初、徐霞客皆有游记,而近无称述之者。余因采缀两先生作,以著于篇。

42　　八宫纪胜

马如麟[*]

　　窃谓北极崇高，众星环拱，元天险绝，中外咸皈。名山俱培塿以齐驱，五岳仅太华之可步，姑从所览，聊纪胜游。仰观金殿，嵯峨高耸。太和之顶，玉阶缥缈，徘徊云汉之间。七宝光中，仙仗拥九华之盖；三天门里，真官萃五伯之灵。俨若临轩，昭如在上。执香捧币，悬铁索以跻攀；沥悃摅丹，叩帝阍而号泣。清微隐隐，独对龙楼；朝圣巍巍，雄当凤阙。紫霄峰峦秀拔，势若凌空；福地沙水清奇，居然仙府。南岩迤逦径窦，明堂万顷玻璃；五龙曲突嶙峋，水口千重缨络。榔梅台胜迹灿然，试剑石光芒犹射。井分五路，龙光时吐于云端；池列四隅，蜃气常盘于空谷。仁威门锁烟霞，清流玉映行宫。地多禾黍，绿野春酣。玉虚乃创始之宫，别有方壶员峤；老营为开山之地，故多道院丹房。万木参差，到处绿阴团盖；千峰攒簇，满前空翠流芬。石鼎丹炉，烟迷白昼；疏钟清磬，响协钧天。关接仙源，隐三岛十洲之羽客；门通元岳，度九州万国之苍生。遇真宫龙章宠锡，永乐流恩；自然庵绣衲浮香，三丰遗迹。古传净乐，今即均阳。紫云瑞兆于轩辕，宝月光明于昭代。吁！隆平智巧，可谓超凡；驸马聪明，亦为绝世。

　　按，紫微之垣局，因地制宜；会江汉之朝宗，河山尽拱。虽属一台一榭，

---

[*] 马如麟：生卒年不详，字照甫，号禹山。浙江嘉兴秀水人。举人，曾任郧阳（今湖北十堰）同知。

必求巧夺公输，以故如革如飞，无异高居绛节。雄哉！十宫规制之恢宏，论者以为两都之莫过：龙文凤彩，夺目惊魂；宝剑星旗，辉煌交错。月涵西兔，光摇白玉之高台；日荡东乌，掩映黄金之世界。诚矣！亘古无双之胜境，天下第一之名山。

43 太和山记

钟岳灵*

太和山即嵾山也,踞楚之麇地,初以谢允弃罗令,隐其中,曰"谢罗山",后以其雄峙于西南,非禹疆之武不足以当之,遂名曰武当山。自宋仁宗、英宗时尝特加祭告,如古崇祀方岳礼,于峰之最高者名曰极风,曰显定,迄今有铜殿存焉。至于大明,封曰"太岳太和山",谓其巍蕯灵异,更加于五岳也。敕建之宫有八,观有二,所以崇祀典也。

夫山非皇灵无以志奇于舆轴,皇灵非山又无以奠祚于图箓,古来封禅之君七十有二,皆志在祈福,而至于茂陵遗稿,只颂美祝釐,山灵反有所不取也。后之君子雅鉴乎此,凡建立之规与祭告之文,皆巍峨正大,一代之王章为千古山灵志奇焉。

余生于嵾山之麓、沧浪之浒,览旧日书志多所不足,以其徒言规制、人事,而山水反缺略也。夫山为地骨,水为地液,其中有妙理存,况岳之者乎?

太和去沧浪百余里,盘礴延亘,以八百里为周,以七十二峰为错处。其峰之最峻绝者曰天柱,次曰紫霄,曰南岩。峰之胜不可悉纪,举其最高者言之,而诸峰之名胜可以取似也。有峰则有涧、有崖、有岭、有洞、有桥、有坪,其名胜亦不可胜纪,取其最奇者言之,而境地之秀异,可以摹写也。

大约嵾之高,不在临境仰攀之际,而在起址愤盈之中。均至草店五十里,周道砥矢,山势平衍,诸庵厂于斯叠见。越数里,至仙关处,人呼为进山门,

---

* 钟岳灵,生卒年不详,字水涵,均州(今湖北丹江口)人。弱冠能文,乡试不利。

山口颇陕隘，似武陵。初入，林木森翠也。历六七里，则有东西两桥，稍为转折，而层坡峻岭突起人面，惊心骇目，不敢作人间视矣。此处适参，有两路焉：一从玉虚宫入，一从好汉坡入。

从玉虚宫入者行山之腹，洪敞逸宕，起伏险远，松杉之木一望数里，叠叠而上，回环于青映之中，大木过十围者奇且众。忽而路无平步，径为洞逼，石壁插空，阴崖丛冷，行者虩虩然如闻虎豹气，陡高阜行宫处，乃得安踞。过此则至遇仙坪，山开列嶂，似海中鳌背遮天，云拥层峦，比义渠龙巢吐雾。予昔夜宿于此，月下望之，见山势奔骤，如渴骥怒貌，乃知山之结聚精灵，虽艮止，能跃动也。若五龙一宫，池井之玩，殆以人工取胜，而山意不与焉。

从好汉坡入者，行山之脊，一往景物较玉虚又有异。大率宫殿庵观因境著名者最多，而山之光影，别自有说。行三四十里，至天津桥，九渡涧峰回路转。山中之流泉、崖瀑汇此而出。此处登参，又有歧路焉。然人多从九渡峰行。九渡涧三十里，每回首，乃由此过此桥，则峰益多，见益亲，应接不暇矣。盘旋上下，蜿蜒相生，时而身高于树末，时而首仰夫巘峘。巀嶭崛起，策筇杖以穿云；横亘摩空，跨玉虹而蹑磴。苍苔秀石，若琳珉之缤纷；瑶草琪花，类珠玑之的历。至于飞升黄白，存器境于丹炉；濯磨幽元，养神工于针杵，皆可以悬空设教，幻化移人。

若夫步武平台，廓清蹊径，穹窿紫盖，陡起烟岚，则触目标新，引人入胜。岩纹绉绿，列碧落之翠屏；崚嶒霏英，展青冥之绛旃。桥留禹迹，宫曰紫霄。地接衢，背倚丹崖之秀；殿依星洞，台通玉井之泉。岭界中天，形色绝㦲。逾此则石气生阴，衣沾翠润，峭风哨树，肌淢峣寒，南岳之奇在峰棱侧起，宫若骑龙。天柱当前，横拖半面。观香炉之插涧，削地轴以无根；惊亭榭之飞空，望金城而缥缈。狭延成隤，不测鬼凿神开；曲折微行，确是天梯云路。

至于连行者似雁，屦行者似雀，远行者似蚁，下行者似蠕，攀行者似猿，侧行者似蟹，其呈形于升阜入谷者，不可胜状也。峰复有峰，高下无定；径中藏径，隐显不常。自斜桥至金顶，参之身约二十里许，为崖者三十六，为涧者二十四，为洞壑桥梁者不可悉举也。

由黄龙峰而上至显定峰，回瞰层峦，又渺然下矣。叠起三径，名曰天门。

初起则磴道峻而远，旁有涧水潺湲，而下行里许，则石磴壁立千百丈，望之若车轮竖起于空中，牵挽铁索以升，不敢一步稍蹉。有从铜殿垭上者，则迂回迈此险耳。至于筋力既竭，高未可穷，仰视插剑、狮子诸峰，若青虹倚天，烽烟特举。再登而上，始见拜谒真武处，然离金顶尚远也。

　　又越数百丈，乃进紫金城，而登绝顶矣。耸然孤立，四壁无倚，但觉灏气凝空，去天尺五。遥瞻秦、晋、楚、豫，可以指画分野；而天边群岫，宛邱垤之偃伏；即足下诸峰，若儿孙之环列。苍茫破处，白牵一线者，汉江也；隐约相参，点若浮沤者，郡邑也。观日月之出没，光影不类于人寰；俯雷雨之奔腾，声响只存于涧壑。云光铺满，浑若潮海汪洋；雪色凌虚，远过峨眉天半。乃若晴阴之变幻，寒暖之乘除，四时之气候不一，顷刻之声容顿异。初无成迹，讵可方物？

　　自天柱峰而下十余里，则入蜡烛涧。涧之幽清深秀，别一乾坤。峰嶙峋若槎枒，崖玲珑如飞阁。其中有琼台三观，每为游览者之所寓。山冷肃而无尘，境奥窅而绝响。群蒇夹出天，如云汉昭回，一水百盘，人疑鸟虫跳越。涧行三十里而还，集于天津桥，此往返之大概也。

　　若夫峰之有远有近，有正有侧，有断有连，有横有直，有阔有狭，有壮有削，目力所未及，足迹所不到，对待之有限，领略之异时，太和之名胜未可以举似穷也。仅撮其最奇者表之，以当纪略云。

44 登祭太和山记

熊 宾[*]

窃忆登祭所经，按之名贤游记，聊识入山之大都焉。

自州城静乐宫出南门，行郧襄官道中，石甃广平。道旁壁间有曰"打儿窝"者，俗云击之即得嗣也。夹路古树交阴，三十里至迎恩宫。渐与山近，谓之界山。自迎恩宫转西，两山束如峡口，中树治世玄岳坊，琢纹石为之。跨据雄杰，明嘉靖朝所建，以冠五岳也。再折而北，度会仙桥，桥之阴为遇真宫。负鸦鹘诸岭，左望仙台，右黑虎洞。张三丰初居此，旧名黄土城者也。自宫南折而西，入仙关，俗云进山门。

又五里，如大聚落，如都城市，为玉虚宫，古武当县地也。形势轩翔，规模庄丽，殿藏铜鼓石鱼。其西多亭池，有望仙楼，奉吕祖像。西接仙桃观、八仙观。又西，为华阳亭。有桥，跨芙蓉沼上。又西南，次回龙观、太元观，至此则野尽峰来，去平将陟险矣。自玉虚南，经好汉坡，石赤坟而起。入红门，揭曰"洞天深处"，旁为太上岩。历太子坡，有殿，置太子像，前有圣母滴泪池。再转，由平台历上下十八盘，俱石坎数十百级。再下，入九渡涧，上为龙泉观。又上，为天津桥。

循九渡岩，经渊默亭东三里，为玉虚岩。转入太和涧西三里，入琼台观。半里许，至琼台峰，榜曰"仙迹流风"，曰琼台受册门，过此见展旗峰。负峰而宫者，则紫霄也。前有禹迹池，有桥有亭。右为福地殿，南则赐剑台，北

---

[*] 熊宾（1867—1924），字晋阁，号雯娄。河南商城人。光绪二十年（1894）进士，任礼部主事、黄州知府。主编《续修大岳太和山志》。

则万松亭，后为太子岩、太子亭。右上数转，至南岩宫。太和岩之奇而绝大且高者，惟南岩为胜，而宫于其上。小之益大，平之益高，尤奇之绝者也。右小阜有员光殿，下即黑虎崖。西转为元帝殿。南薰亭外列石枰，再折而下为独阳、紫霄二崖。其石栏有龙首石，又东为风月双清亭。其岩上则飞升台、礼斗台、试心石、舍身岩皆在焉。

自南岩历黑虎岩而上，有二道。其右，下循涧道，度岭为欢喜坡，又度二欢喜坡至凤凰三转身，又度飞崖曰六十搭转，自西南出峡，为清风垭，乃间道也。其右，则由朝天宫出三公岩、文昌祠上摘星桥以达天门，此通衢也。五龙宫去此三十里，僻远非衢，朝礼者多从紫霄南岩直诣天门，留五龙为返路。

若自玉虚往五龙，则自西天门北出四五里，为五龙行宫。宫负茅阜峰，又经仁威观，度普福桥，由七里沟上竹关。又西上隐仙岩，又西上，过老姥祠，历磨针涧。又梯石南上，入五龙宫。由天地池、日月池、五龙井出宫西北行，经凌虚岩、诵经台折而西上，为自然庵、炼丹池。又东南度钻天五里岭北，至天一桥。入北天门，又左登小天门，过巨人迹。至此，则会南岩登顶之孔道矣。出南天门，度摄孤岭，曰千尺石梁。南北壁断，惟此一线通之。过岭，至槲梅祠，旁有杉七株，曰七星树，壁间镌"帝崎"二大字。祠西为上黑虎岩，过岩为朝天宫。又出朝天宫，为万丈峰。下有斜桥，登山要津也。自此上顶有三径。一为古道，即清风垭所由入。一为樵人道，由铜殿垭入，缘岩迂曲，稍可避险。一为磴道，直上三天门是也。山起如卓笔，道左书"升天梯"三字。梯石数百级，仅入一门。三天门尤斗削竖立，广二尺余，挽铁绠面壁，促缩喘汗，数息乃得跻。又东折而上，入朝圣门。又北上，为小龙池。又折北，上至紫金城。匝城盘级数十曲，入南天门，为天柱绝顶，金殿所居也。

计州城到顶，百二十里。中间至草店六十里，玉虚近之。前皆平野原田，至此陟陂陀，入山麓，到顶七十里，尚未有峰。望太和如青云千朵，障于天南半壁。至紫霄、南岩，则峰峦层拥，俨似千叶宝莲涌现碧空。蓝翠扑天，应接不暇也。自斜桥上顶，犹二十里。诸峰争自雄长，登顶则一柱擎天，众斯下矣。若五龙又别开奥域，历代崇祀，灵应有由然也。谨叙入山大略，以当卧游而想见之者。如此。

45 由陕西至武当游访略记

高鹤年

甲辰（1904）三月十六日，陕西省，九十里至蓝田县，终南山麓。便游辋川，石刻颇多湮没。

十七日，十里，上棋盘岭，丛山深谷，崎岖异常，行到山穷水尽处，前途更有路高低，念头亦复如是。故经云："一切唯心造。"四十里横道，有坊曰蓝关古道，唐韩文公遇难处。十里蓝桥。上山三里。碧天洞，因韩湘子在此修道，俗呼湘子洞。随带干粮于此休息三日，下山回庙。

二十一日，八十里龙口屿。二十二日，八十里商州，邵康节先生故里。二十三日，六十里夜村街，遇雨，住店。终日谷中难行。二十四日，六十里龙驹寨，此处水陆交通，水大可以乘舟，水小即无，今从陆路。卅里桃花村，二十里峪街，卅里宿武关。二十五日，三十里青牛河，四十里党家店。分路，不经商南县，由城外近数里。

二十六日，沿路风景，红紫芳菲，而柳絮纷纷，漫天似雪，如念头之放逸，不可收拾。四十三里青山镇，二十里宿马蹄店。二十七日，三十里大观岭，十里梳洗楼。自蓝田入山，路僻人稀。由此出峪，三省交界，渐多平野。二十里紫荆关，河南省淅川属。二十八日，过河入谷。八十里白厅，宿，湖北省属。三十日，八十五里中岭寺，宿。

---

* 高鹤年（1872—1962），名恒松，字野人，号隐士，别号终南侍者、云山道人、云溪道人。祖籍安徽贵池，后迁居江苏兴化。旅行家。

四月初一日，卅里槐树关，沿路山岗小道。闻谷中不靖，冒险而过。五里过河，即汉江。登岸均州。进城出南门，住寓。入城谒静乐宫，宫殿凋零。城外汉江，汉水自东川汉中府嶓冢二山，导漾东流至此，俗呼沧浪水。汉江东石壁上劇有四字，曰"孺子歌处"。

初二日，出南街，遥望武当七十二峰，峰峰拱秀，如青云千朵，障于南天半壁紫霄。南岩则峰峦层拥，俨似千叶宝莲，涌现碧空，蓝翠扑天，应接不暇也。武当山在湖北襄阳府均州城南百二十里，一名大岳，一名仙室，为高明灵异之地，周回八百里，山有七十二峰、三十六岩、二十四涧、二十四洞、九台九井、三泉三潭、三天门、三洞天、一福地，真神仙奥区也。

二十里，经大炮山打儿窝，有碑大书"第一山"三字，为米襄阳笔。二十里石板滩街，南迎恩桥，蜿蜒跨涧，涧水潺潺，闻之洗心。渐与山近，谓之界山。五里，两山连属，峡口有坊曰"治世玄岳"坊，至此则野尽峰来，去坪陟险。七里紫阳观，观前有小道人，朗呼曰："武当仙境似瀛洲，三世为人始得游。今世福因前世积，来生功过此身修。富无仁义风中烛，贵不公廉水上沤。殷勤寄语来山者，踢破尘关速转头。"童音嘹亮，闻之有味。里许周府庵，明建，就近玄岳宫。三里草店村暂息，与姜丕文先生谈，多知道语，欲随余游学，未果也。

初三日，经上街玄岳门，俗呼进山门。三里仙关，仰观金殿嵯峨，高耸太和之顶。玉阶缥缈，徘徊云汉之间，诚天真奥区也。沿途香客，男女老幼不绝于道，乘舆者甚少，多步行。二里许，遇真宫，其上常有金光旋绕，仙鹤飞鸣，内有张三丰仙人金斗篷、金拐杖。冲虚宫、金花树，右去会仙馆、五龙宫，今由玉虚宫南上好汉坡，入门曰：洞天深处。计十里，回龙观；八里，磨针井。相传，昔观音大士化贫婆磨杵作针处，杵井尤存。十里太子坡，有九曲城复真观。旁为太子岩，有殿置太子像。前有圣父母滴泪池。远望主峰天然佳境，诗云："万丈丹梯倚帝宫，纷纷求福往来通。我来访道妙峰下，到此令人百虑空。回首千岩红日丽，举头一柱白云笼。修真苦行当年事，欲问频催玉兔东。"再转平台，五里下十八盘，俱石坎数十级。入九渡涧，剑河铺。五里上坡，为龙泉观。又上为文津桥。循九渡岩，经渊默亭东，三里为玉虚岩。转入太和涧，西入琼台观。

半里许，琼台峰，曰仙迹流风。经南天门、黑虎庙、七星洞，上有挂剑松、挂剑亭。向南，始入南天路，还知别有天。仙宫悬石壁，道室插云巅。十五里，展旗峰。负峰而宫，曰紫霄宫，甚高敞，为道家首刹，内有黄贞白羽士，会晤，颇有道风。峰峦秀拔，势若凌空。五龙宫、七星池、天池、地池、日月池、真一泉、甘露水。前有禹迹池，池上有桥，桥上有亭。右为福地，南则赐剑台，北则万松亭、七星岩。三里一转，雷神洞。雷神殿内住陈干卿先生，江苏崇明人，研究《金刚经》，玄义颇深，互谈不觉天晓，红日上升矣。

初四日，五里右上数转，经乌鸦庙，俗呼神鸦关。其鸦颇大，他方所无，行人呼之，则遮天而来。余带有馒头，碎抛于空，飞鸦接食。又上南岩宫，亦道院，清规颇严，住百余人。正殿有古金灯一盏，前有玉露井，后有圣父母殿，岩前龙头香。太和山之奇，以南岩为最胜。左有石室，内供五百灵官像，旁有下棋亭，再下黑虎岩，西转为元君殿、南薰亭，其东风月亭。岩上则飞升台、五龙捧圣亭、礼斗台、试心石、插剑石、卧龙床、金钱金钟。黑虎岩向上有二路。其左下度岭，为欢喜坡。经凤凰三转身西南出峡，为清风垭，乃洞道也。其右则由朝天宫，出三宫岩文昌祠，上摘星岩，以达天门，此通衢也。五龙宫去此三十里，路僻非大道，朝礼者都从紫霄南直诣天门，留五龙为返路。

五里，七星树，谒榔梅仙祠。梅与榔本山中两种，相传圣帝折梅插榔，乃有此榔梅树，为兹山中独有之异种。沿途乞化者颇多。四里，黄龙洞，诗云："太子峰吞狮子峰，洞声雷响半虚空。黑龙去作人间雨，白鹤来栖涧上松。"十里经下斜桥、上斜桥、朝天宫。一天门，辟山为路，一面悬岩。二天门、会仙桥，三里，三天门、朝圣门。

二里许，元君殿，乐醒居士云："嵯峨众派独茏葱，应是昆仑第一峰。四大名山皆拱极，五方仙岳共朝宗。鸟啼隐隐闻天语，鹤影翩翩度晚钟。我正欲寻招隐地，桃花洞口白云封。"天柱峰下共有六房，曰黄经堂，曰高楼，曰天一楼，曰天池楼，曰凤凰石，曰天合楼，亦傍吊钟台。余寓天合楼。午餐，别上紫金城，有王灵官，灵感素著。

一里，古铜殿。举头四望，太和仙境，诸山莫比。岩之奇峭，涧之幽邃。峰之最高曰天柱，境之最幽曰紫霄。紫霄有碑云："开天以来有此山，元始以来有此神。"诗云："直上南天景更幽，金城台殿甲中州。丹梯万丈云霞杳，白浪千层雪雾收。点点秦山横地出，悠悠汉水接天流。银河夜色清如水，蓬岛何须海上求。"再上丹梯九转，至天柱峰。明永乐中，曾拨官款修武当宫殿。峰顶有金殿、金像、金童、金案、金炉瓶、金烛台、金龟蛇二将。后殿供圣父母像。左有签房，右有印房。每天放明，朝礼之人，络绎不绝，到此者尘念都消。

殿中供奉北极玄天上帝，道书谓元帝乃三皇时下降为太素真人，黄帝时下降符太阳之精，托胎净乐国王善胜皇后。岁甲辰三月戊辰初三日甲寅午时，瑞云被空，天花雨散，异香满室，左胁降生。至七岁，经书一览，靡所不通，潜心念道，志契太虚。不统王位，惟务修行。誓伏天下妖魔，救护群品。年十五，辞亲而寻幽谷，念道专一，遂感玉清圣祖紫元君传授无极上道。迨修道功成，上升金阙，朝参玉陛，上帝命往北方统摄玄武之位。躬披铠甲，位镇坎宫。调理阴阳，造化万物，所谓大慈大悲普救无上法王。拜玉虚师相玄天上帝之号，坐镇武当山。山为五龙捧圣之势，威武能当，故曰五当。

峰顶有殿，曰金殿，元置铜殿。明永乐创建文石，冶铜为殿，镀金。殿外铜柱，柱外为槛，槛外即山，山腰是城。城开四门，以向天阙。东西北三门，逼临绝巘。惟南天门通路。全石造城，群峰捧托，帝阙高居，洵为黄金世界、白玉乾坤。相传山有八景，曰老猿献果，曰仙鹿奉花，曰海莲遍野，曰飞蚁来朝，曰金殿倒影，曰海马吐烟，曰乌鸦引路，曰黑虎巡山。

初六日晚，往金殿度夜。更深，见有黑虎，眼如金铃，经殿前一匝而去。顷刻间，杲日丽天矣。峰顶四顾，海云遍野，如万朵白莲，拥浮碧空。武当妙境，摄归一念矣。至午，仍回天合楼。

初八日，散步于天柱峰前。南下二里许，碧天洞，访胡羽士。远望立于洞前，鹤发童颜，颇有高致。见面，谈及当年游齐云山相聚，今复遇于此，亦天缘也。

次日，往五龙谷。道出元关，地幽境胜。访得一洞，在不二峰下，可居。商请胡羽士，代办白面三十斤，乃假灵岳之气，作为助道之缘。入洞休息，即境安心，气象自别。忆寒山句云："今日岩前坐，坐久烟云收。身上无尘垢，心中更无忧。"

中华民国时期

46 武当山游记

迈沤老人

鄂北均县武当山，又名太和山，一名玄岳，即古天柱峰。经明永乐修葺，遂成名胜。纪元第二年杪，予随军驻郧，距武当百八十里。荏苒三载。屡拟往游，会军书旁午，未果。歙县江君杏村，与予有同志，约偕往。予适游兴勃发，慨然应允。乃于五年十月十五日，摒挡一切，定明晨出发，夜十时始各休息。

十六日晴，南风。晨八时出郧阳西门。雇兴安纸船一艘，率护兵彭得胜上船。时水流甚急，舟行如箭。十时四十分，过安阳口。时十一时五十分，过远河，为郧均两交界处。水程已经九十里，船户在郧所雇之滩师。于此地登岸，船仍下驶。午后二时八分，抵均县。进城至旧参署，为第一营郭曙斋营长驻在地。时曙斋赴北乡剿匪，予暂住营部，偕同人至上官霁明、姚仲山各家畅叙，傍晚始回营部。是夜，屈瑞亭连长来，晤谈良久，去后，予即嘱刘护目预备肩舆，夜十二时始宿。

十七日阴，西南风。七时起，早膳毕。于八时三十分，与杏村各乘肩舆起行。出南门，十一时三十分。至二十里之土桥稍歇。又行二十里，至迎恩宫，为武当八宫之一。宫临路旁，西向，仅门楼一座，正殿一楹，余均鞠为茂草，令人不胜问道之感。北有桥三座，其一已圮。南行四五里，经周府庵。门前古柏十余株，枝干盘屈，广荫数十亩，为三百年前物。又里许，经晋府

---

* 迈沤老人，生卒年不详，民国初人。1916年，为护国军军官，驻扎湖北郧县。

庵，不及周府庵之崇丽，南临小河。隔河以南，山巅石塔三重，山麓余门一座。红砖映水，荡漾可观。二时，至草店，为均南一大市场，店屋约千余，距均城五十里，予等即在此午尖。

出草店不半里，经自在庵。又南为玄岳门。门有"福国裕民大石坊"，坊前有吕祖荫花树碑一，高约六尺。过玄岳门数里，为玉真宫。又南为天关，即入山之始，越此尽为山道。逾小山，即元和观。又南为回龙观，距城已六十里。观南一坡，为好汉坡，只数里，坡尽。行数程，即至磨针井。井旁竖铁杵一，出土尚三尺许，周约八寸，相传为修道者磨炼之物，取磨铁成针之义。距回龙观只十里。又十里至老君堂。六时天微雨，遂宿此，距均城已八十里。

十八日，晴无风，八时四十五分起。行五里至太子坡，有复真观，立于悬崖之上，重楼四五层。又五里至涧河，两面皆崇山，中通一涧，略有市集。石桥一，跨涧两面。予等稍休息，已十时十分。行十里，至财神观。山径中忽一庙矗立，中龛供佛像甚夥。疑无路，可以前进。入大殿，由龛左右绕至龛后。出门则石跨千级，可循级而上。舆夫云："前途似此者尚多。"又五里，至紫霄观。观右有红圈门一，上书"紫霄福地"四字。入门沿山麓行，五里至两崖庙，居半山。由石洞穿入山背，有殿临绝壁。殿中供具，均古铜器。内有万圣楼，四周石壁佛像无数。楼下左旁有石庵，随石洞布置，佛像香案，均就崖石凿成。石庵前临悬崖，用石斫一龙头，宽五六寸，长约六尺，头设香炉一。俯视黑不见底，心稍悸，即下坠。朝山者每以烧此香占心之诚伪，俗名"龙头香"。每年香客，必坠死数人。自清康熙以来，官府即悬为厉禁，愚民犹有时以身尝试者，迷信之毒，中人已深，社会改良，河清难俟。殿前古井一，久无人汲，水毒不可饮。此间清爽之气，扑人眉宇，俗尘尽涤，犹想见希夷华山高卧时。出庙，由南天门折回。过乌鸦岭，乌鸦甚盛。香客往往购馒首，抛之空中，即为群鸦攫食，无漏坠者。过此为朝天宫，上视金顶，为日光所射，光耀夺目。过此皆山径险仄，肩舆不能通过。路旁居民，卖木杖者甚多，与杏村各购一枝，扶策徐行。经黄龙洞，洞居山半，距路旁石亭高百余丈。道士居洞中卖眼药，以绳一头系洞门，一头系石亭之柱。中悬小竹筐一，购药者以钱置筐，系而上；道士即以药置筐，系而下。过黄龙洞为一天门、二天门、三天门，相距各约里许。门楼均在山口，入门即如上梯，石磴俱险绝。时已钟鸣六下，遂宿于天一观。由黄龙洞到此，已舍肩舆，策杖步行，甚疲倦。

朝天宫居金顶之前，由朝天宫东北，过一天门，折向西北，经二、三天门，至天门一观，已绕金顶之后。此间有天赐楼、太和观、天和观，每观房屋，各数百间，随山势结构，为楼四五层，为香客寄宿之所。层峦叠嶂，石径崎岖，平地高七千余密达。夜八时，山上为残阳返照，犹甚光明。下视平地，已昏无所见，亦奇景也。道士为予言：有明以来，香火极盛，各宫道士，分为八房，每年输值掌印，官绅来游者，悉归其招待，香资所入亦独厚；洎清中叶，各房因香资争执，涉讼频年，遂俱中落。

十九日晴，无风。七时五十分，出天一楼，步行西南，至朝房。旁有古铜殿，与金顶相似。方丈余，四周均铜神像、香案屏门，无非铜铸。门上有字，镌"元至正四年重修"，不知始于何时。朝房后即为皇城。城有四门，东南北均未启，予等由西门入，绕出殿前，缘石磴直上，至金顶。宽广各两丈，地石平滑，殿以铜铸，中供真武像。神龛香桌，均铜为之。门内两旁，各置铜柜一，中储各铜供器。屏门镂工精细。无与伦比。殿外壁脚及铜栏杆，上镌字甚夥。明时各大臣入山进香者，类皆记其年月，题名于此。殿前大铜案一，大铜鼎一，殿瓦均铜制成，光艳如金。两旁各屋三楹，后殿一椽，系新建者，右屋为印房。道士出印观之，玉制色白，方三寸，高寸许，上镂龟蛇纽，文为"都天大法之宝"六字。游毕，下石级，出皇城，穿朝房，由转殿南下，复东行，仍至朝天宫。乃乘肩舆循原路，至紫霄观，庙甚宏丽，仅山门及大殿后数重，余俱倾落。道士赠太和茶叶数包。十二时五十分，至涧河午尖，六时十分抵草店宿。

二十日阴，六时兴，拟至翠华街游翠华宫。因彤云密布，天象欲雨，又恐部中或有公事，遂与杏村商，决计回去郧。七时，促舆夫起，行至周府庵。各庵俗呼公馆，为香客歇宿之所，道士招待周至。赴前殿游览一遍，遂早膳，视时计已十点。复行十一时，至朝阳洞。洞虽小，布置尚佳，略一游观。经洞北山麓，石壁上刻米襄阳书"第一山"三字。午后一时八分入均城。三时，曙齐回营，晤谈移时。午膳毕，往访仲山齐明，极畅叙之乐。

二十一日阴，南风，午后略雨。曙斋初度宴客。予与杏村俱列席。食毕，嘱彭得胜备肩舆，拟明早回郧。夜与曙斋谈别后情况。十二时，始就寝。

二十二日阴，无风。杏村因事留均，予率彭得胜于七时四十分起程。出南门，小雨。行二十里，至太和山庙。已九时，又十里，至沙坑。已十时三十分，又十里，于十一时四十分至黄家湾午尖。雨止。十二时，又行二十里，过九里冈。二时二十分，至远河。忽大雨，遂宿鲁绅子忠家，竟夜雨未息。

二十三日晨起，仍大雨。十一时稍止，遂行。午后三时至了池尖。二时又行。三时过界山保，已行三十里。四时四十分，过神定保。六时入郧城。自十六日至二十三日，仅一星期，积年夙愿，于以尽偿。

武当为中国极大建筑，竭东南各省数年之财赋。自玄岳门以南百余里，山峦重叠，路均石级，宽约三尺。石级每缘山腰，一面倚山，一面下临绝壑，级旁护以石栏，固亦万世之业，惜继起无人。八宫羽士，每岁香资所入，不下数十万，徒饱私橐，以供一己之挥霍，而不务修培。迄今石栏存者百之七八，石级亦多崩坍，游客经此，每增鸟道蚕丛之感。古迹日就湮没，有司亦不能辞其责。

金顶香火之盛，恒在夏历冬腊、正二数月。一入春暮，农事方兴，各羽士即纷纷下山家居，以数月之所入，填其欲壑，犹以为未足。至民间迷信，犹有足供一噱者。郧城距金顶百八十里，乡民恒以岁除晨起。枵腹出门，穷一日夜之力，奔赴金顶。于元旦黎明争先进香，谓之烧头香，以为如是，则一岁之顺利可卜。岁暮严寒，冰冻路滑，往往人多拥挤。稍一不慎，失足倾跌，坠身绝壑，碎骨齑粉。道士故神其说，谓其心有未诚，致被王灵官鞭坠，人咸信以为真，莫知悔悟。村愚无论已，间有自命读书明理者，犹复夸张其词，某因不诚，某因隐事，均被王灵官鞭毙。众口铄金，牢不可破。使群移此坚忍之心，以爱国家、谋公益，又何虑列强之相逼?！文化之进步，不务出此，而徒为媚奥媚灶之行。奴隶牛马，所以万劫不复也。

他处塑真武像，均披发跣足，仗剑。武当各宫之像，咸衣履齐整，头戴冕旒，如王者。俗传永乐即真武转世，故肖永乐之容，着帝王冠服。盖永乐篡建文，见正学诸君子，咸以死拒，至夷十族而不惧，恐南方各省，人心摇动，致影响大局，遂因人民崇拜真武之心，托为真武转世之说，以愚黔首。奸雄作用，匪夷所思。习俗相沿，惊传神异，亦可见中国社会之锢蔽矣。

47　游武当山记

辽沤老人

鄂北均县武当山，又名太和山，一名玄岳，即古天柱峰。经明永乐修葺，遂成名胜。民国五年十月十六日，晨八时，出郧阳西门。午后二时，舟抵均县。十七日晨八时，登肩舆，出南门，四十里至迎恩宫，为武当八宫之一。宫临路旁，西向仅门楼一座，正殿一楹。余均鞠为茂草，南行四五里，经周府庵。门前古柏十余株，枝干盘屈，广荫数十亩，为三百年前物。又里许，经晋府庵，不及周府庵之崇丽。下午二时，至草店，为均南一大市场，房屋千余，北距均城五十里，在此午尖。

出草店不半里，经自在庵。又南为玄岳门。门有"福国裕民大石坊"，坊前有吕祖庵花树碑一，高约六尺。过玄岳门数里，为玉真宫。又南为天关，即入山之始，越此尽为山道。逾小山，即元和观。又南为回龙观，距城已六十里。观南一坡，为好汉坡，只数里，坡尽。行数程，即至磨针井。井旁竖铁杵一，出土尚三尺许，周约八寸，相传为修道者磨炼之物，取磨铁成针之义。距回龙观只十里。又十里至老君堂。六时天微雨，遂宿此，距均城已八十里。

十八日，晴无风，八时四十五分起。行五里至太子坡，有复真观，立于悬崖之上，重楼四五层。又五里至涧河，两面皆崇山，中通一涧，略有市集。石桥一，跨涧两面。予等稍休息，已十时十分。行十里，至财神观。山径中忽一庙矗立，中龛供佛像甚伙。疑无路可以前进。入大殿，由龛左右绕至龛后。出门则石跨千级，可循级而上。舆夫云："前途似此者尚多。"又五里，至紫霄观。观右有红圈门一，上书"紫霄福地"四字。入门沿山麓行，五里至两崖庙，居半山。由石洞穿入山背，有殿临绝壁。殿中供具，均古铜器，内有万圣楼，四周石壁佛像无数。楼下左旁有石庵，随石洞布置，佛像香案，均就崖石凿成。石庵前临悬崖，用石斫一龙头，宽五六寸，长约六尺，头设香炉一。俯视黑不见底，心稍悸，即下坠。朝山者每以烧此香占心之诚伪，俗名"龙头香"，每年香客必坠死数人。自清康熙以来，官府即悬为厉禁，愚民犹有时以身尝试者。迷信之毒，中人已深，社会改良，河清难俟。殿前古井一，久无人汲，水毒不可饮。此间清爽之气，扑人眉宇，俗尘尽涤，犹想见希夷华山高卧时。出庙，由南天门折回。过乌鸦岭，乌鸦甚盛。香客往往购馒首，抛之空中，即为群鸦攫食，无漏坠者。过此为朝天宫，上视金顶，为日光所射，光耀夺目。过此皆山径险仄，肩舆不能通过。路旁居民，卖木杖者甚多，与杏村各购一枝，扶策徐行。经黄龙洞，洞居山半，距路旁石亭高百余丈。道士居洞中，卖眼药以绳一头系洞迹，一头系石亭之柱。中悬小竹筐一，购药者以钱置筐，系而上；道士即以药置筐，系而下。过黄龙洞为一天门、二天门、三天门，相距各约里许。门楼均在山口，入门即如上梯，石磴俱险绝。时已钟鸣六下，遂宿于天一观。由黄龙洞到此，已舍肩舆，策杖步行，甚疲倦。

朝天宫居金顶之前，由朝天宫东北，过一天门，折向西北，经二、三天门，至天门一观，已绕金顶之后。此间有天赐楼、太和观、天和观，每观房屋，各数百间，随山势结构，为楼四五层，为香客寄宿之所。层峦叠嶂，石径崎岖，平地高七千余密达。夜八时，山上为残阳返照，犹甚光明，下视平地，已昏无所见，亦奇景也。道士为予言：有明以来，香火极盛，各宫道士，分为八房，每年输值掌印，官绅来游者悉归其招待，香资所入，亦独厚；洎清中叶，各房因香资争执涉讼频年，遂俱中落。

十九日晴，无风。七时五十分，出天一楼，步行西南，至朝房，旁有古铜殿，与金顶相似。方丈余，四周均铜神像、香案、屏门，无非铜铸。门上有字，镌"元至正四年重修"，不知始于何时。朝房后即为皇城，城有四门，东南北均未启。予等由西门入，绕出殿前，缘石磴直上，至金顶。宽广各两丈，地石平滑，殿以铜铸，中供真武像，神龛香桌，均铜为之。门内两旁，各置铜柜一，中储各铜供器。屏门镂工精细。无与伦比。殿外壁脚及铜栏杆，上镌字甚夥。明时各大臣入山进香者，类皆记其年月，题名于此。殿前大铜案一，大铜鼎一，殿瓦均铜制成，光艳如金。两旁各屋三楹，后殿一椽，系新建者，右屋为印房。道士出印观之，玉制色白，方三寸，高寸许，上镂龟蛇纽，文为"都天大法之宝"六字。游毕，下石级，出皇城，穿朝房，由转殿南下，复东行，仍至朝天宫。乃乘肩舆循原路，至紫霄观。庙甚壮丽，仅山门及大殿后数重，余俱倾落。道士赠太和茶叶数包。十二时五十分，至涧河午尖，六时十分抵草店宿。

武当为中国极大建筑，竟东南各省数年之财赋。自玄岳门以南百余里，山峦重叠，路均石级，宽约三尺。石级每缘山腰，一面倚山，一面下临绝壑，级旁护以石栏，固亦万世之业，惜继起无人。八宫羽士，每年香资所入，不下数十万，徒饱私囊，以供一己之挥霍，而不务修培。迄今石栏存者百之七八，石级亦多崩坍，游客经此，每增鸟道蚕业之感。古迹日就湮没，有司亦不能辞其责。

金顶香火之盛，恒在非得历冬腊正二数月。一入春暮，农事方兴，各羽士即纷纷下山家居，以数月之所入，填其欲壑，犹以为未足。至民间迷信，犹有足供一噱者。郧城距金顶百八十里，乡民恒以岁除晨起。枵腹出门，穷一日夜之力，奔赴金顶。于元旦黎明争先进香，谓之烧头香，以为如是则一岁之顺利可卜。岁暮严寒。冰冻路滑，往往人多拥挤，稍一不慎，失足倾跌，坠身绝壑，碎骨齑粉。道士故神其说，谓其心有未诚，致被王灵官鞭坠，人咸信以为真，莫知悔悟。

他处塑真武像，均披发跣足，仗剑。武当各宫之像，咸衣履齐整，头戴冕旒如王者。俗传永乐即真武转世，故肖永乐之容，着帝王冠服。盖永乐篡建文，见正学诸君子，咸以死拒，至夷十族而不惧，恐南方各省，人心摇动，致影响大局，遂因人民崇拜真武之心，托为真武转世之说，以愚黔首。奸雄作用，匪夷所思。习俗相沿，惊传神异，这次可见中国社会之锢蔽矣。

48 汉中朝武当嵩山（节录）

高鹤年

一百八十里，郧阳府郧县。一百八十里，均州城，礼极（按：静）乐宫，宿南门。一百二十里，遥观武当山七十二峰，秀出云表，障于天际。三十里，经草店、玄岳门、仙关，过遇真宫、冲虚宫、会仙馆、好汉坡、洞天深处。

三十里，磨针井，上十八盘，香客唱《修道歌》："修道人，心要空，劳劳碌碌苦无穷；成聚坏，万象空，世态无常若梦中。利薮名场埋俊杰，爱河苦海丧英雄。"三十里，走石坎，入九渡涧，过剑河铺，经龙泉观、天津桥、九渡岩、太和涧。香客谈："知足之人，虽卧地上，心中安乐；不知足者，虽处天堂，亦不称意。不知足者，虽富而贫；知足之人，虽贫而富。"

三十里，游琼台观，有仙迹流风、棚梅树。上南天门，黑虎庙、七星洞、挂剑松。十五里，展旗峰、紫霄宫，道家丛林，规模颇好。访黄真人。山岩秀拔，势若凌空。过五龙宫、七星池、天地、日月等池，甘露水，桥亭美观。万松亭、七星岩，转上即雷神洞，光绪三十年来此，与陈干卿谈道处。闻香客唱歌："三月里，是花朝，名利二字是徒劳；西方境，本非遥，须将凡情一齐抛。一切幻景无心看，六根清静出尘嚣。出尘嚣，真逍遥，凡情圣解一时消。"南岩宫，客说："广发宏誓大愿心，度尽阎浮世上人。有缘千里来相会，无缘对面不相亲。"金殿礼北极元天上帝，有田羽士云："毋以妄心害真心，勿以习气伤元气；愤怒时要耐得过，嗜欲生要忍得过；必须用忍耐之法，受用大矣。"

前到天柱峰下，有六房，皆羽士，住香客，秋天不如春天多。余住山十余天，遍访高人，指示各法，受益不小。山灵之气，助道甚佳，就是香火太盛，有扰乱习静之象。山中宫殿楼台、峰洞胜迹，载明于前，详看便知。下山途遇碧天洞萧羽士，谈"慎风寒，节饮食，寡嗜欲，戒烦恼，是我却病法"云云。

已抵均州，次早渡汉河。伊乘舟往汉，余陆行。与一香客谈："世上大都见善则欺，见恶则怕。好言难出，恶语易施。"一百八十里，南阳府南阳县，西门外十里卧龙岗、诸葛庙。前殿武侯像，羽扇巾车等物。草庐后进，先生三代圣像在前，刘关张殿后，即三顾堂。看出师表碑，有二香客对谈："木有根则荣，根坏则枯；鱼有水则活，水涸则死；灯有油则明，油尽则灭；人有精则寿，精尽则夭。"闻之有味。仍由府城，五十五里，石桥。泛七十里，闻行路人言："瓜田不纳履，李下不整冠。贪心害己，利口损身。"至南召县。

九十里，鲁山县。五十里，宝丰县。四十里，郏县。途与香客四人谈："知足常足，终身不辱。知止常止，终身不耻。"四十里，红场，不可走小道，须行大道为宜。四十里，经方岗，至白沙。十五里，由费庄至胶庄，朝岳香客，沿途不绝。唱："修道人，心要强，逃出牢笼躲无常；开利锁，脱名缰，舍身拼死上慈航。"紫乃捷径，人有从者，半不能行。

十五里，告城镇，与一居士谈牛杀三人故事，又说："我果是大冶洪炉，陶熔顽金钝铁；我果是长江巨海，容纳横流污渎。"看量天尺、无影石、天心地胆等古物。二十里，中岳大帝庙。古来灵气融厚，道力充足，易于入道，今则山气不聚，行道颇难成也。

观嵩山瀑布，峰顶有一片云光舒卷，顿令眼界俱空。适遇浩华大师在旁，师云："自当年汉阳赤山法老开讲，同席听经，瞬目间十五载矣。流光之速，真可畏也。今朝云水相逢，又见高明。"余答："名高惹人忌，名下众人轻。惭愧无道德，六时将心耕。"另有林师云："浩公禅机活泼，超过华夏。"师曰："普天星斗空中现，大放光明见也么。"又云："相逢不识空回去，洞口桃花也笑人。"回首问余如何，余答："妙意甚深。昔日利己，谈玄说妙；今朝济人，想做实事。过后方知前事错，老来才觉少时非。"

49 武当山之游

贾士毅[*]

余曩时会东游扶桑，西抵合众，历沧溟之波涛，阅朔南之寒暑，回忆游踪，殆如眼底烟云，已成过去。近数年来，踪迹所至，为苏、浙、湘、豫、皖、赣等省，如匡庐之奇秀，南岳之雄伟，西子湖之繁华，鸡公山之幽静，间亦颇有记载，顾游者众，记者必多，无可赘叙。近者服官楚省，从政之暇，往往分季出巡，于是有武当之游。武当号为五岳之冠，居鄂北均州之南，距省遥远，约一千四百余里（时在均州，旧称武当，亦因山而得名也）。自鄂北之老河口至均州，丛山崎岖，地极荒僻，在昔羊肠小道，交通梗阻，今鄂北公路初辟鄖（老河口古地名）均段，可由河口直达武当山麓之草店镇。惟以山势起伏，途径曲折，虽路基已成，勉得通车，但身经危崖深渊，仍不能蹈履险如夷之想。以是游踪杳绝，虽有胜境，而问津者鲜。兹承《旅行杂志》征文，因追述斯游，并插附所摄照片数帧，以为心仪武当而未涉足之阅者介绍。

民国二十三年（四月初），余既因巡方鄂北之便，于七日晨，偕谷城陈县长安策，均县华县长文选等乘汽车西行。七时抵谷城，经快活林，为迎恩观，有武当第一宫之称。逾粉水，过石花街，迤西北，皆山地，汽车时经山腰，时临溪涧，盘曲向前。十一时抵谷均两县分界之管驿。越上浪河，瓦房河，经

---

[*] 贾士毅（1887—1965），字果伯，号荆斋。江苏宜兴人，教授、会计学家、财政学家，曾任国民政府财政部常务次长、江苏省政府代理主席。

石板滩、迎恩宫，二时抵草店。午餐后，周视全镇情况，沿溪为市，古庙林立，高山在望，已觉远隔尘凡矣。

武当山，一曰太和，一曰参上，又曰仙室，曰谢罗，明文帝题名太岳，至世宗复尊曰玄岳，以冠五岳。各宫观均奉祀真武，真武者，古北方玄武水神也。相传真武为净乐国太子，道教神其说，以为修道之地。山之胜既甲天下，而神亦赫奕，为世所慕。

四时，余等乘轿入山，山坡建石坊，镌有文治玄门四字，亦明世宗时所建，稍南为元和观，又经回龙观，天渐黑，至磨针井宿。

八日晨六时，出磨针井，乘轿过关王庙，逾老君堂，经太子坡，相传系祀明祖之像。下坡为涧河，泉声如雷，怪石坟起，磴下十八盘，皆行巉岩间。十时抵紫霄宫，宫在展旗峰下，群山围抱，境极幽静。稍息复乘轿登山顶，西行为南天门，至经山势益陡，盘曲而上，为朝天门。轿夫云：至金殿向分二路，一为后山，从朝圣门入，一为前山从正门入。余等磋商先从后路登山。午后二时，抵朝圣门，为太和宫，稍息复拾级而上登金殿焉。

金殿系古铜所制，涂以黄金，中为真武像，刻工甚精。到此四望，七十二峰，罗列四起，若趋谒者，若拱卫者，惟东南一山最高，不肯为天柱下，而外乡询其名曰"朝外峰"。身列其境，如登天上坐，读唐人"群峭碧摩天"之句，信然！盘桓片时，从正门步行下。经三天门、二天门、头天门，怪石错道，古木偃蹇，凡四五百级，而抵黄龙洞。沿山壁而行，下视绝涧，自顾其身，若空悬数千仞。道人筑室山岩，若蜂虿之为房，罡风蓬蓬，势欲坠不坠，心甚为危，而竟无恙。绕道南岩宫，正殿已毁，复游石屋，太子龙床、金剑、悬龙等处，地临岩壁，高逾万丈，明张焕诗有"飞空能化翔鸾势，跨涧真看渴虎垂"之句。向西南望五龙宫，在灵隐峰山曲，若隐若现。晚归紫霄宫宿。

九日晨，乘轿下山，仍经回龙观，轿夫遥指西南黄屋为玉虚宫，其宫殿最多。相传各宫观道人，如有过失，归其审理。惟正殿在明季被焚，房屋强半夷为平地。春麦油油，观之不禁起沧桑感耳！从山坡下，过遇真宫，列有玉桥，陈列各物，均系古铜所制。天井松桂苍老，状甚古怪。侧厢有张三丰铜像。出赴草店。至此，山之胜亦若驰而舍我，独远近峰项，苍白云气冒之，倏忽数千百变。因思武当实为楚中最著名之山，惜地处偏僻，交通不便，登山探胜之士，徒生景仰之心，而以途艰不获涉足一游，致赏者鲜，名迹不彰，是为可憾！因志此并吟诗，以留鸿爪。诗曰：

昔观大岳图，心中有所疑。
画师聊戏耳，故眩丹青姿。
今日到均阳，神为造物移。
乃悉画固妙，未尽武当奇。
晚宿紫霄宫，晨过南岳溪。
悬瀑在空霄，隐闻声似雷。
午登天柱顶，金殿环以台。
倚栏举目望，万象入我怀。
七十有二峰，峰峰尽险□。
高者如翔鸾，低者如伏狮。
或踞云际立，或挟尘埃驰。
飞崖凛欲坠，削壁势将欹。
倏忽千万态，画工貌难追。
归途寻旧辙，云深已不知。
忆昔明建文，骨肉相差池。
敝屣万乘尊，寻访羽衣师。
封岳兴土木，经营靡已时。
一旦时势易，宫阙成茅茨。
我今来凭吊，笑他徒愚痴。
试问修炼者，几人过安期？

50 　　　　朝"武当"

臧克家[*]

坐在大木船上，冲过了三峡，仰头瞻望过巫山十二峰，四年的时光，尝饱了蜀地风色，今天，用记忆去提武当旧游的印象，山光胜迹已像雾一般的朦胧了。

二十九年深秋，决心要离开"五战区"了，下了决心去朝一下"武当"，免得留下一个遗憾，像过去一样，在青岛住了五年，竟没有登过一次"东海崂"！

从老河口到均县是很方便的，几个钟头的汽车就可以到达均县，这座小城市是荒寒的，对我却十分热切。因为，有两次叫敌人把我们赶到这里来，人把城都塞饱了。春天，常有饿死的人倒在路旁里，附近山里老百姓，终年吃不到一颗盐粒子。这座城，叫"静乐宫"占去大半，垣墙虽然残破了，但是里边大龟身上驮着一丈多高的石碑，仍然巍峨地屹立在那儿说着当年皇帝的威风。

在均县，一抬头可以望到武当山。五里路一座庙宇，从脚下一直排到八十里以上的金顶。据说，当年造这些宫殿用了江南七年的钱粮。为了永乐皇帝要实现他的一个梦境——他自己来玩过一次，至今留下许多传说在老年人的口头上。

---

[*] 臧克家（1905—2004），曾用名臧瑗望，笔名少全、何嘉。山东诸城人。现代诗人，中国民主同盟盟员，曾任中国诗歌学会会长等职。

出城向西南，走一段公路，就该岔入山道步步高升了。走不多远，回头向上看，有一片废墟，慢慢地快给犁耙侵略完了。这一个废墟里埋着一个故事：当年建筑工人，成千累万，终年不停地工作，怕他们捞到了钱动了归思，便在这儿设了一个"翠花巷"，里面全是一些擦粉黛绿的卖笑人。工人在这儿享乐一时，把腰包倒完，不得不再回头去受那长年的辛苦。她们，这些可怜的女子，像花一样，吸引着那些劳苦工蜂。

　　再往上走，五里一个站口，好让人歇脚。可是，一直保留在我记忆里的，却只有那个磨针井了。武当真人出家学道，道没学成，倒遇上了万苦千辛！他的心冷了。就在这地方，他碰到了一个老太婆在石头上磨着一根大铁棒子，他就好奇地问："老婆婆你在做什么？""我在磨一条针呀。"他正在想这句话的意义，一转眼，那个老太婆不见了。武当真人终于成功，至今留着一口井、一根铁棒子在鼓励着人。

　　当天停在紫霄宫，这是一个中心点，虽然天色还早，也不能再向前奔了。崇高宽宏，一片琉璃瓦，仿佛走进了北平的故宫。山门口贴着欢迎"司令长官"的标语，"势力"达到深山的古庙里来了。和着古松红叶，山光霞影对照起来，这是多么刺眼啊。走进西宫，有执事敬茶，小坐片刻，被让进东宫安歇。大院子方砖铺地，屋子里桌椅整齐，颇为洁净。晚上，开素菜白饭，味道极好。一个十几岁的小道士聪明伶俐，伺候得很周到。

　　"你们的米很好呀。"

　　"很好，可是我们吃不到。"他黯然地回答我。从他的话里我才知道，出家人也把身份、阶级带到宫殿里来了。第二天一早，我到后山上去拜访那个"仙人"（近视某报载有《武当异人传》，大约就是记述这个可怜的"仙人"的吧）。这是那个小道士告诉我的。他说，没有人能说出仙人的岁数，连他自己也不清楚，平日一天下来吃一顿饭，有时一两天不见他的影子。

　　沿着一条小径向上去，树林子阴森森的，有一只松鼠站在小径一旁向着我瞪眼。路忽有忽无，松涛唰唰作响，我真是在云里雾里寻神仙了。也许是受了我真诚的感应，他终于被我找到了。

　　就着一道石壁凿成了半间屋子，我穿一身军装突然出现在他脸前，显然给了他一点惊奇。一个枯瘦的老头，看上去年纪在九十岁以上，神智有点不清了，口里念念着，像在说梦话，一会用老糊涂了的腔调念着什么："我的徒弟不诚心，想逃走，一下子跌倒了，差一点跌死了。"一会儿，又说："有一回，我动了一个走出去的念头，一下子把头碰破了，祖师老爷罚我！"说着他摸了摸头。

起先，他对我相当淡漠，我忽然想起了在路上每一个庙里歇脚，受招待（吃一杯茶，一小碟本山土产——小胡桃）。最后被暗示，把碟子里放上比胡桃身价两倍以上的钱，淡漠不会是一个暗示吗？我试试。"这是一点香钱"，我把几张票子送过去。他抖着手接了钱，他的淡漠没有了。赶忙走出石室，向右面一个梯子上爬，口里念着："我给你去取仙果，吃了长生不老。"我紧跟在后边，上面是用木头搭的一间小屋，像是储藏室。他从一个什么地方鬼祟地取出了一个椭圆形的小草果来，送给了我，又说一句："吃了长生不老。"走下来以后，他对我很亲热的样子，临走时，他紧紧地拿住我的手，说："问候你的行伍弟兄。"我走下了山径，回头望望，他还站在石门口，一种寂寞凄凉的感觉，使我几乎替这个可怜的老人流泪了。

早饭后开了房间钱、饭钱，那个小道士跑过来讨"喜钱"，这和旅馆有什么不同？不过他们是不正式开账单子，把小费改成"喜钱"罢了。

大殿里有一块大杉木，架在架子上，从这面用指头轻轻一敲，从那面就可以听到声音，如果忘了这一笔，就凑不足"武当八景"了。

游过武当的人，过乌鸦岭不会忘买两个馒头，站在岭头上，叫几声"老鸦、老鸦"，老鸦便哑哑地不知从什么地方来到半空里。把弄碎了的馒头用力向上一摔，它便不会落到地上来了，看乌鸦箭头一样地追着它，有的在半空里捉住，有的随着它坠在山谷里。

老远望去，一个挨一个的山峰像兄弟一样差不多高低，及至登在金顶上，才觉得一切在下、唯我独尊了。

金顶有一间金房，墙壁就像全是金的（其实是铜的），可是非金钱却敲不开门。执事一手拿着钥匙，一手拿着化募本子。山顶上有庙，庙里有茶馆，回头带几包茶叶送人。这种茶叶虽然不大有名，也不大可口，可是它是产在武当山上的。

谈论到说一说烧龙头香了。一座大庙的背后，万丈无底的深沟，一条桶粗的石龙把一丈多长的身子探了出去，龙身子上一步一团雕花，龙头上顶着一个大香炉。每逢香火盛会，成千上万的善男信女，成群结队，旗锣香纸，不远千里而来，为了在祖师脸前点一炷香，叩一个头。有的为了父亲或是为了自己许下大愿，便踏着龙身上的雕花，一步步走到龙头上去，在香炉里插一条香再转身走回来，多少孝子，多少信徒，把身子跌到叫人一望就晕头的深沟里去。叫来年六月的大水把尸首冲出几十里路去，结果还赚一个"心不诚"。

现在，是有一个栅门把龙头锁住了，上面贴着禁止"烧龙头香"的谕令，"司令长官"和皇清大臣的名字一起压在上面。许多人感到煞风景，因为再也没有热闹可看了。

下山来，一块钱买了一根手杖，这手杖产生在武当的一个峰头上的，不信吗？有歌谣为证：

　　七十二峰，峰峰朝武当，
　　一峰不朝，一年拔你千根毛。

一九三五年十二月追记于沪

51　游武当山

李品仙[*]

第一次随枣会战之后，那年秋天，大概是重阳前后，那时前方的状况相当平静，我率领随员数人，由樊城至石花街视察后勤设施。视察完毕，当晚住在石花街。

石花街在武当山的东麓，上武当山不过数十里。武当是国内名山之一，是道教的圣地，在武术上提起武当派也是大大有名。我随军来到襄樊之后已近一年，对近在咫尺的名山本早有一访的雅兴，只是平时军书旁午，很难抽出空来作一次专访名山的旅行。住在石花街的当天晚上，大家闲谈起来，认为当时正是秋高气爽的天气，不可错过登山一游的机会，向我请示。我本早有此心，同时又不致妨碍公务，乃欣然应允。

翌日清晨出发，先赴草店，再由草店换乘山兜登山。所谓山兜就是类似四川的滑杆。草店正在武当山的山脚下，据说原来只是荒僻的小村，后来建筑武当山，因工程浩大，各方工人荟萃于此，时日既久竟成为一大市镇，迄今犹相当繁盛。后来，第五战区成立军官训练团即设立于此。

武当山，传说是当初道教祖师爷张三丰，居此虔修，后为明燕王朱棣罗致军中，颇著战绩。及即位，为酬庸其勋猷，乃敕建此一庞大林苑，为其养真之所。一说是明燕王即位后，几经寻访建文踪迹均无结果，后闻建文已在武

---

[*] 李品仙（1890—1987），字鹤龄。广西苍梧人。保定军校毕业。国民革命军陆军二级上将，抗战时期出任第十一集团军司令，第十战区司令、安徽省政府主席等职。

当山入山修道，乃留张三丰于此镇守，不准再出。但为笼络其心，乃不惜巨资为其建此胜地；计有三十六宫、七十二寺，规模之大，其他名山罕与伦比；全部建筑系用湖北二十四县的七年粮赋建筑而成，其耗资之巨亦可想见。离草店后开始迤逦登山；九秋天气，阳光和煦，微风拂袖，令人心旷神怡。沿途树木阴森，泉声沥沥，五里一亭，十里一站。同行诸人或高歌以舒怀，或谈笑以为乐，偶或长啸则谷应山鸣，静听则群禽婉转，尘虑顿消，浑然皆有忘机之乐。

行近黄昏，偶见樵夫负薪而下，道友戴笠而归。有顷，则遥见园林一处，古木槎枒，云烟半掩，近前则红墙绿瓦，楼阁倚峙，入口处有大石碑一方，上书"紫霄宫"三大字，算是到了武当山的大门。

紫霄宫为游武当山的第一站，游客多需在此寄宿，因请代办餐宿各事，是晚即宿于紫霄宫。

晚餐前后，庙内道长知道我是五战区的高级长官，都前来谒谈，年龄都在五六十岁以上。最后一位最老的道长蹒跚扶杖前来，视之头童齿豁，面上皱纹形同网结。此老道身披军衣，腰挂布袋，脚穿芒履，神气潇洒，耳聪目明，晤对间亦彬彬有礼，与言世事当答非所问，与谈天道则津津有味，了无倦容。我问他："高寿几何？"他答道："早已忘却岁月，无法奉告。"转问旁边另一位已七十余岁的道长，据答他亦无法得知该老道的确实年龄，只记得自己十岁左右即到此山修道，那时此老已有他本人现在的年纪。据此推算，则此老道当在百三十岁以上。后来，我再问他是何处人，他答道记得是山西解县人，是关公的同乡。又问他多大来此修道，他答道是十几岁。我暗自盘算：他在此修道竟一百多年。于是，我再问他曾否看见以前的长毛贼在襄樊一带打仗。他答曾有其事。又问他看见长毛贼时他是多大年纪，他答道："大概和施主你（指我而言）的年龄差不多。"我那时年龄是四十九岁，距太平天国之乱为九十余年，那么，此老道的年龄算来确是百三四十岁了，令我对他肃然起敬，对他的来历与修真的情形也更感兴趣。

后来我邀此老道和我们共摄一影片，借留纪念，他坚拒不愿照相，我只好吩咐随员暗中偷拍。后来冲洗底片时，共余各人都有影像，唯此老道的位置空无所见，实令人奇异而莫可究其由。此老道是平日住于庙后的山洞中；

洞中除杂草一堆，显示有人经常在此坐卧之外，别无长物。据说其饮食极为简单，每餐仅馒头或粟米饭团一个，有时且数日不食。后来于民国三十三年我在安徽主政时，听说此老道已于三十二年物化。

第二天，从紫霄宫向最高峰的天宫前进。这天所经道路与第一天大不相同：攀峰越岭，穿林入洞，大都是羊肠鸟道，深溪幽谷，悬崖峭壁，莫敢俯视；忽而密林覆顶，不见天日；俄而烟雾弥漫，不辨东西；大有山重水复疑无路之感。及至穿过层云，攀登武当主峰，则云生脚下犹如海上乘槎波涛汹涌，峰峦露顶俨同龟鳖浮空，鸦雀无声，万籁俱寂，别是一种境界。于是奋其余勇，再事挣扎，登临绝顶，循南天门西进天宫，登阶入殿。至此，已是武当最高峰顶，休息片刻，全身疲乏转觉轻松。

此宫所有门墙、檐瓦、窗棂、楼桷，以及佛像神龛、香炉、签筒与其他珍等，无一不是用云南的紫铜铸造而成，且雕刻精巧。站在宫前，望无际，云收雾散，颇有万里河山尽收眼底、八方峦嶂玉笋来朝之概。宫后有一岩洞，养有不少神鸦，游客一到即群出飞鸣，可能是已养成向游客觅食的习惯。还有一种灵枝瑞草，一枝在手，满袖生香，不知是何种植物。

我们因为时间有限，对全山的三十六宫、七十二寺无法一一游览，除了最高的天宫之外，只拣了几处顺路的参观。其中有石殿一座，系由整座石山雕凿而成，门窗屋瓦，以至佛像、神龛、香炉等，亦无不是就此山石雕琢出来，其工程的精致堪与铜宫媲美。其他各处宫殿、庙宇，规模多属宏伟，然以年久失修大都破败不堪，很多碑柱牌楼，为风雨侵蚀，已成陈迹，唯张三丰石像仍兀立无恙。缅怀当年开拓此山时工程之巨大，气魄之雄伟，令人赞叹。

当天下午仍回至紫霄宫住宿一宿，翌日下山，临行老道送我仙桃、灵芝各一，以作纪念。仙桃携下山后即腐烂；灵芝则保存至今，仍然完好。

归途中，在山兜上口占七绝、七律各一首以志游踪。

其一，七绝一首

为寻胜境武当游，迈步崎岖兴不休；
四面烟峦归眼底，疏疏林峦万山秋。

其二，七律一首

崔巍玉柱接苍穹，万笏来朝七二崇；

老道古松争岁月，铜官石殿网玲珑；

云开脚底千峰翠，身立天边一目空；

瑞草琼枝香满袖，胜游蜡屐兴无穷。

52　　武当纪游

王冠吾[*]

幼时即知武当山之名，而张三丰为太极拳鼻祖，又人人称道，以山在鄂西北，诚无机会一游也。老河口距山甚迩，又人人称道，以山在鄂西北，梁委员勉明兄，告以将同友好十余人，共作武当之游，余遂加入。殿翘主任及养询兄亦同往，是又偿一夙愿也。晨六时，乘长官部汽车出发，同行者计有梁处长克鑑、张军长淦（号清公）、李主任剑虹、李高级参谋伉俪、林执法监、房教官、季雨农司令、裴桃花勉明之公子及随从勤务廿余人。未近午抵草店，在第八分校午餐，承罗列副主任诸人招待甚殷。罗副主任并告余在分校任职员教官者，有东北同乡二十余人，以时间匆遽，未得约晤，只参观校之较大建筑而已。

饭后又乘汽车行十余里，即改乘滑杆上山，在草店又加入五战区荣誉军人管理处长黄剑鸣数人。此行曾游武当者，计有李主任、黄处长、梁处长三君。黄于武当掌故甚熟，多向余告知之。轿行甚迟，上坡多步行，而上下十八盘石路尚佳，抵紫霄宫已昏暮矣，就宿东斋，室尚静雅。到大殿一观，极恢宏之致，强牛如北平殿也。殿中横设一有声木，长三十余尺，以手在一端叩之，再由一人由另一端听之，声音甚大，相惊为奇。其实木质稍坚，且纯音自易传耳。曾抽一簌得上下。在方丈处武当山志一读，始知由明成祖时重修武当山庙宇，将山改为大岳太和山，但此山终以武当传也。就食稍迟，饭前

---

[*] 王冠吾（1894—1990），双城县（今黑龙江哈尔滨）正白旗五屯人。累官至国民政府监察院监察委员。

在殿前围坐闲谈。维时圆月东升，知阴历已在二月十五前后，山中寂静，尘襟尽释，得一日之暇，有逃世之感。武当高峰，隐隐在望，人间清福，皆为缁衣黄冠之流享尽矣。

武当山主要庙院，系供真武祖师，即北帝元武之神也，唯真武足以当之，山因名曰武当。明初有张三丰者，据志书载为关东懿州人，张仲安之第五子，在陕凤翔宝鸡金台观修炼，嗣到武当修有仙名。明成祖派大臣访问未得，以山奇削雄伟，寓有帝业风水之说，乃以十三县之钱粮，积九年之岁月，始完其工，姚广孝实主成之。闻成祖以征建文得帝，假言真武天神，助彼成功，所以事成特建北山庙宇纪念之。盖亦神道设教，收拾人心之意耳。山之最大建筑：计有八宫：一、静乐宫，二、迎恩宫，三、五龙宫，四、遇真宫，五、南岩宫，六、紫霄宫，七、玉虚宫，八、太和宫。其最著名之风景，则有七十二峰，三十六岩，廿四涧，峰之著称者则有挂剑峰、大小笔峰、天柱峰等。岩之著称者则有紫霄岩、五龙岩等。涧之著称者则有万虎涧、会仙涧、梅溪涧等。此外又有雷洞、黄龙洞、百花泉、一泓泉、天池、五龙井、会仙桥、试剑石、万松亭、太子亭等名胜。不能尽数，而樵间古渡，万山晴雪，荷池落雁等，又如西湖之八景，以一代帝王之雄，经营武当一山之景，自洋洋大观之致，相传真武之像，即永乐帝自塑之像，绘像之初，像进成祖数至八次，均不满意，并均赐绘像者死，而第九次绘像者，乃款通中官，偷视永乐之像，维时永乐正在洗足，中官语按此像绘呈，或有可望，绘者照办，竟告成功。像系全身，右武左文，跣足带甲，高八尺余，奉于金顶，金殿均铜质。所谓金顶，即武当最高峰，即所谓天柱峰是也。武当属均县，山脉长八九百里，明成祖永乐十一年十二月竣工，成祖有碑文记其详。民国初年，河北宝坻张联升镇守襄阳，续修志书记其事，赵子昂、王世贞等，均有题咏。

晨六时，由紫霄宫乘轿上山，路经乌鸦岭，乌鸦成群，游人以食物掷空中，群鸦翱翔而下，竞相争食，状极可观。轿行十里达山下，路旁有一小山，孤立无奇，人呼之为小武当，游人多在此下轿步行，以轿夫言石路陡险，肩舆不能再上也，距金顶尚有十五里，其实轿可续上，否则上下须行三十里。余以昨夜张军长济公请吃咖啡半杯，竟失眠半夜，今日腿力稍感不健，乘轿再上，至黄龙洞小憩。洞在山腰，无从攀登，舍轿步行。所铺石路，多半完整，行至岔路右上有旧路，路太陡，但近里许，左路系新修者，仍可轿行。两路湾处，立有一碑，文仅七大字，"万方多难此登临"，旁有广西各界慰劳团一碑，文多武功语，字尚可观。余循新修路乘轿而上，险下平上，时行时止，山下所睹高峰，今在高峰上行矣。山上老树无多，桃花正开，香溢四野，山鸟飞鸣，青松排立，路旁筑土屋甚多，卖菜卖面食以应游人，所制手杖亦多花样，购者成束，乡人缀以花纲，证以游山所得之伴也。至乌鸦台，轿不能再上，石磴完整，石柱联立，绕以铁链，扶可稳行，及此即将达山之最高峰，即所谓天柱峰也。殿宇甚多，会仙桥贯于中间，每殿均有道士卖仙茶手杖药品牟利维生。将近金顶，石路越陡，直同立行，而金顶，面积不过十余方丈而已，金顶即为太和宫。宫为铜质，内奉真武祖师，亦铜身，光色圆润，祭器古斑，知均为五百年前物。余就案前默祝抗战早日胜利，解救民族，收复失地。当抽两签，一为十三，一为十四，均为上上，签文多如祷祝也。殿后为真武之父母殿，藐乎小矣，偏殿亦供佛数位。有一玉印龙头，印文"都天大德之宝"六字，可以镇邪医小儿病，余曾伸纸拓印数方。日记此帧初贡，并留一方用作纪念，又购太和仙茶六七包携归，以赠友朋。殿之四围，均有石栏。扶栏远望，万山皆小，左有象山，右有狮山，前有三官峰、蜡烛峰，而天柱峰后又诸峰罗列，形各不同。岩涧错杂，横贯纵驰，蔚然森秀，云飞雾敛。晨夕景既不同，风雨形又多变，龙盘虎踞，襟群山而接日月，所谓房襄之奥区，荆湖之巨镇也。盘桓移时，不忍遽下，从人催进午餐，遂循朝圣门，过三天门、二天门、头天门，而在禅房进肉食，此为张军长及长官部诸君所备者，大吃大嚼，不觉过饱。道士告余，宫殿虽多破败，但可观者仍不少，此为何宫，此为何岩、何涧、何洞，须穷数日之时间，始可游毕。余等今日之来，直同马上观花耳。

殿下石壁，刻石甚多，长官部同人，亦均制文纪抗战而光名山。刻诗有佳者，惜不能胜记，题壁有诗，自古已然。此为中国人之积习，唯以俗言陋语，污败不堪，识者颇不屑读，因此题壁佳作，余宁交臂失之。山上住户除小没人吃，前后即为乞丐，此等人多为老稚，生计可怜。即以乞为业，病目者十居七八。山上多石少水，住室有灶烟自门出，皆为病目之原因，而沙眼之传染，闻亦甚重。山居时饱眼福，山居乃害眼病，皆无卫生常识之过也。

下山坐轿行，行且远，今日天朗气清，余等得天缘独多，恨山游过少。掠乌鸦台而过，以碎馒首掷空谷，数百乌鸦均围绕左右上下，精神快慰，已忘疲乏。

归途到南岩宫，宫为石制，仍供真武神，殿前有石制龙头，可烧龙头香，唯下临绝壁千尺，往往疾男怨女，在此殉身。龙头之门，封闭已久。古之官是土者，特著禁令不准足陟龙头，以防范之。殿中两壁供五百观间，殿外石壁高处插石中一宝剑，相传为真武祖师降魔之剑，非金非铜，土人以宝呼之而已。剑旁有圆石片甚多，传为真武之棋子，亦可笔也。殿之深处，又有偏殿，供太子卧像，谓系太子读书处。除此又有太子洞、太子坡、太子殿，均以太子得名。道人谓太子为净乐国之子，姑妄听之。南岩宫右下坡，又有一悬崖，名曰飞身岩，传为真武飞身成佛之处。崖上一台，曰梳妆台，传为真武梳妆之地，其附会之语也。宫院有井一，名曰甘露，其水甚甘，游人多在此进茶消渴。左殿不禁于火，数年前毁之，所谓南岩即在宫之下首，岩探空谷中约数丈。岩下刻有"寿福康宁"四字，为一王君书，字大及丈；旁竖碑偈甚多，文多神话，或咏游兴，雅俗参半。余未尽读，而近人之作，更不堪耳。殿外石岩，篆一碑刻石，系述军官训练团经过，友人孟永之为教官，名亦列入，此与名山共传矣。全山刻石此为最，历叙抗战大业之经过，可启发国人，游人胜利信心之非鲜，胜读说神成佛之文万万矣。

去南岩宫之归途，上行有太子洞，洞住紫霄宫道士卢合殿，传为得道之士，年在百岁以上，洞游者多往访。余以昨夜睡未甚熟，不愿访此有名无实之江湖道士，乘轿先归。紫霄宫松风杉影，麦浪桃花，闻溪水潺潺之声，见粉蝶翩翩之舞，夕阳西下，游客倦归，正所谓四围山色中，一鞭残照里，身在其中，不知人间有愁事也。

紫霄宫监院水合一，方远游未归。宫中有一合坤者，年八十八岁，位居长，在此修住四十年。自云不识字，丹经多由人口授，无何内修，日唯静坐，只知居心要正要真，先求做人无朽，然后始能超圣。目已失明，当无所苦，其人肯说实话，无一般道士积习，不失为自好自修之士。又有卢合殿，即日游所访者，入晚由洞中来宫中。自云为陕西人，来此五十余年，自不知年岁，人均揣之为过百岁人。发全白，目尚旺，腿脚甚健，常数日不食，常食草，死三次均活。自谓菩萨不准其死，所语无伦次，又多鬼话，稍知时事，谓抗战可胜，五百观音可助战，东北人少存者，战后须移民。有时所答非所问，以灵草赠张军长及季雨农司令，又以一杖、一串珠赠季，谓均有所使之也。衣百结，通身皮包骨，似一花子，谓彼有道，吾不信也。幼年似有武术功夫，所以虽老犹健旺，是夕进面条四碗，牙无存者。一般愚民，信为真仙。季司令信乱语，日诵经与彼同调，且拜为弟兄。合殿谓为仙缘，所赠之杖，亦谓有使者。季并引乱语证之，此亦世之玩民欤？卢合殿言虽乖诞，武功实佳。见面之后，众请表演武功，卢欣然允之。乃拾一杖前后上下而舞，抬身一跃，高及七八尺，气稳神定，态式轻松，自谓既非太极，亦非少林行役，乃集各家之长，自成一格。其武功之佳，确令人称赞也。其他道士三十余人，亦少修炼之士，直以出家为业。据内政部调查，中国在家居士、出家道士数在八百万人以上，完全消费，国何需此？中国真堂堂人国，始有此奇观。

武当八宫，现只紫霄、太和、南岩三宫完整，其余不因失修，即毁兵火，徒留遗迹而已。每宫均有石碑，述说神功及永乐圣旨，禁人民糟蹋宫殿，道士胡作非为。而石碑均高丈余，宫殿红墙绿瓦，石杆石路，宛如故都宫殿建筑形式。在有明之时，岁时遣大臣朝祭，年耗国帑，数当非少。迄今人沿旧习，每岁夏正正二两月，鄂西北、豫南各县人民，结伙朝山，日以数千计，十月亦复如此。

紫霄宫食住均称方便，殿前有牡丹多株，含苞待放，明初松柏尚有存者。全山有图，不甚精确；志书载之极详，历代均有成仙得道之士，以明张三丰、邱元清最为驰名遐迩。志附有图，按图索骥，可与万寿山、圆明园等量齐观，余读志书之次，曾在书眉书留数语，大略云：此志存者无多，事关一代掌故，后之读者，幸呵护之。又言民国三十一年四月，余来郑督粮，使命完成，特抽余暇来游武当，小住紫霄两宿，展读此志，留志鸿爪，山灵有知，当亦佑护此志之永存云。

武当在史得名已久，汉置武当郡。元末明初，以张三丰住此。提及武当，人更知之，唯张三丰遗迹，殊少存焉。草店附近旧有遇真宫，即供奉张三丰之殿，铜像以铜板刻画，道貌岸然，碑碣亦存。嗣经八分校改为第一总队本部，全改旧观。车过门前，并未进游，同游各友，均以为美中不足。今日国人重国术，国术以南北两派传当世，北宗少林，南宗武当，武当之太极拳，以有刚有柔，学者日多。同游陆军第七军国术教官房君程云，字英龙，山东人，即精此技，深入洪门，谓太极为延年益寿之宝，其行年五十又六，只如三十五六岁而已。所以习太极者，即知张三丰，如以仙名，毋宁以拳名。相传三丰以观蛇鹤之门，得太极之法。太极相形，正如蛇行，三丰加以整理，拳路分式，学者遂多宗之，至今不衰。据黄处长剑鸣云，张三丰将归圆之前，将一竹笛交一萧姓至友，属有急难鸣笛，张即来会。后过数年，萧想张甚，遂照吹之，张飘然至，问有何难。萧云以想，以违所嘱，将笛收还，从此无人再睹三丰矣，此亦神话。又明时注视此山，代有补修，以朝山人数多寡，定知县考成优劣，此亦政治上一种运用耳。明成祖雄才大略，得天下于建文，唯恐人心不服，特经营武当，以怀柔人心，又恐力有不足，更假三丰以神之。见之诏书，欲图以见；见既不可，又加封号"通微显化真人张三丰"，固为云外清都之主也。志云三丰住处，有古木五株，有同仙境，猛兽不踞，鸷鸟不飞；在山可调狮驯象，在朝可治国安民，亦一代之奇人矣。

53 武当山游记

李达可[*]

武当沿革与形势

　　武当山在湖北省均县南一百二十里。均县在清代为均州，属襄阳府，现属湖北第八区行政专员公署辖境。相传，"北极玄天上帝真武之神"得道于此。山志载："山在均州南一百二十里，旧曰武当，谓真武之神足以当之也。秦汉以来，置武当县、武当郡，皆因山名之。《水经注》：武当亦曰参山。明永乐中，尊为太岳太和山。山有七十二峰、三十六岩、二十四涧。"山之最高峰曰天柱峰，太岳太和宫在焉。志载："天柱峰一曰金顶，因金殿名之也。居七十二峰之中，高可万丈。上东西长七丈，南北阔九丈，平如香炉顶，体质皆石，作金银色。拔空削立，旁无依附。"

　　湖北西部有二大山脉：在南沿长江流域的是荆山山脉，在北沿汉水流域的是武当山脉，遍布于鄂北襄阳、均县、房县、郧阳、郧西、竹山、竹溪等县一带，鄂北人民有"方圆八百里的武当"之说。大名鼎鼎的"武当派"内家拳术，久经传遍全国，几于妇孺皆知；历来的神怪和武侠小说，又多刊载着武当山练剑学艺、访道修仙的事迹，增加了她无穷的神秘。加以"吃道教"

---

　　[*] 李达可（1902—1980），又名李善，湖北安陆人。任汉口《晨报》和《民国日报》记者、编辑。1950年，任农业部行政处副处长。

的道士们为着掌固"香火"与生活基础的关系，杜撰武当山的种种神说，辗转相传深印于一般迷信的愚民的脑筋中，以故武当之名，几遍于全国。每岁春季，川、黔、湘、赣、皖、豫、秦、鲁和湖北本省的"信士""信女"来山进香朝拜的平均常有数万人。"每年来山'朝爷'的，有十省的善男信女十万八千人，不会多一个，不会少一个"，是山上各宫观道士们用以招徕"香客"说惯了的话。湖北人有一句成语："瞎子朝武当——今生不能。"这是代表某个人对某件事决计做不成功的口头禅；但也可以反证愚民朝拜武当的热情和武当山道路的高峻艰难。

武当山一切建筑物的壮丽和伟大，是值得称述的。原因据说是明燕王棣（成祖文皇帝）夺取他的侄儿建文皇帝的宝座时，曾拿着"本人是真武转世，受命于天应为天子。真武之神，处处呵护"的话头来号召一般愚民（对知识分子则以"清君侧、靖内难"为名），成功而后，为报德酬功以实前言起见，"特敕隆平侯张信、驸马都尉沐昕等率领官员军夫人匠二十余万，建筑宫观凡三十三处"。最有名的为左列八宫：（一）静乐宫。（二）迎恩宫。（三）遇真宫。（四）玉虚宫。（五）五龙宫。（六）紫霄宫。（七）南岩宫。（八）太和宫。

各宫观的墙壁，都是由大约一公分厚的丝棉夹朱砂——银朱粉成的红色；都盖着碧琉璃瓦，直到现在——去建筑时已经过五百年——还是颜色鲜艳耀人眼目；梁柱直径都在两市尺左右，一个人合抱不拢。各项雕刻，规模大都和北平清宫不相上下；整个用碧琉璃增砖瓦砌成的焚化亭（作焚纸钱之用）和长约两丈，宽约一丈的整块大石碑与大石赑屃，都使人赞叹她的壮丽和伟大。就建筑人数——"官员军夫匠人二十余万"一说，和蒙恬所率修筑长城兵数——三十万——几乎相等，工程之大，也可以想见。

公路初成上武当

二十三年夏，湖北建设厅增辟老白段公路，东起光化县属之老河口，经谷城、石花街、草店、十堰、花果园、黄龙滩、将军河、羊尾山，以达陕西省属之白河，其间草店站适在武当山之麓（距最高峰天柱之巅七十五里）。与友人赵稼生、李恩叙两君，因公务之便，遂有武当之游。

时维初夏，天气正长，晨四时半，由襄花公路（自孝感县境之平汉铁路花园站起，经襄阳县属之樊城，而至光化县属之老河口，原名襄花路）之花园站乘汽车出发。五时半，过安陆县属之平林，遥望碧山，晨露欲消，苍翠如绘。碧山者，唐"谪仙人"李白"流落江汉"，"酒隐安陆"时读书之所，有桃花岩、仙人洞、洗笔池、晒书台诸胜，白《山中问答》诗所谓"问余何事栖碧山？笑而不答心自闲。桃花流水杳然去，别有天地非人间"者也。

七时过随县，《春秋左氏传》所谓"汉东之国随为大"，今其贤臣季梁墓尚在。

八时半过厉山镇。九时过随阳店。十时抵枣阳。《史记》称老子李耳为"楚苦县厉乡曲仁里人"，一说厉山镇即厉乡，名胜有神农洞，相传为炎帝神农氏采药之所。随阳店居随枣两县之交，筑土为寨，东属随而西属枣，民有讼者，当东寨控于随，西寨控于枣，因治权分割关系转折滋多，有累年而不获结案者。店东里许十字坡，相传为《水浒传》所载张青、孙二娘夫妇开黑店卖蒙汗酒之处，陌际围列武松、张青夫妇、店小二及押解武松差役之石像共七八尊，饰以彩色，或跪或立，遥望如乡民之出丧者然。据谓：此地不能建庙，建则必毁于火，过去被毁，已非一次，故露置各像于田野间，其灵应异常云。枣阳为东汉光武帝举兵之所，及今尚有白水寺，气势沉雄。早餐于枣阳城，食著名之枣肉，即一种蒸猪肉，下垫腌菜，特熟，而色、香、味俱好。

十二时半，过樊城。枣樊间沿途沃野平畴，而间有荒地，盖受十七年至十九年以来连年兵燹匪祸与当地土劣结党仇杀之蹂躏，田畴荒废，庐舍为墟；比虽地方敉平，流亡尚未尽复也。自樊城隔汉水望见隆中诸山，缅想诸葛丞相之志业经纶，肃然以敬，穆然以思。

下午二时，过老河口，渡汉水而西，乘方舟以载汽车，连篙桨而渡摩托，咿哑欸乃之声，杂然入耳，极东西文化协调之能事。

过谷城、石花街、土关垭于下午六时到达草店。自石花街过黄家营、戴家湾、土关垭一带，沿武当支脉以进，峰峦曲折，溪涧交横，傍山壁路，循岩走车，两旁风景，应接不暇；唯车行颠簸，颇具戒心。

遇真宫里看二将

　　草店群山围抱，一水沿街。山则争妍送翠，环列嶂屏，水则流清见底，游鱼可数。街东汽车站前大银杏四株，围各六七公尺，枝杆参天，荫蔽数亩。旅客至此，烦热都消，如入仙源，几疑世外，一天劳烦，顿化乌有。其地居民，均以麦粉及包芦为食，鲜有谷米出卖，全街亦无一米饭店。站长石克森君，将所有由老河口带来米粮，命人为予等做饭，因利用时间，驱车先游附近之遇真宫及迎恩宫。

　　遇真宫规模在八宫中为最小，唯建筑完全未经摧毁，出各宫右：红墙如画，古柏森森，门外铜狮，黝然苍劲。殿墀铺石，广逾方丈。传明成祖时，曾遇"真人"张三丰于此，因以为名。正殿以祀真武，侧殿以祀三丰，各铸饰金铜像。真武殿祭器亦多为铜铸饰金，工程均精巧。尤以龟蛇二将，铸模生动，相对有情。计长、宽、高各二尺许，重约二百斤，以殿内光线昏暗，抬出殿外，置地上由赵君摄影后还置原处。迎恩宫前古柏，霜皮溜雨，黛色参天。宫侧有迎恩桥，石坚工实，三孔高峙，历五百载而如新。由草店至均县之公路支线，即利用此桥以通汽车。

　　七时余，回站晚餐，一面由石站长派人代雇轿夫，每乘三人，轮流抬换，讲定每人每日工资一元，翌日上五时以前务必到站。盖此地轿夫多"瘾君子"，对于起早一层须特别关照也。

　　餐毕，盥沐、汗衫、短裤、赤足科头、手摇芭蕉扇，缓步山溪之畔，纳凉银杏之间，世虑暂忘，悠然自得。晚用自备行李，寄宿车站。站系利用关帝庙略加修葺，甫经竣工。东廊为售票寄宿之所，西廊为厨房下屋，小规模之正殿，保持香火，暂维现状。敬神办公，各行其是，在财政支绌时谋建设，用心亦苦。入夜，群动俱寂，唯闻山风微起，杂以淙淙流水之声，如闻琴韵，令人万念俱清，魂梦异常恬适。

老君堂吃甜酒蛋

翌晨，在站食面后，五时出发，由距草店八里许之元和观上山。初上为好汉坡。坡度不甚峻，窥舆人，汗已涔涔下，急下舆步行。约里许，至好汉坡头，山气清爽，竹林茅店，自具丰神。

五里为回龙观。返身回顾：左望老营（在元和观西二三里，为玉虚宫所在地）如在地底，玉虚基址，大致可辨；右望来路，岭遮云断，隐约难名，前望天柱，高入重霄，群峰朝拱，并列眼前，有如多尖之笔架。

稍憩启行。五里为磨针井，满山松柏，可蔽朝阳，披襟迎风，聊舒汗喘。入一山门，左有县立小学一所，右为道观，观前有亭，以覆一井，曰磨针井。相传：真武修道武当，久而无成，废然思返。下山，行至此，井畔有老妪，持铁杵磨于石上。问其："何为？"曰："山中无处得针，磨此为针，供缝绣用。"问："杵若是其大，安可作针？"曰："铁杵磨作针，功到自然成。"如是真武自悟功行未到，返山潜修，卒成正果。盖老妪为观世音菩萨所幻化云。说虽不经，而"功到自然成"主义，可使懦夫立志。

二里许，过恋仙坡，石阶斜上，如欲到天；左右俯视，重重峦壑，段段梯田，平坦之地，绝不可见。前望天柱，较为鲜明，路旁凿石为庙，以祀"土地"，高三四尺。赵君攀踞其巅，摄取照片，庙顶之石骤然脱下，幸尚有备，未致跌伤。

再上三里为老君堂。茅店七八家，依山面岩，门前搭草棚，设桌凳供旅客休憩。有道观祀老子。观前有亭，全部以石凿成，而牛溲马勃，充积其中，臭味熏人，不可向迩。时疲且饿，问有无可食之品。店主妇以"有甜酒、蒸馒头"对。所谓甜酒，即普通黏米发酵制品而非糯米制。问"有无鸡蛋"，则该店仅两枚，复于他店回得四枚。因自往指挥，洗净锅盏，以甜酒煮荷包蛋，加入自带之白糖。山行饥渴之人，得此无异珍馐甘露，复加大馒头一枚，估重五六两。胃内既充，既如汽车之加足汽油，精神焕发。

剑河直上十八盘

前行约三里为八里湾，峰回路转，路旁悬岩，上疑接天，下临无地，舆行至此，触目惊心。一舆夫鸦片隐发，腿部发软，触道中石块，几仆于地，余为骇然，急下舆步行。方坐于舆也，上坡须牢握轿杆，全力随之向上攀援，下坡须足蹬踏板，手握轿杆，竭力支持体重，脑不暇旁思，目不敢旁瞬；过峡岩，轿夫脚踏实地而轿则悬空，俯见绝壑，目眩神摇。若下舆步行，生命线不操之于人，身之左右高下、进退行止悉能自主，惴惴之心既释，可以随意观赏风景、摄取影片，始具游赏之意义。

二里许为太子坡。坡上建庙，以祀明成祖，庙内甬道特长，铺石为径，凿石为门，工程颇巨；庙前悬岩，高数百尺，觅地摄影，因立脚地点难求适当，未竟其险。

由此下坡，石阶转折，绿树阴浓，是为下十八盘。俯视剑河，随山曲屈，向下奔流，怪石冲波，鸣声似吼；店舍十余，傍河依山，石桥高拱，工程整峻。不十分钟，过桥到店，舆夫等甫卸肩，急钻入一家店内抽烟过瘾。予与赵李二君，则坐店外条凳上，饮自备之开水以解渴。

渡剑河而南，循曲折石阶，盘旋以上，是为十八盘，无爬山训练者，至此辄数十步一憩。舆夫辈烟瘾过足，精神焕发，向余等娓娓谈剑河历史：

"这条剑河——你老们不知道的——是'祖师爷'用剑划成的一道河。'祖师爷'在山修道好久了，观音菩萨要试试他的'凡心'可曾退尽，就变化一个美貌道姑来调戏他。'祖师爷'不理。她逼着'祖师爷'和他一块修行，'祖师爷'无法，只好跑。她跟着赶。'祖师爷'就用剑划成一道河，隔断她……"这几乎使我们不好意思不相信，因为他们那种郑重底、诚恳底、确切而有把握底说话的神情。

万树丛中见紫霄

　　由剑河逾上十八盘,经财神殿而至紫霄宫,为程十一里许,山凡数折,渐折渐高。由上十八盘回看剑河,如在釜底;过财神殿则十八盘又似在山脚;既近展旗峰,则巨岭当前,静似太古,沿山石径,夹道松荫谡谡风来,令人神清气爽,回顾则财神殿又远在其下。入山愈深,松愈密,风愈清,气愈凉。在群峰围抱之万树丛中,紫霄宫矗立其间,红墙碧瓦,巍巍乎伟大而尊严。入宫门,左右碑亭相向,各矗立高逾二丈之巨石碑记,墙凝溜迹,瓦罨苔藓;前则万树松涛,峰峦满眼,后则旗峰展立,静悄无言,游客至此,自然忘却现代,"无怀氏之民欤?葛天氏之民欤"之概念,油然而生。

　　更上,入大殿(规模宏壮,唯殿顶颇有毁损。殿有大柱二十四根,围各二、三、六公尺)。知客道士急来引导,絮絮向人背诵"祖师"仙迹,紫霄妙处:

　　"……哈,先生,您请看:这是一根仙木,修宫殿时飞来的。来晚了一点,不能做梁柱,就摆在殿前'祖师爷'神像旁边。您看它有这样长,我在这一头轻轻用手一抓,您老在那边就听见嗡嗡发响!您来看:这一头有尺来深一个槽凹进去,都是'香客'们拿手抓成的……哈,武当就算我们本宫最大,风景顶好。哈,您看,真是,风景顶好!……您请上这边看——这上面是圣父母殿,供着'祖师爷'的老太爷、老太太!……哈,前天县长还领着贾厅长、李厅长两位厅长大人到此地来游过,就住在我们本宫。他老人家们真好,临走还赏一些钱,我们不敢领,他老人家们一定要赏……我们本宫有位老道长,一百零八岁,在后山太子洞修炼。您几位就请在本宫吃茶、便饭、歇息!回头,我领您几位去看这老道,可以问问终身——不然,谈谈也好……您看:这幅挂屏是拓的'乾隆爷'御笔题的诗,您看这'……万里长江飘玉带,一轮明月滚全球……'多好!"

　　这位知客道士,拿背熟了的一套生意经,连珠炮似的不断施放出来,真够使听者晕头,山灵减色,驱迫着我们于喝了几盏茶,吃了一碗面,付给两块钱之后,迅速迈开脚步,走向南岩。

乌鸦岭奇遇

自紫霄循展旗峰而上，山势又两转折行五里而至乌鸦岭：山梁斜卧，宽不逾丈，而左右深可百仞。舆夫见告，此地乌鸦通灵，"香客"每摊粮食于掌，发声一呼，群鸦齐集，就掌啄食，食毕飞去，了不畏人，故名乌鸦岭。时手无粮食，空中亦无乌鸦，不能验其言之信否。以予度之：香山朝山，所为进香求福，俱戒杀生，于鸦无碍；又武当香火盛时，为冬尽春初，草木无芽，蛰虫未出，鸦见粮食飞而就人。鸟得所求，人乐其乐，习之既久，遂成固然。海客忌机，白鸥可狎，无足异也。

岭为上天柱峰正道，右折逾一小峰即至南岩。予等小憩峰畔，休养足力，突闻喘声如虎，循来路而上，杂以噔噔脚步之声。旋见一壮汉，赤膊，黑裤，颊插铁钉自左穿入，透右颊出，长六七寸，粗如儿指，钉末缀以红布，长三四寸，迎风飘拂，左右两膀各插长三四寸之铁钉，亦缀有红布，飞奔而前，喘声甚厉，满眼充血，口角流涎，有如发狂。继进一人，亦赤膊，草鞋，斜背黄布包袱，右臂插铁钉如前人，而颊上及左臂则无。以后续进三四人，均着单衣，背黄布包袱相随追逐，倏忽逾小峰而入南岩。予等见所未见，正惊诧间，舆夫辈争先相告：

"先生！你们没见过吧？这是'烧大香'的。'总是'他们的老子娘或儿女害了什么大病，他们才许下'烧大香'的'心愿'，愿意自己受刑，到'祖师爷'面前来替他们的娘老子、儿女们认罪，悔过，求'保福'他们的病赶快好。他们在家里敬了菩萨，拜过祖宗，带上'签子'，就不吃、不喝、不说话，在中途也不歇，一直跑到山上来。一直到金顶，朝见过'祖师爷'，金顶上的道士，才取掉他们的'铁签子'。你老们看：他们跑得多快，这是'祖师爷'的神灵护体！他们插上'铁签子'，不会疼痛，不会出血，到上面道士替他取掉，擦上锅烟子马上就好了，也不'灌脓'，这都是有神灵保佑的！"同时，又震惊于此种迷信对无知识民众精神上催眠力受之伟大——麻醉着他们忘却了血肉底痛苦，增加了若干倍的奔跑的力量——而联想及其本身与患病的爹娘、儿女们所受的损害，低头叹喟，暂默无言。此时，"烧大香"的一群，已倏然返自南岩，掠过予等，飞奔向乌鸦岭，令人起"望尘莫及"之感。

险峭的南岩

紫霄南岩在武当各宫中景为最胜：紫霄得山林深邃之致，南岩极峻拔幽绝之奇。自乌鸦岭北端右折，缘石磴过一小峰，是为南岩之大门，进则有约半方里之山顶平地，为宫之基址——其东、西、南三面均为悬岩，此基址恰似伸入海中之半岛——正殿以民国十五年旧历重九日毁于火，今唯碑亭，山门尚存，又岩上偏殿曰真庆宫，全以石砌，并无木料，完工不久，其大殿烧余铜像，移借于此。偏殿之背，岩上有岩，位在整个南岩之东而南向削壁百寻。琼乎峻绝，匪惟人力不可攀缒，抑亦猿狖所难飞渡。偏殿之前，亦为数百尺悬岩，凿石为路，绕岩以行，砌石成栏，防人跌坠。倚栏望天柱，恰当正面，有"太山岩岩"之象。

偏殿前陡绝处有一向岩木栅门，门外横伸圆形石柱，刻龙形，长七八尺，径约尺许，翘其首高二三尺，上置香炉，是"龙头香"，愚民之烧"龙头香"者必发大愿，虔心斋戒，沐浴上山，循龙身匍伏而进，跪攀龙头以上香，然后匍伏倒退而返。其幸而安全无事，则以为"心地虔诚，祖师庇佑"；不幸而失足坠岩，粉身碎骨，则群指为"心地不诚"或"恶人遭报"。今年此门为驻军封闭，贴有驻军旅长布告，大书六字："禁止烧龙头香！"功德真无量也！

小憩于此，道士汲山泉煎本山所产"太和仙茶"相饷，味淡而清洌，别饶风味。

七星树与黄龙洞

出南岩过乌鸦岭而南，五里为七星树。在群山围成之大壑中，一峰特立，略似扬子江中之小孤山，上有大树七株，小庙一座，高不过二十丈，而灵秀异于诸峰。道旁山店七八家，又巨杉二株，质直古劲，挺立云霄，当地人亦谓此为"齐心树"。

在此五里间，回望南岩景物，步步不同：其始触目称奇者，仅为南岩木身之险峭与岩上古松之劲拔；继则见岩之下又有岩焉；更远则千层岩壑，斗胜争奇，高下排列，如升天巨梯之级，而岩壁宫殿如蜂房鸟窠，既疑其无路可通，又惧其危欲坠，险峭幽绝，令人有"观止"之叹！

更上取道山谷丛树中，拾级以升，天气阴森，骤入令人毛戴。当路一亭，颜曰黄龙洞，一妇人项下生瘿，携十一二岁幼女，削山上所取树根为拐杖，成龙、猴、老人、菩萨诸形向客兜售。工不精巧而为上山必需之具，与赵李二君各购二枝，价六毛。洞由亭旁寻路，攀藤附葛以上，在数百尺悬岩峭壁间。

石梯壁立四百级

自黄龙洞更进，磴道盘旋直上，经朝天宫、一天门、二天门、三天门、南天门、皇经堂而上天柱峰金殿，为程十五里，山形险恶，与南岩以下又不相同。一天门而上，坡度极峻，最甚者为二天门前，石梯壁立，其中一段为级三百六十有五而始有一三四尺平方之石磴，稍可供游人驻足。此处舆不能成行，人不易并列，予等鼓勇直上，决心一气呵成而后伫立休息少时，结果有志竟成，然已喘汗交作，可谓一路来尽最大努力处。闻之舆夫："朝山"群众之力弱者，至此辄不能自立，匍伏以进；或系绳于腰，雇当地之惯于上山者在前牵引，稍资助力，如牵猴然。

朝天宫下，双峰对峙，中开若门，峰顶诸松，势极遒劲，殆所谓"松老一山龙"者乎？由朝天宫路分为二：一为右述之路，径三天门由山之正面上，土人称为大路，路险而景奇；一纡曲从山之背面上是为小路，景物寻常，较平坦可乘舆，贵游子弟与妇孺之登天柱者多取道焉。

山巅五月尚围炉

　　过二天门后，复逾一怪石嶙峋之小峰而下，更上始为三天门，上下石级，就山石凿成，极狭且陡。逾之天门，可望见天柱顶太和宫围垣，琉璃碧瓦，荫日增辉。

　　过皇经堂，入太和宫门，甬道内小屋中突出兵士二人，厉声问："你们买过票没有？"予等答以"是游山看景致的，不是进香的！"，兵士向予等上下前后谛视，见并未携香、烛、表、纸，只有盥漱、摄影器具，始允不买票上山。盖其时均房两县合组武当山产业管委会，将整理武当产业作两邑教育基金。凡来山进香者均须买票而后准上金顶，票价三角，名曰教育捐，一曰迷信捐以驻军协董其事；唯游览风景者可不购票。闻进香穷民不知今年抽捐新章，而无钱购票者，辄在太和宫外敬谨焚香，升表仰望金顶，至诚顶礼而去。有二老人，年各六七十，互将扶将黾勉上山及至宫外，以无票不得入，自以为："罪孽太重，在兹垂死之年，无福朝叩祖师，以当面忏悔。今生已矣，来世福缘，又复绝望！"并伏地稽颡哀号，至于头皮撞破，力竭声嘶，行道见者，多为下泪！

　　入宫门，由甬道转出，循石梯屈曲而上，雨旁石栏，绕以铁链，以便游客之攀登。斯时已达天柱之顶，风力既劲，风声怒号，如万马奔腾，海涛澎湃，如行半空，惴惴然恐此身或将随风飞去，急紧攀铁链，佝偻以进。

　　既上，金殿耀目，脚力已疲。道士邀入左庑，吃茶休息，见皆着厚棉道氅，围火盆，燃木炭熊熊然而坐，陡觉衣单身冷，急呼舆夫取衣包加短夹袄、绒线背心，始觉可以抵御。

　　金殿金像金祭器出庑，首观金殿：为一长三米三六，宽四米五六，高约五米，由地至第一层檐，高二米六三之铜质饰黄金之殿庭，自瓦椽、檐、脊以及梁、柱、门、壁，无一弗铜。内真武像，供桌、烛台、香炉，所有一切什器，与旁立兵、将，亦无一不为铜制饰金。各物像均极精致，可以想见当时之铸金艺术。内供桌二，一大一小。传明末流寇李自成上山，以旧供桌为黄金制而艳之，另制一较大之铜桌，将易以去。新桌来谒数十百人之力移旧桌，莫能动，转移新桌，亦莫能动，乃并供奉于真武前云。

据太和山志宫殿志载："金殿在天柱峰极顶，又名金顶。元置铜殿于上。明永乐以规制弗称，移置于小莲峰，更为创建基址，琢文石，冶铜成殿，沃以黄金，负酉面卯，高丈五尺，横丈二尺，直九尺，式如明阁。外体精光一片，毫无铸凿之痕。内则刻划瓦棱及榱桷、檐牙、栋柱、门楣、窗棂、壁隅、门限诸形毕具，皆刳铜为之。上设帝像，圣容丰润如生。旁侍天兵像四，庄严焕发。自殿屋法像至供御器物，悉是铜质金饰，焜煌一色。藏有御赐物数件，龟蛇最奇：蛇圆莹，龟棱隅，蛇绕龟腹背，色黔如漆，而龟洁如脂，因其玉质，巧绝人工，非上方不有也。殿外植铜柱数十根，如栏杆围护之。"又《明宪宗奉安太和宫神像碑记》云："太和宫在太和山天柱峰之上，明成祖文皇帝创建，以奉北极玄天上帝真武之神之所也。神向于此修真得道，神功威烈，最为显著，以故历世往往建祠崇奉之不替。方我文祖肃清内难之初，神每阴护显相，相宁邦家，是以文皇感焉，乃于神肇迹之地，宏构宫殿以为崇奉之所，又于绝顶冶铜为殿，饰以黄金。乃命工范金为像二堂：安于太岳太和宫者真武圣像一，从官像四，皆银为之而饰以金，率十皆铜为之而镀以金，又为饰金雕镂重檐小殿覆焉；安于元天玉虚宫者，真武圣像一，从官像四，皆铜为之而金镀之，俱琢白石为之座。马二，以银以铜，各从其像。朱漆、紫金供桌各一。其供器，银镀金者有四，铜镀金者二十有二，总二十六事。铜提炉二，石磬二，铜钟一，绮罗销金幡幢伞并杂色幡，总百十有八……"现在玉虚宫既被毁，所有物像，全部无存；太和金殿所有，因迭经兵燹，亦颇有散失。小莲峰之铜殿，因时间关系，未及往游。

太和宫有玉印一颗，方、广、高各三四寸，文曰"玄天太和宫之宝"，道士预印为单张及福寿等字，分送或价售于游人香客，云可镇宅驱邪。盖生财之一道也。

只有天在上更无山与齐

自金殿出，巡视峰顶，方广如志载"长七丈阔九丈"，三十余方丈。四围绕以短垣。前为正门。稍进为金殿前小方台，广二丈许，铺以文石，有类于现在三合土制加色之"桃花石",质极坚细,有多处成磨光小洼。盖香客跪拜积久所致。金殿两旁左右庑舍均小,走道广亦不及一丈。金殿背有一稍大之方场,再后为"圣父母殿"。各殿及庑舍之檐柱,均以铁链连系于山石之上,因山巅风力强烈,防其吹去。

由殿后方场凭短垣极目四望:万山层叠,云海苍茫,遥见汉水隐隐一线;南岩、紫霄,仿佛丘陵;估计剑河太子坡等处,更如蚁垤。群峰朝拱,形势不一,或如鸾翔凤翥,或如虎踞龙盘,或髡秃如老人,或秀削如好女,或如香炉、蜡烛,或如宝盖、奇幡。最近二峰,一舞蹈如狮,一伸鼻如象,道士见告曰:"此祖师爷之青狮、白象也。"东南一峰,高出群峰而与天柱相亚,独不俯首天柱而外向,道士曰:"此朝外峰也。"惟时红日当前,似乎伸手可接,因高歌"举头红日近,回首白云低。只有天在上,更无山与齐"之句,声与天风相应和,顿起雨润万里、澄清八表之思。

循原路下,宿皇经堂道院。道士煎粉条,煎豆腐,炒鸡蛋以富于维他命之糙米饭相饷。予等亦出自备之笋鱼罐头佐食,饥疲之极,味且无穷。饭毕盥沐后,道士送来一熊熊之火盆,辞以"不须"。然日暮山寒,风怒如虎,夹衣绒裙,未足御寒,各取绒毯棉被,披围于身,权当大氅。时方五月,值旧历之初夏,山下燥热,单衣挥汗,温度已达华氏表九十度,而山巅则仅五六十度,盖相去在三十度左右。道士见告:"此间四月八日,间常飞云,今犹非特殊现象。"道士又谓:"山上食用品,来自草店,概以人运。人约负米二斗,往返需二日,故价值较山下约贵一倍,其他物品称是。皇经堂之水,需在下四五里处之山井汲运而上。若朝天宫、南岩以下,则各自有井,不似山巅取水之艰难。"晚以所携卧具不敷用,道院卧具,虑其有虱,又不敢用,因三人共榻。榻小人多,转动不易,稼生笑谓:"我辈日间放歌天柱之巅,有乘风破浪之思;而今则有似沙丁鱼装罐之感。"

翌晨四时起,山气清冷。五时,取道小路下山,遥见山下白云若絮,款段闲飞,计其高约在紫霄、剑河间。途中,见前襄阳尹宗彝书"一柱擎天"牌,颇整劲。行至朝天宫,合上山之道,以晚四时返抵草店。

归途杂感与游山须知

由草店赴白河视察途中，道经老营，顺便游览玉虚宫残迹：红垣数里残破不完，正殿被焚，仅存瓦砾，唯左右碑亭，大致完好。碑长4.18公尺，宽2.40公尺，各以整块大石凿成，可称巨制。此宫规模最大，过去为"掌教"所居；各宫观道士，悉归管理，毁废以还，兴复无望，良可慨叹！

回车西遇，此秀丽雄伟形如多尖笔架之武当，犹不时可以从车窗中望见。每思武当之伟丽，明时尊为太岳，其景物：几并有南衡之秀与西华之险；仅略次于泰岱之山海奇观；而远出北恒及中嵩之上。以与"四大名山"并论：可媲峨眉、五台；过于九华；苟舍海天之寥廓不言，则又当俯视浙东之普陀。且山巅温度与山下相差三十余度，与牯岭之与山下仅相差十一二度者超出几近三倍，又当为避暑胜地。过去，徒以交通不便之故，致此伟丽之名山，几为朝山香客及伧俗道士所独占，虽有好游之士，亦鲜能道其形状。自鄂北老白段公路既通，由汉口乘汽车二日可到山麓。予于廿三年秋以视察路务重过草店，则旅馆、饭庄鳞次栉比，与公路初通时舍店无一"大米饭店"之情况迥不相同。甚矣！交通之为经济文化之脉络，而在国防及行政上之价值且无论也！苟地方行政当局能厉行烟禁（现时禁烟总监部厉行六年禁绝计划，该地禁政，谅已改观），勿使有用之民变无用之民；计划荒山造林，化无用之地为有用之地；普及民众教育，逐渐破除迷信，使病者求助于医药，而不废时失事，残肌肤、捐生命以乞灵于无知之偶像。提倡卫生清洁，量力整理各名胜古迹，加以适当之管理，而驻防军队又在可能与相当之范围内予以援助，使探奇揽胜之士，于绝岩登临、开拓心胸之后兼得一整齐清洁之印象。则武当可逐渐成为著名游览与避暑之区，地方人民物质上与精神上之生活，均得随时代以改进，而此限于交通隐没不彰之巨大山灵，亦可仰首伸眉，以一吐其抑郁不平之气。

兹更就个人经验与管见所及，分述游山应行注意事件，以殿本文，冀为后来好游同志之一助。

一、路程：东方游客可由汉口乘平汉铁路车三小时至花园，换乘省公路客车，一日可抵老河口，翌日即抵草店。川湘游客，由沙市乘省公路襄沙段汽车至襄阳渡汉水至樊城换车，北方游客乘汉路车至花园站换乘汽车，与东方游客同。豫西、陕南游客可由河南南阳乘河阳段汽车至老河口转往草店，或由白河乘汽车东行。在草店雇妥熟悉道路无烟瘾之脚夫，挑背行李，兼可导游。游山以缓步行为好。盖坐轿之苦，前已言之，而当地轿兜之形式不良，尤为东方所仅见，其绝对不能步行者，又当别论。

二、费用：汉花间火车三等票一元八角，花草间汽车十余元。沙市至草店汽车亦十余元。南阳至草店汽车五六元。白河至草店汽车三四元，草店站膳宿合计日一元左右，饭菜尚可合东方游客口味。雇脚夫每人每日工资一元左右。山上各宫观喝茶用膳，以一人计，自三角至一元可酌给，例不计较；各棚店点心茶水，价目更廉，亦不欺远客。

三、游山日程：可作六日计划：第一日游览遇真、迎恩、玉虚三宫及草店所近景物；第二日乘草均支线汽车游均县静乐宫，并向县府或教育机关觅阅太和山志，仍返草店；第三日上山宿紫霄宫；四日到金顶宿皇经堂道院；五日返游五龙宫，宿南岩；六日返草店。

四、应带物品：春末至秋初，均宜带棉衣棉被。余时更应带较厚衣被。罐头菜蔬、白糖，做菜作料，盥漱器物均应备置，其嗜食熟米者，并应每人带米二升足敷上山四日之食。轿脚夫饮食，游客可不问。其余布鞋、手杖、照相器材，自与游览任何山景情形相同，均为必备品。食米及布鞋购置，以在老河口为宜。

右述各端，不过大概。至于好游成性，则"七十二峰"，峰峰有景，览胜看好奇，岂止六日；秋冬春夏，景随时异，将穷其变，自可经年。又若避暑消夏，则择居条件与日用之需，各从所适，更未可概以一端也。

54　武当琐话

秦学圣*

宋李廌赋曰："太华逸民，仆履荆州；历楚圄，案载籍，翱翔凤阙，啸傲岘首。睨碑征南之阪；扪鹿习池之岫；策棰梅坞之巘；饮马双池之浏。虽清门之可喜，实雄奇之未觏。比溯沧浪，至于郧郊，卧岗走阜，复沓平坳。布若聚沫，沸若翻涛，藏溪隐木，险于幽都，夹沟为堑，隘比成皋。邑或严于郑制，兽或强于齐獳。虽弗逮乎雁门；已可方于虐牢。第陵陆之可践，恨形势之非豪。或一山之巨丽，府列岫以弥乔。卓荦其崛，造天其高。如凤于羽，如麟于毛，如人之杰，如土之髦。居众莫掩拔其曹。吾弗知其何山也，丈人曰：此吾邦之武当也。"

武当山旧名谢罗山。晋咸和中，有历阳谢允，舍罗邑宰，尝隐于此，因而得名。永乐中赐名太岳太和山；嘉靖中赐名元岳。相传真武祖师曾得道于此。众以山之名得于谢罗，实未能形容山之伟大，"非真武何足以当之，故名之曰武当"。

山当湖北均县之南120里；老河口西北180里。有八宫二观、二十四庵、七十二岩、二十四涧、七十二峰。由山脚至金顶约六十里。形势雄伟奇绝，高不可仰，岭峻巇嶫，韵粹气整，实美丽闲都仙人所居之地。

8月7日正当炎夏，清晨雇了一乘滑杆（当地曰兜子）由山上之草店动身，行不数里即开始登山。因为不是朝山的时节，所以山上人烟稀少。山路

---

* 秦学圣（1917—1998），湖北光化县人，古人类学家、考古学家、民族学家。

全用青石修筑，非常整严，或上或下，或左或右，不下百数十里；宫殿台阁百余处，工程颇为浩大。道旁苍松奇桧摩云翳日；鸟雀之声不绝，唯不见行人往来，未免有孤寂之感。再看右边山下，碧野一片如画如锦；古道边颓垣矗立，尚有败宇数间，毫无一点烟火气味。抬滑杆的老刘告诉我，那便是"老营宫"。

此间有一句俗话说："南岩的宝剑，紫霄的杉，人到老营不想家。"明代永乐帝重建武当山，用工人二十万，为时十年。在修筑期间，工人都因收获甚丰，不愿再作苦工了。所以主持人便在山下修一宫营，名曰"老营宫"，广招各方妓女，作为工人消遣之地。凡工人有钱时都可下山到老营宫去玩耍，把钱花完了又上山工作。据云当时老营宫有"七十二条花街"，可见永乐皇帝重建武当山之苦心了。

再往前走到一大庙，名为"磨针井"。庙内正殿神龛下有一古井，相传武当山的祖师修道时，常用此井之水磨一数丈长之铁杵，要把它磨成绣花针。所以鄂北一带有一谚语"铁杵磨成针，功到自然成"，即由此而来。

又坐上滑杆前进，天气热，人烟稀，还要赶着上顶，一路完全是走马观花，每到一著名地方，抬滑杆的便停下告诉我一些故事。上了太子坡，过去便是一条深谷，下行7里方达平地，有一小溪通过，流水清澈湾湾而去，这便是剑河。相传祖师修道时有五百灵官护驾；一日，五百灵官逃走，祖师乃执剑向地一划，山裂为二，立成天堑，灵官亦不能飞渡，逐被祖师带回压于南岩，此河即因而得名。河上面绝壁悬崖，爬伏而行约八里方登紫霄宫。

紫霄宫乃武当山最大的宫殿，有东宫西宫前殿后殿，规模极为宏大，庄严富丽，堂皇美观，真不愧为"翠宇琼宫"。大殿前有碑亭数个，高约3丈，内有约2丈高之大石碑，上刻永乐皇帝《圣旨》等文字，碑置于一大石龟之背上，龟身长约丈余，高约六尺，刻工十分精细。正殿内有一条杉梁，约1尺见方、长约2丈、放于高约3尺之二木架上。用手摸这端，则那端可闻嗡嗡之声，一时传为神奇，凡来者必摸之，所以两端凹入甚深。据道人说，当日兴筑紫霄大殿时，此梁由四川飞来，可惜迟到3分钟，已用了其他大梁，故置于此资纪念。殿内明代铜器及其他遗物甚多，颇足供考古学家之玩赏。紫霄宫有道士一百多人，有几个虽着道装，但并未正式出家，都是在此隐居的。其间有无家可归的老年商人；有些是逃避服役的年轻农夫。他们完全是自食其力，有的是专司念经，有专司耕种的，也有专作杂役的。分工严密，所以生活也井井有条。12点钟过了，我就在那里午餐，素食却很雅洁。一老知客陪我吃饭，我讲"道可道，非常道"的道理给他听，他则说："先生不远千里而来访仙问道，想必是个达人，祖上有阴德，前世定有仙根。贫道说来也万分惭愧，出家四十多年，受尽了辛酸苦痛，如今方晓得道就在人心里，并不在深山古庙中。"我听了他说这番古典的议论，好像同他相隔了一个时代，而我确真能理会到内心说不出的苦痛，这就是"道"误了他一生罢！

饭后，他说愿意请他们的老当家出来与我见面，因为这个老道人是我的同乡。老道出来对我非常客气，着实像见了同乡一样。他开口便说："现在的世道，真是人心不古！我们山上的田地一切财产都充了公，生活要靠自己耕种来维持，难怪上天要降灾祸于黎民，不仅人要受难，炸弹来了就是鱼虾也要遭殃。这是天劫，什么神也不能挽救的啊！"

离开紫霄峰又往上行，只见大岳天柱峰挺然森秀；青霄盖于上，白云带其前；紫云万片一涌坠地，奇幻变化不穷。四时许，已达天柱峰之金顶。金顶外围乃一皇城，城垣高耸如紫宫之森严，一道人说："此山祖师乃明朝建文皇帝之化身，故山上所有殿堂皆仿皇宫而建，金顶乃以皇城卫之。"登金顶环顾四岳，"岭岫辏拥，如六军排列，未得罅隙可攻。"层峦嶒嶝，蓊蔚郁葱，"植若宿廊之玉，隐若寒门之屏"。是真不登太和绝顶，不知天柱之高也；不得金城玉阙，不知武当之雄威。

金顶阔约半亩之地，祖师正殿及神像皆为古铜所铸成，光彩夺目，是有金顶之名。神棹亦铜质，地下为一整块大理石铺成，亦极富丽，道人拿出很多祭器见示，皆系明代遗物，并有祖师玉印一方，上刻篆字，文曰"都天大法主宝"，状极精致美观。正殿门口有飞蚁一堆，已死去，据道士云："每当三伏天气，则有飞蚁来朝，朝罢即死。"飞蚁之来，确为我所见，然而究竟为何而来，则须请教于生物学家了。殿旁有道人卖武当山特产"太和仙茶"，我买了一些准备送给远地的亲友。

正要下山，忽乌云四布，阴霾障天，山木叫号，悲风骤起，马上大雨倾盆，群峰顿失。俟雨声且歇，急伴同轿夫下金顶，至七星树小店下榻，山风犹咆哮未已。

次晨早起登程，披云吸露，拂袖沾衣，睁目视之，已至南天门。东方曙霁忽开，旭轮涌出，紫霞红霰，似笑若媚；隔山飞虹倒影，艳丽尤绝。

由南天门转南岩，但见云来空谷，响流潺湲，道旁青紫分行，黛绿成队；老道散步山巅，神闲意适。不禁抚思自幼别离家乡，漂泊经年，虽"地阔天高，尚觉鹏程窄小"；而今日"云深松老，方知鹤梦之悠闲"。

南岩宫最为富丽堂皇，唯惜曾为火焚，仅剩败屋数间，内有祖师镇压灵官之用。岩边有一石梁，凭空横出约五尺余，前端刻为龙头状，头上可插香烛。凡有许最大之愿信者，即亲自插香于龙头上，是谓烧"龙头香"。一不小心，坠入深渊，粉身碎骨，绝无生还之可能，为此丧命者甚多，故清代官府已明令禁止，至今仍未开放。

岩前有二峰崛起，状极险峻，一名舍身岩，一名梳妆台。相传祖师修道时，常在舍身岩打坐，观音菩萨化为一美女，坐在梳妆台上梳头以诱之。一日，此美女亲来舍身岩向祖师求爱，祖师大怒，披发仗剑逐之，竟坠岩舍身而成神了。转来由原路下山，回望白云深处，天柱峰屹立，威震八方，于今思之，犹依恋不已。

卅二十于成都

55 武当山巡礼

峒 星[*]

中秋节的两天假期,它使我们提前实现了预计在明天春假里游武当山的期望。

出发时是一个黎明将至的深夜,整个原野虽支配在悄静和黑暗下,但当我们为卡车载着奔驰在行程中,皎洁的月色竟像一个光明的赐予者,映照着她在沉没前的余晖。这时伴着寂寞的,是轮底接触路面不断发出来的响声;旷野的峭风受到车行鼓舞,正在后面升着灰尘的烟幕,夜寒侵袭我们,它在单薄的衣衫上拂起阵阵凉意。

然而,在没有踏完的旅途上,终于逐走了黑夜。曙光伸着试探的足步,月色和繁星也缓慢地滚下山腰。接着,赤红的太阳便从地平线涌现出来,光芒直射到鱼白色的天空。于是,大地的真面目一点点在视野中出现了。那些田畴、河流和山丘中的清新气象,真像在构成一幅绝妙的晨曦图画。

时间只有上午七八点多,车便停在离草店镇过去不到十里路的元和观旁,九十公里的汽车路算在这里告止。但因为一部分同伴欲以滑杆代步。开始上山时已近正午了。最初,我们先迎着柯家营经巴东的大道上前进,翻过好汉坡就全是宽坦的山路。过岭关前的蜿蜒曲折,也有点像在山野中开成的汽车公路,不过这样易行仅占了整个行程中的一小部分。山脚和峰顶的距离约 70 华里,若从它的尽头至最高处,十之七八倒全是高陡不均的石级,若要步行,

---

[*] 峒星,生平事迹不详。

非需要一种特别持久的精力和坚定信心不可。

回龙观是在山中第一个见到的寺院，其次便是前面的磨针井。这里引人注意的，是一段流传着的神话：说是山中唯一供奉着的神圣——真武祖师，在山中修炼时，岁月的深长，曾使他因无所成就，懊丧地带着失望下山归去，就在这里一老妇在井旁以铁杵磨针。据说这是观音大士变幻点化，所谓"铁杵磨绣针，功到自然成"，就是最后使其回心向道的两句话。于是这段故事便为许多迷信者深刻地向往着。饮几口井中的"仙"水，和一观铁杵的真面目，已为每个朝山者所熟悉了。

老君堂在回心庵过去二三里，本为一座大庙，可是经过匪患，现在神像圮毁，已经颓废不堪。路从这里起，碎石铺成的山径，代替了原来的宽坦大道，步行虽稍显吃力，但总算在太子坡附近走了不到一里的平路。剑河过去才全是紧凑着的石级，连绵不断将近十里。这时山路的高度和频繁上下，遂渐加深了我们的气累和汗流，腿部既在酸胀中加重，并且强烈的阳光也向我们发挥着威力。或许由于太兴奋吧，却谁也没有因此从心底迸出半点声音，只是带着紧张严肃的表情，聚精会神地爬行着。

以爬山工具而论：这里的所谓"兜子"，并不能如四川的那样也能在高陡险坡中安步如常，乘滑竿也是一样地须要下来步行。这样便首先说明了它有限底用途，加上枯坐在用绳索织得像渔网似的东西里，坐卧均不自如，又平添许多意外的危险，反不如走路痛快和舒服了。有人主张游览山水的真义，应该是由自己的手足亲触着那些值得浏览的景物，当不无有充分理由。

武当山的香火原很鼎盛，尤其在每年废历年初，从各方面集中而来的善男信女，至少以十万计。这次行程中即断续看到一些背红绿包袱的朝山者，他们似乎另有一种虔诚的毅力和信念，虽然有的是伶仃小脚，却仍能不断地埋首前进。这种难得的精神，深使我们为之感动，而且也足予青年中行走不健者惭愧，于是无形中更增加了我们的勇气，加快着步伐的速度。

财神庙附近有古迹名"夜宿岩"，其实只是"真武祖师"留宿一宵的所在地，正像一些现代大人物们在某地曾经驻足或题了字迹，除徒负虚名而外，别无胜景可寻。不过，群岩之中夹以木屋数间，却也自有它的景趣。这里是十八盘道的止点，当从树木参差的围抱中，透露出一簇琉璃瓦的屋角时，那便是武当山中心的紫霄宫。我们四十里山路的步行在这里作为结束了。

这是座藏在深山中难得的建筑，和其他著名寺院一样，有着高阔壮巍的外貌和内容。从明永乐十三年（1415）起，便开始它所存在的年代，岁月已经在这里画上了年老的皱纹，可是紫霄殿上的雕梁画栋和双手合抱的庭柱，仍值得为后来的瞻仰者们所称颂。还有一个近乎神话的奇物，说是当此殿建造时，有巨杉一株远从川中飞来，现在陈设殿内，从它的另一端敲着手指，就可以听到里面发出锵锵的声音。

从几个道人口中，我们听到一连串带着神秘的故事，像关于真武得道飞升和其他传奇之类，这些经常为到过这里的人们所盛传。他们也曾解答过关于武当山定名的询问，说武当本名太和，因系火性，似非太乙真武的水性不足以当之，故有现在的名字。这种见解也会见于紫霄宫两块高约2丈的龟碑上，从它们上面并看到有"……武当蟠踞八百余里，高列七十二峰，三十六岩之奇峭，二十四涧之幽邃，峰之最高者曰天柱，境之最胜者曰紫霄，南岩上出游氛，下临绝壑……"等讴颂的字句。

这个晚上，我们去瞻望一位盛传有数百高龄的老道，地址就在展旗峰一个叫太子岩的石洞里。那里山势高出紫霄约200公尺，陡险异常，周围又尽是密集着的高大树丛。因为是深夜登山，每个人心里原都带着一些紧张和探险的心情。当中秋的月色照遍了满岭，这时从险森的洞门里，露出一位鬓发皆白、满面皱纹的老人来。这种环境中的突现，不禁把我们的思路带到一种神秘的幻想的境界中去。

我们被引进石洞的内面，漆黑地只靠着从隙缝中漏过来的一线月光。为着好奇心的驱动，我们十分留意关心老道的一切，首先是关于他的年龄，但许多拜访者除从他苍老的皮肤或其他方面可以推测在百岁以上外，没有谁能够特别知道清楚。而且年龄并没有使他消失任何人类所应有的知觉，当他从牙齿尽脱的口中，吐露出爽然有力的字句时，真会使您引为惊异。而他的生活似乎也有点神秘性；由于习惯的缘故，对于爬山疾行如履平地；饮食方面，苞谷跟麦皮之类为人所唾弃的物质，都是他时常入口的食物；饮料则靠洞内一个只及尺余的泉池，虽只有一洼之水，却颇能靠它取之不尽、用之不竭，这不得不算是一点小小的奇迹。

谈片开始了，他像一个年老的说教者，带着颠巍而沉重的声调告诉我们："……今年渭河水清三次，真命天子已经出现……祖师爷会保佑您们，外国鬼子纵横中国，今年便是他们将被赶跑的日子……"以及一些其他带着浓厚宗教气味的话。最后，他还以伍子胥与十八国诸侯临潼斗宝的事实，来印证我国的胜利。这些话也许都是莫须有的，不过也权当一些可笑的资料吧。

回到紫霄宫，玉盘似的银月已经涌过东边的山峰，高悬在蔚蓝如泥的云际里；莹洁的光芒照遍整个山野，武当山的景物这时都在她的下面受着光明的洗礼。为了赏月，我们围坐在殿前的平台上，嚼着食盘里的山果，品茗清谈。这种环境极其优美，明月在前，我们自己也像清心涤虑忘记了尘世中的烦俗。名山中度佳节，每个人都该感到无限的兴奋。

明月的光亮伴着我们沉入睡乡，直到第二天绝早我们离开紫霄时，还没有从山中没落下去；并使我们在五里外的乌鸦岭上，同时饱餐了月落和山出的奇景。风景线的奇美，几乎时常与行路的艰难成正比例的，当我们从五六里不断的石级中，爬上了乌鸦岭，马上就有一幅山川壮丽的图画显露在面前：这里临近南岩，举目皆山，颇带着相当幽静的风味。

路还是一级级忽儿朝上忽儿往下。到了七星树，这里据说曾有七株象征着天上北斗的巨大松树，不过现在仅存其中光秃秃的两株了。从此上天柱峰，15里的距离尽在山坡和石级连绵曲折中，五龙洞和黄龙洞之间的满山树木葱郁，十足显露了深山中的伟大气魄：就山势来说，高陡也超过所走过的道路，有时角度很直，爬行确很吃力，看来好像山顶就在头上，但当我们翻过一个山头，却另有更高的山头横在眼前，举目四瞩，我们竟为举山层叠丛密地围着了。

我们在埋首步行中，偷闲数着行程中的石级。其实这颇难以统计，单由朝天宫上金顶一段就将近2000余级，假若就全程言，数量恐已超过两万。愈行愈上的道路，从转天湾经过分金岭以后的五里地，就可看到天柱上的金顶，当我们感到最终希望即将实现时，心里充满无上快慰，脚底也不期而然增加气力了。

太和宫在金顶以下，这里可以看到明座铜碑数道，和更上一层完全以紫铜铸成神像和台座的古铜殿，据说建造年代远在元朝。由于跨过百余级挂着铁链的石阶直上金顶，这里是武当山的最高峰，它的高度虽无正确统计，但估计至少当在 1200 公尺以上。金顶的形状颇如西式大厦中的露台，中间便是最负盛名的"金殿"——一座精美底宫殿式的建筑，广阔各约丈余，它底每一部分，甚至瓦片和檐角上各种形物的装饰，都是用粲然光滑的铜质镂刻成功的。金殿外围是 138 根铜质的圆柱，内面则如紫霄宫龟碑上写的："内铸圣像一，从官像四，皆范铜为之而镀以金……"这些铜像的铸造，从清晰可辨的鬓发和冠带中，可以想见它们的精细，虽然岁月深长已经褪去它们金装的外衣，然而像这样具有历史价值的伟大作品，实在是我国艺术史上值得留下的一页。

山顶上气候颇寒，平时山风呼啸，阴天即长日在雾气迷漫中。我们依栏临高凭视：这时茫茫大地只见无数条拱墓似的大小山头，和云天连成一片。人们临此伟大境界，反视自己的渺小，真如沧海一粟，此时此地我们几个故乡沦落的流浪者，俯视这无际的视野，心中该引起无尽的深感吧。

在金顶附近的树丛里，寄居着无数的鸦群，若以食物投掷空中，它们便会张着翅膀从半空噬食而去。那种俯仰自如和优美的姿态，像战斗机一般的迅速，惟结果反意外牺牲了十余只原来用作充饥的馒头。

因想当晚赶回草店，中午以前即离开天柱峰，踏向归途。下山的路究比来时容易多多，连跑带跳，疾行十五里石级，一口气赶到七星树只四十分钟，这和上山三数小时相差的比例未免太远了。回到乌鸦岭，我们顺道去游南岩，这里虽是武当山最胜之境，但因经过匪患，一部分已经葬身火窟。有名的胜迹是金剑、金钟、龙头香和太子睡龙床。飞升台，相传为观音大士变化美女，骚扰真武修道，被怒斩挑入台下水中，真武因此动了仁者之心，陪同作了水龟，据说后来有五龙盘他上升，于是有了此台。山上的景物就是这样，一入修道者口中便成了不可磨灭的神话。

并未费去太多的时间，就又继续走回下山的路上，我们一面留恋着山中景色，一面心中也在为这次远游作一些观感似的评价，只是时间仓促未能尽兴畅游，多少留下一点遗憾。最后我们从几近百里的步行中，带着劳顿和疲劳回到草店，已经万家灯火。在归途上，明月仍像来时一样地伴送着，使我们愉快地从九十公里的车行中回到原地。

56　武当记游

纪乘之[*]

一

　　武当山在湖北的西北角均县境内，它的盛名虽然比不上驰名全国的五岳，但从明代以来，它在一般人的脑海中却留下一个很深的印象，因为它孕育着一些神秘的色彩，除了风景幽胜而外，还充满了道家的传说和故事。我们从专门讲究中国拳术的书籍中，直到有所谓武当、少林之分，武当拳派在江汉一带深为乡里所称道，游侠者流多自所出，这是武当山所以出名的一个原因。其次是明朝开国第二世的建文皇帝，在被明成祖由南京逐走以后，浪迹西南各省，虽然最后隐遁在什么地方，终无人能知，但在成祖奠都北京以后，由朝廷中却传布了建文皇帝在武当山得道成仙的故事，于是成祖为了这件事敕建武当山。建修的规模非常伟大，据史乘记载曾动员了均县附近二十余县的人民，费时达数年之久，功成后复由皇帝特旨豁免了这二十余县人民的钱粮，借示体恤。我们虽然无法断定建文皇帝是否确在武当修道，但成祖的猜忌却从这件事情上表示得很显然，也许皇帝的本意是在安抚思念建文皇帝的那般臣民之心，因此而大事铺张地渲染了一番，这在专制帝王时代却也算是很聪明的手法，清朝钦定四库全书的编纂，与此似出一辙，未始不是仿法如此的。

---

[*] 纪乘之，生卒年不详。1946 年译有《战后经济和平论》一书。

武当的修建，始自建文的故事，于是为道家者流引起了一番盛事，由建文的出家，产生了不少的奇怪传说，民间盛传的仙人张三丰，便是在武当修炼成功后，白日飞升的。至于张三丰与建文皇帝是不是同为一人，自然也没有正确的判断，但从若干遗事上看来，说不定就是建文皇帝的化装。把建文皇帝讲说成了一个神仙似的人物，使百姓们感觉不到一点奔走流浪、图谋复国的情绪，反觉得已经和当时的现实隔了一层，已是一大成功。再传说他已修炼成仙而去，更消除了一些愤恨不平的叛臣的怀念，于是天下便主此太平。如此重大的收获，的确值得明成祖特旨敕建名山，以庆盛事的。但这件事情，当时的人既不敢公然讲破，即以后朝代的人，处在同样情形的君王之下，更不愿多事穿凿，所以在山下的紫霄宫前的一些碑碣中，曾有人记载着："成祖固故主，或别有深意，兹不具论"的话，一切都尽在不言中了。

二

　　在抗战发生后的第二年，沿海一带省份的人们都纷纷迁到内地，终年荒僻的地方也有了游人的踪迹。那时候我曾随了一个数千人的学校团体，从鲁省的西部，横穿中原，经过了河南省的腹心，在明清时际作为西北和江南交通孔道的中心，逗留了几个月。那个小小地方叫作赊旗镇，是属于南阳府的一个村庄。朴实淳厚的中原风气，一洗沿海都市的浮华景象。村庄的围墙很坚固，局势也很开阔，镇上的陕西会馆里雕龙影壁，刁斗旗杆，还依稀想见当年的繁华。村子上春天里遍开着桃花，为这古老的荒村点缀了不少的春意。在兵荒马乱的情况下，使人感到旅况的安慰。在这里住了半年以后，又因武汉会战的缘故，这个学校团体向西迁移，遂卜居在汉水之滨的老河口、均县、郧阳一带。

　　千余里的跋涉，到达目的地的时候，又是春暖花开的时候了。到了均县，便看到了这武当山的第一座行宫——静乐宫。原来，武当山上有所谓的九宫二观三十六庵，九宫之名是静乐宫、迎恩宫、遇真宫、老营宫、五龙宫、紫霄宫、南岩宫、太和宫和清微宫。静乐宫在均县的城内，是到武当山去的第一站。宫在均县北门里正中，形势雄壮，从宫门直到城的南门，有一条石铺的大道，整齐庄严，绝非湫隘小城中所应有的建筑，一切其他的行政机关，都只好被局促在城内的角落里了。但因为年代久远，后来又没有人再事修理，宫内却显得瓦砾纵横，颓圮不堪。我在春假的空暇里，便邀了两位旧友，溥东兄和新圃兄，作武当四日之游。

三

　　从均县到武当山麓，计共五十里，山根的地方，叫作草店，中间经过茶亭、土桥、方家店、石板滩，各约十里，从地名上看来都是一些乡村小店的名称。前一天略事准备，大家预先买了些路上的干粮水果之类，次早清晨，便雇了三匹驴子，开始出发。出均县南门，一路上平坦的，阳春三月里，天气不十分燠暖，骑着驴子一路走来，精神上为之一爽。均县这地方是湖北的西北角，汉江的南岸一个小小的县份，从老河口溯江而上，经过陕鄂交界的地方，都是很荒僻的，因为交通不便，商业萧条，人民都过着贫困的生活。我曾看到沿江山谷中的人民多以苞谷、红薯为粮，竟终年不得食盐。深山峻岭之中，大家依然度过原始时代的生活，不与外间通音讯。汉江沿途滩多水急，在老河口以下，虽水势平阔，可通大船直达汉口，但以上则悬崖陡峭，一如长江的上游。因此江行殊多危险，同来的这个学校团体，便曾遭遇到一次不幸，一只木船在上滩的时候，碰在江石上，牺牲了几十个女生。

　　当天我们到了草店。那时天已将昏，遂住宿小店中一夜。傍晚时候，漫步村头，在周府庵中走了趟所谓三十六庵，是当时一般游山人所盖下的小庙。周府庵内有古柏数章，苍翠古朴，有所谓一柏二凉棚者，是由一株古柏树的枝叶搭起的两个凉棚，浓荫蔽日，夏间至足憩暑。

　　第二天清晨，即整装入山，沿途有山轿可坐，不虞跋涉之劳。出草店三里，有晋府庵、铁瓦殿、迎恩寺，便到了第一福国裕民坊。崎岖的山路，尚觉平坦，大家谈笑之间，便渐入"治世玄岳"四字，石坊雕工甚为精美，上有仙鹤云神之图。再向前走，是襄府庵、玉贞宫、元和观等寺院。山上的居民看到了我们，都感到了惊奇，因为武当山虽是一个很有名的胜地，但近年来已成颓废，游人稀少，再加上兵荒马乱，更难得有一两个人上山来游玩的。经过了一个地方，是一段山腰，地势陡峭，名为好汉坡，盖能走上这段山坡，诚不愧为好汉也。坡前有玉皇顶、回龙观、回心庵、磨针井等。据传说建文皇帝入山修炼的时候，在这里也经过了这样的一番试验。他爬过了好汉坡，感到入山不易，渐有心灰意懒之势，所以走到回心庵这里，便想重返尘世，幸亏碰到了一个老妪，在点化他。这老妪用一条铁棍在水井旁边磨个不停，建文皇帝问他磨铁棍有什么用，原来她想把它磨成一枚绣花针。这是民间所谓"钢梁磨绣针，功到自然成"的传说，谁知道便引用在这里，成了一个磨针井的古迹。这里庵中依然有一口水井，一条铁柱，是否从前的遗迹，则不可知，不过我想如果铁柱还在，这绣花针事实上却是不可能的。

再过关帝庙，便是老君堂，这里供奉着道家的始祖太上老君，门前有一匾额，书曰"一易中天"，两旁的对联是：

高法天厚法地仍是天地同流两仪总承太极
一生水二生火依然水火既济五行判自鸿蒙

这时候已是下午时候了，过了太子坡和复真观，便到剑河。山谷里流着一溪山水，水面上的石堆嶙峋，峰回路转，有曲折的栏杆和石路穿了过去，人行其间，如山阴道是，山谷里的鸟声，清越可闻。过了剑河桥，山峰才清秀苍翠，妩媚多姿，和山麓间的广漫山坡，已经迥乎不同了。不久便来到了紫霄宫。

到了紫霄前坡，天色已有些苍茫了，于是我们这一行人便走上石阶，进入了紫霄宫，宫里的道士，显得十分闲暇，知客引导我们住在方丈隔壁的一间正房里去。晚上有二果素面，作为晚餐，倒也别有风味。饭后散步前殿，才知道已入万山丛中，这里已有高耸半山之势。道人们在随着指点宫后的一些山峰，有展旗峰、围屏山、香炉山、蜡烛峰等，形势宛如其状，但见翠峰拱立，密林掩蔽，深幽已极。

紫霄前有竹林，后有苍松，在众山怀里，的确是一个极幽静的地方。紫霄宫为九宫中比较最整齐的一宫，建自唐朝，后来明朝又曾重修。殿前有两个碑亭，用砖石砌成，年代久远，顶层的墙皮却已剥落，显得颇有大罗马碉堡气象。

夜宿古刹，听到松涛一片，和道士们念经的声音，如隔人世。

次日晨起，即开始登山。武当山景由紫霄而上，又是一番模样，转过一个山腰，便走到丛山中，山上的树木比以前所见到的格外的奇特了。再走些时，便到了南天门。过去便是南崖，又称为"龙嘴崖"，因为有形如龙首。崖下有一些楼阁，名叫石殿，有五百灵官，内有太子寝床，上书"福寿康宁"四字。由宫向西一行悬崖，尽头便有一峰，那便是祖师飞升处。所谓太子寝床和前面走过的太子坡，其传说似出一源，至于是否即指建文皇帝，不得而知，祖师飞升，或者就是建文皇帝已经修成上天了。

由此折回宫门，再向南行，走在一行山腰上，便看到去天柱峰金顶的山涧，同时也便是武当七十二峰的中心地点。这是一道沟壑，流水潺潺，这时候忽而阴雨迷蒙，两边山峰中也有三几条小瀑布不时从青葱的树林中流泻下来，由此道到黄龙洞，沿途花香鸟语，两三个人张着伞上前走去，山谷中阒静无声。

向前经过七星树，这里是一个水池，名为七星池，后面生着二株杉树，为形甚为奇特，因名七星树。不远便是黄龙洞，朝天宫便在此地，但宫迹颇废，已湮没不可寻得。向上有两条山路：一是大涧，在西边；一是小涧，在东边，于是我们从大涧的路上走去。

黄龙洞以上，山路更崎岖了，经过不少的石阶，最后便到了武当的主峰下，但见藤蔓纵横，密树遮阳，清溪流水，野花遍地。上山去的路子，有宽大的石阶，因为笔立陡峭，两旁有铁索栏杆护着，但终因为来往的行人稀少，石阶既多残缺，藤蔓也把路都遮拦着了。在主峰的上面，便是金顶。金顶四周有围墙护着，上面是转身殿、古铜殿、小金殿、皇经堂。金顶的上面阶墀，全由大理石铺成，围以白石栏杆，雕刻精致。古铜殿是用黄铜整个塑成的，从墙壁门窗起，到殿内的梁柱、屋瓦、香案、神龛、神像，以及一切经堂用具，都是用铜制成连在一起的。虽然殿堂只有一座小房子的样子，但工程颇为浩大，殿内铜器都经人抚摩得发光，殿顶上也金光闪耀，显得庄严富丽。所塑的神像是一个道家装束的模样，这就是明成祖瘾瘝不忘的建文皇帝。除了这古铜殿而外，周围还有几所建筑，那便是天合楼、天云楼、天池楼、天乙楼、灵官殿等。

我们在金顶的围墙外面徘徊了一番，遇到了一位军事测量局的某君，和他说了一番金顶的古迹。他正在那里测绘武当山的地胜，他特地指给我们参观他所做的地图，知道了山势的高度，原来照地图上所示，紫霄宫的标高是1128.7米，五龙顶是1126.9米，金顶1724.7米。他又讲到在"剿共"时期，共军的骁将贺龙曾到过紫霄宫，共军的政治委员邓某则曾来金顶，索观道藏。那是"民国"廿四年左右的事情。在金顶的下面，尚有一天门、二天门、三天门、会仙桥、文昌阁等，但遗迹却罄无可寻了。

一个名胜的中心，大都是有不少的神话渲染着的，于是道士们便告诉我们金顶上有八景，但言人人殊，一说是八景为：乌鸦引路、雀不落顶、雁鸿来朝、燕绕八阵、飞蚁来朝、仙猴献桃、梅鹿献花和黑虎巡山，但另有一说八景却是：金鸡长鸣，夜间常闻鸡声响澈云霄；海马扬声，在金顶上雷电交加时得见异兽；雷神洗电，金顶雷雨之景；祖师圆光，雨后天晴时对山返照圆光如祖师像；金殿倒影，亦雨后返映之景；海水来潮，山下岫云层起；平地闻雷；天柱晓晴。

这些传说，虽然有些神怪不经，但其中也有可以借科学来解释的，如圆光之类，即在其他名山中，亦可得见。每年来拜山的香客颇多，大约在二三月间来者为河南人民，四五月间为四川人，九十月间者本省人，尤其是汉阳府一带的香客，络绎不绝于途。

当夜天晚，即借宿金顶外之道士处。

四

第二天，我们便下山了。上山时因为要游览各地，虽然雇了山轿，但不常坐，只让轿夫们跟随在后面。下山时，一方面因为跋涉了三天，身体疲乏，一方面也因为山势陡峭，下山尤感不易行走，于是便都坐了山轿下去，轿夫们腿脚灵便，道路又熟，飞快地跑下山来。沿途又将未曾到过处所看了一遍，方知道武当山的八宫三十六庵寺大多荒废。老营宫在回龙观以北，五龙宫也在西北，原来是上武当山的北路必经之地，但在轿夫们遥遥指点之下，我们只看到一处处断墙瓦砾而已。

回到草店，已是武当归来的游客了，由草店返回均县，一切都感到嘈杂烦乱，想不到武当四日，会使人有脱胎换骨，跳出尘世的意味。

以上所记，是八年前游武当的印象，如今记来，一切重现脑海，倍觉清新，快游就像隔日似的。机会难再，我希望永远保留着这次游山的印象。

中华人民共和国时期

57 武当山

万　峰*

武当山又名太和山，在湖北省的西北部，距襄阳、樊城、老河口不远，离汉水沿岸的均县120华里。有一条公路，从京汉铁路的花园站260里，经过武当山麓的草店，直通至陕西边界白河地方。草店为入山门户，属均县管辖。武当山脉沿汉水流城遍布于均县、襄阳、郧阳、房县、郧西等地。世称武当有七十二峰、三十六涧，而天柱峰为武当的主峰，金顶又为天柱的绝顶。道教杜造出一个"北极玄天上帝真武之神"，说在武当得道。数千年来，由于在道士与封建势力互相配合、捧抬之下，荒诞的神话流传于鄂、豫、川、陕一带，诱引着千万人于每年春季赴武当进香。中华人民共和国成立后，农村人民已破除迷信，山中道士也进行自我改造，从事生产。所以，今天的武当，虽然游客已经没有从前那么多，但已没有过去的庸俗，那种不健康的吸引力——迷信神话，已随解放而逝去，今后我们所瞻仰的武当山，是祖国美丽的山河之一，是先代劳动人民伟大创造力的遗产所在地。就是这种心情，我和朋友徐君游了一次武当山。

武当史话

是旧时武术的发源地。

是封建主神道设教的地方。

---

* 万峰：1946年生，生平事迹不详。

武当因道士张三丰而得名。张三丰是元末明初的拳术家,他在武当习拳,创设太极拳。这种拳术,适宜于男女老少,因张三丰在武当住得很久,所以后世称为"武当派"。关于张三丰的传说甚多,据说明初朱元璋、朱棣父子,亦曾虚心罗致,但他并没有理睬。太极拳则与武当山互相联系,垂五百余年而尚为人称道。

继张三丰而扩张武当的是朱元璋的儿子朱棣(明成祖)。朱棣为要驱逐他的侄儿朱允炆(建文帝)而夺取皇位,特意创造一套神道设教的把戏来吓唬他的反对派。他自称"本人是真武转世,受命于天,应为天子",以迷惑人民。及至皇位到手,不能不论功行赏,他既是"真武"的代理人,那么,更不能不"崇功报德"。因此,在1412年(永乐十年)派隆平侯张信、驸马都尉沐昕,率军民人夫21万人到武当,用五省的财力,费时14载,建造宫观33处,把武当周围百里内,建成一个"真武道场"。内最著名的有八宫,即静乐宫、迎恩宫、遇真宫、玉虚宫、五龙宫、紫霄宫、南岩宫、太和宫。各宫建造规模不同,其雄伟广巍则一,极尽中国建筑技术的能事。它们的宫墙,均用厚1公分的丝绵夹硃砂银砌成,迄今五个世纪,仍颜色鲜红。宫面一律用绿色琉璃瓦,梁柱直径均在2市尺以上,殿基用大块山石砌堆,墙砖每块均重40市斤以上。每个宫殿前矗立着2块大石碑,最大的是玉虚宫的2块,有人量过碑长4.18公尺,宽2.3公尺,连顶盖及下面赑屃与石座共高8.4公尺。这样由整块石头凿成的巨大石碑,是中国其他地方任何石碑所不及的,单就16块石碑如何搬运上山,已可想象到工程的艰巨。一切规范,系仿照北京格局,衬以峰峦嶂岳,愈显得崔嵬葱蔚,比北京的建筑更来得伟丽,这虽然是封建主为了巩固他的统治权而建筑,但正像北京的故宫一样,是我国劳动人民的伟大艺术创造。八宫中现只存紫霄、遇真、太和三宫,其余均已毁损。这是非常宝贵的历史遗产,我们应当好好地保存起来。

自汉口至草店

襄樊的棉种亟待改进。

翻身后的农民是前进了,有组织了!

我们于1951年10月3日晚自汉口搭北上的22:40的京汉车,午夜2:06

分抵花园，寓车站对面小客栈，臭虫满室，和衣而睡。次早转搭公路车，经随县、枣阳两大站，260公里抵樊城。这一条横贯鄂西北的公路，沿线是丘陵地带，土质很瘦，农村经济，比较贫瘠。近樊城时，天下大雨，车无篷，挺淋二小时，衣履尽湿。因为天下雨，赴老河口的汽车停驶，滞于樊城者四天。在这四天中，曾渡汉水访襄阳城，城依江而筑，与樊城遥相对峙，现设襄樊市。这一座古老城市，在中国历史上，是有过重要地位的，京汉铁路未通时，被称为"沔汉津梁"（"沔"即汉水上游的陕西沔州，汉为长江口的汉口），而在军事上，它更是武汉的屏障，失襄樊，即不保武汉，故为兵家必争之地。现在城内无工商业，只有机关学校，街上寂然无声。对此古城斜阳，未免引起了历史的回忆。襄樊一带，盛产棉花，但品种多属退化洋棉及531号脱字棉，据农民谈，顶壤的棉田今年不过收籽花15斤。在中国棉花品质上言，鄂北棉作是亟待改进的。

10月8日车站宣布有商车开老河口。此段全程计90公里，自上午11时开车，虽中途未抛锚，但至下午6时才到。老河口地近河南，一切风尚言语，与豫省相仿，民风朴实，令人起敬。附近农村亦较襄樊一带为富裕些。老河口昔年为鄂省大镇，日寇占据了半年，把繁荣的市面，烧毁殆尽，现在市上均系临时搭盖的房子。与居民谈话，无不对日寇咬牙切齿，对美帝要重行武装日本，莫不表示坚决反对。老河口至草店计84公里，原来公路通至陕西边界白河，抗战期间桥梁破坏，国民党反动派未加修复，现正由郧阳专区派工修理，尚未完工，因此还不能行驶汽车。我们不得已在老河口雇架子车两辆就道。这种架子车系由黄包车改造，去了车篷坐座，加上一副木座子，前后配以桢杆。这种构造，可以装货，也能载人；平路可拉，上坡可抬；有黄包车之长，而无黄包车之短，确是一种很方便的交通工具。

自老河口出发，5华里渡汉水中一沙洲。这块沙洲，南北横越十里，是由上游下来的泥沙，长时期的淤积而成，由于淤积的关系，所以汉水流域的交通大受限制。我们于回程渡沙洲时，恰遇大风，孤舟横江，船发如箭，风沙迷漫，掀起了像上海国际饭店一般高的沙柱五六个，蔚为奇观。85华里至石花街，是属于谷城县一个大镇。又18里至王家营打尖落店，晚餐后，农村中静悄得似在睡眠中。店外公路上农民利用月光开组长及代表会，到有五六十人。由农会主席说明开会宗旨，宣布四项报告：一、鼓励村民订阅报纸，组织读报小组；二、举办合作社，欢迎入股；三、继续管制地主，不得松懈；四、加强抗美援朝，保护胜利果实。最后，结合到土地分配的复查与公粮的缴纳是否公平合理，鼓励农民提出自己的意见。接着是农民兄弟的踊跃发言。这一个会，始终在热烈、愉快的气氛中进行着，我在旁边听了二小时半，竟忘了睡眠，忘了我在三千里外的农村中，似乎我已也参加了他们的会。在毛主席英明领导之下，中国农民是前进了，有组织了。这是祖国最大的力量，是都市居民非亲自深入农村不能体会的。

翌晨4时起身，因为今天要赶120里路，所以天未明即上道。32里至土官垭，此地产石棉甚多．石棉对工业方面用途很大，现正由土产公司积极开掘中。从老河口到这里，公路与武当山脉并行，修筑得很好，加以坡度不大，所以步行亦不觉得吃力。将近草店时，突然一个像一朵莲蕊似的山峰在蔚蓝的天空中出现，这正是30年来所梦想的武当金顶，不禁使我欢呼起来。渡过一溪，即是草店，草店是武当山东北麓的一个市镇，有居民400余户，筑有寨子，寨子外有宿店两三家。我们在宿店安顿行李之后，即持介绍函拜访友人。当夜向草店镇公所取得入山路条，预备在山三日，第一天宿紫霄宫，第二天宿金顶，第三天宿南岩。

紫霄宫

建筑高敞特异，与北京宫殿相仿。

道士们全经改造，参加了农业生产。

次晨5时发草店。二里过玄岳门，为入山山门，有牌坊额曰"治世玄岳"，石刻颇工，相仿于南口十三陵五牌坊。经遇真宫，为八宫中最小的宫。昔人谓宫内"古柏森森"，现已被刘殆尽。

从前这里有一座张三丰铜像，现已移至草店保存。6里至元和观。由此分二条路上去，会于回龙观：一条是由元和观直登好汉坡，翻山5里抵回龙观；一条是绕玉虚宫（俗名老行宫）废址，9里至回龙观。由此8里过磨针井，天柱面目尽在眼前：金顶巍巍，峻极于天，白云倏忽，苍秀朴眉。又五里至太子坡，有复真观，筑在突出的悬岩上，外围筑以墙，名曰九曲城；进城有用巨石铺成的甬道，工程颇伟。下坡为下十八盘，至此，已进入武当奥区。渡剑河桥，是万绿丛中一座古色古香的桥，桥下绿波荡漾，清流奔放。桥旁小店四、五家，与谈武当今昔：虽说当年烧香游客，盈千累万，山中赖之度日，但他们也深深地明白，这是不合理的现象，今天当然要走上劳动之路。所以在解放之后，山中均种上苞米，从事于正当的生产了。

由剑河从上十八盘，至紫霄为程15里。越过几个山峰，从上十八盘看剑河，如在釜底，过财神庙看十八盘则在山脚。行行重行行，紫霄宫在万绿丛中出现了！层台杰殿，红墙碧瓦，确是森严雄伟。入宫门，左右各有碑亭一座。跨过丹墀两层，为大殿，前临禹迹池，背负展旗峰。大殿有周围二公尺的巨柱二大根，建筑高敞特异，与北京宫殿相仿。左右各拥山峰三四座，愈显得层峦青翠，形势开朗，无怪道家要选为"洞天福地"了！

紫霄宫是现存道观中最大的一所，昔日经常有黄冠数百，今尚留27人。他们已全部经过改造，参加农业劳动，尚可维持生活。当家冯教训，黄冈人，为人精明能干，识字虽不多，而颇能努力学习。他一人管生产、宫务、交际等，并要周济其他宫观。

庙宇是属于国家产业，武当山是祖国的古迹，而紫霄为武当仅存的明代建筑，实在太宝贵。

天柱金顶

徐霞客欣赏过的榔梅已经绝种。

顶出群峰之上，白云缭绕，群峰环拱。

由紫霄右侧循展旗峰西上，山势数折，过乌鸦岭右转为到南岩的路。过岭，5里至七星树，在坞中突起一小峰，类似长江中的小孤山，上有七棵树，当地人名之曰"小武当"。由此望南岩一带，岩壑险峭，岩中建筑如蜂房鸟窠。登高拾级而上，有榔梅仙祠。据说以前此地有一种槟榔与梅接种的树，生一种果实叫"榔梅"，非常名贵，明时作为"贡品"，只有皇帝才能享受。这种榔梅树，在徐霞客来游时尚见甚多。他说："榔梅树花，色深浅如桃杏，蒂垂作海棠之状，大皆可抱。"他用尽方法，向道士手中得到数枚，说："形似金橘，渍以蜂液，金相玉质，非凡品。"他视为珍宝，于1623年（明天启三年）旧历四月初九日抵家，以榧梅为老母寿。我到此后，急切向农民探询，不可得，询问老道，亦称在清代即已绝迹。登榧梅祠，抚摩石碑，字迹均为风雨所剥，亦无所得，为之怅怅！这种果实正如米邱林所提倡的接种果实，惜前人没有把它好好保存，以至绝种！过黄龙洞有亭已倾圮，更进5里至朝天宫。自此15里至金顶，分为老新二路：老路势陡难走，而风景则绝佳；新路平坦易上，系1931年新修。我们走老路，石级曲折上跻，两傍系以铁索，因久未行人，芜草杂树，横亘路上，石蹬亦都损坏。我们因金顶在望，忘了辛苦，奋勇攀登。过一天门，二天门而抵三天门的太和宫，憩于皇经堂。昔太和宫有六房，即皇经堂、高楼、天一楼、天池楼、凤凰石、天合楼。那时规模巨大，可招待千万游客，现则除皇经堂尚有四五道士，余均大门紧闭。由太和望天柱百余公尺，环甬道而上，围以城垣。城开四门，东西北三门下临绝壑，无法通行，只有南天门通着外面，即太和宫的出入处。我们到金顶时方值大雾。据老道说："雾气时罩时开，没有定规。"天柱独出众峰之上，四旁绝崭。峰顶平面约六七十平方公尺，中建铜殿，额名"金殿"，实际上是铜质镀金，明代称为"镏金"。殿长3.4公尺，宽4公尺，高约5公尺。瓦、椽、梁、门、栋、宫斗，一切皆铜制，内放真武铜像，傍列四像亦铜造。

我们宿于金殿旁小木屋中，雾气全夜未散。第二天下午才云开天朗，武当的真面完全现于眼前。昔人称金顶："天宇澄朗，下瞰诸峰，近者鹄峙，远者罗列。"各峰均有象形的名字，类似，有的不像。诸山培塿，都向西倾，若趋若侍，独东南一峰与天柱几相埒，但并不俯首天柱，据称叫"外朝峰"。山间白云缭绕，有若银涛，远近山峰，时隐时现。昔人有诗："白浪千层雪雾收，点点秦山横地出。悠悠汉水接天流，银河夜色清如水。"写实也。

南岩

乌鸦岭上乌鸦少，

南岩宫畔话沧桑。

南岩在武当诸峰中，被誉以险峭胜，它介于紫霄、天柱之间。而以乌鸦岭为介。我们从金顶归途中，乌鸦岭上大呼"乌鸦"！霎时，闻声飞来的有数十头。我们以馍饼向空掷去，它们以雄健的姿势，自空而下喙得之，有时数头争猎一饵，活泼天空，极尽飞鸢的本领。道士谓从前常有数百十头遮零而聚，今进香已绝迹，无人供养，所以乌鸦也已减少，今后小乌鸦势必忘其祖先传统本领，"乌鸦引路"将成为武当历史上一名词了。过乌鸦岭北端，左折入南岩的南天门，即南岩宫废址。这个宫原来建筑在一个三面突出的半岛上，1924年毁于火。山门与碑亭尚存，在斜阳夕照中，令人引起无限沧桑！

殿后有二排西南向的石室，天柱屏障于前，绝壑垂削于下，凭栏俯视，幽绝无比。山志称为独阳、紫霄二崖。又东渡一崖，登一峰，峰上建一台曰梳妆台，其下建有房屋，据说可以缘着绳梯缒下，否则必须由峰后绕转，为程5里，因时间关系，只有放弃了。

结　语

武当处于鄂北内地，交通不便，去的人极少。过去由于迷信的号召，鄂、豫、陕、川四省的香客，千里烧香，自明迄清未曾中断，（注：现）业行中断。战前公路通至武当山麓，不久抗日战起，游人又复中断。我们为了要实际了解它的历史与地位，不远三千里地奔走，连步行在内，用一切交通工具，为了争取时间，晓行夜宿，披星戴月，终究看见了武当真面目。这一座深嵌在中国人民心坎里的名山，在伟大的祖国山河中，它是和秀丽的峨眉同样有地位的。所不同的：除了范围不及峨眉大；另外，入峨眉自报国寺起，翻了一山又一山，老是看不见峨眉金顶；上武当，则从草店外70里大路上，即见金顶，峰峰拱秀，如青云千朵，愈走愈近。武当另一特征，即天柱峰为众峰之表，在它前面诸峰，若钟若鼎，罗列嵯峨，皆向天柱西倾，这与青城山的东倾，有异曲同工之妙。

天柱峰上的金顶铜殿，式如暖阁，外体精光一片，毫无铸凿痕迹，全部找不到一个"榫"、一只"钉"，其制作之精，堪称绝构。我所见的昆明黑龙潭及鸡足山的铜殿，同为明作，均不及此。其他若北京颐和园的排云殿，当更比不上了。真武铜像及旁列四个铜人，亦铸作绝佳。其中二位武将，一个双手执一大纛，风吹旗展，双手作紧握之势，异常有力；另一位两手捧剑，剑略出鞘，面部表情，及衣裳线条，都栩栩如生。这种艺术，远非欧美所塑制的铜像所可比伦，可列为"中国的世界第一"，乃中国劳动人民智慧与天才的创造。

武当除了山景雄伟外，山巅温度在夏季与地面相差30度左右，与牯岭之与山下相差10余度，更宜于作避暑之区。他年交通发达，作为中南区人民休养的场所，是最适合的。

山中道士及农民，为了劳动改造及增加生产，在原来已少树林的山坡倾斜地砍木倒树，种植苞米，这固然无可厚非，但生产需要有远见，也即是说必须是有计划的生产。山坡种苞米，根据农业科学观点是不合理的，因为易使土壤损失，渐渐不能保持水土，变为石山。所以对武当山言，是一种损失。武当山为风景区，宜植森林，相反地，森林落叶，可以增加土壤。据明代记载："太和山百里内，密树森罗，蔽日参天，至近山数十里内，则异杉老柏，合三人抱者，联络山坞，盖国禁也。"今天武当已成为濯濯童山，在天柱附近尚存松杉若干，最老的亦不过百年。我的肤浅之见，假定我们再不好好保持水土，则将来要种森林亦属不可能，所以山间种植苞米，是一大问题。况且山中对种果品，亦颇适宜，现产一种梨，味甜多汁即是明证。假使徐霞客时代的棚梅，能重现于今天，再加以推广，增加国内市场优良水果的供应，那不是更理想吗？

58 武当山记

碧　野[*]

我和文物考察队结伴上武当山。

一条小河，腾着细浪，欢欢地流过这鄂西北山区的一片盆谷。河水清极了，可以看见纹彩斑斓的水石铺满河底。阳光透过波浪，折射水石，显得满河辉煌。光这一点，就给人感到虽然还没有上武当山，但它附近的山川已如此明丽了。

我们走过盆谷，穿进山林。沿途弯曲盘旋的峡谷地带，处处是淙淙的流泉。山林幽深，日影变成碧沉沉的。这时，正是山中麦收的季节。只见小翠鸟沿着黄熟的麦田低低飞掠；依山傍水的打麦场上，人们百十成群，整齐地面对面排列成两行，很有节奏地在挥着连枷打场。

"看，武当山的七十二峰！"向导同志忽然指着深远的天边说："那上面就是贺龙元帅当年率领红三军的游击根据地！"

我的眼光穿过山凹和林隙，果然望见背衬蓝天的一座座奇峰。天气晴朗，武当山七十二峰突立万山之上，像一支支青钢剑指天。

"武当山古时叫参山，是秦岭支脉，方圆八百里。山上出产珍贵的名药金钗石斛。古代，李时珍就在武当山上采过药……"向导同志一路上给我们说古谈今，更提起了我们的腿劲。刚过晌午，我们就走出漫长的林间峡谷，来到武当山脚的一片水暖秧绿的平滩。平滩上有个小镇，叫草店。在草店望武

---

[*] 碧野（1916—2008），原名黄潮洋。广东大埔人，作家散文家。著有《天山景物记》《碧野文集》（四卷）等。

当山，眼前一带山峦青翠沁绿，像一把制造得非常精巧的碧罗扇。

"这里的树多翠！"我说。

"是我们栽培的园林场嘛。"从边上挤过来说话的人，一经介绍，原来是来迎接考察队的武当山园林场场长。

场长大个子，长得像一株罗汉松，说话带山东腔。他原是山东子弟兵，1947年南下，中华人民共和国成立后转业来搞园林场。

"过去这山前一带的树，全给国民党军队砍光了。十年种树树成荫，现在90里园林场，松、柏、杉、果树，都有了。"场长的紫脸庞，笑得非常敦实。

园林场场部设在武当山脚的老营宫。老营宫分正宫和东西宫，还有御花园遗迹，是明朝永乐皇帝的行宫。五百多年来的水土流失，把剥落的朱砂红墙和宫门埋去了大半截。除了琉璃八字山门、残破的龟亭和殿基石台之外，什么都没有了。

也许向导同志看出我们对这故行宫的破落很惊奇，就解释说："永乐修武当山，勒索七省钱粮，逼来民工13万，工期13年。可是这规模最大的老营宫，却挡不住李自成农民军的一把火！"

"当时农民连草根也吃不上，皇帝却在这里占山作乐。我看闯王这把火烧得好！"场长笑着说。

"可是现在你在这里坐破宫院！"向导同志跟场长开起玩笑来了。

"可是你们看，在这人民的仙都里，我却登基当了园林王！"场长很有气魄地把胳膊往八字山门里一挥。

老营宫的红色宫墙里，另有一番景致。

在红色宫墙的掩映下，老营宫里飞金点翠地种满了果树。各种果子挂满枝头。这里有来自新疆吐鲁番的无核葡萄，来自东北的苹果，来自上海的梨。果子品种繁多，桃有蟠桃、黄金桃，梨有五月鲜，苹果有落花甜。阳光斑斑点点地筛落枝叶间，映照着累累的果子，五月鲜已经像姑娘羞红了脸，落花甜也已经笑脸迎人。而比果子更加动人的，是正在苗圃里嫁接果树的一大群姑娘。她们的双手，正在为大地绣花织锦；她们的枝剪，正在为幸福的人间裁绫罗。

夜里，圆月当空。山区的月夜是如此宁静。圆月的清辉泻满园林，夜风轻吹，四周的果园微微闪着千点万点绿光。我们坐在殿基石头平台上，第一次在这武当山脚赏月谈心。

场长要到草店去参加区委会，他介绍一个年轻的女园艺师给我们每人送来了一大杯冷蜂蜜水喝。蜂蜜水芳香、甜蜜、清凉。

"调蜜的是我们这宫里的龙泉水！我们蜂群采的是野花。"女园艺师坐下来，准备跟我们这些远来的客人长谈。我们很自然地把小竹椅子拉到她身边来了。

"园林场养了不少蜜蜂吧？"

"现在留下的有1000多群。我们的蜂群分得远，秦岭、巴山、荆州、襄阳、长江边、江汉平原，都养有我们这里分出去的蜂群。"

"没想到这老营宫还是蜂蜜的大本营！"我们同来的小伙子喝了一口蜜水，咂着嘴唇惊叹地叫起来。

女园艺师好奇地看了一眼小伙子，抿着嘴笑了笑，说："近年来，这一带山区的麦子棉花长得好，就离不开我们的蜂群授粉。我们不但收蜂蜜，还收王浆。"

"你刚才不是说蜜蜂采野花吗？"小伙子急迫地问道。

"武当山野花多，蜜源丰富。好比说，我们蜂群赶的就有野芝麻花期、桐子花期、木子花期、野菊花期……"女园艺师的声音在静静的月夜中显得格外清亮。

"你们的工作多美，又是果园，又是蜂群！"我说。

女园艺师笑笑，说："这倒是，我们的工作花花果果，蜜蜜甜甜。可是美丽的工作是从艰难中创造出来的！"

园林队刚来老营宫的时候，宫墙内野草荆棘长得比人高，他们当时只有11个人，10把锄头，一条半牛。所谓一条半，是一条大牛，一条小牛。他们修桥补路，盖草房，开荒种麦子，先解决吃住问题。那时，场长把新盖的草房让给同志们住，自己一家大小住牛棚。

场长过去是拿枪扛炮出身，对栽果造林生疏，对养蜂取蜜更是外行。但是对人民有益的事，他就本着军人的勇气往前奔。芝麻花期天正热，他抱着当年随军南下的破棉军衣，下去跟老农学习养蜂。蜂群在山野赶花期，他望星看月露宿。烧饭虫蛾扑火，落满锅里。老农感动地说他："夜里住的是天堂，吃饭喝的是虫子汤。"于是下力教会他养蜂。他学做王台，学分群，真是青出于蓝。到后来，在老农手里一群分三群还没十分把握，他却最高能分20群，一手造出30个王台来！

人们赞美武当山有这么一句话："南崖的景，紫霄的杉。"后半句是指紫霄宫的杉树特好。杉树是适宜生长在山高气候凉爽的地方。但场长却下定决心非把"紫霄的杉"改为"老营的杉"不可。他用苗圃改良杉种，在老营宫九十里周围的山头上，除了松、柏之外，他大量地栽上了杉树……

"我们场长就是这么一号人——白手起家，点石成金！"女园艺师笑着做了结论。

"那么你一定也创造了不少成绩！"我说。

"我是场长的助手，没有什么好说的。"她微微地一笑。

"轮到自己，就变成云遮月了！"我们同来的小伙子憋不住开了腔。

女园艺师抬头望了望夜空，圆月中天。她若有所思地说："果子让孩子们吃了长得快，蜂蜜让老人们吃了添寿。我们栽的果子、取的蜂蜜离需要还差得远呵！……"

"你们怎么还不睡觉呵！"一阵脚步声带来响亮的叫唤。

我们回头一看，原来是场长开会回来了。月光下，他身上披着当年那件破棉军衣。他的破棉军衣提醒我们：这山区的夏夜够冷的。我们这才觉得夜深的一阵阵凉意。

第二天一早，我们趁早凉上武当山。山道像螺丝转似的，我们一盘一旋地上山。武当山八宫二观三十六庵堂，这些明代建筑在烟霭中，就像云乡霞村似的。沿着山道两侧的坡地山田里，种着各种庄稼。山上公社的社员，也已经在打场。每座山岭的悬崖上、泉流边、溪谷里，长满了野桃、野杏、野梅子、野山楂、野蔷薇和野石榴。野蔷薇送来一阵阵花香，野石榴花映眼红。武当山上的风光到底不比平常。

日午，我们来到山坳里的一座飞檐式的古老宫观。

"此处叫作磨针井。"向导同志说着向我们讲述了一个神话故事：当年真武大帝修炼心志不坚，往山下跑。观世音化作姥姥，在这井边磨铁杵。他奇怪地问她磨铁杵干什么，姥姥回答说要把它磨成绣花针。真武一听，顿然了悟，重复入山苦修。

现在殿阁里还保存一尊姥姥的铜像，手拿铁杵，头微偏，作含笑对答状，栩栩如生。

"看，这里还有两个铁杵，就像炮弹！"一个老人指着立在殿脚的已经被人摸得光溜溜的铁杵，对我们说。

"红军爷爷，你不看牛啦？"一个正在打扫庭院的小姑娘叫道。

"牛恋水草，跑不了。"老人说。

我们惊奇地打量了一下老人，他穿着粗布褂子，脚踏草鞋，浓眉突出，手拿白铜短烟锅。虽然年纪很大了，但骨格硬朗，眉眼间还带着一股英气。

"你怎么喊他做红军爷爷？"我悄悄地问小姑娘。

"他本来就是贺龙元帅当年的老红军呀！"小姑娘好像怪我怎么连这也不知道。

我们能碰上贺龙元帅当年领导的老红军，真是意外的惊喜。

"当年红三军司令部就设在上面的紫霄宫。要不是我看这一大群牛，真想练练腿劲，陪你们上去看看。"老人虽然抱歉地说，但可以看出他总想把当年艰苦闹革命的事告诉儿孙一辈的心情。

我们围着老人坐在一棵老松树下，一边望着满山满谷吃草的牛群，一边摆谈。

"观世音到底没能把铁杵磨成绣花针，我们却把绣花针真的炼成了铁杵。"老人吸着烟锅，眼光深远地望着四周的山岭，慢慢地说开了。

1931年，贺龙元帅领着红三军来到武当山，武当山可热火啦。红军战士帮山村收豌豆，农民给红军战士送马料。老人当时正壮年，高山人烟少，住在山里的青壮年连他总共83个，一齐参加了红军，编成一个队，矛子多，枪支少。贺老总发给他们一杆红旗，一支军号。

当年，武当山上号声这山传那山，部队忙着练兵，忙着运粮运子弹。贺老总跟战士们一样打扮，一样扛着子弹箱，一样运粮草。

不久，白匪军围攻武当山，仗打得猛，红三军大战十八盘。十八盘枪炮涂得太阳黑了脸，遮得星星没了光。十八盘的满山柏树都给子弹打得没了尖！

红三军转移到房县大深山。老人留下来亲手埋藏战友，给深山密林中的伤员送汤送饭……

30年漫长的岁月过去了，老人像埋在土里的一块钢，并没有生锈。62岁上，他还当初级农业合作社的生产队长；70岁的今天，他却自愿为这武当山国有牧场看牛。

"我生在武当，长在武当，老在武当，我眼看着武当真正成了仙乡！"老人感情深沉地说。

接着，老人热情地告诉我们：八百里武当山已经变成国家的牧场。他们从新疆购来了种羊，从河南购来了种牛，从内蒙古购来了种马。将来，崎岖的山道将改为电气缆车上山下山。到那时，这武当山，将兴建毛织厂、牛奶厂、肉类罐头厂……

这个老红军送我们走出磨针井的时候，一边殷勤地给我们指路，一边抱歉地说："两年前我还领着大伙修剑河水库，跑遍八百里武当山划分牧场。现在，多长两岁，腿就有点不吃劲了。要不，我得陪你们上金顶！"

老红军讲的当年红三军的战斗事迹，他的忠于工作与对未来的理想，久久地激动着我们。我们满怀欢喜，不知疲倦地翻山越岭，继续向前走。

山高太阳落得早。在余晖中，我们来到展旗山下的紫霄宫。紫霄宫在高山峡谷里，转过岗峦，才突然呈现在眼底。满树白花的松萝树，掩映着碧琉璃瓦的大殿，显得非常幽静庄严。

整天盘行山道，已经够累了，但一到紫霄宫，却令人在庄严的感觉中精神倍增。我们首先巡礼当年贺龙元帅住过的父母殿，父母殿在大殿后边，两层楼阁，背靠危崖耸立的展旗山。贺老总当年住在楼上，至今桌椅犹存，简朴庄穆。遥想当年这个劳动人民英雄之子，在艰危困苦的岁月中，住在父母殿，背负展旗山，为全国辛劳度日的父母争翻身，为祖国的未来展开战斗的红旗。抚今思昔，能不令人在振奋中感到革命事业缔造的艰难！

向导同志告诉我们紫霄宫产奇花异木。在薄暮中，他领着我们到处寻找。除了杉林和满树白花的松萝树，在淡青的余光中像碧玉簪和银钗插空之外，我们果真发现了黑牡丹、丹桂和木瓜。黑牡丹已经开败，丹桂飘香的季节却还没有到来，只有木瓜结实累累。据说，这些奇花异木，是当年红三军开拔后，山里人民为了纪念红军战士，费尽心血从别处移栽来的。正因为紫霄宫是当年红三军的司令部，山中百姓年年来看花木，借此默数年月，盼望红军的归来。牡丹年年开放，丹桂年年飘香，木瓜年年结实，终于这一年到来了，红旗牢固地插上了武当山。

夜幕降落，山中圆月皎洁。月光如水，浸满大殿、花木和山林。白天看武当山的蜡烛峰、香炉峰远在云海，如今在明月下，山影幢幢直挤到跟前来。

虽然山高夜寒，但我们舍不得离开殿前的石栏杆。我们围坐着跟一个老农聊天。

据说当年红三军政治部曾经给紫霄宫留下一副对联，上联是：伟人东来气尽紫；下联是：樵歌南去云腾霄。两联的最末一字，合起来就是"紫霄"。这副对联不仅刻画了当年革命者的心怀壮志，而且也是对今天光辉现实的预言。

月光皎洁，照满窗头。我们望月遐思，久久不能入睡。

山间的黎明鸟声声催人早起。今天我们要上武当山最高的金顶。向导同志说紫霄宫离金顶虽只有25里，但山高路陡，攀登吃力，抵得上百里。我们只好趁曙色早行。

一出紫霄宫，果然就是石级盘旋，几乎没有十步平坡。我们拨开封住山径的野草，踩落纷纷的露珠，傍着展旗山爬到南天门。过南天门，朝日映红天柱峰，金顶闪闪放光。这一带奇峰突现。右有南崖，崖壁上开凿石殿，下临千丈深谷，晨雾浮游，看不到底；左有老林撑天，郁郁苍苍，是猿猴出没的地方。

天柱峰上有金顶，前面山脚却有小金顶。我们走过崖壁上处处流泉的弯曲山道，来到小金顶。所谓小金顶，只是崇山峻岭中的一个玲珑奇突的小山岗，上面长着古松，独成一格。奇怪的是，在这深山中却有一个木材加工厂，斧锯声给空寂的山林添加了无限生气。

这座木材加工厂的规模虽然不大，但从它目前经营的业务上，已可看到武当山未来的发展。现在，它仅仅是给山里公社制造农具、盖新房子；但工人们都知道，将来八百里武当山牧场的羊舍、牛栏、马厩、电影院、剧场、医院、疗养院以及山中新城，都等着他们去建造。

工人们热情地给我们汲来清泉烧开水，沏武当茶喝。还给每个人赶制了一根手杖，而且很有风趣地对我们说："天柱峰山高林密，云低路断。现在给你们每人再安上一条腿，虽然当不得马骑，也可像铁拐李的手杖过浪山渡云海！"

工人们说的真不错，当我们爬天柱峰的时候，泉瀑飞溅的黄龙洞，仰面陡立的百步梯，什么艰险的绝境都逼到我们眼前来了。一二十里绵延不断的原始森林，遮天蔽日。林中阴冷，但陡绝的山径却使人冒汗。山鸟争鸣，但怎么也看不见它们的影儿。白云飘游在脚边，像轻纱裹腿。每到林隙间，天光一闪，可以看见山花灿灿，野果鲜红。但是山花野果都在悬崖峭壁上生长，只能远远欣赏，不能探身采摘。

在林隙间，仰望金顶就在头上，而且在太阳下金灿灿地闪光。但是我们沿着陡立的石级，足足盘旋了三个钟头还没有到顶。山风一阵比一阵凉，但我们却浑身大汗淋漓。也许是山高空气稀薄，也许是累狠了，气都喘不过来。我们沿途时时站着或坐着休息，可是一站住就不愿动，一坐下就不肯起。只顾看着林中嬉跳的日影，听着空山的鸟音。

终于我们看见了"一柱擎天"四个石刻大字，心想总算爬上了天柱峰。我们又惊叹又欢喜，长长地吐了一口气。

"上面还有九连蹬，爬完那九曲九弯的石蹬，才算真正到了金顶！"向导同志又像是警告又像是鼓励。

向导同志领着我们爬进一道石城。石城绕着金顶，建筑在千仞危崖之上，每块大石都有千斤重。当年是怎样砌上去的，到今天还令人难解。不要说整个武当山的修建，光是眼前这一道石城，也已使我们惊叹我们的祖先，是怎样发挥了惊人的毅力和卓越的才能。

爬进石城，走过依山开凿的弯曲长廊，就到了九连蹬。仰望九连蹬，真像是九曲回肠。每一曲，不断上升的石磴何止百级，而且迎面壁立，每块石磴都一尺多高。幸好从第一蹬到第九蹬，都有石栏杆，石栏杆上系有一条条铁链。攀着铁链，终于爬上了金顶。

金顶上阳光灿烂，天地无边开阔。镏金铜殿就屹立在这武当山最高的天柱峰上。在太阳下，铜殿放射着耀眼的金光。殿内供着真武铜像，左右侍立着周公，桃花神女，执旗、捧剑四尊纯铜塑像。周公手拿文簿，桃花手托大印，执旗旗角翻卷，捧剑宝剑出鞘。情致飘逸，神态如生，真是古代劳动人民智慧的结晶。

我们聚集在殿前，凭栏远眺。只见除了我们脚踏的天柱峰之外，武当山的其他71峰，峰峰朝向这金顶。地球造形的巧妙，给我们祖国突立了这座名山。我们临风站立在天柱峰巅，山高天阔，极目可以遥望汉江像条蓝带飘逸在千山万谷中，均县和老河口夏熟的田亩一片金黄，甚至200里外的襄阳城也像海岛浮现在碧蓝的天边。

在这天柱峰上，千里江山包容在我们的胸怀中。这山明水秀的武当，使我们想起祖国光荣的历史。在这个辽阔的地区，古代曾经产生过诸葛亮、孟浩然和米芾。诸葛亮的军事韬略，孟浩然的诗篇，米芾的书法，至今是我们祖国的骄傲。而今天，生活在这个地区的智慧而勤劳的人民，他们又是怎样在用双手截断江流、移山造海、建立新城，是怎样在用奇花异果绣山河，用如云的牧群遮山蔽野，用珍珠似的五谷铺满大地呵！

1963年

59 武当春暖

碧 野

屹立于八百里秦川的壮丽的华山，突起于山东平原的浑雄的泰山，耸峙于川西坝的秀美的青城山，我都亲临过。如果说一个人游过名山以后，留下了永世不可磨灭的印象，甚至产生了深刻的感情，那不仅因为是迷人的景色，而且是因为不忘当时结伴同游的情趣，或怀念当年结识于名山的友人。

1961年初夏，我游过鄂西北的武当山。今年，1963年的春天，当我路过武当山的时候，喜见七十二峰缥缈云间，重餐山林的秀色，再沐剑河的波光。这时，我不仅怀念当年和我结伴攀登天柱峰的游伴，而且情不自禁地走向山脚的老营宫，渴望着去看看园林场工作的朋友。

远望老营宫的琉璃八字山门在春天的阳光下闪烁。有一个汉子在宫前犁地。红色的宫墙衬着黄色的耕牛，给人一种喜气洋洋的温暖的感觉。

"犁地种什么呀？"我克制不住自己快乐的心情，直想找人说说话。

"栽种树苗哪。"汉子说着用鞭梢往远处的宫墙下一指，"看，姑娘们已经在起育好的树苗了！"

我加快脚步朝那红色宫墙走去。在一群年轻姑娘中间，一个把辫子垂到地上弯腰劳动的姑娘。我蓦然觉得她的身影怪熟悉，高高兴兴地喊了她一声。

这是我当年认识的女园艺师。不知道是红色宫墙的反光映照的呢，还是被春天的太阳晒热的，她容光焕发，两颊鲜红。

当她领着我走近琉璃八字山门的时候，我看见山门两边，贴着一副大红春联：

栽花种果家家玛瑙红；
植树造林处处翡翠绿。

"好对联！谁写的？"我惊喜地问道。

她低头一笑，手扶石栏杆，跳上台阶，轻捷地走进山门。

山门里的石坪上，晒着一大摊松球。

"这是翅果。"她剥开鳞甲似的松球，让我看从里面取出来的淡褐色翅状种子，借此转了话题。

"采这么多松球，播种用的么？"我问道。

"我们要让八百里武当山，山山飞籽成林！"

老营宫里的石砌雕栏、琉璃亭和八角龙泉井依旧，而植满宫墙内的苹果树、梨树和葡萄藤却比两年前更加粗壮了。在春天的阳光下，葡萄园已经返青，苹果林的千万枝头已经吐翠，梨园的纵横花枝已经含苞欲放。

"今年的果子一定结得多！"我惊喜地说。

"前年五月你来的时候，果子还没有熟；现在你来正是二月间，又看不见花开。"女园艺师惋惜地说。

我们登上故宫中央的石砌高台，这是我们前年入夏赏月夜谈的地方。几把凉爽的竹椅，几杯清甜的蜂蜜水，在我的记忆中，像是昨天的事。我站在高台上，端详石栏杆，石栏杆的顶珠安然无恙；我细看平铺的大石板，石板完整无缺。

"你看看这里跟过去有什么不同？"女园艺师微笑着问道。

我举眼环望，红色宫墙依着山势的高低隐隐约约地蜿蜒于园林深处。在温暖的阳光下，果林正在抽芽发叶，浮现一片迷蒙的青烟。

"有什么不同呀？"我迷惑地看着她。

她往高台脚下一指。

果真，就在高台脚下，一片经冬不凋的橘圃在太阳下闪着醒目的绿光。

我记得两年前的初夏，这高台脚下是一片菜园。

"从哪里移来的橘树苗呀？"我诧异地问道。

"从闽江选来良种，在武当山扎根生长的！"

"你们真是把天下的名花异果都集中到老营宫来了！"我赞叹起来。

"我们还想把早晚的红霞采到地上，还想把夜里的星星挂到枝头呢！"她笑着说。

两年前，我初访老营宫的时候，就知道这园林场创业的艰难，一头母牛，一头小牛，十几个劳动力，在场长的带领下，是怎样披荆斩棘地开辟了老营宫的呵！

"你们的场长呢？"我怀着深厚的感情问道。

"他到昆明采购花种去了。"她说着领我下了高台，穿过园林，往东边的宫墙走去。

在红色的宫墙下，两片迥然不同的苗圃出现在我眼前。

"这是新疆核桃，这是广西木薯。都是我们的场长弄回来的。"她说。

什么声音在嘤嘤地响。我抬头一看，是金色的蜜蜂接连不断地在红色的宫墙上飞过来飞过去。宫墙外，轻风送来一阵阵杏花香。

"你们养的蜂群又发展了不少吧？"我望着在宫墙上鼓翅穿飞的蜜蜂问道。

"现在国家需要大量的蜂蜜和王浆，不能多分群。前年广东派人来要去了一二百群，现在剩下越冬的只有几百群了。"

"想不到武当山的蜜蜂去到了珠江！"我惊叹起来。

"它们一年一次回娘家，一住就是好几个月呢。"女园艺师说得很有趣。

我用疑问的眼光望着她。

"蜜蜂怕暑，广东天气热的时候，它们就被送回武当山来过夏，等到秋天，此地水冷草枯，珠江三角洲花木正繁，它们才又被带回广东去。"她说得娓娓动人。

"那什么时候取回王浆呢？"我好奇地问道。

"有花期就可以取，一个王台可以取一克。"她眼睛闪亮地说："你知道王浆的贵重么？它能治风湿性关节炎、肠胃炎，而且比吃蜂蜜更能使人长寿。只是取王浆要眼明手快。"

"你能取么？"我急切地问。

"干园艺师，什么都要学会呵。我们现在用的还是土法了，不久国家就要拨给我们电气冷藏箱、蒸汽抽气机和灭菌灯了。"

当我们漫步穿行在果树林中的时候,她指点了几处平畦给我看:

"为了推广优良品种,我们在这一块地种了玄参,那一块地种了杭菊。"

"这两年果树推广得多吗?"我问。

"在八百里武当山周围,果树每户都要,有的已经开花结果了。"斑斑的日影筛落林地,照得她的脸孔一明一亮,"有的人家,还特地送来了果子给我们尝呢。"

"准是很甜!"我笑着说。

我跟着她穿行在海底一般幽深的果林中。在苹果林里,她给我指点各种品种的苹果树,大国光、小国光、旭日、曙光、红玉……

"红玉色美、甜酥;曙光结果最早,七月花落就能吃,也叫落花甜。"

"我们老营宫的梨树有的早熟,有的中熟,有的晚熟,一年到头都有梨子吃!晚熟的,秋天九十月可以吃到瓢梨和香蕉梨,香蕉梨带香蕉味,浅黄、肉软,能放两个月;中熟的是苛拉梨,个儿大,青黄色,水分多,七八月就能到口;最早熟的就要数伏梨了,五月梢尝新,皮青带朱砂红,个儿虽小,可是甜香、没渣。"

她的声音里充满了芬芳和甜蜜。虽然我没能吃到这些珍果,也觉得口香心甜。

在园林里转了一大圈以后,我们才回到老营宫中央的石砌高台。这一次,从高台上环望刚刚漫游过来的园林,好像呈现在我眼前的是春光繁花烂漫,秋熟果树殷红。

"你看看,周围的山是不是也跟过去不一样了?"女园艺师含笑地说。

"好像树木比以前多得多。"我眺望着宫前宫后密匝匝成林的山岭高兴地说。

"那淡青色的是迎春发芽的桑树林。"她遥指着一个山坳说。

"养蚕吗?"我欣喜地问。

"国家要绸缎,我们今年就养蚕出丝。再说,武当山周围的公社,都需要桑叉。"她掠了一下额头上被微风吹乱的发丝说。

"你们想得真周到!"我夸赞起来。

"我们场长了解到社员的需要,就主动赶种了桑树。"第一次提起她的场长，女园艺师总是满面光辉。

"可见，你们的园林场已经在群众中牢牢地扎下根了呵！"我感动地说。

她只笑了笑。

"我看山上的树，都已成材了。"我说。

"除了两年前原有的松、杉、柏以外，我们又新种了乌桕、桐和麻栎。再过几年，八百里武当山就要变成无边的林海！"她好像给自己事业的未来先绣了一幅美丽的绣图。太阳已经中午，她把我领进她的房子，然后敏捷地从套间里端出来一托盘红光闪亮的东西，对我说：

"吃吧，先解解渴。"

呵，原来是苹果呢！

苹果个个色泽鲜亮，吃到嘴里水甜芬芳。

"怎么到了现在还有苹果呢？"我一边吃着苹果，一边惊羡地说。

"是去年秋天保存到现在的。现在，我们园林场改进了储藏法，能让苹果保存对年，一直吃到新果上场呢。"

从这个姑娘的身上，我看见了年轻一代对生活的热爱，对事业的信心，同时也看见了祖国未来更加灿烂的春天。

正在我默默思索着的时候，忽然女园艺师友爱地问道：

"你这次来，准备多住几天吧？"

"我是路过武当山拐进来看看你们的，今天下午还要赶路呢。"我说着，悄悄地把吃剩的苹果核收进口袋里，想让这优良的种子在我的窗前开花结果。

于是，这座鄂西北的名山，又给我刻下了一道感情，刻下了一道更深的感情。

我不能忘怀武当春暖。

60 武当琐谈

梁明学*

我爱武当好,将军曾得道。蜕举入云霄,高岭名落帽。

——咏落帽峰句

俗缘磨未尽,空山傍妆台,溪云惹粉黛,岩花实靥开。

——王震咏洗尘台句

世人夸传武当派击技,史书竞载武当山名胜,并非因我出生在武当山麓的郧县,而有老王卖瓜,自吹自夸之嫌,虽然是叨光"近水知鱼性,近山识鸟音"的方便,却确实令人怀念爱慕不已!民国二十八年,我曾在山之草店受军事训练日久,亲自体认山间景物,耿耿难忘。后率部抗日,每遇危难,私心偶一祷念武当,莫不逢凶化吉,匪独自身获安,连战机随亦转运。由是心爱武当日切,乃于胜利后还乡,重留山间,将近一年,对山中种种印象,更为加深!景物掌故,亦增了解,缘结不解,凡一草一木,一泉一丘,更有无限深情,蕴藏心版。爱就记忆所及,略为概述,兼以应《湖北文献》征文之命,工拙未计,敬请高明,不吝指正!

武当山脉绵延鄂省西北,而武当主山,却在今之均县境内,原称武当郡,辖武当(即今均县)、丰利、郧乡(即郧县)。今三县,后丰利并入郧县,置

---

* 梁明学,生年不详。湖北郧县人,移居台湾。民国二十八年(1939),随李宗仁部在武当山下草店所办第五战区干部训练班,后改为国民党政府军陆军军校第八分校受训。

· 266 ·

有武当军节度，盖为重要镇守防御之区；山间群峰起伏，山麓水道环布，有筑水、南河、北河、均水、曾水、远河、神定河、堵水等，东连襄沔，西达梁秦，南通湘蜀，北抵豫邓，为襄樊屏障，系陕蜀通道，形势天然，地居险要，而为兵家必取重地。

其间景物美秀，泉甘土肥，可以撷食芳珍，脍烹紫鳞，桑麻蔽山，棉芋盈野，真是鱼米之乡，兼具江山之胜；民性淳朴，风俗雍正，虽多秦音，却好楚歌，衣食自足，诉讼不兴，诚为人间乐土、世外桃源了！

我尝读《宗海楼记》，有"宗海楼下临清汉，江山映带，景色之变无穷，骚人之所不能咏，画工极思，莫状其仿佛。"又读晁端夫紫云亭记有"武当之叠嶂，青翠高耸，足以俯瞰长波汉川之巨流。秀色参天，岌岌南来，澄练远郭，逶迤东去。"可见，武当的险峻、清幽、神秘、绝胜，连画工也无法捉摸，而前人纪述又多，岂我肤浅枯笔所能描述于万一？

武当区域，周围四五百里，中有主峰，名崟岭，俗呼金顶，高耸三千余丈，有七十二奇峰，三十六危岩，山中多五岳流辈、嵩岱异士，参禅学道，习武炼丹，常百数十人。据说学道不坚，辄为百兽所逐，其间泰岳山、天池山、地肺山、星牗山、石阶山、华岳山、福地山等，均产异草，名"救穷草"，虽严冬炎夏，仍欣然不萎。据传人食亦不饥，乃亦奇事。山门建有"遇真宫"，辉煌华丽，极其壮观。

相传汉武帝，曾遣将军戴生之，往武当山采药。戴遂留山，得道不还（见《武当山记》）。并谓戴将军，偶思凡尘，路过山井，见一老妪，手执铁杵，在井边磨洗，戴异而问，老妪答称："粗铁磨成绣花针"，并随口吟道："功到自然成，钢条磨绣针。"戴悟而坚学不辍，至今有庙名磨针井。戴将军卒得道上升，曾帽落山丘，该处即名落帽峰，前诗系纪其韵事，"有志竟成"，发人深省。

山有石门、石室，前供佛像，相传为尹喜所居之地（图经引）。尹于修道中，突萌尘念，偶斩猛虎，食后腹痛如绞，乃在洗尘台，切腹取肠而洗，未几复原。返室见书案下，栖有一龟一蛇，桌上留有字句："腹肠变为龟蛇二将，还汝梳洗。"该洗尘台位于郧东六十里处，前有王震咏诗纪盛。有地名好汉坡，斜度甚大，约五六里，尹常跑步其间，常人若不息憩，一气走完，必气喘如牛，汗出如雨。今游人争相竞走，以试体力若何。

今五龙观祀真武祖师，据通书载，真武生于开皇元年（581），居武当山四十二年，功成飞升，该观即其栖隐处。而民间亦有传说，明朝永乐太子常读游于此，立庙以纪，有黄金筑成的殿宇，有彩玉砌成的拜台，殿中置有黄金、碧玉供桌各一张、金炉、金钟、金鼓及檀香木鱼，历久弥新；其拜台约二十万公尺，按理仅容纳50人而已，但聚数倍之众，却仍能容下，未觉拥挤，神哉其台！房顶谓常有二仙传道，房内有龟蛇二将呵护，门旁有定心石二块，下临万仞深山，陡绝巍然。游人咋舌疑视，莫不股栗却步，有好事逞能者，或站立石上，以显示自心光明正大，能获平安；或在石上移转身脚，尤显示终身运转鸿钧，永保吉祥；侧有大片池水，土人遇疑难事故，前往祈祷，汲水吞服，莫不有求必应，转危为安！

俗说某将军上山进香，足穿皮鞋，艰莫能前。随行人员建议脱鞋，果无丝毫苦楚，将军至观，面神而问道："汝可用皮鼓！何则我就不能着皮鞋？"语出俄顷，突见皮鼓自飞而去，乃改换金鼓，亦属奇闻。

五龙观下，约二里处，岩石间建屋，居百数十人，专司炊事，招待宿客，至感亲切。再前三五里许，有乌鸦岭，如在岭上大呼"乌鸦！乌鸦！"则三十六岩中所藏三千乌鸦兵，立即闻声群集，必须扬以食物始散，否则予游人以恶作剧，衔石沙草，齐向投掷，更或大小便溺倾集人身，以示抗议。呼鸦人的不诚不信，慎哉！虫鸟无欺，为人岂可言而无信！

左下稍南有南岩，稍北有北岩，均为道人诵经修炼之所，幽静险阻，令人寒栗。居屋建筑极为精致，朗朗诵经之声，佐以青磬红鱼之韵，别具一番风味，令人心悦神怡。

观宇对山，有水帘洞，水如银丝织帛，日光水色，相映绝美。而金泉观，泉自岩隙涌出，灼灼金光，耀人眼目，确是奇景。

在五龙观望七十二峰，莫不俯伏而朝，秀绝青云，群山拜揖，远近景色，尽收眼底，故该观建在主峰朝山极巅，真是气象万千，美绝西南！

惟有一山，形势特出，未朝主峰，因名"外朝山"，俗谚有："要你朝，你不朝，每年拔你一身毛！"即今寸草不生，山树生长亦不高，多奇形怪状，游人莫不争取一枝在握，扶手而归。

紫霄宫上，常聚彩色云霞，经久不散，殿宇宽宏华丽，可宿客百数十人。居此多为清心寡欲之辈，与人无争，啸傲烟霞，怡怡自乐。

山间百兽沐浴之处，名虎溪，平日不伤人，但香客不诚心诚意的，却不敢上山过此地。相传有某将军，骑马上山，猛虎争吼，乘马暴跳，不肯前行。将军下马，安步而上，虎竟为之前驱。至今马缚之处，仍存缚马桩，乡人言之凿凿。

其他如龙洞、龙井、龙池，有飞瀑流泉；石佛岩、石照峰有巨形佛像；香炉峰有山似炉，燃香而拜。金锁岭，有猴脱锁捧果而朝，多奇才异能之士，居隐逸俊贤之人，开四时不谢之花，长八节常青之草，诚属仙山胜境，叫人如醉如痴，流连忘返。

我爱武当，在乎武当山的"险"、"幽"、"秘"，也就是说武当天然山的险峻，风景的幽秀，人物掌故的富有神秘性。想我既生于斯山（出生于郧县），长于斯山（成长于革命摇篮地，八分校的草店），冀来日仍将老于斯山，何况武当别来已二十多年。俗说："美不美，故乡水。亲不亲，故乡人。"征夫游子，寄迹海隅，西望云天，狼烟未靖，安得不令人日益萦思怀念！特稿斯篇，以志不忘，愿与乡贤共享之。

61 武当山峻秀绝尘寰

蒲光宇[*]

上月在友人家翻阅一本湖北杂志,看到上面有一篇大作,是梁明学先生写武当山形胜。看到他所写的文章,大致与事实甚为接近。他是以家居武当山附近,而又曾在武当山麓的湖北均县草店镇的陆军官校第八分校受训前后所见所闻,以及在杂史中描绘出来的武当山的概略叙述,而我的家就住在武当山麓——湖北均县六里坪——说起来很惭愧,我的家虽离武当近在咫尺,但所知道的有关神话似的武当旧闻,却比不上梁先生知道的为多。不过,我虽然较梁先生所知为少,但我曾于抗战期间在武当乡中心国民学校任教职近一年的时间。在此近一年的时间里,每逢寒暑假或星期例假,举凡武当山前山后、山左山右、山腰山腹、山脊山背,我都是兴致勃勃地跋山涉水,亲到胜地去浏览。每到一地,都会被那宏伟而古老的建筑,以及秀丽苍翠的风光山色所陶醉而流连忘返。

在没有讲到武当胜迹以前,不得不先把武当山的历史传说以及建设武当的原因与动机,作一个概略的说明和交代。相传,武当山远在秦汉时代即已闻名遐迩,在那时期曾有四川峨眉山的高道云游至此,看到武当山的形势险峻,风景优美,即在武当山顶结庐而居。历经中原变乱相循,而武当山巍然无恙,且是一般高人志士避难的安乐乡。武当山在明季以前虽是闻名海内,但真正享誉隆盛之时是在明皇奠基以后的事。明太祖朱元璋有四子,长子是

---

[*] 蒲光宇,生卒年不详。湖北武当山人,1949 年后移居台湾。民国年间,曾在武当乡中心国民学校任教,后随李宗仁部在武当山下草店所办第五战区干部训练班受训。国民党军官。

死于战乱。中国古时帝王立储君是立嫡以长,名正言顺的长孙立为太孙,是皇位的继承人。当时太祖的二子与三子对名位并无异议,只有四子棣（封于燕,为燕王）内心感到不服气。因燕王天赋极高,又富有胆略,且是一个雄才大略、野心勃勃的英武人物。但格于旧礼制,自然皇位落不到他的身上,就在他得不到皇位的悲愤心情下,从事秘密的布建工作。他在太孙的身边布建了一个道行很高的老道,这一老道成天价地为太孙谈经讲道,以及长生不老之术。太孙本极仁弱,尤对名位甚为漠然,所以在他未登极前的一段时间内,经常一经在手,万念俱空,至于朝政得失、国家大事,也就不与闻问。燕王另外交代高道一个任务就是在宫中有乱事发生,必须带太孙逃跑,免遭杀身之祸。在太祖的心中也感到他一旦驾崩,燕王是太孙的劲敌,何以故呢？

这里不妨说一点太祖家事:太祖在某年仲春,心血来潮,带着家人一清早到郊外射猎,在晨光曦微中,微风吹着马尾,随风飘拂,太祖触景生情,随口吟道:"风吹马尾千条线。"要家人属对,大家都目瞪口呆,对不出来,只有燕王上前对以:"日照龙鳞万点金。"太祖极口赞赏,回视太孙却低头不语,似甚惭怍。此情此景,太祖内心明白,故于太祖生前把燕王封于北地。当时明都在南京,太祖如此做无非想在他死后可消除叔侄争位之祸。讵料太祖死后,仍是祸起萧墙,太祖尸骨未寒,燕王已造起反来,领兵直薄南京,火焚宫室。太孙登极后史称明惠帝,燕王领兵进城,大搜宫殿,借可找到惠帝,只看到遍地瓦砾,死尸横陈,哪里找得到惠帝的踪影？那么,燕王造反的目的是为了争夺皇位,现在不见了惠帝的踪影,他是太祖的第四子,就自行践祚,立为明成祖。成祖即位后大开杀戒,太祖的文武勋旧在这次变乱中死的可真多,连鼎鼎大名的方孝孺也死于成祖之手。除了残杀异己,在另一方面深恐惠帝这次跑掉了,那岂不是一个最大的祸根吗？所以又派出了大批的侦骑,在国内穷索冥搜,还是搜查不出来,又派三宝太监郑和下西洋（现在的南洋群岛一带）,名义上是到海外宣扬国威,实际上是有可能惠帝跑到海外,也好就此机会把他给抓回来,斩草除根,以杜后患。郑和三使海外,仍是查不出惠帝的消息,成祖即放了一个政治空气说:"惠帝逃出皇宫,随高道遁迹武当神山,修成正果,现为武当祖师。"于是就颁下圣旨:"全国三年赋税不必解京,用以兴修武当神山。"请来全国第一流的能工巧匠,由成祖亲临监修，费时三年始完成了全国亘古未有的伟大而宏敞的宫观庙宇与庵堂，计八宫二观、七十二庵堂。这八宫二观与七十二庵堂为武当山荦荦大者，其他较小的庙宇尚未计列。

俗语说："未见庐山真面目，只缘身在此山中。"这句话也可用来形容武当山。武当山的宫观庙宇真是三里一庵，五里一堂，十里一宫，环绕武当群山周围八百里，统称为"官山"。所谓官山，就是国有的山，不属州管，亦不属县辖，只要是山均有庙宇，庙宇里面均有道士住持，以供善男信女们进香拜神作引导工作。地方政府亦不得收取官山赋税，全部用于供养道士及护神之资，所以道士们的生活优裕，较诸一般平民享受为高。道士及道姑数约三万余人，设道总一人，管领着全武当山的道士道姑。这些道士与道姑，分配在各宫观庙宇与庵堂去供奉神主。至于讲到宫观庙宇与庵堂的建筑，也不得不将规模宏伟者顺便一提，如今先说建于均县城内的庙宇。在县城内有两宫，就是永乐宫与静乐宫。永乐宫原本是永乐大帝明成祖的寝宫，它的左邻是静乐宫。静乐宫是惠帝的年号，里面供奉的都是武当祖师。两宫外还围绕着皇城墙约三尺厚，一丈高，墙面涂以朱红，在宫的正门口两边竖着两个铁狮子，有一丈来高。走进宫门以内，一排整齐的石板路，有一丈来宽，石路的两边种着奇花异木。再往里走约一里再上一个石台阶，即到内殿的前院，有四个龟亭，亭高二丈有余，亭内地上卧石龟一条，头尾一丈八尺，龟的背上驮着一个大石碑，高度亦在二丈以上。碑面上刻着碑文，记着武当形胜，以及兴建武当山的意义。碑文是由穆驸马亲自撰书，字体工整秀拔。吾乡穆驸马所撰书的字体为"太和体"，远近的字画店及石印局，均来本县搨帖，以作为仿太和字体的影本。在殿宇内部的建造，纯仿南京宫殿样式，除墙壁概以大砖砌成，地上均铺以青石板，画栋雕梁，富丽堂皇，无论正殿、偏殿所供奉者都是武当祖师圣像。

说起祖师圣像也有一个来历。本来武当祖师是明惠帝的化身，但现今的祖师圣像却是明成祖朱棣，成祖当时是要叫塑像的人专塑惠帝像，但那些塑像的工匠，从未见过惠帝，无所凭借，所塑出来的圣像，均不能令成祖满意，不知杀了多少塑像的工匠。以后征调来的工匠干脆面见成祖，情愿引颈受戮，也不愿塑造出劳而无功的圣像。成祖恰在这时刚沐浴更衣之际，看到这些工匠都是涕泪滂沱，发了慈悲的心肠，就说："你们照寡人塑像好了。"那时成祖尚未戴冠着履，所以现在武当祖师圣像是披发赤脚。圣像塑成，凡武当山所有宫观庙宇千篇一律都是披发赤脚的祖师。

上面所说的是永乐宫和静乐宫。武当有三大宫、三小宫、两中宫，永乐宫是三大宫中的大宫，静乐宫是三小宫中的一小宫。三大宫的第二大宫是南崖宫，该宫建于武当山南的半山上，与永乐宫的建筑一般无二，距武当金顶35里，是顺着山势的陡隘曲折而兴造，有道士千余人住持宫内，凡朝山进香的善男信女必到此宫。宫内有金钟室、金钱室各一所，供众香客求男卜女决疑而设。香客们可用钱币自由投掷，打中金钟者有宜男，打中金钱者卜淑女，奇应无比。另在回廊边悬崖上雕以石龙头伸出，龙头上摆香炉一个，供香客们烧龙头香。龙头香非一般香客所能烧得到的，是在香客中有在家父母病危，许下香愿，如父母病愈到武当山的南岩宫烧龙头香。石龙头仅容一人，进三步、退三步的狭小空间，稍一不慎，即跌下了万丈岩下，粉身碎骨。又在龙头香左侧300公尺处的崖壳里插了一双金亮的宝剑，以镇此山。我感到不解的是这支宝剑派哪一位高手飞到崖壳里给插上去的？因为那个危崖无路可通，只有相信那是祖师老爷派那位神仙飞到崖壳里插上去的。

再爬15里的坡路就到了紫霄宫，此宫为二中宫的一宫，建筑华丽，环境清幽，风光绮旎，又是避暑胜地。远路香客（俗称斋供）均赶到此宫打醮休息，以备第二天清晨再上20里就到了武当金顶。凡在此打尖的在沐浴礼神后，即在殿前摆起桌椅，拿出各该地区所携带来的乐器吹奏起来，使听众们陶醉欲酥，直吹奏到更深夜静，众多的斋供们才慢慢地散去。略事休息，第二天整理行装去朝拜武当金顶。

金顶又称天柱峰，从紫霄到山顶这是一段最难走的坡路，坡度之陡隘狭窄，真是触目惊心，稍有不慎即有滚下山岩之虞。从上路起顺着山坡所铺就的石级拾级而登，不敢后顾，爬15里到了新宫，每位斋供都已累得气喘吁吁，在宫内外宽敞的房廊下略事休息，再向上爬，到顶宫尚有5里，这5里路几乎近于笔直的陡坡。看着一级接一级的石阶，两边嵌以石栏，栏柱两边又镶以铁链，供香客们攀附而上，不敢回顾与斜视。到了金顶（顶宫）向祖师圣像参拜讫，再到后殿参拜圣父圣母，回头四顾，看到万山千头倒向金顶，这叫"万山来朝"。山顶的建筑全以西藏铜为之，乡人称之为"锋磨铜"。据说此类金属较金价为高，武当山大小宫观庙宇所供之圣像均属锋磨铜所铸造，为兴修武当所费之浩大于此可见。

上面说过武当神山宫观庙宇之多，以及所占地区之广，为全国之冠，却不是耸人所闻的夸张之词。再让我多费一点笔墨，介绍一下武当山麓较大的宫观。靠草店镇附近有一个周府庵，还有晋府庵、紫阳庵、金花树、玄岳门、遇真宫、元和观、老营宫。先说周府庵，此庵最大。抗战期间，第五战区干训团设于此庵，于民国二十九年秋改为中央陆军军官学校第八分校，殿宇异常宽广。明初此庵香火鼎盛，时有道众千余人，占地面积广阔，外围高墙。正殿前院，有古柏一棵，约五丈来高，靠主干三尺高的地方，用柏枝盘成磨盘形的圆周，可供香客们坐卧其上，而树顶枝叶繁茂，遮盖天日，尤在夏日乘凉其下，阵阵凉风，舒畅莫名。此庵并代管着附近的紫阳庵、晋府庵、金花树、玄岳门与遇真宫。紫阳与晋府两庵，是由蓄发的道姑住持。此两庵略可与泰山的斗母宫比拟。但我曾在山东泰安随部队驻防时在那里住过一段时期。斗母宫在建筑上与紫阳、晋府两庵相比仍是稍逊一筹，但紫阳、晋府两庵在武当山的宫观庙宇比较之下，那这两庵就小得可怜了。金花树供奉纯阳吕祖神位，建于草店镇的西端一个山坳里，由道姑护持香火。内部陈设斋备，有香客的客房，有诵经房，环境清幽，风光绮娓，花木繁茂，抗战时第五战区医务人员训练班就设在吕祖庵（金花树）。距吕祖庵一里半的西南隅，就是玄岳门，还要走360个石级才到玄岳门。它的修建是用八个石柱直立，石柱直径为五尺，一人环抱不住。石柱的巅端又由石条横陈，架设精巧，石条上雕刻着各色人物，各类花卉，真是栩栩如生。法国巴黎的凯旋门我是在电影上看到，觉得它的建筑无甚出奇。只有我们武当山下的玄岳门，无论它的建筑以及在艺术上的价值，与法国巴黎的凯旋门相比并无逊色。未到过武当山的人认为我太夸大，如果是到过武当山游历过的人，就不会把我的话斥为妄议了。

大家又该知道武当技击泰斗张三丰的故事。提起张三丰几乎是无人不知，无人不晓，尤以武林中人物为然。张三丰，我乡人叫他邋遢张，可见他在日常生活上不修边幅，亦不讲仪节。他在明成祖监修武当时出过很大的力，担任炊事方面的总管，只有他才能统领得了众多的人工，武当修成后他也得道升天了。后人为纪念他的丰功伟绩，特在遇真宫的偏殿给他修了一个小小的殿堂，殿堂虽小，但花费却极浩大。我当民国二十八年在第五战区干训团受训时，曾由周府庵迁来遇真宫（距周府庵西十里），那时遇真宫的建筑完整无缺，张三丰的庙就在宫内广场靠右垫了一个石台，有18级的台阶，石级及栏杆均用白玉铺成。庙内供着张三丰的古铜像，戴着铜制草笠，身穿素袍，脚蹬麻鞋，手持钓竿，望去是一个隐居的高人，其实身怀绝技，为武当技击正派祖师。我们站于武林前辈圣像之前，油然兴起仰慕之思。

再向西3里即到元和观，邻近上山孔道"好汉坡"，直上15里，坡度极为陡峻，中间无休息地方，一直走到磨针井才能得到休息。提到磨针井就回想到惠帝入武当修炼之不易，偶思凡尘，弃山下尘世，走到井旁看到一个老太太在那里用铁杵在石上研磨。惠帝问他磨到何时，她说："这是铁杵，我要把它磨成绣针，只要功夫深，铁杵也能磨成针"，说完化阵清风转眼不见。惠帝感悟观音点化，重复到山中修炼，卒成正果，就在磨针井旁立庙奉祀观音大士。再上8里到了老君堂，庙宇建在朝武当北边的半山上，庙宇的建筑与所占面积略与遇真宫相埒，庙里正殿供老君李聃圣像。武当乡公所与武当乡中心国民学校设于此庙，也就是我服务桑梓、滥竽教界的最后离职从军的地方。再由老君堂出发迤逦南走，顺着斜坡平行前进，走5里就到了太子坡，有太子（就是明惠帝）庙，庙内有三五百道众，此庙为太子入山后在此修炼的地方。庙的构造甚为考究，顺坡度陡狭而建筑起来的，老远望去犹如孤悬空际。庙内有太子的寝宫、雕玉龙床、更衣室、沐浴室、御餐室，庙内还保存着太子平常所用盥洗用具、衣物等，供香客们参谒。出了太子坡一路下坡到谷底，这是武当最有名的"十八盘"，朝武当必走此路，否则无路可通金顶。下十八盘为什么把路铺成弯弓曲折哩？因为坡度太陡，只有回环的路才能无险，使人在这一石路上盘过来，弯过去，只觉轻松愉悦，精神振奋，一直盘到谷底，才听到流水潺潺，虫叫、鸟鸣相映和，庙里的钟声，住家的鸡鸣犬吠，使人恍如进了桃花源，置身于太虚幻境，有终老是乡之慨！朝金顶还要上十八盘，与原在对山下走的十八盘并无二致。等上完了十八盘就到了乌鸦岭，那就没有谷底那么静悄了，头顶上的乌鸦群往来叫闹，只等香客们抛食空中，群鸟接食而去，才算过岭。

  还有一个大宫是五龙宫，在武当之东，及老营宫在武当北麓，距草店镇向西15里。在我孩提时代听父母说两宫被土匪焚烧，路经老营宫看到残壁颓垣，真是令人难过。宫廷内外种着农作物，正如殷箕子过殷都看到皇宫内外残破之局，不觉泪下。

  朝山拜顶的人，不尽是武当山附近的人，它包括了河南、安徽、山西、陕西、四川、湖南、江西、山东、江浙一带的善男信女，各省的朝山进香者，都是每年一次，结成香社，结队朝山。就如山西的香客们到武当山来不知有几千里，他们晓行夜宿，虔心敬意地来朝圣地，每到一个市镇，必须撑起旗罗伞盖，打起铙钹鼓吹，引得市镇上的男公妇孺伫立门口观看。在香客中有还大愿心的都是头顶香炉，十步一跪，五步一揖，口中喊着"无量寿佛"四字，以志挚诚。每年从春节后万方来朝山的香客即络绎于道，每年朝山的香客总在千万人以上。武当山在天气清朗时，站在草店镇的任何一个地方，均可看到武当山色，真是峰峦叠翠，古木参天，天柱峰顶高出云表。我很欣幸生于是乡，饱览了全国第一胜地，为了这些广大而雄浑的建筑也曾冥想到：若非神助，如何可以把偌大的石碑架上石龟的背部，又金顶上的铜香案重在5000斤以上，怎么抬得上去？就因为这些使人费解的巨大工程才吸引了远方的游客，他们不远千里而来，是想探求武当奥秘。武当名山较大的宫观都有骚人墨客赞颂的诗，我很惭愧未读过万卷书，却行过了万里路，也经历了不少的名山大川，但见到真能与武当比美的山川及寺庙，我在外走遍了全国大半的土地，尚未发现到在武当山之右的。我在五战区干训团受训的时候，教育长张任民中将咏武当诗有句"武当峻秀绝尘寰"，由于这句诗的寓意已道尽了武当山的华美超俗，最后我以前人咏武当绝句一首作为我这一报道的总结："欲寻胜境武当游，四面云山入眼收，古寺无人来翠鸟，疏疏林叶万山秋。"

62 武当山顶"黄金殿"搜奇

曹文锡[*]

一条小路可通武当山

我因奉派视察鄂省西北区的公路工程,在老河口住了几天,除了在当地陈家村"遇仙",公余之暇,忽动游兴。因为每逢秋季,鄂省西北一带,淫雨为灾,公路和桥梁多被冲毁,工程较大,仍有几处地方未能通车。我当时便向随我同行的曾工程师说:"我们不如趁此时间,找一个名胜地方游览一下,最好到距此远的武当山一游,可以瞻仰张三丰真人的遗迹。不过,现在公路不通不知怎么走?"

曾君说:"据我所知,还有一条小路可通,在公路未开辟前,各处的人都是走这条小路的,如果我们要去,可托饭店老板代雇一两乘竹兜子(即竹轿)前往。"

我说:"走小路,坐竹轿,倒挺有意思,我们说去就去,明早起程吧。"

当即吩咐饭店老板托他代雇两乘竹兜子到武当山去。饭店老板说:"这里每年到武当山进香的男女很多,抬兜子的脚夫,多是我熟识的,武当山在均县南部,那县城离本镇只120华里,要坐两天兜子,先到均县城,再行5里,便是武当山脚。我替你两位办妥便是。"

---

[*] 曹文锡(1891—1996),道号无为居士。兴国(今湖北阳新)人,1949年后移居台湾,晚年移居香港九龙粉岭。为同盟会元老曹亚伯(1875—1937)之子,曾任大元帅府议员,原国民党高官。

启程之前，我对其他几个随行人员（包括译电员和汽车司机等）说："我明早和曾工程师往游武当山，几天便回，你们仍住在这家饭店里等我们好了。"

次日晨早起床，先写了封信给光化县耿县长致谢忱，跟着约齐随来同人出外早餐。行至楼下，饭店老板笑脸相迎说："曹先生！你雇的竹兜子预备好了，由此地到均县，中途要歇宿一宵，你们在9点钟之后起程，也不迟的。"早膳后检点零星衣物，我和曾工程师各携一个小提包，登上竹兜子，即向均县进发。

两家祖宗都是大人物

记得那天是旧历八月廿日，在鄂北地方，呈深秋景象，西风萧瑟，道旁野草也强半枯萎。行至中午12时，抬竹兜的轿夫们在路旁的大树下略事憩息。这里有间小店，我和曾君进去喝茶，吃了两碗面。半小时后，继续启程，至下午5时，到了一处名叫"草店"的小镇，轿夫停下来说："去均县的旅客，要在这里住一晚的。镇里有几间旅店可以下榻，因为再要前进，就找不到地方投宿了。"

我们下了竹兜，准备觅地方休息，只见"草店"小镇上有三四十家小商铺，旅店却有四五间，因为到武当山进香的人，中途必要在这里住宿。我们进入镇内，找到一家较大的旅馆，房子也还整洁，两人同住一间大房。晚饭后，我同曾君坐在旅店房间里聊天，曾君打趣着说："你姓曹的，历代都有英雄豪杰，可算威风十足。"

我笑着说："我们姓曹的是周文王的后代，周武王封他的小弟弟振铎于今日山东曹州府的地方，大家称他为曹叔，成立了曹国，他的后人就改为曹姓。后来子孙繁衍，分迁到各地。曹姓的著名人物很多，如汉高祖的丞相曹参；东汉时著名的孝女曹娥，现在浙江的曹娥江，便是纪念她的；三国时的魏武帝曹操，和他的儿子曹丕、曹植等。还有替宋太祖打平天下的曹彬，都是很出色的人物呢。"

曾君说："我家姓曾的得姓更早，当夏朝时候，少康将鄫的地方（今山东峄县）封给他的少子，后来他的子孙，将鄫字去'阝'，改姓曾。我家数千年来，都是读书识礼，即清代的曾国藩，也以道德文章著称。最出色的要算是继传孔子道统的曾参了。"谈了一阵笑话，两人便呼呼入睡。

坚持要徒步走上金顶

翌日起身，结清房租，收拾小提包，略进早餐后，便直奔镇口，四个轿夫已在路旁等候。两人坐上竹兜继续行程，沿途的地势渐高，下午4时半，已到达均县县城。远望群峰插天，高出云表，气象巍峨。轿夫指着说："前面就是武当山了。"

我们下了竹兜，打发了轿夫，便相偕进入均县城，找到一家旅店，开了两间房子。店老板进来说："两位是到武当山来游览的吗？"

我说："是的，明早就想上山去。"

他说："从这里到山脚，不过5里，但由山脚攀到金顶，是85里，游山的人，一定要坐兜子上去，每乘兜子需要三名轿夫，因为上山很吃力，时时要人替换，而且有几处地方，山势陡峭，还要客人下兜，步行几十丈路呢！"

我对曾君说："你坐兜子好了，我自问脚力矫健，可以步行到金顶。"

店老板诧异起来对我说："先生！你怎能步行到金顶呢！每年到武当山游览的人，多是坐兜子的。上山不比下山，须慢慢地向上爬，中途还要休息多次，由这里到金顶起码要两天工夫。如果是下山的话，一天便够了。"

曾君接着说："如果你不坐兜子，走到半山的时候，脚力累了，中途是没法再雇兜子的，到那时怎办好呢？"我说："你不用担心，我一定可以达到目的。不过，我的小提包，要缚在你的兜子后边，我只要不挽东西，那就行了。"

他两人拗我不过，终于决定只雇一乘兜子。晚饭后，在均县城内闲逛了半小时，各自回房就寝。这晚上，我思潮起伏，在未入睡前，还悬想着武当山呢！

道家仙人修炼的胜地

考武当山，一共有 72 个山峰，是湖北省的胜境，也是历代道家修炼的地方。古代的仙人阴长生、五代时的著名羽士陈抟，初时也都在这里修道。陈抟老祖后来到各地云游，转往陕西的华山隐居，他一睡可以百多天才醒。那时天下纷争，群雄割据，到了宋太祖登位，陈抟忽然仰天大笑道："天下从此定了。"后来宋太宗封他为"希夷先生"。他虽然在华山证道，但最初却是从武当山奠下根基的。

到北宋末期，有位羽士张三峰，在武当山修炼。一夜，梦见神人教授他的拳术，醒后却牢牢记着，日夕苦练，那正是宋徽宗宣和年代，各地盗匪充斥。有一次张三峰下山云游到了一个地方，见有数百贼匪，正向乡镇劫掠，他单身突入贼阵，击杀劫匪百余人，其他的则四散奔窜。乡人见他神勇，纷纷请求教授拳术，因此声名四播。徽宗召他进京（北宋的京师在汴梁，即今日的开封），他知徽宗面临亡国命运，遂借词道路梗阻，婉拒应召。后来他的拳术，传到四明（按：即宁波）。至明嘉靖年间，有一位张松溪，尽得其术，名满天下，世人所称的"内家拳"，就是张三峰遗传下来的，后来他也羽化成仙。

另有一位张全一，号元元子，辽东人。幼年读书过目不忘，及长，又精辟谷之术，道行极高。明太祖封他为三丰真人，后来也归隐武当山。明成祖登位后，遣使召之，却找不到他的踪影。他有很多奇迹发生，天柱峰顶供奉的张真人就是他了。

达摩祖师卓锡少林寺

近些年来有不少武侠小说和电影，多以武当派或少林派作题材。武当派的鼻祖，当然是张三峰；但少林派的鼻祖，却不是达摩。兹略加附述：

查达摩于萧梁大通元年（527）由印度从海道到广州，现在广州西关，尚有一条街道，名"西来初地"，即当日达摩登陆处。他居留不久，便往金陵谒见梁武帝萧衍。相谈后，知道武帝并不真心信佛，而且必无善果，他便离开梁朝，走到北魏的河南登封县少室山少林寺卓锡。原来那座少林寺，建于北魏太和年间（477—499），先于达摩来华几十年。他到少林寺后，面对着寺后的石壁，跌坐了9年，便圆寂了。后来佛家奉他为禅宗初祖，其实他并非精于武术的和尚。少林派武术的起源，一说是天竺僧迦佛陀禅师于隋时来中国居少林寺，其徒昙宗等常习武事，曾助唐太宗李世民平定王世充，有功受赏，寺宇也日渐扩张，因此历代僧徒，均习武艺，故有少林派之称。少林寺面积极广，建筑宏丽，历代所建的大小佛塔多至200座，实属少有。寺内还有达摩面壁石一块，远望之，可见达摩初祖的影子，近视之，就不见了。

总而言之，武当山是道教的修炼胜地；少林寺则具有佛教的奇伟建筑。至于武术一门，则视乎习艺者的毅力和功夫深浅而定。

金顶二字得名的由来

武当山最高的峰，称天柱峰，亦名金顶，矗立中央，众峰环绕（当地人士均称金顶，而不称天柱峰）。至于"金顶"二字得名的由来，是明永乐间，将峰尖凿平，在顶上建筑一座用黄铜制的道观，屋顶和墙壁均用黄铜制成（墙壁内是否夹有砖石，未可考知），均县的人士，都说是黄金制的。因为那些材料，均属上好黄铜，历久不变色，由下边望上去，金光闪耀，有如浮屠塔顶的一颗大明珠，故称"金顶"。那项奇特伟大和艰苦的工程，动用的人力物力，难以估计。恐怕只有帝王的伟大权力，才可以做到吧。

我国著名的寺观庙宇，多建立在名山地区，都是选择适当的地点来建筑的。至于建在高山上的庙寺，因风势强烈，普通陶瓦极易损坏，也有用铁瓦来代替的。如湖南衡山祝融峰上的南岳庙就是一个例子。但那坐南岳庙，离峰顶还有数里。在中国各地，从未见有像天柱峰顶的那种奇伟工程。而且那座全部黄铜制的建筑物，最上的屋脊和前后各一块长阔数十尺的大铜块，并没有丝毫镶嵌的痕迹，天衣无缝，像是整座铸成的！

兴建道观历时十八年

　　武当山的道观，始自唐代，到了明初，就繁盛起来。上文所述的张三丰（非宋代的张三峰）道力高深，能预知过去未来的事。当明太祖封他为三丰真人时，朝野上下，多知道他的大名。那时，太祖的第四子朱棣，被封为燕王，即现在的北京（元时称大都，明太祖改名北平，自明成祖迁都后才改称北京）和河北一带，是他的封地。燕王早存夺取帝位的野心，因此，罗致四方有才艺的人和法力高深的僧道（永乐间，很知名的姚广孝，原是僧人，因助燕王夺位有功，遂还俗做官）。他想招致张三丰，三丰虽然隐居武当，但是他常常四方云游，而且燕王当时做事不敢张扬，故无法罗致。据传说：燕王在北京时，曾做了一个奇梦。梦见一位羽士，带他飞行到一座大山，那里有二十多个山峰，中间有一座最高的峰，那羽士带他到峰顶坐下，对他说："你想做皇帝吗？我可助你成功的。不过，你登帝位后，肯不肯在这里兴筑道院，振兴道教呢？"燕王发誓说："如果得仙人大力帮助，将来成功，誓必尽我的力量，来报答大德。"他醒来后，对于梦中的事物，记得很清楚。次日，他召了一名善画的僚属到燕邸，指点那座大山的形状，和梦中羽士的相貌，嘱他绘画出来，并复制数份。跟着派遣几名心腹人员，密至各省，按图查访，经过三年的时间（当时交通不便，且属秘密工作，需时较长），才回北京复命。查得梦中所见的，很像武当山，而那位羽士的形貌，又甚似张三丰。不久，"靖难"的战争发生了，结果燕王朱棣夺取他的侄儿建文皇帝的宝座，改元永乐，就是日后的明成祖。成祖登位后，忆起旧日的奇梦，曾驾临武当山，来追寻张三丰的踪迹，抵达时，觉得这座山形，确与往日梦中所见的相同。可是，张三丰的下落，就没法得知了。他为了实践梦中的誓言，先将天柱峰尖凿平，果然在峰顶上兴筑一座黄金殿（黄铜制），并铸了一尊张三丰真人的铜像以作纪念。后来落成时，还御赐一颗长四寸阔三寸镌上"张三丰真人印"六个篆字的黄金印,由掌门道士接管,世守勿失。又在武当山各地建筑一百零八座道观。为什么要建造那么多的道院呢?原来道教经籍中,有三十六天罡、七十二地煞的名号(《水浒传》中的一百零八个天罡、地煞星也是引自道书的),那种措施,是想借神仙的力量来镇压四方,保护自己,延长寿命和国运的缘故。所有道观的屋顶,均用绿瓦,那项工程非常浩大。听说当时在均县一带,奉命建造了一百多座专制砖瓦的瓦窑子,并征四川、陕西、湖北三省的熟练工人,全部的员工达十万以上(一说三十万人),历时十八年,才全部完竣。明成祖也曾亲临武当山数次。因此,均县有永乐皇帝的行宫,现在它的遗址已在荒烟蔓草中,颇难寻访了。

天柱峰顶的黄金殿,是武当山各道观的最高首脑,黄金殿的掌门道士,是由各道观的主持人公推出来终身任职的,这种民主作风在道教中实属少见。永乐以后,武当山便成为道教的"首都"了。

关于武当山的历史、名胜和道观等记录,最详的首推武当山志,其余如湖北省志、均县志、五代史、宋史、明史等,皆有很多纪述,可惜我手头没有这些书籍,只有将所见所闻,记述一点而已。

有人关心到天柱峰顶的食水和粮食问题。原来,离峰顶下约一里多路的山边,还有几所道院,是由峰顶的黄金殿直接指挥的。那里有甘洌的清泉,每日有道童负责送水,和送素菜饭面等上峰顶。到了隆冬和初春,漫山白雪,游人裹足不前,那个时候,名为封山,即封闭山门的意思。

话要转回头了,再来记述我的游程吧。

沿途铁链都没有生锈

是年旧历八月廿二日,我和曾工程师黎明起床,跑到街上的食店里,随便吃点东西,回来时,店老板在门前站着,对我俩说:"先生!竹兜子预备好了,请两位起程吧,下山时,万望再来光顾。"我结清房租,收拾小提包,缚在竹兜的座后,便和老板道别。曾君坐着竹兜子先行,我在后面徒步跟着走。那时约摸上午6时。曾君向我说:"谁先到金顶的,就要在那里等着。"我笑答道:"好吧!"不得不抖擞精神,勇往直前。在行进间,我觉得身轻足健,步履如飞,不到几分钟,我便越过了竹兜子。还听得一名轿夫说:"这位先生跑得那么快,恐怕没到半山,就会累倒了。"我一笑置之,迈步前进。

20分钟后,行抵山脚,见一名农夫正在路旁工作,我问他哪里是上金顶的路,他说:"上金顶,只要沿着有铁链的路便行了。"我便开始登山,果然见到一条石路,左右各有一条大铁链,每隔数十丈,便穿系着一条铁柱,铁柱的下端埋藏在地底,由山脚到山顶,80多华里,那两条铁链和数以千计的铁柱. 由下而上,虽然山路有陡峭的,有较为平坦的,但那些链和柱却是连绵不断,蜿蜒而上,像两条没有穷尽的长蛇。更有最奇妙的事是:沿途所见的铁链和铁柱,都没有生锈,难道我国在数百年前,已有不锈钢的发明吗?

在登山的石路中,有几条横路,也许是通往附近各道观的,但须要跨过铁链才能进去。铁链离地不过一二尺,有些还拖在地面。我一口气走了几个钟头,没有丝毫倦态,肚子不饿,口也不渴。举目四顾,觉得山势雄伟,青气迫人,远近的山峰巍峨壁立,气象万千,满山的树木叶子多脱落了,只有些松柏仍是葱翠如画。我因为急于要攀上金顶,虽然见了许多远近的道观,也无暇进去观赏,一直贾勇前行。可是,上头的道路都是依山凿成,有些蜿蜒屈曲,有几处崟嶫峻拔,在悬崖上行走,真有俯视千仞、下临无地之感!行到那几处,一定要扳着铁链俯身慢步。直至下午3点半钟,走到了一处略为平坦的石坡,远望峭壁中有一道瀑布,凌空直落,下边烟云缥缈,我伫足观看,正在欣赏那大自然的美景。忽然有人在背后叫一声"先生!"我掉转头来,见一年约十一二岁的小童,他笑嘻嘻地对我说:"你从山下走上来那么快,像飞檐走壁的样子,我不仅特羡慕你,还恭喜你呢!"我见他眉清目秀,心里想他一定是山腰间道院的童子。便向他说:"小朋友,从这里到金顶,还有多少路?"他指着对面的峰顶说:"你看,这就是祖师爷(当地人士,不称张真人,而称祖师爷)成仙的地方了。"我仰望峰顶,见到黄金色的屋脊,回头想和那童子谈话,可是突然不见他的影迹了。我惊骇异常,因为四围都是峭壁,没有树木,下边是一条很长的石路,在几秒钟内即使是飞鸟也逃不掉视线的范围。继又想着:我今天从上午6点钟启程,到现在将近10个钟头,不饥、不渴、不倦,健步如飞,像有神灵默佑。前几天,我和"龙王小姐"

晤谈时，她曾说："或者有缘再晤面。"莫非这小童就是"龙王小姐"的化身吗？想到这里，心中又振奋起来，朝着高峰迈进。不久，又到了一处的山坡，原来就是铁链和铁柱的终点。这里的两旁有道院数座，仰首上望，约有 200 级石路才到峰顶。当时我心中发生一种疑团：为什么两条 80 多里长的铁链，不直达峰顶呢？岂不是为山九仞、功亏一篑吗？

整座金殿由黄铜铸成

那时将近下午 4 时，我沿着石级直上，石级是凿成的，两边颇阔，行走并不困难。离峰顶约 10 尺的路旁，有一座石建的小屋，里面供奉一位灵官。据说是镇守峰顶的大将，如果有坏人上去，经过他门前，必会口吐白沫倒地的。而参拜祖师爷的男女，也要先在这小屋前进一炷香。再进几步，便到峰顶。这里一片平坦的石地，长约 300 尺，阔约 200 尺，但不是长方形，而像多角的椭圆形，当日用人工在尖峰凿成这样的大平台，工程的浩大，可想而知。

登峰的石级在南方，而张真人的金殿却在北方。这座金殿深阔均约 30 尺，成四方形，高约 17 尺，面南背北，建筑的地盆比四旁的地高出 2 尺，前面有一个 10 多尺阔的大门口，四边没有门，也没有窗，由屋顶以至地面，内外全部都属黄铜制成，没有丝毫镶嵌的痕迹，很像由洪炉铸出的整座金殿一般。殿内后边的中间，有一座 3 尺高的铜座，阔约 3 尺，四面光洁，没有缝隙，也没有花纹，上面坐着张三丰真人的铜像，像作盘坐形，双手按膝，面貌圆满，似佛教中的罗汉，两目略垂，作微笑状。身穿一件道袍，双足外露，大小悉如人形，雕镂极其精致。铜像的后面，离铜壁约 3 尺，可以通行。像前 3 尺许，置一张铜桌，桌上放置一个很大的铜香炉，供参拜人士插香之用。屋顶垂下一条铜链，悬着一盏琉璃灯，和铜桌上下相对，那油灯是长年不减的。金殿外左右两旁各有一座木料建筑的房屋（称为偏殿），是道士们住的。那两座木屋，由屋顶而至墙壁窗门等，均属木制。在最高的峰顶，而有这种建筑物，历久没有被狂风所吹塌，确属奇迹！平台上的西南边缘，有一座矮小像石塔的焚化炉，作为焚蜡烛和纸褚之用；因为殿内只准焚香，如参拜的人们，携有纸宝等物，必须在炉内焚化。那广阔的平台，四围没有草木，更没有栏杆、石柱等，因此，到来的人，都不敢在边缘行走。更奇的是，向来没有鸟类在上空飞过，大概因为它太高之故。

一位老道原来是同乡

我国各地的道观寺庙等，在山门前多建有一座石牌坊，里面的殿宇，例有一个匾题，如"某某宫""某某庙""某某殿"之类。地面多竖立石碑，作为记录，历史悠久的，石碑愈多，因为经过一次改建或大修，必再次立碑，详载经过情形。可是天柱峰顶的金殿，和数万方尺的大平台上，却找不到那种匾额和石碑，连一个字都没有，这种奇特的事情，令人有如丈二金刚，摸不着头脑。我想：张三丰对于明朝，没有功勋，而明成祖建筑武当山各道观，花费了绝大的人力、物力和财力，对于全国臣民，不能自圆其说。至于上文所述的奇梦，即使是事实也不能宣之于口，只有自己心知。故那项庞大工程，可能不见诸诏令，而是密谕大吏执行的。因此，所有碑文、匾额等一概不用，以免国人和后代讥议，遂成为没字碑了。

当我走上这广阔的平台朝着黄金殿前进的时候，有三个人在门前迎接，其中一人须发皓白，双目炯炯有光对我说："先生！请进去参拜张真人吧。"另一道人燃着一炷香，交给我插在香炉上。我向着真人的铜像，行了虔诚的拜跪礼。

起来时，那位老道人问我的姓名籍贯等，我一一告知。他笑说："原来是同乡，我也是阳新县人啊！"说罢，引我出殿门走到左边的木屋里（偏殿），这木屋面积约400方尺，比大殿略低，入门处为小厅，有张方桌和几张椅子，跟着另一名执役道人奉茶。我和老道士谈话，他知我今早由均县城上来，不觉骇异地问我是否练过武功。

我说："连年奔走衣食，那有空余的时间练武呢！"他嘱执役的道人弄点东西上来，那道人便出去了。

清虚道士已 96 岁

老道人走进房子，拿一张纸出来交给我，并说："这是张真人的印纸，放在家里或身上，可以辟邪治鬼，避免意外。凡来参拜的人，都求取这种印纸回去的。"那印纸是长方形，高约 1 尺许，阔约 2 尺，印了许多字在上面，都是阴阳之理，和劝人修身行善的句子，中间盖上"张三丰真人印"6 个篆字的大红印。我知道金顶道院的经费，全靠香油钱和印纸的收入来维持的，便在身上掏出大洋 20 圆，放在桌上，对老道士说："这少少香油钱，请你笑纳吧！"他客气一番就收存了。

我问他的道号，他说："我姓王，道号清虚，原为前清兴国县（民国后改阳新县）秀才，35 岁时，因身体孱弱和厌倦世情，跑到武当山入道，61 岁那年，被众道友公推主持这里的事务，现在我已经 96 岁了。"他的声音洪亮，像个 60 岁的人，令我艳羡不置！

此时，执役的道士，端了一碗素面进来，放在桌上请我吃，觉得非常甘美。吃罢，老道继续说："这里没有水源，所有饮食，全是从下头的道院搬上来的，洗涤和沐浴也要跑到下边去，好在只有 200 级的石梯，我们走惯了。"他接着又恳挚地向我说："请你在这里吃晚饭和歇宿一宵. 我们向来不留客膳宿的，难得你身为官员，而这样子诚心上来参拜，而且我们份属同乡，请你答应吧！"

我见他很真诚，只好答允了。继又谈及武当山的道教问题。他说："在唐朝和五代时，已有不少人在武当修道，但旧日的地址，不可考知。现在所有的道观，都是在明代永乐时期兴建的，除这座金殿外，共有 108 间，分布在整个武当山区域，至今 500 多年，很多已经重建或重修过多次，可惜其中也有不少因为修建费无法筹措，而且给养困难，坍塌后便废弃了。现在所存的，只有 50 多座。你想，那是多么令人感慨的事呢！"

一会儿，他带我出门到平台上走了一个大圈子，纵目四望，只见各处山峰环绕，我们站立处，高耸中央，大有君临天下、俯视群雄之概！是时已经暮色苍茫，烟云四合，有不少归鸟从峰下掠空飞过。那种奇景，令我发生羽化登仙的意念！当我和老道漫步纵观时，那名执役道人，跑到跟前请我们入殿晚膳。同席的只有我和清虚道长两人，其余的两名道士也许到右旁的木屋用膳了。

获睹皇帝御赐的金印

饭后，我对老道说："同我来的，还有一位曾君，他坐着竹兜子，并约好在这里会面。"

他说："你放心好了，凡坐竹兜上山，第一天必在山腰住宿。第二天才能到达这里。因为沿途要喝茶、吃东西，又要换班休息，那是轿夫们的惯例。你的朋友大约明日中午，便可到来，我已预备木床给你歇息了。"

一息间，他走进房内捧了一个黄缎的盒子出来，打开给我看，里面藏着一颗大金印。这颗印长约4寸、阔约3寸，上头有个把手，倒转过来下头就是印纸上的"张三丰真人印"6个篆字。刻字的部分是黄铜，上部和边旁用黄金包着，把手处似有字迹，但因使用过多，已成光溜溜的了。老道对我说："这是永乐皇帝御赐张真人的金印，乃镇山至宝，百神呵护，能驱邪妖，所以前来参拜的人，一定要领取印纸的。"我得观那颗世间罕见的金印，为之欣慰不已。

夜后，我想再进金殿上一炷香和漫步平台，浏览夜景，却被清虚道长止住，他说："这里历来的惯例，夜里不许进香的，我和各道友也从不进去。根据上代的长老相传，在夜深时，各方的神祇和仙侣，多到这里来和张真人会面，不令俗人碰见，我们不能破例啊。"不一会，他引我到厅旁的卧室，室内有两张床，其中一张是为客而设的。互道晚安后，遂各自就寝。

次日晨早起来，清虚道长披衣上殿参拜，我也跟他进去。礼毕，他指着高悬殿上的琉璃灯说："这盏长明灯，虽遇暴风雨也不熄的。据说建造这金殿时，永乐皇帝赐了一颗定风珠，安藏在殿顶的中央。因此，即遇大风，也不受影响。"我唯唯应了。但默想：那是不合物理的，世界上断不会有定风珠这类东西。至于长明灯不灭的理由，是这座金殿背北向南，东西和北方没有门和窗，只南方有一个大门口，高约8尺。凡暴风多属西北风或东风，而南风是温和的，当风吹入时，便成为旋转式的流动，而这灯是高悬的，故不易受到吹袭。大概因它确是不熄，遂有上项的传说罢了。

清虚告我佛道的分野

我在殿上环行一周，然后走出门外，并在平台上散步，远望诸峰如在足下，白云环绕，朝霞似锦，愧我当时尚不能作诗，辜负了大好诗料！步行约半小时，回到偏殿。那时，清虚道长也回来了。厅中一木架，存放着许多道教经籍，我正想拿一本来阅览，他突然问我："曹先生！你有方外的朋友吗？"

我说："我一向在政府机关里任事，没有余暇来结交方外朋友，不过家父的朋友有几个是和尚，我也认识的。"

他又问我道："你一定知道道教和佛教的分别何在？"我答道："我向来缺乏研究，请你指示一二。"

他说："道教重虚无，佛教分色空，虚无和空，同是一理。道家服气打坐，重素食；僧人跌坐入定，又不茹荤；也是相同的。道教引度世人，佛教普济众生，也似乎有点相类。但道教必须择人引度，因世人的智愚善恶，各有不同，是万不能普济的；佛教的经典虽多，均由梵文译成，其中有译义和译音两类，译义的尚可追求，译音的就不能得其解了；道教经籍，虽然比不上佛教那么多，但都是我国前代哲人的著述，容易明了，即延年却病之方，实有莫大功效。还有，道教是没有等级的，但佛教则分为世尊（释迦）、诸佛、菩萨、尊者（罗汉），以至各护法神将等，多至不可胜数，其名字也是译音，若要寻求他们的历史，则除释迦牟尼外，恐怕没有人能解答出来。例如：世俗所供奉的观音菩萨，原称观世音，因唐时避太宗李世民讳，省去了'世'字，只称观音，本来未必有其人的。佛经也载：'菩萨知众生烦恼，观其声音，皆得解脱，故名观世音。'是观世音乃崇奉的名称，至生前是否有其人，抑或另有名字，并没有人知道。

至于道教中人，都有历史和胜迹可考，载在我国史册，这些才是两教不同之点。"

略停半晌，他继续说："道教以清静虚无为主，不独外荣华、去荤肉、葆神、养精、练气而得长生，而且觉世度人。但也有不少恶人，借本教而另立名称，欺诈取财，蛊惑世俗；甚且聚众作乱，如汉末的黄巾和明代的焚香教等，比比皆是，简直是人类的蟊贼了！"

一张印纸权充纪念品

我听到他的一番议论，颇为敬佩。午前，他又留我早饭。饭后，我披阅架子上的道书，那时，另有几名香客上来，他即到金殿接待去了。正午刚过，曾工程师挽着两个手提包上来了，我前去迎接，先带他到殿上进香，并介绍和清虚道长相识。原来，曾君昨宿在山腰一间道观住宿，今早再乘竹兜子上来。上山的竹兜子，在铁链的终点即停止再进，游客须沿着石级步上峰顶，这是一种定例。曾君参拜真人铜像后，也奉献了香油金10圆，领到一张印纸。出殿后，他对我说："这种纸有什么用？"

我说："这种印纸，一般人都视为镇宅护身的宝物，我们不妨将它作为纪念品吧！"说着我又带他观览建筑物和风景。

他很惊奇地说："这座金殿和那凿山的艰巨工程，真是太伟大了！可是，金殿两旁为什么要建筑两座木屋呢？"

我说："这两木屋，大概是后代增建的，所有木料可能是就地取材，但建筑在峰顶，就有特殊的技巧了。"

我和曾君在金殿内外漫步闲谈一会，相偕再度入殿，向清虚道长面谢他招待的盛意。下午4点钟过后，我们就告辞下山。

离开金顶，沿着石梯而下，约10分钟到了下边的石坡，这里左右共有道院三座，我两人步入右方的第一座（已忘记道院名），由一名知客引上大殿，殿上除有张真人塑像外，还有太上老君、吕祖和邱长春真人的塑像。他又带我们到客舍参观，里面的房舍和用具，都很清洁，我选了一间双人房准备留宿，并请那知客准备两人饭菜。晚饭后，知客进来说："两位先生！明早准备到哪儿游览，要用早餐吗？"

我说："明早我们就下山，最好在清晨能弄些小点心，所有膳宿各费，我们加倍奉献。"他说："这里从不向客人索取费用的，随便捐点香油钱就行了。"言毕，即拿出一本缘簿来，我在簿子上写了20圆，他连声道谢，马上泡一壶好茶，放在桌上便出去了。

与曾君研究铁链用途

我两人又在房里闲聊，曾君问道："刚才在大殿上所见的塑像，其中一尊是邱长春真人，究竟他是什么时代的人？"

我说："他是宋末元初的有名羽士邱处机。元太祖成吉思汗在雪山时，曾遣使臣召他面见，他带了两名门徒同往，向成吉思汗陈述仰体天心的仁慈道理，颇蒙嘉纳。在往返的遥远途中，他和两弟子写了两本《西游记》。但这非坊间流行的唐僧取经的神怪小说《西游记》，而是实地记录。这两本书对我国地理的阐发很大。后来，成吉思汗封他为长春演道主教真人，世人多尊称为邱长春。"

曾君又说："我想当日凿平天柱峰尖时，掉下来的沙石，数以数十万吨计，那些沙石似是堆积在这里的道院左右，所以成为广大的平坡。我观察这里山势，上下不甚相接，平坡当是人工所造成。我这一推断，可能不错。"

我说："你是一名有学问和经验的工程师，你所说的和我的见解相同。我还有一件事正想要向你请教，就是由山脚上来长达数十里的两条铁链，原来是作什么用途的呢？"

他沉思了一会才说："我一时想不出正确的原因，但一般人当它是上山作扶手用的。"

我说："没有那么简单吧！我国的名山，如华山、黄山、雁荡山等，很多奇峭山峰的石磴，也设有铁链，以便游客攀登观览，但只设在有危险性的石磴边沿,如果没有危险的地方,就不需那种设备了。可是,这里由山脚直至峰上的石坡左右各有一条大铁链,连绵 80 多里,而奇险的地段,不过三四处,每处并不很长,所以我以为当日建置这种铁链和铁柱,并不是为了利便游人登山,而是为了运输器材而设置。因为开凿天柱峰顶,建造金殿和兴筑许多道观。运送上山的各种器材,数量非常庞大,想当日的各项工程,第一阶段是先要完成那两条铁链,以利运输。至于用什么办法利用铁链呢?因古人的工程学问,是另有一套的,我们不易忖度。至于两条铁链不直达天柱峰顶的原因,或许是峰顶的工作还未完成,所有器材须放置在峰下的平坡之故。"

曾君听罢我这番议论,却鼓掌说:"你讲得十分有理由,令我很佩服!"两人谈至深宵始入睡。

下山容易返抵老河口

翌晨起来,知客率领一小童来替我们执役,盥洗毕,他泡了一壶茶,又端上一大盆素面给我们吃,味道相当精美。食罢,便各挽着小提包出门下山。我虽然步上金顶,不无疲累,但经过一天休息,已经恢复,下山时照样步履矫捷,曾君也走得很快。他说:"真是下山容易上山难了!"由清晨走到正午,我们行至山腰,只见路旁不远处有一所道院,遂一同进去休息,左边一处大厅类似餐室,许多游客正在那里用膳。曾君发觉厅的上盖也是铺的绿瓦,便向我说:"他们怎得有许多前代的绿瓦呢?"我说:"清虚道长曾对我讲过,明代所建的道观,已有几十间倒塌,没有经费重建。那些道观□下来的绿瓦,大概就由附近的道院收集起来应用,因此,虽然是近代屋宇,也有绿瓦使用了。"

两人进去,吃些素菜和白饭后,出门便沿着大路下山,下午 4 时,抵达山脚,四点半再进入均县城。我们仍住着来时的那家旅店,老板招待殷勤,我告知他,明天便要赶回老河口,又托他代雇两乘竹兜子。饭后,找到一间澡堂,洗了一个热水澡,觉得遍体舒畅,回旅店后,倒头便睡。

次日晨起，早餐后，两人乘着竹兜子直奔老河口，当晚在草店镇住宿。第三日下午4时返抵老河口。我们进入原住的那家饭店休息，并和曾君商量决定同赴襄樊各地视察。我立即写两封信：一致光化县商会会长陈华山；一致耿县长。并草拟一纸电报，拍发汉口工程处。告知巡视沿途公路之工程情况及行踪。关于离开老河口后，视察襄阳樊城之行，下期似再写一篇襄樊吊古，以飨读者。

63　中国道教名山——武当之旅

叶明珠[*]

抗战时期，笔者服务于中央陆军军官学校第八分校，校址设于武当山麓——草店。三十五年春，曾游历中国道教名山——武当，留下深刻印象。八十年春，笔者到十堰探亲，得地利之便，重游武当山，真是一样心情，两种感受。爰作游记一文，以记其行。

中国名山，首推五岳。但五岳毕竟不能概括中国名山。杜甫诗云："始知五岳外，别有他山尊。"可见，山外有山。武当山貌，海拔千仞，方圆八百里。到处青峰高耸，崖岸壁立，终年云雾缭绕，变幻莫测，非常雄伟壮丽。徐霞客赞美"山峦清秀，风景幽奇"。宋书法大家米芾题之为"第一山"，用笔俊迈，史有"风樯阵马，沉着痛快"之称，可与武当并美。

从草店至武当，中途经过元和观、好汉坡、玉皇顶、回龙观、回心庵、磨针井、老君堂、太子坡、剑河、十八盘、紫霄、乌鸦岭、七星树诸胜地。每一处地方，都有一段传奇的神话故事，不暇一一细考。此行正值清明时期，为武当旅游最盛季节，故沿途一队队、一簇簇的游客，络绎不绝，其声势阵容之浩大，足以震撼山岳。

出玉虚宫，是一座又高又陡的大山，是即"好汉坡"。俗云："上了好汉坡，就把干粮摸"，意即高陡坡，虽好汉上山，也要累得筋疲力尽。从此沿山

---

[*] 叶明珠，生卒年不详。湖北郧阳人，1949年后移居台湾。抗日战争期间，曾在中央陆军军官学校第八分校受训。

而行，下而复上，满山桃李缤纷，山花夹道，幽艳异常，如行绿幕中。过剑河，地势渐高，山径崎岖曲折，是即"十八盘"。复前行，武当八宫之一的紫霄宫，隐约在望。紫霄屹立在展旗峰下，群山环抱，万树林立，泉水不断，松柏参天，古意盎然，被称为"紫霄福地"。沿紫霄上行，即为乌鸦岭。相传岭上乌鸦，声如钟磬，皆称谓神鸦。过去，凡游武当者，都要随身携带一些食物，如馒头、爆玉米之类，漫步岭上，口呼乌鸦，则成千成百乌鸦，飞临上空，往来如梭，等待游客施舍食物，如游客以食物抛掷空中，俯啄即去，蔚为奇观，此为武当著名活八景之一，叫作"乌鸦接食"。目前，乌鸦岭已辟建观光饭店，昔日奇景，已不复见。游客可由山下开车，直达乌鸦岭，在此住一宿，畅游南岩。翌晨徒步登山。

由乌鸦岭前行，金殿在望。登金殿必先攀登一段级道，道如天梯，陡似峭壁。力弱者，则头眩心悸，难以支持。金殿位于天柱峰上，殿阔三间，共4.72公尺。进深三间，共3.05公尺。殿高5.2公尺，这是中国最大的铜铸金殿。殿内正中供奉真武大帝，身材高大，披发赤足，传说按明朝永乐皇帝模样造型的，故有"真武神，永乐像"的传说。左面是周公立像，右面是桃花女立像，前面有执旗和捧剑武士，神态各异。灯火彻夜通明，四时香火不绝。传说金殿及塑像，均由黄金雕塑而成，栩栩如生，真是鬼斧神工，浑然天成，令人叹为观止。举目四顾，天宇澄朗，下瞰诸峰，近者鹄峙，远者罗列，千岩万壑，尽收眼底，恍如陆海，诚天真奥区也。

金殿屋脊，立着很多金属金兽，闪闪发光，每遇夏天，口吐雾气，飘向天空，化为紫霞，一遇雷击，则电光闪耀，形成一个火球，在金殿四周，滚来滚去，这种奇景，叫作"海马吐雾""雷火炼殿"，亦为武当活八景之一。

游武当而不到南岩一游，犹如空入宝山而回，不能领悟武当之胜。南岩古迹甚多，最著名的有太子睡龙床、大金钱、大金钟、五百灵官、甘露井、梳妆台、飞身岩、龙头香等，都是好去处。造南岩之南天门，趋谒正殿。右转入后殿，崇岩嵌空，如悬廊复道，蜿蜒山半，下临无际，是名南岩，为三十六岩之最，天柱峰正当其面。

飞身岩，前临万仞绝壁，岩上松柏蟠荫，大皆合抱。层峰孤悬，巨石突出，即飞身岩。俗称祖师化形脱身之处。梳妆台，即为其化形脱身前化妆之所。

龙头香，专为一般善男信女烧大香、许大愿而设。龙头（包括颈部）长约丈许，由巨石雕塑而成，突出悬岩之上，下临百丈深渊，在龙头上又刻了一个香炉。凡烧龙头香者，必须由颈部匍匐前进，稍一不慎，即有丧生崖下之厄运，犹谓其心不诚。可怜亦复可叹（笔者于民国三十五年游历时，已为官方所禁）！游客至此，皆望而却步。

南岩于民国十三年，遭回禄之灾，损失惨重，而断瓦残柱，历经风雨剥蚀，雪霜侵袭，依然保持昔日风貌，琼光逼眼，宝气浑然，可以想见当年建筑之宏伟。

武当为道教名山，迨至明代永乐皇帝更大兴土木，建筑八宫、二观、三十六庵堂。一般建筑，大都临险构筑，更借助自然风光，以烘托出庄严威武的建筑风格。而所有这些宫殿的布局，建筑的构想以及石雕、冶铸等碑刻造像，都极具艺术价值。尤以这些作品，都附有一段神秘的故事，生动传神，想象丰富，更使山河增色，永留后世。

64 七星树观龙头杖

欧阳学忠[*]

大凡游览武当山的人,都喜欢买一根龙头拐杖,以助脚力。1981年秋,我和著名民间文学家李征康上武当,在二天门纳凉歇脚,居高临下看到那一条千级石梯蹬道上,数百名游客一色拄着龙头拐杖登山:拐杖起落,身影沉浮,虽不整齐划一,但却十分壮观。我忽发奇想,要是把这一情景拍下来,搬上屏幕,将使生活在平原的人们大开眼界。

龙头拐杖是武当山的一大特产,早些年制作龙头拐杖,大都在南岩对面的七星树。七星树由于过往香客,要在这里打尖休息,因此十分热闹。特别是街头那座拐杖铺,格外打眼。制作拐杖的材料是一些小树,工匠们依据树根的自然形状,雕成各色拐杖,大致可分龙头拐杖、凤头拐杖、猴头拐杖、鸟头拐杖。尤其是龙头拐杖名扬天下,有单龙抱柱、二龙戏珠、五龙捧圣、九龙闹海。明朝时期,龙头拐杖一般香客是买不到的,只有王孙达官朝山进香,才能买来助脚力。我们在七星树的一家拐杖铺,见到不少这样的拐杖。一根二龙戏珠的拐杖,雕刻十分精美;一根群猴捞月的拐杖,雕刻得风趣横生;一根百鸟朝凤的拐杖,雕刻得栩栩如生。我们把玩这些拐杖,真是爱不释手。

雕刻拐杖的是位老汉,清瘦的脸膛,雪白的长胡子,炯炯有神的一双环

---

[*] 欧阳学忠,1942年生,笔名岳啸。湖北丹江口人。作家、书法家。曾任十堰市文联主席、武当流派书画院院长,为中国作家协会会员、《武当文学》和《武当风》主编。著《大武当》《饿》等8部长篇小说及中短篇小说、散文、报告文学200余篇,创作《张三丰传奇》等4部电视连续剧剧本。

眼，使人想起神话中那位一身仙风道骨的太白金星。我们问起雕刻这些拐杖的小树，是从那里来的。他没停手中活计，随口答道："外朝山。"我们又问，为什么要到外朝山拔小树。老汉停了活计，笑着回答：这是祖师爷（真武大帝）定下的规矩。武当山七十二峰朝大顶，唯独外朝山不朝。祖师爷发火了说："叫你朝，你不朝，一年拔你三千毛。"就是每年要从外朝山上，拔三千棵小树做拐杖。我们问他，雕刻拐杖有多少年了。他觑了一下，回忆说不晓得有多少年了，只记得这是祖传的手艺，打记事起，爷爷就教他雕刻龙头拐杖，当然也教雕刻别的拐杖。我们环视这家拐杖铺，装饰虽然不算豪华，却很整洁。特别是那靠了一面墙的龙头拐杖，给我留下了难忘的印象。这一年，我在长篇小说《武当山传奇》第一章描写的拐杖铺喋血，引发武当英雄斩钦差，就选取了这家拐杖铺的素材。

后来，听说时任中共中央总书记的胡耀邦上武当山，也买了一根龙头拐杖，不知是否这位老汉雕刻的。当时，耀邦同志登上数百级石阶的南天门，又从南天门下数百级石阶到南岩，上山下山的艰难，使他深有感触。他风趣地口占一副对联：

上上上上到九十九重天堂为玉皇大帝揭瓦
下下下下到一十八层地狱给阎王老儿挖煤

这副对联以夸张的手法，形容上下山达到了极致。到工作人员抱来几根龙头拐杖，耀邦同志欣然购买一根。他挂着龙头拐杖，在南岩石殿前观览武当风光，对发展武当旅游作了重要指示，又挂着龙头拐杖开始上山下山。耀邦同志那平易近人、体察民情、实事求是的作风，一直在武当山中传为美谈。

随着时代发展，手工雕刻龙头拐杖，已经满足不了市场需要了，于是武当山的拐杖厂应运而生，经营龙头拐杖的门面比比皆是，为游客提供了极大方便。我猜想，当年那位雕刻龙头拐杖的老汉要是在世，一定会在一家拐杖厂当技术指导，使他的祖传手艺发扬光大。

65 武当金顶纪游

李　峻[*]

　　1982年5月,我与湖北省博物馆雕塑专家王延禄、诗人安危上武当金顶,是走500年前古道,从黄龙洞、朝天宫、一天门、二天门、三天门、朝圣门上金顶。现代的人大多数走新道,当时我们选择的却是一条人迹罕至的古道。

　　古道崎岖险峻,风景幽奇,树密林深,杳无人迹,且有三座天门遥立天际。

　　进入曲径通幽的黄龙洞,就如坠入谷底,我们开始寻找古道。常言说"路在嘴里",还是问问当地人吧。正巧下面上来个送菜上金顶的青年,他就是山下的人,我们一问,出乎意外,他不知道武当山古道打哪里岔去。我们只得按文字资料"上了百步梯,经朝天宫到一天门"。因此,我们边走边数,有的一排石阶50级,有的70级。正当我们怀疑是否有百步阶时,一段整齐的石阶呈现在眼前,我们一步一数,不多不少一百步。朝四周一望,果然有一模糊小径从登山道旁岔开去,而且在小径尽头御碑屹立,丹墙翠瓦宫门尚在,古殿犹存。这便是朝天宫了。门口有块高大的碑刻,用双线文刻着一句诗"万方多难此登临",这是李宗仁夫人郭德洁手迹。

　　进入宫内一片阴森,墙壁含潮欲滴,画梁巢新燕,绿锈腐神袍,殿后泉流淙淙,啼鸟高唱低吟。这是螃蟹夹子河的水源头。

---

[*] 李峻,1932年生,本名李俊。广东兴宁人,湖北丹江口市博物馆文博研究员。曾发表《汉江流域近百年考古新探》《从考古发掘看丹江口市变迁史》等文章。创作了中央电视台第一部武当山纪录片片头画。

过了朝天宫，在四周找了一会才发现一线通山路：石阶倾斜，石栏歪塌。那是清朝咸丰七年（1857）四月，谷城农民起义军——捻军突围上了武当山，为防清军追踪，砍断上一天门的铁索石磴，利用一夫当关、万夫莫开的一天门关隘，阻挡了数十倍的炮兵、骑兵、步兵的联合进攻。现在只见绿苔野草迷神路，古木苍藤昏日光。我们恰似步入了原始森林，与尘世隔绝。穿丛拂荆，沿着天路攀登，忽见又一门天际立，这就是一天门了。登上一天门，回头一望，无数奇峰落眼前，南岩、紫霄分外清。这是现在的武当新道看不到的奇景。天门旁的木构古建筑已残塌，一台精美的石雕香案尚存，而且其艺术造型使从事雕塑专业的王老师也为之惊叹：论年代及艺术是我国少有的石雕珍品。

过了二天门，只见蔓草掩荒阶，林深雪不消，古树横栈道。道旁岩洞森森，可藏禽兽，松卷柏盘，犹如虬龙。在这寂静的山林里，忽然劈哧一声轰响，把我们吓了一跳，原来是巨大的猫头鹰听到不速之客的脚步声，从路旁岩洞中飞出。再往前走，竟在古道上不断发现有獐子粪，灵巧的松鼠还不时扑簌簌地在林中飞蹿，一条蟒蛇横路窜而过。可见，这里是野兽出没的地方。前面，一座石桥飞架半空，这便是摘星桥，明代后七子之领袖诗人王世贞有"夜半桥上星，如萤拂衣袂"之句。过了摘星桥，便渐渐坠入幽谷，正觉深无底的时候举头遥见层岩叠嶂，又接上一座天门。陡峭而长满青苔的石阶本来难于攀登，但眼前别有的洞天，又在吸引着我们。登上二天门，这里可真是"人间构出洞天奇"，只见紫翠群峰绣出芙蓉朵朵，石磴参差直通玉台金阙。门边岩石如同剑削，这便是武当胜景十石之一试剑石。神话传说，静乐国皇太子由太白金星赠给宝剑，至此，见山高无路，便试剑劈石，使层岩裂为门洞。在通向三天门的古道上，奇花异草就在路边或路中央，灵芝菌的幼芽，水仙花的绿叶，映山红的花蕾，还有此山特有的降压红菌、曼陀罗嫩苗等，它们都那么自由自在地生长，因为没有人去采摘。攀上三天门，这里是传说东周时（2500多年前）道教始祖老子的门徒——周康王大夫尹喜隐居的地方。过去，三天门留有铜床玉案（现已无存），而天门下的尹喜岩尚存（见《地舆纪胜》）。站在天门口，骤见一山钻天，奇峭嵯峨，石梯依崖层层上，金殿凌空面面光，这便是武当之顶了。然而在我们前面的高岩危栏上，又闪现出红墙绿瓦、隐隐映映的朝圣门。也正是到了朝圣门，我们才立足郧襄千嶂上，置身高空白云间。举头望那悬崖峭壁上用千斤石磴砌起的万尺石城，俯首看那走过的10500级雕栏石级，不由得惊叹我们的祖先——古代劳动人民那神奇的智慧和"铁杵磨针"的毅力。瞧着1612.3米陡峭险峻的万级石阶和悬崖绝壁之上的千米石城，真不亚于埃及金字塔，这就是"世上无难事，只要肯攀登"的写照，这就是自古以来中国人民就具有惊人毅力和伟大气魄的铁证。

站在朝圣门前，举目四望，恍觉超出尘世而入神仙洞府——古人仰慕的天堂，明代智学就说："太和宫，宫如帝寝，环以金城，重云拥护，以象天阙。"的确，古往今来至此地多有同感。朝圣门下天鹤楼、天云楼残迹尚存。当年，明代七子文坛领袖王世贞就曾描绘说："顾视诸道舍，其趾半附岩，则重累而累度之，多者至七层，若蜂蛋之为房，罡风逢逢，势欲堕而不堕，甚危之，而毫无恙也。"其上有皇经堂、太和宫、东南道房、朝拜殿、万圣阁、钟楼、鼓楼、转展殿、神厨，栉比鳞次。丹墙翠瓦，琼楼玉宇，飞檐斗角。举头望天柱峰，一柱擎天高耸云层之上，灵官殿、九连磴，连串为一条通天路，金殿在金顶之巅、彩云之中，富丽辉煌。

我们来到皇经堂，匾额上"生天立地"是清朝道光皇帝书写的。120块明代《玉皇经》木刻雕版迭放堂内墙根，八仙灯悬挂堂上。真武、吕祖、观音等神像，罗列神龛中。出了皇经堂，一股云气涌来，让人们置身云雾之中，云雾淹拥着人，神和宫殿都在云中漂动。腾云驾雾在天宫，恰似人与神明在殿堂欢聚，令人产生进入了天堂的感觉，又像在华清池温泉池中游泳，蒸气淹涌，忽隐忽现，神奇奥妙，幻象丛生。

当天，夜宿东道房。次日，云生梦破一声钟，我们振衣上金殿。

金殿在武当山72峰的主峰——天柱峰金顶之上。这里海拔1612.3米，其峰拔空削立，高耸云层之上。顶端东西宽23.3米，南北长30米，明代金殿就坐落在其中心位置用三叶虫化石竹叶状纹理雕琢打磨的须弥座殿基上。它如同神话中的天宫，常常飘浮在云雾之上，出没于彩霞之间。

这座金殿全为铜铸鎏金仿木结构，重檐庑殿式，高5.5米、深4.2米、宽5.8米。殿顶正脊上分立象征着吉祥的龙凤，作为瑞兆的海马、天马，代表智慧的獬豸、仙人，传为灭火消灾的鸱吻等共54个铜饰。檐头施以云龙纹瓦档滴水，殿身共有立柱12根，宝装莲花柱础。殿内有云龙纹天花藻井，大门裙板镂铸二龙戏珠，大小额枋和垫板铸成旋子彩画和云龙纹。下檐斗拱为单翘双下昂九踩，它完全依照明代标准的土木工程结构建造，但不用一钉一木，而是用铜铸鎏金的构件，经过插榫、安装焊接而成。造型玲珑剔透，瓦棱、飞甍、斗拱、檐牙、栋柱、门窗、隔扇相辅相成，线条明快流畅，外表金光夺目，浑然一体，无一点铸凿痕迹。构件上的阳纹、云纹、几何纹、旋涡纹，或横直见棱，或圆润如磨。在金殿左后立柱上，镶嵌着一块金砖，五百多年来，经无数游人香客搓摸，仍金光夺目。据《武当山志》载："永乐十四年（1416年）创建，冶铜为殿，黄金饰之。"用精铜（冶炼12次）20万斤，黄金千两。

殿的崇台上有着美丽的竹叶状纹理的石砖，是4.5亿年前的三叶虫石化石，殿身、雕梁、画栋及其宝座、香案，蜡台、海灯、磬钵、花瓶及座下龟蛇等陈设，也都是铜质金饰。宝座上披发跣足的万斤"真武大帝"鎏金铜像，造型庄严凝重，容颜丰润，神采健发。左右侍立的金童捧册，玉女捧印，天罡擎旗，太乙持剑，前者拘谨恭顺，后者魁伟豪劲，衣着是按明代武将甲胄式样来塑造的。四个神像的表情姿态，互相呼应，栩栩如生，工艺水平高超。

在真武像后壁，挂有一块"金光妙象"铜雕鎏金匾，是清初康熙皇帝手书，铸制后加上去的。

金殿周围，内层为当时云南官兵进献的雕着云龙和铭文的铜栏杆180根。中层为汉白玉雕栏。殿座高1米，全为珍贵的化石砌成。外层还有青石护栏。左有签房，右有印房，后有父母殿。这三栋木构砖瓦建筑，是清初和民国初所建，在1954年经翻修，基本保留原貌。殿台的四角还有铜鼎铜钟，台下峭壁上开凿"九连蹬"依山九转，铺设了300级台阶及石雕护栏，栏内系有铁索，便于游人攀登。台阶下是永乐二十一年（1423）为了保护金殿"与天地同其久长"（圣旨语）而建的紫禁城，城墙高4米多，周长344.43米，基厚2.4米，顶厚1.26米，全用青石凿制的千斤城砖，建筑在千仞危崖之上，四面有城门及门楼，东、西，北三座天门皆下临千丈绝壁，只有南天门是上下进出关口。

南天门外，小莲峰上有我国最早的金殿，就是武当山元代古铜殿。殿为铜铸仿木结构，悬山式项，高2.4米、宽2.7米，深25米，略呈方形。结构严谨朴实，正面角柱间，使用四抹球状十字花隔扇，隔扇上放一横枋承托瓦顶，瓦底和隔扇均铸有铭文，记载元大德十一年（1307）各地信士捐资铸殿事宜。殿通体榫卯，可拆可合。据《武当山志》载：该殿原在天柱峰顶，明永乐以规制弗称，转于小莲峰，置于雕花须弥石座上，外罩一砖瓦小殿叫转辗殿。在金殿内亦有"祖师"（真武大帝）、金童、玉女、天罡、太乙的塑像，银质金饰，造型古朴，体型健壮，面容饱满，衣纹线条自然而流畅，有宋代雕塑之遗风。

在转辗殿下，有一过道厅，叫拜殿。明清两代，只有达官显贵才被允许穿过拜殿，进南天门，经灵官殿，攀九连蹬，直接到金殿瞻仰。普通香客游人便只能在拜殿中遥望南天门朝拜。他们连亲眼看看金殿的权利也没有。

武当八景：天柱晓晴、陆海奔潮、雷火炼殿、平地惊雷、祖师映光、空中悬松、金殿倒影、月敲山门，都集中在金顶的金殿及其周围。

每当夜雨初晴，纵观武当日出，此时"早起看山色，烟光荡晓曦。霞明千嶂丽，天纵一峰尊"。顷刻，云淹雾涌，则见"万丈雄山势欲奔"。而当红一轮跃出云海，便是金黄一片水纹万缕，洪涛拍长空，天风煽焰火，奔鲸逐海浪，犁云一片红。真是变幻万千，神妙莫测，这便是"天柱晓晴"之奇观。

当云雾从山下涌来，只见悬岩凌空，天风浩荡，流云滚滚，犹如大海之来潮全力扑向岩礁，水石相击，云涛喷涌，分奔南北……使人产生置身于蓬莱仙岛神话世界的感觉，这是"陆海奔潮"。

"雷火炼殿"是金殿之奇观。因为金殿全是铜质金饰结构，又在1612.3米高空，所以雷电与它结下了不解之缘。每当雷电轰击的当儿，骤然间，一声天崩地裂的巨响，数十里外可见金殿冒起万道金光，映红半边天。然而雷击一次，似乎只是把金殿回炉再冶炼一次。虽经五百多年千万次轰击，它却岿然不动，毫不变形，依旧金光闪亮，无痕无迹。只是山岩受震，出现裂痕，故1982年安装了避雷针。

父母殿后，有"空中悬松"景观，其时，古松尚存，云淹悬岩时不见了岩石，只见古松，在半空中摇曳，妙不可言。我们还在松下照了相。

八景之奇，就其四景，可见一斑。

这么重的金殿，是在哪里铸造而成？一直众说纷纭。自从在金顶土石中发现一些铜渣后，大多数学者认为它是就地铸制。但也有人认为，所发现的铜渣不过是焊接时的遗留物。最近《武当山志》编辑部的人员在北京图书馆找到了明嘉靖年间的《武当山志》，书中明确记载着：金殿在北京铸塑造成之后，派大臣送到武当山的。途经各省，从运河入长江转汉江到武当山下，由各省三司接送、修路、架桥，直到金顶。

紫禁城在清咸丰年七年（1857）四月，曾有太平天国捻军，冲破十倍清军的围剿，到达城中，与清军浴血奋战，四百壮士全部壮烈牺牲在城内。

金殿在辛亥革命时曾遭一次劫难。1911年10月，辛亥革命武昌首义成功，黎元洪为大都督，组织军政府。季雨森任安陆、襄阳、郧阳、荆州招讨使。因军饷缺乏，他误听人言，武当金殿全是金。于是，派了目不识丁的武装队长钟鸣世，领一队人马，到金顶取金。钟直奔金顶，道士解释：金殿铜质金饰，钟不信，强将飞檐瓦、海马拆了，用刺刀砍几下，道士、居民前来制止，钟大怒，打了为首居民，继续砍瓦。居民下山聚众几百人手持大刀、长矛与破坏军在金顶开战。香客、商人、摆堆的赶来助战，把金顶团团围住。钟见场地拥挤，短兵相接要吃大亏，他杀开一血路逃离。临走扬言：三日后，大军到，踏平武当，捣毁金殿。

1912年2月，清朝宣统皇帝退位，民国成立。部分军队解散，季雨森恐钟鸣世莽闯，急电革命党人张难先前往调查。张到草店，了解居民死13人，军队死2人，伤残百人。张赶至紫霄，见永乐皇帝碑文明写"冶铜为殿，饰以黄金"，他顿时道："不读书之害，以至此乎！"

张查清理由，令地方官绅安抚死者家属，回营制止了这桩调兵遣将，镇压武当居民的行动，保护了世界文化遗产——武当金殿。我们从金殿下来走太和殿看到一座铜碑，是明代众锦衣卫捐修的，但在苍龙岭雷神的功德碑，至今无人知晓究竟在哪里，是武当之谜。

下山时，诗人安危写了一首诗："盘凌天柱万山重，过眼云烟五代中。五百年来参不断，只缘天柱傲奇峰。"

让我说，当年永乐皇帝用了二十万军民工匠大干十一年，花了中国半壁江山的财力，创建了世界顶尖级的武当山古建筑，它的工程和财力都超过埃及金字塔，成为与万里长城媲美的世界文化遗产。这就是中国人的大气魄、正能量和伟大精神，实现中国梦就要这种能量、气魄和精神。

66　游玉虚岩

李　峻

早就听说剑河桥上游九渡峰的深谷中有"玉虚岩",岩中殿阁尚在,神像犹存,且有猿猴、花豹出没。

前不久的一天,阳光灿烂,我们一行六人徒步沿剑河北岸溯流东上。到了九渡峰下,只见剑河源头,涧道幽深莫测,泉流清澈、欢畅:湍急处,如飞珠溅玉;平缓处,如银湖泛波,金光点点,琤然出声,好似古琴弹响。

从涧旁的小径进去,沿途有簇簇藤萝笼罩峡谷,茸茸芳草夹岸铺开。从剑河桥到玉虚岩途中,古树蔽日,清风荡漾,野花喷香,山鸟吟唱,呈现着一片幽静、奇特的景象。

上岩的路皆为石蹬。进入山门,仰见岩石嵯岈,洞室深邃,遮天掩日,岩下道院已是颓墙断壁,但重重崇台、层层石阶还在,正中的古殿尚存,它镶嵌在深岩之中。

明代文学戏曲作家汪道昆在嘉靖二十九年(1550)到此游览时记述:"九渡涧,涧道幽绝……沿涧东入玉虚岩,石嶂夹流……杂树绘之……"四百多年前的记述,尚历历在目。但昔时的摩岩石刻浮雕,今已斑驳而模糊不清。雷神诸像已颓残。幸好深岩正殿完好,它上顶千仞石崖,下临万丈深渊,显得险峻而壮观,厚重而幽僻。

殿内真武大帝、三清尊神、灵官共十多座泥塑金饰神像,雄健粗犷,笔法妙理神化,灵气蔼然,是元、明、清三朝文物。殿下一座石碑清楚地记载着明嘉靖四十二年(1563)顺天府(北京)都城内外各街坊人士到这里参神布施的情况。在宫墙边还有明朝万历、天启年间湖广各地人士捐修玉虚岩古建筑的碑刻。

从正殿依岩循阶而下，到二层崇台，石壁上刻着刚劲雄浑的"玉虚岩"三个大字。这是因道教神话中的真武大帝曾封为玉虚师相而得此名。这座岩又名"俞公岩"，传说宋代道教学者隐士俞惠哲（疑为俞玉吾）曾诵经于此，故有此名。再往前走，只见一岩上有"丹台石室"几个斑驳的大字。据传五代名道士陈抟曾来此炼丹，刻写了这几个苍劲空灵的大字。

我们在岩中歇息了一会儿，只觉得空山寂寂，如隔尘世。在这里眺望远处，只见千峰竞秀，山山环抱，势如蟠龙。几座奇峰从中拔起，巍峨突兀，直插云间，山高林密，禽飞兽嬉。前不久，省博物馆的两位同志游此地时，发现一头老死于岩下的大花豹，他们把豹皮豹骨带了回来，分给大家。可见，这一带植物、动物繁盛，基本保持了原始的自然生态，是武当山待开发的旅游宝地。

1982 年作

67　千年古刹——武当山寺记

李　峻

  1989年初秋，浪河文化站的同志提供考古信息说：武当山八百里有一座高高的天门山，顾名思义，是一座可以通天的山。山上有故事岭，因为岭上有不少石人、石墩、石座，像故事人物在讲故事，故民间给它"故事岭"名称，地点就在浪河水库后面的深山里。

  山再高，树再密，林再深，我们考古工作者都义不容辞，要去考察个一二三出来。于是，我与文化局唐丹、文物科长徐应宁驱车来到天门山下，徒步上山。山径忽高忽低，曲曲折折尽是羊肠小道。树林遮天掩日，筛下无数光线。才看清小道往幽深的山逶迤而上。林中啼鸟高唱低吟，不时有野鸡惊起"扑扑"地飞走。穿过山沟脑，爬上一座山岭，树密林深处，迎面左右两块高2米、宽1米的石碑。正当我们想从巨碑上找出这里的历史古迹内涵的时候，向前仔细一看，令人泄了气。因为这碑经千年风吹、雨打、日晒，千年风化剥落为无字碑了。碑额仅存半个隶体"武"字，属两晋南北朝盛行字体。两碑中间有16级石阶进入山门。

  三座2米多高的大佛敞衣博带，作天地知我心的手印坐在莲花须弥座上，造型精致、古朴、洗练、生动，是三世佛，即过去的迦叶佛、现在的释迦牟尼佛和未来的弥勒佛。佛像丰润清秀，与山西云冈石窟第五窟两晋南北朝的三世佛相似，面目慈祥，从容俯视众生，好像在提醒众生——苦海无边，回头是岸。他以慈祥普度众生。这也正是佛教以佛的造像传播教义的宗旨所在。在佛像身后环侍着一人高的十六罗汉立像，也是两晋南北朝石佛的造型风格，因为在此后的唐代就增为十八罗汉了。显然，上述就是在建寺之初精雕细琢的石佛群像，也并非一般人能造就的。

佛像中还有历代增加的神佛造像。三大佛后又有与前面三大佛稍大一点的，造型丰满、敦厚的唐代风格的阿弥陀佛（如来佛）、燃灯佛、弥勒佛，都与洛阳龙门石窟、山西潜溪寺石窟的唐初石佛相似。莲花座四角还有浮雕力士像。佛堂中还有或立或坐着的宋代"笑口常开，笑世间可笑之人；大腹能容，容天下难容之事"的胖弥勒佛。另有明代得体的观音，道教的三官（天官、地官、水官）天将等石像。神龛、神台、束腰莲花座有伏狮、云龙等高浮雕装饰。佛堂后一座石碑，题额为"流芳百代"，是清朝道光二十九年（1849）为保护石佛群而重修庙宇的功德碑，此岭无历史记载，但更正了"故事岭"的称谓，碑文称"古寺岭"。

这一堂两晋南北朝古寺和石佛群，究竟是什么人所修所造？必须找到有关历史资料才能揭秘。

《古今图书集成》记载：西晋武帝泰始五年（269）羊祜为荆州都督，镇于襄阳，日供"武当山寺"。有问其故？祜曰："前身多过，赖造此寺，故获中济，所以供养之情，偏重于此。"

羊祜所说的"前身多过"，在明代传统蒙学丛书《龙文鞭影》中以"羊祜探环"为题，又有一段记述："晋羊祜，字叔子。生五岁，忽令乳母往邻家李氏园桑树中探取金环。李氏曰：此吾亡儿所失。因知李氏子，祜前身也。又五代文詹，于杏树中取五色香囊，亦记前身世事。"

还有"羊祜推诚"记载："晋羊祜，字叔子。镇襄阳，绥怀远近，甚得江淮之心……与吴将陆抗对境（边境）……游猎常止晋地，若禽兽先为吴人所伤，而为晋兵所得者，皆封还之。"以上可见羊祜确属名人。他所建"武当山寺"在武当山8次文物普查中，皆无蛛丝马迹。因此，从年代上看，可推断古寺就在这里，从无字碑半个隶体"武"字可推断碑名为"武当山寺之碑"。

武当山道教修炼的岩洞，起于春秋战国，但都是岩洞，地面建筑起于唐代。所以，晋代的武当山寺应属于武当山最早的佛教建筑，石佛群也是最早的造像，寺庙仅存基址，但石佛群完整。

关于石佛群的着落，还有曲折的经历。为了保护这批文物，我们在半里外树林里，找到一位独家人，主人为三十多岁男性。我们请他当这组石雕的文物保管员，许诺每月给他五元保管费。他起初不敢答应，经我们宣传"保护文物，人人有责"等《文物法》，他才答应下来，但他对此缺乏自信，说："白天我如果发现有人破坏，我可以制止，但晚上就难说了。"

回到丹江口市博物馆之后，我们担心保护不善，我在市政协委员提案中，提出把这组文物收藏到博物馆来，可是没有引起有关领导十分的重视。博物馆没有车，也没有财力支撑。于是，筹划了近乎借鸡下蛋的方案。那时有个比较熟的单位有辆中型运输车估计可以把石像群运回来，这就是坝下公园，但后来因为种种原因，也未成行。

过了十多年，民间一股暗流、一种思潮传言"要想富、搞文物，一夜能成万元户"。于是，盗墓贼、盗宝贼像一阵恶风扫过。古寺遗址上石像大部分头被盗，"亡羊补牢"已来不及，只好把失去头部的石像收回了博物馆。

缺乏财力支撑，导致损失如此之甚。

"亡羊补牢"，在不久的将来还是可以实现的。其一，有了财力、人力就有望追回失去的佛头，因为它们肯定还存于世。其二，万一追不回来，可以依照片形象，按登记尺寸修复一番，也非不可。然后在原址重修武当山寺，开发个旅游景点，上慰祖先，下惠子孙。这也是一位文物工作者的一个中国梦。

68 武当踏雪行

谭大江[*]

清晨,当我醒来听听窗外已没有一丝风声,窗户异常明亮,今天又准是个晴天。

我和小袁来武当山度创作假,想领略一番武当雪景的机会怕是要落空了。我穿好衣服推开窗户,好家伙,出乎我的意料,窗外竟是一个银装素裹的大千世界。

吃过早饭我们就打点出发,每人拄了根拐杖,脚上扎着草绳,像攀登喜马拉雅山的登山队员一样,顶着满天飞雪,深一脚浅一脚地在模糊可辨的山道上跋涉。在城里,编辑老张同志就对我们讲过,雪中游武当行路虽然艰难,却是一种真正大自然美的享受。今天我们可算亲自要领略这种滋味了。雪像漫天银蝶,越下越大,刚踏过的足迹一会儿就不见了。当我行至乌鸦岭,竟被壮观的景象所陶醉。环望四外,一派天苍雾茫,漫天飞雪像千百万混战的玉龙抖落下的一天鳞甲在天空中翻搅,它使我耳边似乎回荡着一首经久不息的洪亮而雄壮的交响乐。

路上的行人渐渐多了起来,同路老乡是个热情而健谈的人,一路上不断给我们讲着山中传奇,乡间风情,增添了我们游途上的兴味。我们三人谈谈

---

[*] 谭大江(1947—2015),道号孔德,湖北丹江口市武当山地区人。中国武当山拳法研究会秘书长,内丹养生家和道家道教文化研究学者。曾任《武当》杂志副主编等职。著有《张三丰太极丹经注解》。

说说,不多时绕过榔梅祠上了七星树,钻进了青龙树槽子。这是一约四五里长的峡谷,此时峡谷两旁雪峰千丈,冰帘侧垂,棵棵枯树枝丫变成了丛丛玉珊琼藤,闪耀着晶亮的光华;一棵棵参天古树又似条条腾空欲飞的银龙。脚下的石阶又光又滑,像一块块翡翠砌成,我们一步一歪,真好比蹬着滑板的杂技演员行走在水晶宝殿之中,真觉有趣。那位朴素的老乡用他那双粗糙有力的大手不断在难走的地方拉着我们,他那热情而无私的举动使我油然感受到另一种美,一种劳动人民的朴实和善良美。

鹅毛般的大雪在不停地落着,我们三人身上全是厚厚的白雪,头发眉毛成了白色,连喘口粗气都是团团浓雾。小袁打趣说:"我们是天上福禄寿三位老仙翁下凡了!"逗得我和老乡都笑了起来。跨过下斜桥拾级而上。一座玲珑古雅的亭子出现在眼前,老乡介绍说这就是黄龙洞凉亭。凉亭朱红的栏柱在周围白色峰林的映衬下显得分外鲜丽而庄秀。我不免想到,这奥妙精绝的构图,这使人感到恬静而雅致的色彩,不知包含了古代建筑师们多少心血!不禁为我们祖先的聪明和智慧而肃然起敬。离开黄龙洞凉亭过了上斜桥,眼前便是"百步梯"。这是途中最难走的一段路,石阶本来又陡又窄,上面厚厚的积雪经行人踏过,成了又光又滑的斜面。附近的老乡在石阶旁顺着岩壁系着一根长长的绳子方便来往行人,人们拉着绳子小心翼翼地上上下下。尽管这样,还是有人不断坐上"滑梯",这种特殊的"享受"使不少游客啼笑皆非。上了百步梯,展望前面蜿蜒崎岖的古神道,恰如一条从天而落的白色银带,我们踩着这条银带钻进了莽莽雪林之中。

到达分金岭,雪下小了。我们向老乡打听金顶还有多远,老乡挥手一指:"那不是吗!"顺着老乡的手抬眼看去,嗬,一座巍峨笔立的山峰直插云霄。"啊,天柱峰!"我和小袁不约而同唱起来,我们加快了行进速度。

中午,我们来到天柱峰下的太和宫,踏上小莲峰,岩壁上醒目地刻画着四个苍劲古朴的大字"一柱擎天"。翘首一望,陡峭挺拔的天柱峰赫然屹立在面前。雄伟的紫金城如一条苍龙盘旋在峰腰,可望见的东南两道天门像两座巨塔俨然傲立于群山之巅。

老乡和我们分手了,我们向他道了谢,转上金顶参观。跨进南天门,穿越灵官殿,拉着冰凉透骨的铁索,攀上了九折回栏的"九连蹬",俯首回望,

"一览众山小"；抬头仰看，"伸手摘寒星"，这里竟如天上人间的分界处。

真可说是费了九牛二虎之力，我们终于登上了天柱峰绝顶。举世闻名的金殿就在这里，金殿前雕花玉栏，金钟、玉磬两厢悬吊，金殿两旁是签房和印房，后为父母殿。此时，所有的建筑周体全被缕缕冰花一层层地镶着，宛如一组巨大而精致的宫阁玉雕；就连父母殿后那棵巨大的迎客松，也变成了一棵晶莹的玉松。

武当山不愧为天下胜境和道教圣地，尽管漫天大雪，天气如此寒冷，道路如此艰难，来金顶参观的游人和朝山的香客仍是络绎不绝。金殿前鞭炮声震天价响，游客纷纷在金殿前的迎客松下照相留影，这里恰似一个热闹非凡的天外世界。

遥望着武当群山一片晶莹、光辉，我陷入了美妙的遐想之中……

看，这八百里武当山多像一位美丽典雅、心灵纯净的少女，那千山万岭的银装素衣，不就是她洁白的衣裙吗？山上山下那条条泉溪道道河流，不就是她搭在肩上缠在腰间的绿绸飘带吗？那明镜似的丹江水库，不就是她坠在腰下的一块碧兰的美玉吗？再看这熠熠闪光的金殿，不就是嵌在古代少女鬓发上的一颗珍贵的宝石吗？……

69 汉江名胜武当山

常怀堂　叶国卿[*]

大巴山脉在我省西北部有一段分支，它起于鄂陕边境，沿汉江南岸向东延伸，止于襄樊市南部，隔汉江与大洪山遥遥相望，这就是武当山脉。武当山方圆八百里，主峰在丹江口市境内，海拔1620米。

我们游览了武当山，领略了她那壮丽的风光。

我们登山的出发点是丹江口市的老营镇。离镇向南行，翻过两道小山梁，便到了老君堂。西望群山，只见挺拔的山峰，一座连着一座，雄峙在蓝天白云之下，苍苍茫茫，威严而神秘。

从老君堂到紫霄宫是25里，中间有一座名叫"太子坡"的宫观，传说是道教中的"真武大帝"年轻时读书的地方。太子坡的建筑体现了我国古代工匠善于利用地形进行艺术创作的匠心。它下临深沟大壑，背靠斧削陡崖；栏杆石阶陡峻而齐整；垣墙四周方正，墙里的构造随地势高下自然曲折。整个建筑显得高敞幽静、壮丽而实用。在庙内的一面影壁墙上，有两条写着"实行土地革命""红军是工农贫民的军队"的标语。这是1931年春天，贺龙同志率领的红三军驻扎武当山时写下的。

从"太子坡"往下走，过"剑河桥"、上"十八盘"，好不容易登上紫霄

---

[*] 常怀堂（1938—2016），湖北随州人。作家，主任记者。曾任汉江丹江口工程局《丹江口报》记者、编辑，后任湖北丹江口水利枢纽管理局宣传部部长、文协副主席，兼《中国水利报》记者、驻汉江记者站站长，十堰市作家协会副主席等职。著有电视剧本《在暴风雨中》。叶国卿：1946年生。湖北枣阳人。主任记者。曾在湖北人民广播电台工作，襄樊记者站站长。组织并参与《汉江行》《湖乡行》等系列报道活动。著有《广播声音学概论》。

宫的东天门垭子。进东天门，翻过一座小山，向右一转弯，紫霄宫的全景就呈现在眼前。紫霄宫的建筑，采取的是先疏后密、隐显兼用的扩大景深的手法。在左右配殿的烘托下，在背后高耸的展旗峰的映衬下，紫霄宫显得气势雄伟、庄严肃穆。这碧瓦红墙、雕梁画栋的紫霄宫，当年曾作过红三军的政治部、司令部和医院，贺龙同志也在这里住过。

在紫霄宫，我们见到了年近九旬的王道长。他向我们介绍了红军当年在武当山的一些活动情况。当时，年近四十的武当道总徐本善，与贺军长结成忘年之交。徐道总为了帮助红军，带领三名武艺高强的弟子，施展轻功，一夜疾驰100多里，天明赶到老河口。他们以化缘为名，分别混进敌人三只军火船上，用点穴术，将船上的守备人员放倒了，使红三军小分队顺利地截取了敌人的军火武器。后来，徐道总为保护贺军长赠送的维修金顶的两斤黄金，被国民党反动派枪杀于万松亭。

吃过晚饭，文管所的同志在紫霄宫大殿前摆下座椅，给每人泡上一杯武当香茶，便海阔天空地谈了起来。我们谈到了武当山建筑群的历史。据考查，早在唐朝贞观年间，也就是唐太宗的时候，已经有道教徒在武当山建筑宫观传教。不过，武当山现存的古建筑，基本上是明朝永乐年间修建的。永乐是明成祖朱棣的年号。朱棣为什么要在武当山大兴土木呢？原来，朱棣是明太祖朱元璋的第四子，被封为燕王，镇守北方。朱元璋死后，朱棣起兵赶走了侄子建文皇帝，登上了帝位。朱棣当了皇帝以后，得想个办法替自己的不法行为辩护。恰好，在神话中，道教中的"真武大帝"是四方神灵中的北方神，而朱棣又是在北方起家的。这样，他就说自己是根据真武大帝的旨意肃清内乱的，他的篡位行为也就名正言顺了。朱棣为了感谢真武大帝，就动用三十万军民工匠和巨额资财，在武当山大兴土木。经过十多年经营，在原均州城到天柱峰的140多里长的山路上，建筑宫殿庙宇两万多间，形成一整套雄伟壮观的建筑群。从此，"道教热"掀起了，武当山也名满天下。我们光顾谈天，不知不觉夜幕已经降临。天空一丝云彩都没有，一轮明月悬挂夜空，真像一只白玉盘。她离我们是那样近，似乎就搁在紫霄宫前的古柏树尖上，挂在紫霄宫对面的照壁峰顶上。这时，我们也似乎忘了天上人间，真想请吴刚、嫦娥来同品香茗，共话沧桑。

然而,"紫霄壮景不足奇,要览奇观上金顶"。第二天清晨,我们向金顶进发了。出紫霄宫向西,走完五里大坡,便到了"乌鸦岭"。呵,好一派热闹景象!宽阔的停车场上,停放着好多从山下开上来的汽车。停车场东西两侧,依山建起高大的宾馆,南面是装饰华丽的餐厅。紧挨餐厅,是一片小商店和小货摊。真没想到,乌鸦岭上竟有深山闹市。向导告诉我们说:现在,每天上山游览的人有五千多,高峰时达到一万多人。从武当对外开放以来,已有30多个国家的外宾上过金顶。

在乌鸦岭的旁边,有一处几十米高的断崖。断崖中间凿壁砌石、凌空建成的宫殿,那就是南岩宫。南岩宫中部有个一尺宽的石雕龙头,伸出悬崖一米多远,上面有一香炉。这里是过去善男信女对真武大帝表示虔诚的地方。据说,有不少人在上香时坠崖身亡。南岩宫峰岭奇峭,林木苍翠,建筑巧妙。我们因急于上金顶,顾不得细览就匆匆离去了。

离开乌鸦岭,下南岩,过"七星楼",爬"百步梯",越过"分金岭",费了好大的劲儿,才算到了天柱峰。过紫禁城,沿着陡峭的石梯,手扶着石柱栏杆上的铁索链,小心翼翼地辗转向上。这段险路人们叫"九连蹬",从下到上总计300多步台阶。我们沿台阶一步步地攀登,终于攀上了绝顶,来到世上稀有的古建筑——金顶的跟前。金顶是一座铜铸台阁式四面坡重檐宫殿,从瓦楞、檩椽、檐牙、宫棂,到门楣、大门、墙壁,全部是铜铸部件榫卯拼合而成。栋柱、藻井及殿外部件,都饰以阳纹图案,非常精细;房脊和大吻上铸有很多奇异动物,栩栩如生。殿内正中有"真武大帝"鎏金铜像,重约两万斤;左右立有四尊侍者铜像,姿态各异,表情自然。"真武大帝"坐像前,放一铜铸香案,案下设有龟蛇相交的"玄武"造型,生动逼真。殿基用花岗石砌筑,前面砌出月台,台前正中和两侧砌五级踏道,四周装有花石栏杆。金殿的重檐及屋顶的赤金仍在,在阳光照耀下,金光四射。

"会当凌绝顶,一览众山小。"站在金顶,放眼四顾,我国伟大诗人杜甫这两句诗中的意境,活生生地展现在我们眼前。那些看来高不可攀、直刺云天的奇峰,现在都在脚下,变得矮小了。远处的群山郁郁苍苍;山间公路,像一条白线,缠绕在山间;峰峦底部,被云雾遮住,深不可测。听说,若遇晴朗天气,不仅可以看到明镜似的丹江口水库,连远在200多里外的襄樊市都依稀可见哩。

第二天清晨4点多钟，我们再登金顶观日出。开始，东方出现四种颜色：天地相接的地方，是橘红色，橘红色上面是淡黄色，淡黄色上面是浅蓝，橘红色下面是深灰色。在深灰色的幕下，是灰白色的波涛汹涌的云海。远山如墨染，近山苍郁。一会儿，在橘红与深灰相接的地方，浮动起瓦灰色的云朵，变换着姿态，有的像树，有的像鸟，有的像兽。在背后的橘红色帷幕的映衬下，这些云朵，显得美妙而神奇，使人觉得似乎那就是传说中的蓬莱仙境。当东方那条橘红色的带子向两边延伸，头顶上灰色的夜空完全变蓝的时候，东方不断变幻的云朵又被镶上了耀眼的金边。我们知道，太阳快要出来了。果然，太阳很快就从镶有金边的瓦灰色的云朵旁边露了出来。开始是一条线，殷红柔和；很快，殷红柔和的半圆上，有了发光的顶子；圆脸全露的时候，那远方的岛影，由耀眼而变得淡漠，逐渐消失。当太阳闪耀着金黄色光芒的时候，乳白色的云上，被抹上淡淡的胭脂色，就像那少女脸上的春红。当太阳白得耀眼的时候，云海就失去了波涛翻滚的那种动感，而变成茫茫的雪原。一个多小时的日出过程，画面之广阔、景物之神奇、变化之微妙，令人叹为观止。

游过武当山，我们对这汉江边上的名山，加深了印象，而我国古代劳动人民的智慧，则更加使我们感到自豪。

70 金顶游记

欧阳学忠

我登过不少名山，不少名山都有一个光辉的顶点。号称"五岳独尊"的泰山有玉皇顶，美称"天下秀"的峨眉山有金顶，人称"清凉世界"的五台山有光明顶……但是真正名副其实的光辉顶点，还属武当山！

有一个晴朗的日子，我和安徽《清明》丛刊编辑部的同志结伴登武当。我们乘车到了武当山古建筑群中的南岩，开始登山。以往，这里是没有公路可通的。明朝永乐皇帝大修武当山时，是从古均州城的静乐宫起步。凡140华里的山路，香客游人一步一步攀登，其艰辛程度可想而知，人们完全是靠对真武大帝一片诚心支撑双腿。如今不同了，公路修到山半腰，为中外游客大开了方便之门。从这里登山，到金顶只有20里了。有趣的是，开始不是登山，而是下山。一步步石台阶。犹如宽大的楼梯，石梯两边是雕花石栏杆，给人一种安全感、轻松感。我们扶栏而下，轻松自如，遥望右侧的南岩，果然佳景绮丽，那百丈险的紫霄岩上人工雕凿的石殿，那石殿前凌空高悬的石雕龙头香，那和石殿遥相呼应的飞升岩上的梳妆台，那为连接石殿和梳妆台而修在悬崖峭壁上的石梯栈道、石栏杆，那崖壁上倒挂的苍松、缠绕的白云，那崖壁下幽深的峡谷、奔流的溪水，组成一幅壮丽的山水国画，远远超过古人的《仙山琼阁图》，令人叹为观止！近观左侧的金仙岩，千尺绝壁，气势逼人。相传，当年李时珍到武当山采药就住在这高岩上的洞穴中。李时珍在武当山采药400余味，写进了他的举世名著《本草纲目》，同时行医，为武当山中的贫苦山民治病，消弭一方伤痛疾苦。我们的中华民族是有情有义的民族，为了纪念李时珍，就称他为"金仙"，把他穴居的地方称"金仙岩"。如今，金仙虽去，但金仙岩犹在，金仙岩上的山洞历历在目。触景生情，想起攀山越岭造福人民的李时珍老人，不禁使人油然而生敬意。

沿着石梯下一程，便是一段盘坡平路，一边依山，一边临谷。路是好走，但风险不减，要不是时有栏杆护着，行人真有点胆战心惊。我们边走边欣赏着两旁山色，大约赶路五里许，来到了"小武当"。这小武当原是耸立在平地上的一座小山，高不过数丈，但溜圆苗尖，拔地而起，传说它是武当主峰——天柱峰的峰尖。想当年真武大帝坐镇武当山，嫌天柱峰太尖，便拔出七星剑，一剑斩去山尖，那山尖滚落到这里，后来便称它"小武当"。小武当上长了七棵怪树，碧叶虬枝，据说夜晚能闪闪发光，远观如星斗一般，因此人们又称这里为"七星树"。七星树旁，修了条石板小街，布满饭馆茶肆，游人到此，往往饮茶打尖，稍事歇息，焕发精神，准备爬山。

果然，从七星树开始，拾级而上，步步攀登，时而山坡，时而峡谷，虽然气喘吁吁，但移步换景，渐趋幽深，给人一种阴凉清爽之感。这道峡谷因山岩有个黄龙洞，因而取名黄龙峡。峡底流水潺潺，依山有石阶曲折而上。我们在这清凉世界中行进，两边是蔽日遮天的大树，只闻流瀑声声，上山看百鸟声婉转，给人一种音乐感。我们一行数人俯首拾级，耳听音乐，虽不觉累，未免有些色彩单调。蓦然，我们抬头见峡谷深处，露出一个红点，那红点越来越大。近了，才看清是嵌在谷中的一座画亭，红柱翠瓦，真格是"万绿丛中一点红"，给人以生机勃勃之感，这就是有名的黄龙洞画亭，画亭匾额上写着"天下驰名"的大字，旁有小字记载，这里原是卖眼药的地方。以往这里卖眼药有个讲究，从画亭红柱上拴根绳系着，取眼药的香客，先将银钱放在篮中，抖动绳子，藏在黄龙洞内的老道，便拉细绳，系起花篮，收了银钱，再将一瓶眼药放在篮中系下来。整个过程，卖主买主互不见面，只凭一绳相通，故有歇后语流传："黄龙洞的眼药——两不见面。"我们坐在画亭的木凳上，一边休息，一边听着有趣的传说，看着峭壁上黄龙古洞，如今由于医疗卫生条件的改变，人们不再到这里讨眼药了，可那只玲珑的花篮，那条系篮子的绳子，好像还悬在这幽谷上空，上下移动，传递着医苦治疾、造福人间的良药，引起人的浮想联翩！

从黄龙洞画亭出，攀登数百级石梯，迎面耸立一座大山，苍茫雄浑，高不见顶，山腰坪场有座残破殿宇，这里便是朝天宫。朝天宫规模不大，听说也在武当山石建筑群中的九宫之数，不知何年毁于火灾，如今只剩残垣破殿了。朝天宫前，挂着偌大一幅登山导游图，往右有条明朝古神道，神道上标着一天门、二天门、三天门，直达太和宫；往左有条清朝修的新神道，标着百步梯、分金岭、山门，直达太和宫。明清两条神道，抱着天柱峰转了个圆圈，起点在朝天宫，终点在金顶。如何走法？当地山民告诉我们，一般是先走明朝古神道，饱览风光，下山再绕清朝新神道。我们同意了这个游法，向右转，踏上了古神道的石梯栈道。早听人说，石神道离金顶尚有十里，一色石台阶，曲折起伏，如长龙盘绕。果然如此，那数千级石阶，联结一起，出没隐现于天柱峰腰的莽林之中，有时令人望而生畏，有时使人感到无休无止无尽头，有时觉得前面路断，有时觉得前程豁然开朗。我们真应感谢当年道路的设计者们，他们溶感情的曲折起伏与道路的曲折起伏于一体，让人脚在攀登，心也在攀登！使我们感到欣慰的是，石级旁边环立着众多山峰，百态千姿，形状各异，树木葱茏，秀色可餐。不过有个共同的特点，就是峰顶都倾向天柱峰，这就是武当山特有的地质构造——七十二峰朝大顶。我们联想到了金顶，抬头望天柱峰高耸云端，但见白云滚滚，金顶何在？扭头看前面山垭上耸立一座门楼，红墙上镶嵌一块青石横匾，上刻三个大字"一天门"。字体刚健雄浑，给人以庄严肃穆的感觉。

　　登上一天门，脱帽临风，顿觉身爽神怡。我们稍作小憩，继续攀登。谁知神道设计者却为人们安排了一段下脚路，我体会到设计者的良苦用心：走山路最忌直上直下，那样易累，忽上忽下，间替进行，可以解乏，我们上上下下，果然不觉劳累，不过，眼下到底在登山，由海拔几十米，登上海拔1600余米的天柱峰金顶，因此总的趋势是上，是攀登。走过一段起伏的石阶，终于眼前出现了一段高路。抬头仰望，一座朱砂门楼，立在南天之上，望着使人惊心动魄！我们数人，相视一眼，互相鼓励着开始攀登了。这一段应该说是今天登山以来最艰险的一程了，石阶层层叠起，每阶尺许，又高又陡。我们一步一喘，步步滴汗，不停攀登。我数了一下，这一程有696级石阶！按正常说法，这不是百步梯而是千步梯了。

登上步梯，"二天门"迎面而立。身边凉风习习，白云飘飘，伸手可揽，登高的妙处，尽在揽云之中。进了二天门，没费多大力就登上了"三天门"，我们感到奇怪，登一天门、二天门那么艰难，登三天门为什么反而不如以前了？可是我仰首高望，胸中的疑云消散了。我看到了高耸碧霄的天柱峰，峰腰围着紫金城，朱砂红墙；紫金城下是太和宫，一片丹甍翠瓦；紫金城是中峰顶上耸立的金殿；在太阳照射下闪闪放金光。整个天柱峰犹如一位顶天立地的大将军，身穿绿袍，腰系玉带，头戴金盔，威镇武当。我明白了设计者们，为什么不让游客费劲登三天门了：为的养精蓄锐向更高险的光辉顶点攀登！

　　从三天门开始，拾级攀登，山道越来越险，难度越来越大，进入太和宫，穿过紫金城，到了名扬天下的"九连蹬"，简直就像到了一架登天的高梯面前。向上望立陡拔陡，石阶依峭壁而建，九曲回肠；向下望云雾蒸腾，山风扑面，我们好像置身云端，手攀着"九连蹬"两旁石栏杆上的铁链子，犹如登天一般！终于攀上数百级陡险的石阶，跃上天柱峰顶，我们不禁打内心发出一声感叹：啊！果然名不虚传！

　　迎面是一座金碧辉煌的铜铸金殿。双重飞檐庑殿式结构，五脊六兽，龙头大吻，在艳阳照射下，金灿灿熠熠闪光。据说三百年前，铸造金殿时，铜中含金百分之十五以上，因此数百年依然崭新，不减光辉。金殿内是一组铸像，正中真武大帝，左右是捧册的金童、捧宝的玉女，十分端庄娴静，兢兢业业，有侍从风韵；真武大帝前面，左右侍立着执旗持剑的水火二将，威风凛凛，勇武可嘉，有大将风度。殿内并放两张铜铸神案，案上神灯高照，虽然门外山风呼呼，门内灯火却纹丝不摇。古传，殿内有避风珠，其实是铜殿铸件接榫十分精密，使殿内空气不流通造成的。这金殿，这真武大帝一组铸像，其建筑艺术、铸造艺术，在整个武当山古建筑群中，众多铸造艺术品中，全达到了最高水平。古人曾为这里作过一联："世上无双境；天下第一山。""天下第一山"不敢说，"世上无双境"当之无愧。这金殿和金殿内的一组铸像，确实举世无双！

　　何止金殿和铸像，天柱峰的险要也是举世无双的。天柱峰顶除了耸立一座金殿外，后面还有座金殿大小差不多的父母殿，周围地面不足一亩，四周全是陡崖峭壁，难怪人们称之为"一柱擎天"。在临崖的四周，建了一圈雕花望柱石栏杆，我们凭栏环顾，临高远望，视野所及，奇峰异景，又是举世无匹！远处，400里外的江汉平原，隐约可见；百里外的丹江口水库，如一面巨大的镜子映照天地；数十里外的二汽车城高楼鳞次，道路阡陌，好像嵌在深山的一幅图画！近处，众多山峰环立四周，峰顶倾向主峰，给人以"万山来朝"的感觉，而那众多山势，奇姿妙态，如少年恭立，如少女袅娜，如老翁龙钟，如壮妇撒泼，如天马行空，如仙人骑鹤，如雄狮吼天，如猛虎蹲踞，如凤凰展翅，如苍龙腾云，如蜡烛、如香炉、如宝珠、如灵芝、如旗杆、如展旗……葱葱茏茏，云烟缥缈，如仙境，如画卷，令人眩目，催人叫绝！

登此山，观此景，使人想起毛主席的名句："无限风光在险峰。"人的一生，事业一程也像登山一样，我国的四化大业更像登山一样，只有不辞劳苦，不畏艰险，勇于付出汗水和热血，才能达到光辉的顶点，才能饱览无限风光！

1986 年 7 月 20 日于鹤壁斋

71 神秘幽奇的武当山

郭嗣汾*

湖北省的西北,由襄阳往西,有一座名山,是道家的圣地,与峨眉、青城齐名,那就是武当山。

武当山位于均县之南,房县之北。《水经注》:一曰太和山,又名仙室。传说真武帝君曾栖止于此修炼。不过,它一直到明代才出名,尊为帝时,赐名太岳,复称元岳。《志》称:山拥有七十二峰、三十六岩、二十四涧,周环八百余里。

武当山海拔 1652 公尺,高于庐山。徐霞客游此,曾记曰:"山峦清秀,风景幽奇。"不过,武当山的开发建筑,主要在明永乐帝时。因建文帝逃亡在外,永乐初,派郑和七次下南洋寻找,嗣闻建文逃至武当山出家,遂进兵武当。建文要求其叔允以佛家终其身,并请留三千御骑,以监其行动。但永乐为斩草除根,仍逼建文坠岩而死。永乐为息天下人怨恨,乃传言建文系玉皇大帝转世,在武当修成正果飞升,并将湖北西北 20 余县田赋税收,悉拨归山上。按各种神话,分别建成各种宫院,以一个朝代的力量,建成此一座名山。

武当的宫殿寺观,悉照皇家规格,由山下的静乐宫起,到山顶的金顶为止,沿途寺观相接,《志》载当时沿路宏伟壮丽的建筑,有"八宫、六院、二

---

* 郭嗣汾(1919—2014),四川云阳(今属重庆)人,1949 年后移居台湾。作家,国民党陆军军官学校 16 期步科毕业,曾任国民党海军出版社总编辑、台湾省新闻处科长等职。

十四庵、七十二观",延续达 140 余里。其规模之大,颇有五步一楼、十步一阁之概,为国内各大名山所仅见。后来传说建文帝左右亦有不少武功高强之侠士护驾,故以后武当练武之风极盛,自成一派,与少林齐名,剑侠的轶事传说数百年来脍炙人口,坊间武侠小说多离不了武当一脉。

山中除了建文帝而外,尚有陈希夷、张三丰诸仙人修炼飞升的古迹。各种神话甚多。明杨鹤记云:"……层峦亏蔽,隐见不常。元气空濛,常如混沌……至于嵚崎九折,磴道盘纡,上出青天,下临绝壑,深林怪石,常有虎蹲。老树苍藤,多为猿挂,殆非人间之境界。"

武当山属于秦岭山系,蜿蜒东来,突起于均、房两县之间,七十二峰高耸,入口处为草店镇,是陕鄂公路上一个小镇,东距老河口 180 里。由草店西南行,3 里许入山门,有两座大石坊。山径曲纡,地势渐高,山树浓荫,再 5 里至遇真宫,宫殿建筑雄伟,可容千人以上食宿。由此 3 里至元和观,再 3 里至老营,为当年永乐派兵剿山时驻扎之处。原址甚大,可见当年兴师之众。由此南行登山,好汉坡直上十五里,顶为回龙观。大半堆蓝拥黛,翠色横空,望天柱、香炉、蜡烛三峰,犹如海上三神山。再上经灵官殿至太子坡,传即建文入山时栖止之所,已是海拔 1000 公尺以上了。峰峦四合,白云隐隐,宛如仙境。

紫霄宫是山中第一大寺观,规模宏大,有道士数百人之多。香火盛时,常有千百信徒留宿于此。宫后峭壁危岩,松杉密荫,乃有名的展旗峰。宫前有水池广达数亩,名禹迹池,池右山为福地,为道家七十二福地之一。宫宇高弘,殿廊重复,附近名胜极多,四山拱揖,为山中风景最胜之区。

过紫霄宫以上,山势陡险,至南岩宫,经山背迂道而入,绝壁千丈,断崖两分,起圣殿在对面,绿峭摩天。宫前有一石柱,雕成龙形,龙首置有香炉,在此进香者,称为"上龙头香"。再上舍身岩,有拜年、插剑、弈棋、更衣等台,均建文故迹。这一带宫殿相望,金碧辉煌,宛如海市蜃楼,真及人间仙境。

到武当绝顶,须先经过一天门、二天门、三天门,危磴高悬,削壁千仞,惊险绝伦。三天门内有太和宫,其寺院与规模较小于紫霄宫,但精美过之,朝拜金顶者,多宿于此,次日晨再登金顶绝顶。

由太和宫再上，孤峰突出，遥见女墙高耸，神门高敞，乃紫金城也，入城后螺旋而上，将百步，见东天门。又各数十步，见北天门、西天门，以次渐高，倚岩附峰，下临无际。再仰见炉烟杂云，龛灯耀林，此乃元代旧铜金殿，原名绝顶，永乐建金殿，乃移建于此，绕殿后上即到绝顶了。

武当绝顶名金顶，与峨眉金顶同名，即天柱峰的峰顶，清王锡祺记曰："山顶众峰，皆如覆钟崎鼎，离离攒立，天柱中悬，独出众峰之表。金殿峙其上，元武正位，四神配列，承以瑶台，拥以石栏，倚以丹梯，系以铁绠，护以紫金，城辟四门，以象天阙。羊肠鸟道，飞磴千尺，香炉、蜡烛三峰，恍惚当席前。"形势可见一斑。

金顶南北长七丈许，东西阔五丈许，中立真武玄帝殿，殿凡三间，楹栋皆为赤铜所铸，镀以黄金，殿前有一平台，阔二丈许，以花石瓷砌，四眺宛若身在千叶宝莲之上，千峰万壑，犹如海涛回浪卷雪，直天马行空，昂首万里。传云天气晴朗时，北望可见七百里外之华山，东望汉水白波如带，襄樊城郭，悉入眼底，西南蜀山诸峰，极目不知所际，实大观也。金顶砌有12莲台，台与台间连以曲栏，雕刻精致，每台可容十余人眺望山景。计由草店镇至金顶90里，普通登山两天可到。但许多香客均三步一叩，五步一拜，直到金顶。如果纯为游览登山，登金顶观日出日落，极为壮观。

武当山势险奇，地处偏僻，山中道士多持志清修，与外界接触颇少，山中神秘之处亦多。如玉虚宫、五龙宫、青羊涧、仙龟岩等胜处甚多，非短期所能游遍也。

72 忆均县

沈若云[*]

自从民国三十七年（1948）三月离开均县以来，即未曾再一睹其真面目，迄今已经整整 43 年了，思念之情，与日俱增！

在均县时，不觉得其可贵、可恋，因而也就没有去研究它、了解它，所以连县志也未看过。除了在外读书，往返必经之地以外，其他古迹名胜、山水风景，都未尝游览观赏。因此，所知更是有限了。

在我的印象中，均县不但是湖北省一个很古老的县份，就是在中国的历史上，也是很早就出现的地名。

均县在战国时代，属于楚国，称为均陵。《史记·苏秦张仪列传》上所说的"残均陵"，就是指的现在的均县。汉代以其境内有武当山而置武当县，属南阳郡，故城在原县城之北二里。北齐时称齐兴郡，辖有郧乡（即郧阳）等县。隋时置均州，唐、宋仍旧。元代移县治于原县城地址。明代废武当县并入均州。清代属襄阳府。《清史稿·地理志·湖北襄阳府》篇有云："均州，在府西北三百九十里，南武当一曰太和，亦曰参上山，明时尊为太岳。浪河、曾水并出焉，汉水自郧远河口入，又东为《禹贡》沧浪之水，其由浪河入者有殷家河、萧河；其由曾水入者有黄沙、小芝、水磨、笃河；又均水自州南流至光化之小江口亦入之。有草店、浪河诸镇，光绪四年置孙家湾巡司。"民国改州为县，属第八行政专员区（专员公署驻郧阳县）。

---

[*] 沈若云，生卒年不详，湖北均县人，1949 年后居台湾。

中华人民共和国成立后于 1958 年在原县城下游，汉水、丹江交会处建立水坝后，原县城遂被淹没于水中，而另于水坝处建设新市镇。1983 年下半年，正式撤销均县，而设置丹江口市，以汉江为界，江北设有丹赵路办事处，凉水河、习家店等区；江南则有三官殿办事处，牛河、罂川、浪河、官山、六里坪、盐池河诸区及武当山镇。从此以后，"均县"这一地名就在中共的地图中消失了。

现在的丹江口市，东邻老河口市，西接十堰市，南连房县，北与河南省淅川县交界。地属亚热带季风性气候，年平均温度约摄氏 15.6 度，降雨量约 750—1500 毫米。总面积 3125 平方公里，人口约 43 万。交通方面，汉丹（武汉至丹江口）铁路以市区为终点，襄渝（襄樊至重庆）铁路横贯全境。水路沿汉江上通陕西汉中、河南淅川，下达长江各港口，约 52 万亩之库区水面，船舶往来便捷，公路通车里程约 835 公里，铁、公、水路，四通八达。

原来均县系因境内有均水而得名。均水古称沟水，上游曰淅水，源出河南省卢氏县熊耳山，南流经内乡县，至淅川县与源出秦岭南麓，流经陕西省商县、商南、荆紫关之丹水（江）会合后称均水，再南流入湖北省，至本县东南，入汉（沔）水，其入口处曰均口，亦即《水经注》"均水又南流注于沔水，谓之均口者也"。又名丹江口,俗称沙陀营。东晋永和十年（354）二月，桓温北伐前秦，命水军自襄阳入均口；南齐永元元年（459）三月，陈显达攻击北魏，大军自均口北上，抵达均水西岸，据守鹰子山，构筑阵地。冯道根建议说："均水流势湍急，前进容易，后退困难，北魏军如果守住隘口，我们就进不能进，退不能退。不如把所有船舰都留在鄾城（今老河口附近），大军登陆，步行前进，定可破敌。"陈显达拒不接受。果然北魏皇帝元宏，命令广阳王元嘉，切断均口交通，堵住南齐军退路。南齐军遂屡战屡败，三月二十二日夜，南齐军官崔恭祖、胡松挟持陈显达，从小路自分迹岭，出均口，向南逃走。万山丛中，大军迷路，幸赖冯道根指引，才获保全。皇帝萧宝卷下诏，任命冯道根为均口戍副（驻军副司令）。以上所说均口，都是指的现在的丹江口。由此可知，虽然县治被迁至"均口"，而仍沿用"均县"旧名，亦是符合历史地理要义的，根本没有必要标奇立异，而擅改地名，徒增人民之困扰也。尤其现在旅居台澎金马复兴基地的均县同乡，所有在台新生子女申报户口，其祖籍均应登注"湖北省均县"，而不以"湖北省丹江口市"注记，即系尊重变化，亦所以不忘本也。

乡先进厉名学先生，曾以"均县八大景"见示：

一、东楼望月：月升时刻，县城东门楼上，可见天际和江水中之双月，交相辉映。

二、沧浪绿水：县城东门对岸江边，悬崖峭壁上之沧浪亭，为陈世美读书处，水似碧玉，涛声盈耳，天然景色宜人。

三、槐荫古渡：江东槐树关之渡船口，风景幽雅，如诗如画。

（以上三景，现均没入水库中矣）

四、方山晴雪：汉江东北角之方山上，常于晴空时刻，白云积聚如雪（均县位于外方山——河南省卢氏县以南、内方山——湖北省兴山县以北之间）。

五、龙山烟雨：汉江东流下游之龙山嘴，常于晴空午时，云雾似烟雨，居此间者，似在仙境。

六、黄峰晚翠：黄沙河上游，黄峰溪畔，黄昏时刻，晚霞灿烂，村姑涤浊，浣纱捣衣，莞然燕语，令人称赏。

七、雁落莲池：原县城西南之莲花池，为群雁夜宿之地，黄昏来临，群雁归池，雁阵惊寒，景色如画。

八、天柱晓晴：武当主峰——天柱峰，破晓时分，旭日东升，朝霞满天，系一观日出之胜地，香客们均愿于拂晓时间抵登金顶主峰为快。

上列各景之中，最值得一提的为沧浪水与武当山。

均县地处鄂北，居秦岭（终南山）之南，大巴山之北，所谓汉水谷地之中心地带，西周势力之边际，西汉刘邦始基——汉中盆地——之外缘。汉水由陕西省宁羌县北嶓冢山发源后，上游曰漾水，经沔县称沔水，经褒城称汉水；入湖北省，由汉口入长江。其流经本县时，自西北向东南，横贯而过，两岸支流甚多，如泗河、官山河（上游称九道河、小河、东河）、涧河、水磨河、后河（上游为西沙河、瓦房河）、浪河（上游有消河、殷家河以及由长滩河、洪家河会合而成的白河）、杨柳河、安乐河（上游称龙家河）等，土地肥沃，最宜农桑，而以盛产烟草、桐油、银耳、棉花闻名，如今水库广袤，库汉交错，水产养殖尤为丰富。原县城滨江建筑，北、东、东南三面临水，西依关门山（岩），南门外为一冲积平原，形势险要，故城墙砖石坚固，墙高壕深，兼具防匪防水功能，素有"纸糊的郧阳，铁打的均州"之誉。所谓沧浪，亦作苍浪，以其水色青苍之故。《尚书·禹贡》："嶓冢导漾，东流为汉，又东为沧浪之水。"《孟子·离娄》："沧浪之水清兮，可以濯吾缨；沧浪之水浊兮，可以濯吾足。"《说文通训定声》："沧浪水即汉之下流，在湖北均州北。"《水经·沔水注》："武当县西北四十里，汉水中有洲名沧浪洲，水曰沧浪水。"清代阎若璩《四书释地》："沧浪水名殊非，盖地名也。武当县西北，汉水中有沧浪洲，汉水流经其地，遂得名沧浪之水。"由此亦可佐证均县之开发甚早也。但今没入水库，无处寻觅矣！

武当山为大巴山北脉，《水经注》云："武当山一曰参上山，亦名仙室山。"山有七十二峰、三十六岩、二十四涧、十五池、十一洞、十石、九台、九井、九泉、三潭。最高峰名天柱峰，亦名紫霄峰，又曰金顶（海拔1652公尺，台北大屯山1090公尺，台湾玉山3997公尺，山东泰山1545公尺，陕西华山2200公尺，山西恒山2219公尺，湖南衡山1266公尺，河南嵩山2000公尺）。自古以来，即有"亘古无双胜境，天下第一仙山"的美誉。真武祖师（即玄天上帝）尝修道于此。据元揭傒斯撰《五龙寿宫碑记》云："玄武神得道其中，改号武当。谓非玄武不足以当此山也。"自汉以来，历代所置武当县、武当郡、武当军、武当路，都是因山而得名。历代修道之士，如周代尹喜、东汉阴长生、唐朝吕洞宾、五代宋初陈抟、宋代寂然子、元代张守清、明代张三丰等，均尝栖息此山。东晋谢允尝弃罗邑宰，隐修山中，自称谢罗，故又称谢罗山。明成祖永乐中，尊真武为帝，因而称此山为"大岳太和山"，亦曰"泰岳"，又曰"玄岳"。明世宗时复尊称"元岳"，以为五岳之冠。明成祖永乐十年至十六年，前后七年之间，由工部侍郎郭琎、隆平侯张信和驸马都尉沐昕，监督三十余万民工，先后完成八宫、六院、二观、三十六庵堂、七十二岩庙、三十九桥梁、一十二亭台，由山下玄岳门至山顶金殿，绵亘40公里，两万多间之宏伟建筑群，充分表现出明代精湛之文化艺术。原县城内有静乐宫（俗称皇城，为真武父母之庙），仿北京紫禁城之制构建，美轮美奂，极为富丽堂皇。惟据1984年3月8日《人民日报》载称："静乐宫因适在丹江口水库淹没范围之内,故决定搬迁至金岗水库处重建复原,但从一九六五迄一九七六,十年之间,计划落空,拆卸之精美石雕构件,损坏遗失严重,遂使价值连城的国宝,无法恢复其旧观了。"深深令人浩叹!

相传真武祖师为净乐国王子,生而神灵,长而勇猛。十五岁,辞宫入武当山,潜心修炼,不统王位,惟务道行,誓斩天下妖魔,救护众生。国王思念太子,命五百人入山探寻,来众亦随太子学仙,留居不返。凡四十二年,太子功果圆满,乘龙飞升。上帝鉴其武勇,使镇北方,五百人众皆成灵官,听神驱策。所谓净乐国,据说就是均县的乐都乡(今地不详),故武当山上有太子坡、太子庙、飞升台等地名也。

中国拳术宗派中之武当派,据说就是起源于武当山,以内功闻名。相传其祖师为洞玄真人张三丰。他结合了龟、蛇、鹤、鹿(亦有说是熊、猿、虎、鹿、鸟)的动态,将道家的太极阴阳与武功相融合,创造出一套以静制动,以柔克刚、以弱胜强、以小敌大(所谓以四两拨千斤)的太极拳法,此亦所谓"静如泰山,柔如春柳,但却静中有动,柔中有刚,含而不露,千变万化"的"武当太乙五行拳"也。再由拳法衍化出太极剑、太极刀、太极枪等绝技,尤其又名"武当山护山降魔镇山剑法",包括"空中舞剑""地盘旋剑""人中合剑",概括了天、地、人三盘剑法,当者无不披靡。此即一般武林中所称之"内家拳",而与以刚劲为主的少林派的"外家拳"相区别。然而中国传说中的张三丰却有两个。据浙江宁波府志记载,武当拳派的创始者是北宋时的武当炼丹道士张三丰,为技击家,其拳法传布于浙东四明山。至于明初之张三丰,亦如一般仙道人物一样,传说纷纭,神祕莫测。有的文献记载,他是辽东懿州(今辽宁省彰武县西南)人,生于元定宗二年(1247),又名全一、君宝,道号玄玄子。因不修边幅,衣着随便,人称"张邋遢"。身材魁梧,龟形鹤背,大耳圆睛,须髯如戟,不论冬夏,均着布衫蓑衣。尤其才华横溢,读书过目不忘,上通天文,下晓地理,医术高明,能拳善剑。隐居武当山,明英宗时封为真人。但也有人说,他并不精于拳术,并以迄今武当山上的道士以及近山民众,其苦练拳术之风远不如少林寺之盛行,均县同乡中擅长武当拳者亦未曾多见,而为之佐证者。但是拍摄的电影《张三丰夜闯少林寺》,以及现在"中华电视公司"上演的《少年张三丰》,仍然是以武当山作为重要的背景之一,其影响力之大,也就可以想见了。

均县旅居台澎金马复兴基地的同乡,为数不多,又因兢兢业业于公私事业,遂稍有疏于桑梓情谊之组织与联系。多年来虽均仰赖于宋哲先、厉名学、傅俊杰、董鸿儒等乡长之热心赞助,奔走联络,已有同乡联谊会之设置,通讯录之印发,清明节祭祖餐聚之举办,但与鄂省其他县市相比,无论组织之健全、基金之充裕、会址之固定、敬老奖学之措施等等,皆觉尚有逊色。当此国家统一在望、新旧县名交错、老成日渐凋谢、新生代乡情生疏之时,惟愿已退休之乡亲,以服务同乡来排遣余暇;青年朋友移休闲时间来贡献乡党,则均县同乡之团结壮大,应可指日而待也。

73　老君洞访古

欧阳学忠

　　1991年的秋季，我陪道教学者冯崇岩先生，游览了武当山的老君洞。我们沿着到达琼台的公路，过老君堂，到太上岩，沿途霜叶红亮，群山环彩，一派金秋风光，景色瑰丽。在这一处美丽的风景区，我观瞻了老君洞大量的文物古迹，听冯先生讲道话古，颇受教益。

　　老君洞原名太玄观，始建于北宋天圣年间，明朝永乐十年（1412）敕建山门、廊庑，塑太上老君像，终年祀奉，故名"老君洞"。岩洞为半圆形，有4米多高，洞内石壁雕刻众多神像，主体雕像是一尊圆雕老君坐像。洞外岩壁上有元、明、清三代石刻浮雕，洞内洞外雕刻的神像除了太上老君，还有真武大帝、真武圣父母、三清、四御、雷尊、北极三圣、三茅九仙、全真南宗北派真仙、南北二斗、三官、五师、护法神将等，成为武当山罕见的摩崖雕像群，极具观赏价值和研究价值。

　　据《史记》载，老君姓李，名耳，字伯阳，谥号聃，楚国苦县（今河南鹿邑东）厉乡曲仁里人。传说他身长八尺八寸，黄色美眉，长耳大目，广额疏齿，方口厚唇，日角月悬，鼻有双柱，耳有三门，足蹈二五，手把十文，其母怀胎81年而生，故名"老子"。其实"老子"是当时人们对他的尊号，"子"是当时对有学问男子的美称。他是春秋时道家的创始人，做过周朝"守藏室之史"（管理藏书的史官），孔子曾向他问礼，并向其弟子高度赞扬了老子。孔子说，他知道鸟能飞，鱼能游，兽能走，对走兽可以用网捕，对游鱼可以用纶钓，对飞鸟可以用矰射。但对于龙，他就无能为力了，不知道其能乘风云而上天。今天他见到老子，就像一条能腾云驾雾的龙啊！老子见周朝日衰，便驾青牛西去，意欲归隐山林，到函谷关受到关令尹喜的尊崇拜见，遂著书二篇，言道德之意五千余言，这就是流传千古的《道德经》。

老子的《道德经》，是他一生学道、创道、扬道的总结，是道家学说的奠基之作，也是中国文化根源之一。他提出的"道，可道，非常道""道生一，一生二，二生三，三生万物""人法地，地法天，天法道，道法自然""反者道之动""祸兮福之所倚，福兮祸之所伏""天之道，损有余而补不足，人之道则不然，损不足以奉有余"等，用"道"来说明宇宙万物的演变，用"道"来解释客观自然规律，含有朴素唯物论和朴素辩证法的因素，当然，老子的《道德经》里面，也含有玄学和唯心成分。因此，后来中国的唯物、唯心两派都从不同角度吸取他的思想，对中国哲学的发展产生了很大的影响。其中，受影响最大的是道教，把《道德经》作为自己的理论基础，创立了中国的千古国教道教。

老子著了千古流传的《道德经》，他也因《道德经》而名垂千古。道教把老子的《道德经》作为理论基础，自然把老子作为教主。因此在道教神仙中，老子被尊为"太上老君"，地位排在道教神仙领袖玉皇大帝之上，永受后人香火的祀奉。

站在老君洞前，访古览胜，凭吊古贤，使人对中国文化的博大精深，源远流长，产生一种自豪感。早在两千多年前，中国就出了老子这样的大哲学家，出了《道德经》这样的大哲学著作。据统计《道德经》被翻译成多种文字，发行世界众多国家，发行量居世界第二位（仅次于《圣经》）。可以说，老子的学说是东方文化之根。把老子的《道德经》称为"东方圣经"，把老子称为"东方圣人"，是当之无愧的。

1991 年 10 月 11 日

74 游太子岩

杨泽善[*]

寒冬的一天，天上下着鹅毛大雪，我们乘车沿着盘山旅游公路穿过天津桥，攀越十八盘，再往前行约3公里，便见"千层楼阁空中起，万叠云山足下环"的仙山气势。到了紫霄宫，这里风物颇多，变幻无穷，步移景异。周围险奇的峰峦，郁郁苍苍，笼罩着吉祥的云气。

随着钟磬清雅美妙的音乐声招引，我们进入紫霄大殿参拜真武大帝后，又到大殿后的父母殿抽签，游人们都说父母殿的签灵。而后，由父母殿左折而上，入紫竹林，古杉参天。披云雾踏数百石阶拾级而上，因道路崎岖不平，脚力又不济，山高气候寒，顿时觉得自己的衣服太单薄了。寒风吹来，在伸向云端的小道上行走，确有置身天际腾云御风的感觉，仿佛那积雪射出的寒气，即使晴天也会使人感到寒冷。再冲破烟海，极目远视，大雪覆盖着许多青黛色的山峰直插云表，好像要刺破青天似的，只见那万束松针拖在地上，翠绿可爱，小山丘像覆盖了一床厚厚的白色棉被，天地形成一色，在积雪的照射下，显得眼前空旷而又遥远。

山高路滑，我们一行手拉着手继续在上攀，当穿过一道山门，抬头仰望时，只见那展旗峰半山腰中豁开一洞天，这就是闻名于世的太子岩。它的建筑悬于峭壁之上，直插云雾之中。这里松杉参天，青影婆娑，泉水激石，淙淙作响，相传为七十二福地之一。太子岩洞内有元代建的小石殿，殿中供奉

---

[*] 杨泽善，1949年生，武当山镇组织部老干部科科长。

泥塑的太子童年像。洞前有石栏回折，洞下有红墙屹立于半山峦中。石殿的旁边，立有元世祖至元二十七年（1290）镌刻的"太子岩"石碑碣。在洞旁停留片刻，团团云雾乍看起来似乎就是从人的面前升起，不一会儿，朵朵彩云铺散开来，眼前好像隔了一层绛绡做成的帘拢。再向洞正前方俯视，只见那大宝珠峰、小宝珠峰，犹如一对老人坐在那儿在亲切地交谈什么似的。

在太子岩处，还可仰视三公峰、五老峰、灶门峰、福地峰、香炉峰等。这些山峰，如宝剑，似朝笏，直插云天；有的则如城堡错列，像蜡炬烛天；有的似覆钟峙鼎；还有的如大鹏展翅，仙鹤独立，千姿百状，令人望而迷返。

75　磨针井记游

周辉银[*]

　　磨针井，是武当山整个古建筑群中的一个小单元。周围层峦叠嶂，如在云中，寥廓苍天幽静清雅，称为"竹月梅风巧相映"的胜境，以"铁杵磨针"而名贯古今。

　　今年春末的一天，我们旅游团在导游小姐的陪同下，乘车前往武当山游览。磨针井是我们游览的第一站，这里离老营10公里。一路上，我透过明亮的车窗，看到山上是郁郁葱葱的树木，还有那盛开的野玫瑰，它们把春天的景色装扮得分外娇艳。我正透过窗户注目观看外景，只听导游小姐喊了一声："下车了，前面就是磨针井。"

　　我们旅游团跟随着导游小姐，走了三十几步，来到了磨针井，只见磨针井的庙门修葺一新。导游小姐介绍说："该庙是明朝永乐年间建造的。"然后，她又给我们解释说："其实，明朝永乐年间建造的磨针井并不在这里，而是在五龙宫。"我随口问了一句："五龙宫离这里多远，为啥后来把磨针井又建在这里？"她说："这里离五龙宫27公里，当时建的磨针井叫磨针涧，也叫'姥姆祠'。那时登山古道是从老营西南方向的一条小溪上金顶的。到了明末清初时，改为现在的登山路线。"边介绍我们边随着导游小姐进了磨针井大门，庙院有15米宽，25米长，右墙基有一口井，两旁分别矗立着两根碗口粗的铁杵，

---

[*] 周辉银，1950年生，湖北丹江口人，武当山镇政协副主席。

有一个针洞，穿着一个直径为 10 公分的铁环子。导游小姐介绍说："这就是紫元君铁杵磨针的地方。"我听她介绍后大吃一惊，说："这么粗的铁杵需多少年才能磨成针啦！"导游小姐说："铁棒磨成针，功到自然成，这就是锻炼毅力啰！"再往庙院四周看，有姥姆亭、祖师殿、配房、道院等各式建筑有 20 多间。主体为祖师殿，面阔三间，单檐歇山式，坐落在崇台之上，庄严肃穆。殿内原来供奉玉清圣祖紫元君、真武、观音、吕洞宾、三清等神像。殿内外墙壁上，饰花鸟人物彩绘。最著名者为 8 幅真武修真图，画面古朴，人物传神，花鸟犹生，山水幽奇，极为生动，这八幅壁画我们一一细观，沉思良久。

一幅：太子发誓修真，辞别父王，紫元君指明前程。

二幅：太子越海东渡，访入武当，丰乾天帝赐宝剑（即北方黑蛇裘角断魔雄剑）。

三幅：劈山成河，水隔君臣。

四幅：元君超度，铁杵磨针，折梅寄棚，清心修炼，梅鹿御芝，猕猴献桃。

五幅：黑虎巡山，乌鸦引路，南岩修行，祖师圆光，三精演法，至契到元真。

六幅：降伏妖魔，破碎鬼王。洞内修炼 42 年，观音试心，六贼现形。六贼亦名"六境"，指眼、鼻、舌、口、身、意等六识所感觉的六种境界：色、声、香、味、触、法。因其能引人迷妄，故名"六贼"。

七幅：元君试心，台上梳妆，南岩飞升，五龙捧圣。

八幅：玉京见功，仙台授诏，奉旨功曹巡视三界。

看完磨针井，我想到太子修炼成仙，成为真武大帝，确实不易，尽管它是神话传说，但从哲理上给人以深刻的启迪，至今使我回味无穷。

1993 年作

76 武当山的挑夫

朱言明[*]

　　位在湖北省均县（现已更名为丹江口市）的武当山，是我国名山之一，也是武侠小说中武当派的大本营。打从幼儿时起，家父即常常为吾兄弟述说此名山中的胜景。盖故乡即位在武当山麓，老人家往昔曾遨游及攀登多次。

　　百闻不如一见，不久前，陪同高龄八十之老爸回家乡探亲，借此机会一游武当。孔子登东山而小鲁，登泰山而小天下。吾登武当山，除有小天下之感外，另则发现别有天地。更使我发觉确是它"亘古无双之胜境，真天下第一仙山"，山不在高，有仙则灵也。进入此山中，直入神仙境界，清幽绝俗。武当山是道教圣地，各宫、观迄今仍保存有一千多尊神仙像。复次，登山览胜，高险幽深，风景之秀，美不胜收，并兼有"东岳泰山之雄、南岳衡山之险、西岳华山之奇、北岳恒山之幽、中岳嵩山之秀"，不愧是天下名山。沿途古迹无数，诸如玄岳门、遇真宫、元和观、玉虚宫、磨针井、太子坡、九渡涧等，几乎无岩不险、无峰不秀、无水不碧、无洞不奇，令人流连忘返。

　　山顶上之"金殿"，建于明永乐十四年（1416），因殿内神案、供器及一切摆饰均为铜铸鎏金，因此得名。天晴之日，阳光反射，金光闪闪，耀眼夺目，供奉着"真武大帝"。此为何方神圣？根据当地人士比较接近事实的传说，乃明成祖朱棣是也。缘朱棣的江山，竟是夺其侄惠帝允炆之手。为封住当时百姓及后世臣民评其是以臣弑君与同宗相残的讥讽，乃利用愚民政策之

---

[*] 朱言明，生卒年不详，祖籍湖北武当山，1949年后移居台湾。

· 338 ·

"君权神授"说法，宣扬其乃真武神传世以君临天下，从而使百姓心甘情愿地接受其统治也！

除赏景之外，此游令吾感慨最深者，是挑夫们那种胼手胝足、孜孜不息，劳人草草方得勉强一饱的生活状况。一般外来游客攀登武当山者，都是从老营之武当山汽车站搭乘公车至南岩下车，从此开始便几乎都是山路与石阶，须一步一步地往上走。巍巍武当山，绵亘达八百里之广，金殿位在天柱峰顶头，海拔为1612公尺，由南岩至金殿，不过20华里（10公里）之遥，但因山势陡峭，坡度有超过70°者，不少危崖绝壁十分危险，常人一天只能来回一趟，即上午8时由南岩出发，11时可达天柱峰，附近观内可供用饭。吃过中餐后，下午1时下山，4时可抵南岩。为吸引观光客，不少庙宇、道观正在整建、施工，所需之建材如石灰、水泥、钢筋、砖、瓦、木料，以及道士及游客们所食之米、面、水果、茶点、日用品等，均靠挑夫由南岩一步一步地往上挑，少则60公斤，多则80公斤重，系按重量计酬，每公斤之工资仅人民币六分钱，是以若挑一担60公斤的物品上山，所获的报酬为3.6元，即使早作夜息，一天最多只能来回两次，赚个7.2元。经与交谈，方知均为鄂西之郧县人士，年龄都在十四五岁，由于湖北省西北部山多田少，家中无儋石之储，饔餐不继，而来此地谋生计。休息片刻，喘息未定，又赶紧匆忙上路，那种吃力的使劲神情，看之心疼。我此时方发现他们都是那么的刻苦、纯洁、善良且害羞，而且乐天知命。

77 武当山日出记

王维州[*]

前 篇

晨5时，我登上海拔1600米的天柱峰顶。天地一派阴郁青苍。稍候，东方浑蒙之处，透出一点青亮之色，头上的残星也只剩下一颗了。青铜金殿的鎏金檐角上，挑着一个苍白疲惫的晨月。

云海吞没了一切，武当山七十二峰陷落成看不见的暗礁。在我的左前方，云耸起许多老虎之群，做出向东猛扑的样子；在另一侧，云海上冒出许多浓黑的山尖，如众多的漂浮的岛。

无边的云静止着，仿佛在列队等待着什么。

5点20分，我发现遥远的东边的云海上，显出一座马背形的山，山上泛红、发亮。

——宛如云海边奔驰着的一匹火焰驹！一个奇妙的时刻，只一分钟的变化，就这样猝不及防地出现了！整个云海开始浮动腾涌。羊从山谷涌向山峰，然后又成波形向山峰的另一面涌下，恍若大雪崩，跌落进那深谷。我仿佛听见了山鸣谷应，群峰喧哗。同时，武当山的各种鸟儿，遽然都绽唇歌唱了，对话了，呼叫了，迎接一个盛大的光明降临。

---

[*] 王维州，生平事迹不详。

这与天边泛亮的同时出现的运动和音响，是我从来未见过也从来未听说的大自然的奇妙现象，一分钟的变化使我的目力和听力都应接不暇了。

时间是宝贵的，而谁又料到 5 点 20 分——那一分钟的武当山是那样的饱含魅力呢！

后 篇

武当山众峰在青苍的晨辉里肃立着，而我在天柱峰上检阅它们。

东方一片青云，涂抹着那背形的远山，太阳在那儿平直地亮起了一道笔形的曙红色，接着逐渐粗大，扩展为一架曙色的马鞍，旋即又成为小孩子的红色圆脸。

啊！真鲜！真亮！真艳！正待细看，它又变了，一只大宫灯！宫灯不是挂在天安门上，是挂在我国中原大地的武当山中！

这时，像有武当山的真武大帝来作法了似的，云渐渐给这宫灯绕上三条黑缎带，平行地缠绕，如同一件被装饰的节日礼品。我觉得如果乘上一架飞机，拉住那中间的一根缎带，就可以提宫灯走，送给白雪皑皑的珠穆朗玛峰，照耀世界。

正对着这诱人的美景遐思，那三根缎带又融合为一块沉沉的云，"宫灯"被提向云后去了。又一会儿，武当山七十二峰在我脚下林立环护，现出一片错落的碧色。天大亮了，太阳开始用亮光刺人，白花花地晃耀天地。

神奇的八百里的武当山，把它的全部清晰泛亮的绿色海洋，展示给中原大地簇新的一天……

波涛万顷的生的呼叫啊！

1994 年作

78　踏着吕洞宾的脚步上武当山

吴学铭[*]

此是高真成道处，故留踪迹在人间。

古来多少神仙侣，为爱名山去复返。

这是唐朝年间，著名的修道之士吕洞宾歌颂武当山的诗。吕洞宾是民间传说中的八仙之一。相传，吕洞宾曾经在武当山紫霄宫下依岩修炼，所以有块岩石叫"洞宾岩"。在武当山的南岩寺，还留有吕洞宾"赞太和山南岩"石碑一方，有些宫观中也还留有吕洞宾神像。

"太和山"就是今之武当山。武当山之名，应是从唐朝开始称之。

武当山位在今湖北省境内，地处湖北省与河南省交界附近汉水的上游处。以行政区域来说，是隶属湖北省丹江口市的武当山镇。

武当山，是我国道教圣地之一。在古代，它就以"亘古无双胜境，天下第一仙山"的显赫地位，成为千百年来人们膜拜的"神峰宝地"。

明朝大地理学家徐霞客，在游完武当山后，评价武当山："位于五岳之上。"中国古老的地理学著作，如北魏郦道元的《水经注》，也称武当山"山形特秀，异于众岳"。

武当山其实并不高，它最高峰天柱峰，海拔仅1612公尺，但从低处仰望天柱峰，它就像金铸般的宝柱雄峙苍穹，有"一柱擎天"之称。

---

[*] 吴学铭，生卒年不详，曾任台湾《旅报周刊》社长兼总编辑，台湾学者、旅游业界资深人士。

古时候的道士，若想上天柱峰，得要走上一天一夜，但现今拜科技文明之赐，游客只要搭乘缆车（又叫"索道"），20分钟左右，就可以到达峰顶。

武当山的缆车分上下两站，下站叫琼台站（道教称神仙住的地方叫琼台），上站叫金殿站。从金殿站走到天柱峰的最高处金殿，还需200公尺山路，沿途景色非常优美。

缆车线全长1510公尺，落差达645公尺，共使用16根支架，是中国大陆落差、跨度最大的缆车道之一。

最惊险的地方，是快到达山顶时，缆车以几乎快90度的角度直撞向山壁，突然间一蹴而上，翻过山壁，到达天柱峰顶。从眼前疑无路到豁然开朗，短短就几秒钟时间，令人难忘。

游客搭乘缆车上下山一趟需人民币70元，如果是山上的道士搭缆车，一律免费，看来武当山还颇重视道士权益的。

武当山有四个主要景区，分别是金顶、太子坡、南岩宫和紫霄宫。一般来说，如果一大早就抵达武当山，花上一天时间，应该就可以走完四大景区。

四大景区中，除了上金殿必须借助缆车外，其余三处景区，车辆都可以到达，交通还算方便。

金顶　天柱峰的顶端

金顶是武当山主峰天柱峰的顶端，也是武当山精华所在。景区分布在海拔850—1612公尺，区间道观颇多，无论自然或是人文景观都非常值得一看。

金顶上有一座仿照明朝故宫修建的"紫金城"，又名红城或是皇城，为明成祖朱棣下令修筑，至今仍大致完好保存。武当山在1994年12月获得联合国教科文组织列名世界文化遗产，最主要的原因，就是金顶上这座"紫金城"完整地保存了五百多年。

紫金城全城分为东、西、南、北四门，只有南门可通。南门又分为"神门""鬼门"与"人门"。神门只有过去皇帝来祀典才能开，鬼门其实无门，只有门象，游客都是走"人门"进出。

在金顶最高点的"金殿"，是武当山众道观之首，此殿建于明成祖永乐年间（1416年），庙基虽小，却是香客朝圣必到圣地，内供奉武当山守护神玄天上帝，不少善男信女不远千里跋涉，就是为了来朝拜金殿，在玄天上帝膝下，说出他们的心声，祈求神迹保佑。

太子坡　真武神修炼圣地

太子坡据说是玄天上帝真武神的修真圣地，真武神出生于中国境外的净乐国，原是净乐国的王子，15岁时，告别父母，到武当来修道成仙。太子坡有座复真观，传说是真武神的修炼所。

南岩宫　胜境甲天下

南岩宫相传是玄天上帝真武神得道升天的圣地，也是武当山三十六岩中最美的一岩。无论在宫室、亭台、山门，建筑无不与自然结为一体，因而有"胜境甲天下"之称。

南岩宫最值得一提的是块"龙首石"，长2.9公尺，宽0.3公尺，从宫中走廊上，突出于空中，龙头置一小香炉，下临陡峭的万丈悬岩，古时候很多香客为求龙头香，坠岩殉命者不计其数，以致康熙年间下令"禁烧龙头香"，一直到1999年3月3日才又开禁。

紫霄宫　保存许多明代神像

紫霄宫是武当山现存最完善的宫殿，主体建筑至今已有六百多年。最有名的建筑是紫霄大殿，殿内保存的明代神像数十多尊，为罕见文物。武当山的武术之父张三丰塑像，也列座在其中。

张三丰于元末明初，在武当山修炼，集武当武术大成，明太祖、明成祖曾多次诏请不遇，明成祖因此为他敕建遇真宫，铸造铜铸鎏金神像。

武当山下有几家武术馆，为游客表演武当拳法，如果有兴趣，游客也可以拜师学武，听说很多外国人都来学武当拳，一期两三个月不等。

武当古名太和

武当山，古名太和山，相传是上古玄武真神得道升天圣地，因而有"非真武不足当之"说法，武当之名由此而来。

历代封武当山都大加封号，武当知名度也愈来愈高，但封武当山最"照顾"的要算明朝，尤其是明成祖朱棣。

朱棣因发动"靖难之役"，取得帝位，为平息不利势力，他在1412年派遣二十多万名工匠，开拔到武当山，为武当山修建九宫九观三十三处道庙，成为当时全国最大的道场。有一说是，武当山宫寺内所塑的玄天上帝真武神像，神容都是以明成祖朱棣为蓝本。每年到武当山朝圣的台湾道友多达万人。

如何上武当山

上武当山有多条途径，一般最普遍的走法，就是从湖北省会武汉搭火车前往。

武汉到武当的旅游列车，每天有两班，分别是上午10点和晚间10点半，行车时间7个小时，若是搭晚间的列车，就得在火车上过夜。列车分软卧与硬卧票，软卧四人一间，有空调。

武当山下车地点是"六里坪"，别担心在火车上睡过头，列车上的服务员事前会记下你的下车地点，在抵达前15分钟会来叫醒客人。

从六里坪到武当山镇还有10公里，武当山镇又称"老营镇"，镇上有四五家旅馆，水准一般，若是打夜车，可先在旅馆内吃顿早餐，再出发往武当山。

79 武当观雪

欧阳学忠

　　武当仙山，风景如画。特别是隆冬雪景，如梦如幻，独具风采。飞雪给人以动态美，雪晴给人以静态美。雪晴雪落，无不令人赏心悦目，拍手称奇。武当观雪，自然是难得的享受。

　　每当冬季来临，武当山便成了一座巨大的风雪舞台。朔风伴奏，彤云布景，秀拔中天的七十二峰，犹如一群仙子凌空，翩翩起舞；巍然屹立的三十六岩，好似一群武士陪舞，威猛刚毅，扬起漫天白絮，撒下一地雪花，把八百里武当山装扮成一片银色世界。而当雪住风停，旭日东升，武当雪景愈发迷人。大自然就像一位艺术巨匠，把武当山雕琢得精美绝伦。

　　1997年的一个冬日，我陪省里几位作家游武当，忽然风雪来临。我们极目仙山，与雪共舞，就领略了那武当飞雪的奇妙景观。

　　是夜，我们小住太和宫，听了半夜的如歌风声。第二天，雪停风住，我们御风披寒攀上金顶，欣赏武当晴雪的奇观，真是令人惊叹不已。主峰天柱峰，身披冰雪，犹如一根擎天玉柱，直插碧霄。天柱峰腰的太和宫，雪锁碧瓦，冰裹丹甍，玉白朱红，相映成趣。太和宫上面的紫金城，红墙铁瓦，垒雪铺冰，正像一条镶着银边的红玉带，系在天柱峰腰，情趣盎然。盘旋回环的九连蹬，白雪皑皑，堆银砌玉，游人们拉着挂满冰凌的铁链，踏玉踩银，奋力攀登，一步一个闪光的脚印。跃上金顶，一座九脊重檐的金殿，迎面耸立。金殿顶上雪花一层一层铺撒，似垒玉如砌银。峰巅霜风猎猎，好像一把雕刀，在那层层垒起的白雪上镌刻着，金殿顶上的白雪，金殿前面玉石院子的白雪，被雕刻得晶光透亮，光华四射。细看玉石院子，好似红宝石镶着银边，稀世罕见，皇皇金殿更是镶玉嵌金，光彩夺目，正如天宫的玉宇金阙，照耀人寰。

站到金顶，环目眺望。近处，那一座座雪峰，红装素裹，亭亭玉立；一座座冰岩，银盔银甲，岿然雄立；一座座琳宫，高悬冰崖，披银裹玉；一片片雪林，玉树琼枝，晶莹剔透；一道道冰涧，玉钩倒挂，银珠飞溅；一条条雪道，凝脂铺银，光彩照人。远处，丹江口水库，碧波不兴，好似嵌在冰天雪地中的一块巨大翠玉，纤尘不染，玉洁冰清；车城十堰，大厦林立，又像沉浮在雪海中的神奇蜃楼，如诗如画，美妙极了。

在那一片白银世界上，大自然的神奇雕刀，把武当山雕成白玉珍品，巍然矗立，精美极了，壮丽极了！我们几位作家，个个忍不住抓一把白雪，互相逗乐，打起雪仗来。一时银屑抛洒，玉珠飞扬，热气盖过寒气，笑声压倒风声。

一轮红日喷薄而出，万道彩霞光焰普照，给武当山的雪峰、雪岩、雪涧、雪林、雪宫、雪殿，镀上一层金子，也给我们披上了一层金纱。霎时，山变成了金的山，宫变成了金的宫，人变成了金的人，就连我们手上撒的雪，也变成了金的雪。其景其情，天下奇绝，令人叹为观止，谁不赞美武当多娇！

2001 年 12 月 12 日

80 我陪吴老游武当

欧阳学忠

一个阳光明媚的日子,我陪一位九十高龄的老人登武当。他个头不高,身材瘦小,穿着朴实,平易近人,乍看像一位普普通通的老干部,却武功高强,曾是中央国术馆首届高才生,在卢沟桥打响了全民抗战第一枪,抗日战争中怀揣将军的婴儿,冒着枪林弹雨冲过日寇三道封锁线,受到了毛泽东等老一辈革命家的称赞,被誉为"八路军中赵子龙",解放后担任首任国家武术队队长、首任国家乒乓球队队长。他就是全国著名的武林泰斗吴江平。2002年11月,他应邀参加十堰市武当武术联合会成立大会,被选为名誉会长。会上,他向我提起抗日战争时期,他参加过第五战区干部训练团,就住在武当山下的周府庵,武当山上有块摩崖石刻记载过干部训练团,不晓得摩崖还在不在。我说还在,就刻在南岩宫的崇福岩上,"文革"中文管所为了保护这件文物,还在上面涂了石灰,现在石灰已被清洗,字迹清晰可见。老人一听来了精神,提出要上武当山,看看65年前刻在岩石上的抗日见证。

已是深秋时节,武当枫叶正红。我们进入这彩霞般的武当山中,过剑河,游紫霄,登上南天门那数百级石梯,几经辗转到了崇福岩。这是一片悬崖横空伸出,活像一个巨大的老虎口,因此俗称"老虎岩"。在老虎岩上,一块字体工整的记事摩崖,出现在我们的眼前。

第五战区干部训练团武当山训练记

倭寇袭我平津,继攻上海。吾国为神圣之民族自卫战八月十三日展开,全面抗战迄今已两易寒暑矣。忠勇军民,前仆后继,与敌相持于黄河、长江、珠江流域间。土地虽陷，精神益振，一心一德，愈战愈强，此故何耶？非训练之力不及此。昔人以生聚教训，雪耻复仇。吾国之能抗战至今者，庐山创基，峨眉、珞珈继其后，均收养精蓄锐之功。本战区各军师自徐淮、武汉诸会战以来，补充亟待进行。今年春，军事委员会委员长兼团长蒋介石，第五战区司令长官兼副团长李公宗仁，本建军教之旨，调令任民长教育，延任各方才智之士佐其事，集全战区各军师中下级官佐数千人于武当山下之周府庵，分期训练，启其智慧，振兴精神，教其学术，练其体力，遂次结业，各回其军。未几而随枣会战，歼倭寇于大别、桐柏间。同学中之战死者甚多，惜未能详其姓氏也。呜呼！明耻教战，求杀敌之士甚多，雪耻何如之。干团成立又间月矣，中央以其尚有所成也，一切规模依旧拓充焉，且为统一全国军事教育计，决计改为中央陆军军官学校第八分校。此后人才荟萃，精神不变，抗战建国完成之日，河山无恙，风景依然，岂特吾辈忠忱可告，无罪于国人，亦不至遗羞名山，玷污林壑也。兹以干团行将改校，爰书其事于壁，并附各主干官佐名姓，以为他日战史之考证。

空军中将广西绥靖主任公署参谋长兼第五战区干部训练团教育长张任民撰并书。

陆军少将教育处长张寿龄、陆军少将办公厅主任梁寿笙、中将政治部主任韦永成、少将政治部副主任李冠英等官佐二百余人同立。

吴江平虽届耄耋之年，却精神矍铄，双目炯炯有神。他和我细看那块摩崖刻石，当年"风在吼，马在啸，黄河在咆哮"的抗日烽火，又出现在他的眼前。老人心情激动，指着刻石上"陆军少将教育处长张寿龄"的名字，向我讲述了他参加抗日，走上革命道路的往事。

吴江平，原名"吴文燕"，出生在豪侠辈出的山东梁山英雄孙二娘开店的十字坡，自幼深受尚武之风的熏陶。他读中学的时期，耳闻目睹日本鬼子占我大好河山，杀我无辜百姓的罪行，毅然报考南京中央国术馆，决心练一身武艺，抵御外侮，报效祖国。1936年，南京学生集会纪念"九一八"事变五周年，冯玉祥将军捶胸大哭，慷慨陈词，誓死不作亡国奴，誓死收复失地，爱国之情深深震撼了吴江平。他投笔从戎，到他大哥所在的宋哲元的第二十九军,被分配在第二十九军军训团三大队,驻守卢沟桥附近的北平南苑。大队长是冯玉祥的长子、中共地下党员冯洪国,副大队长是中共地下党员、1955年授予少将军衔的朱大鹏。军训团团长由第二十九军副军长佟麟阁中将兼任,军训团副团长由张寿龄少将兼任,政治教官由后来当了北京市副市长的中共地下党员张友渔担任。张寿龄能文能武,亲自作词谱曲创作了一首《抗日歌》:"风云恶,陆将沉,狂澜挽转在军人。扶正气,砺精神,诚直正平树本根。锻炼体魄,涵养学问;胸中热血,掌中利刃;同心同德,报仇雪恨,复兴民族振国魂。"在全军教唱。吴江平在军训团进行培训,深受教育,很快参加了党的先进外围组织"中华民族抗日青年先锋队",组织"铁血剧社",演唱抗日歌曲,宣传共产党抗日主张。1937年7月7日,日寇大举进攻,卢沟桥事变发生。吴江平和他所在的大队首先奋起抵抗,在中华民族的历史上,打响了全民族抗战的第一枪。战斗异常壮烈,在与日本鬼子短兵相接的时候,吴江平运用自己所学的武功,挥起手中的大刀,向敌人头上猛砍,使鬼子血肉横飞,他的衣裳也被染红。由于日寇不断增兵,和吴江平一起打响第一枪的战友大都牺牲了,如今仅剩吴江平他们四个人了。

卢沟桥事变之后,吴江平所在的军训团,转入驻守在武当山区的第五战区,改为干部训练团,继续进行训练。这期间,他登临武当,饱览美景,越发激起爱国热情,多次背诵岳飞的《满江红》,情不自禁地仰天长啸:"还我河山!"1938年,他以报国雪耻的一腔热血,从武当山出发,参加了著名的"台儿庄大战",大灭了日本鬼子志气,大长了中国人威风。

从台儿庄回到武当山的周府庵干部训练团不久,他奉中共地下党员、军长何基沣的命令,北上延安,接受培训。何基沣就是后来在淮海大战的战场上,率领一个军起义,受到毛主席的嘉奖的人,是拍成电影《佩剑将军》的原型。何基沣当时把吴江平叫去秘密谈话,他穿着长筒马靴,在吴江平面前来回走动,叫吴江平到延安好好学习,把学到的革命思想带回来,在这里发扬光大。吴江平经西安八路军办事处,到了延安进入"抗大",后来又转入"鲁艺",和著名导演崔嵬、丁里,著名演员陈强、田华编在一个班。1939年,他们响应毛主席"到敌人后方去",开辟敌后第二战线的号召,飞越黄河天堑,突破敌人封锁线,到了晋察冀边区,受到聂荣臻司令员的称赞。吴江平由于革命需要,虽然没能重返武当山，可他所在的这支一手拿枪杆子、一手拿笔杆子的党的文艺队伍，用自己的赤子之心和艺术才华，演唱抗日歌曲和戏剧，把战士们胸中抗日复仇的烈火燃烧得更加炽烈……

旧地重游，感慨万千，谈论往事，追忆战友，吴江平老人心情十分激动。他指着这块抗日的见证，深情地说："我们干部训练团的好多战友，都在抗日战争中牺牲了，他们为了保卫祖国，献出了宝贵生命，我们应当永远怀念他们，教育我们的后代。"我看到老人家眼圈红润，热泪花花，目不转睛地望着这块摩崖刻石，好久好久……

2002 年 12 月 1 日

81   一柱擎天话武当

沐　溢[*]

在省旅游工作座谈会上，我们听到地、县同志绘声绘色地介绍了武当山貌，催促着我们去采访、作宣传。

武当山是全国名山之一，这已早有所知，但使我们真正看到山貌的飞扬神采，摸到山路的崎岖险峻，闻到山林的扑鼻清香，探到山庙的历史渊源，却是这一次武当之行。这里，入冬以后，只要刮上几阵北风，落叶遍地，上山的人就很少了。但我们有县文物管理所的负责同志作陪，仍然鼓足勇气，跨步上山。可是，一进了武当山，她坦露了一切，并非寒风萧瑟，万木凋零，却有一番非凡景象，把我们紧紧地吸引住了……

辉煌的建筑

武当山在我省的西北部，又名嵾上山、太和山，发源秦岭山脉，方圆达八百里，主峰海拔1600多米。进入武当山区，只见高峰栉比，谷涧纵横，潭泉相印，亭台耸立。这些胜景称七十二峰、三十六岩、二十四涧、十一洞、三潭、九泉、十池、九井、十石、九台。从唐代起，这里陆续建过一些殿廊庙宇。明代道教盛行，明成祖朱棣即位后，为了巩固统治地位，于永乐十年

---

[*] 沐溢，生平事迹不详。

（1412）派隆平侯张信、驸马都尉沐昕率领三十万军夫，耗费巨财，在武当山大兴土木，于永乐二十一年（1423），建成九宫、九观等三十三处庞大的古建筑群。正如明代诗人洪翼圣的诗云："五里一庵十里宫，丹墙翠瓦望玲珑。"

"七十二峰朝大顶"，就在起伏的山峦中，众峰烘托着一座直插云霄的"大顶"——天柱峰。武当山古建筑群的精华、驰名中外的金殿，就镶嵌在这个主峰的顶端。先看金顶为快。我们选择了从山麓侧面的一条曲径小路上顶。一路上，越过弯折回旋的盘山路，爬过耸直陡立的石阶梯，经历三个小时的攀登，绕过一个急转悬坡，便看见"一柱擎天"的四个石刻大字，终于登上了峰顶。

仰首翘望，一座金碧辉煌的紫金城，就在眼前。皇城十分险峻，用每块千斤重的大石，砌成约一公里的城墙，全部建筑在千仞危崖之上。进入石墙之前，先经皇经堂，穿越太和宫；入地之后，跨过依山开凿的弯曲长廊，再上宛如九曲回肠的九连蹬，才到达了金顶，这座宫殿，耸立在仅有20多平方米的大顶上，确实是我国古代劳动人民用血和汗创作的一部极其罕见的铜铸雕塑艺术珍品。整个大殿除殿基是用花岗石岩铺外，其他全部都是铜铸部件榫卯拼合而成的，外镏赤金，显得庄严凝重，光灿夺目。尤其令人赞叹的是，金殿数以千百计的铜铸部件榫卯安装，不仅严丝合缝，而且留有恰当的胀缩间隙，使得殿体异常稳固，确是巧夺天工。这座金殿，建于永乐十四年（1416），虽然五百多年风雪雷电，酷暑严寒的侵袭，殿貌至今仍然崭新如初，巍然屹立峰巅。殿内正方设有真武祖师像，两旁有金童、玉女、水火二将四个站像，全系铜铸金饰。这组群像姿态各异，相互照应，造型逼真，栩栩如生，真实地记载了我们中华民族远在15世纪的高超冶炼铜铸雕塑艺术，也反映了我国广大劳动人民的无穷智慧和力量。

站在金顶上，远眺四方，真是"会当凌绝顶，一览众山小"，70多座奇峰异岭，犹如繁星点点，尽收眼底。我们登上山顶，正遇万里晴空，俯瞰茫茫大海，200里外襄阳城，浮现在蓝色的天边；蜿蜒曲折的汉江，像一条蛟龙游走在群山峡谷中；碧绿的丹江口水库，好似一面银镜。反照出无数峰峦的万道霞光，把武当山装饰成一幅绚丽多姿的天然彩画。我们相约在金顶观日出。哪知这里气候变化万千，一夜之间，就飘下了鹅毛大雪。第二天清晨，我们站在峰顶观雪，却完全是另一番景象了，满山遍野，银装素裹，好似洁白玉雕一般。山间北风呼啸，云海翻滚，茫茫一片，确有万马奔腾之势，似乎使你停歇不住，催人快步向前。

瑰丽的景色

离开金殿，沿着陡峭的石阶和狭窄的小路，徒步下山，即到南岩。武当山的人们常说："南岩的景，紫霄的杉。"南岩一带的瑰丽景色，确实非凡，这里峰岭奇峭，森林苍翠，上接云霄，下临绝涧。其中，包括有四面的峰、峦、崖、洞，景致各有不同，面面引人入胜，是武当三十六岩中风景最美的一岩。

去南岩的路，只见两面奇峰直立，把人们带到一个峭壁摩天的境界，山谷中泉声潺潺，满林鸟语唧唧。山上满铺松杉，石木蔽天，终年苍翠郁郁葱葱。加上遍山树木的透红树叶。就像绿色的丝绒毯上缀着斑斓的朵朵红花。特别是松，满山皆是，即使在顽石纵横的悬崖峭壁上，也能倔强地傲立生长，千形百态，各展一姿。有的耸直挺拔，巍峨屹立，恰似穿着戎装的战士持枪守卫在祖国的山岗；有的盘卧倒挂，卷曲欲伸，好像勘探队员在深山险峰寻找着地下的宝藏；尤其是那笑容可掬的迎客松，一臂有伸，就像一个热情的侍者迎接着远方的来客。大地的美，令人欲醉。

除了松杉，武当山特别是南岩一带还盛产药材，种类多，质量好，素有"天然药库"之称。我国伟大的医药学家李时珍，为了寻找曼陀罗花，走遍北京、南京、庐山、茅山等地，均未如愿，最后终于在武当山找到了。在李时珍的《本草纲目》中记载的1800多种草药中，武当山就有400多种，其中以麝香、猴结等最为珍贵。

穿过黄龙洞，拐过七星树，又到了一个别开生面的宽阔天地。峭峰脚下，一望无垠的绝涧深谷，满山遍野，树木成荫，到处是绿色的海洋。随着阵阵山风，不时泛起滚滚波涛，如遇浮动白云，山上行人真似缥缈云间。就在这些绝壁之上，有一石殿，全为石砌仿木建筑，又是一座巨大的石雕艺术珍品，殿中除"真武祖师"铜铸坐像外，还有五百"灵官"的群雕，有一个"龙头香"，设在万丈深渊之上。这是从绝壁崖旁伸出长一米多，宽三四十公分的龙雕石柱，前部顶端雕一龙头，上设一小香炉。当年，道首为招揽四方信士，佯称"龙头香"可以逢凶化吉。据说被骗去烧香的，十之八九都摔进深渊跌得粉身碎骨了。因此，这种坑害劳动人民的邪恶行为，早被禁止。现在，被层层锁链拴住了的"龙头"，只供游者观赏，并已成为揭露宗教的虚伪性和残酷手段的铁证。

珍贵的遗迹

这里的古建筑，分散在武当山的群峰中，星罗棋布，各成一景。走出南岩，依山缓行，在一片宽敞的峡谷中，展露出一座碧绿的琉璃瓦大殿，这就是著名的紫霄宫。

古老的宫殿背倚展旗峰，峰峦像一面迎风招展的猎旗，加之满山的松杉，夹杂金黄的秋菊、浓紫的鸡冠、淡红的马兰，掩映着磅礴的大殿，把整个建筑衬托得十分巍峨、恬静、庄严。紫霄宫是武当山古迹保存得比较完整的建筑之一，宫内除有高约 3 米的"真武"铜铸坐像外，还有两具大石龟雕，龟高 3 米、长 4 米、宽 2 米，龟背还树有石碑，高达 10 米。这组大型逼真雕塑精致，实为珍奇。紫霄宫的出名，不仅构筑独具一秀，更为珍贵的是这里留下了贺龙同志率领红三军转战武当山的足迹。1931 年，正是武当山区人民在地主豪绅残酷剥削下，被压榨得喘不过气来的时候，展旗峰上真正飘起了一面鲜红的红旗，在山区人们心中燃起了炽热的火焰。贺老总率领的红三军由洪湖向鄂西北挺进中，浩浩荡荡开进了武当山。红三军司令部设在紫霄宫，贺老总在宫内的父母殿住了一周，并指挥着这一带的革命斗争。至今，还流传着"贺龙大战十八盘"的故事。当时，红三军刚上武当山，白匪军趁红军立足未稳，纠集大量兵力，把武当山十八盘围得水泄不通。战斗打响以后，贺老总率领红军与几倍、几十倍于我的强敌英勇战斗。部队士气十分高昂，攻如猛虎，守如泰山，终于粉碎敌人的重点"围剿"。此后，敌人只要听到贺龙的名字，看到飘扬的红旗，就闻风丧胆地龟缩了。

贺龙的部队走到哪里，哪里的革命斗争就搞得十分火热。他们发动群众，打击土豪劣绅，开仓济贫，进行土地革命，建立红色政权。如今，在太子坡的照壁上还留有落款为"红三军八师政治部"的两条标语字迹：

"实行土地革命！"

"红军是工农贫民的军队！"

红三军在武当山区转战后于1932年农历元月作战略转移，进入房县，在紫霄宫曾留下数百名伤病员。当敌人重新围住大殿时，要红军交出"当官的"，为了保全大家，其中有七位重伤员挺身而出，英勇地献出了自己的生命。现在大殿前的赐剑台上，有七烈士的纪念碑。据说，红军在撤离时，曾经给紫霄宫留下一副对联："伟人东来气尽紫，樵歌西去云腾霄。"两联的末一字，合起来是"紫霄"。这副对联，生动地反映了当年红军战士那种气吞山河的凌云壮志，也深刻地展示了革命先驱者对光辉未来的无限憧憬和坚定信念。

武当山留下人民英雄业绩，比比皆是，传千古，这里还有闯王李自成率领农民起义军部队，火烧武当山麓老营宫的残迹，又有襄阳一带农民起义勇士顽强抗击清军的古址。这些，不仅沉重打击了反动王朝的统治，而且至今仍然成为教育人民、鼓舞人民的珍贵遗迹。

82 武当山西神道散记

高 飞[*]

武当山西神道,是八百里武当山最早的朝山古道。我第一次踏上这条幽僻的山道,是1993年的夏天,应邀参加由丹江口报社组织举办的"武当绿风笔会"。同行的有十数人,皆为水电城中的文朋诗友。踏进这片郁郁葱葱的森林,仿佛走进了一个遥远的梦幻世界。从此,五龙宫这片奇异的地方,在我心里留下了深刻的印象。

光阴荏苒,一晃八九年过去了。当武当山特区园林局书记、武当山国家森林公园负责人、武当山林场场长王农吉在电话里告诉我,通往五龙宫隐仙岩的公路修通时,我有点不大相信:在那连行路都艰难的高山峡谷间靠一个林场修通了一条登山公路,可能吗?

见了王农吉,他一把拉着我的手说:"老弟呵,我的心愿总算实现了。请你来看看,对如何开发,听听高见……"

那铿锵有力的言辞既袒露着王农吉的豁达、爽快,又表现出这位开拓者的谦逊与自信。为了开发五龙宫,为了建设武当山国家森林公园,为了修通这条路,他不要官、不要权,硬要这个"草头王"。40多岁的人了还毅然改了自己的名字,把"龙吉"改为"农吉"。有人不解地问:"龙吉"多好,你为何要改呢?他笑笑说:"农与土联系得密切。我与山林打交道,农吉这个名

---

[*] 高飞,1963年生,河南淅川人,现任湖北省丹江口市作家协会主席,为《丹江口文艺》《玄岳风》《沧浪诗刊》等杂志主编,是世界汉诗学会理事、中国诗歌协会会员。组诗《中国神话》荣获2016年香港国际诗书画大赛金奖。

字听着心里踏实!"

踏实,这是王农吉做人的准则,做事的原则。正是为了这个"踏实",他在单位从国家财政断奶后债台高筑的情况下,毅然决定上马这项需要资金达3000余万元的工程——修建武当山国家森林公园公路。有人劝他说:"你又不是没路走,你又不是没事干,你又不是没饭吃……四十几岁的人了,何必要劳力伤神,干这份出力不讨好又没油水可沾的事呢?"王农吉说:"不干不行啊,林场200多号人要吃饭,财政不给一分钱,山上的树木又不能砍,不能卖,咋办?只有倚山靠山,做山水文章,以山养山,以林养林,开发森林旅游资源。要发展旅游,首先要修路……"说归说,真正干起来那份艰难是难以想象的。没有钱请专家勘察线路,他就揣着干粮,亲自到北京、武汉、十堰等地,找有关部门登门请教,虚心学习。回来后,按专家指点,他土法上马,在深山峡谷里,亲自勘察线路,亲自指挥施工,甚至亲自组织参加义务劳动……一些工程队的老板深深地被王农吉的创业精神感动了,在没有预付一分钱工程保证金的情况下,调来人员设备,开工上马。他们说:"王农吉"就是最好的保证。王农吉也想尽办法为工程队提供便利条件……经过前后三年多的苦战,终于在海拔近千米的崇山峻岭间修筑了一条长达30余华里的盘山公路。王农吉这位武当山的铁汉子,用他气吞山河的胆略和气魄,在武当山书写了他人生中最精彩的一笔,为武当山添上了一道夺目的光彩。

那天,到特区后顾不上休息,就在王农吉的陪同下,驱车赶到森林公园五龙公路,一睹风采。在入山口蒿口南望,"武当山国家森林公园"的牌子特别引人注目。在牌子旁边是一条新修的宽阔公路。虽然刚刚修建,路面坑洼不平,但望着这条新建的路,依然令人怦然心动。

我们乘坐一辆嵌有窗玻璃的吉普车对这条公路进行实地参观。车窗外不时闪过一片片果园、茶场、杉木林、水库,构成了一幅幅山水美景,是那样赏心悦目。王场长不时指着车窗外的景点给我一一介绍,那每一个景点都有一个动人的传说故事,他娓娓道来,如数家珍,让人忘了他是一个大山的建设者,还以为是一位导游。由于路面不平,坐在吉普车里仿佛坐在一叶在浪尖上颠簸的小舟里,满目的葱绿宛若无垠的碧波,五彩缤纷的山花,宛若一朵朵被阳光照耀的浪花。当车子跃上一个高高的山崖时,我深深地被车窗外夕阳下的景色吸引了，提议司机停下来。

车子停下后，同行的人都从车子里钻出来。此时，已是日暮时分，金色的夕阳，显出几分苍凉，徐徐的山风掠过林海，带来一阵阵花香，沁人心脾。夕阳把茫茫苍山高大的轮廓镀上了一层金辉，巍峨静穆。突然，西边一道连绵的山峰闯入我的眼帘，我心头触电似的猛然一震，急忙用手指着远山对同行者呼喊："大家看，看那里。"

王农吉场长顺着我手指的方向望去，左右端详了片刻，双手一拍，惊喜地大声说："呃，像一个躺着的人。"

"真像！"此时，大伙都欢呼雀跃起来了。

这是一道奇景，一道亘古沉睡的奇景。几座高高低低参差不齐的山峰组成了一个绝妙无比的平躺着的巨人，甚至额头、眉毛、鼻子、下颌、鬓发、胸脯，都是那样惟妙惟肖。

王场长因为这个发现显得格外高兴，不住地说："我在这条道上上下下不知走了多少趟，为啥就没有发现呢……看来，搞开发还是离不开文人啊！"大伙都哗然大笑起来。同行的武当山林场副场长梁冰河说："像，太像了。看取个啥名字好呢？"

有人说："叫武当睡佛。"

有人说："叫武当睡美人。"

……

我提议：叫睡仙峰。因为，武当山是道教圣地，起仙比较恰切。况且躺着的巨人确实像一个仙人，还有高绾着的发髻呢。并建议在眺望睡仙峰的位置建一个亭子，叫望仙亭。

这一奇观被同行的丹江口市电视台记者录下来，第二天传送到湖北省电视台并很快播出，引起反响。看了这个节目的人说，在武当山还不知道有这样一个好地方……

当晚，我们住在隐仙岩下将军庙村的余队长家。9年前，绿风笔会，我们十几人就住在他家。主人热情地招待了我们，端出了山珍野味，拿出了家酿黄酒。更使人不能忘怀的是余队长一家人比酒还醉人的淳朴和真诚。第二天，在余队长家吃过早饭，头顶烈日，在崇山峻岭中像探险队员一样，去寻找这片山林中深藏着的美。也正是受发现"睡仙峰"的启发,我们在考察武当山有名的洞穴——金华洞的探险旅途上,又新发现了蝴蝶谷、神仙谷、观音崖、滴水洞、神龟峰、秋月林、百鸟涧、凌云崖等藏在深山人未知的自然奇观。我们的疲劳、饥渴因为一个个美景的发现而烟消云散。

"世界上并不缺少美,而是缺少发现美的眼睛。"一位哲人这样说。

通过武当山西神道之行,我有了更深的体悟。

也许是山大林密,也许是人烟稀少,在西神道考察中,我们有许多新收获。比如,我们在一个人迹罕至的大峡谷里看到一棵被风雨吹倒的树,横跨在峡谷中的一个水潭边,光滑的树杆上笔直地生出八棵小树来,犹如神话传说中同舟共济的八仙过海。在一棵大树上,我们还意外地遇到了螳螂捕蝉的奇异一幕……甚至,在一个山谷的溪流边发现了大大小小数十种翩翩飞翔的蝴蝶栖息的王国……

正如元朝诗人刘因在《野老歌》中所咏:"南阳武当天下稀,峰峦巧避山自迷。青天飞鸟不可度,但见万壑空烟霏……传语桃源休避世,武陵不似武当深。"

在这里,一个个惊喜的发现在等待着你!

在这里,你才真正体会到大自然的博大与神奇!

在这里,你才真正感受到大自然的可爱与美丽!

沧海桑田。这里嵯峨参差、高高低低的山崖不仅形成了千姿百态的奇异景观,生长着各种各样的花草树木,而且也成了飞禽走兽的乐园。在山道上,不时有野兔、山鹿、松鼠等动物窜来窜去,给你惊出一身冷汗,给你留下一份惊喜。最令人惊奇的是羽毛斑斓的山鸡一群一群地在林中觅食或啼鸣,望着行人,转动着一双圆圆的小眼珠,凝视着你,没有一丝惊讶的神色。我想,也许在它们的心里从未萌生过干些什么愧对良心的坏事,自然就显得宁静而祥和。即使有一天被偷猎者击毙,它们依然心若止水。因为,一颗善良的灵魂里,装着的只有美好的向往和歌声。

在这片深山林海里,古藤显得尤其发达,且与树木一争高下。粗粗细细的藤蔓紧紧地挽在一起,有的像玉柱盘龙,有的像天杵垂地,有的像一条粗壮的长索……望着这些长藤,令人生出许多敬意和遐思来,让人想到了老子的刚柔大道……这里真是一个匪夷所思的神秘世界!

不知是谁第一次走进这片山林。于是,在这片莽莽林海间留下了第一条蜿蜒千古的路。

没有人记着从这条路上走过的人是否都超脱红尘,或者是心如玉琢的善男信女……但我相信,这是一条通往神殿的路,这是一条铺满希望的路,因为,路总是和人类的希望连在一起的。路到哪里,希望就延伸到哪里,路存在的地方,希望就存在。

走在新修的武当山国家森林公园通往五龙宫的盘山公路上,我却依然想着那条窄窄的弯曲的前人留下的几无履痕的古道。也许,没有那条古道,就没有那座叫五龙宫的古庙。没有那座古庙,也许就没有脚下这条公路。我想象不出,那条一级一级爬满青苔与沧桑的石径,曾经留下了多少人的希冀。那座已成废墟的古庙也不知燃尽了多少支明灭的红烛?这到底是因为神呢,还是因为人呢?至今没有一个准确的答案。正因为这扑朔迷离的答案,才有了千万年不绝的香火,才有了那高那远的神道,才有了年年岁岁没有尽头的攀援,才留下了一条永远走不完、望不尽的路。

当我又一次站在早已坍塌成一片废墟的五龙宫遗址时,宁静的心灵深处再次被震撼。那残砖断瓦,像一本打开的书,耐人品读。因为,正是从这些人类文明的碎片上,我们读出了人类的神奇,大自然的灵性……

走进五龙宫,我并不为一座庙宇的颓圮而失落,因为,一座神庙的坍塌与否并不重要,关键是我们心中是否矗立着一座神庙。因为,当我们向一座神庙走去时,神庙已高高地矗立在我们的心中了。

五龙宫,一片神奇的土地。通往五龙宫的路,一条神奇的路。

83 我终于完成登上武当山的心愿，两个原因让我几难决定成行

赵奠夏[*]

前年，吾沔旅台同乡会组团返乡扫墓探亲，并颁发清寒优秀子女奖学金，由常务理事（现任理事长）汤重乡长领队，深获两岸乡亲之好评。去年，已组团由理事长朱大镕乡长领队，除比照前年行程外，并增加荆州、宜昌、襄阳、樊城及武当山之旅，由于SARS（"非典"）之流行，因而停止。今年，同乡会又将去年未实施的计划重新规划，并预定于4月中旬成行，我很想随团前往。及至报名截止之前，两个问题困扰了我：一是三年前我在4月中旬返乡时，一股寒流让我感冒，每天吊点滴，几乎提前返台。另一是我是属虎的，今年是虎年"犯太岁"，虽然家人早已为我在庙里"安太岁""点光明灯"，但是家人都还是不赞成我远行。虽然身体经过健康检查，一般都还不错，但总觉得一年不如一年。鉴于有一位乡长前年回去了，去年也报名参加而未去成，然而今年却早我们一步"走"了，因此决定随团前往。

这次扫墓探亲的几件快慰事

一、三年前返乡见到先父母墓地周围被人取土，深达二公尺许，形成"孤岛"，恐有因沙土流失而"骨暴沙砾"之虞，经交代幺弟雪全偕同子女及侄

---

[*] 赵奠夏，生卒年不详，湖北沔阳人，1949年后居台湾。国民党将军。曾任《马祖日报》发行人，台湾沔阳同乡会负责人之一。著有《靖园忆往》。

子女、女婿等，分工合作，砌砖的砌砖，挑土的挑土，用水泥、红砖、沙子，在四周筑驳坎，做好水土保持，不在豪华，但求坚固，以尽人子之道。这次回去看了之后，发现为便于施工已较原来扩大，且筑有由便道到墓地之墓道。非常满意，远超过我的想象之外，谅先父母亦可永安于九泉矣！

二、家人听说我要回去都丢下工作，远道赶回团圆聚会，特别是幺弟雪全、侄儿恒灿及侄媳等从天门回来；勉华弟从荆门回来；天才表弟从武汉回来，这都是非常不容易的事，令我非常高兴、感激！

三、从彭家场到何家场经过丰登垸与扁担垸前面之道路，已修为双向通车之水泥路面，只是由此路到达此两村庄之道路，仍为人行便道，尚有数百公尺未修，雨天则行走不便。此次回去，见此双向道路基础已经修出来，可双向通车，正待以配料铺设及水泥灌路面中。据悉：此乃吾族在彭家场独资经营"飞翔无纺布公司"之云祥侄所捐助人民币5万元及其协调政府以同额配合款所兴建。今后，扁担垸及丰登垸乡亲从外地往来车辆均可直达各户门前矣！

首见党政同志并承热忱接待

在我的观念里，返乡主要在扫墓、探亲与家人团聚，其他则没有接触的必要。今年我是参加旅行团的"团进团出"，在时间上来说更没有弹性，16天的行程是：往返2天，仙桃市、洪湖市各1天，返家5天，旅游7天。这5天返家的时间，在我来讲实在是不够的，只有利用仙桃、洪湖这两天脱队回家，这是我的计划。但是在出发前两天，理事长汤重乡长给我一个电话，无论如何希望我与仙桃市台办主任吴国庆见一次面，有要事商量。我接受了他的交代。接着他又说：这次发仙桃市的清寒优秀子女奖学金是在彭场高中，要我去主持。事实上，我家虽在彭场附近乡下，由彭场到乡下容易，但由乡下到彭场则交通不便，我也还是接受了。由于在仙桃市有两天的时间与王常委、市台办主任吴国庆、副主任刘慧等的接触，使我对他们都有很好的观感：王，农学院毕业，气质、谈吐、风度不凡，难怪她当上领导；吴，善于沟通，语言表达能力甚强；刘，艺术学院毕业，思维缜密，处事有条理。但愿明年再见时，他们都已更上一层楼，谨此预祝！

我们到达彭场高中，庞大的乐队已奏起悠扬的迎宾曲；全校数千师生集合于大操场，在刘校长的领导下，鼓起如雷的掌声，欢迎"旅台回乡访问团"的到来。全体团员倍感亲切，为之动容。颁奖大会由刘慧担任司仪，程序是在我们由仙桃往彭场途中，经刘慧与吴主任研订的。虽有许多市党政官员作陪，但是还是由我首先致词，其要点为：一个学校教育的成败，取决于由老师、学生及教育环境孕育而成的学校风气，如北大、南开、清华、交大，各有其独特的风气与特质。老师要具有学识、教学经验，尤其要有敬业精神；学生要有困知勉行的精神，不论是社会、语文都要背诵，自然科学要多做验证，才熟能生巧；教育风气对老师学生相互影响，激扬奋发甚大。今天，代表旅台同乡会颁发10位同学每人1000元（人民币）的奖学金，只是杯水车薪，期能百尺竿头，加倍努力。另外，又代表同乡会常务理事朱子华乡长颁发以17岁之年龄考取北京大学化学工程系之刘诗毅同学200美元，并勉以"要以得诺贝尔奖为目标"。

在旅台沔阳乡亲心目中，"我们都是沔阳人"，根本就没有"仙桃市"与"洪湖市"之分。因此，《沔阳通讯》的报道，特别注意这两市的平衡。我既然主持了仙桃市奖学金的颁发，洪湖市也不能缺席，以免有厚此薄彼之议。

在颁发仙桃市奖学金之次日，即随团前往洪湖市滨湖办事处中心学校，颁发初中学生20名，每名500元（人民币）之奖学金。承洪湖市台办主任陈婧、市委统战部蔡部长之热忱接待与陪同，也是在大操场举行。学校的一切准备与仪式，大致与彭场高中略同。我在致词时，除强调初中乃基础教育及其重要性外，余均与昨天对彭场高中之讲话内容略同。

我为《沔阳通讯》发行人兼编委会主委，每期稿件部分来自家乡作家，彼此都早已熟悉，只是未见过面，故趁这次访问之便，邀请这些作家，在仙桃餐聚及晚间茶叙。热情洋溢，相聚相欢，完成了我8年来一直想做的一件事。我就利用这两天的时间，完成了同乡会理事长汤重乡长交代的任务，及我几年来最大的心愿，更增长了我不少的见识。

展开魏蜀吴三国古战场之旅

　　滚滚长江东逝水，浪花淘尽英雄。是非成败转成空，青山依旧在，几度夕阳红。

　　白发渔翁江渚上，惯看秋月春风。一壶浊酒喜相逢，古今多少事，都付笑谈中。

　　这是明罗贯中所著《三国演义》一百二十回中卷首的词。这一百二十回的故事，大都发生在我荆楚地区，与我关系密切。

　　在 1979—1980 年，我任陆军总司令部监察处处长时，总司令郝柏村上将对高级军官团教育非常重视，并对陆军师旅级以上重要干部，每人赠送《三国演义》一本，列为战史教材，并细究详探魏、蜀、吴三国中之组织战、思想战、情报战、谋略战、心理战及群众战，当然对练兵用兵之道也列为研究的重点。惜当时限于两岸情势，未能作"现地侦察"，只能作书本图上的涉猎，但一直认为不能以"这仅是我国历史小说中最流行的一部书"而已，这件事长留在我心中。

　　三年前返乡探亲旅游行程，已将荆州古城、宜昌、当阳、荆门、襄阳、樊城及武当山列入，惜因突患感冒，因而作罢。去年，同乡会组团就是这条路线，因 SARS（"非典"）流行临时取消。今年，同乡会又重提此案，我认为机会难得，排除万难，决心参加，终于成行。

　　今年的行程是：

4 月 22 日，由仙桃至荆州，游荆州古城、关羽祠、博物馆，宿宜昌市。

4 月 23 日，参观鲟鱼馆、黄陵庙、葛洲坝、三游洞，宿宜昌市。

4 月 24 日，由宜昌经当阳、荆门至襄樊，游长坂坡、关陵、玉泉寺、珍珠泉，宿襄樊市。

4 月 25 日，游古隆中、武侯祠、襄阳古城、夫人城，宿襄樊市。

4 月 26 日，游太子坡、磨针井、玉虚宫、宿武当山。

4 月 27 日，游南岩宫、紫霄宫、金顶，宿襄樊市。

4月28日，由襄樊市经枣阳、随州市、安陆、云梦至汉口，宿旋宫酒店。

4月29日，由汉口经香港返抵台北。

以上所说，只是旅游的行程。至于纪要方面，在参观荆州古城时，我发现范纯斌乡长及其夫人张若蚨老师垂询与记载甚详，是在有心要写游记，请他俩对《沔阳通讯》赐稿六千字，我则专心着眼于古今战史之研究。

从荆州、宜昌、当阳、荆门到襄樊之线，到处都是三国时代的遗址，充满着神奇的故事，就以家喻户晓的"关公头葬洛阳，身葬当阳"的故事来说，处处都显示谋略战。为便读者阅读，特将原文节录如下：

孙权用吕蒙之计，关公翻身落马，被潘璋部将马忠所获。推出斩首之后，孙权遂尽收荆襄之地，赏犒三军，设宴大会诸将庆功。忽报张昭自建业而来，昭曰："今主公损了关公父子，江东祸不远矣。此人与刘备桃园结义之时，誓同生死。今刘备已有两川之兵；更兼诸葛亮之谋，张、黄、马、赵之勇；备若知云长父子遇害，必起倾国之兵，奋力报仇。恐东吴难与敌也。"权闻之大惊，跌足曰："孤失计较也！似此，如之奈何？"昭曰："主公勿忧，某有一计，令西蜀之兵不犯东吴，荆州如磐石之安。"权问何计，昭曰："今曹操拥百万之众，虎视华夏，刘备急欲报仇，必与曹约和。若二处连兵而来，东吴危矣！不如先遣人将关公首级转送与曹操，明示刘备知是操之所使，必痛恨于操。西蜀之兵，不向吴而向魏矣。吾乃观其胜负，于中取事，此为上策。"权从其言，遂遣使者以木匣盛关公首级，星夜送与曹操，时操从摩陂班师回洛阳，闻东吴送关公首级至，喜曰："云长已死，吾夜眠贴席矣。"阶下一人出曰："此乃东吴移祸之计也。"操视之，乃主簿司马懿也，操问其故。懿曰："昔刘关张桃园结义之时，誓同生死。今东吴害了关公，惧其复仇，故将首级献于大王，使刘备迁怒大王，不攻吴而攻魏，他却于中乘便而图事耳。"操曰："仲达之言是也，孤以何策解之？"懿曰："此事极易。大王可将关公首级刻一香木之躯以配之，葬以大臣之礼。刘备知之，深恨孙权，尽力南征。我却观其胜负；蜀胜则击吴，吴胜则击蜀。二处若得一处，那一处亦不久也。"操大喜，从其计。（注：余请详阅《三国演义》第七十七回）

自荆州、宜昌、当阳、荆门以迄襄樊，不仅三国时代如此，即抗战时期亦彰显其重要性。宜昌乃重庆之门户，拱卫首都安全之战略要点。"宜当（宜昌当阳）之战"，彭善（黄陂人）任第十八军中将军长，率全军血战十余日，互有进退，终于确保重庆安全。另，张自忠将军任第三十三集团军上将总司令，驻节荆门襄西，于民国二十九年夏，为粉碎日本侵略，亲率将士东渡汉水，抗击敌人，不幸于五月十六日壮烈殉国。足证此地区为古兵家必争之地。

终于攀登武当山金顶最高峰

武当山为我国道教圣地，金顶位于海拔1600余公尺之最高峰。

依稀记得儿时，先父于年除夕之夜，吃过年夜饭之后，洗过澡，换上干净的衣服，背着"包袱"，随乡亲组成之"武当山朝香团"前往武当山朝香。不知是朝南经荆州、荆门、襄阳、樊城而登武当山，还是经北路随县等地而登武当山，只知道从除夕出发，回来时已是快到元宵节了。回来时都带些儿童的竹制品玩具，如口哨、笛子，也有老人用的拐杖。在六七十年前交通不便，全靠徒步行走，真不知要用多少天才能走得到，又不知何以有此力气攀登此高山之巅，我想完全是一个人诚心信仰的力量所鼓舞。

我们这一次，是乘游缆车先到武当山山脚的广场，然后循南岩宫、紫霄宫再坐缆车到金顶。沿途所见，现在还是崎岖不平，羊肠小道，行人都困难，真不知在若干年前那些古建筑物所用之砖瓦、石条、石块等，是如何搬运上山的。在坐缆车之前的两小时，都是徒步攀登，全团21人，大多是70岁以上的人，均全部登上金顶，举行团体朝拜。全体合影后自由参观、摄影，以偿心愿。诚有"登武当山而小襄樊"之感！

84 五龙纪游

罗耀松[*]

神往武当山五龙宫久矣,几近梦里萦回。5月3日8时许,与杨立志教授、宋晶副教授、权海鹏副主任及丹江口市文体局殷进夫妇相约,加上五龙宫村龚支书一行7人作五龙行。

乘车由老营入蒿口向五龙宫进发,杨立志教授指右首山峦,是为传说中的武当山西神道,我们将沿明代文学家谭元春游记路线作五龙游。一路望去,群山环绕,翠峰如簇。尽管道路崎岖、细雨绵绵,此刻大家却游兴正浓。时而停车伫望,时而拍照不已。过鲁家寨,既现系马峰、会仙峰、茅阜峰。下车俯视,山峦回抱之处,是为仁威观。仁威观,青瓦房数间,依稀有三二彩衣女于庭前。过复朴桥,方田数亩,茶山一片。明任自垣《敕建大岳太和山志》云,仁威观"前带流水,后拥山峰,林木荫郁,清幽奇绝"是也。由此遥望天柱峰,即见金顶。

车行数里,即道路难通。大家弃车,纷纷收拾行装,抖擞精神,迎着沥沥小雨而行。过农家数舍,沿山道蜿蜒,林木葱郁。不久,见山崖深凹处,是为隐仙岩。隐仙岩,明任自垣《敕建大岳太和山志》云,一名尹仙,一名北岩,在竹关之上。高耸云烟,俯视汉水,石如玉璧呈瑰纳奇。古神仙尹喜、尹轨所居。历代神仙,多炼大丹于此。岩内有正殿一,偏殿左右各二,有彩

---

[*] 罗耀松,1961年生,湖南邵阳人,湖北十堰汉江师范学院教授,任汉水文化研究基地武当文化研究中心主任。

绘，皆砖雕斗拱飞檐。明永乐十年（1412）敕建砖殿三座，奉玄帝，邓、辛天君。外有青石矮墙相护。明文学家王世贞有诗云："真仙不住山，那有山中迹？同是谪仙人，相逢不相识"，心迹略见一斑。

由隐仙岩行五里许，花叶委地，时见石砌护坡，据说为武当山最早的水土保护措施。少许二里，见沟壑处大小青石累累，杨立志教授言此为传说中的磨针涧。惜涧水已难觅其踪。

雨在不知不觉中，已悄然停止。一路间，时见苍蔼弥漫，峰峦起伏；时闻风声如瀑，紧一阵、松一阵，如前后相随，远远地在山谷里回荡。茂密的林中，厚厚的松针、松果、柏果、枯叶似乎还没润透，铺就着蜿蜒路径，时有通体透红的野樱桃从树叶丛落下，点缀其间。

二里许，即见五龙顶，侧面是为叠字峰。转过五龙顶，前方散落数户农舍，众人内心不禁一阵欢呼，已然是此行落脚地。在一家青石铺就、打扫十分干净的院落停留，为五龙宫村龚支书家。时已早过正午。按此地理位置，当为自然庵，只是已毫无当年迹象。

夜11时许，明月西沉，徘徊于月华之下。忽闻远处风声阵阵，震荡山谷，如瀑布争流。继而，相继入眠。窗外蛙鸣不已。

5月4日7时余，阳光普照，天气通晴。用过早餐，即考察五龙宫。

五龙宫，建于灵应峰下。明卢重华《大岳太和山志》记："宫即旧五龙灵应宫故址。前列金锁峰，左绕磨针涧。其宫东向逆折，其门北向，宫门内为道九曲十八折。殿二，曰玄帝，曰启圣。二殿阶合九重，前五重为级八十一，后四重为级七十二，望之如在天上，真所谓上帝居也。殿前天地池二，水从石龙口出焉。左龙井三，右石龙井二。碑亭二。日月池二……殿右山坎大林下有石碑六，一为崇封真武诰碑，一为揭傒斯所撰宫碑，一为揭傒斯所撰瑞应碑，二为戒臣下碑，一仆于地，湮不可辨，要皆元时所遗也。"《敕建大岳太和山志》云，"自古高人羽士与夫陈抟仙人，无不修习于此"。唐贞观年间，敕建"五龙祠"；宋真宗赐额"五龙灵应之观"，史料称为武当山历史上敕建第一座道观。元至元二十三年（1286）诏改观为"五龙灵应宫"；元仁宗赐额加"大五龙灵应万寿宫"；明洪武五年（1372）复修；永乐十年（1412）赐额"兴圣五龙宫"。

出自然庵旧址，沿坡陡小径可通向五龙宫。未行数步，已遥见天柱峰金顶，其左山垭处，隐约显露红墙一堵，人曰太常观。由宫后进入，众人抓紧时间忙于拍照、勘踏，我得以仔细将整个宫殿观察、浏览。五龙宫沿中轴线，主体建筑有龙虎殿、玄帝殿和启圣殿。正殿仅剩一堵高墙，依稀有焚火之迹，足见当年之高大、巍峨、雄壮。高墙之下为今人重修正殿，了无昔日气势。内供奉玄天上帝铜像，据杨立志教授介绍为明成化九年（1473）由北京运抵于此，足见享祀之严。殿内时有乾坤道士出入，香烟缭绕，居此可闻晨钟暮鼓。殿右有数碑仆于杂草之中，其中一为揭傒斯所撰瑞应碑，方知各种山志所记不虚，拍照之余，感叹不已。正殿拾阶而下，即见山志及明文学家袁中道《游太和记》所谓日月二池，或云天地二池。一黛一赭，甚为奇妙。天地二池前即五龙井，五井相通。传说内住五龙，是为当年传五龙睡法于宋哲学家、隐士陈抟之五龙圣君。五龙宫依中轴线分东宫、西宫。西宫尽毁，仅余东宫道房数十间。据史载，嘉靖年间曾扩建850余间。甚为惋惜。依次见龙虎殿，正对玄帝殿，尚存明代泥塑彩绘青龙、白虎神像，赫赫生威。龙虎殿右立一"由南岩至五龙宫碑"，题为"裴应□"，字迹难辨。龙虎殿前左右高大云台之上，有御碑亭二，四周皆石栏相护。内为赑屃驮碑。其左"圣旨碑"，为永乐十一年（1413）十月八日立，曰："大岳太和山各宫观有修炼之士，怡神葆真，抱一守素。外远身形，屏绝人事，习静之功，顷刻无间。一应往来，浮浪之人，并不许生事……"字迹圆润，有颜体之风。宫右碑亭亦赑屃驮碑，即"御制大岳太和山道宫之碑"，为永乐十六年（1418）十二月初三立。亭内另有石碑四通，为太监韦贵及官宦所立。山门内即"九曲十八折"，也称"黄河九曲墙"，斑驳褐迹。余观五龙宫殿，虽沧桑数百年，虽逢兵火相袭，大致可一一与志书相互印证。我们相与唏嘘。

过五龙宫行一里许，已难见行人。前一白洞，当地老百姓称"银洞"。传说当年修建五龙宫的时候，银两不够用，就经常从此洞拿取，等到五龙宫修建完毕，"银洞"的银两也就被全部取尽。

继续下行，遍地铺满厚厚的树叶，以松针为多，荒径难行，不断有荆棘扯挂行人衣襟。不及一里，见一奇绝深凹处石碑书"凌虚岩"三字。《大岳太和山志》记云："去本宫（五龙宫）二里许。唐孙思邈、宋陈希夷（陈抟）

俱修炼于此。路侧有希夷诵经台。"明地理学家、文学家徐霞客《游太和山日记》亦云："岩依重峦，临绝壑，面对桃源洞诸山，嘉木尤深密，紫翠之色互映如图画，为希夷习静处。"未过山门，即有石栏相护。入得山门，见岩中有殿一座，砖石结构。内中供真武，右为张天师，左为文昌帝君。座前有香炉一，炉烟缭绕。不禁深为惊叹，如此人迹罕见处，何人虔诚礼仙！殿内壁另有彩绘隐约，大约白鹿、仙鹤等的祥瑞之物。

下行未及一里，见一台兀直探向深谷，即陈抟之诵经台。诵经台四面环山，下临深渊。《游太和山日记》即云，"孤瞰壑中，可与飞升（即飞升台）作匹"。方知所言恰如其分。诵经台周有石栏护围，中有数根倒卧于荒草。凭栏下视，空谷幽深，林木葱郁，鸟鸣回荡。我心情激动之余，坐倒卧石栏之上，追羡先贤辞尘世之喧嚣，修行于万物之空灵。

由诵经台下，路愈艰。林中日光斑驳，浑身汗流如浆。下得谷底，同行谓为牛槽涧。由牛槽涧上行，即可至大小青羊涧。牛槽涧已稀有流水，但见树木交横，老藤参差，乱石叠错。

由涧底上行，是为通南岩路。有蕨类植物少许分布两旁。行至半山，不禁回首凌虚岩处，但见诵经台在葱茏掩映之中。

时已正午，众人纷纷小憩，简单用餐，以补充体力。想来前段路程，柏树、柏果为多，蕨类植物分布较密，此段路径却松树、松果较众，少见蕨类植物密布，混交林木参差其间，甚有情趣。

已而下行，即为青羊涧。未及涧底，已闻淙淙水流之声，一股凉爽之风扑面而来。但见青羊涧蓬絮飘落，水流潺潺，数对豆娘倩影，相互追逐于水边草丛之上。小鱼翩翩，时聚时散，欢快游荡，不禁生庄周临渊羡鱼之乐。有人投小石于水中，群鱼纷纷向入水处聚拢，不几分开；复投少许食物，游鱼四面相集，反复夺抢。衔食者夺路而逃，其他则紧追不舍，煞有野趣。王世贞《青羊涧》有诗赞："流沙西去失青牛，却坐青羊向益州。我效初平仍一叱，可能分作钓鱼裘。"

干渴之中，掬一捧水痛饮。甘甜可口，暑气尽失。友人云，感受有何？我曰：鱼儿食吾食，吾饮鱼儿水。

再行十里许，盘桓复上，已觉疲劳尤甚。忽见南岩北天门，尤自内心一阵兴奋。北天门即正对五龙宫。过北天门，观南岩左红墙处，是为五龙宫遥望之太常观。仰视林木深处，巍峨宫亭，绝壁所依，南岩宫已赫然在目。由南岩至乌鸦岭，顿感人声鼎沸，肩摩踵接，游人如织。早有友人在此相候，便稍事休息，返回老营。

我因工作关系和从事宋元武当文化课题研究，从游武当数矣，每次感受都有不同，这次尤为如此。一者，前数游武当，皆经由遇真宫、元和观，入正门，沿武当山东神道上，与剑河基本平行。过老君堂、磨针井、复真观（太子坡），至紫霄宫诸景。一路道路畅通，可以车代步。反观此次从游，基本与武当山西神道相通，或平行。自蒿口，过鲁家寨、仁威观、系马诸峰、隐仙岩，即自然庵、五龙宫，折西探凌虚岩、诵经台，复折东，过青羊涧，至南岩。大致古道荒芜，游人罕至。虽无车马代步，却避尘世喧嚣。二者，往者已逝，后人尤追。古代文人如王世贞、袁中道等，朝圣武当多以东神道登顶，复折西神道而返，仅有明代文学家谭元春、徐学谟等少数沿此从游。且谭元春等有略凌虚岩、诵经台等景之憾。此为西神道之行最不可或缺者，在我们脚下却一一亲历与实现。三者，历史与文化遗存相互呼应，倍感曾经沧海难为水之叹。五龙宫自唐敕建为"祠"，宋敕额为"观"，元改"观"为"宫"，明则登峰造极。五龙宫的兴衰，见证着历史的兴衰。另外，气势恢宏的皇家建筑与享祀之高、规制严谨，充分显示其出在历代国家政治生活中的地位。四者，这种集各代高超建筑艺术为一身，与武当山自然山水绝妙地融为一体，充分显示当时完美的建筑理念所达到的高度，可谓我国建筑艺术史上的一个典范。即体现了国家政治与道教文化之间的关系；体现了世俗社会与道教文化之间的关系；体现了人文思想与道教文化之间的关系；体现了建筑艺术与道教文化之间的关系；最后，体现了自然与社会相互和谐的终极关系。这难道不是久远的历史、文化的传承、自然的无私，给予我们最大的赐予吗？

是为纪。

公元二〇〇七年五月十一日于三一室

85 寻幽南神道

锷 风[*]

西方有谚曰：条条大道通罗马。

在圣地武当，条条神道通金顶。溯官山九道河蜿蜒而上的南神道，照例把终点指定在海拔 1613 米的高程，直抵玄天真武上帝神案前！

素有"武当后花园"美誉的官山，自古便是真武上帝的香火领地，当然也是大明王朝皇家祭祀的官地。作为官家明确东达西至圈划的八百里山域，朝廷在古均州置署设衙，委派湖北布政司参议和内宫太监分别领衔提调、提督武当山全山事务，直接实施辖制。说四海之内莫非王土，大抵没错。但如此具体而直接的官封、官划、官辖的属地，华夏之久远，似为仅有，神州之广袤，似为仅存。明王朝对武当山看得很重，管理上也就毫不松懈，从宫观庙宇的营建，斋醮祭祀的规仪，修真炼性的守持，文物植被的保护，无巨无细，往往连皇帝老子都亲自过问安排。诏告的文书不是每个人都看得到的，但龟驮的碑刻在武当八宫中都可仰视，历历见证着武当山罕有的尊崇。这份尊崇势所必然地留给了后人一份世界性的物质文化遗产，同时也留给今天的官山一方绿色的"飞地"。永乐皇帝、嘉靖皇帝（甚或延至大清雍正皇帝）的封山禁伐旨意，一让官山漫岭漫野的草木花卉、竹篁藤蔓放任地疯长了 500 年（甚至躲过了 20 世纪五六十年代的全民斧伐）。育林的政施，养花的天气，

---

[*] 锷风，1950 年生，本名朱自欣，湖北丹江口人，曾任地方党报社长、总编辑等职。丹江口市诗词楹联学会会长、中华诗词学会会员。诗联作品入编《中国对联》《中华诗词家志》等。主编《太和清韵》。

也就在万木葱茏、芳草葳蕤中留下了一条幽雅静谧的南神道，让我们这些后来人享有探幽的经历。

南神道无疑实指一条朝圣的路径，那是当年巴蜀香客从界碑垭进山，山陕香客从五龙庄进山，走吕家河，过新楼庄，行黑精沟，登青微宫，朝觐太和宫的必由之路。但在官山，南神道的外延似乎更宽泛一些，泛指天柱峰南麓涂抹了真武神话色彩的一方阆苑。真武道场、道教圣地一直是这里的文化底色，山川林木也好，畎亩阡陌也好，房舍蹊径也好，莫不打上神灵的烙印。武当山七十二峰的高耸，官山雄立十二；三十六岩的盘踞，官山占有其六；二十四涧的流布，官山分享其四。而散落在峰峦涧谷间的黄华观、全真观、太极观、分道观等这些仙宅神宇，原本就是武当山庞大建筑群中不可剥离的晶体。

春秋的往复，已把八百里神域演变成三百里政区，但在今天的官山镇，你依然可以随处触摸到历史悠远的遗存，到吕家河听听歌，到大明峰猎猎奇，到石佛寺访访古，或到骡马沟领略领略"天然太极"的造化之妙，都应该是不错的选择。我之所以选择到南神道寻幽，在于那纤深的境界更让人心动！

来时正值清秋。阵雨初歇、烟敛云收之际，袅袅的云幔岚幛轻启，群山叠嶂次第"登场"。停车吕家河伫看，雨洗后的青山，近岭得翠，远嶂呈绿，深山苍茫。偶见幽篁掩映竹篱，白云托衬农舍，才恍惚注意到除了云行雾走，万物皆止；除了泉滴溪唱，万籁俱寂。在云岚的卷舒行止之间，也才体会到大自然擅弄轻盈飘逸的手笔，点染这人间的缥缈仙境。在雨歇时听水，在云起处看山，恍然置身世外。

这种出世脱尘的感觉伴着行程，一味沿九道河延伸。奇峰侧起于路畔，危崖延展到水涯，总有人们始料不及的突兀。那掠车而过的断龙崖、三弦岩、石人山，那隔窗相望的桃花洞、天书谷，不忘时时提醒，你行进在一方圣地仙山。就连倚山傍溪的村居，峰回路转的田畴，墟里炊烟，陌上鸡豕，种种闲适、悠然都分明是桃源境界。

南神道似乎从最初的营建就拒绝热烈。永乐年间，隆平侯张信、驸马都尉沐昕、工部侍郎郭琎一干大员奉旨大修武当，在前山的古均州至天柱峰一线，大兴土木，三十万众的人海大战，宏大、壮阔、磅礴，也有几分与之俱来的庄严。而与这鼎沸形成反照，作为屯粮储材的后勤基地，后山显得安静和相形之下的冷落。而相对崇殿高阁的主体建筑、主体工程，后山的庙观庵堂只能算小打小闹，似乎意在陪衬、点缀。而相对前山神道的规整与正式，南神道也就有了另类的随意和草率，没有刻意设计施工的青石铺阶，没有石雕砖砌的望柱扶手，更没有天门的巍峨和柱础的堂皇，一切都显得太民间化。大率是溪流间叠石为桥，山谷间踏草成甬，峭壁处劈棘凿路。早年间的除夕之夜，那些许愿的、还愿的斋公香客们张幡击鼓结队而行，在简陋的南神道间环山绕溪，脚登手攀，踏石拾级而上，赶在元日的晨曦中在金殿焚烧第一炷心香。神道引领着香客，香客走出了神道。今天，古老的南神道还似断似续、时隐时现，依稀留存在山谷水涯处，而香客却已悄然走失在蔓生的荆棘荒草间了。

在历史的廊道中，望着香客渐行渐远的背景，现代人揣着手机，背着相机，带着几分向往、几分闲情走进丛林深处。粉墙黛瓦的游客接待中心在田畈恭迎着山外来客，彰显着现代旅游的适意和气魄。今天，官山镇和十堰有恒置业公司联手，以4A级旅游景区的目标在南神道置办一份旅游产业。同行的镇领导介绍，这家公司颇有实力，正斥巨资实施分期开发。从田畈走进游步道，你会发现这个现代版的神道摈弃了民间的粗粝，也弱化了官样的严肃，首次把精致和典雅融进黑精沟的深谷之中。撬插在巨石危岩上的栈道化险隘为坦途，横跨在激流湍溪间的砼桥引游人入佳境。行道贴合着生态环境，处处精设巧建，或作古藤之状与岩畔藤蔓相绕，或作竹篱之形与山谷竹林交翠，或作虬松之态与绝壁苍松映衬，总在随景换形中调动着也提炼着人们的游兴。

走进黑精沟，峡愈深，林愈密，水愈澄，路愈隘，谷愈暝，山愈静，你才理会得到九道河沿途的溪流山涧、林谷松壑都只不过是渐进式的铺排铺垫。具备了峡深、林密、水澄、路隘、谷暝、山静这些元素，黑精沟必然是幽境奥区。这里峰高仰不见顶，潭深俯不探底。阒静处过耳都是花谢叶落、风行泉咽的声音。时有画鸡的飞掠，鼯鼠的跳跃，在倏忽间打破宁静。当你眼神捕捉时，它们已完成全部动作没入林中，无法知道是你惊动了它，还是它惊动了你。心悸魄动一阵子，定定神，你会随着日影的滑动，观看到夏秋季节交割过程中色彩在林木枝叶间由绿而橙而黄而红的变易，而透过林叶的疏密，日影斑斑驳驳筛洒在流水澄泉间，又成为一种流质的深碧浓翠。流泉在磐石上珠弹玉拨，绘作琤琤韵律，那是因为流程太短促，来不及把涧石打磨成卵，而漱玉吐珠的水力太柔软，无力搬运，满沟的石堆石叠，或成一珠擎天的奇观，或作累石为岩的壮观。石上的飞瀑，石下的流泉，穿山透地，处处步换景移。拾级间，依次见三龙潭、二龙潭、大龙潭，总是一泓泓的碧澄。大龙潭渊不可测，传有龙女行法的神话，也有投石唤雨的灵验。于是投石一试，居然沛然作雨，敢问"有龙则灵"？惊愕间，游伴为我释疑：黑精沟周边数十里生态仍具原始状态，山蓄树涵，水气充沛，承雨承露的枝叶不胜震动，若以巨石投潭，枝摇叶撼，一域之内淅淅沥沥便有了雨意。这不干龙女什么事，也不干龙王什么事，完全是自然生态的赐予。说穿了的神秘并不神秘，但半揣着奇妙的传说，半揣着奇异的体验赶路，就让旅程充溢着斑斓多姿的情趣。

三十里的幽邃总有行到尽头的时候。虽然沉浸在幽境中是一种快意的享有，甚至不愿自拔，但抬头间乍见一抹红墙出林，那已然是青微宫的召唤。刹那间天光开霁，境界豁然，金殿遥遥夺目。人走出了黑精沟，缕缕幽思却依然萦绕在云根深处。那就别忙着登顶，且倚青微妙化岩小歇，披拂着浩荡天风，慢慢回味吧！

86 相约武当山

赵 丰[*]

老君岩

老君岩，是武当山唯一的石窟，现存遗址面积约两千平方米，是武当山道教最高尊神居住的环境，即元始天尊、灵宝天尊、道德天尊的寓所，也被称为"三清境"。当年，石窟前有23间道房，颇具规模。

石窟正中，凿刻着太上老君像，贴金彩绘，面容丰润，神态严肃慈祥，如在讲经说法，又似沉思冥想。

千万年的烟波，送你到这里，只是为了打个盹儿。

太上老君，你这个至高无上的神灵，只是为了和武当山的一个约会。

于是，你留下了身影。一座山的神韵，足以温馨你疲惫的心灵。

老君像坐姿端庄，呈天盘修炼状。超然的平静，显示着智慧。

在老君的石雕像前，我虔诚地恭首肃立。可是他，却仰望宇空，仿佛，在遥望一座山古老的岁月。

太上老君长坐于武当山，这是一种诗意的栖居。道教主张的人生，是一种艺术般的人生。人诗意地栖居于大地上，过着诗意般的生活，无拘无束、

---

[*] 赵丰，1956年生，陕西户县人，中共户县县委宣传部副部长、县文联主席。散文家、"冰心散文奖"获得者。

知足常乐地享受生命的意义。

老君岩石窟的左边，有一组摩崖石刻群，上面有"太子入武当""蓬莱九仙"等石刻，汇集了宋、元、明、清四个朝代不同的文字。老君的召唤，让无数的文人雅士纷至沓来。

我来这里，纯属一个匆匆过客。我的身价，无法为它增光添彩。

可是，谁能否认，这是我心灵的一个相约？

南 岩

南岩，为真武得道飞升之圣境，是武当山三十六岩中风光最美的一处。

从紫霄宫出发，行驶两公里，便到终点站乌鸦岭。纵目眺望，但见峰岭奇峭，林木苍翠，上接碧霄，下临绝涧。

乌鸦岭，其状似也。乌黑的翅膀，阴冷的凄调，让我于悲凉中漾开另种情感。

南天门，是古建筑巧妙运用空间环境的杰作之一。在武当道教建筑中，宫观的山门是非常重要的。走进山门，就意味着走进了神灵区。它是进入南岩宫的必经之路，连接着祈雨台、泰常观和雷神洞等庙宇。

在中国的传说中，南天门是进入天宫的第一重大门，也属于帝王宫殿的大门，因此建筑风格庄严而神圣。古人在南岩建造一座天门，是要营造出道教世界中天阙仙宫的意境。在那儿，我留下一张照片。一只脚在门外，一只脚在门内。仙界和人间的交界处，便是"无极"境界。

无极是道家的真谛。

巨大的御碑亭紧连山门。它象征着宫殿等级的标志。亭中，巨龟驮负御碑，彰显天意。

入小天门，穿过碑亭，是俗称脚蹬老虎岩的崇福岩。远眺是圆光殿、南熏亭，近观有18道棋枰及太上观、五师殿、方丈室、斋堂等遗迹。

龙虎殿是南岩著名的一景。出龙虎殿即是大院落，院中有一口六角饰石栏的水井。井水清香洌甜，犹如甘露，是武当山最好的泉水之一。

既然是最好，就不能不喝。饮如口中，甘甜，有种后味。

无限风光在险峰。滴水岩、仙侣岩、黑虎岩、红军洞、雷神洞、龙潭……下临绝涧、峭壁千仞。

援引神秘的召唤，我的目光久久驻留。我的心境，在南岩的每一处景色驰骋。

龙头香

在狭窄的山道上，不由自主地，我随着人流来到一处绝崖。

南岩万寿宫外的绝崖旁，有一悬空的雕龙石梁，上雕盘龙，传说是玄武大帝的御骑。玄武大帝经常骑着它，来武当山巡视。

凌空的龙头顶端，有一香炉，被称为"龙头香"。在这儿烧香祈祷，应该是最灵验的。

听说，有些香客为了表示自己的虔诚，每次朝拜武当，都要冒着生命危险去烧龙头香。为此，坠岩而亡者不计其数。清康熙年间，川湖总督下令禁烧龙头香，并设栏门加锁，立碑告诫。碑文说，神是仁慈的，心诚则灵，不一定非要登到悬崖绝壁上烧香才算是对神的崇敬。

然而，依然有无数的朝拜者，把朝廷的禁令视为儿戏。在神灵面前，生命也许是渺小的。

来武当山烧龙头香，对他们来说，是心灵里渴盼许久的一个约会。

我在想，痛苦或者幸福，是无法运用祈祷的方式解脱和求取的。烧香磕头，只能是自我心灵的一种释放。

依栏俯视，我犹疑地呆望着。这奇特的景观，是天然形成，还是人工雕凿而成？世界如此之大，为何要在悬崖边雕一香炉？

自然，这是意志的考验。

我是个无神论者，没有香客们的虔诚。然而，面对着龙头香，我依然会做出仰望的姿态。

妙华岩

逍遥峰的山腰间，有座妙华岩。显然，很少有游人来此。清幽，雅致。举头，林木荫密；凝神，鸟语花香。清净，是我向往的境界。我躺下身子，静享孤独的妙处。

看着介绍妙华岩的文字：大约在公元 8 世纪，就有隐士在这儿修炼。元代，这里道教建筑颇具规模，许多高隐之士在此习练道法，撰写刊行《清微道法》等经典书籍，一度成为中国道学中心。明永乐十年（1412），又在原址上重建岩庙。

步入岩洞，发现有三座石雕丹床，体量硕大，雕刻别致。据说，是道人们修静功的丹床。

武当山的其他景点，都是人流熙攘。很难有心境坐下来沉思。在那样的境况下，常常，我要皱眉。

景色的妙处，不仅仅是用来看的，而是需要心的体会。

出了岩洞，我有点饿了，解开挎包，掏出了一块面包。一只鸟儿从近处的树上飞下，在离我几米远的地上站着，注视着我的吃相。是只蓝色羽毛的鸟儿，我叫不出它的名字。

我把吃剩下的半块面包向它扔去，它吃惊地后退了几步，看着我的笑容，感觉到没有危险，才走过来用尖细的嘴叼食着面包。

妙华岩一只蓝色羽毛的鸟儿，难道和我心有灵犀？

这就是细节。旅游的途中，只要用心，就会有意想不到的细节。

飞升崖

飞升崖，被誉为武当山的第一仙境。它一峰突起，三面绝壁。沿着山脊上的那条小径，我们直达峰巅，跃顶眺望，胜景尽收眼底。

既为仙境，必有仙人的典故。相传，真武大帝曾在此修炼，面壁数十年，静如古井，坐如盘松，甚至连鸟儿在头上筑巢他都纹丝不动。九月初九那天，真武大帝大道将成，师傅紫气元君下凡来考验他，化作一位美女为真武梳妆。真武拒绝邪念，逃避到绝壁的一块岩石上。美女羞愧难言，跳下万丈深渊。真武见状，纵身跳下去救美女。此刻，峡谷中五条龙腾空而起，簇拥着真武升天而去……

站在真武大帝的梳妆台上，眺望南岩美丽的风光，是一种至美的享受。我真的不知道真武大帝的头发有多长，居然需要如此宏大的梳妆台。在电视剧里看到，仙人是要留发的，而且越长越好。关键时刻，仙人腾跃飞起，长发飘逸。

梳妆台围栏外，有一块伸出岩壁的巨石，曰"试心石"。据说，真武当年就是从这块巨石上跳下而升天的。巨石下临万丈深渊，隐隐约约，有一股仙气在半空的绝壁前飘摇。

飞升崖，多么好的名字。在这里，精神的因素占据了主导地位。一个个游客，拉长脖子，俯视或者仰望。虽然临近正午，但是没有一个人呈现出饥饿的神情。

一缕调皮的风，散乱了几位女士的长发。若是仙女，她们飞升的姿态该有何等优美？

黄龙洞

黄龙洞，位于通往天柱峰的古神道上。

导游介绍说，有一条黄龙在此得道升天，留下一颗仙丹。当地人为谢龙恩，在此设殿造像，以示崇敬。

吃了仙丹，可以长生不老。于是，我的眼睛不愿放过任何蛛丝马迹。

结果可想而知。既为仙丹，就不会沦落人世。我为凡人，就必须接受死亡的命运。

黄龙洞是和武当道教医药联系在一起的。黄龙洞亭的上方，有四块匾额，其中两块写着"天下驰名"。而另外两块,则写着黄龙洞的药如何服用、治什么病等。历史上,这里以黄龙洞眼药、八宝紫金锭等药物而驰名。

武当道人用神奇的药方为人治病疗疾,而且方法奇特:他们用一根绳子与黄龙洞下面的亭子相连接,绳子上系有小筐,人若买药,只需将钱放入筐内拉动铃铛,洞内便有人将小筐拉上去,然后把药再用小筐送下来。

洞中有洞,是黄龙洞中最大的特色。在洞里穿来穿去,宛若在古老的隧道中漫游。累了,我的身子贴在石壁上,数万年静止的壁石,冰凉沁骨。

这是一个天然的岩洞,它面对层峦叠嶂的千峰万壑,空气干而不燥,润而不湿,四季清幽凉爽。经历代修炼之士的修建增补,就有了黄龙殿、真武阁、药王殿、神泉亭等建筑,使之更具神秘和深幽。

据记载,宋代之前,就有许多高道在洞中修行。古时,信士登山朝谒,认为能进入黄龙洞,就是"三生有缘"。

2006 年的这个夏天,我进入了黄龙洞。命中的约定,我握住了缘分的一只手。

天柱峰

驱车,在盘旋的公路上行驶 25 公里左右,下车。望着云天之上的天柱峰,不免畏惧起来。可是每到一座山,不登上峰顶,总会留下遗憾。于是,提提精神,向上攀登。

3 小时后,我和几个青年如愿以偿,伫立在峰顶之上,感受了武当山诸多具有人文气息的景点。此刻,完全是在领略大自然的壮观。是的,人文景观,给人阅世的沧桑,而自然景观,完全是在清洗我们曾经肮脏的内心世界。

巅峰拔空峭立,犹如一根宝柱雄屹于众峰之中。"稀世绝顶,一柱擎天啊!"喜欢写诗的小梦发出感叹。

在峰顶远眺,只见群峰环峙,苍翠如屏。俯瞰,又见丹江口水库碧平如镜,太和、南岩、五龙诸宫,层叠有致,清晰似画。

山顶的风,总是不期而至。仿佛,从远古而来,与我们相守着一个契约。

侧耳聆听，松涛的怒吼，犹如万马奔腾。山泉汨汨，瀑布奔泻，小溪如诉，宛如维也纳交响曲，雄浑、悲壮。

左顾右盼，不见一只鸟的踪影。太高了，鸟儿难以登临。它们的翅膀，无法穿越清淡的云层。我有些遗憾。

听说，观赏天柱峰的云海奇观是种难得的享受。然而，那种自然界的良辰美景，我只能在想象中完成。

遗憾，是人类常见的情感空白。倘若，一切圆满，那就成了圣人。

金 殿

登临绝顶，方可一睹金殿的尊容。

想象里，那是流金溢彩的地方。通常，每到一处旅游胜地，我不喜欢在有建筑的地方久留。我欣赏的是人文色彩，习惯在大自然的奇观里陶冶性情。可是，对于金殿，我还是破例了。

皇帝朱棣将"太和"二字用于武当山，名为"大岳太和山"，命名金殿为"大岳太和宫"，为天下太平之意。北京奉天殿与武当山大岳太和宫同为一体，意味着朱棣的江山稳固。

天人合一，符合道教追求的思想境界。

步入金殿，才知道它的建筑材料并非完全是金子，绝大部分是铜铸。文字记载中，是我国现存最大的铜铸鎏金大殿。

金殿高5.54米，宽4.4米，进深3.15米，构件严密精确，密不透风。殿内供奉着"真武祖师大帝"的鎏金铜像，重达10吨。史载，该殿由20吨精铜和300公斤黄金在京城铸造而成，然后运来武当山的。奇特的是，它本身是良导体，每逢电闪雷鸣，光球在金殿四周滚动，但霹雳却击不倒金殿，这一奇观被称为"烈火炼殿"。金殿历经600年的岁月，但依然完好如初，光彩夺目。

金殿的传说，自然与皇帝有关。相传朱元璋打天下的时候，一次和元军交锋，全军覆没。他逃到武当山下的一座小茅庵里，求道士救命。道士说：

"救了你，追兵来烧了我的茅庵，我到哪里去住呢?"朱元璋说："以后我赔你一座金殿。"道士让朱元璋站在柏树下，施了个隐身法。元军追来后，找不到朱元璋，便放火烧了茅庵。元兵走后，老人也不见了。朱元璋得了天下后，命儿子朱棣在天柱峰为真武神建了这座金殿。

传说，不免有虚构的成分，引不起我的兴趣。可是无法影响到我对金殿的膜拜。它的每处建筑细节，都是人类艺术的精品。

仰头良久，我也没有感受到脖子的酸痛。

我的目光落在在殿外的围栏处。依稀，我看到了岁月的一些痕迹。

天色渐暗，依依难舍金殿。下山，是轻松的，有种虚空的感觉。

回首天柱峰，迷雾缭绕中，它仿佛脉脉含情地向我挥臂告别：再见!

87 武当寻梦

流 泉*

这个春天，我可以舍弃万千明媚，但无法舍弃一个久蕴的梦想——我要去武当。

鸿知道我此行目的不在山水，于是带着我在"山门"里里外外转了个遍，什么"金街""银街"，一一经过。在我们走过的商家中，经营刀剑的店铺就特别多。这毫无悬念符合我之前的想象：我认为武当山最大之宝应该是"武"，与"武"有关的刀剑便是武当神功的"衣服"。银街口，一把巨大的"武当倚天剑"，大气凛然，直指苍天，诉说着什么，或者说，它向岁月见证着什么。道教音乐冉冉升起，丝丝缕缕，如雾弥漫，我不由自主地感到了一种肃穆，一种震颤。

沿着银街一直往前，意外的惊喜跃入眼帘。我的眼前出现了一个非常熟悉的店名，那就是中华老字号"沈广隆剑铺"。我的故乡是著名的龙泉宝剑生产地，这一举世无双的工艺品让"龙泉"天下扬名。由中华老字号"沈广隆剑铺"生产的宝剑则是"龙泉剑"的重要代表。"沈广隆剑铺"创建于清朝末年，第一代掌门人为沈庭璋。2007 年，第四代掌门人沈新培成为中国首批非物质文化遗产龙泉宝剑铸制技艺唯一传承人。想不到此番在武当竟然邂逅"沈广隆"，看来，大凡有武功的地方，是少不了"龙泉"的。

---

* 流泉，1963 年生，本名娄卫高，浙江龙泉人，居浙江丽水，诗人，中国作家协会会员。著有诗集《谁在逼近我们》。

如果寻功，最好先上"太子坡"。太子坡，又名复真观，背依狮子山，面对千丈幽壑，右临天池，雨时飞瀑千丈，左为下十八盘，故道如带飘逸。我们从复真石桥拾级而上，穿过砖石结构、歇山顶式的山门。门前为石墁平台，周护石栏；门内以山势的回转建夹墙复道。展堂转南北向，以大小不同的三重殿堂组成建筑主体。太子坡古建筑，于明永乐十年（1412）敕建。清康熙时期曾三度重修，现基本保持当年规模，是武当山建筑群中的典型代表。我不太在意其历史和传说，也不关心它独有的建筑风格，但我已经看到了这实在是一处非凡之地。"天下第一仙山"的仙气，点点滴滴侵入我们的肌肤。不寻常的地理氤氲着武当的"道"。

武当是一座"道"山。道教渊源于古代巫术，由张道陵东汉顺帝时首创于四川鹤鸣山。鹤鸣山与龙虎山（江西）、齐云山（安徽）、武当山合称道教四大名山。在这四大道教名山中，尤以武当声名最响，也许是道教与武功的神秘结合，在此达到了登峰造极。可以说，道家哲学是中华文化之根，"太极图"成为了中华文化乃至整个东方文化的标志。而刚柔相济、以柔克刚、以静制动的"武当神功"，恰恰最大限度融汇了个中的"太极"，是一种精神外化的微观呈现。

在复真观，我们是幸运的。一踏入前门"福禄园"，就有"大师"领着弟子拉开了架势，针锋相对。一招一式，有模有样。大师一袭黑衣，长发长胡子，举手投足，颇现道家风范。两个弟子一中一洋，身着白衣。中耍拳，洋舞剑。拳是武当拳，剑是八卦剑。

年轻的时候，看过一部名曰《武当》的电影，印象极深。其外景拍摄地在武当山。那会儿起，我就下决心有朝一日要去武当看一看"武当拳"。之后一位叫作"张三丰"的人更是铭刻在心，念念不忘。

悠久的历史、奇特的地貌、优美的风景、玄妙的道场为武当山集聚着浓厚的气场磁场。历代名流雅士在此隐居修炼，令武当成其为清修和练功的绝佳处。它的名气远远在其他三座道教名山之上，想必只因一个"功"。三国时期，未出茅庐前的诸葛亮曾到武当山学道，大长见识，于是乎便有了流传千古的《隆中对》；唐代的吕洞宾，在这里创造了传世的纯阳拳；宋代的陈抟在武当山创造了无极图，修炼成了睡功，传说南岩宫墙壁上的两个"卧福卧寿"，就是他练睡功时写的。源远流长的"修炼"精神发展到张三丰身上，"武当内家拳"几乎就成了"武当山"和"中华武术"的代名词。"南尊武当，北崇少林"，两大武术流派，一内一外，相映成趣，风行世界。

行文至此，有必要说说我们的张三丰和他的武当拳了。《太极张三丰》《少年张三丰》等都从不同的视角演绎了大师的武功人生。据大量史料考证，历史上的张三丰确有其人。他在武当山修炼达20余年，高深的道行和超绝的武功，为中华武术奉献了太极神功——武当拳。武当拳，亦称内家拳，其特点为运气功，练形意，强筋骨，壮内力，以柔克刚、以静制动，后发制人，与外家拳（少林为代表）的调呼吸，练百骸，进退敏捷，以刚克柔、以动制静、先发制人大不相同。张三丰创造的武当拳，有道教的气功，禽兽的形态，既可养生又可防身，把中华武术推向了新的阶段。张三丰之后，"武当拳"发扬光大，活力无穷，为中华武术树起了新的里程碑。而张三丰自然成就了武当拳的祖师美名。

从太子坡下山，我们准备去南岩。鸿拉了拉我的衣袖："瞧，那大师带着俩徒弟在前面呢。"果不其然。他们一前俩后，不走大道走山路。尤其那个洋徒弟更是叫绝，一拐一瘸，柱个拐杖，玩起了"残疾"。我们方才在山上看过他的表演，他不应该是残疾的。他们在路边一处小树林里停了下来。我们听到了师徒仨的对话全是英文。这出乎我的意料，也让我看不懂"修炼者"的"道"。我们成不了张三丰，我们学不了武功。

在南岩，鸿要我走走逍遥谷。逍遥谷因老庄的《逍遥游》得名，包括龙泉观、天津桥、猕猴谷、玉虚岩和生态园等景观。当然，我来此"逍遥"，一是武功，二是水。在武当山走走停停大半天，只有到了这逍遥谷，才算真正见识到"武当山水"之"水"。逍遥谷的水，绿如翡翠。逍遥园，古色古香，旗幡飞扬，立于湖面上，云遮雾笼。步入其中，如临仙境。如若不是众游人身披红尘，谈笑风生，我们倒真有几分恍然隔世之感。鸿说，从山水层面看，这逍遥谷算得上是武当最美丽的地方了。我认同。距武术表演还有一段时辰。我与鸿不想多走，便觅得湖心茶肆清净处，要了一壶"武当茶"，细品慢饮。言谈之间，说起了张纪中导演曾在这里拍摄了40集大型武侠电视剧《倚天屠龙记》。张纪中根据金庸先生同名小说改编的《倚天屠龙记》倍受青睐和追捧。我不曾看过这一部电视剧,但其中外景的美丽与奇妙是完全可以想象的。此时此刻,面对"逍遥谷",我只有沉醉。

逍遥谷的"逍遥"除了山水,除了武功,还有影视。它的魅力,更多的来自文化。鸿对逍遥谷情有独钟,时不时向我说起一些影视拍摄过程中的趣闻逸事。缘于职业故,哪怕一个小小的细节都让我听起来是如此的痴迷。

时光在一分一秒流逝,武术表演即将鸣锣开场。偌大的表演场地里,早已集聚众多的游客。毫无疑问,他们与我一样,对"武当神功"充满向往。场地边,演员们舞拳弄刀,热身着。"武当神功"表演深得"武当"真谛,处处彰显太极功夫神韵。因当天回十堰,不及演出结束,我们就先行下了山,这是一件挺遗憾的事。在逍遥谷,我们带走的绝不仅仅是那一分"逍遥"和"遗憾"。

武当山是一幅画,是一首诗,是一部书。武当山更是一个美轮美奂的梦。它的神奇,它的玄妙,同样蕴含人生之"道"。我们寻梦,山水之梦,武功之梦,我们终究是在找寻着行走人生的大梦。

如果这样一次难忘的小小的寻梦经历,能让我们从中撷取哪怕是一丁点的梦中之"道",那么,之于我们,"武当之行"就不虚此行,拥有别样的意义。

88 九渡涧游记

宋 晶[*]

　　慕名游历武当仙山者，一般都要朝山登顶，瞻拜玄天上帝圣容。然而，武当仙山"地既幽绝"之处，草木葱倩，怪石万种，溪水争流，呈奇献巧，亦为向道者所乐往。在武当山的二十四涧中，以九渡涧最为悠长，最富神韵。天启三年（1623），徐霞客在游览武当山途中，曾行至九渡涧下游天津桥的路口，他仔细打探了线路，发现往左"即溯九渡涧"，入溪上行，可达琼台观或八仙观，但他选择了右行的山路，攀援险峻的十八盘，通往紫霄宫。每读他的《游太和山日记》，总被他寻榔梅仙果给母亲献寿所打动，也为他错失九渡涧美景而扼腕叹息。如果游览武当山溪丛幽景，九渡涧自然是我的渴望、我的首选。2010年7月2日，雨后初晴，我和武当山太和宫熊占山道长相邀，沿着九渡涧的流水寻觅林泉之心、体悟道的玄机，也想弥补徐霞客的遗憾。

　　我们首先来到九渡涧下游的最阔大之处，当年徐霞客正是站在这里探路的。展眼望去一片碧绿，郁郁葱葱的山峦倒映水中，水面柔和得仿佛绿色的绸缎。伏卧于绿波之上的天津桥依然坚固，如新月垂空，如长虹卧波。早在元朝泰定年间（1324—1328），武当山道人就在此处修筑石桥截流飞梁，明成祖时代再次复建。该桥造型为三孔石拱桥，朴拙美观，清逸素雅。当时玄教大振，香火隆兴，礼神进香的朝拜者面对着九渡涧湍急的水流，"深则厉，浅则揭"，艰难异常。于是，武当山高道张守清发扬道教救济众生、惠及子孙的

---

[*] 宋晶，1964年生，内蒙古呼伦贝尔人，湖北十堰汉江师范学院教授。

济世精神，命令徒弟吴仲和、徒孙彭明德募集资金，修筑此桥。桥成之际，张守清亲题"天津桥"匾，以配"天一生水"之妙。因武当山主神真武大帝是水神，主宰天一之神、水位之精，"天津桥"这一命名赋予了九渡涧以神性，使人心生敬畏。明永乐年间（1403—1424）又创建了两座建筑，桥东的龙泉观，丹墙翠瓦，雕梁画栋和桥西的大影壁，腾红惊绿，气势非凡，使天津桥成为自均州城外迎恩大桥之后再次需要跨越的"神路第二大桥"，也形成了武当山九渡涧宛如阆苑般的仙境，这组三位一体的建筑小品正是诠释其独特风格的点睛之笔。

在四面环山，水天融合的美景中，熊道长声情并茂地讲述了静乐国太子修真的神话故事：真武大帝是太上老君第八十二次变化之身，托生在静乐国皇室，是静乐国王和善胜皇后的太子。太子从小便异于常人，其志不在继承王位，而在修真悟道。经紫气元君点化，他只身来到太和武当，发誓留在此山学道修行。母亲善胜皇后牵挂爱儿，急急来寻，在九渡涧这一带两座大山之间追赶了九个来回，好不容易抓住了太子的一个衣角。太子不得已，拔出丰乾大天帝赠予的七星宝剑，对着大山猛然劈划，割断了衣角，剑过之处河水波涛汹涌，顿时母子分立两岸。父亲静乐国王也不愿舍弃爱子，派遣了五百校尉来武当探望，其踪迹行至此处，正值涧水涨发，以致终不得涉涧。五百官兵前后九次试险，方才渡过涧水，诞登彼岸与太子相见。于是，五百官兵齐跪于地，发誓愿陪太子在武当山修行。历时四十二年，静乐太子终于功成圆满，白日飞升，修成了天界大神——真武大帝，元大德七年（1303）皇帝敕封真武为"元圣仁威玄天上帝"，五百官兵也修成五百灵官，做了玄天上帝的侍卫从神。民国时期，武当白衣道人王理学（1893—？）在《武当风景记》中对"九渡涧"咏道："天津桥下水声声，九渡曾难净乐兵。地是人非流水在，波涛不洗古今情。"明代史学家兼小说家雪航道人赵弼（1364—1450）的《武当嘉庆图》有"涧阻群臣赞"："修真太岳隐云岭，圣父怀思意莫禁。天性至情非易舍，宰臣奉命杳难寻。千章古树烟萝幽，九渡风涛雪涧深。五百仙官知愿力，一时开悟尽愿心。"这段"涧阻群臣"的神话包含着九渡涧的由来，令人遐思。透过涧水的命名，演绎着真武修道的经历，故事里既有天性慈爱的亲情难舍，也有太子坚定的向道之心、不移的修真之志，散发着水的情韵,成了道教水神信仰的有机组成部分,使我的心灵受到了一次洗礼。

九渡涧位于九渡崖下,绝壁凌空,环崖飞湍。老子对于天下的溪涧空壑,曾提出"为天下溪,常德不离,复归于婴儿""为天下谷,常德乃足,复归于朴"的观念。九渡涧旷达空谷、幽沉静密,触景生情,引发了我们对于水和道的品质的认识以及对于人格深度的感悟。水不争而善存,道谦下而善止,善于行道的人则"微妙玄通、深不可识"。九渡涧之水让我们的内心充实而快乐起来。

谷口有一尊庄子卧像,神情自适,翩然逍遥。本来,列子"御风而行",但列子仍然无法真正逍遥,因为他还"有所待",还要凭借泠泠之风,无法达到"至人无己,神人无功,圣人无名"的境界。列子乘风而行,虽免除了徒步之劳,但终将不得不折返。而庄子所追求的"逍遥游",乃是"乘天地之正,而御六气之辨,以游于无穷"。我不禁想问:天下有没有最高的快乐呢?假如庄子站在我面前,他会怎样回答呢?庄子一定会十分洒脱:"吾观夫俗之所乐,举群趣者",无非"富贵善寿也","而皆曰乐者,吾未之乐也,亦未之不乐也……吾以无为诚乐矣,又俗之所大苦也……至乐活身,唯无为几存"。能理解庄子的思想,还需要对外物过分执着吗?"真常须应物,应物要不迷",正所谓心游世外,不染一尘。虽在世,心隐之;身虽动,意乃止,才能真正的逍遥自在啊!

继续向溪谷深处而行,如同走在绿幕之中。水流淙淙,涓细清澈,一群水虫伏在水面不停地盘旋,画出无数个圆圈。蜻蜓不时掠过水面,或停在水上看自己的影子。一对紫色的蝴蝶相依相伴,翩翩飞翔,溪水是它们的偏爱。不知名的鸟虫在幽静空谷中高高低低地和鸣,溪水成了它们的天堂。

树藤从两侧的崖上倒垂下来,亲拂水面。水中也有藤缠树坚定地生长。水中怪石之间,满是翠绿的蓬草,旺盛异常。熊道长在水边发现了高挑清雅——姿容高贵的野百合,野菊散发着清幽的香气,许多不知名小花的笑容也十分醒目,溪水滋养了这些花儿,使它们可以美丽安静地怒放。水的光反射在低垂的槐树之上,叶片鲜亮,绿中透黄。朽倒的树木横卧水上,水却能让它的枝上再次生长出一排排挺直的嫩芽,有水的地方一定会显出生命的力量。茂盛的植被，正是源于水的通"道"的演绎，"道"才是万物生长的奥妙。

行至玉虚岩下，仰视紧贴悬崖盘旋而上的扶梯，感觉这里"树影摇金锁，钟声带碧浔"，的确可以令人忘俗。我们决定登上玉虚岩，参观古代高道曾经修炼过的岩阿。无数的山鸟听见声响，忽地振翅飞出，十分壮观。想必陈抟就是站在这样的百仞峭壁之上，听着涧水撞击岩石的雷鸣轰响，才有了"万事若在手，百年聊称情。他年南面去，记得此岩名"的诗句，来抒发自己心中的志向吧。

观九渡涧之水，最离不开的还是石。"公安三袁"的袁中道深得"石离水无奇，水离石无巧"之妙趣。他在《游太和记》中写道："以石尼水而不得往，则汇而成潭；以水间石而不得朋，则峙而为屿。石偶诎而水赢，则纡徐而容与；水偶诎而石赢，则颓叠而吼怒。水之行地也迅，则石之静者反动而转之，为龙、为虎、为象、为风；石之去地也远，则水之沉者反升而跃之，为花、为蕊、为珠、为雪。以水洗石，水能予石以色，而能为云、为霞、为沙、为翠；以石捍水，石能予水以声，而能为琴、为瑟、为歌、为呗。"这位小修先生对九渡涧水的形、貌、声、色描绘得极尽铺排夸饰，虽然去他的时代已久远，但九渡涧之水如故。

沿着九渡涧的行进过程中，我们也不断地体会着水的神韵，深感需要道家的智慧方能参透。九渡涧的水多是小溪，顺着地势蜿蜒流淌。若遇怪石则适时变化，改道绕行寻找通路；若遇深坑则随方就圆，深深浅浅积潭成渊。有瀑布飞湍，从百仞石壁凌空直下，如白绫脱袖般飘曳腾挪。水总是不断调整自己的形状，以适应周围的环境，"在己无居，形物自著"。所以，水常无形，道常无名。

环顾九渡涧，涧如长玄丝，水如甘露泉。下游石小细碎，上游石大如船。水外表柔弱，却能销蚀坚石，不惧刚强。老子说："天下莫能柔弱于水，而攻坚强者莫之能胜，以其无以易之。"道不正是借鉴了水的柔弱、屈顺、不争之性吗？而且水静则清澈澄明，能"浊以静之徐清，安以动之徐生"，水成为了心灵的镜鉴。要修养自身最完善的人格，应当秉承水的品性，"上善若水"，水是道的体现者。

行游九渡涧，仔细谛听水声，有泉滴清池，有溪流山涧，也有瀑落深潭。或洪音喧哗，或轻声细语，自然山水以其美妙动听的声音召唤着我们，这就是"天籁"。涧水的色彩也非常丰富，水本无色，山光树影倒映水中，或碧绿，或黛青；涧水在石嶂间奔腾澎湃，激起无数雪白的浪花；更多的时候涧水是黑色的，玄妙幽沉，像"道"一样恍惚精妙，难以测识。

　　我和熊道长驻足于一处水潭边，观看潭中上百条小鱼"皆若空游无所依"。它们自由地嬉戏，似乎不关心时间的流逝，也忘记了生命的衰亡。我心中忽然为之一动，一时间觉得心灵超越了肉体的生命，似乎找到了"道"而忘掉了自己。是啊！人的生命应一如游鱼，时而"相濡以沫，相呴以湿"，时而又能够自由自在，"相忘于江湖"。

　　我们行游九渡涧，一路上过吊桥，越栈道，不知横跨了多少个石踏步，也许九渡涧选取"九"来命名，就是形容涉渡之艰难。不过，反复的跨涧渡水也带给我们无穷的乐趣。当我猛然回头，看到水光反射在龙状岩壁之上，似乎瞥见了圣人的智慧之光；当我掬一把山涧的清水，沉思又独特地展现于眼前这生命的涧水之上。

89　　　　三上武当山

李诗德[*]

　　当武当山还只是修行悟道、寻师访友者的圣地时，并非谁都上得去的。武当山的神圣被人迹罕至的崎岖山道烘托到一个吓人的高度，不免让人望而生畏。从山脚下一步一步拾级而上，可谓是一个落发修行的过程，其间的犹豫与彷徨、留念与决断无时不在干扰着历练。尤其是上到半山，来到一歇脚处的茶摊，大汗淋漓之际，有清风徐来，便更是考验意志力的时候。此时仰望隐约于云端的金顶，那只是一种夙愿，一种梦寐以求的道行。有了汽车、索道之类的现代交通工具之后，一切似乎都变得简单起来。连同它那深厚的历史文化内涵、奇妙的武当功夫、精湛的道教要旨，都可以于车上一览而过。只要你想上去，"道"是具有无限包容性的。

　　第一次上武当山，正值草长莺飞、翠绿欲滴的季节。其时，单身一人，正值精力如同发青杨柳的时节，与其说是游山，倒不如说是展示青春活力。没有了历史的羁绊，少了对武当山的敬畏，就更显得轻松自如。印象最深的除了爬山还是爬山。当时要想上金顶，只有一种方式，那就是凭借两只脚拾级而上。青青的石板，滑溜的苔藓，徐徐山风混合了一路的欢声笑语，在硕大的树木之间萦绕。不时有一队队进香的人群擦肩而过，让一路的爬山也频频多出几分神秘。山中的花草自然奇异，年轻的姑娘们没走多远便香汗涔涔

---

[*] 李诗德，1958 年生，湖北监利人，作家，湖北荆门市作协主席、中国作家协会会员、《长江丛刊》副主编。著有诗集《漏网之鱼》《水埠头》，散文集《骑马过桥东》，中篇小说集《界桩》。

了。一个个脱去外衣，突现出好看的曲线。这就让我有了表现的机会和动力，我接过她们的衣服，拢在一起，背在背上，俨然有大英雄的气概。上得金顶，也就是舒一口气，大叫一声，抒一回情罢了，什么也没去关注。许多人在抽签，问前途、问婚姻、问财运。我什么也不问。我是一个无知的无神论者，自然什么也无关我事了。

第二次上武当山，是为老母亲的一个夙愿。我和爱人结婚时曾私下约定，先忙工作，后要孩子。这与母亲想早抱孙子的意愿大相径庭。老人生命中的所有希望是能有个孙子好承接香火。把抱孙子与承接香火这样一个严肃的主题关联起来之后，自然也就成了我们家的头等大事。听说武当山的菩萨灵验，即使千里迢迢，老人也执意要去朝拜。成全她的这种夙愿，就是我们十足的孝心。

沐浴斋戒，洗手焚香。上山前的准备工作，母亲独自一人悄无声息地进行着。记得好像是一个星期前，她就不再吃荤菜，每天吃点素食，甚至连说话也不高声。我们问她是不是在吃斋，要不把做了荤菜的锅碗洗洗。她笑着摇摇头，回答四个字："心诚则灵。"

从荆门坐火车到襄樊，再转车至武当山脚下的老营，已接近傍晚，当天上山已是不可能了，只能在老营住上一宿，第二天上山。我们找了间显得比较干净的农家住了下来。一天一宿，我话都怕多讲。我知道母亲是很忌讳在不该乱说的时间瞎说话的，如说"死""完了""见鬼"等。我生怕自己口无遮拦，一不小心就溜出个不该溜出的字眼，所以干脆少说为佳。

第二天清晨，乘车到中观之后，要爬两三个小时的山路，才能到达金顶。70多岁的母亲，下车之后显得神采奕奕，仿佛神灵之光一下照亮了她生命的全部。一双被时光缠得小而又小的裹脚，走在上山的石板路上，如一柄小铁锤，落地有声。她平生就没出过远门，更没走进过大山，苍天古树，奇异花草，如露珠般滴落的鸟鸣，对她来说都是新鲜，但她根本不屑一顾。她熟悉的场景是广袤的平原，是齐整整低矮的稻子与棉花。崎岖陡峭的山路，只是菩萨检验她是否心诚做出的试探。因而她走得认真，走得专注。她含辛茹苦走过几十年的全部目的，就是要走过这条山路，走近菩萨，乞求一份传宗接代的香火，以抚平她一生中深深的隐痛，了却她一生的心愿。

　　经过几个小时的跋涉，终于到了金顶。天陡然低了下来，一片片潮湿的云，就像一个个美好的愿望，伸手可及。金顶上攒动的人头和缭绕的香烟与云层融合在一起，在一阵阵经文的念诵中，仿佛受到佛光的爱抚，都已得道成仙。奇诡瑰丽的风景，神秘深奥的神像，对母亲来说都是一种神圣，她用不着去理会，她要做的、只能做的是赶紧从怀中请出一尊菩萨像供奉在神案上，点燃一束香，跪在神像面前，一遍又一遍地叨唠，生怕神因为所求之人太多，没能顾及她。然后又将菩萨像小心翼翼地取回重新放到怀里。于是，这就成了一尊开过光的神像。后来的日子，我再也没见过这尊神像，母亲肯定是把它藏在了心底的最隐秘处。

　　因为来过一回武当山，也是因为我所有的注意力都放在了照顾母亲上，对于金顶、对于神像有些亵渎的漠然。只是在下山的时候，母亲也让我了却了一下这次上山的心愿。在快要下到中观时还有一段爬坡的路，我不管不顾地把母亲一步一步背上了中观。要不是她的确感觉到用尽了全力，实在是爬不动了，我这个小小的心愿也是难以实现的。

　　心诚则灵。一年之后，母亲果真如愿，我们家有了个胖小子。

　　最近一次上武当山，是儿子考上了大学。爱人说要上武当，我也积极赞同，是不是有还愿的意思，姑且不说。带儿子上趟武当，也算是我答应他作为一次旅游吧。即使不是为了敬神，也要让他感受一下神圣的气氛。

　　感叹时间消逝得快，是因为世道变化太快。从中观到金顶早已修好一条长长的索道，要花几个小时爬的山道已被黯然冷落了。买好了票，坐上缆车，又是另一番心境。苍天古树已然变得矮小，鸟从脚下飞过，更显得人的高大。

　　一路上我喋喋不休，或佛或道，或典故或历史，很有些娱己娱人的得意。不过，让我黯然神伤的是似乎无人知我"登临意"。儿子在一旁观赏风景，而我的导游词反而成了某种杂音。来到金顶，为一种壮观所感染，而神圣的道义并不在儿子关注的范围。我效仿母亲的做法，想让儿子也像我一样虔诚地敬上一炷香。他点燃香后，拿在手上把玩，眼睛望着缥缈的云朵和远处云朵下的群山。

我的心十分虔诚地凝聚在三炷香上。当我面向神像跪下去的一瞬，似乎将我自己也推上了神的供桌，一下子仿佛明白了一些属于"道"的东西。许多不经意间经过的事，陡然之间变得意味深长；许多经过了的事只有在漫长的时间中获得某种机缘后才能明白其中的真意。

90　武当山记

石华鹏[*]

有人说，天下名山佛占尽，可能夸张了些。武当山乃名山，它是以道教第一仙山扬名于世的。它被称为"大岳""玄岳"，意思是说不逊于"五岳"，在"五岳"之上。

什么是"道"？"道"的本意是人在路上走，在老子眼中，"道"是世间万物并作的规律、气韵——"道生一，一生二，二生三，三生万物"；"道"是效法自然——"人法地，地法天，天法道，道法自然"。老子说："上善若水。水善利万物，又不争，处众人之所恶，故几于道。"水的品性最接近"道"，水滋养万物，不与万物相争；水往低处流，安于卑下；静水深流，又博大深沉；水洗洁污浊，澄清自己；水动静自如，无所不能。所以老子用"水"形象地解释了"道"。而"道"又是很神秘的，不可尽言的——"道可道，非常道。名可名，非常名""视之不见……听之不闻……抟之不得。"道教便是在老子"道"的基础上，融合神仙崇拜、得"道"成仙等信仰，在华夏大地上土生土长起来的宗教，它像老子《道德经》玄妙虚幻、博大精深一样，始终被一层玄虚和神秘的气息笼罩着。

任何一个伟大的宗教派别，都需要一个伟大的教场来承载它，彼此相生。

---

[*] 石华鹏，1975年生，湖北天门人，《福建文学》副主编，评论家、作家，第五届冰心散文奖、首届"文学报·新批评"优秀评论新人奖获得者。著有随笔集《鼓山寻秋》《每个人都是一个时代》，评论集《新世纪中国散文佳作选评》《故事背后的秘密》《文学的魅力》《批评之剑》。

道教选择了武当山，武当山也选择了道教。武当山因"道"闻名天下，山也有道教那般的神秘、虚幻、博大。

从空中俯瞰，八百里云海峰峦叠嶂，武当山脉像大海的波浪一般连绵不绝，浩渺无边，红墙绿瓦的皇家建筑群漂泊浪尖之上，在峭壁绝顶之间时隐时现。这是一幅给人惊艳感觉的图景，绿色绸缎一样铺开的广袤之中点缀几笔中国画式的淡红淡绿，过目难忘。再想想，海拔1600余米的山巅突然打上人为的印记，而且这印记一划就划了上千年，千年时光对于这片山脉的年龄来说连沧海一粟都算不上，但对我们来说真正是八辈子，翁郁的绿色之下究竟隐藏了多少传奇，光滑的石阶上究竟踏过多少脚步，恐怕我们一辈子的想象都难以企及。

还有诞生于这静山幽林的、神奇的太极阴阳图和武当拳，不知何时早已遗落到民间市井并悄然流传，人们婚丧嫁娶、拆屋奠基，都会取来太极阴阳图煞有介事地比划比划，习练武当拳在不少村童间早已成为一种时尚，竞相效仿。

武当山神秘在时间，在空间，在形式，在内容。

我不是那些神情肃穆、遇庙烧香、见神叩头，三叩九拜来到武当山，为求得神仙的宽恕或保佑的香客。我造访武当山，也不是为追寻内心的信仰，来朝拜这方众神造化之地修真炼性。我是受了它玄虚、神秘气息的吸引，像树上的一片叶子，根基全无地飘落于此的。

武当山在历史上久负盛名。

我想，名山之所以名，不外乎：上苍鬼斧神工创造的可入画入心的景致，此地发生过或多或少影响或书写历史的事迹，以及有进入史志且声名远播庙堂、市井的人物。虽然三者相互依存不可偏废，但人物因素恐怕是名山之名的最大法宝。古人讲，山不在高，有仙则名，就是这个道理。武当山成名天下，与三个"人物"休戚相关。

第一人是玄天真武大帝。玄天真武大帝是武当道教崇奉的神灵。玄天真武大帝由人到神的塑造，有众多美妙的传说参与到其中，无非是主人翁降生怪异，放弃优越地位，潜心悟道，克服障碍得道升天的故事，寄托人们善意的愿望。众多传说中有一点是独到的，就是玄天真武大帝崇尚天人合一的理念,这在无限崇拜天神的古代,对当时只信天不信地、只信神不信人的传统观念是一个极大的反拨,他主张天人合一才能神人兼备,天地相益彰。他的这种观念是他被道家所接受,推崇为道教神祖的根本原因。玄武大帝也被称为水神,而武当山是座火山,水神立于火之上,水火相生,和谐共存,所以武当山因"非真武不足以当之"而得名。另外,又与老子所说的"水"几近于"道"一脉相承,玄武大帝成为道家仙祖,也便水到渠成了。玄天真武大帝具有的亲和力和知名度是其他神灵不具备的,其中与一个人格化的典故蕴藏其间有关——铁杵磨针的故事。"只要工夫深,铁杵磨成针"发源于此,千百年来,这句话成为家长老师教育孩子的活素材。

第二人是张三丰。张三丰的传奇人生和他独创的武当太极功法将武当山推上了世俗世界关注的顶端。张三丰如同武当山的一张名片撒向世界各地,人们慕名而来,探寻神秘的武当功夫。但以柔克刚、以静制动的武当神韵已被好事者在影视屏幕里糟蹋得只剩下粗鄙的打斗和浅俗的恩怨情仇了。武当的张三丰才是真正的张三丰,据说张三丰活了218岁。据说张三丰是一个文武兼备的道师,著有《水云集》和炼功用的金丹诗24首。据说张三丰不仅自创了武当派功夫,还会绘画和识药医伤。据说张三丰崇尚自然,隐匿其中,飘逸自得,不愿落入尘世功名利禄之中去。明代皇帝佩服他,多次派人上武当寻找他,总是来人前脚刚到他后脚刚走,寻他不得,他像神仙一样,洞悉世事,飘然无踪……

第三人是明成祖朱棣。朱棣是篡侄子之位当上皇帝的,名分不正。为了给自己找一个冠冕堂皇的理由,他要制造出"皇权天授"的场面。加上他有祭拜玄武神的习惯,他认为他登上皇帝宝座是玄武神的保佑。基于这两方面考虑,朱棣把眼光投向了供奉玄武神的武当山。不管什么原因,皇帝看中了武当山,是武当山的幸运,至此,武当山就成为皇帝的家庙。虽然武当山道教建筑群在唐朝贞观年间(627—649)就开始建筑,但成规模和气候是在明成祖朱棣手上。当年修建武当时,明成祖颁旨:"其山本身分毫不要修动。其墙务在随地势,高则不论丈尺。"他要求建筑与山体高度和谐的思想与道家"道法自然"的主张是一体的。于是,我们看到了这座由皇帝亲自下诏,严密规划,派重臣坐镇指挥三十万军民,大兴土木达十二年之久的惊世骇俗的宏伟的建筑群。我想对被列入"世界文化遗产"的武当道教建筑群,任何惊叹词它都是承受得起的。朱棣和他的王朝虽然早已灰飞烟灭,但这座山却永久地记住了他。

第一次登临武当,已是十年前的事了。那时候我奔跑起来,像一阵风,可能比兔子还快。我和我的同学被安排在十堰二汽作社会实践。那些枯燥的报告远比不上传说中的武当诱人。于是,三个好友从会场溜出来,一天之内,从十堰到武当金殿跑了个来回,晚饭都没耽搁。要知道,十堰到武当百来公里,武当山脚到金殿的山路少说也有50公里啊。

来去匆匆,看到什么景,悟到什么"道",已像镜中月、水中花那般模糊不清了。那时候除了一腔看热闹的热情外,至今唯一记得的,当时似乎还有那么一丝为赋新词强说愁的"假"诗情。翻箱倒柜,居然从盖满灰尘的旧笔记本里就找到了,写于十年前从武当山下来的当晚的一首记游诗,题目叫"武当山抒怀"。不妨抄录于此,算是一种纪念吧。

  初夏的晨光里/我带着红叶般的请柬/飘落陌生的武当山

  雾一样的香火/连接/千年前丹墙翠瓦的诗赞/五百年时建醮祈祷的美誉

  踩着光滑石阶/左顾右盼/瞥玄天真武善面执经/端坐堂中/失落了忧愁

  埋在深沙岩层下的传说/被门槛内道长的金钵敲醒/张三丰观鹊蛇相戏/悟得太极静制动柔克刚之理

  桃源流于尘世外/洗尽了喧嚣/心静如仙山

今天我们又一次抵达武当山时,骤雨初霁,水雾像缠住山脖子的白色围巾,清新飘逸,给原本英武的武当山又添了帅气,给原本神秘的武当山又添了玄虚。而我们,人生的书页上也不像十年前白纸一张了,相继写下了择业、婚姻、生子、拼搏、挣扎等篇章。想到自身的身世与抱负,有时候陈宝琛的两句诗就会从嘴边滑过,正是:"委蜕大难求净土,伤心最是近高楼。"经历的增加,处世的价值观也在随之发生改变,虚名和浮利的需求正让位于内心对真实和满足的渴望,就像老子《道德经》上说的:"名与身孰亲?身与货孰多？得与亡孰病？是故，甚爱必大费，多藏必厚亡。知足不辱，知止不殆，可以长久。"

不一样的心绪，不一样的时间，重登武当，会留下什么感受呢？

汽车驶过山脚下一座气派古朴的牌坊，就进入武当山景区了。公路像一条蟒蛇盘附在山体上，慢慢上升，汽车是一只爬在蟒蛇身上的甲壳虫。车窗外，眼前的树木绿得一尘不染，如同一群结集前的士兵，虽然队列不整齐，但精气神十足；远山则是一幅忘了着色的水彩画，又因泅水过多，山的轮廓与天际混沌一团了。峰回路转，一路胜景。车内静极了，大家扭头盯着窗外，聚精会神的样子，不知在想什么。

汽车到乌鸦岭就无路可走了。乌鸦岭原是供道士、香客歇脚的客栈，公路没有修到这里时，靠脚功一天内难到道观或金殿，天黑了必须留宿乌鸦岭。现在，车直达乌鸦岭，应该说方便多了。但因为偷了懒，也失掉了对神灵或自然虔诚和崇敬的一种体验。乌鸦岭是嵌在山腰的一条不长的街道，商店、酒馆、旅店一应俱全，人来人往，吆喝声一片，小商贩向游客兜售一些奇形怪状的仙丹妙药。甚至还有几位穿道士服，生得油光水滑，飘着几根山羊胡子的"道士"守在摊位前仰头向天吼，模样儿令人发笑。乌鸦岭上通金殿，旁靠南岩宫，下达紫霄宫，成了游客中转站，就是以名声不太好的乌鸦命名了。我想一定是玄天真武大帝当年进山修道，投宿于此，黄昏时分听到成群的乌鸦"哇呀"直叫，心生悲戚，于是对同道说，此地不如叫乌鸦岭得了。但我们没有听到乌鸦的叫声，只有风声。

我们决定先奔南岩再登金顶。

南岩是武当颇具特色的一处胜景，若用鬼斧神工与巧夺天工来形容南岩是最准确不过了。峭壁悬崖上，凌空架楼阁，凿壁挖洞，人与自然与神祇合一，无缝无间。南岩由观、洞、台、岩、祠等宫殿组成，高低错落，迷宫一般丰富。但长年风吹日晒又少有修葺，整个建筑群变得灰头灰脑，倒是与风蚀的危岩融为一体，显得落寂沧桑，成为骚客发古之幽情的酵母。一条羊肠小道穿行其间，连接彼此，虽然石阶与栏杆不堪岁月的重负，已经残损，但当年精工细作的光泽与质感还寻得到。不管怎么说，脚踏的和手触的都有五百年前的时光因子在里头，看看时光行走的背影，也是一种经历吧。

在南岩，一座伸出悬崖3米、宽0.5米的石雕，成为这里最让人向往和独具特色的景观。这石雕叫龙首石，俗名龙头香。龙头香是古代工匠采用圆雕、镂雕、影雕等多种手法雕刻且合并在一起的两条龙，龙头顶雕置香炉。龙头香与金顶遥遥相望，此地又是真武大帝得天道之地，弟子们来朝武当，就要烧"龙头香"表虔诚。因为下临万丈深渊，烧龙头香的信士要从窄窄的龙身上爬到龙头点燃香火，然后再跪着退回来，稍有不慎，就会粉身碎骨。虽然在此摔倒葬身深渊的人不计其数，但至清初仍有人毫不畏惧，冒生命之险去上香。此事惊动了当时川湖总督蔡毓荣大人，于是我们在龙首石的华表旁，看到了由他在康熙十二年（1673）亲立的一块禁香碑。碑文告诫人们说，神是仁慈的，心诚则灵，不一定非要登到绝壁上烧香才算是对神的崇敬；真正的神恩泽众生，即使你不烧一根香，只要你是真诚的，照样有求必应。所以不要复蹈前辙，毁掉宝贵的生命。碑文声情并茂，谆谆教诲，可算一绝也。

复返乌鸦岭的途中，回望南岩，南岩静静地躺在武当的怀抱中，它像个风烛残年的老者，沐在阳光之中，享受生命最后一刻的静穆，虽然容颜早已残了，破了，但神态又是如此平心静气、淡泊悠远啊。

听说紫霄宫可听武当道乐，太子坡可赏武当神功。金顶是武当山至高无上的精神神祇，高高在上，吸纳百川精华，接受万山朝圣，我们抵挡不住金顶的诱惑，直登金顶去了。通向金顶的路大部分就山开凿，有的地方只容一人通过，有的地方坡度呈90°角，路在密林间延伸，树上滴落的露水湿了石阶，落脚都得小心翼翼，我开始想念十年前我走在这里像飞的样子。上山，一路艰辛，无暇观景。一队背夫从我身边鱼贯而过，身轻如燕，连喘息声都没有，轻易地把我甩在了身后，我才看清他们每人背有一米见方的大理石，应该有五六十斤吧，可能金顶有些地方需要修缮了。金殿位于海拔1612米的山顶，建于1416年（永乐十四年）前后，为铜铸鎏金仿木结构殿庑式建筑，全身是铜，遍体镀金，全是值钱的东西。构件是在京城北京做好，通过京杭大运河运到长江，溯江而上，经过汉江，然后靠人力搬上山顶组装而成。想必当年也是一批仿佛身怀武当绝技的背夫当此大任的。

金顶到了。巨大的玉石托起一座金殿，在阳光下熠熠闪光，雾气在白玉雕栏下飘动，像天宫的瑶台金阙。我找不到我自己了，这是神仙的居所，只有神仙才配在此停留，我和同伴都成了神仙，我当然找不着自己了……

明代著名文学家袁中道写了篇散文《玄岳记》，他在其中有一个匠心别具的发现。他说，武当山为一尊天造地设的巨人坐像：天柱为颅，紫霄为腹，太子坡为股，平台为趾，南岩、琼台为左右臂。我没细看，是否形象，不敢妄加评论，但他至少启示我了一点：真正的武当山是一个人，这个人就是亲身到山中的我们每个人自己，在自然中，在冥想中，在体悟中。

91 武当山北神道游记

佚 名[*]

武当山北神道是"武当山广三百里"的最早朝谒古道之一。起自均县、郧县交界的淄河,经蒿口、五龙、南岩到天柱峰的朝谒神道,史称"武当山北神道"。

《元赐武当山大天一真庆万寿宫碑》记载:"南岩北下三十里至五龙宫,又四十里抵山趾蒿口",即指此古神道。从现代地图上看,此道确实在天柱峰的北方。可如今有电视和报刊上称此为"西神道"。余某曾参加东南大学的研讨会,会上有专家学者问:"天下都是以名山定方位,武当山为什么把北神道说成西神道?"余无言以对。

余第一次走上武当山北神道是 1989 年 4 月,旨在为撰写《武当山文物地图志》收集资料,发现武当山北神道古文明博大精深,却鲜为人知。

5 月 30 日,天气晴朗,余请了一个向导名叫钱光明,是武当山的一名散居道士,他对武当山的山涧道路十分熟悉,决定从八百里武当神区的北边界碑处为始游览。早晨起了大早,从老营出发到河边(丹江口水库水已经到此),乘铁壳机动船到界碑垭时已经 9 点多钟。此山垭海拔 165 米,是由西山向东伸出的一个小山头,把河道逼到东山下,形成三面环水的半岛。一座近 2 米高的青石碑屹立在山垭中部,碑坐东朝西,长满苔藓,经清理后,碑面部分风化,但仍清晰可见碑额上"敕谕"两个大字,落款纪年"嘉靖二十六年(1547)十一月初十日",碑文内容是圣谕保护武当山道教山场的明令。碑的

---

[*] 佚名:生平事迹不详。

左下方是长江水利委员会刻记"IXD25"。中午在当地村民王甲地老人家午餐，老人介绍："古道从山垭穿过，碑立在古道东，下坡处靠外侧建有店铺，叫半爿（音者，均州土音）街，生意特别好。碑南属官山。石家庄顺小河下来到白庙一带是金顶新楼的佃户，不向官府交粮纳差。界碑北属均州官府管辖，什么都要向官府缴纳。北面还有个红庙，跟白庙不一样。"为了印证老人说的，下午余又乘船到红庙。

红庙位于界碑垭北约 4 公里，处于小淄河北山垭之上，因外墙全为红色，故名红庙。红庙坐东朝西，北方古神道从此穿过，现仍存殿宇 8 间，被小学占用。古代这儿很热闹。

明《敕建大岳太和山志》上记"真常观，在小淄河北"，即指此。这儿属肖川区二房院村，晚宿村长朱发善家。这里的山民生活仍是原始日出作日落息的习俗，热情好客，一日三餐均一桌菜、大碗酒地招待客人，吃的饭菜都是无公害的食品。

31 日，余又乘船返回到白庙已 8 点钟。明成化二十年（1484）六月初六日的圣旨：太和山形胜，蟠踞八百余里，"北至白庙儿"即指此。可是，圣旨界碑却立在距此 2 公里的山垭上。此庙坐西朝东，因外墙全为白色，故曰白庙，恰与红庙相对，白庙仅存三间庙宇和古柏一棵。

再顺蒿口河南行 3 公里到蒿口泰山庙。这儿是十字路口，从河南内乡到川陕的古官道自东向西横穿此神道。该庙处于蒿口河西岸平地上，海拔 167 米，坐北朝南偏东 10 度，原有殿宇 40 余间。1935 年 7 月，特大山洪冲毁了大部分道房，现仅存戏楼、前殿和后殿、三四块青石碑，其中一块碑刻《略志》竖三行字，记录元至正五年（1345）教民暴行陕川湖河的历史事件，附刻三方图章，落款"凤岭刘爽然题"。

南行 2 公里即到蒿口五龙行宫，背靠大茅峰，海拔 161.6 米，坐南朝北，地平而土厚，前有蒿口河。元代建有"真庆宫"，并创建石桥，有丰和桥和蒿口桥。明代敕建殿宇 63 间，赐额"五龙行宫"。1930 年前后，修筑老河口到白河县土公路经此，将该宫大殿以后的殿宇等拆毁，建成老白公路，即为今 316 国道。1935 年 7 月特大山洪将该宫夷为平地，今仅存黑龙井和古青檀树。宫东里许有明真庵，往南上百米为桧林庵，明代高道孙碧云即葬于此。

南行入古神道开始登山，道在山岭上，宽丈许，全为方整石青石板墁地，岭坦易行，史称此山为大茅峰，是武当山七十二峰最北的一峰。上岭约2公里当道有守山土地灵官祠，已圮。南行约3公里为会仙峰，有仙都土地祠，即宋端平（1234—1236）中武当山住持曹观妙迎三茅真君于此，已圮。南上行2.5公里，即系马峰。旧相传玄帝曾系马于此，故名。古神道旁一峰突起，即天马台。从系马峰盘山道下2里许有一茔地，南北宽约80米，东西长百米，此即仁威观。该观坐东北朝西南，前有石渠宽丈二，后拥山峰，林木荫郁，清幽奇绝。元代前为接待庵，明永乐十年（1412）敕建殿宇44间，钦授龙虎法师吴宗玄为住持。传云，后来此观道士不守清规，经常掳掠来庙美女，有一天掳藏了京畿大官的家眷，因此，官府派兵焚观灭人于此。今仅存崇台和石渠上的普福桥等，为仁威观茶场占用。此时已到午餐时间，茶场热情招待，午餐后稍息片刻。

盘山道南行约4里多，即到古代竹关，古代有将军镇守，道西建有庙已祀，故亦称将军庙。竹关西北紧邻隐仙岩，《南雍州记》记此即尹喜、尹轨修炼之地。岩右大木下，石棋盘局是尹轨枰棋之所，故亦曰尹仙岩。在此向东北俯视汉水历历在目。今存六座砖石殿宇，其中外三座是永乐十年（1412）敕建。正殿前存一座完整无缺的青石镂雕供案，长3.62米，通高1.42米，宽1.39米，是全山现存六座中最大的一座。《南雍州记》称为"玉案"，当为此供案。

越竹关南行盘山而下即尹仙桥，横跨黑虎涧上，黑虎涧水出上游山涧的黑虎岩（今俗称金华洞），会于白龙潭，入青羊涧。1935年山洪冲毁此桥，仅存方整石桥墩。再翻山越岭南行约7里多到达磨针涧，水源五龙顶东，会于白龙潭，入青羊涧。涧上有方整石拱桥，拱高5.2米，宽3米，桥长8米，1935年7月山洪冲毁半边拱券。桥上游百余米处有磨针石，即紫气元君神化以铁杵磨针启迪玄帝，修炼于此。过桥，即姥姆祠，仅存一间崇台。

南行盘山道千余米即达五龙宫北天门，北天门已圮，仅存两边已残的绿琉璃八字照壁和金砖下的宫墙，显示着昔日的豪华。天门外东边的盘山古道，当地人称为"混账坡"，此即闻名遐迩的翠花街，是明王朝专门为三十万军民工匠设的，把工匠劳动所得的钱吸干后，让他们再去干活。这些可怜的青年女子都是从京畿押解来的犯人，在这儿为明王朝挣钱，到了明末为李自成的农民起义军所解放。今街已成废墟。

入北天门便是九曲十八折的夹墙复道遗址，史称九曲黄河墙，总长180米，进入五龙宫。五龙宫是现代人的称谓，唐代叫五龙祠，宋代称五龙观，元代敕赐为大五龙灵应万寿宫，明代圣赐曰兴圣五龙宫。它位于天柱峰北，遥望金殿，历历在目。五龙宫建筑在一条大山沟里，占地25万平方米，坐西朝东，背靠五龙峰，前临青羊涧，林峦环拱为龙盘虎踞之气势，是马明生、姚简、陈抟、张三丰、孙元政等高真修炼之地。在鼎盛时期的明代敕建殿宇达850间之多。后毁于兵火，今仅存巍峨的青石崇台和残墙断垣。

晚宿村民李征山家。李征山是这儿的文物保护员，熟悉这儿的一草一木。他向余介绍了周围的诵经台、望仙台、棚梅祠、朝圣台、自然庵、灵应岩、五龙顶、仙龟岩、华阳岩、凌虚岩、风岩、桃源洞、翠花街（混账坡）等（为后来的考察奠定基础），使余听得入迷。晚饭是土产的山珍野味和家酿酒，一家人的热情表现出淳朴和真诚，使余久久不能忘怀。

6月1日，早餐后仍由钱光明为向导，计划是沿古神道步达青羊桥，从宫内经华阳岩亦可达青羊桥，且近里许。青石墁古道宽丈余，青羊桥为单孔拱券横跨青羊涧，1935年7月被山洪冲毁，现仅存两边高大的方整石残拱，涉水过河。宽广的青石古神道已为荆棘封护，故余仙龟、白云二岩。从山道盘山而行，仍为荆棘封护。钱光明手持砍刀在前开路，走到牛漕涧交正道，已近中午，涧上横跨青石拱桥，桥中已残成大洞，古名竹芭桥，传云明沐昕重修，故亦名驸马桥。这儿仍为原始森林遮天蔽日，南行约5里多，古道西侧有一户土墙瓦屋山民，热情招待午餐。住户南下坡50米即仙侣岩，俗称"下元"。岩内现存规制完整的三级方整石崇台，显示着昔日辉煌。台下有螭首泉池两组，史称"百花泉"。洞口南侧崖上有韦贵刻记。唐姚简携家隐居于此，陶幼安得道于此，是三十六岩之三。南行百余米隔岭即下黑虎岩，俗称"中元"，实际上是在山崖凹处建了一座砖石小殿，保存完整，内供黑虎巡山石雕像。殿前有元代武当道士张守清修路青石碑一通。明汪道昆在《太和山记》中记载的"舍南岩西历黑虎岩……分二道，其右下行涉涧，遵宿莽，容单车峡中，转入西南出峡为清风垭，盖故韩粮道也"，即指此。再南二百余米叫滴水岩，俗称"上元"。此岩保存完整，三级方整石崇台上已长满荆棘，岩内砖石殿两座，石雕镂空供案完整如初，螭首泉池两组同下元，此岩属三十六岩之二十二。

南行约 7 公里即到南岩宫北天门。门外有一石拱券桥，史称天乙桥。这儿的山民却称为混账桥，研其原因是明代在这儿修建了一条翠花街，故山民恨之。此天门为石门式，顶残。过北天门，进入南岩宫，正道已废，逮南登陡坡入东道院，东道院已成废墟。主体建筑和南岩保存较完整，但仍远少于鼎盛时期的 640 间殿堂。这儿悬崖、山头、山凸、山凹、山垭等险境都是殿、亭、楼、阁等，完全达到天人合一，融于自然的仙境，是武当山风景中最美的一宫。

92 寻梦金顶

王晓明[*]

功名利禄，宝马香车，当离这些世俗的"成功"越来越近的时候，我的心底却不时会泛上来某种疑惑：难道生活就是这样的吗？为什么我们会越来越缺少激情梦幻、诗意与畅想呢？

终于有一天，我决意离开这片红尘喧嚣去武当山走走，我是从联合国教科文组织公布的《世界遗产名录》上，从古老的传说和金庸小说里爱上她的。据说那里有座高高的天柱峰，有一片灿灿的金顶。我觉得好像生活正在那儿召唤，要在那里告诉我些什么。

走进山门不久就知道，原来这儿的每处山峦都是神奇壮美的风景，每条山谷都流淌着故事与传说。这儿更是中华道教古建筑无与伦比的宝库，从唐至清，历朝皇帝都在这儿大兴土木。尤其是明朝朱棣等帝王"北建故宫，南建武当"，先后建成了9宫、8观、36庵堂、72岩庙，让这儿的山山岭岭"五里一宫，十里一庵"，呈现出一派辉煌独特的美丽。

选择一个云山雾罩的清晨，我背着行囊出发去攀登天柱峰，之所以不乘坐可以直达峰顶的缆车，是因为根据过去的经验：旅游的快乐并不总在结果，更多还是在寻觅的过程中。

一道又窄又长的石阶高高伸向云雾深处，只有路牌会不时从一片雾霭里

---

[*] 王晓明，1954年生，浙江金华人，曾任金华市文联主席、市文化局长、党组书记等职，为中国作家协会会员。著有小说、散文专集九部，获浙江省委宣传部"五个一"工程奖、"省优秀文学作品奖"。

闪出，给汗流浃背的我一些小小的惊喜：一天门……会仙桥……二天门……三天门。不知走了多久，才见一道厚厚的环山墙蜿蜒在眼前，原来这就是著名的紫金城，穿过高大的天门，再爬一段陡峭的阶梯，我发现自己已经置身于海拔1612米的天柱峰峰顶了。

早已过了日出时间，但太阳仍艰难地在云层后面穿行，站在峰顶远眺，只见白茫茫云雾像一片湖水在脚底下翻腾。远远近近，一座座山峰如笋如岚，如剑如戟，正在这片白色的苍茫之中浮沉。虽然是千姿百态，但细细望去不难发现，它们全都朝天柱峰作遥拜之势，哦，这一定就是著名的"七十二峰朝大顶"吧，已经历了亿万年，这些山峰还在痴痴地追求着什么，朝拜着什么？

仿佛是某种神奇的感应，此刻太阳艰难地钻出云缝，把一道道金色光焰洒向峰顶。循着它的指点转身望去，哦，有一片更加灿烂的金色正在我眼前闪烁。我惊讶地拭眼细望，那原来是一座金碧辉煌的宫阙，正神话般端坐在这云天之上的险峰顶端，沐浴在一片阳光之下。

说不清是怎么走过去的，我绕着这座金殿转了一圈又一圈，站在它敞开的殿门前一遍遍审视。这是一座中国现存最大的铜铸鎏金大殿，高约5米，宽约4米，内部进深达3米多，12根立柱巍然，两条金龙蜿蜒盘旋。殿内供奉的"真武祖师大帝"鎏金铜像重达10吨，形象庄严，栩栩如生。据说当初制作这座金殿时用了整整20吨精铜、300公斤黄金，先在北京铸造构件，再分别运至武当山，人抬肩扛送到这陡峭峰顶拼接而成。如此奔波，整座构件却严密精确，密不透风，巍然屹立在这儿近六百年。六百载雪剑霜刀，日晒雨淋，金殿却始终完好如初。更为神奇的是，这通体金属的殿身还是构思精巧的优良导体，年年电打雷劈，只见火球常在它周围跳跃，火光总在它通身闪耀，殿身却仍然丝毫无损，璀璨夺目，被人誉为"雷火炼殿"的罕世奇观。

这时有一阵清凉的山风吹过，于是远远近近的林涛便开始呜呜咽咽地响起，仿佛正有一把巨大的五弦琴在云天之中奏响，也许这就是举世闻名的武当仙乐梵音吧。刹那间眼前所有的景物都缓缓远去，却有无数苍茫往事正从虚空走来，涌进我的脑海与胸襟：关于历史，关于自然，关于生命与未来……

是的，明朝的永乐皇帝把这座神圣宫阙建在这儿，是为了宣扬他的某种思想与理念。而它历经六百年风雨沧桑，至今却仍在这儿燃烧，在这儿照耀，在这儿昭告着自然与世人：人生需要辉煌的梦境，生活需要不间断的攀登。而我当前的生活里，不正缺少这样一种境界，这样一种信念吗！

　　于是我想，从今往后，这座高高的天柱峰会长久地在我胸中耸立，这灿灿的金殿会常常在我梦里了！

93　　　年逾古稀登武当

刘荣庆[*]

秦岭北麓十三朝古都长安的蜡梅，多已开谢。我到城墙公园、丰庆公园、革命公园观察过，去年11月开过一茬花的蜡梅，春节过后开二茬花的属气条达到挂花期。而梅花、迎春花、桃花的骨朵，在夏历正月仍在聚敛力气。距长安310公里丹江口的武当山，似乎蜡梅开得晚，桃花却绽放得分外早。坐武当山环山观光车沿途，看那阳光下黄金也似的满树蜜蜡小花，释放出幽幽清香的，便是蜡梅。爬上朝圣宫，道旁也有几树蜡梅，在山背阴的雪地里盛开，而宫殿西侧的冰瀑布晶莹莹的，犹如巨型的天然璞玉，用无声的光彩欢迎八方游客。武当山太子坡头，枝干扶疏的桃花，仙岭生媚，粉红粉红的烂漫，使吾侪山外来客不敢相信自己的眼睛。人常说，三月里桃花开。山桃花在陕北，清明也未必开得了。武当山的桃花，却与蜡梅携手并肩，同时怒放，虽未见成片成林，仍稀罕。

兔年正月初二、初三与长孙登武当山，留给我脑海的第一印象，就数蜡梅、桃花同放了。

谚云："天下名山僧佛占。"武当山却无佛寺。北魏郦道元在《水经注·沔水注》中说："武当山一曰太和山，亦曰嵾上山，又曰仙室山。山形特秀，异于众岳，峰首状博山香炉，亭亭远出，药食延年者萃焉。晋咸和中，历阳谢允舍罗邑宰，隐遁斯山，故亦曰谢罗山。"自东汉道教诞生后，其地逐渐为

---

[*] 刘荣庆：1940年生，笔名卜元，号新丰醉翁。陕西临潼县人，作家。著有小说《从新闻黑洞跳进又跳出》。

中国道教文化所笼罩、浸润。武当山现存的一尊宋崇宁至大观年间（1102—1110）的铜铸真武神像与明代铜铸、泥塑诸真武形象，截然两样："披发跣足，身着广衽衣，坐势端庄，左手搭膝，右手抚带。"

"武当"一名，取自"非真武不足当之"，真武即道教"玄天真武大帝"的省称。进入武当山的第一道门户——三间四柱五楼"治世玄岳"石牌坊，简称玄岳门，坊额为明嘉靖皇帝三十一年（1552）手书。"玄岳"者，其义亦指"玄天真武大帝"发迹、得道、成仙之山。玄岳门有楹联："好大胆，敢来见我；快回头，切莫害人。"那劝善惩恶的意旨，煞是有趣。但不知来武当山占卜求卦的贪官污吏、奸佞小人、黑社会人物会否受到震慑，在"害人"的道儿上却步从善？

我们进入山门，在小饭馆里吃便餐、休息片刻，即购观光券登山。成人每张旅游通票210元（不含缆车费），孙儿持学生证减半，我持老年优待证免费而乘观光车费70元减半。因不明观览路线又无导游，坐上观光车被径直拉到了天柱峰东南麓10公里的琼台观——客运索道的起始点。其地元代称琼台宫，明代扩建24座道院，清咸丰六年（1856）毁于兵火，现虽修复了部分庙房，实无可观景致。乘索道至山顶于次日黎明观日出，又未带过夜行囊、饮食，眼见日已偏西，一家三代四口只得再乘环山观光车而下，参观"海市蜃楼"之称的太子坡（复真观）景点。

"太子坡"指传说中净乐国真武太子入武当山修道初始读书悟道的所在。太子坡背依狮子峰，古代建筑师巧借山形地势和《真武经》中太子修真故事，高低错落的道观105间、建筑面积2000多平方米。观口建起一道波浪起伏似的红色夹道，顶覆绿色琉璃瓦，俗称"一里四道门"的九曲黄河墙（厚1.5米、高2.5米、长71米）。九曲黄河墙可传递声音，与北京天坛回音壁异曲同工。清静秀丽的太子坡建筑，坐东朝西，因传说净乐国太子回心转意，再度修道，故将太子坡建筑群命名为复真观。

复真观，于永乐十年（1412）明成祖朱棣敕建。头道门山门匾刻"太子坡"三字，出自明永乐十七年（1419）驸马都尉沐昕之手。二道门内是方石墁地的院落，高大的照壁上镶嵌有"福""寿""禄"三个大字。据说，香客、信士烧完香闭眼用手去摸照壁，摸到哪个字，便预示着来日的境遇。然后，到祈福坛上撞吉祥金钟，按摸到字的个数，每个字撞三次。这当然是宗教文化的心理感应，深究不得。孙儿长得细条条的，个头已接近1.8米，对"福""寿""禄"三个大字摸起来，可谓举手之劳。爷孙并不去烧香、撞钟，伸起手做摸字状摄影留念，乐呵一番罢了。我倒是对贺龙元帅当年率领红三军驻扎于武当山，在影壁上留下"实行土地革命"的墨写标语，格外注意。红军在"国军"追击、围剿中，对"福""寿""禄"来不及太多思考，只对发动饥寒交迫、无立锥之地的农民"打土豪分田地"和"扩红"兴趣浓厚。贺龙元帅临终遭劫的下场，对"福""寿""禄"当作另类解读。市场经济的今天，熙熙攘攘的观光者，社会经济地位千差万别，对"福""寿""禄"各有需求，而对"实行土地革命"却视而不见。

步入龙虎殿，殿上悬匾，书"体慧长春"四字。道教讲"慧"，要信徒慧"道"；佛教讲"悟"，要信徒悟"佛"。其理具同质性。我是凡夫俗子，想得多是衣食住行、婚生教养病老之类世俗事儿，问长孙："'慧''悟'是否只有聪明人才有？"他已是中学生了，答："笨人也有'慧'与'悟'，不懂的难题，想懂了，弄通了，豁然开朗，便是慧了，悟了。不过，笨鸟先飞。笨人用的时间多一点儿，费的劲儿大点儿，也能省悟。"我说："言之有理，你长大了。这太子坡复真观的建筑，体现的都是'铁杵磨针'的主题。"太子读书房的设计、善胜皇后追儿子的"滴泪池"设计、祖师殿（正殿）"云岩初步"的匾额等，都在劝诫世人坚守信念修炼。长孙看了，将"慧""悟"与自己的学业和前途联结想来，便是一种进步。沿正殿后的夹墙复道攀登数十级石阶，便是位居复真观最高处明代建筑太子读书殿。其殿小巧而又独具匠心，少年真武读书的壁画、石案、笔墨、古籍等营造的氛围，让人联想到当年真武学习的艰辛、信心和恒心。长孙凝视殿内供奉的铜铸太子读书像，说："这是专门给学生设计的吧？"我说："诱导少年读书成材，用意不错。不过，读书最忌贪多嚼不烂，贵在举一反三。"他点点头，下了台阶。

太子坡祖师殿为砖木结构，单檐硬山式建筑，绿琉璃瓦屋面，抬梁式木构架，雕梁画栋，前后走廊，单翘重昂斗拱11组，颇为壮观。殿内供奉的真武和侍从金童玉女塑像，是武当山最大且历六百年仍璀璨如新的彩绘木雕群像。

祖师殿北侧门外，依崖壁建有五云楼（俗称五层楼）、皇经堂和藏经阁。历经数百年至今保存完好的五云楼"一柱十二梁"，为明永乐之物。其间梁枋12根交叉迭搁，下以独木支撑，结构奇特，技艺精湛。传说，这根立柱标志武当道教为大明之中流砥柱。原中共中央政治局常委、全国政协主席李瑞环，当过木工。他在此楼留连三十多分钟，赞叹道："这是人类建筑史上的奇迹！"中国古建多用土木结构，久经年月会因风雨剥蚀而坏朽。五云楼"奇"在构思巧妙，亦在历明清民国三代而至今完好无损。

看罢太子坡，我们来到使武当道教文化"插翅"流播的逍遥谷。

逍遥谷顺溪而入，羊肠小道，曲折迂回，直通琼台。谷底林木参天，荆棘遮途，山雉鸣，野兔驰，生态偏僻、荒芜、拙朴、原始。明地理学家、旅行家徐霞客曾由华山、商洛，经武关转入郧县、丹江口。他在《游太和山日记》里记录，登武当山先睹米芾书法飞动"第一山"，越两隘下入坞中，经玉虚道（今仍有道观曰"玉虚岩"），至回龙观。"望岳顶青紫插天，然相去尚五十里。满山乔木夹道，密布上下，如行绿幕中"。可见，徐霞客是由逍遥谷入山的。逍遥谷未载于《徐霞客游记》，其地名可能出自当代人之口。而称逍遥谷为猕猴谷，显系武当山旅业人士"杜撰"，以吸引观光客。报载，逍遥谷"原名叫猕猴谷，源于逍遥谷多年人工散养猕猴的峡谷。目前人们只是在逍遥谷的谷口游玩，主要目的是看猕猴"云云可证。我与孙儿沿逍遥谷湖岸向里走了数百米，确实见了成百只或在道旁侍立，或在悬崖攀援，或在树梢荡秋千的猕猴，还有两只猴子在薄冰上一步一摇地行走。它们眉眼痴痴地瞪着行人喂零食，并不"拦路抢劫"，也不表演节目。

逍遥谷口，傍依人工湖泊筑着古香古色的木桥、曲廊、阁宇、画舸。我与孙儿走过去，但见阁墙贴了一溜带串的影视剧图片。张纪中版《倚天屠龙记》剧组将逍遥谷变身为绿柳山庄，其《西游记》首场戏也选武当山作了外景地。由中美两国影业公司联合摄制的功夫大片《功夫梦》（又名《功夫小子》）在武当山拍摄的外景地除逍遥谷外，还有中观、南岩和金顶。《问道武当》《武当少年》等影视剧的拍摄，则将地道的武当内家功夫传向中外观众。同长影拍摄的电影《武当》题材背景不同，电视连续剧《武当》直截了当描写元末天下大乱，群雄并起，武当为长春真人丘处机百岁办祈福大典。丘与忽必烈决战中受伤，临死前给俗家弟子张君宝留下八字秘诀。君宝领悟秘诀，创出太极拳，改名张三丰，归隐武当山的故事。张三丰的传奇被小说、影视媒体一写再写，"誉满天下"，而西安—丹江口—武汉高速公路的开辟，则带来了武当山的观光潮。

有关张三丰的民间传说，我在宝鸡金台观、骊山芷阳和商洛金丝峡都收集过。骊山民间称其为"张癫（疯子）""张邋遢"，流传过不少仙化玄妙故事。据《明史·张三丰传》记载，三丰本名全一、君宝，辽东懿州人。"以其不饰边幅，又号'张邋遢'。（身材）颀而伟，龟形鹤背，大耳圆目，须髯如戟。寒暑唯一衲一蓑"。他确实在明洪武年间（1368—1398）居宝鸡金台观修过道，并两登武当山。明太祖朱元璋、明成祖朱棣均曾遣使访求而不遇。明英宗朱祁镇天顺三年（1459）赠赐他为"通微显化真人"，也是"对空喊话"。我以为，张三丰与武当山的缘分，不仅因其在此地修道，更在于他创造武当拳，成为"北宗少林，南尊武当"的一代宗师，丰富了中华文明。明成祖大营武当宫观并寻访张三丰，纯系政治需要。在长子世袭皇权的封建时代，燕王朱棣以皇"四子"拥重兵"靖难"，夺取"太孙"建文帝位而登基，名不正言不顺，欲借助"君权神授"瞒诓世人，本为不争的事实。朱棣"命工部侍郎郭琎、隆平侯张信等督丁夫三十万人，大营武当宫观，费以百万计。既成，赐名太和太岳山，设官铸印以守。竟符三丰"。那"符"想必是庸道造假媚上。我在武当山庞大的宫观建筑群观光中，也寻访了张三丰的修道地遇真宫。元末，武当山的"五龙、南岩、紫霄（诸宫观）俱毁于兵。三丰与其徒去荆榛，辟瓦砾，创草庐居之。已而舍去"。经明洪武、永乐、嘉靖三朝在张三丰结庵修炼地建筑殿堂、斋堂、廊庑、山门、楼阁等296间。真仙殿现存张三丰铜铸鎏金像，姿态飘逸，为明代艺术珍品。可惜2003年1月19日晚，遇真宫大殿发生火灾，木质构件基本烧毁，烧毁面积达283平方米。

武当拳（内家拳）如今在中国流播甚盛，国内和海外青少年到武当武术学校就学习武者不少。逍遥谷正月初二那天并没有武术表演，孙儿在武道士打拳塑像跟前比划着，照了几个模仿镜头，便与我们乘观光车寻觅乌鸦岭祥和宾馆。此刻已夕阳西下。

我们在乌鸦岭旅店歇息一宿，次日亦即正月初三的行程，是自紫霄宫和南岩开始的。

紫霄宫位于武当山神道旁，距复真观7.5公里，背依展旗峰，面对照壁、三台、五老、蜡烛、落帽、香炉诸峰，右为雷神洞，左有禹迹池、宝珠峰。现有龙虎殿、十方堂、紫霄殿、佳音杉、父母殿、东宫、西宫、太子岩等，建于明永乐十一年（1413）。因其地岗峦若一把天然二龙戏珠宝椅，故被明成帝封为"紫霄福地"。

我与孙儿由悬挂"紫霄福地"匾额的福地殿步入龙虎殿，再沿数百级台阶循碑亭穿过十方堂和石铺大院，来到进深5间重檐九脊、翠瓦丹墙的紫霄殿。大殿神龛内供奉的神像挺奇特——真武老年、中年、青年塑像各一尊，殿左放置一根数丈长的杉木，一人轻击一端，一人在另一端可以听到清脆的响声，俗称"响灵杉"。

紫霄殿后是崇台高举的父母殿——供奉真武神的父母像。1931年5月，贺龙将军曾率红三军驻扎在武当山，红三军的司令部就扎在父母殿偏房。孙儿说："贺龙的办公室当时是啥样儿呀？看看吧。"兴冲冲跑去一看，门上挂着锁。掌钥匙的工作人员休节假未归。为了不扫孩子的兴头，我领他赏析紫霄宫道院的几副楹联："云无心以出岫，鸟倦飞而自还""福地有天皆化日，太和无处不阳春""鸡鸣起舞朝气盛，枕戈待旦壮志烈"。我对他说，琢磨这几副楹联，反映了道家思想与民俗文化的兼容并蓄。而"伟人东去气尽紫，樵歌南来云腾霄——贺龙、柳直荀合赠紫霄宫道总徐本善"，却另含机杼。

孙儿不解地问："有啥机杼？"

我依据《贺龙传》和文史资料记载介绍："这个柳直荀，就是毛泽东诗里'我失骄杨君失柳'的那个'柳'。贺、柳给道长徐本善赠楹联，内中有非同寻常的故事哩！"

当时，红二军团受邓中夏"左倾"错误影响，离开洪湖根据地，攻打城市，军事行动多次受挫，在向北转移途中，缩编为红三军，建立以房县为中心的根据地。贺龙军长率红三军进驻武当山，亲自拜访道观，与当时的紫霄宫道总徐本善论道谈武。徐本善将紫霄宫院辟为红三军后方医院，父母殿之西偏房作为红三军司令部，还指派数位弟子暗中保卫贺龙，给红军传送情报，护理伤病员，帮助红三军解决粮食、弹药、医药困难。一次，徐本善带领弟子连夜赶赴老河口，配合红三军截获国民党第五十一军子弹50余万发，贺龙对此十分感激。6月12日，"国军"分兵三路进攻红三军，贺龙亲自指挥了十八盘大战，重创十倍于红三军的国军，并于14日翻越武当山，向房县转移。临别，贺龙赠送徐本善20两黄金、30块银圆和楹联。联语头尾嵌入了"伟樵紫霄"四字吧？在道长徐本善与紫霄宫道人的精心护理下，红三军300余名伤病员嗣后陆续痊愈，化妆成道士、药农和商贩，由道士尹教圣先后分三批护送到房县大木场归队。不久，武当山道观遭到空前的劫难，紫霄宫道总徐本善被民团头目马老七以勾结红军之罪杀害了。

参观紫霄宫，瞻仰红军遗迹，我对孙儿说："中国的道教文化，向来讲大是大非。'无为'里蕴藏'有为'，'清静'里蕴藏'壮烈'。这位徐本善道长，真的慧了道，堪称伟人、烈士！你再思量思量，'鸡鸣起舞朝气盛，枕戈待旦壮志烈'的联语里，岂不透露着中华民族自强、独立、觉醒、不屈的气概！"

孙儿毕竟上高中了，听了连连称是。

南岩在紫霄宫以西2.5公里奇山峭岭中，俗谓"路入南岩景更幽"，乃是武当山三十六岩中风景最美的一岩，唐、宋、元、明均有道士于斯地修炼。传说真武得道飞升，就是从上绕流云、下临深渊的飞升台舍身升仙的。明永乐十一年（1413）重建宫殿、道房、亭台共150间，明成祖御赐额"大圣南岩宫"；嘉靖三十一年（1552）扩建至460间。一峰独秀的飞升台正在整修，不能参观，我与孙儿观看了石殿、南天门、碑亭、两仪殿等建筑物。石殿是坐落于悬崖之上的仿木结构殿宇。梁、柱、枋、门窗、斗拱、吻饰等，纯用青石雕凿成构件，然后榫卯拼装而成，打破了中国古代宫殿土木结构的传统，工程浩大，技术难度高，可谓中国的大型石雕建筑艺术工程的历史博物馆。

在南岩，有一座伸出悬崖的石雕，叫龙首石，俗称"龙头香"。龙首石长3米、宽0.55米，是古代工匠用圆雕、镂雕、影雕等多种手法在一根青石上凿刻的两条龙。传说在万仞峭壁上悬空伸展的这两条龙，是玄武大帝的御骑。正因此故，朝武当的道教信士弟子为示笃信虔诚，往往要走上那阴阳生死的边界，去烧所谓"龙头香"。"龙头香"下临万丈深渊，烧香者跪着从窄窄的龙身上爬到龙头点燃香火，然后再跪着退回来，胆颤心惊，危乎殆哉，不慎而粉身碎骨者众。清康熙十二年（1673），川湖总督下令禁烧龙头香，并立碑戒告。我看那龙首石上仍有香灰和红色信带，想必是不怕死的信徒所为。我很赞赏那位川湖总督唯物的气度与以人为本、珍爱生命的目光。他的碑文告诫人们，神是仁慈的，心诚则灵，不一定非要登到悬崖绝壁上烧"龙头香"才算是对神的崇敬，奉劝朝拜者勿复蹈前辙，毁掉宝贵的生命。338年前，敢于站出来以法令形式公开破除宗教迷信，当是一位了不起的"慧道"文人。

从南岩往朝天宫，道路并不难行。紫盖峰悬崖中的黄龙洞连续不断传出道教音乐，悦耳而节奏分明，犹如行军途中的战鼓、号角，催促朝山者奋力攀登。我与孙儿在此间分手，让他与他爸爸先行。

自"人仙分界"的朝天宫上金顶，要经过三道门——武当山的一至三天门。

要上一天门，须过文昌祠遗址，步行于明代所筑石拱桥（长13.7米、宽4.7米），俗称摘星桥、会仙桥。然后登临三段陡峭的分别107个、117个、80个台阶，号称"三百六十步天梯"。开头则罢了，再往上，气喘吁吁，寸步难抬。我每爬一段石阶。须得站在中间歇气、抹汗、喝水一次，然后在心里头给自己鼓劲儿："前几年连最险的华山都爬上去了，何况区区武当哉！"

举头眺望二天门，白云缭绕，巨石危悬，大都会里几十年听不见的乌鸦声在岭头此起彼伏，与黄龙洞的道乐、山风的呼啸，交响乐似的传将过来。最长的一段石阶比登一天门的所有台阶之和还多，地势更陡。我想："没有退路了，只能向前走！莫道古稀欠昂昂，自寻苦头登武当。不坐花杆上金顶，全凭心勇添力量。"我每挪50个台阶，喘一阵气，气顺了，再登50个台阶，只顾低头抬脚，决不举头看路。这么着，歇了八次，终于手握铁链，咬牙鼓劲，到达二天门。

从二天门到三天门，下段台阶路，再上段台阶路，距离较短，看见红色的门墙，心头不由一喜："快走到头了！"那磴道却陡险碰鼻，景致更为神奇。入三天门，再到南天门，香风爽心，夕阳斜射，云雾浮游，忽觉天低地厚，天柱峰突兀而立，似入清虚仙境。武当山天门"云梯万级，挂悬空之霁虹，逼霄汉于咫尺"的设计，与华山天险有着显而易见的不同。似乎无此，不能烘托"天界"的神圣庄严，渲染金殿的雄浑辉煌。

孙儿在天柱峰给我打电话，说景色极好，但游人排长龙，挪一步都犯难。

武当山顶建有太和宫。太和宫后，建"一柱擎天"平台和金殿。平台之下凿有石阶300级。金殿周围，为明永乐二十一年（1423）修筑的紫金城。所谓紫金城（皇城），是依天柱峰山势用巨石砌筑的高3.5米、长1500米的城墙。城墙临崖负险，悬空耸峙。每块墙石四棱见线，重达千斤。城垣东、西、北三门面临绝壁，只有南天门可以通行。南天门设三个门洞，东"人门"、西"鬼门"、中"神门"。我们沿着专供游人和道士出入的"人门"，进到南天门。再登门右边狭窄的石梯道（灵官道）。道两旁有铁链扶手，可跨入灵官长廊。廊上建有三间宽的三层悬空楼阁——锡制灵官殿。廊厅两边设有十二根铁铸百斤神鞭。步出灵官殿长廊，再攀九莲蹬险道，游人排成两行，可登上天柱峰绝顶。

金殿俗称金顶，明永乐十四年（1416），建于仅有20多平方米的天柱峰顶端，为中国现存最大的铜铸鎏金大殿，国家一级重点文物保护单位。金殿高5.54米，宽4.4米，进深3.15米，仿木构件严密，毫无铸凿之痕。重檐迭脊，翼角飞举，脊饰仙人禽兽；下设圆柱12根，由宝装莲花柱础相托。殿基为花岗岩砌石台，绕以石雕栏杆。殿内供奉着真武祖师大帝的鎏金铜像，重达10吨。据史载，该殿由20吨精铜和300公斤黄金在北京铸造而成，然后再送往武当山顶。金殿最为奇特的地方就是它本身是良导体，每逢电闪雷鸣的当儿，光球在金殿四周滚动，但霹雳却击不到金殿。这一奇观，被称"烈火炼殿"。金殿的建造已近600年了，至今仍完好如初，光彩夺目。与金殿对衬的须弥座（殿下台基及殿前露台）为精琢石材叠砌而成，以整块紫色纹石墁地，洗磨光洁，被称为"玉石座"。经建筑地质学家陈安泽实地考察、测试，认定此种"玉石"为竹叶状化石和三叶虫化石。正殿及殿前露台两块"巨石"，其实是两块被镂空底部状如鼓形的"空石"。古人修建时，巧借山之凸体将"巨石"用石灰粘连上去。陈安泽说："须弥座基座为成块化石叠砌而成，正好将殿内和前露台两块'巨石'包在里面。这是古人制造神秘和神权至上的一种建筑手段。"

相传朱元璋起兵反元时，有一次交战失利，全军覆没。他逃命到武当山下的一座小茅庵里，求道士搭救。道士说："救了你，元兵追来，烧了我的茅庵，如何是好？"朱元璋答："以后，我赔你一座金殿。"于是，道士让朱元璋站立于柏树之下，为其施隐身法。追赶的元军找不到朱元璋，怒气冲冲，放火烧了道庵。朱元璋统一天下后，兑现诺言，命四儿子朱棣在武当山天柱峰建造了一座宏伟的金殿——道教真武大帝最高规格的皇家道场。

登上天柱峰紫金城和金殿，意味着游览武当山的圆满。我在那里观看了稀世罕见的古建筑——象征皇权与神权合而为一的金殿；又由金顶远望四围山峦，但见松柏青青，岚气冉冉，七十二峰高插云端，俯身、环拱着主峰金殿，"万山来朝"的自然景观，历历在目。

武当山的明代八宫、二观、三十六庵堂、七十二岩庙、三十九桥梁、十二亭台等庞大的建筑群，最值得观赏。武当拳、武当道乐、武当道教医药虽非物质形态，价值却不能拿金钱来衡量。武当山的生态物种，已知现有植物758种、鸟类130种、兽类49种、昆虫1055种，堪称动植物宝库。其中，金钱豹、猕猴、豺、水獭、金猫、大灵猫、小灵猫、青鼬、林麝、鬣羚、斑羚、花鹊鹛、普通鵟、燕隼、红巢、领鸺鹠、灰林鸮、长耳鸮、白冠长尾雉、红腹锦鸡、勺鸡、凤头鹰、大鲵等被列为国家一、二级保护动物。水杉、珙桐被列为国家一级重点保护树种；银杏、香果树、篦子三尖杉、金钱松、山白树、櫸树、水青树、杜仲、胡桃、鹅掌楸等被列为国家二级重点保护树种；天竺桂、华榛、金钱槭、领春木、天目木兰、猬突、天目木姜子、厚朴、青檀、白辛树、紫茎、楠木、红椿、核桃楸、豆腐柴、刺五加等被列为国家三级重点保护树种。

我读《徐霞客游记》时，见这位伟大的地理学家参观与南岩对峙的榔仙祠时，写了一段神话似的文字："（祠）前有榔树特大，无寸肤，赤干耸立，纤芽未发。傍多榔梅树，亦高耸，花色深浅如桃杏，蒂垂丝作海棠状。梅与榔本山中两种，相传玄帝插梅寄榔，成此异种。"在上琼台观，他又写道："其旁榔梅数株，大皆合抱，花色浮空映山，绚烂岩际；地既幽绝，景复殊异。余求梅榔实，观中道士嗫不敢答，既而曰：'此系禁物；前有人携出三四枚，道流株连破家者数人。'余不信，求之益力，出数枚畀余，皆已黝烂，且无令人知。及趋中琼台，余复求之，主观仍辞谢弗有。"后来，观主令道徒追过来，相赠两枚，叮咛再三："但一泄于人，罪立至矣。"徐霞客描绘那物"形侔金橘，渍以蜂液，金相玉质，非凡品也"。他对榅梅果珍爱不已，晚上回宫，给小道徒行贿，又得了六枚。回家后，"以太和榅梅为老母寿"。明人魏良辅诗云："冻梅偷暖著枯芽，石径云封第几家。雪色风香尤意会，青鸾御出过墙花。"看起来，这真武玄帝还是一位生物学家。他赖天人合一之道，"插梅寄榅，成此异种"，为武当山繁衍了一种新物种——榅梅，但并未使用人工转基因技术。榅梅的花如桃杏，果如金橘，但与美国孟山都公司搞的转基因动物或植物截然不同。

明医药学家李时珍在《本草纲目》说："榅梅，只出均州太和山。"我在武当山榅仙祠，寻访榅梅树，并未发现。据说，清朝榅梅已在武当山绝迹。明嘉靖五年（1526），道士方琼真"访武当携榅梅植于（安徽齐云山）洞天福地，今尚存古榅梅一株"。1998年，丹江口市科研人员在榅梅原产地武当山周围地区及移植地齐云山实地考察中，在武当山发现了《中国高等植物图鉴》中尚无记载的孑遗古榅梅一株，并从齐云山引植榅梅幼树2株，参照鉴证。嗣后，即在原产地找到了同类树种——均县镇黄家槽村人称其为黄蛋（有树30余株），三官殿、凉水河则称其为黄安，武当山五龙宫称其为布袋杏。"物在身边人不识"的黄蛋、黄安、布袋杏，其树形、花色、果实与古籍中所描述的"色敷红白""金相玉质""桃核杏形，味酸而甜"完全吻合，实为榅梅同类异名物种。二十世纪末，经江苏省中科院植物研究所、华中农业大学进行技术鉴定，确认榅梅为武当山生存已久的本土物种："非李非杏、非桃非梅，又似李似杏、似桃似梅，可能是杏、李的天然杂种。"

据明史籍载："永乐十年秋，敕命隆平侯张信、驸马都尉沐昕敕建武当山宫观。十一年春，榅梅发花，色敷红白……远近闻见。五月果成，珠玑错落，翡翠交辉，累累满枝，莫计甚数，凝霞映日，颜色炫耀。"明成祖朱棣将榅梅开花结实的自然现象，也与他的夺权政治衔接到一块儿。其实，早在元明之前，武当山已有榅梅生长，北宋典籍《真武启圣录》"榅梅者，乃榅木梅实，桃核杏形，味酸而甜"的记载，可为确证。

我在武当山正月初二、三看到的蜡梅与桃花竞放，还不算奇异。这座充满中国道文化的山，其生物最珍稀者，恐怕要数榅梅了。

棚梅和武当山的生物资源,与道文化资源一样宝贵。题记:

1989年5月13日,我经中新社向海外编发过渭南地区对台办康树亮、齐向东的一篇来稿,题为《华山北峰真武祖师大殿开始修复》。由此,我对道教名山供奉真武玄帝从生老病死入手脱尘的主张关注起来。华山北峰真武祖师大殿与武当山的真武建筑群均起于明永乐年间。华山大殿及殿内泥塑、彩绘壁画、牌匾、字画等文物,被红卫兵"破四旧"一把火烧了个精光。22年后重修,不仅花费人力、物力、财力,而仿明与明建筑却有天壤之别。兔年春节我到武当山一看,深感其山险峻远不及华山,但建筑群却远超华山玉泉观和诸峰道宫。

94 武当长生岩记

朱 江[*]

碑刻记载皇帝赐名长生岩

在武当山五龙宫碑亭的侧边立碑《敕书》记:"皇帝敕谕官员军民诸色人等:朕惟大岳太和山兴圣五龙宫自然庵,乃羽士栖真之所,上为国家祝釐,下为生民祈福者也。其地东至青羊涧,西至西行宫,南至桃源涧,北至明真庵,为庵中永业。恐年久被人侵毁,特赐护持。凡官员诸色人等,毋得欺凌侵占,以沮其教。敢有不遵朕命者,论之以法。其本庵(五龙宫自然庵)道士张腹心所居之处,赐名长生岩。故谕。成化十二年七月十七日。"

明朝的方升,在其所著《大岳志》记载:"其顶为灵应岩,其外又有长生岩,近岩数丈皆绝壁百仞,下临大壑,横一木于树上,以通往来。岁久,木腐不可度。"可见,此文讲述的是:山顶上有灵应岩。灵应岩外又有长生岩。岩边几丈远的地方都是百仞的悬崖绝壁,下临深谷,只有一根独木桥架上崖畔的树上,供人过往。年深日久,独木桥已经糟朽,不能过人了。

长生岩究竟在哪里?

翻开厚重的历史可见,明朝成化十二年(1476),正是结束荆襄抚治,建立郧阳抚治的那一年。

---

[*] 朱江,1978年生,湖北襄阳人,湖北省十堰市《十堰晚报》秦楚网全媒体编辑部主任记者,首届全国地市报优秀记者。

郧阳抚治管辖的地域"东西两千五百里，南北一千四百里"。那时的郧阳老城相当于省会。人们常说的八百里武当，也在郧阳抚治管辖范围。

可见，长生岩是成化皇帝——明宪宗朱见深，亲自起的名字。长生岩名字诞生的这一年，郧阳府升级为省级单位。

据《郧县志》记载：明成化七年（1471），荆襄流民百万……明成化十三年（1477）丙申五月，荆襄流民十万……这一批流民逆汉水而上，来到鄂西北耕种安家。由此，郧阳抚治是为"流民"而设。

前往武当山五龙宫探幽，已有十多次，寻找长生岩的念头也萌发已久。因为路径偏僻，又是悬崖峭壁，相当危险，自然久寻未果。

询问当地村民，多数闻所未闻。极个别知道者，脑袋摇得像个拨浪鼓，说是太危险，就是不说具体位置。一次，我曾在五龙峰的山腰转悠了足足一个下午，还险些迷路，终究无功而返。

独自寻找长生岩，若没有人带路，绝非一件易事。2014年元月中旬，我终于说服一个村民，请他带路。

这位40多岁的村民，是土生土长的五龙宫村人。这天中午吃过饭后，他在前面走，我们在后面追。他说他这一生只去过一次长生岩，那还是小时候放牛时冒险进去玩过，这次带路是第二次去。

绝壁悬崖开凿险峻石窟

山林之中，枯叶满地，许是冬日半尺厚的落叶，为我们铺平了崎岖的山路。这个村民说，如果是在夏天或秋天，穿越这层密林，不仅要忍受灌木荆棘的刺痛，还会时时遭遇毒蛇和马蜂攻击的危险。只有在冬天，万木凋零，百草皆枯之时，更容易寻觅。

前往长生岩的路并不太远，离五龙宫大约两公里的行程。先要绕过五龙宫大殿，步入通往五龙峰的古神道，半路跳进一岔口，靠左边继续前行。他步履轻盈，走得飞快，当看不到我们时，会站在前方摸着古树静静地等待。

枯木虬枝，万籁俱静。蜿蜒的羊肠小道越走越窄，大地一派萧瑟。冬日的暖阳透过树梢缝隙轻轻斜射下来,照不见历史沧桑。

在古人的眼里,在冬天的季节里,天地停止了正常的互动。在我们看来,仿佛时光在倒流,正在走进神秘的时空隧道。静幽的小道,蜿蜒起伏,越走越陡。走着走着,忽然他停下了脚步。小道右边的崖壁上,一条掩映在密林的石凿台阶跃入眼帘。在这攀登极度困难的悬崖峭壁上,居然有当年人工开凿的台阶。若不是亲眼所见,难以置信。

小心翼翼地向上踏过层次分明的石台阶,登上十几米,前方悬崖石壁上正是神秘的长生岩。这是一座怎样的石窟啊!在这山腰的绝壁上,人工开凿的这座石窟,坐西朝东,下临绝壁,只有左侧一条5.5米长的悬空栈道可以通过,过往人必须面壁扶崖,稍不留心会坠下悬崖,粉身碎骨。

说是"悬空栈道",其实就是三根胳膊粗的5米腐木凌空架在悬崖间,一架木头梯子斜倚在崖壁。若要进出石窟,必须靠手扣崖壁,脚蹬三根悬空腐木,面壁而过。一旦坠入脚下深渊万丈,是没有神仙腾云驾雾来接应的。

犹豫间,见领路的这个村民已经踏着树干进入石窟。于是,咱也双手扶壁,虚汗直冒地一步一挪缓缓过了悬空栈道。

这应是一个天然的岩洞,但有人为开凿的痕迹。窟顶呈平拱形,高4.7米、面阔4.6米、最深处6.07米,后壁正中凿有高1.1米、宽0.95米的神龛。

整个窟内为一个整体,无一丝裂纹,窟口为磨砖对缝城砖墙封堵,左侧留一门连通悬空栈道。1989年3月31日,武当山古建筑专家张华鹏来此考察时,还发现龛内有一尊下部残缺的泥塑彩绘道教神像。如今,神龛上已空空如也,神像也荡然无存了。

据张华鹏考证,窟内西南角人工开凿的这个石槽深1.15米,可装下两万多斤的谷物。在清朝、民国时期,由于社会动乱不稳定,土匪很多,因此长生岩曾一度成为五龙宫储粮仓。张华鹏说,长生岩是武当山最大的石窟,也是最险的一处石窟,这里山深林密,曲径通幽,是与世隔绝的一个封闭环境。

长生岩藏在五龙峰的峭壁中,也难怪很多人都误认为这叫藏身岩。

那么,长生岩石窟究竟是什么时候开凿的呢?张华鹏认为,开凿的年代无法考证,但长生岩之名是成化皇帝朱见深所赐,他推断在此之前石窟已经开凿成功。

置身于长生岩,可见洞口有一炼丹炉的鼎台基,洞内有练功打坐石凳一个,倚岩为一张长 2 米、宽 1.1 米的石床,石壁拓痕已被烟熏。岩内向阳干燥,地面除厚厚一层鸟、鼠粪便外,别无他物。从洞口放眼前方,视野开阔,山峦跌宕起伏,天柱峰远处呼应。不难想象,昔日仙人端坐洞里,面朝金顶、修身养性的忘我境界。

阴长生修炼丹药的炼丹室

道教以长生不老为仙人的标志,最高理想是长生久视。道教中专门炼丹服药的流派,目的也是为了长生不老。

千百年以来,无数人为追求长生不老做出了不懈的努力。虽然皇帝爱听"万岁!万岁!万万岁",但这终究是自欺欺人。在道教传说中有专门炼丹服药后长生不老而成仙的,他就是汉朝在武当山炼丹的阴长生。

武当山一直远离喧嚣的统治中心,加之这里山高林密,泉甘水清,原本便是隐士们采药炼丹、祈求长生的宝地。学术界普遍认为,武当山五龙峰下发现的长生岩,即当年阴长生修仙合丹的石室。

据元朝的《历世真仙体道通鉴》记载:阴长生,新野人……闻有马明生得度世法,乃入诸名山求之,到南阳太和山(时武当山属南阳郡)中得与相见……如此积二十年,终受《太清金液神丹经》,并入武当山石室中合丹。

关乎武当山长生岩的资料并不多见。2002 年 8 月 21 日,新华社发布的一条消息称,"一个东汉时期被道士用来修炼'长生不死'丹药的岩洞——长生岩,日前在武当山被文物工作者发现。据考证,这个岩洞是东汉丹学家阴长生的炼丹室,距今已有两千年。发现此洞之前,武当道人一直传说在武当山五龙宫西岩峭壁中有一岩洞叫'长生岩'。由于通往石洞的一座独木桥破败腐朽,清末后就再也无人涉足此地。"这一论证,得到武当山道协丹派传人祝华英老道长的支持。祝道长称:长期以来,武当山道教一直将长生岩视作"丹师祖"阴长生故居祀拜、保护。

东汉末年，道士马明生在武当山五龙宫自然庵修行了三年，炼的一种丹叫太阳神丹，据说服食以后可以白日飞升。马明生带了很多徒弟，其中有一个徒弟是河南新野人，叫阴长生。阴长生跟着马明生一起学了十几年的道，其他徒弟都懈怠了，纷纷离开了师傅。阴长生始终没有懈怠，十几年以后，马明生就把自己的炼丹术传给了阴长生。

武当全真龙门派纯阳门第 23 代传人岳武认为，史证最早在武当山修炼外丹的，当数汉代的马明生、阴长生，故有"两生丹岩"之称。师徒二人的活动构成了武当山第二个炼丹鼎盛期，在道教史上留下了重重的一笔。

"与武当有关的汉朝神仙家阴长生可能实有其人。"湖南师范大学历史文化学院历史学博士伍成泉指出，阴长生是马明生弟子，此二人传记最早见于晋朝葛洪的《神仙传》。该书未载他们与武当山有何联系，然而，据元朝刘道明《武当福地总真集》卷下所引齐梁间无名氏撰《雍州记》曰："长生，汉光武阴皇后之族，邓人，马明生之弟子也。得师太阳神丹之诀，同隐武当。丹成，驭气飞行，周游六合，后至忠州仙都，白日上升。"《太平御览》卷四十三引《阴君内传》云："君字长生，入武当山升仙是也。"《元和郡县志》武当县条云："阴长生于此得仙。"伍成泉认为，阴长生籍贯是新野（汉属荆州南阳郡），离武当山近在咫尺，上武当山隐居修炼是完全有可能的。他说，阴长生这位后汉神仙家可能实有其人，由于其活动于武当地区，从事金丹修炼，以致最后飞升成仙。相传阴长生在世 170 年，颜面如童子。后来在蜀地白日升天。

传说终究是传说。长生不死在古代人心中，一直就只是一件缥缈而神秘的事情。

袁宏道、袁中道记录长生岩

峰高壑深、岩洞幽邃的武当山，自古寻仙问道、修真炼丹、祈求长生之人往来不绝。

明朝万历三十年（1602），中国文学史上重要的文学流派——"公安派"重要代表人物袁宏道陪着他的父亲及好友游览武当山，前后作诗十余首。朝山沿途，袁宏道撰有《游玉虚岩》《七星岩》《入琼台观》二首、《天柱峰谒帝》《南岩望绝顶及五龙诸宫有述》《题紫霄太子岩》等诗。

在游览武当山五龙宫时，袁宏道有感而发，把炼丹的隐居之地作为题咏对象，撰写了《长生岩逢休粮道者》："只将空榻伴嶙峋，踏遍桃花洞底春；一口也摈为长物，诸缘皆可作飞尘；施来白□都饲鹤，种得黄精每寄人；留□石炉烟少许，深山遥夜礼高真。"

袁宏道一生创作了大量山水游记，在他笔下，秀色可餐的吴越山水，堤柳万株的柳浪湖泊，风清气爽的真州，春色宜人的京兆，皆着笔不多而宛然如画。这些山水游记信笔直抒，不择笔墨。写景独具慧眼，物我交融，怡情悦性。成化皇帝赐名长生岩的126年后，时年34岁的文学家袁宏道就以清新流利、俊美潇洒、行云流水般舒徐自如的语言，对这座武当最险石窟给予了精彩呈现。时至如今，《长生岩逢休粮道者》也成了罕有的记载长生岩诗句。

无独有偶。万历癸丑（1613年），袁宏道的弟弟、"公安派"领袖之一的袁中道在畅游武当的《玄岳记》中，记载了他在长生岩的所见所闻。

《玄岳记》记载："万历癸丑暮春，予自花源归，作太和游……至自然庵张三丰修炼处，有上赐衲衣。又行五里，至山后。路穷，多支以木，于石窦得洞，即长生岩也。有道人辟谷已十九年，大抵名山定有此辈。貌甚腴，分予以熟制苍术数饼，甚甘。讯之，不言。日已暮，遂还宫中。按，此地自唐贞观中均州守姚简祷雨，有五龙见于此，建五龙祠。逮至元始修饬，改为五龙宫。至本朝始极其盛。"

由此可见，当时袁中道游走至武当山五龙宫自然庵，又走了五里山路，到达山后，路到了尽头。只见这里多用山木支撑，于是他通过一个小的洞隙进入一个山洞，这就是"长生岩"，有位道士不食五谷19年了，仍然容貌丰腴，大概名山都有这些辟谷的道士。道士把几个蒸熟的苍术饼给袁中道吃，味道很甜。袁中道问道士话，对方一语不发。此时，天色已晚，袁中道便从原路回到五龙宫。

明万历四十四年（1616），袁中道考中进士。与其兄袁宗道、袁宏道并称"三袁"，为公安派中坚，其成就次于袁宏道。袁中道文学主张与袁宏道基本相同，强调性灵。他的作品以散文为优，游记文能直抒胸臆，文笔明畅。

问世间谁人无忧，唯神仙逍遥自在。皇帝们追求长生的失败，使得世人给予长生的评价是——长生不可能实现。岁月更替，生老病死，这是自然规律，谁也无法改变。但随着基因技术的发展，谁能否认，或许将来的人类可以实现长生不老呢？

长生岩的名字，视同阴长生的居所，成了不老的象征，也成了人类的追求与神往。

95 武当神秘石碑与"白族第一文人"

朱 江

碑刻是反映武当历史的镜子

道教名山武当山的朝山进香活动，在元朝已经形成较大规模的信仰活动，明朝更是达到鼎盛。香火之旺，只有五岳之首的泰山可与之相比。不仅是进香，史料记载，历史上还有许多高人在武当山隐居修炼。专家考证发现，保存至今的几部武当山志，均以帝王诏谕、真武传说、宫观变迁、古迹名胜和上层士绅官僚的活动为中心，一般社会民众和隐居修炼者在武当山活动的文献记录极为罕见。令人欣喜的是，在今天的武当山仍保存了大量的碑刻，它们或耸立在进香神道的两侧，或安放在沧桑古朴的碑亭，或散落在杂草丛生的荒野，以其质朴的原始面貌和未加修饰的真实性，向史学工作者展示着迷人的魅力。这些碑铭石刻，不仅有来自深宫的皇帝圣旨，也有出自上层高官、文人雅士之手的诗歌散文和书法艺术。据2007年版《武当山碑刻鉴赏》记载："武当山现存各种碑刻、摩崖，按2004年统计数字共计724通，其中碑刻576通，摩崖148通。这些碑刻以明清时期居多，主要是圣旨碑、记事碑、功德碑、墓志碑、画像碑、书法碑。"正如此书所言，武当碑刻是反映武当山历史的一面镜子，不仅可以从中进一步了解武当山的历史，还能从中发现许多逸闻趣事、民俗民风。在武当山五龙宫人迹罕至的岩洞内，就隐藏着一块鲜为人知的神秘石碑。

2014年春，我向五龙宫村村支书龚常清了解五龙宫的故事时，得知多年以前他在当地一位刘姓猎人的带领下，披荆斩棘到过五龙宫长生岩对面的峭壁。在峭壁的一个偏僻岩洞内，猎人将自己无意发现的一块石碑指给他看。龚常清回忆说，那块石碑已经断裂成两半，青石质地的石碑上刻满了工整的繁体字。石碑上刻的是什么字？这块石碑是哪个朝代的，为什么要藏在如此偏僻的岩洞？说者无意，听者有心。随即，我向龚常清打听到了这位猎人的联系方式。

武当深山岩洞藏神秘石碑

2014年3月29日，我与网友"游尘"几经周折才见到这位猎人，并说服他为记者一行人带路。正是万物复苏的时节，枯枝新绿，衰草新根，隔了又一春秋。出五龙宫大殿，向五龙顶的游步道进发，快到通向长生岩的岔道处，左转下山谷。行进在山谷中，出奇的静，没有尘世的喧嚣浮躁，没有俗世的纷扰繁杂，静静地畅游在仙山仙境之中。只是这个山谷被灌木和杂草覆盖，铺满了枯枝黄叶，透出一分苍茫与萧瑟。走在前面的猎人，挥舞着镰刀劈砍灌木，才勉强劈出一条小道。20多分钟后，抵达谷底。抬头仰望，悬挂在峭壁上的长生岩，跃然出现在头顶。我们一行继续前行，一簇簇灌木丛中，树枝吐芽，花苞满枝，正是一个春意盎然的世界。走谷底、钻灌木、攀崖壁……在猎人的引路下，约半小时后，长生岩已然与我们遥遥相望。这时，凌空跨过一个峭壁的转角处，约一米多高的岩洞赫然出现在眼前。洞口的山石嶙峋，石面上几乎没有青草和植被，石头光滑狰狞。岩洞让人感觉神秘，是因为它并不是天然形成的。从洞口看，疑似人工依崖而凿，开凿痕迹明显，洞内刚好够一人藏身。岩洞内，横放着一块断裂的石碑。碑文全是楷书阴刻，每个字约火柴盒大小，刻艺精湛，锋劲秀雅。记者细看，碑文中清楚地镌刻着"□月庵记""□月庵，在大岳太子岩前""嘉靖己亥春三月吉""紫霄遇曹炼师""登大岳南岩""中溪李元阳"等字样（注：□为辨认不清的字）。众所周知，嘉靖是明朝皇帝朱厚熜的年号。可见，该石碑距今已有500多年。李元阳是谁？沉重的石碑是怎样搬运到此处的？匆匆一探，给我留下太多悬念。

2014年8月25日，凭着记忆，记者与"游尘"携两位网友钻密林，又一次来到这个岩洞，并对这块断裂的石碑进行拍照、测量。经测量，石碑长0.9米，宽0.56米，厚0.07米。碑文是"挏月庵记"，还是"扪月庵记"？这个石碑究竟记录了什么？石碑风化严重，个别字迹模糊不清。在石碑刻字的题头，赫然刻着"□月庵记"。我发现，似"挏月庵记"，也像"扪月庵记"。我将题头刻字"□月庵记"的照片，发给有关专家破译，给出的解释也不尽相同。杨华是武汉大学历史学院教授、博士生导师。他看过这幅照片后认为，此字就是"扪"字。杨华说"扪月"就是抚月之意，古人常言扪日、扪月。武当山旅游经济特区文物宗教局副研究员赵本新告诉我，如果是"挏"，应该读"简"；若是"扪"，读"门"。赵本新说，《康熙字典》中有"挏""扪"这两个字，其他字典没有收录。他通过查看这幅照片后认为，应该是"扪月庵记"。赵本新表示，有机会要亲自去拓片，"我认为是风化痕迹，门里面没有月字"。著名文化学者杨亦武，毕业于北京师范大学中文系。他认为，"扪月说不通"。看过这幅照片后，杨亦武告诉记者，"闲（閒）"是文人的雅兴。晋魏时，把"闲"写成"挏"。"古人善于言内弄月。门里应该是月字。"因此，杨亦武认为应该是"闲月庵记"。

10月初，十堰市博物馆考古部主任刘志军按照记者提供的完整翻拍图片，对碑刻上的古文进行了考释和断句。结果如下。

□月庵记

□月庵，在大岳太子岩前，紫霄宫后，曹炼师居之。师，山西阳城人。初去家，住渔阳之盘山，寻住京口金山，移住□，移三茅山，皆远喧。惟茅山住颇久，晚乃入太和山，岩峦幽胜，甲于五岳，遂不能去。山之羽人天目子识之，因永托焉，作一庵，题曰：□月。一瓢一榻，偃仰其中，骠然长啸，山鸣谷应。客有叩关而问者，师不之答。但歌曰：

庵之中何所有，月一轮身畔走。

云来不畏□，取得不用剖。

闲时捧出碧峰头，海底蛟龙尽朝斗。

嘉靖己亥春三月吉，赐进士、监察御史、前翰林院庶吉士大理榆泽李元阳仁父拜手书。

紫霄遇曹炼师

灵岳秉夙钦，独策事幽讨。
在物感至□，□逢汉阴老。
得无□□□，沃然颜色好。
长跪谒玄言，登床为吾道。
黜智信有诀，长生良可保。
凿石耕玉田，清风飚盈抱。
把袖归去来，世人徒草草。

登大岳南岩

尝蓄名山意，寻仙惬夙心。
岭回台殿露，磴转槛阑深。
花欲然青嶂，云还没碧岑。
坂长行雨暗，溪衍断霞侵。
方士扃岩外，游人秉简吟。
物华敷晚秀，时序属春阴。
众族纷难画，缅瞻似不任。
棚梅存化树，杉桧总闲林。
入火非多术，履冰无自沉。
高深堪结屋，早晚得□簪。

中溪李元阳

明朝李元阳与武当未解之谜

李元阳，何许人也？刘志军通过详细考证发现，李元阳，号中溪，云南大理人，白族。他是明朝云南著名的山水诗人和游记作家。李元阳的山水诗清新隽永，具有很强的生命力。其游记大多景不虚设，在写景中摇荡胸次，写出生生不尽的意境。然后，刘志军通过进一步深入研究发现，志书上尚没有发现李元阳在武当山活动的记载。更为惊奇的是，在云南文献上也没有发现。在李元阳存世的844首诗文中，没有收录《紫霄遇曹炼师》《登大岳南岩》这两首。"可以说，这是李元阳在武当山留下的罕有的作品，填补了历史空白。"刘志军分析说。李元阳在历史上名气很大，堪称"史上白族第一文人"。他自幼沉默寡言，但聪明过人，勤读诗书，尤其喜欢文史。明嘉靖丙戌（1526），29岁的李元阳考中进士，被授予翰林院庶吉士。庶吉士是明朝翰林院官员，为皇帝近臣，负责起草诏书，有为皇帝讲解经籍等责，是明朝内阁辅臣的重要来源之一。然而好景不长，李元阳由于参加议论为嘉靖皇帝生父封号的所谓"大礼议"，被贬江西。后来，他又赴京担任监察御史，负责弹劾官吏、整肃政纪。李元阳刚正不阿，曾直言嘉靖皇帝："陛下之始即位，以爵禄得君子，近年来以爵禄畜小人。"正是这种直言不讳，使他在官场上屡屡碰壁。明嘉靖十八年（1539），李元阳因上疏请求嘉靖皇帝不要去承天府（今湖北钟祥），再次被贬，降任荆州知府。这一年，他42岁。在荆州任职期间，荆襄百里没有水井，李元阳带头捐献俸禄打了几十眼井，限期各县修复河堤池塘，使沿江州县不受水灾。当地人民为了纪念他，遂以"李公井""李公堤"命名纪念。李元阳清正耿直，对政治黑暗、官场腐败的现实极为不满，又不能解决现实问题。明嘉靖二十年（1541），他借奔父丧，弃官回乡，从此隐居云南大理40年未再出仕。他寄情于苍山洱海之间，晚年编纂了嘉靖《大理府志》和万历《云南通志》。由于他在哲学、史学、文学、书法、教育诸多方面的突出成就，被誉为"史上白族第一文人"，在云南文化史占有重要地位。明万历八年（1580），李元阳病逝于家中，享年83岁。由此得知，《□月庵记》是李元阳被贬往荆州任知府时，时年42岁的他，登武当山即兴创作的文学作品。

"□月庵，在大岳太子岩前，紫霄宫后……"那么，□月庵具体位置在哪儿？目前的志书上尚未记载。李元阳在武当山的活动情况，志书上也没有。《□月庵记》石碑身世究竟何来？明明记载的是紫霄宫后面的庵，怎么碑刻会放到五龙宫这个偏僻的地方？石碑《□月庵记》，给世人留下太多未解之谜……

96 武当游记

寒 拾[*]

鄂郡西北，汉江南滨，庸麇舆地，郧阳十堰。其北群山相抱，方圆四百余里，傲然而立，气吞云海，古称太和，亦名玄岳。传上古玄武之神羽化于此，后人赞之曰"非玄武不足以当之"，故更名武当山是也。

武当仙境，神秘空灵，紫气氤氲，风云莫测。一日之间，一山之巅而气候不同。翠峰八九，耸然林立，虽高低不同，皆挺然向上，配以绝壁深渊，藏以危岩奇洞，白云绿树相交映，飞禽走兽相穿行，二十四飞涧急湍环流其中，远观有"七十二峰朝大顶，二十四涧水长流"之伟势，蔚为壮观。盖明徐霞客曾赞叹曰"玄岳出于五岳之上"，此言不欺也！

武当诸宫始建于唐贞观年间，宋元皆有新建之所，及至明永乐、嘉靖间，其规模之盛、历时之久、耗民之大，古今难出其右者。有明一朝，史称"北修故宫，南修武当"，此武当之鼎盛时也。武当之文化，盖道教之渊源也。道教始于华夏，然其势难与佛儒相匹也。梁任公断言：二十四朝仅三国、六朝，为道家言倡披时代，实中国学术之衰落时代也。申而论之，则三国六朝者，社稷有倒悬之危，生民有累卵之急，世人多隐诡厌世。此所谓"欲入世求之于儒，欲出世则求之于道"。

究儒道之区别，《北史·儒林传》概之曰"南人简约，得其英华；北学深

---

[*] 寒拾，1987年生，本名潘鹏飞，曾任江西省高安中学高中物理教师，后在北京大学老教协等单位任职。著有《我所认识的桂子山》《美的蜕变——中国文学的变与美》。

芜，穷其枝叶"。若逢河清海晏，则世人多求功名、兴国安邦；若纲常混乱、奸人当道，则进取之心难立，唯余靡靡颓惰之音，所谓"对酒当歌，人生几何？譬如朝露，去日苦多"，其代表也。

然武当之盛盖在明朝，此大一统之盛世也，奈何亦崇信道教哉？较之青城、龙虎、齐云，武当奈何独享殊荣？余观武当诸圣殿，虽宣扬真武修仙弘法，实告皇权于天下。借道教之玄妙、神奇补皇权之庄严、威武，世人传言"真武神，永乐像"之说亦足信也。永乐龙兴幽州，考华夏之风水，尚"左青龙、右白虎、南朱雀、北玄武"之传统，靖难之役永乐虽以勇武克建文，终难免于"名不正言不顺"之诟骂，故建武当尊玄武，实乃借以堵世人非议也。

武当之宫殿，规模最盛者乃紫霄宫，永乐封之曰"紫霄福地"。其势坐北朝南，背倚展旗峰，面临照壁、三台、五老诸峰，右为雷神洞，左有禹迹池、宝珠峰，负阴抱阳，背山环水，浑然天成，气场藏聚回护，似二龙戏珠状，巧夺天工，真福地也！

越金水河，穿龙虎殿，拾级而上，左右各有御碑亭，其形对仗工整，内有赑屃各负巨碑，其上篆以圣旨，年久风化其文难辨。百级台阶后入朝拜殿，穿门而过则豁然开朗，紫霄广场横卧山腰，其上三层饰栏崇台，捧紫霄殿，巍然耸立，楼阁飞檐，其势之大，使人顿生敬畏。其殿进深五间，重檐九脊，翠瓦丹墙，真武大帝祭祀于此，今之道人早课颂经亦在此处。吾游之日隐约有天籁之音，时而似南地之悠然，时而似北地之旷达，且有皇家之典雅。吾阅历甚浅，实难辨也。大殿神龛内各奉真武神老年、中年、青年像，文武仙人各坐其旁，金童、玉女侍立左右，铜铸重彩，神态各异，雕梁画栋，手法细腻。大殿之顶绘八卦图案，中有藻井浮雕双龙戏珠图，此喻皇权之独有。殿外松柏挺秀，竹林茂密，名花异草，相互掩映，高贵富丽不让苏州之亭榭。每至上巳、重阳，四方信徒皆汇集于此，道人大做法事，共祈国泰民安。然吾此行于九月初八，难睹盛况，信为憾事也。

武当之宫殿，最据山势者乃复真观，又名太子坡。其地势狭窄，布局左右参差，虽不符"皇权中轴"之形制，然转运形胜之间别有韵味，曲成万物，足合道家之理念。"相其广狭，定其规制"，此永乐之功也。其宫背倚狮子山，右有天池飞瀑，左接十八盘栈道，远眺似出水芙蓉，近观犹富丽城池，其内广植丹桂。吾此行适逢金桂初开，几里之内皆有清香，似初浴之美人，使人倍感清爽，倾慕之情油然而生。吾于清静道场生此邪念，罪过也！

步入山门，古道长廊贴山就势，朱红夹墙曲折回环，似波浪起伏、锦绣舞动，又似巨龙盘空飞旋、鲸鲵出水腾波，气势非凡，此九曲黄河墙也。置身九曲复道中，使人倍感行路曲折修远，非虔诚之香客必生返意，吾愧也。

入二道山门，漫步院落，小楼重叠、幽静雅适，前有"五云楼"，中有"皇经堂""藏经阁"，后有"太子读书殿"。各院以小门相连，形态各异，"一里四道门"之谓是也。待吾等行至高处，恰雨后初霁、云开日出，视野大开。俯视深壑，曲涧流碧，水光潋滟；纵览群山，千峰竞秀，山色空蒙。纵非"太和剪影"之良时，吾亦知足矣。

武当之宫殿，取势最险者乃南岩宫。其衔于悬崖峭壁，匠心独运，依山就势，据峰设点，绝壁悬宫融为一体，天人合一不言自明也！峰岭奇峭，林木苍翠，上接碧霄，下临绝涧，峭壁千仞，猿猴临之而胆颤，飞鸟越之必眩目。

卧龙床外有龙头石雕，下临深渊，险峻非常，此处进香似上达天庭，通晓神灵，曾有信徒冒死于龙头之上焚香祷告，坠崖身亡全然不悔。龙香颂圣，福寿康宁，此心至诚也！

沿途道路崎岖，时上时下时左时右，及至龙虎殿，眼界略显开阔，饰栏崇台，层层叠砌。南岩石殿，额书"天乙真庆宫"，坐北朝南，面临大壑，石雕仿木，榫卯拼装，且建于悬崖之上，技艺之高超，岂不赞哉！

道教精华在武当，武当精华在金顶。金顶居天柱峰顶，高约五百丈，直冲云霄，由下观之难辨其顶。吾一行未时自南岩过七星树，沿途过黄龙洞、朝天宫、一二三天门、紫金城，及至酉时方登临太和宫：于孤峰峻岭之上，殿宇楼堂依山傍岩，结构精巧，布局巧妙，峰峦叠嶂，起伏连绵，烟树雾海，气象万千，似海马吐雾、陆海奔潮。观此仙京缥缈，气蕴太和，雾锁乾坤，统揽四海，"一柱擎天"足堪其名。

吾登山之时，游人甚多，比肩接踵，热闹非凡，都人士女，服袄靓妆，前行极为困苦。及至天宫，众人皆顶礼膜拜，香火萦绕，飘飘然宛若仙境。仙山琼阁，放眼望去，虽轻雾茫茫，四百里武当胜景，尽收眼底。群峰环峙，苍翠如屏，此亘古无双仙境，舍武当而谁何？若逢天朗气清，晨观日出，晚看云海。明洪翼圣有诗赞曰：

> 五里一庵十里官，丹墙翠瓦望玲珑。
> 楼台隐映金银气，林岫回环画镜中。

金殿之内，坐五尊鎏金神像；雷火炼殿，六百年辉煌如初。众峰拱拥，八方朝拜，真仙境也。"四大名山皆拱揖，五方仙岳共朝宗"，天下名岳，难有匹敌者也。某也不才，见此胜景，敢效先哲，胡诌一诗，聊以寄怀。曰：

> 武当携雄冠天下，真武大帝福荫深。
> 鲲鹏过此不思飞，甘化金鹤守金顶。
> 冥濛前事不可追，无情散尽人初醒。
> 虽似梦中随梦境，锦绣山川胜虚景。

吾非仁非智，亦爱山乐水。每览大川而释怀，登高山必小己，遇山掘土，临渊取水，此吾之所好也。此行本取有紫霄圣土，欲填所爱之盆景，沿途窃喜此土必奏奇效。吾行前购得爱花托他人照料，不期坠于楼下，俯仰之间，化为齑粉，吾心实痛！天灾人祸皆虚妄，然事已至此，终不欲以此花归咎他人。况修短有命，富贵在天，"祸兮福之所倚，福兮祸之所伏"，人活一世不可尽取也，有所不取则必有所失，有所失则有所惜，当慨然视之，奈何自取烦恼哉？

《管子·白心》云："日极则仄，月满则亏。物极则反，命曰环流。"以我观之，实难舍此爱花，欲其长盛不败；以花观之，终归自然，盛败皆可一概视之矣，何必痛哉？得失虽在一刻，然终归于一体，万不可徒生悲愤之情。当似修行之道人，虽青灯布衣亦怡然自乐，任世事变迁终不改其道，荣华似梦、死生如幻，吾实难如此也！虽不能至，心向往之。

李太白诗曰：

> 抽刀断水水更流，举杯消愁愁更愁。
> 人生在世不称意，明朝散发弄扁舟。

人世之沉浮，皆如武当山路之崎岖，虽有上下，然一心向前，终至峰顶。不可留恋于一时之得失，当矢志不渝。小我可灭，大我常存，此吾所悟道也！

　　同行七人，辛卯年九月初七晚至六里坪，初八登金顶，初九游太子坡、紫霄宫、南岩宫诸景，虽未睹武当全貌，窥一豹亦足矣。吾等一路皆有倦色，然并无怠惰而不前者，重九之日返桂苑，一路并无不顺，不虚此行也！

　　行前诸事不顺，返程并无挂念。艰难困苦，玉汝于成。

　　辛卯年九月初十记。

97 武当山龙潭沟纪游

高 飞

在武当山下的丁营花园村有一条峡谷，因被山水冲刷，形成了一个又一个大大小小深深浅浅的水潭，因一水相连，犹如巨龙，故被称之曰：龙潭沟。

一个夏日雨后的日子，我走进了这条藏在深山人未识的峡谷。那山，那峡，那潭，那景，给人留下美好的印象，难忘的记忆，深深的沉思。

攀援在荆棘与灌木丛生的深山峡谷间，阳光像一枚枚薄薄的铜钱从遮天蔽日的头顶上撒下来，便如一个偌大的水晶宫了。凉凉的风夹着水的湿润吹来，像是粼粼的水波漫来，人便恍然如鱼，如一尾时光之鱼，不是悠游在水波里，而是悠游在比水波还柔滑的梦境里，悠游在杳渺的古道与梦境之间，让人有脱胎脱俗脱壳之感。

在丛丛绿肥红瘦之间，忘掉的不仅仅是城市的喧嚣与浮浪，峡谷外夏日的燥热，充斥着丑陋与恶臭的滚滚红尘，而且，让一颗超负荷的心，突然释然，如一只蝴蝶翩然在山野之间，如一束光影或云霭。无怪乎，人们总是把岁月比作一条河流，一条无始无终的长河，在漫漫的长河里那么多名流贤达不顾客旅之艰辛，鞍马之劳顿，栉风沐雨，风餐露宿，跋山涉水，攀岩过涧，甚至不惜生命之虞，在深山幽谷间探求寻觅。是否，是因了那山色美景，因了那忘却俗尘的惬意？于是乎一篇本知是臆想中的《桃花源记》却令那么多人对一个虚无空幻的世界痴痴迷迷。也许那是人类共同渴望的安放灵魂的圣殿。

过去，对那些旅游家总有些不解，甚至认为那些人丧失了理智的正常性。

今天，在龙潭沟这条武当山下崇山峻岭间的峡谷里，似乎醒悟到一些什么？我想，那辞去县令不做，到桃花源中可耕田的陶潜居士，若今日同行，看到这番景色，真不知还要做出什么好文章来的。

龙潭沟的美，美在它的本色，美在它的朴拙，美在它的不事雕琢，像一朵出水芙蓉，大方朴实，不刻意造作，更没有涂脂抹粉或隆胸丰乳。它像生活在这片土地上世世代代耕耘的村民一样敦厚、淡然，不事张扬，就这样静静地在这片土地上伫立着、守望着，把心扉化为春天的花、夏日的绿、秋日的果、冬日的雪，年年岁岁袒露给这个世界，展示给这个世界，奉献给这个世界，却不求回报。犹如悬崖上迎风绽放的一朵山花，在春回大地的日子里自然开放，自然芬芳，自然凋零……也许，是为了一个期待；也许，是为了一个等候，让那奔流不息的溪水把心中的渴望和真情化作一溪碧水流向远方，不知疲惫。那是快乐，那是挚爱，那是歌唱。歌唱春，花开满谷；歌唱夏，绿荫如雾；歌唱秋，五彩如锦；歌唱冬，白雪如银，歌唱飞禽走兽，歌唱日出日落，那歌唱不尽，那溪流不竭……

这才是龙潭沟真正的神韵。

这才是龙潭沟真正的造化！

如果龙潭沟没有这些就不是龙潭沟；

如果在龙潭沟感受不到这些就未到龙潭沟。

山，何处没有？

水，何处没有？

花，何处没有？

草，何处没有？

云，何处没有？

雾，何处没有？

……

为什么要到龙潭沟来？

为什么为龙潭沟陶醉？

为什么要神往龙潭沟？

一个又一个"为什么"就是时光留下的龙潭沟一个比一个神奇的潭，是龙潭沟的"潭"留给我们比潭还深还幽的沉思,让人想到龙潭沟的源头,那一座巍峨千古的八百里武当仙山。

龙潭沟,让人魂牵梦萦的地方;

龙潭沟,让人荡气回肠的地方;

龙潭沟,让人流连忘返的地方……

到了龙潭沟,才知道,大千世界的神奇,武当仙山的神奇,不是用文字可以准确描述的,只有用一双眼睛,不!用一颗像龙潭沟的水一样清纯的天目,去细细地、细细地审视和感悟……

98 武当山五龙宫游记

景元华[*]

这是我第二次游武当山五龙宫。

元人浩然子说武当:"山以仙而名于宇宙之初,地以人而显于百世之下。"信矣! 武当山正处鄂豫川陕之际,绵亘八百里,左秦岭,右巴山,与太华、终南、神农架诸山相连,坐拥七十二峰之雄秀、三十六岩之奇峭、二十四涧之清幽、丹江口水库之浩渺。峰之最高曰天柱,境之最盛曰紫霄,南岩出云,下临绝壑,洞天福地,景致清虚,而其山山水水,皆以真武之神而名扬天下,自古相传"非真武不足当之",故曰太岳太和山。武当山胜境之中神宫仙馆很多,精美大气的古建筑群绵延140余华里,自然人文处处和谐相融,钟灵毓秀,被誉为"亘古无双胜境,天下第一仙山"。那些奇妙的景观无一不彰显着真武福地的独特魅力:天造玄武、雷火炼殿、海马吐雾、神灯不灭、飞蚁来朝、真武显像……而于诸景观中,我最喜欢五龙宫,那里的神奇让我痴迷。

第一次去五龙宫是去年正月,一趟完全的意外之旅。适逢武当山大雪封山,车不得上,于是冒雪披风,自古蒿口开始,沿着古神道徒步40里而往。当一派雪景山水中的秘殿奇宫以一幅沧桑遗世的面目出现在眼前,我被深深地震惊了,600年皇家道院的雄沉气魄犹在。而曾几何时,永乐大帝朱棣的雄心壮志、英雄事业尽成云烟,繁华落尽之余,空剩真武寂寥法座!

---

[*] 景元华:1971年生,山东章丘人。作家、编剧、藏书家,佛学、易学、老子文化研究学者,地方史志研究专家。著有地方史志《章丘乡土古迹志》《章丘道教发展史》等;长篇历史小说《老子春秋》《真武王》等;影视剧本《寻找宇宙之心》等。

轻轻徐步于五龙宫的断墙残垣、残存遗址之间，看着那些残存的与北京故宫一模一样的琉璃瓦、水磨砖、五彩宝相花、雕龙的栏杆、宝鼎金刚座……我仿佛一步踏入了历史的梦幻，诸相纷纭，丝丝缕缕。恍兮惚兮之际，真武王披头跣足，垂目而坐，雪山雪心，默然宁静，似曾阅历千古，又如弹指再来……我若有神会，感伤不已，蓦地得句"故山一派雪纷纷"。

之后，归来久久不能平静，起心动念，皆是真武，遂开笔书写《真武王》传奇故事，以玄幻为体，以科幻为用，以真武演道，幻化生心，从无始以来、宇宙诞生之初到茫茫分化、大千世界，从宇宙战争、星系闭合直写到我们地球世界。去年至今，在终南山已经闭关著作一年半，完成了前五部，60余万字，而我感觉这只是《真武王》全书的1/3，还要写多久，还要经历哪些奇境界，我全然不知。但我坚信，真武就在那里，幸运的秘门也许又一次为我打开，就看我有没有恒心和毅力追索下去。

在我心里，遇到武当山五龙宫的意义和当年遇到终南山老子墓一样，都是我人生的拐点！因遇老子墓的感应启示，我完成了《老子春秋》；同样，因为五龙宫的触动，我进入了书写《真武王》的奇特境界。

所以，今年来五龙宫是怀了千里赤诚，专为拜谒五龙宫真武真容。

六月初四，自河南桐柏山淮源回返，经南阳至湖北十堰市武当山旅游特区，入住太极湖畔的众晶太极湖国际酒店，北京、湖北、山东诸故交好友和《老子春秋》电影筹备组同道早已等候在彼。当晚，在丹江口水库白鹭岛对过的船上筵席吃鱼，把酒临风，彩色射灯下河面波光晃漾，白鹭趁灯光往来俯冲衔鱼，星光点点，热闹非凡。酒宴之中，我提出明天就去五龙宫，史总愕然："去五龙宫的山路，前几天遭遇了大雨滑坡，车上不去，就不知道修好没有。"接着电话询问景区，得到的结果是正在修，但通车至少得一个月。我心里有些沉，谷兄却哈哈一笑："几年不遇的事，又给你赶上了！看来登高必徒步，五龙宫拜真武，你还得步行上山！"

第二天初五，天气极热，无法步行上山，就在剧组讨论电影事宜；下午抽空去了玉虚宫。

初六日，天虽有阴云，但空气湿热难当，喘息郁闷，又不宜远途登山，去参观了武当山博物馆。之后，是连番的茶点酒话、坐而论道。

喜在初七日。一大早，细雨绵绵，山水空蒙，正可以登山。于是山东的老谷开车，河北的老郭作陪，一大早离了酒店冒雨上路。不一时，驱车至武当山森林公园大门口，即五龙宫景区的山下起点——古蒿口，门口的工作人员告诉我们山体滑坡在盘道前方16公里处，景区封闭，车辆不准通行。难道就从这里开始爬山吗，车放在哪里呢？犹豫半响，老谷还是选择了歧路登山，于是驱车转弯，从票房门口一条小侧路直上鲁家寨。

车停在了王家坡和红岩子沟之间的长岭上，路侧峰岭连绵，皆密生松林，郁郁苍苍，凌烟耸翠。苍松翠竹中，有一大片菜地，各种各样的瓜果菜蔬青翠嫩绿，一派生机勃勃，几排白墙青瓦的精舍就在菜地和松林的包围中，叫幸福院，是鲁家寨安养老人的地方，有十几位老人住在那里。

谷大哥和老人们已经很熟，让我们把车停在院子里，还一个劲地让我们进屋喝水，说下雨山路不好走，不如改日去。我们笑着谢绝了，于是撑伞上山。

鲁家寨就是那条小公路的尽头——现在看起来虽是歧路登山，但这里是古代朝山的正路，因为从这里开始，顺着山岭松林一直往上，正是经由五龙宫的通往武当山南岩和金顶的古神道。

山岭风行，但见万峰浓淡，层层掩映，岚气山光，养眼不尽。苍翠欲滴的长松短松夹道之间碧草如茵，古神道那一块块的大青石板被草泥遮没，尽显古意。在入林径之初，路旁的林下有七八间小砖屋引起了我的注意，因为那些屋子都没有门，每间屋子里面停放着三两口棺材不等，阴森森令人生畏。老谷说，这是武当山山民传统的习惯，老人都会在生前备好棺材。我便也没再多问，径直上山。

古道越上越荒芜，路旁的古松也越见高大，松林蓊蓊郁郁，遮天蔽日，各种各样的藤萝缠缀其中，不知名的野果野花自由生长着，处处都充满了大自然的生机。林下奇花异卉，林中好鸟时鸣，人在小雨中行，虽则鞋裤尽湿，但心情极好！我们边走边谈，有说有笑，很快十里林荫山路到头，在翻过一座小峰后，上了从景区门口通上来的公路。

清风徐来，雨雾扑面，我们顺着公路继续前行。

因为地势已经很高，沿途随时可见隐隐青峰烟云缥缈、深沟大壑腾云起雾景象，松林漫漫，铺遍了奇峰、长岭、山峦、涧谷……千姿百态，云蒸霞蔚，如行游于画图长卷。

又十里，至系马峰。高崖绝壁，山势转急，古松高耸，树藤攀缠，岩林之中蝉鸣鸟声繁乱，急瀑流泉，山石欲坠。喋声前行不远，但见路边有临时施工帐篷、搅拌机、工程车，我们意识到离公路塌方处不远了。

走近看时，塌方处果然骇人，近20米长公路已经滑落路侧深谷，10米宽的路面几乎荡然无存，露出湿滑流水的黄泥崖壁，几位工人正在崖根小心翼翼地搭着木架，以作临时通道。以我们目测，工程艰巨复杂，绝非几天就能修好，才觉得景区工作人员所言并不虚妄。

从系马峰再行五六里，三峰聚首，二水激流，直下路侧的深谷巨壑。俯瞰而望，谷中有一平地，约十几亩，残存一大片断墙残垣的古建筑废墟，那就是有名的仁威观遗址。

仁威观是元代的建筑，因为历史上元成宗皇帝铁穆耳在大德八年（1304）曾册封真武之神为"玄天元圣仁威上帝"。从现存的遗址规模可以想见当时的朱门玉殿，台阁连云。曾经的辉煌中落荒废了。据老谷介绍，原先仁威观香火鼎盛，香客络绎，但到了明初住了个不行正法的道人，名为修道，暗里干些伤天害理的勾当。永乐年间住持道人犯了众怒，被当地百姓擒获，埋身入土，用牛犁了人头，故而荒废至今。当然，那些血腥恐怖的传说真实与否已经无法考证了，但现在的仁威观蒿草过人，藤蔓肆虐，一派破败凄凉的感觉是真的。

仁威观之上的陡坡是武当山茶园，茶农们已剪了春枝，正等秋芽再生。我们就在这里停下来，在一座山涧桥头匆匆用过了午饭。就在吃饭下桥取水的时候，我发现涧溪两侧皆是野生山核桃，一串串累累垂垂，很是繁密。我知道，山核桃往往不是用来吃的，更多用于把玩、制串，而且市价非常贵——而就是这样名贵的坚果，在武当山的空谷密林之中却是常见。

午饭后，我们随着盘山道继续向上盘行，又行三里，至蝴蝶谷。谷中流水潺潺，林木苍郁，但藤蔓封锁，阴阴不见天日，据说其中多蛇虫，故常人很难进入。这里还是武当山国家地质公园——蝴蝶谷韧性带和黄铁矿地质遗迹保护点，谷中所露岩石多是辉绿岩，皆成歪斜褶皱形迹，岩中常有金光闪烁,那就是黄铁矿,原来往往被人挖去做观赏石。

又行六七里,至竹关,隐仙岩隧道已在眼前。

我们没走捷径直过隧道,而是选择了走竹关古石道。此地地势高畅,风送清凉。松下驻足回望,足下峰峦起伏,连绵不断,直延伸到烟波浩荡的丹江口水面;而徐步上行,则盘道曲折,石阶生苔,一路松竹丰茂,溪流水响,也是心旷神怡。不到二里路,轻轻松松到了隐仙岩。

隐仙岩源自尹仙岩,传说是当年老子弟子尹喜隐居的地方,其地云崖高耸,石壁垂藤,岩石深凹,形成一半藏半敞的巨大石室,石室中有明代永乐间所遗砖石神庙六座,门窗皆是青石雕镂而成,极具工巧、大气,一张巨大的青石供案横在主殿前,石案雕镂精细,造型古朴,虽在山野,不失皇家匠作风范。主殿供奉石雕神像五尊,但因历史渺远,风雨剥脱,已经难见其当年面目,唯从姿势以及雕像造型配器上可以约略推断,中间为老子,两侧分别为文始真人尹喜、南华真人庄周、太阴、太阳。当年老子终南山槐里蜕化之际,曾叮嘱尹喜,三年后约在巴蜀成都青羊观相见,也许就是那时之后,尹喜巴蜀寻师,经过武当山,因而隐居此地也未可知。元罗霆震《尹仙岩》云:"道之所隐即仙灵,心即函关道德经。不待邛州乘鹤去,此仙山已是天庭。"明孙应鳌也有《尹仙岩》诗:"梦中鉴中天地,有用无用辐轮。远矣道德老子,悠然文始真人。"去年正月雪中游隐仙岩后,曾感慨万千作《过尹仙岩感尹喜先生当年入蜀寻师路阻之苦》,至今仍记忆如初:"大地茫茫白雪飞,深山虎啸谷风催。烟云迷径寒林暗,渺渺一身何处归?为寻师踪入绝境,岩栖又逢白骨堆。蓦地一缕梅香沁,天心道德在隐微。"并填词《卜算子》一首:"再会青羊观,当年松下语。一入武当山万重,梦里家何处。

茫茫人间路,行者心无住。看看红日又西斜,临歧作踟蹰。"也是大道不易、人在旅途的感觉。

隐仙岩侧,又有牛漕涧、大青羊涧、小青羊涧、青牛岭,皆山水森秀清幽之境,得名皆与老子、尹喜有关,历代文人亦有诗文吟咏之作。

过隐仙岩下行一里,柳暗花明,为武当山又一奥区。新开的公路横截大壑,从隐仙岩隧道南出口至五龙宫隧道北入口一段,上接云峰,下临幽涧,古松森森,青崖阴暗,巨石磊磊,薄雾氤氲,是为磨针涧,即"铁杵磨绣针"

典故的发生地。相传当年真武太子初出家，道心未坚，复欲出山入世，于此路遇紫元君点化以铁杵磨针之道，太子幡然醒悟，信心不二，复回武当山苦修，终成正果。

磨针涧以东，峰岭之间皆大树，下有芝草。林中尚有住山居民三户，皆养骡马，以给五龙宫运送修造物资之事为生计。

穿过长长的五龙宫隧道，眼前风景豁然开朗。密密层层的山林之中，武当山主峰天柱峰突兀而起，巍巍森森，滞云生雨，而岩岭层层奔突，至五龙顶又杰然特起，接着自高跌落，经灵应峰至此戛然止步。路旁石壁如奔，石纹如飞云流动，巨石之上，刻有"湖北武当山国家地质公园五龙宫地质遗迹区"的标记，非常引人注目。

此处胜境幽奇，溪涧流水，林壑幽美，奇峰点点，秀如芙蓉，而"七十二峰朝大顶"，从此仰视南岩、金顶诸峰，如列翠屏，有天开画境之致。元人高本宗《天柱峰歌》赞此佳境："祥风自天来，吹我清游入紫清。紫清高高着天起，巍然一柱连天撑。崖有三十六，涧有二十四，隐映七十二朵芙蓉青！丹梯贯铁索，十二楼五城，压穿鲸鳌背，幻出龙凤形。鸾鹤亦驯扰，猿猱不能经。于嵬试长啸，我来一时鸣。古来仙据其上，往往白日皆飞升！"

当年，吕洞宾就在这一带，面朝武当山天柱峰大顶，写下了那首著名的诗篇："混沌初分有此岩，此岩高耸太和山。面朝大顶峰千丈（五龙宫后的灵应峰面朝金顶——引者注），背涌甘泉水一湾。石缕状成飞凤势，龛纹绾就碧螺鬟。灵源仙涧（磨针涧）三方绕，古桧苍松四面环……此是高真成道处，故留踪迹在人间。古今多少神仙侣，为爱名山去复还。"据说五代时的麻衣道人陈抟老祖曾经在此修行，留下了诗句"我爱武当好，将军曾得道""万事若在手，百年聊称情。他年南岳去，记得此岩名"。

五龙宫就坐落在这天然画境里面，一座灵应峰、一座金锁峰，万松环绕，将其建筑群隐藏得严严实实。明代诗人裴应章的《五龙宫》诗境隐约还在："洞门曲径入盘旋，山隐神宫郁杳然。古木团阴青嶂合，遥峰带暝翠云联。泉深五井龙犹伏，人上三天鹤未还。"

我们到达五龙宫山门时，已是下午4点了，天空又飘起了雨，点点雨丝湿润着古建筑遗址的一切，处处幽暗又处处泛着光泽——为什么说是遗址？

因为原有明代山门包括进山门的九曲黄河墙，已经完全毁坏了，残砖乱石之间，断墙残垣破败凄凉，只有墙基上那些精美的黄绿琉璃彩砖，还残余着明代皇家建筑规格的气息。

五龙宫是武当山中皇家敕建的第一座宫观，也是最早的真武道场，相传真武命五气龙君守护于此，五气龙君灵应无比，与国家命运共休戚，故为国家所重。元揭傒斯的《大元敕赐武当山大五龙灵应万寿宫碑》云："名山大川，能出云雨以泽万物，产财用以利万民，毓英贤以辅万世，必宅天地之兴，当阴阳之会，磅礴融液，与大化终始，故中必有神出幽入冥……群山四朝而特起乎中央，非玄武焉足当之？应国家之运，为生民之倚者……是山五龙见。"并在碑文后大赞曰：

> 虚危之精玄武君，上临玄天贵且尊。穹龟赑屃腾蛇蜿蜒，手指北斗酌乾坤。武当之山号太和，神君居之降万魔。五龙守卫岩不阿，冷气自少元气多。神君生在天地先，谷神自养天地根。二十四气如玩旋，七十二候无颇偏。四十二载升玄天，玄天之乐不可言。身着玄衣坐紫府，苍龙在左右白虎。朱方翼翼朱鸟举，胜精蹑果我为主，百灵守之谁敢侮？或按长剑坐黄庭，吐纳日月含风霆，五龙冉冉随降升，倏而去兮如流星，忽而来兮雨冥冥。鬼车九头匪火屋，山鬼倚树惟一足。飞蝗蔽天食百谷，长蛟鼓浪沉平陆，神君一顾赤尔族。神君自居武当山，人能学之尽得仙……

最早记载有唐太宗贞观年间敕建五龙祠，后为历代帝王所尊崇。宋真宗御笔赐额"五龙灵应之观"；元世祖忽必烈诏改为五龙灵应宫，元仁宗赐额大五龙灵应万寿宫；明永乐大帝御赐崇封为兴圣五龙宫。一座深山道观能受到历代帝王的关注，这在全国绝无仅有。当其全盛之时，宫殿重重，飞碧流金，宫墙环护，富丽堂皇，"广殿大庭，高堂飞阁，庖库寮次，既严且备。炫晃丹碧，辉煌云汉。像设端伟，钟鼓壮亮。引以石径，荫以松杉……琼楼珠宫翠回环，霞披雾映黄金园"（大元延祐碑），"壮丽岩峻，洞达高广，与兹山相雄"（大元敕赐武当山大五龙灵应万寿宫碑），"神宫仙馆，焕然维新……祥光烛霄，山峰腾辉，草木增色。灵氛聚散，变化万状"（永乐碑）。明永乐间有殿宇215间，至嘉靖时扩建到850间，是其极盛之时！明王世贞赞五龙宫道："层层历落怪松，拥殿千朵芙蓉"……但随着朝代更替、战火兵灾，建筑多已毁坏，现存建筑以及遗迹尚有25万平方米，足见当年五龙宫之盛！

现已今非昔比了。一进五龙宫，映入眼帘的是两座高大破败的御碑亭，虽依旧凌空而起巍然对峙，但碑亭顶部早已露天，厚厚的红墙上荒草蓬蓬，藤蔓垂垂，而御碑亭周遭也已是雕栏倾侧，石阶缺损，野草闲花，萋萋满目，一派凄凉，大有吴哥窟遗世沧桑之感。碑亭内，巨大的赑屃浑身青苔密布，为它古朴厚重的造型平添了历史的厚重感。在永乐御碑之外，碑亭内还有数通大碑，绕赑屃而立，但比及永乐赑屃御碑皆相形见绌，规制微弱。

也许武当山是真武福地的缘故吧，因真武的星宿形象与玄武深有渊源，故武当山的赑屃——作为玄武的亲族，皆形制巨大，雕刻精美，造型夸张，工艺上乘。当年永乐帝北修北京，南营武当，发军民工匠30万，修造了20年，将武当山打造成了楼台掩映、金阙琳宫的人间仙境，于各大宫观——元天玉虚宫、太玄紫霄宫、大圣南岩宫、太岳太和宫、兴圣五龙宫、会仙遇真宫等处，皆有巨型赑屃御碑，所有赑屃皆雕得昂首怒目，肌肉突张，四肢矫健，作势欲行，重达100余吨，凝结了当时能工巧匠们的全部信仰和艺术想象力。这么多精美绝伦的艺术赑屃集中于一处，亦是武当山一奇也。

五龙宫二御碑亭之间，为原建筑毁坏后又建的龙虎殿，浑木结构，漆饰早已剥脱殆尽，门、柱、板壁、檐椽、梁木皆已开裂，蜂虫钻蛀，破败不堪。殿内有元代所遗泥彩塑青龙、白虎神像，各高丈余，着盔甲，持戈戟，怒目圆睁，肌肉贲张，令人望而生畏。但是，细细观看却是威严中透着刚正，震怖中透着冷静，勇猛而不凶悍，体现着一种正义凛然的阳刚之美。

在龙虎殿内，还陈设着十数尊宋元明清各时代的铁、石、铜制神像，有真武、道人、天官、武士、山神等，皆形容恬淡、惟妙惟肖，保留着各自时代的造像艺术特点。惜乎五龙宫的道人们似乎不太重视，尊像尘土满身，各种杂物与神像推挤在一块，加之文物管理部门贴在各神像上极其显目的A4纸，纸上用钢笔、圆珠笔书写了神像名称，显得很不庄严，让人看了很不舒服。

从龙虎殿穿门而出，眼前景象豁然开朗，气势恢宏的道院中，一块块大条石的铺就甬道严整宽阔，局度精严，依旧彰显着皇家的威严气派。甬道两侧皆是大青砖铺地，有名的五龙宫天池、地池和五龙井布列镶嵌其中，如日月五星布列天上。立在龙虎殿的后面月台上，仰望重修后的真武殿：崇高峻极，气势森森，如见天宫，一如在故宫荒凉的宫院前乍见太和殿的情形。

而真正下了龙虎殿的月台台阶，感觉就完全不一样了！

步入满目落寞荒凉的道院，脚踩在甬道上，我能清晰地听到空荡荡的脚步回音——道院实在静极了，甚至静得有些诡异、有些阴森，这与真武殿的金碧辉煌形成了强烈的对比反差！杂草丛生的砖地两旁，廊庑、侧殿皆已荡然无存，唯余基址，一排排、一个个石柱础，默然诉说着朝代兴废、人世无常，而举目望去——凡是石墙、雕栏、地砖、阶石、台座、廊围……所有遗址建筑物间的砖石缝隙皆丛生细草、野菜、杂藤，野花艳艳，蝴蝶时飞，荒凉之甚，这使落在其中的小鸟的啁啾声格外悦耳、清晰。道院中唯一令人称奇的是那日月天池和五龙井的水，一井打水，五井水动，想必是道院诸井地下池水道相连通所致。

过道院直上真武殿，有九重殿阶祟台。前五重81级，后四重70级，台阶皆用重达几千斤的平整巨石铺就。石阶两侧的神殿、石栏杆皆已不见，石阶之间，青草离离，苔痕斑斑，徐步而上，尽怀古意。而登阶至顶，至于真武殿前，蓦地转身回望，四面山色、青碧如屏；呼吸岚气，舒爽清新，襟怀顿开，凡登峰之辛劳疲惫一扫而尽。

五龙宫的镇宫之宝，正是设在真武殿内的真武鎏金铜坐像，造像高约两米，重达5.8吨，一身衮龙袍，隐隐刻着花绣，真武之神面如满月，颌有髭须，披发跣足，垂目端坐，修长慈悲的眼睛似睁非睁，口角带着一丝不易觉察的微笑。神态肃然，威严宁静，礼之可敬，仰之可亲，是整个武当山现存最大的一尊真武神像。

中国人对真武之神的崇拜由来已久，最早源于上古神话中关于五行五帝的崇拜，所谓北方玄天上帝、南方炎天上帝、西方金天上帝、东方青天上帝、中土黄帝。大概在春秋早期，中国古天文学又形成了东方青龙、西方白虎、南方朱雀、北方玄武、中间中元紫微三垣的周天二十八星宿理论体系。这样，五行五方配周天二十八星宿，就形成了中国最初的天帝神话体系，而真武之神就是北方玄天上帝和北方玄武七宿信仰崇拜的合体渐次演化。历代传承补充，真武之神形象日渐丰满，在汉代之时即定格下来，成为我们今天所熟知的真武之神，并具体化、人格化，有了详尽完备的传说故事传世：真武之神乃先天一气所化，在世界未生前即已存在，其后历劫转世，遍化宇宙，于我们人类世界而言，曾八十二次转生，前八十一次为老君，第八十二次为真武。大明成化十四年（1478）御制太岳太和山碑中所谓："朕闻，自开天以来即有此山，自元始以来即有此神，神乃北极玄天上帝，真武是也！"

相传，其以真武身转世时出生净乐国，因慕大道遂入世，云车风马，斩妖除魔，救苦救难，行功立德。因曾在武当山苦修圆满，其后天下遂以武当山为真武之神的祖庭，并得到中国历代帝王的无限景仰。晋武帝敕封武当山玄武为"灵显顺圣"；唐武则天敕封为"武当山传道玄武灵应真君"；宋真宗天禧二年敕封为"镇天真武灵应佑圣真君"，宋仁宗嘉祐四年（1059）敕封为"太上紫皇天一真君玉虚相师玄天上帝"，宋宁宗嘉定二年（1209）敕封为"北极佑圣助顺真武灵应福德真君"，宋理宗宝祐五年（1257）敕封为"北极佑圣助顺真武福德衍庆仁济正烈真君"；元成宗初定天下，于大德八年（1304）敕封真武为"玄天元圣仁威上帝"（其圣旨云"天道主宰谓之帝"）。明代自朱元璋开国，即对武当山厚加恩荣。其后永乐大帝"靖难"成功，荣登九五，因其以"真武转世"默许，"神尝阴辅"（见《明成化敕安兴圣五龙宫真武神像记》碑）而得真武之神灵应相助，遂大营武当山，以报神恩，加封武当山为"太岳太和山"，位在五岳之上，为天下第一山，并在南京和北京，皆建有真武行宫以作国家崇镇。武当山与真武之神从此誉播天下，真武神庙从此遍及中国。古代所有真武庙、真武行宫、真武殿、玄帝庙、玄帝阁、玄帝观等，皆崇祀真武，其数量甚至要多于关帝庙、观音庙和老子庙。为何历来帝王如此尽心竭诚以待真武？元仁宗爱育黎拔力八达的敕修武当山五龙、真庆宫圣旨碑中一语道破："镇安侯服……之灵祠，辅翼我家，玄武主北方之王气，唯竭心思而致祷，庶几福禄之来。"明宪宗成化帝在敕书中曾言："福佑国家即天下苍生于无穷！"大元延祐碑赞云："冀轸之墟均房间，白云峨峨武当山。根盘千里阻且难，七十二峰罗烟鬟。帝遣玄武驱神奸，被发长剑衣飘飘。穷龟修蛇猛且闲，乘云而来御风烟。跂余望之杳莫攀，真人学道镌坚顽。飞上千仞诛榛菅，斡旋天极启天关。……我皇万岁御九寰，与圣怡愉长朱颜。"

武当山所有关于真武之神的宫观，唯五龙宫为最早也最为天下所重，故五龙宫的真武神像之设，也最庄严神圣。而现存的这尊真武神像，却来历非常，他并不是永乐大帝所铸的原像，而是成化皇帝御铸供奉，据《敕安兴圣五龙宫真武神像记》载，像铸于明宪宗朱见深成化十九年（1483）。成化二十年御碑文曰：

> 天下名山，必曰太岳太和，根盘八百余里，凡一峰、一岩皆胜迹。世传真武之神修真养性，得道其中，故历代建宫观祀之。我朝太宗皇帝以神尝阴辅，表正万邦……鼎新创建，永隆祀事。宫之大者有七，兴圣五龙宫其一也。五龙在天柱西北，五峰分列，上有龙湫、灵应岩，中有日月池、五龙井，启圣台居其前，磨针涧绕其后。殿宇巍峨，规制宏丽，自唐宋以来未有盛于此者！成化癸卯（1483），皇上念神素有功与家国，乃命工范金为像暨左右从神像，敕遣御用监太监臣陈喜率官属载黄舻往安……又敕湖广、河南都（都指挥司）、布（布政司）、按（巡按按院）各择官分理其事。奉命之臣，夙夜在公，孚先罔怠，郡邑小臣，敢不祗惧，奔走服役？于是，湖广则修山架桥，迎候神像，及规营醮仪；河南则于唐县大玉山采石为神座以待。至期，则镇守、巡抚、巡按偕藩臬而下，胥远迎迓，敬上命也！时荆襄缺雨，汉江水浅……我皇上所奉安之意，岂徼福于一己哉？为家国天下而已！尚冀丕运……上而慈福益增，圣寿万年，宫壶清宁，储胤昌炽；下而五谷熟，人民育，诸福之物毕臻，以至九夷八蛮，无不率服俾我国家享无疆之休，神亦享无疆之祀！呜呼，神其鉴于兹！

不难看出，这尊像御铸造于北京，成化皇帝钦差太监用黄舻船沿运河而下，转入长江，再转汉江，经荆襄水路再取旱路而至武当山，期间借助好几省人力物力，而真武神像座下的玉石则出自今河北唐县、曲阳间的大玉山。

当时其山的汉白玉是专供故宫之用的上等玉石料，民间不得私采。

成化二十年（1484）二月，真武神像运至武当山，当时"百工交作，镂制完美"。接着，成化皇帝命钦差太监，与武当山道人在五龙宫大殿举办了三千六百分位普天大醮，"修建金箓、报恩延喜、福国裕民、十转玄灵、安奉大斋"，以求"天心洞鉴，帝德宏敷。璇玑腾辉，高衍万年之圣寿；神明覆喜，绵远万世之鸿基。戎狄宾服，海宇清宁。皇图永固，宗社奠安。风调雨顺，物阜民丰。幽灵利乐，苦爽逍遥"，并祈祷"覆载照临之下，凡诸幽灵，啸月吟风、依草附木及飞潜蠢动之众，勾萌甲拆之微，咸遂生育，脱离苦趣"。见诸成化御碑文字，当年神像落成之盛况如在目前。

如今，真武神像座下的大汉白玉宝座已经碎裂，而其两尊带有大汉白玉宝座的侍从鎏金铜像则被分置在武当山博物馆，分列于张三丰神像左右了，就不知参与者是怎么突发奇想的。

盘桓久久，从真武殿中出来，天色已经黄昏。五龙宫的当家王道长不在，有耿道人和一位张姓年轻道人安排我们吃了晚饭，皆是素斋。

饭毕，我们步行一里路，左登山至桲梅台，参观桲梅真人李希素的墓。一路杂草丛生，藤蔓盘缠，蚊虻纷纷，很快腿上、胳膊上就被咬得疼痒难忍。强自支撑着坚持到目的地，满目荒草令人感叹：永乐四年（1406）永乐大帝敕五龙宫道士李希素的御碑就躺在乱草丛中！扯草观文，蚊虻嗡嗡轰然四围，实不敢久住细看。李希素墓前，乱树掩映围绕中墓石皆暗绿生苔，墓门前一文一武两位翁仲，武官头颅不存（我怀疑龙虎殿里摆放着的那个武将头像就是李希素墓门前武士头颅，因它们不论从石质、风格、造型还是断裂茬口，莫不相关）。墓成一桥形，墓门石额"方壶圆桥"四个大字，墓门上内额"陞仙堂"，对联石坊刻"龙居坎位千载盛，虎卧离宫万代兴"，字体正楷，遒劲端严。蚊子太多，天阴昏暗，不敢久盘桓，乃拜墓而回。问随行的道人：桲梅何在？则曰在武当山已绝迹。

桲梅是武当山独有的一种奇树，为他处所无。明宣德年间（1426—1435）的《敕建太岳太和山志·灵植检》记载桲梅树的具体地址为"五龙宫北磨针涧石南，上有枯木一二，边有一木参天，呼之曰'桲梅'……此木一枯，不出一丈一株复荣，诚仙果也"。其树相传为真武所遗。真武在武当山苦修之初，并不确定自己能否成道，于是折了一枝榔插在梅树上，望天卜卦："他日我若道成，榔梅枝开花结果！"后来榔、梅果然合二为一，开花结果，真武也果然得道飞升，名扬上界，成了真武荡魔天尊玄天上帝。真武在五龙宫一带雪野苦修时，曾炼成一把宝刀，后来宝刀化成了金童，刀鞘化成了玉女，是为其侍从云云。武当山的这棵榔梅树轻易不结果，而一旦结果，必定是国泰民安、五谷丰登、海晏河清、国有大庆，故被视为瑞祥，即永乐敕书碑所谓"太平岁在，花实而繁；其遇岁歉，花而不实""榔梅成实，已兆岁丰……诚为难得。稽之于古，间或一见，尤以为希遇"。

永乐大帝登基之后，国家渐渐大治。永乐四年（1406），武当山榔梅树忽然开花结果，果实累累。五龙宫住持道人李希素就派弟子将榔梅进贡皇宫，永乐大帝大为惊喜："今树尚存，问诸故老，久无花实，此者尔李希素以成实数百，遣人来进，诚为罕得。莫非以尔精诚所格，祝釐国家，故能感动高真，降此嘉祥，以兆丰穰也？"于是，敕封李希素。永乐二十二年（1424）李希素93岁时"无疾端坐而终，羽化之后，齿骨俱青，人皆惊异"。永乐大帝闻信"备询其故，再三嗟悼称许，遂谕臣……曰'此老一生，精勤至道，忠君爱国，人罕能及。观其骨青，死必为神矣！'次日，又復惓惓，念所有原赐敕书二道未经勒石，以传永久"。遂钦差隆平侯张信、礼部尚书金纯、工部右侍郎郭琎并正一教天师张守清前去办理，期间又奉皇太子令旨"他（李希素）真是修行得道的好人。父皇比先赐他的敕书，你如今去，都与他镌刻在碑石上，休泯灭了他这等好处"。这就是榔梅真人李希素墓前两道敕书碑的由来。

因为榔梅树的神奇，所以每一次偶然结果都是皇室的贡品，常人连一颗也不可得。明代徐霞客游历武当山时，正赶上榔梅树开花结果，惊喜之余，向道人祈求。道人初不肯给，后来以见其为母所求，出于至孝，才偷偷给了他两颗。徐霞客也没舍得吃，迤逦回到老家，献给了母亲。榔梅果之珍贵难得，可见一斑。嘉靖八年（1529）碧霄道人李芳在《题五龙宫》中还提到榔梅树："龙宫披雾郁嵯峨，一上钻天五里多。散步灵岩寻胜迹，留心曲涧看针磨。榔梅累累垂青豆，桧柏森森挂碧萝。借问希夷何所在？五雷蛰法可传么。"而裴应章也有"杨柳未荫蝉未噪，榔梅已谢树留香"之句。

五龙宫棚梅台的棚梅树至少在清乾隆年间（1736—1795）还在。据《太岳太和山志纪略·拾遗》载："棚梅发花，色香艳异，果成如串珠玑。"但不知何时起，棚梅树渐渐淡出了人们的视野，已在武当山绝迹难寻了。五龙宫的棚梅台荒草连天，残破不堪，空留真武爷"折棚寄梅"和棚梅真人李希素的美丽传说了。

当晚住在五龙宫道院，我的房间在一座二层小木楼上，与五龙宫80多岁的道人李爷共一个明间。房里很凌乱，粮菜日用杂物堆积，但杂物间置放有一块巨大的匾额，书四个大字"芝田白鹿"。拂去积尘，看落款乃是清代嘉庆年间（1796—1820）之物，想着"芝田白鹿"的美好意境，又想象着这块大匾初送五龙宫的盛况，心里感惋不已。

我在上一次游五龙宫时就见过李爷，他总是笑嘻嘻的，说话细声细语，那时我们在厨房的一个小里间内向木烤火，话古至深宵。现在李爷正刻一尊真武像，因为他得了一段百年桃木，觉得烧火可惜了，于是突发灵感，雕刻真武。他以前没雕刻过什么东西，用的工具也不是雕刻刀，很笨拙，但却一丝不苟地刻画、画刻，那种态度令我肃然起敬。

经过了一天跋涉，我的衣服干了又湿，湿了又干，盐津津的，于是在临睡前洗晾在二层的柱廊上……而就这一举动，给我带来了意想不到的殊胜因缘，使我得以有机会见到雷火炼殿的神奇景观。

其时正值夜半，一声巨大的雷震将我从梦中惊醒，接着是频频的闪电，我伸手去拉电灯开关，却发现停电了，手机时间正好24点。门外雨声骤响，暴雨如注，带着腥味的雨气从窗棂里丝丝缕缕透进来。我猛的想到了门外晾着的衣服：这么大的雨，一定不得干，而我明天还要穿呢！于是用手机照着，出门收衣服，准备晾挂在室内，没想到一出门，就见一道巨大的闪电自天空直直地垂落，正打在真武大殿的殿顶上，我被那闪电惊呆了，股栗战战不敢稍动。其闪电过后，是一声沉沉的雷震，又一道闪电挟着一道诡异的赤色火光自空击下，落在殿顶，形成了一个巨大的高速旋转着的紫红色火球。火球霍霍有声，与暴雨声混杂，声势震怖惊人。那大火球在大殿只停留了片刻，接着自殿顶滚落，重重地砸在台阶上，瞬间又被高高弹起，分成了两个小的火球，在大雷雨中照耀整个五龙宫一派通红！两个小火球并不停，而是飞速崩起，一向西南飞去，一向东南——也就是道院方向飞过来。我眼睁睁看着那火球从离着我只有七八米的地方高速旋飞而过，消失在棚梅台方向。

我足足有一二分钟呈惊呆状态，才从震骇中醒过来，急忙收了衣服，进屋关门……其后的情况可想而知，当然是难再入眠，一直到天亮。

"雷火炼殿"是武当山著名景观，一般发生在武当山金顶金殿，每至雨季雷雨之时，滚滚雷电穿梭于山顶金殿，有时久久不去，烈焰飞旋，壮烈诡异的景观常令人惊心动魄。武当山雷火炼殿的闪电通常有三种形态：枝状闪电、片状闪电和球状闪电，我在五龙宫遇到的闪电为球状闪电。雷火炼殿的景象发生在五龙宫并不多见，我能在无意中偶遇，实在是一种幸运，但也有隐隐的后怕。

一夜雨初晴，道人们很早就起来早课，五龙宫龙虎殿内的钟鼓道乐诵经声早早就悠扬传开，在云雾缭绕的空山绝谷飘荡。

因为即将下山，我再次去了真武大殿。当我拜谒真武神像辞行之际，不经意间的一抬头，发现真武大帝的双眼金光灼灼，正盯着我，我的眼睛瞬间就和那两道金光连在一起，分不开了。在那一刻，我感觉真武已经完全不是一尊铜像，而是一位无比庄严、无比神圣且又无比慈悲的圣贤长者。他的眼睛金光颤颤，带有无限深意地盯着我，若有所言，又如无语……这样的景象从6点5分持续到6点15分，之后，他的眼光慢慢黯淡下去，最后终于又恢复了平静。我惊疑之际，四处探究金像眼睛放光原因，竟然是初升的太阳所致！当日太阳的光辉正好有个角度入射，照在了真武金像微微垂下的眼皮、眼睛上，当我仰望，阳光发生折射，反射入眼，才会觉得真武眼睛大放金光。

阳光，给武当山增加了多少奇妙！而颇具智慧的古人，一次又一次有意无意地利用这阳光角度制造了多少建筑传奇！

据道人言，五龙宫东还有华阳岩，也有真武像、石殿，皆元代遗迹，为元代著名道人浩然子隐处，并有《华阳岩记》《浩然子愚斋记》和《浩然子自画像》。此时往游，大雨洗山之后，洞前花木正好。但我觉得此行因缘已满，也是想留点未尽之意以待再游，未即去。

七点半我们下山，所经之处，武当山云蒸霞蔚，处处轰响，无溪不涨水，无涧不潺喧，无瀑不飞流，无峰不起云！

　　三小时步行到达停车处，上车，又经半小时下蒿口、过武当山老城区，11点至太极湖国际酒店。我觉得，这趟五龙宫之行应算圆满结束了。但在随后，6月11到合肥，14日到北京……我一直有种隐隐若失的感觉，久久不能平静，就好像我的心还停在武当山五龙宫，还对着那双金光灼灼的眼睛！

　　也许，该写篇游记吧？我忽然这样想。是为此记。

2015年8月8日立秋

于《真武王》第六部开笔之先

附 录

武当山游记检索表

作者	序号	篇目	创作时间	出 处
元 代					
朱思本 （1273—1337）	1	登武当大顶记	1317年	（元）朱思本撰《贞一稿》卷一
明 代					
陆铨 （生卒年不详）	2	武当游记	1535年	（明）何镗编《名山胜概记》湖广二 （明）何镗编《古今游名山记》卷九，题"游武当山记" （清）陈梦雷等编《古今图书集成》卷一百五十七
方升 （生卒年不详）	3	大岳志	1536年	（清）王民皞纂辑《大岳太和武当山志》湖广二 陶真典、范学锋点注《武当山明代志书集注》"大岳志略"节录
顾璘 （1476—1545）	4	游太和山记	1538年	（清）王民皞纂辑《大岳太和武当山志》卷十七 （明）顾璘撰《顾璘诗文全集》凭几集续编卷二，题"游太和山前记"
	5	游太岳后记	不详	（明）顾璘著《顾华玉集》卷二；（明）顾璘撰《顾璘诗文全集》凭几集续编卷二

续 表

作者	序号	篇目	创作时间	出　　处
胡松 (1503—1566)	6	游武当山记	1539 年	(明)何镗编《古今游名山记》卷九 (明)何镗编《名山胜概记》湖广二,题"武当山记" (明)吴兴归、安山泉、慎蒙编选校正《名山记》(即《游名山岩洞泉石古迹》)卷之九下
胡仲谟 (生卒年不详)	7	游太岳太和山记	1545 年	湖北地方古籍文献丛书,《湖北文征》第 1 卷
高尉 (生卒年不详)	8	游太岳太和山记	1556 年	(明)何镗编《古今游名山记》卷九
袁宏道 (1568—1610)	9	虎耳岩不二和尚碑记	1560 年	(明)袁宏道撰《潇碧堂集》卷十四
徐学谟 (1521—1593)	10	游太岳记	1569 年	(明)徐学谟著《徐氏海隅集》卷十一
汪道昆 (1525—1593)	11	太和山记	1570 年	(明)汪道昆撰《太函集》卷七十三 (清)王民皞、卢维兹主编《大岳太和山志》卷十七 (明)何镗编《名山胜概记》湖广二,题"游太和山记" (明)卢重华等编纂《大岳太和山志》卷之五
	12	太和山记	1570 年	(清)王民皞纂辑《大岳太和武当山志》卷十七 (明)汪道昆撰《太函集》卷七十三,题"太和山记二" (明)何镗编《名山胜概记》湖广二,题"太和山后记" (明)卢重华等编纂《大岳太和山志》卷之五,题"太和山记二"

附录 武当山游记检索表

续 表

作者	序号	篇目	创作时间	出处
陈文烛 （1525—1594）	13	游太和山记	1570年	（明）陈文烛著《二酉园诗集》
王世贞 （1526—1590）	14	游太和山记	1575年	（明）王世贞撰《弇州四部稿》卷六十六 （明）何镗编《名山胜概记》湖广二 （清）陈梦雷编《古今图书集成》，题"登太和山记"
王士性 （1547—1598）	15	太和山游记	1588年	（明）王士性著《五岳游草·广志绎：元明史料笔记》
王祖嫡 （1531—1591）	16	游太和山记	不详	（明）王祖嫡撰《师竹堂集》卷十五
冯时可 （生卒年不详）	17	太和山游记	1594年	（清）王民皞纂辑《大岳太和武当山志》卷十七
何白 （1562—1642）	18	游武当山记	1596年	（明）何白撰《汲古堂集》卷之二十四 王钟翰主编《四库禁毁书丛刊》集部第177册
	19	游沧浪亭记	1596年	
王在晋 （？—1643）	20	游太和山记	1605年	（清）王概主编《大岳太和山纪略》卷七
王嗣美 不详	21	游太和记	1605	（清）王民皞纂辑《大岳太和武当山志》卷十八
王在晋 （？—1643）	22	重登太和游五龙宫记	1606年	（清）王民皞纂辑《大岳太和武当山志》卷十七
姚履素 不详	23	游太和山	1606年	（清）王民皞纂辑《大岳太和武当山志》卷十八
王嗣美 不详	24	续游太和山记	1607年	（清）王民皞纂辑《大岳太和武当山志》卷十八
雷思霈 （1565—1611）	25	太和山记	1610年	（明）龚黄撰《六岳登临志》卷之六 （清）迈柱等监修，夏力恕等编纂《湖广通志》卷一百十一

续表

作者	序号	篇目	创作时间	出　处
张元忭 (1538—1588)	26	游武当山记	1611年	(明)张元忭撰《不二斋文选》卷四
袁中道 (1570—1626)	27	元岳记	1613年	(明)龚黄撰《六岳登临志》卷之六 (明)袁中道撰《珂雪斋近集》卷之六、 《珂雪斋集》前集卷十五文
	28	书太和山记后	1613年	钱伯城点校《珂雪斋集》卷之十六,题"游太和记" (明)郑元勋辑《媚幽阁文娱》卷七、 (明)何镗编《名山胜概记》湖广二、 《天下名山记钞》卷十,题"玄岳记" (民国)白眉初、徐鸿达编《中华民国省区全志：鄂湘赣三省志》,节录 (明)郑元勋辑《媚幽阁文娱》；(明)袁中道撰《珂雪斋近集》卷之六 钱伯城点校《珂雪斋集》卷之十六,题"太和后记"
	29	游太和山日记	1613年	钱伯城点校《珂雪斋集》珂雪斋游居杮录卷之八,节录,题为编者加
杨鹤 (？—1635)	30	崟话	1623年	(明)何镗编《名山胜概记》湖广二 (明)龚黄撰《六岳登临志》卷之六 (清)陈梦雷编《古今图书集成》
徐霞客 (1586—1641)	31	游太和山日记	1623年	(明)徐宏祖著《徐霞客游记》
谭元春 (1586—1637)	32	游玄岳记	1624年	(清)王民皞纂辑《大岳太和武当山志》卷十七 (明)谭元春撰《谭元春集》卷第二 (明)谭元春撰、张泽刊刻《谭友夏合集》卷十一,"鹄湾文草·记"
				(明)何镗编《名山胜概记》湖广二

续 表

作者	序号	篇目	创作时间	出处
尹伸 (1578—1646)	33	崟游记	1633 年	(明)何镗编《名山胜概记》湖广二 (明)龚黄撰《六岳登临志》卷之六
清　代					
王永祀 (1615—?)	34	太和山记	1669 年	迈柱监修,夏力恕等编纂《湖广通志》卷一百十一
王沄 (生卒年不详)	35	楚游记略	1672 年	(清)王沄撰《瓠园集》 张成德等编《中国游记散文大系》湖北卷
蔡毓荣 (?—1699)	36	登太和山记	1673 年	(清)党居易等著《均州志》卷三;(清)贾洪诏撰《续辑均州志》卷十五
张道南 (生卒年不详)	37	沧浪亭记	1768 年	(清)马应龙、汤炳堃主修,贾洪诏总纂《续辑均州志》卷之十五·艺文
张开东 (1712—?)	38	太岳行记	1769 年	(清)海岳著《海岳文集》
周凯 (1779—1837)	39	均阳纪游诗	1825 年	道光庚子秋八月爱吾庐刻本,周凯撰《内自讼斋文集》之《内自讼斋诗钞》卷六襄阳集诗序
	40	武当纪游 二十四图	1832 年	浙江省富阳市政协文史委编《周凯及其武当纪游二十四图》之《武当纪游二十四图》配诗,图略
王锡祺 (1855—1913)	41	武当山记	不详	(清)王锡祺辑《小方壶斋舆地丛钞》 (民国)劳亦安辑《古今游记丛钞》卷之二十六

续表

作者	序号	篇目	创作时间	出处
马如麟 （生卒年不详）	42	八宫纪胜	不详	迈柱等监修，夏力恕等编纂《湖广通志》卷一百十一
钟岳灵 （生卒年不详）	43	太和山记	不详	（清）贾洪诏撰《续辑均州志》卷十五
熊宾 （1867—1924）	44	登祭太和山记	不详	（清）熊宾监修，赵夔等编《续修大岳太和山志》卷七
高鹤年 （1872—1962）	45	由陕西至武当游访略记	1904年	（清）高鹤年居士《名山游访记》上册，卷二

中华民国时期

作者	序号	篇目	创作时间	出处
迂沤老人 （生卒年不详）	47	武当山游记	1916年	（民国）姚祝萱辑《新游记汇刊续编》卷之二十二
	48	游武当山记	1916年	（民国）白眉初、徐鸿达编《中华民国省区全志：鄂湘赣三省志》，节录
高鹤年 （1872—1962）	49	汉中朝武当嵩山	1918年	（清）高鹤年著述、吴雨香点校《名山游访记》补编"紫柏山往崆峒经兰州过汉中朝武当嵩山"节录，题为编者所加
贾士毅 （1887—1965）	50	武当山之游	1934年	（民国）陈光甫创办《旅行杂志》第十卷第一号
臧克家 （1905—2004）	51	朝"武当"	1935年	（民国）陈光甫创办《旅行杂志》第二十一卷 臧克家著《臧克家文集》

续　表

作者	序号	篇目	创作时间	出　处
李品仙 (1890—1987)	52	游武当山	1939年	(民国)李品仙著《李品仙回忆录》
王冠吾 (1894—1990)	53	武当纪游	1942年	1966年,由台湾战地政务班湖北同学联谊会创刊《湖北文献》五十一期
李达可 (1902—1980)	54	武当山游记	1943年	(民国)陈光甫创办《旅行杂志》第十卷第十号
秦学圣 (1917—1998)	55	武当琐话	1943年	(民国)陈光甫创办《旅行杂志》第十八卷
峒星 (生卒年不详)	56	武当山巡礼	1944年	(民国)陈光甫创办《旅行杂志》第十二期第十八卷
纪乘之 (生卒年不详)	57	武当纪游	1947年	(民国)陈光甫创办《旅游杂志》第二十一卷第三期
中华人民共和国时期					
万峰 (1946年生)	58	武当山	1952年	《旅行杂志》第二十六卷第二期
碧野 (1916—2008)	59	武当山记	1963年	碧野著《碧野文集》(卷三)
	60	武当春暖	1963年	
梁明学 (生卒年不详)	61	武当琐谈	1967年	1966年,由台湾战地政务班湖北同学联谊会创刊《湖北文献》第三期

续 表

作者	序号	篇目	创作时间	出　处
蒲光宇 （生卒年不详）	62	武当山峻秀绝尘寰	1967年	1966年，由台湾战地政务班湖北同学联谊会创刊《湖北文献》第五期
曹文锡 （1891—1996）	63	武当山顶"黄金殿"搜奇	1974年	1966年，由台湾战地政务班湖北同学联谊会创刊《湖北文献》第三十二期
叶明珠 （生卒年不详）	64	中国道教名山——武当之旅	1980年	1966年，由台湾战地政务班湖北同学联谊会创刊《湖北文献》第一二三期
欧阳学忠 （1942年生）	65	七星树观龙头杖	1981年	作者提供
李峻 （1931年生）	66	武当金顶纪游	1982年	《汉江水利报》2015年7月13日、20日连载，为《武当山》编辑部《武当山》1979年第1期"武当古道纪游"的扩写
	67	游玉虚岩	1982年	作者提供；《汉江水利报》2015年8月3日，题"登紫霄"（节录）
	68	千年古刹——武当山寺记	1989年	作者提供
谭大江 （1947—2015）	69	武当踏雪行	1982年	《武当山》编辑部《武当山》1979年第1期
常怀堂 （1938—2016） 叶国卿 （1946年生）	70	汉江名胜武当山	1986年	湖北电视台集体采写《汉江行》
欧阳学忠 （1942年生）	71	金顶游记	1986年	程明安、饶春球、罗耀松校译《武当山游记校译》

续　表

作者	序号	篇目	创作时间	出　处
郭嗣汾 （1919—2014）	72	神秘幽奇的武当山	1987 年	1966 年,由台湾战地政务班湖北同学联谊会创刊《湖北文献》第二十八期
沈若云 （生卒年不详）	73	忆均县	1991 年	1966 年,由台湾战地政务班湖北同学联谊会创刊《湖北文献》第一〇〇期
欧阳学忠 （1942 年生）	74	老君洞访古	1991 年	作者提供
杨泽善 （1949 年生）	75	游太子岩	1993 年	《湖北旅游景观鉴赏辞典》,题为编者加
周银辉 （1950 年生）	76	磨针井记游	1993 年	
朱言明 （生卒年不详）	77	武当山的挑夫	1994 年	1966 年,由台湾战地政务班湖北同学联谊会创刊《湖北文献》第一〇九期
王维州 （生卒年不详）	78	武当山日出记	1994 年	武当山志编纂委员会《武当山志》
吴学铭 （生卒年不详）	79	踏着吕洞宾的脚步上武当山	2001 年	1966 年,由台湾战地政务班湖北同学联谊会创刊《湖北文献》第一四一期
欧阳学忠 （1942 年生）	80	武当观雪	2001 年	作者提供
	81	我陪吴老游武当	2002 年	
沐溢 （生卒年不详）	82	一柱擎天话武当	2002 年	《长江日报》1979 年 1 月 20 日第二版
高飞 （1963 年生）	83	武当山西神道散记	2002 年	程明安、饶春球、罗耀松校译《武当山游记校译》

续　表

作者	序号	篇目	创作时间	出　处
赵蓂夏 （生卒年不详）	84	我终于完成登上武当山的心愿，两个原因让我几难决定成行	2005 年	1966 年,由台湾战地政务班湖北同学联谊会创刊《湖北文献》第一五五期
罗耀松 （1961 年生）	85	五龙纪游	2007 年	罗耀松编注《武当历代散文集注》
锷风 （1950 年生）	86	寻幽南神道	2008 年	《丹江口专刊》2008 年 10 月 11 日
赵丰 （1956 年生）	87	相约武当山	2009 年	《武当文学》2009 年 4 期；《当代散文》2009 年第 5—6 期合刊
流泉 （1963 年生）	88	武当寻梦	2010 年	《丽水日报》2010 年 11 月 15 日
宋晶 （1964 年生）	89	九渡涧游记	2010 年	作者提供
李诗德 （1958 年生）	90	三上武当山	2012 年	李发平主编《武当山散文集》
石华鹏 （1975 年生）	91	武当山记	2012 年	
佚名 （生卒年不详）	92	武当山北神道游记	2012 年	
王晓明 （1954 年生）	93	寻梦金顶	2012 年	
刘荣庆 （1949 年生）	93	年逾古稀登武当	2013 年	刘荣庆著四卷本《从新闻黑洞跳进又跳出》第三卷"天地走笔"

续　表

作者	序号	篇目	创作时间	出　处
朱江 （1978年生）	94	武当长生岩记	2014年	《十堰晚报》2014年3月3日,题为编者所加
	95	武当神秘石碑与"白族第一文人"	2014年	《十堰晚报》2014年10月19日
寒拾 （1987年生）	96	武当游记	2014年	寒拾著《我所认识的桂子山》
高飞 （1963年生）	97	武当山龙潭沟纪游	2015年	《沧浪》第一期
景元华 （1971年生）	98	武当山五龙宫游记	2015年	景元华的博客

后　记

　　人生总有很多机缘。自从2012年参加了《武当山道教志》的编撰工作，收集整理历代武当山游记和历代武当山诗歌，便是我与道教所结之缘。我这些年一直秉承"搜罗穷极"的信念，努力寻找相关资料。品读那一页页的翰墨文载，嗅着丝丝古老味道和当代气息，常为武当山的独特气韵所感染，更为文人墨客虽游之不易却坚持留下垂世美文所感佩。由于志书仅选取与武当山道教直接相关的内容，篇幅上也有严谨的要求，故许多篇章只能忍痛割爱或采取部分节录。我于志书完稿后，深感素袖藏金，不如奉献与众。

　　武当山，古称太和山，这一山名包含着中国文化的基本精神。封建皇室屡次加封武当山为"大岳""玄岳"，使其地位远远高于五岳，成为了"天下第一仙山"。早在明代，武当山就已是全国规模最大的道教活动中心，其道教建筑群堪称中国建筑宏观设计顶峰之作。像这样规模庞大、气势雄伟、高规格、超水平的建筑群，可以说在世界建筑史上都罕有其匹，可谓稀世之珍。在研究品鉴武当山道教建筑的过程中，我深感系统而准确地收集整理武当山游记之必要。对于精神上给我滋养、事业上给我指引的道教，我一直充满着感恩之心。我觉得自己有责任做好武当山游记的专题辑汇工作，尽我所能保护好武当山珍贵的、有价值的文献资料，让武当山的文化优势能够更好地发挥出来，为武当山道教贡献我的涓滴心力。本书是在搜集大量游记相关资料并反复品鉴比较的基础上，根据"撮其精要，辑其菁华"的编撰原则最终删定完成的。

　　本书共收游记98篇，按照作者创作游记的时间顺序进行排列，并由此进行断代归属，上起元代，下迄中华人民共和国时期。其中，元代1篇、明代32

后 记

篇、清代 12 篇、中华民国时期 11 篇、中华人民共和国时期 42 篇。各篇目及内容原则上以文末附表出处的第一条目为准，其他条目兼顾了不同版本的对照，是体现重要差异的记录；在尊重原文的基础上加注标点，对明显错漏加以补正，因篇幅所限不出注释；游记作者给出小传；纪游图册仅录其文字部分；各篇序号与书末附表篇目序号对应一致，以方便读者查询。

在笔者收集游记的过程中，武当山道教协会给予了极大的鼓励和支持，中国道教协会会长、武当山道教协会会长李光富，武当山道教协会杨国英副会长、刘文国副会长、刘德宝副会长，湖北省道教协会李玄辛副会长、武当山道教学院周作奎副院长，台湾《湖北文献》杂志社汪大华社长、丁道平先生、姜煌先生，中共湖北十堰市委台湾工作办公室吴锋主任，湖北省社科院丹江口经济社会发展研究所、丹江口市沧浪文化研究会王永国老师、王永成高级工程师，武汉大学段永杰博士、武当山特区收藏家潘如红、《十堰晚报》记者朱江、武当徒步探寻群主"游尘"资汝松、武当山特区地方志办公室范学锋，汉江师范学院图书馆付鹏、谷艳锋，湖北工业职业技术学院田运科等同志，都提供了重要的游记资料及查询线索，给予我有力的支持和关照。特别是我的女儿、武汉大学在读博士杨铭硕，在篇目取舍、资料查询等方面，提出了许多有益的建议。对于朋友诸君的无私帮助，在此一并致谢！我还要向本书所有的游记作者表达我深深的敬意和由衷的感谢，是你们的精美文字成就了本书！

宋 晶

2018 年 1 月 28 日于湖北十堰